Della stessa Autrice

Serie *Trilogia delle anime*

PRENDI LA MIA ANIMA
UN'ANIMA PER VENDETTA
L'ANIMA DI UNA STREGA

Serie *È solo un gioco?*

LA SFIDA
PERDENTI – Parte I

HARLEY LAROUX

PERDENTI

PARTE II

VIRGIBOOKS

Tutti i personaggi di questi racconti sono immaginari e ogni rassomiglianza con persone realmente esistenti o esistite è puramente casuale.

VIRGIBOOKS
An imprint of Virginia Creative Studios Ltd.
www.virgibooks.com
www.virginiacreativestudios.co.uk
20 – 22 Wenlock Road, N17GU London

Prima edizione: Novembre 2023

Copyright by Harley Laroux
Copyright 2023 by Virginia Creative Studios Ltd.
Cover Design by Ashes & Vellichor (Ashlee O'Brien)

ISBN: 978-1-7393775-7-1

VIRGIBOOKS® is a registered trademark of
Virginia Creative Studios Ltd.

AVVERTENZE

Alcuni contenuti di questo romanzo possono essere disturbanti o scatenanti per alcuni lettori. Si raccomanda la discrezione dei lettori.

I temi trattati includono malattie mentali, traumi, abusi infantili (fisici ed emotivi), body shaming (da parte di un genitore nei confronti del figlio adulto), rifiuto dei genitori, bullismo, casi di omofobia/bifobia e riflessioni sul suicidio. Questo libro contiene scene sessuali esplicite, sequenze intense di BDSM, violenza esplicita e un linguaggio forte.

Ogni personaggio raffigurato in una scena sessuale ha almeno 18 anni.

Questo libro non deve essere usato come riferimento o guida per pratiche BDSM sicure. Alcune attività descritte contengono un rischio significativo di lesioni e traumi fisici. Anche se tutte le scene sessuali descritte sono consensuali, alcune scene rappresentano giochi di ruolo di tipo "consensual non-consent" (CNC). Altri kink includono la degradazione e l'umiliazione erotica, il bondage, l'elettrostimolazione e la disciplina domestica, impact play, knife play, fluidi corporei (inclusi sangue e urine), public play, pain play, voyeurism, breeding e kink di natura gravidica e pet play.

*A coloro che stanno cercando
un posto a cui appartenere.
È questo il posto.
Lo sarà sempre.*

I
MANSON

LICEO — ULTIMO ANNO

Era calato il silenzio. Il silenzio era inquietante. Non ci ero abituato. La casa scricchiolava sempre, gemeva, respirava. Come se qualcosa vivesse nelle pareti, trascinasse le unghie sulle vecchie assi, premesse le spalle sul fondo del pavimento.

Da bambino ero convinto che questa casa fosse infestata. Ora sapevo che non era così, ma continuavo a udire cose che non c'erano, rumori fantasma nel silenzio. Stavo perdendo la testa? Qualcosa in me si era infine incrinato?

Considerando che ero seduto sul pavimento con la schiena sotto la finestra, rivolto verso la porta, intento a girare il mio coltello a serramanico tra le dita, forse avevo ragione. Forse il mio cervello si era rotto.

Era spaventoso quanto mi sentissi calmo.

Le scale scricchiolarono per dei passi e io mi irrigidii. Degli scarponi scendevano pesanti. Si udì un rutto e la porta del frigorifero cigolò nell'aprirsi. Il vetro tintinnò.

Ci furono un sibilo e il ticchettio di un tappo di bottiglia che cadde sul pavimento.

Erano le sette del mattino, cazzo. Nel frigorifero non c'era cibo, ma c'erano una confezione di birra da ventiquattro e una bottiglia di whisky. Papà se n'era andato da quasi sei mesi e io ero stato così sciocco da pensare che questa volta sarebbe rimasto davvero via.

Non c'era modo di liberarsi di lui, a meno che non fosse morto.

I passi tornarono verso le scale, ma poi le superarono. Giunsero in fondo al corridoio e un'ombra passò sotto la mia porta. Aveva il respiro pesante, grugniva e sbuffava per l'ubriachezza.

Avanti, figlio di puttana. Mettimi alla prova. Ti sfido, cazzo.

Sul pavimento c'erano dei graffi nel punto in cui spingevo la cassettiera davanti alla porta per sbarrarla. Ma non era nemmeno chiusa a chiave ora. Avrei dovuto lasciarla spalancata per rendere il mio invito un po' più esplicito.

Ti sfido a provarci. Prova a farmi del male. Vedi cosa succede.

Gli stivali pesanti si allontanarono col loro gravoso calpestio, e io espirai lentamente. Il manico del coltello mi scavava nel palmo della mano per la forza con cui lo impugnavo. Ero pronto. L'avrei fatto. Avrei ucciso mio padre... gli avrei squarciato la gola e reciso la giugulare... l'avrei pugnalato fino a fargli collassare il petto... avrei disseminato le sue budella per casa come una dannata opera d'arte.

Mi lasciai cadere la testa tra le mani e mi strinsi i capelli fino a farmi male. Non volevo fare del male a nessuno. Non volevo...

Cazzo, ma lo *volevo*. Dopo così tanti anni di paura, di brividi ogni volta che lo sentivo parlare, di capo chino al suo cospetto, di voce bassa... era da molto tempo che lo desideravo.

Ma perché preoccuparmi ora? Ero un serpente con la

testa mozzata, che si attorcigliava e si contorceva nel terreno, le fauci morte che ancora scattavano. Perché continuare a lottare? Era l'istinto, la natura primordiale che mi imponeva di sopravvivere? La soluzione più semplice sarebbe stata lasciarmi morire anni fa, *e invece ero ancora qui.*

L'assistente sociale Kathryn Peters sosteneva che dovevo solo resistere ancora un po'. Una parte di me dubitava che lei avrebbe fatto qualcosa di concreto. Nessuno nella mia vita si era mai preso la briga di aiutarmi, quindi perché avrebbe dovuto farlo lei? Affermava che mi avrebbe trovato un alloggio, un lavoro. Diceva che avrebbe trovato un posto sicuro. Ero troppo grande per il programma di affido, non avevo i requisiti per i centri di accoglienza per minori. Diceva che forse sarebbe riuscita a trovare una stanza per me a Memphis. Ma se non fosse stato possibile, avrebbe dovuto cercare ancora più lontano.

Le avevo spiegato che non me ne sarei andato se questo avesse significato abbandonare loro.

Lucas, Jason, Vincent... non potevo lasciarli. Stavamo insieme, sempre. Potevo rinunciare a tutto il resto, ma non a loro. Né...

A lei.

Perché diavolo pensavo a lei?

Non significavo niente per lei. Meno di *niente*. Avrebbe dovuto essere l'ultimo dei miei pensieri.

L'idea di alzarmi e andare a scuola, quando solo pochi secondi prima ero stato pronto a uccidere mio padre, mi sembrava ridicola. Ma mi alzai, presi lo zaino dall'angolo e lo misi in spalla. La signora Peters - insisteva che la chiamassi Kathy, come se cercasse di essere un punto di riferimento - mi aveva detto di stare lontano dai guai, e questo significava continuare a frequentare il liceo nonostante fosse una vera e propria cagata.

Papà poteva anche essere tornato di sopra, ma io non sarei comunque uscito dalla porta principale. Spalancai la finestra, lasciai cadere lo zaino e poi feci oscillare le gambe dietro di esso. I miei stivali frusciavano tra le erbacce secche mentre attraversavo il cortile verso il mio SUV. Lattine di birra abbandonate, mozziconi di sigaretta e mucchi di cianfrusaglie erano sparsi ovunque, e tutto l'ambiente emanava un lieve olezzo di cibo marcio. Probabilmente si trattava della spazzatura stracipante accatastata accanto al garage, che era altrettanto pieno di robaccia.

Per fortuna, la mia Bronco si avviò al primo tentativo. Stava facendo di nuovo i capricci, e quel fine settimana Lucas e io avevamo in programma di dare un'occhiata sotto il cofano per capire cosa c'era che non andava. Speravamo che il pezzo eventualmente da sostituire non fosse troppo costoso, altrimenti avremmo potuto provare a spulciare di nuovo tra gli sfasciacarrozze per trovare quello che ci serviva.

Il parcheggio della Wickeston High era quasi pieno quando arrivai. La campanella non era ancora suonata e molti studenti dell'ultimo anno si stavano intrattenendo intorno alle loro auto, schiamazzando per sovrastare la musica ad alto volume che proveniva da più veicoli. I miei pneumatici stridettero quando sterzai e mi infilai in un posto vuoto all'angolo in fondo al parcheggio, accanto a una El Camino nera.

Lucas amava quell'auto, per quanto arrugginita e scassata. Sosteneva che un giorno l'avrebbe trasformata in una bestia, una drag racer imbattibile. Mi faceva piacere sentirlo parlare del futuro.

Lucas, Vincent e Jason erano seduti sulla parte posteriore della El Camino e Lucas alzò il braccio in segno di saluto quando scesi dalla Bronco e saltai su con loro.

"Pensavo che saresti arrivato di nuovo in ritardo, stronzo" mormorò, tirando una lunga boccata di sigaretta. Non avrebbe dovuto essere qui al campus, ma nessun divieto esplicito lo aveva mai fermato prima. Tirò fuori dai jeans un pacchetto di American Spirits e me ne offrì una, che accesi con gratitudine. Il bruciore del tabacco che mi colpì la gola e una rapida boccata di nicotina mi fecero sentire un po' più umano.

Vincent era strafatto, con un braccio intorno a Jason, mentre le dita del ragazzo con i capelli azzurri volavano sui tasti del suo portatile. Io diedi un colpetto al piede di Jason col mio, ma lui alzò a malapena lo sguardo, con gli occhi iniettati di sangue e concentrati solo sullo schermo.

"Il corso avanzato di fisica mi ucciderà" annunciò mentre Vincent gli massaggiava la schiena con fare rassicurante. Mi appoggiai con la spalla a Lucas mentre fumavo, e tirai un sospiro pesante quando notai il preside Lector che stava attraversando il parcheggio verso di noi con una guardia di sicurezza alle spalle.

Gli altri lo notarono subito dopo di me. Vincent tolse in fretta il braccio dalle spalle di Jason, poi i due scesero dall'auto. Io mi drizzai e trascinai con me lo zaino mentre saltavo fuori.

Lucas se la prese comoda.

Il preside Lector si fermò accanto al retro dell'auto e picchiettò con la penna contro il metallo. Non avevo idea del perché si portasse dietro una cazzo di penna. Forse pensava che gli desse un'aria professionale, come la sua fastidiosa abitudine di chiamarci tutti per cognome.

"Signor Bent..." iniziò, ma si interruppe quando Lucas si alzò. Saltò fuori dal retro della El Camino e spense la sigaretta sotto la scarpa.

"Non toccare più la mia cazzo di macchina, Michael" sentenziò, e il preside sbatté ripetutamente le palpebre per l'uso incauto del suo nome di battesimo. "Se vuoi che me ne vada, allora togliti dai piedi."

Ci allontanammo tutti, e io salutai Lucas quando accese il motore e ingranò la retromarcia. Sgommò nell'uscire dal posto auto, gli pneumatici lasciarono una scia di gomma bruciata sull'asfalto mentre si allontanava dal parcheggio.

Lo sguardo accusatorio del preside Lector si posò su di me, ma non me ne poteva fregare di meno. Stare fuori dai guai non era poi così semplice quando i guai esistevano intorno a me e io mi trovavo in mezzo al fuoco incrociato.

"È già stato avvertito in passato di non fumare nel campus, signor Reed" affermò. Vincent e Jason rimasero in attesa che mi unissi a loro per entrare insieme. Strinsi la mascella, trattenendo parole che avrebbero solo peggiorato la situazione. "Sarai messo in punizione. Di nuovo."

Feci un sorriso tirato. "Accidenti. Roba seria, cazzo. Posso andare?"

Il preside sospirò, come se l'avessi già esasperato. "Linguaggio, signor Reed. Non faccia tardi." Mi voltai per andare e avevo appena raggiunto Jason e Vincent quando Lector richiamò Jason. Vincent lo aspettò, facendo un segno di pace mentre io continuai a camminare. Colsi solo il grosso di quello che stava dicendo il preside, ma sentii: "... preoccupato. Non vorrei che il suo futuro ne risentisse a causa di una scelta sbagliata in fatto di amicizie. È chiaro che stai fronteggiando una certa confusione..."

La mia mano si strinse sulla cinghia dello zaino e mi conficcai le unghie nel palmo della mano.

Sei confuso.
Ti stai ribellando.
È una fase che supererai.
Sei una delusione del cazzo.
Femminuccia. Fottuto pazzoide.

Dopo un po', sembravano tutti uguali. Persone che camuffavano il bigottismo e il giudizio sotto forma di preoccupazione.

Li odiavo tutti. Odiavo tutta questa cazzo di città.

Le mie scarpe scricchiolavano sul pavimento di linoleum mentre mi dirigevo verso il mio armadietto, sospinto e sballottato dalle centinaia di studenti che affollavano i corridoi. Mi misi gli auricolari e alzai il volume, facendo esplodere 'Born to Die in Suburbia' dei Night Birds a un volume sufficiente per non sentire nessuno.

La maggior parte della gente mi ignorava. Avevo il mio gruppo di amici ed ero in buoni rapporti con gli altri reietti della scuola. Gli atleti e gli stronzi privilegiati e popolari avevano di meglio da fare che tormentarmi - la maggior parte delle volte. Si erano assuefatti alla cresta e ai vestiti sporchi; non ero più il bersaglio più divertente da inseguire.

O almeno, non lo ero per la maggior parte delle persone. Alcuni non ne avevano mai abbastanza di fare di me il loro sacco da boxe personale.

Girando l'angolo verso il mio armadietto, feci una smorfia. Kyle Baggins e Alex McAllister erano lì, assiepati intorno all'armadietto accanto al mio, in attesa della ragazza di Kyle - o ex ragazza, ora, visto che lui l'aveva tradita. Rimasi in disparte, sperando che se ne andassero così da poter prendere la mia roba. Ma non sembravano intenzionati ad andarsene, e l'ultima cosa di cui avevo bisogno era di arrivare di nuovo in ritardo.

Kyle non si mosse quando mi avvicinai. Si spostò, girandosi verso di me e bloccandomi l'armadietto con le spalle. Disse qualcosa e Alex rise. I miei auricolari mi impedirono di udire il commento.

"Spostati" feci io. Le parole erano troppo taglienti, ma allo stesso tempo non abbastanza. Non volevo creare problemi, ma le mie intenzioni non avevano importanza. Questi stronzi sapevano di potermi sopraffare senza problemi.

Non avevo nemmeno più paura di loro. Ero insensibile, come se il mio petto fosse stato svuotato e tutto ciò che rimaneva fosse un vasto spazio freddo e buio.

Alex mi sfilò le cuffie dalle orecchie. Il movimento mi fece uscire il telefono dalla tasca, facendolo volare in aria, mentre il jack delle cuffie si staccò e cadde a terra.

"Di nuovo in ritardo, pazzoide?" Kyle rise mentre Alex tirò un calcio al mio cellulare e lo fece schizzare verso le scale. Mi costrinsi a non reagire. Era solo un telefono. Non aveva importanza. Meglio della mia faccia.

"A che cazzo ti servono i libri?" chiese Alex, intascando i miei auricolari come se gli servissero. "Studi per il tuo brillante futuro?" Si scambiarono una risatina - un disgustoso circolo vizioso che alimentava le loro battute di pessimo gusto.

Kyle si era spostato abbastanza da permettermi di accedere al mio armadietto. Mi costrinse a stare in mezzo a loro.

Avevo gli occhi di Kyle conficcati nel fianco. "Come ti sei vestito?"

Non reagire. Libri nella borsa. Testa alta, nessun contatto visivo.

Mi schiantò una mano pesante sulla schiena, facendomi sbattere la testa sul bordo dell'armadietto aperto. Inspirai quando qualcosa di caldo mi colò sul lato della testa, ma non lo asciugai. Serrai la mascella quando Kyle mi si parò davanti, ma ero determinato a non spiccicare una sola parola.

"Ho detto: che cazzo ti sei messo? Te ne vai in giro con la gonna come una dannata femminuccia?"

Ma non gli stavo più prestando attenzione. La vidi arrivare da sopra le sue spalle e mi concessi un sorriso presuntuoso e autocompiaciuto quando lei gli arrivò alle spalle.

"È un kilt, Kyle; indossa un kilt. Dio, sei proprio un idiota. Togliti di mezzo."

Jessica spinse Kyle da parte per avvicinarsi al suo armadietto. I suoi capelli biondi erano raccolti in una coda di cavallo, dei brillantini argentati le luccicavano intorno agli occhi. Indossava la sua divisa da cheerleader, quella con le maniche lunghe e la gonna corta. Si alzò in punta di piedi per raggiungere l'armadietto e non potei fare a meno di fissarla quando le si sollevò la maglietta, scoprendo per un attimo la pancia.

Mi faceva male fisicamente constatare quanto fosse bella. Quanto fosse intoccabile.

"Che cazzo è un kilt?" domandò Alex. Kyle era profondamente accigliato, come se stesse cercando di capirlo anche lui.

Jess mi rivolse appena uno sguardo mentre prendeva

le sue cose, poi richiuse l'armadietto e infilò un quaderno nella borsa. Kyle stava chiaramente cercando di trovare qualcosa da dirle, e poi esordì: "Ehi, piccola, lo sai che io..."

"Chiudi. La. Bocca." Lei si girò di scatto e lo fulminò con lo sguardo. "Risparmia le tue scuse. Non riuscirai a cavartela con le parole stavolta. Volevi così tanto stare con Veronica... Beh, ora ce l'hai. Divertiti, stronzo."

Si allontanò e io la seguii con lo sguardo. Non andava tutto bene nel Paradiso dei Ragazzi Popolari. Non potevo immaginare di avere una donna come quella e di tradirla. Diavolo, non potevo immaginare di tradire qualcuno in generale. Lucas e io eravamo giunti abbastanza facilmente alla conclusione che l'intimità tra noi non richiedeva la monogamia, ma solo il rispetto. Avevamo già concordato che avremmo scopato anche con altre persone, ma era diverso che farlo di nascosto e ferirci a vicenda.

Jess meritava di meglio. Era una stronza presuntuosa e una mocciosa viziata... ma forse non lo sarebbe stata se non fosse stata costantemente circondata da persone così orribili.

Alex e Kyle stavano ancora parlottando, con Kyle che si lamentava che non era colpa sua. "Ha smesso di darmela, amico. Cosa diavolo si aspettava? Che io aspettassi che la sua fica si scongelasse? Ultimamente è una stronza del cazzo."

Sbattei l'armadietto con troppa forza. Non ero affatto scioccato dal fatto che Jessica avesse smesso di fare sesso con lui. Probabilmente avrebbe ricevuto più attenzioni da una roccia letteralmente, che da questa testa vuota. Li avevo visti insieme, li avevo guardati limonare, li avevo guardati scopare. Questo mi faceva sembrare un maniaco, ma era difficile non accorgersene quando facevano sesso nel fuoristrada di Kyle subito dopo una partita. Cosa avrei dovuto fare, distogliere lo sguardo?

Kyle aveva la capacità emotiva di uno stuzzicadenti. Il fatto che incolpasse Jessica per questo mi faceva infuriare.

Un altro forte spintone mi fece urtare di nuovo contro l'armadietto, ma questa volta Alex tenne la mano contro la mia schiena e ringhiò: "Cosa credi di fissare, Reed? Stai per caso sbirciando la ragazza di Kyle come un pervertito?"

L'espressione di Kyle era livida mentre si scrocchiava le nocche. Voleva sfogare la sua rabbia su qualcuno. Che cazzo di sorpresa.

"Sono sicuro che ha messo in chiaro che non è più la sua ragazza" risposi. Alex mi afferrò la giacca, mi tirò indietro e mi scaraventò di nuovo in avanti. Mi tolse l'aria dai polmoni e scoppiai a ridere. "Hai perso la ragazza più bella della scuola perché non riesci a tenerti il cazzo nei pantaloni e sono *io* il pervertito? Davvero patetico."

Il volto di Kyle si oscurò. Alex mi spinse a terra, ma mi preparai all'impatto. Mi rimisi in piedi in un attimo e mi precipitai nel corridoio, schivando i pochi studenti che ancora indugiavano fuori dalle aule. Kyle e Alex erano proprio dietro di me, con le scarpe che colpivano forte il pavimento mentre correvano. Girai nel corridoio successivo e continuai ad andare avanti, con la gente che mi fissava con aria spaesata.

Menomale che non dovevo arrivare in ritardo a lezione.

Dovevo trovare un posto dove nascondermi. Sfondai la prima porta che vidi - il bagno delle donne, *merda* - ma era la mia unica opzione. La porta si chiuse alle mie spalle e io mi rifugiai nel bagno più lontano, chiusi la porta e mi appollaiai sopra il water in modo che non si vedessero le mie scarpe. Almeno qui era vuoto. Non avevo bisogno di altre seccature.

Aspettai per un'eternità, ma non entrò nessuno. Dovevo aver seminato Kyle e Alex, oppure stavano aspettando fuori dalla porta che io uscissi. Ma potevo anche aspettare. Ormai avevo già saltato una lezione; che male c'era a perderne un'altra?

Il diploma non aveva più comunque importanza a

questo punto.

Frugai nella giacca e tirai fuori l'unica sigaretta che mi era rimasta. Di solito le scroccavo a Lucas e cercavo di farmele durare, ma dannazione, ne avevo bisogno. Una volta che l'adrenalina e la rabbia erano svanite, l'ansia fu tutto ciò che mi rimase, e faceva schifo, cazzo.

La accesi e soffiai il fumo fuori dalla finestrella sopra la tazza. Avrebbe comunque appestato il bagno, ma pazienza. L'intorpidimento del mio petto si stava estendendo agli arti, alla testa; non mi fregava più un cazzo di niente.

Mi preoccupavo troppo, ma al contempo non mi preoccupavo abbastanza. L'apatia dilagante mi spaventava, la strana sensazione di noncuranza per il mio benessere mi riportò alle riflessioni di quella stessa mattina.

Stavo perdendo la testa? La mia mente stava cedendo? Kathy sosteneva che mi avrebbe aiutato, ma una parte di me sentiva che era troppo tardi. Non avevo un futuro... e non ne sentivo nemmeno l'esigenza.

Ma stavo ancora combattendo. Per istinto, spinto dalla sopravvivenza, la parte primitiva del mio cervello mi imponeva di *provarci*. Ma ero così dannatamente stanco.

La porta del bagno si spalancò con un tonfo e io mi irrigidii nell'udire lo scalpiccio sulle piastrelle del pavimento. Uno dei lavandini si aprì e lo scroscio dell'acqua non bastò a coprire il suono di un singhiozzo tremante. Scesi dal water e sbirciai attraverso la fessura del cubicolo.

Era Jessica. Era ricurva sul lavandino e stava stringendo la porcellana, a capo chino. Nello specchio, le lacrime le colavano sulle guance, le labbra le tremavano quando le accostò e poi espirò lentamente.

Si ricompose. Raddrizzò la schiena, si tamponò gli occhi arrossati con un fazzoletto e si soffiò delicatamente il naso. Tirò di nuovo su col naso e, nel riflesso, strinse gli occhi in due fessure.

"Chi diavolo sta fumando qui dentro?" sbottò. Ogni accenno di tristezza era scomparso dalla sua voce, e si girò di scatto. I suoi occhi verdi erano pieni di livore. La sua postura lasciava intendere che era pronta a rendere la vita di qualcuno un inferno per aver osato vederla in un momento di vulnerabilità. Non fiatai quando uscì dalla mia vista e una delle porte del bagno si aprì violentemente. "Chi c'è qui dentro?"

Con un sospiro, prima che potesse raggiungere il mio gabinetto, uscii.

Per un attimo mi guardò perplessa. Spensi con cura la sigaretta, non volendo sprecarla, e la misi via.

"Cosa ci fai qui?" Il suo sguardo sfrecciava su e giù per il mio corpo, soffermandosi in punti in cui non avrebbe dovuto. Non avevo mai capito perché mi guardasse in quel modo. Come se stesse per fare una richiesta, ma non riuscisse a capire come formularla.

"Sto evitando il tuo ragazzo" ribattei, e lei alzò gli occhi al cielo.

"Non è più il mio ragazzo" precisò in tono brusco. "È il giocattolino di Veronica, e può tenerselo, per quanto mi riguarda." Tornò al lavandino, prese una salvietta per il trucco dalla borsetta e la passò sotto gli occhi. "Eri seduto qui a spiarmi? Che cosa inquietante, Manson."

Mi avvicinai al lavandino accanto a lei e mi lavai le mani prima di mettere in bocca una gomma da masticare. Non c'è niente di meglio che stare vicino alla ragazza più sexy della scuola per farmi sentire improvvisamente in imbarazzo.

Non poteva essere più opposta a me, con le sue unghie finte rosa e il trucco scintillante. Come un raggio di sole infuocato che può riscaldarti comodamente o ridurti in cenere.

"Beh, mi dispiace per la rottura."

"Ti *dispiace*?" Lei fece uno sbuffo di scherno. "No, non ti dispiace. Non rifilarmi queste stronzate."

Grazie a Dio. In ogni caso, non ero capace di fingere compassione. Suonava sempre sadico, e non volevo spaventarla in quel modo.

"Okay" ammisi. "Hai ragione. Non mi dispiace che tu abbia rotto con quel coglione del tuo ragazzo. Mi sento più che altro di congratularmi con te per aver finalmente scaricato un quintale di peso morto, ma è un po' difficile congratularsi con qualcuno che sta piangendo."

"Io non sto piangendo." Si applicò il mascara sulle ciglia, aprendo bene gli occhi. "Perché dovrei? È Kyle quello che ci sta perdendo, e io ho un *mucchio* di altre opzioni."

Aveva un'ampia scelta a scuola. Chi mai l'avrebbe rifiutata? Vincent e Jason si incitavano continuamente a vicenda a flirtare con lei, come se fosse un gioco per vedere chi dei due sarebbe riuscito a fare centro per primo. Come se *uno di loro* avesse una possibilità. Nemmeno Lucas, che giurava di odiarla a morte, si sarebbe negato l'opportunità di stare con lei. E io...

Non l'avrei certo disdegnata. Diavolo, il pensiero di stare con lei in quel modo...

Era ridicolo. Non ero io una delle sue "opzioni." Non avevo i requisiti. Forse se avessi scambiato parte del mio cervello con un po' più di muscoli, ma anche in quel caso non sarei stato abbastanza per lei.

C'era una barriera tra Jessica e tutti gli altri, una parete di vetro impenetrabile come se lei fosse un reperto in un museo, destinato a essere ammirato ma mai toccato. Quella parete sembrava una sfida, come se ci fosse un trucco per aggirarla se solo fossi riuscito a trovarlo.

Riapplicò il gloss, che brillò sulle sue labbra, e la sua bocca attirò irresistibilmente il mio sguardo. Avrebbe potuto pronunciare frasi spietate e senza cuore e io le avrei perdonate tutte; lo aveva fatto prima e lo avrebbe fatto di nuovo. Ciò che mi spiazzava era che, per quanto crudele fosse, per quanto spesso si mostrasse disgustata da me, non mi evitava.

Anzi, sembrava il contrario. Avrebbe potuto chiedere di farsi spostare l'armadietto lontano dal mio, ma non l'aveva fatto. Avrebbe potuto dirmi di levarmi dalle palle in qualsiasi momento, e io l'avrei fatto. Non stavo cercando di fare il maniaco, nonostante le sue accuse.

"Cosa ti è successo alla testa?" mi chiese. Mi ero già dimenticato del taglio, e ci passai sopra le dita per controllare se sanguinava ancora.

"È stato il pedaggio per aver usato il mio armadietto" spiegai. La sua bocca si contrasse, come in un vago tentativo di solidarietà. "Allora, chi è il tuo fortunato rimpiazzo? Immagino che tu stia già pianificando un modo per rendere la vita di Kyle un inferno di gelosia."

Lei sogghignò, appoggiandosi al lavandino. "Certo che sto pianificando. Deve imparare una lezione."

Il cigolio della porta che si aprì mi fece trasalire. Mi voltai quando una ragazza timida dai capelli castani entrò nel bagno e ci vide. Non sapevo bene chi fosse, ma Jess schioccò le dita, attirando all'istante l'attenzione della ragazza.

"Il bagno è occupato, tesoro" dichiarò, e la ragazza praticamente inciampò uscendo dalla porta. Scossi la testa mentre Jess tornò a truccarsi, meditando ancora sulla sua vendetta. "Forse uscirò con Alex. So che ci starebbe. Cerca sempre di flirtare con me quando pensa che Kyle non se ne accorga. Questo rovinerebbe la sua amicizia e lo farebbe ingelosire."

"Ti hanno mai detto che sei diabolica?" commentai. A Lucas sarebbe venuto un aneurisma se Jess fosse finita con Alex. In tutta franchezza, per evitare che Lucas finisse con un'accusa di omicidio, speravo che Jess non desse seguito a quel metodo di vendetta.

Ci pensò un attimo. "No, non me l'hanno detto. Ma mi piace. Diabolica..." Il suo sorriso si allargò, come se l'idea la solleticasse. "È quello che si merita."

"E che mi dici di quello che ti meriti *tu*?"

La sua espressione vacillò e mi lanciò un'occhiata come se avessi detto qualcosa che non aveva senso. "Quello che mi merito io? Cosa vuoi dire?"

"Voglio dire che forse questa è la tua opportunità di uscire con qualcuno a cui interessi davvero." Non avevo idea del perché mi stessi prendendo la briga di dirle questo. Il vuoto torpore che avevo dentro era privo di paura, scevro dei condizionamenti che di solito mi trattenevano. "Qualcuno che non stia solo cercando di farti diventare la sua bambolina."

Il suo cipiglio si fece più marcato. "Ehm, sì, io non... come la fai sembrare *seria*, Manson." Fece una risata, mise via i trucchi e si raddrizzò la coda di cavallo. Dio, eccola di nuovo: la parete. Pensava che quella parete nascondesse le sue emozioni? Credeva che non fossi in grado di leggerla? Forse nella sua mente quella barriera di vetro era fatta di mattoni. Magari pensava che la schermasse e impedisse agli altri di percepirla.

Ma io riuscivo a vederci attraverso. La tristezza che le rimaneva sul viso, il dolore nel suo tono gioviale, il modo in cui esaminava il proprio riflesso nello specchio. Vedevo tutto.

"Giusto, dimenticavo che tutto quello che succede in questo girone infernale è uno scherzo" affermai. Arretrai, poi mi voltai e mi diressi verso la porta. Non mi preoccupai di salutarla. L'avrei rivista. Ma rimanere lì da solo con lei era sinonimo di guai. Mi dava troppe idee.

Idee molto, molto cattive.

Fantasticavo continuamente su di lei, ma quelle fantasie erano impossibili, e anche solo osare pensare il contrario era da sciocchi. Stare nella stessa stanza con lei me l'aveva fatto venire duro; la mia mente era piena di visioni di lei piegata sul lavandino e delle mie dita sotto quella minigonna.

Cristo, avevo bisogno di scaricarmi. Se non avessi perso il telefono, grazie ad Alex, avrei chiamato Lucas per farmi passare a prendere. Il pensiero della sua bocca su di me mi faceva diventare il cazzo ancora più duro.

Avevo sviluppato l'abitudine di raggiungere il massimo dell'eccitazione senza venire per giorni interi; c'era qualcosa nell'esercizio attento del controllo che mi faceva sentire più centrato, anche se non era soddisfacente. Ma arrivavo sempre a un punto in cui non ce la facevo più, i giorni di climax senza orgasmo mi lasciavano leggermente ferino.

Avevo fatto solo pochi passi lungo il corridoio quando la sua voce mi fece voltare.

"Manson! Aspetta!"

Mi girai verso di lei. Era ferma fuori dalla toilette e si strofinava ripetutamente il polso mentre mi guardava.

"Pensi che... cioè..." La sua voce tentennò e si leccò le labbra lucide. "Stavi dicendo che... pensi che io meriti qualcuno che si prenda cura di me?"

Tirò fuori quelle parole come se fossero uscite dritte dalle fosse dell'inferno. Sembrava ripugnata, insultata... e triste. Sembrava così dannatamente triste.

"Certo che lo penso" confermai. Il corridoio oramai era silenzioso, così abbassai la voce. Stare qui fuori con lei mi rendeva nervoso, la nuca mi pizzicava. Se Kyle, Alex o gli altri suoi amici ci avessero visti, mi avrebbero picchiato a sangue. "Forse se stessi con qualcuno che non è un tale coglione, saresti davvero felice e ti comporteresti meno da stronza."

Non lo dissi per cattiveria, ero sincero. Ancora una volta, la finta pietà non mi riusciva bene. Jess alzò gli occhi, come mi aspettavo, e disse: "Sono perfettamente felice. Perché non dovrei esserlo?"

Chiusi la distanza tra noi, ma lei non indietreggiò. Mi lasciò stare lì davanti a lei, tanto vicino da poterla toccare.

"Una persona triste sa com'è fatta un'altra persona triste" risposi. Osai allungare la mano e sfiorarle la guancia con le dita per sistemarle una ciocca di capelli biondi dietro l'orecchio. Le venne la pelle d'oca sulle braccia e i miei occhi si allargarono. "Lo sento nella tua voce. Lo vedo nei tuoi occhi. Lo percepisco quando ti guardo. Tu meriti di essere felice, ma non troverai mai la felicità con le persone che stai scegliendo."

Mi fissava come se l'avessi schiaffeggiata. Sicuro di aver fatto una cazzata, mi allontanai da lei. Il suo calore era troppo per me; ero volato troppo vicino al sole e avevo preso fuoco.

Ma se si cerca di costringere una pianta a crescere in una stanza buia, quella cercherà il sole. Anche se indifesa e radicata, senza speranza di toccare il calore, lo farà perché deve farlo.

Jess mi afferrò la giacca e mi trascinò con sé. Io inciampai dietro di lei in una confusione sconcertante, mentre lei mi riportò in bagno e mi spinse contro il muro. I suoi occhi erano così luminosi e spalancati dalla meraviglia. Era ancora avvinghiata alla mia giacca ed era così vicina... troppo vicina.

"Che stai facendo, Jess?" chiesi. Mi sudavano i palmi delle mani e la mia mente era in preda al caos. Era premuta contro di me, le sue belle labbra leggermente schiuse a pochi centimetri - solo pochi centimetri - dalla mia bocca.

Profumava di fragole e panna. Dovevo controllarmi, ma più una cosa era proibita, più la desideravo. Le caramelle avevano un sapore più dolce quando le rubavi.

Volevo agguantarla, affondare in lei. Volevo vedere come appariva la sua pelle quand'era arrossata e livida. Volevo sentire i suoni che emetteva quando si perdeva nella beatitudine. Volevo trovare ogni punto di piacere e di dolore sul suo corpo e usarli.

"Prometti di non dirlo?" sussurrò.

"Lo prometto."

I suoi occhi continuavano a spostarsi tra i miei e la mia bocca. Le sue intenzioni sembravano ovvie, ma non era possibile che volesse quello che stavo pensando. No, non aveva senso.

Questa splendida dea non poteva volere me.

Ma conoscevo quello sguardo nei suoi occhi, che risvegliò dal sonno il mostro che era in me.

Le agguantai le braccia e invertii le posizioni, spingendola con la schiena contro il muro. Lei espirò dolcemente, l'aria tra di noi era così carica che mi fece rizzare i peli sulla nuca. Ansimavo come se avessi appena corso un chilometro, il cuore mi martellava contro le costole.

Lei trascinò il labbro inferiore tra i denti e disse: "Baciami."

Per un attimo persi la cognizione del tempo. Fu solo un secondo, e poi la baciai come se fosse l'ultima cosa che avrei fatto. Poteva anche darsi: il reietto della scuola che limonava con l'ex ragazza del quarterback era una ricetta per l'omicidio.

Ma non mi importava. Dannazione, non mi importava affatto. Se fossi morto l'indomani, sarei morto felice, perché questo era il paradiso. Le sue labbra sapevano di ciliegia e la sua bocca era morbida e dolce. Tutto il suo corpo si muoveva con me, ogni centimetro perfetto di lei, ed era come un fuoco d'artificio che esplodeva nella mia testa. Ci aggrappammo freneticamente l'uno all'altra, le dita scavavano nella carne, spingevano, tiravano, mordevano... Cazzo, non riuscivo a fermarmi.

Le misi una mano sulla gola e la strinsi, e lei gemette nella mia bocca come se le avessi appena dato ciò che agognava.

Dio, potevo distruggerla. Volevo farlo. Ne avevo *bisogno*. Non bramavo solo la sua perfezione, la sua bellezza irraggiungibile. Volevo la sua lordura. Volevo le sue parti incasinate, disgustose e malate. Volevo squarciarla, metterla a nudo, trovare le cose che la facevano scattare.

Volevo farla mia dall'interno. Farla a pezzi prima di rimetterla insieme. Erano pensieri pericolosi e stavo viaggiando su un confine che non avevo mai osato toccare.

Quando ci separammo, senza fiato, fu come se fossimo sospesi fuori dal tempo. Le sue labbra erano rosse, leggermente gonfie, le guance infuocate. Aveva il fiatone, e per un attimo mi immaginai di tirarle su la gonna e di scoparla proprio lì, contro il muro.

Ma poi mi lasciò andare trafelata, con gli occhi che si sgranarono per l'orrore.

Come se si fosse appena resa conto di ciò che aveva

fatto.

"Io... io..." Scosse la testa e io la lasciai andare, facendo un passo indietro per darle spazio. Lei mi girò intorno e camminò all'indietro verso la porta. "È stato..." Si passò le dita sulla bocca, tremando leggermente. Un piccolo sorriso le incurvò le labbra, ma svanì in un istante. Si fermò quando raggiunse la porta, lanciandomi di nuovo quello sguardo.

Come se volesse chiedere qualcosa. Come se volesse mettersi in ginocchio per me.

Poi se ne andò, scomparendo dalla porta. Rimasi a lungo - troppo a lungo - appoggiato al muro con il sapore di lei in bocca.

2
MANSON

Caricammo le nostre cose sulla Bronco e sulla WRX la mattina presto, mentre il cielo era ancora buio e l'aria fresca della notte era umida. Avevamo lasciato i cani alla famiglia di Vincent il giorno precedente e suo padre aveva accettato di passare da casa durante il fine settimana per dare un'occhiata. Erano secoli che non lasciavamo la città e ancora di più che non facevamo una vera vacanza. Ne avevamo bisogno ora più che mai.

Erano passate quasi due settimane da quando mio padre si era presentato al mio cancello dopo mesi di latitanza. L'ultima volta che l'avevo visto aveva minacciato di uccidermi e questa volta non era andata meglio. Avevo creduto che fosse morto e avrei preferito continuare a crederlo, ma tutto ciò che potevamo fare ora era cercare di evitarlo.

Mi riportava alla mia infanzia in un modo che non mi piaceva. Il camminare in punta di piedi, il nascondermi. Ma la situazione era diversa rispetto ad allora; non dovevo preoccuparmi solo di me stesso.

Dovevo pensare ai miei ragazzi. E a Jess. Era mia responsabilità assicurarmi che fossero al sicuro. Inoltre, avevamo tutti bisogno di passare del tempo insieme. Senza preoccuparci del lavoro, dei genitori o dei vicini ficcanaso. Solo noi, insieme, a commettere qualsiasi dissolutezza ci aggradasse.

Jess era ancora in debito con noi. La sua BMW era ferma nel nostro garage, in attesa della consegna del nuovo motore. Non avrebbe pagato la riparazione in contanti; ci aveva offerto qualcosa che consideravo molto più prezioso.

Sé stessa. Il suo corpo e il suo tempo.

Giocare con l'intimità era rischioso, lo sapevo. Quando tutto questo fosse finito, quando la sua auto fosse stata riparata e il suo debito fosse stato "saldato," non saremmo stati in grado di lasciarla andare. Io non ce l'avrei fatta a liquidare questa storia come se nulla fosse e a vederla uscire di nuovo dalla mia vita.

Avevo bisogno che rimanesse. Lo volevo. Ma la scelta era la sua e l'unica cosa che potevo fare ora era mostrarle che questo era il posto in cui doveva restare.

Dovevo illustrarle le possibilità, farle vivere un'esperienza che non avrebbe mai dimenticato.

Aveva ammesso che la sua fantasia più grande era quella di essere rapita, usata e dominata, senza doversi preoccupare di nulla se non di essere una brava ragazza obbediente per noi. Voleva sottomettersi completamente, rinunciare al controllo a cui si aggrappava con tanta premura.

Adoravo questo suo aspetto. Una volta placate le sue paure di essere rifiutata e giudicata, Jess era insaziabile, famelica. Ma in quattro potevamo saziarla.

Ne avevamo parlato nei giorni passati, confrontandoci su ciò che supponeva le sarebbe piaciuto e non piaciuto, sulle cose che voleva provare o su quelle da evitare. Conoscevamo i nostri limiti, avevamo una parola di sicurezza, ma più la facevamo parlare di ciò che voleva, meglio era.

Volevo farla impazzire. Volevo mostrarle come avrebbe potuto essere la vita con noi, se l'avesse voluto.

Andammo a prenderla presto, prima che i suoi genitori si svegliassero, quando il sole si stava ancora affacciando all'orizzonte. Sua madre era convinta che avrebbe trascorso il fine settimana con alcune ragazze, amiche che ormai non parlavano più con Jess, da quando aveva deciso di passare il tempo con noi. Gettò i bagagli sul retro della Bronco prima di arrampicarsi sul sedile anteriore, con un paio di minuscoli pantaloncini di jeans che le risalirono sulle cosce mentre prese posto tra Lucas e me. Salutò Jason e Vincent attraverso il lunotto posteriore, dato che viaggiavano insieme sulla WRX.

"Vi prego, ditemi che possiamo fermarci per un caffè" disse, appoggiando la testa sulla spalla di Lucas con un gemito teatrale. "Credo che morirò se non mi imbottisco di caffeina al più presto."

Avevamo *tutti* bisogno della nostra dose di caffeina. Lucas sarebbe diventato scontroso senza, e l'ultima cosa che volevamo tutti noi era rimanere rinchiusi in un veicolo con lui di cattivo umore. Una volta preso l'espresso, ci mettemmo subito in autostrada. Alzammo il volume dello stereo e tenemmo i finestrini abbassati, e non passò molto tempo prima che non potessi più tollerare di avere Jess seduta accanto a me senza toccarla, baciarla, *godermela*.

Agganciai un braccio intorno alla sua vita e feci un sorrisetto a Lucas mentre la trascinai sulle mie ginocchia in modo che fosse a cavalcioni sul mio grembo, rivolta verso di me.

Lucas brontolò: "E dai, amico, è per questo che volevi che guidassi io? Sei tu quello a cui piace guardare! Vuoi fare a cambio con me dopo questo? Ehi! Manson!"

Ma Jess mi stava baciando e non potevo rispondergli con la sua lingua in bocca. Non avevo ancora intenzione di scoparla. Volevo sentirla, godere del suo sapore, assaporare il suo corpo. Le diedi una sculacciata quando si sollevò leggermente dal mio grembo e lei gemette nella mia bocca, prima di sussurrare: "Mm, sculacciami più forte, padrone."

"Oh, *cazzo*." Lucas lanciò una serie di imprecazioni, battendo ripetutamente il palmo della mano sul volante. Si sforzava di guardare noi più che la strada.

"Fai attenzione alla guida, cucciolo" dissi, allungandomi per spingergli il viso in avanti. Il ringhio furioso che mi rivolse fu sufficiente a farmi ridacchiare mentre diedi un'altra sculacciata a Jess, che sussultò e si strusciò sulle mie ginocchia. La girai e le spinsi la testa in basso e di lato, in modo che fosse distesa sulle mie ginocchia. La sua testa era sul sedile verso Lucas e le sue gambe erano piegate contro la portiera, con le scarpe da ginnastica bianche slacciate.

"Lo vuoi più duro?" chiesi, strofinando la mano sulle sue cosce e poi sulle sue natiche rotonde. Anche se parzialmente nascoste dai pantaloncini, le sottili linee rosse del mio nome incise sulla pelle erano comunque visibili. I tagli erano guariti, ma detestavo vederli scomparire. Avevo bisogno di un segno permanente su di lei, qualcosa che non sarebbe mai svanito.

Mi rivolse un'occhiata sfrontata da sopra la spalla, stringendo le mani intorno alla coscia di Lucas. Lo stava *torturando*. Dimenò il sedere e io la colpii di nuovo, continuando finché non ansimò e le sue cosce non furono arrossate.

Quando ci fermammo alla stazione di servizio successiva, Lucas era talmente teso che mi stupii che riuscisse a stare in piedi.

Scendemmo tutti, sgranchendoci braccia e gambe. Eravamo in viaggio da ore e avevamo ancora un po' di strada da fare prima di arrivare in montagna, ma ora la vedevamo davanti a noi attraverso gli alberi. I terreni agricoli avevano lasciato il posto alle foreste, e la stazione di servizio in cui facemmo sosta era vecchiotta, con una sola pompa e una macchinetta per il bancomat fuori servizio.

"Vado a pagare alla cassa" propose Jess, strappandomi dalle dita i contanti con cui stavo per entrare. La guardai attraverso la vetrina sporca mentre si avvicinava al bancone, con la pancia scoperta sotto la maglietta rossa che indossava.

"È troppo bella per uscire in pubblico" rifletté Lucas, a braccia conserte, appoggiato alla Bronco con il tappo della benzina aperto. Jess stava parlando con l'uomo dietro il bancone, un vecchietto con un ampio sorriso che assomigliava a un Babbo Natale di provincia in salopette. Diavolo, avrei avuto anch'io un sorriso così smagliante se uno dei miei pochi clienti della giornata avesse avuto quell'aspetto.

Quando tornò fuori, Jess aveva un lecca-lecca in bocca. Lucas fece benzina e lei distribuì la soda che aveva comprato. Si passò una delle lattine fredde sulla nuca, sospirando mentre la condensa le colava sulla pelle.

"Che gusto?" chiese Vincent, e lei si tolse il lecca-lecca dalla bocca per offrirgliene una leccata.

"Mirtillo" rispose Jess, tirando fuori la lingua macchiata di blu proprio quando anche Jason si avvicinò per una leccata. Vincent stava contemplando le sue cosce arrossate, e mi rivolse un sorrisetto, sollevando le sopracciglia in modo allusivo.

Ma quella piccola sessione di sculacciate non era niente. Serviva a farla eccitare e agitare prima della parte migliore.

Voleva essere presa prigioniera. Voleva sentirsi indifesa, devastata, usata.

Lungi da me negarglielo.

Ci rimettemmo in viaggio e Jess si divertì a provocarci. Si mise di nuovo sulle mie ginocchia e si mise a far roteare la lingua intorno al lecca-lecca. Muoveva delicatamente i fianchi, strusciandosi su di me, con un'espressione innocente sul viso.

Resistemmo per circa mezz'ora prima che Lucas accostasse in un'area di sosta libera. La WRX arrivò dietro di noi e Jess aggrottò la fronte, si raddrizzò sulle mie ginocchia e si guardò intorno. L'area di sosta non era altro che una panchina da picnic e una serie di gabinetti, nascosti dall'autostrada da una fila di alberi.

"Già una pausa bagno?" domandò. Ridacchiai, le afferrai il viso e lo tirai verso di me per un bacio. Lei mugolò dolcemente quando Lucas la toccò da dietro, facendo scorrere le dita lungo le braccia prima di stringerle i polsi e poi...

"Ehi... cosa?" Jess sobbalzò al suono del nastro adesivo, ma Lucas e io fummo troppo veloci perché lei potesse liberarsi. Le assicurò i polsi dietro la schiena, fissandoli con il nastro adesivo, prima di fare lo stesso con le caviglie, mentre io la trattenevo.

Jess sapeva che sarebbe successo, ma dovevo riconoscerlo: lottò con tutte le sue forze. Si dimenò e si agitò, imprecando contro di noi come se tutto questo fosse contro la sua volontà. La spingemmo fuori dalla Bronco e Lucas la portò in spalla verso la WRX.

"Ne ho abbastanza delle tue dannate provocazioni" ringhiò e la scaricò nel bagagliaio, dopo che Vincent glielo ebbe aperto. Lei si contorse, fissandoci con occhi spalancati. "Ora è il nostro gioco, giocattolino."

"Tre giorni in montagna dove nessuno potrà sentirti urlare" annunciai. "E fidati di me, urlerai parecchio."

Lasciai il mio cellulare nel bagagliaio con lei. Una parte delle nostre conversazioni passate riguardava la possibilità di comunicare con noi se l'avessimo rinchiusa in questo modo, e avevamo optato per il cellulare. Sarebbe stata in contatto telefonico per tutto il tempo con Jason, che dal canto suo avrebbe tenuto l'audio disattivato. Se Jess avesse avuto bisogno di usare la sua parola di sicurezza per qualsiasi motivo, l'avremmo sentita.

Mi chinai e le passai delicatamente le dita tra i capelli.

Poi afferrai le lunghe ciocche bionde e la tenni ferma per Jason, che le legò una benda sugli occhi.

"È tutta nostra per giocare" dichiarò lui, tracciando con le dita le labbra di Jess. Queste si divaricarono leggermente e lui le spinse due dita in bocca, le fece scivolare sulla lingua e in fondo alla gola fino a farle venire un conato di vomito. "Così, baby, strozzati. Rilassa la gola, ne avrai bisogno."

La vista di lei legata, bendata e sdraiata nel bagagliaio mi eccitava così tanto che non riuscivo a vedere bene. Avrei dovuto mettere una telecamera per poterla guardare, ma ormai era troppo tardi. Non sapevo come diavolo avrei fatto ad aspettare che arrivassimo in cima alla montagna.

Ma avrei trovato un modo. L'attesa rendeva tutto più dolce.

"Sei tutta nostra per i prossimi giorni" ribadii, appoggiando la mano al bagagliaio mentre la scrutavo dall'alto. "Goditi il tuo tempo da sola finché puoi."

Poi la chiusi nel buio.

3
JESSICA

La maggior parte delle persone non considererebbe l'essere legati con un nastro adesivo e rinchiusi in un bagagliaio un ottimo inizio di fine settimana. Ma io non ero la maggior parte delle persone.

Okay, era un po' folle. Era l'esatto contrario di tutto ciò che la mamma voleva per la sua dolce bambina. Non era qualcosa che mio padre avrebbe approvato. Uscire con questi ragazzi aveva rovinato la mia reputazione e mi era costato qualche amico.

Ma in tutta onestà... della mia "reputazione" non mi fregava nulla. Essere conosciuta come la stronza presuntuosa non era divertente, e fingere costantemente di essere migliore di tutti gli altri mi aveva solo fatto guadagnare un po' di meritato odio. Non ne potevo più. Non volevo drammi.

Dovevo capire chi ero senza tutte quelle cazzate, senza la maschera e l'atteggiamento altezzoso.

Quale modo migliore di conoscermi se non con una fantasia di rapimento? Non era stato sempre facile accettare ciò che volevo senza giudicarmi severamente. Rinunciare al controllo richiedeva un po' di esame di coscienza, e avevo tutto il tempo per farlo durante il viaggio.

Me ne rimasi sdraiata a pensare a quello che avrebbero potuto farmi. A quello che *mi avrebbero* fatto. Per via della benda, gli altri sensi si erano acuiti. Il tappetino ruvido contro la mia schiena mi faceva formicolare la pelle e le mie dita si contorcevano irrequiete nei loro legacci. Jason e Vincent stavano ascoltando musica elettronica, il cui battito pesante risuonava negli altoparlanti. Il ritmo era cupo e sexy e mi cullava in uno stato di tranquilla accettazione.

Ero loro. Il loro giocattolo, la loro schiava. La loro vittima volontaria.

Quando finalmente l'auto si fermò e il motore si spense, il mio battito cardiaco accelerò. Fui travolta dalla trepidazione quando il bagagliaio si aprì. Arrivò una folata d'aria fresca, più fredda di quanto mi aspettassi e caratterizzata da un forte profumo di pino. Il canto degli uccelli riempiva l'aria e una brezza leggera faceva frusciare gli alberi.

"Accidenti, guarda questa cosuccia."

Riconobbi la voce di Vincent, ma c'erano più piedi che si muovevano intorno al bagagliaio. Gli scarponi scricchiolavano sulla ghiaia, si muovevano nella terra e nelle foglie secche. Qualcuno mi afferrò la gamba e tirò, riposizionandomi in modo che fossi piegata sul paraurti con il busto ancora nel bagagliaio. Il nastro adesivo intorno alle caviglie fu tranciato di netto, forse con un coltello. Delle dita si insinuarono tra i miei capelli per bloccarmi la testa. Qualcuno mi calò i pantaloncini, delle mani mi afferrarono e strinsero il culo.

"Voglio sentire quella splendida fica." Le mie mutandine vennero scostate di lato e le dita mi penetrarono. Mi pomparono dentro, il suono bagnato mi fece scaldare il viso. Gemetti quando si ritrassero e la punta liscia del cazzo di qualcuno - di Vincent? - premette contro il mio ingresso.

Si infilò dentro di me, rude e incurante nello spingere i fianchi contro di me. Non sapere chi fosse, non potermi muovere o vedere era così erotico che emisi quasi subito un gemito di abbandono.

"Cazzo, è così piacevole." Era Vincent. Ora lo sapevo senza alcun dubbio.

"Dacci dentro di brutto, Vince" lo spronò Manson. "Lo prende meravigliosamente, non è vero?"

Lucas disse da qualche parte accanto a me: "Facciamola gemere. Usala come una puttana."

Il ritmo di Vincent era brutale, e le dita dei miei piedi si arricciarono, il mio clitoride moriva dalla voglia di essere toccato. Era questo che avevo chiesto: che mi venissero tolte ogni scelta e preoccupazione e che mi fosse lasciato solo il piacere. La mia voce tremò per la disperazione quando mugolai il suo nome, implorandolo di toccarmi - per favore, *per favore*.

"Fammi venire, Vincent, ti prego, ti prego, ti prego!"

Uno schiaffo sul culo fu la mia risposta. "Chiudi quella cazzo di bocca. Pensi che ci importi del tuo orgasmo, ragazza? Lo pensi davvero?"

"Mettetela a tacere" sentenziò Jason. "Datele qualcosa da succhiare."

Mi fecero uscire dal bagagliaio. Vincent mi afferrò i fianchi e mi tenne piegata mentre qualcuno mi infilò il suo cazzo in bocca. Non aveva alcun piercing e non era lungo come quello di Jason, ma era più grosso...

Manson. Il suo sapore era indescrivibile, ma lo riconobbi all'istante.

Mi scopò la gola con lo stesso vigore con cui Vincent mi scopava la fica. Ringhiava mentre usava la mia bocca, aggrappandosi ai miei capelli. Vincent cambiò angolazione, il suo cazzo colpì quel punto perfetto dentro di me che mi fece immediatamente tremare le ginocchia.

"Questo la fa gemere, Vince," il tono di Manson era deliziosamente roco. "Credo che le piaccia."

"Piccola troia disperata." Ricevetti un'altra

sculacciata e mossi i fianchi all'indietro, smaniosa di compiacere. Vincent sibilò, poi si gonfiò dentro di me. Mi strattonò i fianchi all'indietro con spinte violente e mi ritrovai impalata da entrambe le estremità, soffocata e dolorante mentre mi usavano.

Il ringhio che Vincent emise nel momento in cui venne dentro di me mi portò a un soffio dal traguardo. Si tirò fuori da me, ma Manson non aveva ancora finito con me. Mi tenne la testa schiacciata sul suo cazzo finché non ebbi un conato di vomito. La saliva mi colava dalle labbra sulla sua erezione gonfia quando finalmente si sfilò da me.

Mi raddrizzò e mi abbrancò, costringendomi a camminare in avanti. Quando raggiunsi una rampa di scale, qualcun altro mi sollevò da terra. Era Lucas: riuscivo a sentire il suo odore. Riconobbi la ruvidità delle sue mani. Una porta si aprì, l'aria lievemente polverosa mi investì le narici, e fui rimessa in piedi e poi spinta in ginocchio.

"Vediamo quanto il giocattolino ha voglia di venire, che ne dite?"

4
JESSICA

Le loro scarpe battevano pesantemente mentre mi giravano intorno, e all'improvviso mi tirarono giù la benda. Sbattei in fretta le palpebre per la luce e alzai lo sguardo verso i miei sequestratori.

I quattro uomini erano in piedi davanti a me nel soggiorno di una grande baita. Le pareti erano in legno lucido. C'erano un camino in pietra alla mia sinistra e un divano componibile in pelle marrone alla mia destra. Alle pareti erano appesi teschi di cervi e alci. La luce filtrava dalle doppie porte di vetro davanti a me, che davano su una terrazza di legno circondata da abeti.

"Benvenuta nella tua nuova casa" annunciò Jason, camminandomi intorno. "È ora di trasformarti nella piccola e obbediente troia che hai sempre voluto essere."

Quelle parole furono come una scarica elettrica che mi investì in pieno. Mi tirò di nuovo su la benda, sistemandola saldamente sugli occhi e immergendomi nell'oscurità.

"Le troie non hanno bisogno di vedere" affermò,

dandomi una pacca sulla guancia. "Vai dove ti dicono i tuoi padroni e andrà tutto bene."

Un'altra serie di passi si avvicinò. Qualcuno mi passò accanto, mi accarezzò i capelli e mi rovesciò la testa all'indietro.

"Apri la bocca, angelo."

Con un brivido, obbedii. Le dita di Manson sondarono la mia bocca, premettero sulla mia lingua e in profondità nella mia gola.

"Non tirarti indietro." Mi acciuffò i capelli per assicurarsi che rimanessi in posizione, la sua voce era ferma quando mi strozzai. "Impara a controllarti."

Mi infilò due dita in gola e le tenne lì. Le lacrime mi si riversarono negli occhi e inumidirono la benda mentre cercavo di resistere all'impulso di tossire. Solo quando riuscii a controllarmi e a non avere dei conati con le sue dita in gola per quasi venti secondi, mi lasciò andare.

"Così va meglio." Mi mollò i capelli e si mise a girarmi intorno. "Questa è una brava puttana. La tua gola dovrebbe essere sempre pronta per me, non è così?"

"Sì, padrone" risposi, con la voce roca.

"Un giocattolo come te è buono solo per compiacere i suoi padroni, è chiaro?".

Annuendo rapidamente, sussurrai: "Sì, padrone."

"Allora prenderai tutto quello che ti daremo, mm? Allargherai le cosce e ci lascerai usare la tua fica, il tuo culo, la tua bocca. Puoi urlare quanto vuoi, angelo. Ma sarai una brava ragazza per noi e lo sopporterai."

I miei respiri profondi mi stavano dando il capogiro. "Sì, padrone. Sarò una brava ragazza e lo sopporterò."

Poi Manson diede un comando.

"Spogliatela."

Delle mani mi afferrarono da tutti i lati, inchiodandomi al pavimento. Qualcuno attanagliò la mia maglietta e io sussultai quando mi fu strappata. Del metallo freddo picchiettava sul mio petto, si infilò sotto la spallina del reggiseno che, con un rapido strattone, mi venne tagliato. Mi tolsero le scarpe, i calzini, poi anche i pantaloncini e gli slip.

Mi misero a pancia in giù e la lama che mi aveva tagliato il reggiseno passò sotto il nastro intorno ai polsi prima di strapparlo.

"Allargatele le gambe" ordinò Manson. "Voglio vedere la sua bella fica che gocciola per noi."

Le mie caviglie furono afferrate e divaricate. Ero lì, a pancia in giù, con l'aria fresca che mi baciava la carne, esposta e indifesa. Le dita mi sondavano e mi divaricavano le labbra. Qualcuno mi spalmò addosso lo sperma di Vincent e mi fece un ditalino come per spingerlo di nuovo dentro.

"Jason, leccagliela. Infilale la lingua dentro."

Manson aveva appena finito di impartire l'ordine che la bocca di Jason si chiuse su di me. Mi accarezzò con la lingua, consumandomi con lo stesso entusiasmo con cui avrebbe degustato un pasto di cinque portate. Le mie gambe furono tenute aperte per tutto il tempo, le mie mani si aggrappavano disperatamente al pavimento liscio in cerca di qualcosa a cui appigliarsi.

"Oh Dio, è così piacevole!" La sua lingua continuava a lambire il mio clitoride, facendo fremere ogni volta le mie gambe immobilizzate.

"La stai facendo tremare, J." Dio, Vincent suonava così dannatamente sexy. Si percepiva il solito umorismo nella sua voce, ma il suo tono era basso e denso di desiderio. "Ti piace il mio sapore dentro di lei?"

"Sì, signore." Jason biascicò le parole contro di me, e io per poco non persi la testa. Ogni centimetro del mio corpo si irrigidì alla disperata ricerca dell'orgasmo che aleggiava appena fuori dalla mia portata.

"Non farla venire" dichiarò Manson, e la lingua di Jason lasciò il mio clitoride per disegnare degli stuzzicanti cerchi intorno alla mia entrata. Gemetti e spinsi i fianchi verso di lui, come se questo potesse convincerlo ad andare contro gli ordini di Manson.

"Che ragazza disperata" commentò Jason. Era come se la sua bocca mi stesse risucchiando le cellule cerebrali.

Riuscivo a malapena a parlare. Non riuscivo quasi a pensare. "Puoi dimenarti quanto vuoi, ma non ti farò venire finché non lo dirà Manson."

Non c'era modo di convincerlo del contrario. Sapevo che non c'era. Ma mi svilii ancora di più piagnucolando: "Manson, ti prego! Farò la brava, sarò una brava ragazza, te lo prometto..."

"Certo che lo sarai" rispose Manson. Il tintinnio del ghiaccio nel bicchiere mi mise in allarme: il ricordo di Lucas che mi teneva ferma e spingeva il ghiaccio dentro di me mi fece rabbrividire. Ma fu seguito dal gocciolio del liquido versato e da un lieve profumo speziato nell'aria.

"Farai la brava, che ti faccia venire o meno, vero angelo?"

"Sì, signore." Lo desideravo così tanto che avrei potuto piangere. Ma strinsi i denti. La mia sofferenza era un culto e volevo mostrare il mio rispetto, il mio desiderio, la mia voglia nell'unico modo possibile.

Jason continuò a provocarmi anche quando desistetti. Era come se avesse una mappa del mio corpo spaventosamente accurata, si concentrava su tutti i punti che mi facevano contorcere di più. Ogni volta che avevo una reazione, lui rallentava e poi ripeteva il movimento che mi aveva fatto emettere un verso.

"Lasciala andare."

Nel momento in cui Manson impartì l'ordine, venni rilasciata. In preda ai brividi, sdraiata sul freddo pavimento di legno, non mossi un muscolo finché lui non me lo ordinò.

Qualcosa batteva ripetutamente davanti a me - qualcosa di pesante. "Striscia, angelo."

Mi misi a quattro zampe, ma un piede pesante mi spinse di nuovo a terra.

"Striscia sulla tua fottuta pancia come la piccola e patetica creatura che sei" fece Lucas, togliendo il piede solo dopo che ebbi mugolato un obbediente: "Sì, signore."

Mi mossi in avanti, con il ventre contro il pavimento, e mi trascinai verso la voce di Manson. Vincent era da qualche parte accanto a me, la sua voce era un sussurro sadico mentre diceva: "Non vedo l'ora di farle cavalcare il tuo cazzo mentre io ti sfondo il culo."

Stava parlando con Jason, e immaginare il suo cazzo immerso in profondità dentro di me mentre Vincent lo scopava - oh, Dio, sì, volevo provarlo.

Avevo un ronzio nella testa, mi sentivo il corpo elettrizzato. Allungai la mano e incontrai la punta levigata di una scarpa di cuoio, la suola spessa, i lacci stretti.

Il ghiaccio tintinnò mentre Manson sorseggiava il drink che aveva versato per sé e mi disse: "Sai cosa fare."

Dio, sì, lo sapevo. Feci scorrere il naso lungo il suo stivale, inspirando il ricco profumo del cuoio e il tenue sentore chimico del lucido per le scarpe. Baciai la punta dello stivale e mi si contrasse il ventre, l'umiliazione e il desiderio si condensarono in un'unica strana sensazione. Feci scorrere la lingua lungo il bordo della suola, sfiorando con il naso i lacci.

Raggomitolata ai suoi piedi, ero alla sua mercé. Ma mi sentivo sicura - al sicuro. La mia fiducia in loro non lasciava spazio alla paura.

Mi fidavo di loro più di chiunque altro avessi mai incontrato.

Manson si spostò quando ebbi un leggero sussulto, il suo tono passò immediatamente dalla noncurante autorevolezza alla preoccupazione. "Stai bene, Jess?"

Senza alzare la testa, premuta contro il suo stivale, annuii. "Sto bene. Sto più che bene." Un'ondata di emozioni mi intasò la gola. Qualcuno mi massaggiò delicatamente la schiena e, dalle dita lunghe e dall'assenza di anelli, intuii che doveva essere Vincent. "Tutto questo mi fa sentire così bene. Mi fa sentire al sicuro. Come se potessi..."

Dio, era così difficile da esprimere a parole. Era imbarazzante, sì, ma era altresì un concetto ancora così nuovo. Perché essere controllata e sopraffatta mi faceva sentire come se andasse tutto bene?

Vincent mormorò con dolcezza: "Eccola la nostra

brava ragazza. Così. Puoi parlare con noi."

Questa schiettezza era parte di ciò che rendeva tutto ciò così sorprendente. Non mi sentivo vulnerabile perché temevo di essere ferita o che mi venisse fatto del male. Ero vulnerabile perché mi ero permessa di esserlo. Avevo espresso quello che volevo, e loro avevano scelto di esaudirlo per me.

"Voglio obbedirvi" sussurrai, con le labbra a contatto con il cuoio. "Voglio venerarvi e lasciare che mi usiate come volete, signore. Ti prego. Vi prego, usatemi."

C'era un sorriso nelle parole di Manson quando dichiarò: "Sono orgoglioso di te per averlo detto, angelo. Mi piace ascoltare la tua sincerità nei miei confronti." Ci fu dell'altro tintinnio di ghiaccio contro il bicchiere, poi un'altra zaffata di whisky speziato. "Vuoi venire?"

"Sì, padrone, lo voglio. Ti prego."

Qualcosa mi sfiorò la schiena. Qualcosa di morbido ma pesante, con molteplici nappe che sembravano di cuoio.

"Siediti sul mio stivale e cavalcalo. Strusciatici sopra. Cerca di venire."

Un formicolio mi percorse tutta la pelle. Mi misi in ginocchio, avvolsi un braccio intorno alla gamba di Manson e mi avvicinai. Non potevo vederlo, ma riuscivo a immaginarlo in piedi sopra di me. Completamente vestito mentre io ero nuda. In una posizione di perfetto controllo su tutti i presenti nella stanza.

Mi calai e mi strusciai sul cuoio. La punta era levigata ma i lacci erano ruvidi, ed era difficile trovare l'angolazione perfetta, ma lo desideravo così tanto. Appoggiai la guancia contro la sua gamba, gemendo mentre mi dimenavo e roteavo i fianchi.

Cazzo, che bella sensazione. Sfregavo il mio clitoride sul cuoio, reso scivoloso dalla mia stessa eccitazione. Presi a muovermi più velocemente, ansimando, inseguendo il piacere.

"Preparatela."

Non sapevo bene a chi fosse rivolto l'ordine, ma solo

che non era per me. Una mano mi afferrò la nuca e un dito umido, ricoperto di lubrificante, tastò il mio ano.

"Ti scoperò proprio qui" annunciò Lucas, avvicinandosi alla mia schiena mentre spingeva il dito attraverso l'anello stretto di muscoli. Gridai per l'intrusione e lui ripeté il movimento, tirando completamente fuori il dito e poi di nuovo dentro.

"Continua a strusciarti, angelo" mormorò Manson. "Non ti ho detto di fermarti."

Ma ora, strusciare sul suo stivale significava anche esercitare pressione sul dito di Lucas nel mio culo. Aggiunse un secondo dito, aprendomi, e io rabbrividii per quanto era piacevole.

"Oh, mio Dio..." Continuai a muovermi, a strusciarmi avanti e indietro, inarcando la schiena per farlo entrare più a fondo dentro di me. "Di più, ti prego... ti prego..."

"Sì?" ringhiò Lucas, con i denti che mi lambivano il collo. "La piccola troia ne vuole ancora?"

Un terzo dito si immerse dentro di me. Avevo già fatto sesso anale, abbastanza da sapere che mi piaceva. Amavo lo stiramento lento, il leggero dolore - diavolo, mi piaceva persino la fitta acuta di quando cercavano di allargarmi troppo, troppo in fretta.

Lucas spinse le dita in profondità e la mano di Manson mi accarezzò affettuosamente i capelli.

"Vuoi scoparle il culo?" chiese Manson.

Il ringhio di Lucas questa volta era famelico. I suoi denti si serrarono sul mio collo, separò le dita dentro di me e allentò la mascella solo quando gemetti per il dolore.

"Sì, signore." Il timbro di Lucas era cavernoso mentre parlava contro il mio collo. "Voglio scopare il suo culo stretto e farle implorare pietà."

Rabbrividii dalla testa ai piedi. Si udiva un suono ripetitivo e bagnato nelle vicinanze, seguito da un sussulto di Jason. Quanto avrei voluto vedere che cosa stavano facendo.

"Hai il mio permesso, cucciolo. Scopatela."

Lucas si spostò dietro di me, ritrasse lentamente le dita e mi afferrò i fianchi. Mi fece sollevare sulle ginocchia per avere un'angolazione migliore. Il suo cazzo entrò lento, il metallo del suo piercing si vedeva ancora sotto il sottile strato di lattice del preservativo. Mi cinse con le braccia e io mi sentii piccola, fottutamente piccola.

Un giocattolo per il loro piacere.

"Falla urlare."

Lucas mi penetrò fino in fondo, mordendomi allo stesso tempo la spalla. Gridai - per il piacere, il dolore, la stimolazione, la sottomissione. Prese a sbattermi e io mi avvinghiai con forza alla gamba di Manson, aggrappandomi a lui mentre ero pervasa dalla beatitudine.

Ansimai. "Ti prego, non fermarti - Oddio..."

Manson mi tirò indietro la testa, costringendomi ad alzarla. "Guarda in alto quando ti rivolgi a me. Non mi interessa se sei bendata. Hai capito?"

Dio... sì, me l'aveva già detto in passato... Dio e Padrone. Mi appoggiai alla sua mano. "Sì, Padrone, ho capito." Mi tremava la voce, e sembravo così dannatamente debole, ma non importava.

Potevo essere debole. Potevo cedere il controllo a loro, lasciare che mi prendessero e mi usassero perché ero io a volerlo. Potevo assecondare le mie fantasie esattamente nel modo in cui ne avevo bisogno, a prescindere da quanto fossero orribili, offensive, sciocchanti o ripugnanti. Non c'era giudizio, non c'era paura. La vergogna era solo uno dei tanti giocattoli con cui potevamo giocare, non un'arma.

Ogni scatto dei fianchi di Lucas mi faceva rantolare. Eravamo inginocchiati ai piedi di Manson, a scopare come animali mentre lui guardava, e il mio piacere stava crescendo così rapidamente che non riuscivo a trattenermi.

"Posso venire?" chiesi, arrivata ormai al limite. "Ti prego, Padrone, posso venire?"

Lucas emise un gemito feroce contro la mia schiena,

con la sua erezione che pulsava dentro di me. Continuai a implorare: "Ti prego, ti prego, ti prego..." Perché non pensavo di potermi fermare, ma mi serviva il permesso. Ne avevo *bisogno*.

"Puoi venire, angelo."

Singhiozzai di sollievo. L'orgasmo mi colpì così intensamente che non riuscivo a respirare o a muovermi. Lucas mi scopò senza pietà, ogni affondo prolungava l'estasi.

Venne con un ringhio gutturale, le unghie che scavavano nella mia carne. Le nappe di cuoio mi sfiorarono il fianco, un lieve accenno prima di scomparire. Poi si udirono un fruscio d'aria, uno schiocco. Lucas si tese, il suo cazzo si contrasse dentro di me. Ci furono un altro fruscio, un altro schiocco e lui gemette.

"Grazie, signore." Le sue parole sussurrate mi fecero rabbrividire. Uscì da me e si allontanò. Le code di cuoio di una frusta mi accarezzarono le spalle mentre Manson posò la sua mano sulla mia testa. Percepii un movimento accanto a me, come se qualcuno si stesse inginocchiando vicino all'altro piede di Manson.

"Datemi una sedia."

Chiunque si fosse inginocchiato accanto a me - Lucas, suppongo - sparì. I suoi passi tornarono, seguiti dallo strascico pesante ma misurato di qualcosa che venne appoggiato, e Manson si spostò. Si sedette e io mi trovai tra le sue gambe, a tremare, mentre cercavo di riprendere fiato.

Chinai la testa quando il frustino mi passò sulla schiena.

"Vuoi soffrire per me, angelo?"

Feci un rapido cenno con la testa, senza esitare. "Sì, Padrone."

Questa volta, quando arrivarono il fruscio e lo scrocchio, fu su di me che si abbatté. Il frustino che stava usando era pesante, e pizzicava come un milione di piccoli morsi.

"Ancora, per favore." Chinai la testa ancora più in

basso, quasi fino al pavimento. "Ti prego, fammi male, Padrone."

Un crac, e sbocciò il bruciore. Trassi un respiro, ma mi uscì come un grido. Ancora e ancora, mi sferzò la frusta sulla schiena, finché la mia carne non bruciava ovunque, infiammata di calore, e i miei muscoli erano in preda agli spasmi.

"Cosa dice una brava piccola puttana?"

Deglutii a fatica e tirai su col naso. "Grazie, Padrone."

Manson mi sollevò dal pavimento, manovrandomi con agilità. Mi sistemò sulle sue ginocchia, con la schiena appoggiata al suo petto e la fica impalata sul suo cazzo.

"Oh, cazzo..." Non riuscivo a pronunciare le parole senza gemere. Le mie gambe erano divaricate sul suo grembo, e lo sentivo così grosso dentro di me.

Mi schiaffeggiò la coscia. "Inizia a cavalcare, puttana. Mettiti al lavoro."

Toccavo a malapena il suolo con gli alluci e avevo le gambe deboli, ma sebbene riuscissi a malapena a muovermi, volevo obbedire. Piantai le mani sui braccioli della sedia su cui era seduto: era di tessuto morbido, come di velluto. Scivolai su e giù sulla sua lunghezza, adorandone ogni centimetro. Qualcuno si avvicinò e mi accarezzò il petto con le mani, mi strizzò i seni e stuzzicò i piercing sui capezzoli.

"Jason..." Manson emise un mugugno soddisfatto prima di baciarmi, il contatto freddo con gli anelli sulle sue dita mi fece rabbrividire. Mi diede un bacio profondo e lento; quella lingua esperta si impossessò della mia e mi tolse l'aria dai polmoni. Manson si staccò da me e ci fu una pausa, poi mi spinse in avanti e la punta liscia e calda del cazzo di Jason sfiorò le mie labbra.

Vi passai la lingua sopra, salivando mentre muovevo la testa. Fu un'impresa riuscire a far entrare in bocca tutta la sua lunghezza, ma lo accolsi fino in fondo alla gola, succhiandolo allo stesso ritmo con cui cavalcavo Manson.

"Brava ragazza" mi elogiò Manson. "Stai prendendo

il suo cazzo alla grande."

Le lodi di Manson mi spronarono. Jason mi strinse i capelli, guidando la mia testa sulla sua erezione. Mi costrinse a scendere più giù possibile e mi tenne lì fino a farmi tossire. Boccheggiai quando mi permise di sollevare di nuovo la testa. Ero allo stremo delle forze. Ma nonostante io stessi perdendo colpi, Manson non ne stava perdendo affatto.

"Non credo che le troie abbiano bisogno di aria, non trovi, J?" domandò. Io piagnucolai disperatamente per il bisogno, e Jason si mise a ridere.

"No, non credo." Mi spinse di nuovo la testa verso il basso fino a riempirmi la gola e mi strofinò delicatamente la guancia con un dito. "Resta con noi, bella ragazza. Ricordati di dare un colpetto se ne hai bisogno."

Annuii prima che le sue dita mi tappassero il naso. La mia riserva d'aria fu interrotta del tutto e le dita di Manson mi scavarono nel bacino. I suoi fianchi si sollevarono brutalmente verso di me, scopandomi con forza. La mia gola ebbe delle convulsioni, il disperato bisogno d'aria prevalse sulla mia determinazione a non opporre resistenza.

Ma non battei la mano. Conoscevo i limiti della mia sopportazione.

"Dimenati quanto vuoi." La voce di Vincent ci ammantò. "L'unica cosa che respirerai sarà il cazzo."

Mi facevano male i polmoni, *bruciavano* per la mancanza di ossigeno. Ma fui pervasa da una sensazione di arrendevolezza perfetta. Ero sotto il loro controllo, la loro protezione, il loro dominio. Ero al sicuro anche se era molto, molto difficile.

Jason mi lasciò andare finalmente il naso e uscì dalla mia bocca, quindi si masturbò fino a che non raggiunse l'orgasmo e lo scaricò su tutto il mio viso. Leccai le gocce dalle mie labbra, ringraziandolo anche se ansimavo per respirare.

Poi le braccia di Manson mi circondarono e mi tirarono indietro contro il suo petto.

"Dimmi cosa vuoi" affermò.

"Il tuo sperma, per favore" risposi col fiatone, mentre i suoi movimenti si facevano più duri. "Ti prego, vieni dentro di me, signore. Riempimi, per favore."

Cacciò un verso roco quando venne. Rimasi flaccida e stordita dalla beatitudine, troppo lontana dal mondo per fare qualsiasi cosa. Restai in silenzio sulle sue ginocchia, accuratamente scopata e sporca.

Non potevo pensare a un modo migliore per iniziare il fine settimana.

5

JASON

JESS ERA DISTESA nella vasca idromassaggio, con gli occhi chiusi e le membra rilassate che galleggiavano nell'acqua. Il mio braccio pendeva oltre il bordo della vasca, appoggiato alla parete, mentre ero seduto sul pavimento di fronte a Manson. Lui si era messo in posizione speculare rispetto a me, appoggiato al lato della vasca con una mano che scivolava nell'acqua, ed eravamo entrambi intenti a vegliare sulla nostra ragazza mentre tornava sulla terra.

La nostra ragazza. Nostra. Suonava così giusto, lo sentivo così giusto. Che fosse vero o meno non aveva importanza, almeno non per il momento.

A prescindere da quello che sarebbe successo dopo tutto questo, Jessica era nostra per il fine settimana, e io intendevo godermelo.

Aprì gli occhi e si guardò intorno con un sorriso sonnacchioso. Il bagno era spazioso, collegato alla camera da letto padronale della baita. Un'ampia finestra smerigliata sopra la vasca idromassaggio lasciava filtrare la luce naturale e c'era una cabina doccia abbastanza grande da permetterci di entrare in cinque, per quanto un po' stretti.

Come quasi tutto ciò che possedeva la famiglia Peters, il loro chalet era lussuoso. C'erano quattro camere da letto, ma avevamo pianificato di usare solo quella principale, con il suo letto enorme. A casa avevamo i nostri spazi separati, ma quando eravamo tutti fuori casa, di solito dormivamo insieme. Era confortante, alleviava le ansie inespresse e le paure taciute. Era come sentirci a casa.

Perché in realtà la nostra casa non era l'abitazione in cui vivevamo. Lo eravamo l'uno per l'altro.

Jess fece un respiro profondo. "Sento odore di cibo in cottura?"

"Lucas e Vincent sono alla griglia" rispose Manson. "Hai fame?"

"Dio, sì." Emise un gemito soddisfatto e si stiracchiò, mettendosi a sedere nella vasca. Era ancora più bella dopo quello che aveva appena subito. Aveva gli occhi stanchi e l'espressione dolce, come se si fosse appena svegliata da un lungo sonno.

Quando le passai le dita sulle spalle, le venne la pelle d'oca e sorrisi.

"Come ti senti?" le chiesi. Aveva sollevato le ginocchia e vi aveva appoggiato la guancia mentre mi guardava.

"Una meraviglia" replicò. "Come se non avessi alcuna preoccupazione al mondo."

"Bene, perché per i prossimi due giorni non dovrai preoccuparti di nulla se non di fare la brava ragazza per noi" affermò Manson.

L'acqua scrosciò quando Jess si accostò al bordo della vasca, cercando di avvicinarsi il più possibile a noi senza uscirne.

"Posso farcela" dichiarò. "Soprattutto se continuate a scoparmi così." Si morse il labbro. "Se ci penso mi eccito di nuovo. Avete ucciso la mia fica e poi l'avete riportata in vita."

"Mm, fica da zombie" commentai, e lei sbuffò col naso.

Manson si alzò, prese un asciugamano dall'armadietto e glielo porse. Lei si aggrappò alla mia mano tesa per uscire dalla vasca e Manson le avvolse l'asciugamano intorno, prendendosi tutto il tempo necessario per asciugarla. Avrebbe potuto farlo da sola, ma non volevamo che lo facesse.

Aveva sopportato la frustata, la scopata e l'essere legata in un baule. Ora meritava di sentirsi come la principessa che era.

Jess lasciò cadere l'asciugamano e si diresse verso il letto. La sua sagoma nuda era incorniciata dalle vetrate di fronte a lei. Le porte si aprivano sul terrazzo posteriore, oltre il quale Lucas e Vincent stavano preparando la cena alla griglia. Il fumo si diffondeva nel cortile, portando con sé l'aroma succulento della carne e delle verdure.

Jess aprì la cerniera della valigia e si mise a frugare tra i vestiti finché non intervenne Manson. La abbracciai e accarezzai la sua pelle morbida mentre le ricordavo: "Non devi preoccuparti di nulla, ricordi? Siamo noi a scegliere cosa devi indossare... o non indossare."

Manson scelse un perizoma e un vestitino blu corto e li stese sul letto per lei.

"Niente reggiseno?" chiese Jess, e lui ridacchiò.

"Perché diavolo dovremmo volere che tu indossi un reggiseno?" Le palpò i seni mentre io la tenevo da dietro e li strizzò delicatamente. "In tutta franchezza, ti toglierò questi vestiti di dosso non appena saremo tornati dentro."

Si sentì bussare alla porta a vetri. Vincent era in piedi fuori, con in mano un grosso paio di pinze, e si baciò la punta delle dita nell'ammirare Jess. Lei fece una risatina infilandosi il vestito e sul volto di Vincent comparve un'espressione di devastata mestizia.

Gli era sempre piaciuto scherzare, e la facilità con cui riusciva a far ridere Jess era diventato rapidamente uno dei miei aspetti preferiti. Eravamo rimasti per conto nostro per così tanto tempo. Non avevo mai avuto modo di vedere gli altri innamorarsi di qualcuno a modo proprio.

Vincent aprì la porta e fece capolino all'interno. "Oh, non coprirti! Di che hai paura? Che gli alberi ti vedano le tette?" Jess si avvicinò a lui e gli scacciò le mani quando Vincent fece scattare le pinze verso di lei. "Scusa, scusa, le pinze si sono confuse." Ridacchiò. "È che assomigli tanto a un bocconcino e pensavano di doverti raccogliere."

Jess strillò quando lui le avvolse un braccio intorno alla vita e la sollevò da terra. La portò sul terrazzo, e lei lo cinse rapidamente con braccia e gambe. L'aria della sera era fresca, l'odore del fumo e della carne grigliata mi fecero venire l'acquolina in bocca. La famiglia Peters era proprietaria dell'ettaro di terreno su cui sorgeva la baita, quindi avevamo tutto lo spazio a nostra disposizione senza doverci preoccupare dei campeggiatori vicini.

Lanciai un'occhiata a Manson, appoggiato allo stipite della porta. Aveva preso il suo whisky dal comodino e lo stava sorseggiando senza fretta. Sembrava tranquillo, anche se un po' spossato. Ma Manson non si rilassava mai. In questo senso era come Lucas: c'era una parte del suo cervello che non riusciva a spegnere.

Ultimamente, soprattutto da quando aveva rivisto suo padre, gli era capitato più spesso di smarrirsi nei suoi pensieri. Aveva perso l'abitudine di fissare appuntamenti regolari con la sua psicologa, ma io lo avevo spinto a organizzare una seduta prima che partissimo per il fine settimana.

Si sentiva sulle spalle il peso della responsabilità nei confronti di tutti noi. Non avevamo un capo in senso stretto; era più come se Manson fosse il capofamiglia, che guidava le decisioni piuttosto che avere sempre l'ultima parola. Non ci diceva mai che era in difficoltà, a meno che non gli facessimo pressione. Si teneva questi pensieri per sé e si attaccava alla recita del personaggio calmo, freddo e raccolto.

Era una buona recita, lo dovevo ammettere. Ma era

pur sempre una recita.

"Ehi." Incrociò il mio sguardo. "Stai bene?"

Annuì prontamente, e i miei occhi si assottigliarono. "Sto bene" confermò, ma siccome non distoglievo lo sguardo, la sua mascella si irrigidì. "Ho solo molti pensieri per la testa."

Mi appoggiai al suo fianco e gli diedi una spallata, facendolo sobbalzare fino a quando non si mise a ridere. "L'ho capito. Ma quello stronzo di tuo padre non è qui fuori, amico. Ci siamo solo noi."

"Già." Bevve un altro lento sorso, poi me ne offrì un po'. Non mi piaceva il whisky; ero più tipo da birra. Ma ne bevvi comunque un sorso, gustandone il bruciore. "Non ho alcuna voglia di tornare indietro, J. Posso già dire che..." Sospirò, guardando Vincent che stava portando Jess in braccio in cortile per evitare che si facesse male ai piedi nudi. "Dovremo andarcene da quella cazzo di città."

"Ce ne andremo" gli assicurai. "Potremmo mettere in vendita la casa così com'è, sai."

"Dobbiamo sistemare l'ultima stanza. La camera da letto del piano di sotto." Si passò la mano sul viso, il sorso successivo fu molto più corposo del precedente. "Quando rientriamo, dobbiamo sgomberarla."

La camera da letto del piano di sotto - la sua camera d'infanzia - era rimasta chiusa a chiave da quando ci eravamo trasferiti. Anche solo intravedere l'interno di quella vecchia stanza sudicia lo aveva turbato. Era uno spazio infestato, una tomba nella nostra stessa casa. Troppi brutti ricordi la abitavano.

"Mi sembra un buon piano" proposi. Lo aggirai, gli strappai il bicchiere dalle mani e lo tenni sollevato come una carota davanti a un cavallo mentre camminavo all'indietro sul patio. "Su, su. Vieni a prendere questo bel whisky speziato. Non rimuginare."

Strinse le labbra in una linea sottile, con un'espressione che mi fece annodare lo stomaco per la piacevole apprensione mentre veniva verso di me attraverso il terrazzo. Si riprese il suo drink e mi mise un braccio intorno alle spalle, sussurrando con un ghigno: "Attento alle tue provocazioni, o Jess e Lucas non saranno gli unici che metterò in ginocchio questo fine settimana."

Come se questo fosse un deterrente. In tutta sincerità, questo era proprio il fine settimana ideale per comportarmi male. In genere sapevo fino a che punto potevo sfidare Vincent, ma Manson era più difficile da leggere. Il rischio calcolato lo rendeva piuttosto eccitante.

Vincent e io eravamo più uniti sul piano intimo, ma questo non significava che non fossi attratto anche da Manson e Lucas. Quando li avevo conosciuti, avevo passato un periodo di profonda inibizione, intimorito dalla loro intensità, terrorizzato dall'idea di fare la mossa sbagliata e di distruggere le migliori amicizie che avessi mai avuto. Ma ero stato anche eccitato a livelli insopportabili e opprimenti. Nel momento stesso in cui avevo deciso di smettere di soffocare la mia sessualità, tutto il desiderio che avevo dentro era esploso, e da allora non ne avevo mai avuto abbastanza. Avevo dovuto trovare un attento equilibrio tra la voglia di scoparmeli tutti e il tentativo di non perdermi in una sperimentazione sfrenata.

Avere Jess nei paraggi e vederla godere della sottomissione mi aveva fatto venire voglia, dovevo ammetterlo, di indulgervi anch'io. Mi piaceva alternare: trovavo appagamento sia quando ero attivo che passivo. Ma a volte avevo davvero bisogno di essere sottomesso e sopraffatto.

Manson mi lasciò andare e fece oscillare le gambe sulla ringhiera del terrazzo per sedervisi sopra. Lucas era alla griglia, con il telefono collegato a un altoparlante Bluetooth vicino che stava trasmettendo i Black Sabbath. Vincent rimise Jess in piedi accanto alla griglia, dove la terra era morbida e polverosa e non rischiava di ferirsi i piedi.

"Più carne fresca per me!" esclamò Lucas, afferrandola e dandole una strizzata al culo. "Come ti senti?"

"Come se fossi stata rapita e violentata da quattro uomini malvagi" rispose lei. "In altre parole, mi sento benissimo."

La maggior parte delle persone non avrebbe considerato la lieve curva delle labbra di Lucas come un sorriso, ma per quelli di noi che lo conoscevano bene era evidente. La tenne accanto a sé per un po', illustrandole ciò che avremmo mangiato a breve per cena. Bistecche erte, asparagi alla griglia e patate che Vincent aveva messo a bollire sul fornello. Ero pronto a ingozzarmi e a passare il resto della serata a oziare.

"Questo posto è dei Peters?" chiese Jess, facendo qualche passo incerto sul terreno per sbirciare tra gli alberi. Era una zona splendida, isolata e montuosa.

"Sì, è la loro casa per le vacanze" spiegò Manson. "O comunque una delle tante. Ho vissuto con loro per quasi tre anni e a volte mi sorprende ancora quanto denaro abbiano." All'improvviso sghignazzò. "La prima volta che sono venuto qui eravamo solo io e Daniel. Ci stavamo ancora conoscendo. Pensavo che avrebbe fatto lo stronzo per tutto il weekend, e invece alla fine siamo andati d'accordo."

Daniel Peters era il figlio di Kathy e uno dei pochi ragazzi popolari della Wickeston High a non essere un emerito stronzo. Ora lavorava per l'UNICEF; non lo vedevamo da quando Manson aveva lasciato la loro casa. Ma era un bravo ragazzo, di buon cuore.

"Ti ha convinto ad andare in barca e sei quasi annegato" borbottò Lucas con tono amaro, puntando la spatola in direzione di Manson.

Visto che ero a distanza di sicurezza da lui, aggiunsi: "Sembra che Lucas continui ad avere degli incubi al riguardo." Lui mi rivolse un'occhiata torva, brandendo la spatola con aria molto più minacciosa di quanto avesse fatto con Manson.

"Tu" sibilò. "È meglio che stia attento." Gli risposi solo con un occhiolino e un sorriso che prometteva altri guai.

Cenammo sul patio sul retro, attorno a un grande tavolo con al centro un focolare. Avevamo portato abbastanza cibo da tenere in frigo per il fine settimana, oltre a liquori e birra. Vincent e Manson si gustarono il whisky, mentre Lucas, Jess e io bevemmo birra.

Quando il sole si abbassò verso l'orizzonte, il crepuscolo calò in fretta sotto gli alberi. Le ombre si allungarono e alcuni grilli impazienti si misero a frinire.

"Domani Manson e io ci alziamo presto per portare la Bronco su qualche sentiero sterrato" informò Lucas. Finito il pasto, si era accasciato sulla sedia, con la birra in una mano e la sigaretta nell'altra. "Dovresti venire con noi, Jess."

"*Insistiamo* che tu venga con noi" chiarì Manson. "Hai mai fatto fuoristrada prima d'ora?"

Jess si piegò in avanti sulle mie ginocchia per poter prendere il suo drink dal tavolo. Nel momento in cui aveva finito di mangiare, l'avevo sollevata dal suo posto e l'avevo portata al mio. Era difficile tenere le mani lontane da lei, soprattutto quando continuava a far scorrere le sue unghie affilate sul mio braccio. I graffi soffici erano rilassanti e mi facevano formicolare la pelle.

"Ci sono stata un paio di volte" rispose. "Posso guidare io, vero?"

Le sopracciglia di Manson si alzarono di scatto, scomparendo sotto i capelli sciolti. "Vuoi guidare la Bronco? Sui sentieri quassù?"

"Con noi in macchina?" aggiunse Lucas, come se quel piccolo dettaglio rendesse la proposta ancora più incredibile.

"Non farò incidenti" promise Jess, ridendo del loro sgomento. "Sono un'ottima guidatrice, solo che non sono brava nella manutenzione."

Considerando che aveva trascurato il motore della sua BMW al punto da renderlo letteralmente inutilizzabile, 'non sono brava nella manutenzione' era un eufemismo.

"Una buona guidatrice, certo" bofonchiò Lucas. "Questo è tutto da vedere."

Ma Manson stava sorridendo mentre sorseggiava il suo drink. "Va bene, Jess. Okay, vedremo cosa sai fare."

Lei agitò il pugno eccitata. "Certo che sì. Preparatevi alla corsa della vostra vita, ragazzi."

"Potrebbe essere l'ultima corsa della mia vita" mormorò Lucas, e lei lo liquidò con un gesto di disapprovazione.

"Temo che ci perderemo qualcosa" disse Vincent, appoggiando i piedi sul tavolo. "Ma svegliarmi all'alba per due giorni di fila non è nelle mie corde."

Jess fece una smorfia e mise il broncio. "Oh, bene. E tu?" Mi rivolse uno sguardo. "Domani mattina resti a letto o vieni con noi?"

Svegliarmi presto era diventato più facile da quando avevo iniziato ad andare in palestra con lei. Ma non ero proprio un tipo mattiniero, e questo dovette trasparire dal mio viso.

Mi baciò la guancia prima che potessi rispondere. "Sembra una faccia da 'resto a letto'."

"Non voglio che la mia testa lasci il cuscino prima di mezzogiorno" confessai, e lei annuì in segno di comprensione, passandomi le dita tra i capelli. Dio, quanto mi piaceva quando lo faceva. Il modo in cui le sue unghie mi graffiavano il cuoio capelluto mi faceva quasi fare le fusa.

"Okay, okay, credo che tu possa restare a dormire" rispose, alzando gli occhi al cielo. "Anche se sembra che tu abbia solo paura di me al volante."

"Sei una piccola permalosa, vero?" chiesi. "Farai meglio a stare attenta domani: Vincent e io avremo tutta la mattinata per pianificare quello che vogliamo farti una volta che sarai tornata a casa. Per il tuo bene, cercherei di fare in modo che siamo di buon umore."

La nostra conversazione fece scivolare via il tempo. Ben presto l'oscurità intorno a noi si fece più profonda. La vista del cielo notturno era fenomenale, stelle scintillanti e pianeti incandescenti creavano un caleidoscopio sfavillante sopra le nostre teste.

"Ho bisogno di una doccia" annunciò Manson, alzandosi dalla sedia con un gemito. Diede un leggero colpetto alla spalla di Lucas mentre si dirigeva all'interno, e Lucas si alzò prontamente dal suo posto per seguirlo.

"Beh, mentre loro sono impegnati, a me non dispiacerebbero un toddy caldo e un film" disse Vincent. "Fuori fa un po' freddo. Vi unite a me?"

"Tra un minuto" replicai io. Jess era comodamente seduta sulle mie ginocchia, con la testa appoggiata sulla mia spalla e lo sguardo rivolto alle stelle. Volevo prolungare quel momento ancora un po'.

Per diversi minuti, dopo che Vincent fu entrato, lei e io restammo seduti in silenzio. Il fuoco si era spento, a parte qualche fiammella che ancora lambiva i carboni ardenti. Aveva cominciato a fare decisamente più freddo, ma tra il fuoco e il calore dei nostri corpi uniti, mi sentivo a mio agio.

Così a mio agio che non volevo alzarmi. Sarei potuto rimanere seduto lì fuori con lei per ore a guardare le stelle. Le sue dita mi sfioravano il braccio e la mano, fino agli anelli che indossavo.

"Sono gli stessi anelli che facevi al liceo, vero?" indagò. "Nel laboratorio di metalli?"

Mi era venuta una fissa per il corso di metallurgia. Tutti gli altri corsi erano di livello avanzato, e richiedevano ore di studio e mucchi di compiti. Ma nel laboratorio di metalli potevo divertirmi. Potevo creare quello che volevo.

Quello che avevo creato erano anelli abbastanza spessi da poter essere usati come armi. All'epoca non ero un buon combattente: ero piuttosto mingherlino e maledettamente timido. Ma avevo cercato di emulare

Lucas, perché era il ragazzo più duro che conoscessi. Il suo portamento, come se nessuno al mondo potesse spaventarlo, era ammirevole. Volevo che la mia sola presenza fosse sufficiente a intimidire le persone, come accadeva a lui.

Non ci ero riuscito, ma mi ero affezionato all'idea di indossare gli anelli. Mi piaceva il loro peso sulle mani - le mie piccole armature.

"Sono quasi tutti uguali." Indicai la fascia d'argento sul mio anulare, più semplice degli altri anelli. "Questo è di Vincent. L'ha fatto proprio lui."

Mi prese la mano e la avvicinò per poter ispezionare l'anello al chiarore del fuoco. "Non sapevo che sapesse creare gioielli. Credo che non dovrebbe stupirmi, visto che ha così tanti talenti diversi." Quando sollevò di nuovo gli occhi, la luce del fuoco vi si rifletteva dentro. "È un anello di fidanzamento?"

Lo disse con un piccolo sorriso, come se cercasse di non sembrare troppo eccitata senza averne la certezza. Il suo entusiasmo mi rese felice.

"Non esattamente" risposi. "Non stiamo realmente pensando al matrimonio, almeno non nel senso tradizionale del termine. L'anello è più una sorta di... collare che posso portare ovunque. Simboleggia la devozione, l'amore, la fedeltà." Il suo sorriso si allargò. "Quindi, suppongo sia simile a un anello di fidanzamento, almeno nel suo significato intrinseco."

"Vuoi un collare vero, un giorno?" chiese. "Uno di quelli di metallo?"

"Hai fatto delle ricerche sui collari, Jess?" chiesi, e lei abbassò gli occhi, con un piccolo rossore che le tingeva le guance. "Ti piacciono quelli di metallo?"

Annuì. "Ne ho visto uno in oro rosa. Era sottile e delicato e così grazioso..." Le sue parole si interruppero, e anche i suoi occhi vagarono. Come se si fosse ricordata di qualcosa che non le aggradava, qualcosa che l'aveva zittita.

"Credo che l'anello mi stia meglio" replicai.

"Giocherello troppo con le collane. Mi distraggono." Le erano caduti i capelli sul viso e io glieli scostai. "C'è qualcosa che non va?"

"È solo che..." Fece un respiro profondo e si torse le mani sulle ginocchia. "Mi sono tornate in mente delle cose che ti ho detto al liceo. Cose che non avrei mai dovuto dire." Abbassò la testa. "Anche tu te ne rammenti, non è vero?"

Gli insulti un tempo erano scivolati dalla lingua di Jess con la stessa facilità di una conversazione informale. Il mio gusto per la moda alla fine del terzo anno era rimasto a metà tra uno stile da scuola privata e quello da punk alle prime armi, il che praticamente incoraggiava i commenti della gente.

"Cerco di non rivangare il passato" commentai. Le afferrai il mento con le dita per farle alzare lo sguardo su di me.

Nei suoi occhi c'era paura. Mi dispiaceva vederla, ma non potevo permettere che la sua preoccupazione mi impedisse di essere sincero. Queste conversazioni non erano mai pensate per essere piacevoli, ma dato che era stata lei a tirare fuori l'argomento, potevo solo presumere che volesse parlarne.

"Ti ho deriso" mormorò. "Sono stata così crudele, e ti conoscevo appena." Le ondeggiò la gola quando deglutì a fatica, prima di abbassare di nuovo lo sguardo. "Mi dispiace tanto. Per le cose che ho detto e fatto. Per come ti ho fatto sentire. Sei stato molto più gentile di quanto non mi meritassi, Jason. Hai fatto tanto per proteggermi, anche se non ne eri affatto tenuto."

Le sue parole mi lasciarono basito. Durante tutte le ore trascorse con lei in palestra, mi era sembrato che lei e io avessimo sviluppato una complicità particolare, un legame che era solo nostro. Il passato era meglio lasciarcelo alle spalle: cercavo di non dare più peso alle cose dolorose che erano accadute, alle cose orribili che erano state dette.

Ma avevo anche imparato a non aspettarmi scuse.

"Non ti mentirò, Jess." Volevo essere gentile con lei, davvero. Ma se si stava prendendo la briga di scusarsi, di affrontare un discorso così scomodo, allora dovevo fare lo stesso anche io. "Molte delle cose che sono successe al liceo mi hanno sconvolto. Mi hanno creato delle insicurezze. Mi hanno fatto odiare delle parti di me stesso. Non è stata solo colpa tua. Ho avuto bulli peggiori di te. Ma..."

"Ma io ero comunque tra quelli" aggiunse lei. "Ti ho fatto del male."

Stava chiaramente soffocando molte emozioni. Le lacrime le galleggiavano negli occhi, come in procinto di cadere da un momento all'altro. Ma le trattenne e mantenne la voce pacata.

Non stava cercando di buttarla su di sé. Stava facendo tutto il possibile per evitare di far sentire me il cattivo.

"Mi hai fatto del male" confermai, e dirlo a voce alta mi fece sentire come se stessi emettendo un grosso respiro. "È stato terribile. E per un po' non ero sicuro che sarei riuscito a perdonarti. Ma poi... ti ho vista con tua madre." La sua testa si alzò di scatto e mi rivolse uno sguardo incerto. "Eri a un incontro genitori-insegnanti con lei. Io ero lì con mio padre. Eravate entrambe vestite di tutto punto. Ricordo di aver pensato che eravate tutt'e due troppo affascinanti per andare in giro in un liceo. Ma a un certo punto tua madre ti prese la mano e ti rimproverò per le tue unghie. Disse che la stavi mettendo in imbarazzo. Che non poteva credere che tu fossi uscita conciata così." Lei trasalì, chiudendo gli occhi per un momento. "A volte, le persone ferite finiscono per ferire anche gli altri."

Dopo aver assistito a quella scena, mi era sembrato tutto più sensato. Il fatto che una ragazza potesse essere così bella e così crudele. Così sicura di sé e allo stesso tempo così terrorizzata. La facilità con cui le venivano in mente quegli insulti, come se criticare l'aspetto di chi le stava intorno fosse semplicemente normale.

Nel suo mondo, era normale.

"Da allora ne ho passate tante, e credo che ne abbia passate tante anche tu" proseguii. Jess annuì, e io cambiai posizione per poterla abbracciare meglio.

Riuscivo a vedere la sagoma di Vincent attraverso le vetrate del soggiorno, in attesa che lo raggiungessimo. Ma non volevo affrettare i tempi.

Era un momento importante.

"Ti perdono, Jess" dichiarai. "La prima volta che sei venuta, onestamente, non pensavo che ci sarei riuscito. Non pensavo di volerlo fare. Ma tu mi hai sorpreso. Ti sei integrata con noi meglio di quanto mi aspettassi." Le sfiorai la mascella con le dita e rimasi quasi senza fiato di fronte allo sguardo dei suoi occhi. L'emozione e la speranza che contenevano mi strinsero il cuore. "Sono felice che tu sia qui. Sono felice che ci sia capitata un'altra occasione, perché questa volta sarà diverso."

"Diverso" mormorò lei, facendomi eco. "In che modo?"

Fui io a distogliere lo sguardo, un po' sorpreso di me stesso. Cercavo di selezionare con cura le parole, ma a volte le dicevo delle frasi senza pensarci due volte.

"Beh" spiegai, "ho difficoltà a lasciar andare le cose che desidero."

I nostri sguardi si incontrarono di nuovo. Ogni battito del mio cuore era come un martello che sbatteva contro le mie costole. Il mio cervello correva a un milione di chilometri all'ora, e non sarei riuscito a formulare un pensiero coerente nemmeno se ci avessi provato.

"E io voglio te" annunciai. "Quindi, se credi ancora che tutta questa storia si chiuderà in modo pulito e ordinato una volta che la tua auto sarà riparata, mi dispiace dirtelo, ma non ti libererai di me così facilmente. Di nessuno di noi."

Aveva le labbra contratte, come se stesse cercando di reprimere un sorriso. "Mi trasferirò fuori città, lo sai." Annuii. "E mia madre è insopportabile. Non approva nessuno di voi." Annuii di nuovo, e le frasi successive le uscirono come un fiume in piena. "Ho già fatto un sacco di cazzate in passato, e probabilmente ne farò ancora. E non so sempre quali siano le cose giuste da dire, e a volte sparo cazzate a raffica. Sono una persona insicura e meschina. Posso essere egoista, scortese, e talvolta mi comporto come se fossi in collera perché mi innervosisco..."

Le misi un dito sulle labbra. Le sue spalle si abbassarono, la tensione si sgonfiò.

"Sono tutte cose che so già, principessa" affermai. "Non mi aspetto niente di meno. Non voglio niente di meno." Scostai il dito e la baciai, prendendola per la nuca. I suoi baci erano così dolci, e il modo in cui si aggrappava alla mia maglietta per attirarmi più vicino mi faceva impazzire.

Quando ci separammo, rimase seduta lì a scrutarmi per un momento, tracciando i tratti del mio viso con le dita, come se lo stesse memorizzando.

"Sono felice che questa volta sia diverso" confessò con un filo di voce. "Voglio che sia diverso."

Non c'era bisogno che dicesse altro: per me era una conferma sufficiente. Anche lei provava gli stessi sentimenti. Voleva che fra noi funzionasse, anche se ancora non lo sapeva.

Ma per essere sicuro che fosse pienamente convinta, continuai a baciarla finché non tremò, con gli occhi spalancati e senza fiato. Solo allora la riportai dentro per raggiungere Vincent sul divano e la accoccolai tra di noi.

Proprio nel posto in cui doveva stare.

6
LUCAS

L'URLO DI JESS perforò l'aria quieta del mattino, accompagnato dal rombo del motore della Bronco. Sfrecciò lungo lo stretto sentiero sterrato, con le sospensioni che scricchiolavano a ogni dosso e a ogni buca, i massicci pneumatici che sollevavano pennacchi di terra.

Non mi ero aggrappato al sedile con tanta foga dalla prima volta che Jason mi aveva portato a fare drifting.

Manson non riusciva a smettere di ridere mentre ci lanciavamo in una curva a gomito. A quanto pareva, guardare in faccia la morte era uno spasso per lui. Diavolo, anche a me piacevano le imprese rischiose, ma se dovevo morire, che fosse almeno alle mie condizioni.

Confidare che Jess non ci avrebbe fatti volare giù dal versante della montagna era come scommettere d'azzardo sulla mia vita, ma l'adrenalina era alle stelle.

Jess schiamazzava come una pazza mentre guadammo il torrente, schizzando fango su tutte le portiere e i finestrini. Stavamo arrivando a un dosso sul sentiero, ma lei non rallentò. Schiacciò il pedale e accelerò, facendoci volare oltre la cresta con tutte e quattro le ruote sollevate da terra.

"Cristo santo, donna, ci ucciderai!" esclamai, slittando sul sedile quando lei sterzò bruscamente a sinistra.

"Come faccio a saltare se non vado veloce?" chiese lei, urlando al di sopra della musica che stavamo ascoltando a tutto volume dallo stereo.

Alla fine, ci fece fermare. Rideva a crepapelle, con i capelli spettinati dal vento che sferzava l'abitacolo. I suoi pantaloncini di jeans erano sbottonati, il pezzo di sopra del bikini era deliziosamente vicino a mostrare un capezzolo. Si girò sul sedile per osservarmi, e lo stesso fece Manson. Avevano entrambi un'espressione simile di malvagio divertimento sul volto.

"Ti ho spaventato, Lucas?" domandò Jess con una risatina quando spalancai la portiera. Uscii e mi misi a passeggiare per qualche istante, apprezzando il fatto di essere tornato su un terreno solido.

"In effetti sa guidare, eh?" disse Manson, scendendo dal sedile del passeggero. Quel giorno non indossava la maglietta, e non si era nemmeno preso la briga di sistemarsi i capelli, lasciandoli ciondolare sul viso. Sembrava così allegro che fu impossibile non ricambiare il suo sorriso.

"Sì, diciamo che se la cava" ammisi, mentre lei fece il giro della parte anteriore della Bronco.

Manson la prese in braccio per baciarla. Non ero un granché come voyeur: ero troppo impaziente, troppo smanioso di partecipare. Ma loro due insieme erano così dannatamente sexy che non era possibile distogliere lo sguardo.

"È bellissimo qui fuori!" commentò Jess. Si avvicinò al mio fianco una volta che Manson l'ebbe lasciata andare e allungò la mano per pulirmi la guancia dal terriccio con il pollice. Mi prese alla sprovvista toccandomi in quel punto, ma mi sorpresi di me stesso poiché non mi scostai.

Ogni volta che mi toccava, sembrava che mi lasciasse un segno. Mi sentivo la pelle calda, quasi elettrica, ogni volta che le sue dita entravano in contatto.

"È un molo quello?" Di colpo, si mise a correre a ritroso lungo il sentiero, verso l'acqua. Il torrente si estendeva fino a diventare un fiume, e c'era un vecchio pontile di legno che si protendeva sull'acqua. Jess ci camminò sopra, facendone scricchiolare le assi quando lo calpestò con le scarpe.

"Peccato che non ci sia una barca" commentò mentre Manson e io la stavamo raggiungendo. "Non mi dispiacerebbe galleggiare dolcemente lungo il fiume."

"Diventa meno dolce a circa un miglio a valle" spiegò Manson. "Ecco perché non c'è più una barca."

"Che dannato imbecille" borbottai, scuotendo la testa al ricordo della storia che mi aveva raccontato su quella trappola mortale di una barca. "È quello che succede quando vai in giro senza di me. Tutto d'un tratto perdi il senno."

"Saresti venuto su quella barca con noi anche tu. Non mentire" disse Manson, allungando una mano per darmi una spinta scherzosa sulla spalla. "Non mi sono fatto nemmeno un graffio."

"Oh, sento che c'è una storia succosa qui" affermò Jess. Si girò verso di noi e ci fece cenno di sederci. "Che cosa è successo?"

Conoscendo già la storia, tirai fuori una sigaretta e la accesi mentre Manson spiegava.

"Ti ricordi quando ti ho raccontato che la prima volta che sono venuto qui eravamo solo io e Daniel?" esordì. "Beh, Daniel voleva provare degli acidi. Avevamo rimediato un paio di pasticche da Vincent. Le prendemmo e passammo un'ora a gironzolare e a guardarci intorno. Poi a Daniel venne l'idea di navigare lungo il fiume su quella dannata barca." Alzò gli occhi al cielo, come se lui fosse stato incolpevole di tutta la situazione.

"Sarà stata anche un'idea di Daniel, ma tu eri

d'accordo" intervenni. Non gli avrei mai perdonato quell'incidente.

"Sono uno stupido coglione quando mi drogo" ammise Manson. "Ma sì, siamo saliti sulla barca. Non so se vi è mai capitato di fluttuare lungo un fiume sotto acido, ma è un'esperienza fantastica. Fino a quando non abbiamo raggiunto la parte più impervia."

La bocca di Jess formò una silenziosa 'O' di sorpresa. Una reazione molto più moderata di quella che avevo avuto io quando ne avevo sentito parlare per la prima volta, ma da allora ero migliorato nel non dare in escandescenze.

"Morale, quella è stata la fine della barca" chiosò lui.

Alzando gli occhi al cielo per la semplicità con cui aveva concluso la storia, aggiunsi: "Hai dimenticato la parte in cui la barca si è frantumata sugli scogli e tu sei quasi annegato. Daniel è fortunato che non l'abbia strangolato per questo."

"È carino che tu ti sia preoccupato per lui, Lucas" commentò Jess, e io farfugliai qualche protesta.

"Non c'è niente di carino in tutto questo. Questo stronzo mi ha quasi fatto venire un infarto. Per poco non è annegato in un fiume che non può essere profondo più di un metro e mezzo." Scossi la testa. "Sei stato talmente stupido che avresti anche potuto buttarti a terra e mancare il bersaglio."

"Quindi, quello che ho capito è che una barca di legno non è abbastanza resistente" rifletté Jess. "Ma se avessimo qualche ciambella..."

Manson annuì, allargando le braccia come per dire che Jess stava pensando esattamente nel modo giusto. "È quello che sto dicendo io. Ci servono dei galleggianti."

"Siete entrambi fuori di testa" mormorai.

Jess si alzò in piedi, e non realizzai cosa stesse facendo finché non mi gettò in grembo il suo bikini. Prese la rincorsa e si tuffò a bomba in acqua alla fine del pontile, col culo all'aria.

L'acqua fredda schizzò verso me e Manson e si

riversò sul molo. Jess riemerse per prendere fiato e lanciò un urlo.

"Porca puttana, che freddo!" esclamò. L'acqua era abbastanza profonda da arrivarle alle spalle se poggiava i piedi a terra. Immerse la testa e, quando tornò a galla, sputò un getto d'acqua verso di noi. "Forza, entrate! A meno che non abbiate paura di bagnarvi."

Manson e io ci scambiammo un'occhiata, ma eravamo troppo lenti per lei. Jess accostò i palmi e ci schizzò l'acqua addosso, ricoprendoci di gocce gelide.

"Oh, ora ti faccio vedere io" annunciai. Balzai in piedi, mi liberai dei vestiti e mi tuffai dietro di lei. Aveva ragione: l'acqua era freddissima. Ma dopo qualche istante la temperatura divenne sopportabile. Feci scorrere il braccio nell'acqua e gliela spruzzai sul viso, lasciandola a boccheggiare.

"Maleducato!" gridò, schizzandomi a sua volta. Mi abbassai sotto l'acqua in modo che non potesse prendermi e nuotai verso di lei per tirarla giù. Lei si dimenò e si contorse, ridendo quando risalimmo in superficie. "Manson, aiuto!"

Manson si alzò in piedi e si tolse i pantaloni con un ghigno sulla faccia. Si lanciò dal bordo del molo, facendo una capriola a mezz'aria prima di tuffarsi nel fiume accanto a noi. Riemerse e, mentre io tenevo la schiena di Jess contro il mio petto, lui si avventò su di lei.

"Non sembra che tu sia qui per aiutarmi" notò Jess, mentre lui le rivolgeva un sorrisetto perfido. Lei trascinò la mano nell'acqua, schizzandolo e cogliendolo di sorpresa.

"È così che giochiamo, allora? Mocciosa che non sei altro." Lui si scostò i capelli gocciolanti dal viso e Jess cercò di fuggire.

Ma io la tenni prigioniera in modo che Manson potesse schizzarla. La sua pelle era così scivolosa mentre si dimenava che mi sfuggì di mano. Si allontanò sotto l'acqua, con Manson all'inseguimento, e riemerse con un urlo quando lui le afferrò la caviglia. Lottarono per un momento, ma Manson la sopraffece facilmente e la tirò fuori dall'acqua.

"Lasciami andare!" gridò lei, lanciando calci e schizzi d'acqua.

"Se lo dici tu..." Manson la lanciò in aria, e il grido di Jess si interruppe comicamente quando precipitò di nuovo nel fiume.

Manson e io ci scambiammo un'occhiata mentre lei annaspava per tornare in superficie. Lui sogghignò, e io mi immersi all'istante sott'acqua. L'acqua era torbida, ma individuai le gambe di Jess e nuotai dietro di lei.

La afferrai intorno alla vita e la sollevai. Mi slittava tra le braccia, era quasi impossibile tenerla. Ma stava esaurendo le forze. Era senza fiato, mi lanciava imprecazioni e rideva allo stesso tempo.

"Ecco il mio giocattolino malvagio" mormorai, incapace di resistere alla tentazione di morderle delicatamente il collo. Manson si avvicinò a noi e il suo respiro si fece affannoso quando le fece scorrere le dita sulla pelle.

La tenemmo tra noi, toccandola, baciandola, assaporandola. Il calore della nostra pelle nuda premuta insieme nell'acqua fredda dava un piacere unico, e il mio cazzo si indurì mentre lasciavo vagare le mani sul corpo di Jess.

"Se continui a opporti ai tuoi padroni, dovremo darti una lezione" annunciò Manson.

Jess mugolò e allungò il braccio per afferrarlo. Il suo petto era contro il mio mentre la stringevo, il mio cazzo era dannatamente vicino ad affondare dentro di lei. Muovendo leggermente i fianchi, strofinai la mia erezione sul suo clitoride. Jess sollevò gli occhi, ed erano così pieni di bisogno che non riuscii più a resistere.

Manson mi intercettò da sopra la spalla di Jess e disse: "Credo che voglia essere punita, cucciolo." Jess emise un gemito sommesso, roteando i fianchi contro di me, mentre la sensazione di viscosità della sua carne mi provocava dei formicolii di piacere lungo la schiena.

La trascinammo sul molo e la tirammo parzialmente fuori dall'acqua. Il suo petto poggiava sulle vecchie assi del molo, mentre le sue gambe penzolavano nell'acqua, con il fiume che le arrivava a metà coscia. Riuscivo a reggermi in piedi senza bisogno di muovermi in acqua. Le strinsi i fianchi in una morsa e mi chinai a baciare il suo bel culo - un bacio su ogni natica.

"Cosa vuoi, giocattolino?" domandai, sfiorando la sua pelle coi denti prima di darle una bella sculacciata. Emise un rantolo carico di piacere.

Si voltò a guardarci, con le pupille dilatate e quelle belle labbra che formarono le parole: "Ti prego, puniscimi, signore. Puniscimi per essere stata una cattiva ragazza."

1
JESSICA

Le cose che Lucas e Manson mi stavano facendo con le loro lingue mi facevano vedere le stelle.

Se la stavano prendendo comoda, Manson succhiava e lambiva il mio clitoride mentre Lucas mi lambiva il culo con la lingua. Avevo le gambe a penzoloni nell'acqua fresca mentre la brezza baciava la mia pelle umida, ma quando presi a tremare non era per il freddo.

Avevo gli occhi chiusi per la beatitudine, ma si riaprirono di scatto quando uno di loro mi schiaffeggiò il sedere. La mia testa si drizzò, lo schiocco della loro mano fu reso ancora più acuto dall'acqua sulla nostra pelle.

"Le ragazze cattive vengono sculacciate, non è così, angelo?" domandò Manson, e io mi voltai nell'istante in cui lui abbatté di nuovo il palmo della mano. Continuò, e Lucas si unì a lui, e quando i due mi sculacciarono all'unisono, gridai in preda al più totale abbandono.

Era una combinazione vertiginosa di dolore pungente e piacere crescente. Si fermarono dopo diverse sculacciate per leccarmi di nuovo, finché le mie gambe non furono scosse dai tremori e io dovetti aggrapparmi al molo. E poi tornarono a sculacciarmi.

"Credo che abbiamo un problema, Manson" disse Lucas, dando un altro colpo secco con la mano. "Al nostro giocattolino piace essere sculacciato." Un altro schiaffo pesante mi fece arricciare le dita dei piedi. "Come facciamo a tenere in riga questa mocciosa se le piace essere punita?"

"Il nostro giocattolo va pazzo per il dolore" commentò Manson. "Credo che un piacere estenuante le ricorderà qual è il suo posto. È difficile ribellarsi quando l'unica cosa a cui riesci a pensare è il disperato bisogno di venire... e il fatto che non ti sarà permesso."

Mi sculacciò di nuovo e io urlai, ma il mio allarme non era dovuto al bruciore. Non mi sarebbe stato permesso di venire. Merda. Avrei dovuto sapere che non era il caso di chiedergli di punirmi, perché la prospettiva di un orgasmo negato mi terrorizzava. Cominciai a contorcermi e Manson rise.

"Bene, bene, ora sei un po' preoccupata, eh?" chiese. "Penso che dovremmo portarti al limite fino a farti singhiozzare, poi io ti scoperò il culo e Lucas ti scoperà la fica. Contemporaneamente."

Entrambi mi stavano sorridendo quando gli lanciai un'occhiata furtiva. Quei sorrisi mi resero subito debole e, nonostante il timore incombente di non poter venire, lo volevo comunque. Lo bramavo.

"Scopatemi" dissi. "Vi prego, usatemi per il vostro piacere, Padroni."

"Vado a prendere il lubrificante" dichiarò Manson e diede a Lucas un bacio violento e sporco prima di uscire dall'acqua e tornare verso la Bronco. Lucas seppellì di nuovo il suo viso nella mia fica e i miei occhi si chiusero. Ero già eccitata, il mio clitoride era gonfio. Ogni sferzata della sua lingua mi avvicinava all'orgasmo di cui sarei stata privata.

Manson tornò, ma non rientrò in acqua. Attraversò il pontile e passò il lubrificante a Lucas. Lucas ne spremette una quantità generosa sulle dita e, mentre lo guardavo, spinse un dito nel mio sedere.

Le mie dita si strinsero a pugno e ansimai: "Grazie, signore... è una sensazione meravigliosa..."

"Le sculacciate e un ditalino al culo ti stanno facendo bagnare così tanto" mormorò lui, sondando dentro di me. "Sei una ragazza così sporca. Vuoi solo essere usata, vero?"

"Sì, per favore... oh, *cazzo*..." Gemetti quando Lucas aggiunse un secondo dito e altro lubrificante. Manson si accovacciò accanto a me, schioccando la lingua come se fosse incredulo.

"Come sei rumorosa" affermò. "Tutti quei lamenti non servono. Apri."

La mia obbedienza fu immediata: non controllai nemmeno cosa avesse in mano prima di aprire la bocca. Ci infilò dentro qualcosa, un mucchio di stoffa troppo grande perché ci entrasse tutto. Erano gli slip di Manson, il cui morbido tessuto scuro mi riempì la bocca e soffocò i miei versi disperati.

Era degradante e disgustoso avere le sue mutande in bocca. Ma santo cielo, mi eccitava proprio perché era disgustoso, perché era così dannatamente degradante.

"Diamoti un'occhiata" commentò Manson, sollevandomi il mento. "Ecco la nostra brava ragazza. Non ti entra altro in bocca, vero? Non preoccuparti, ti riempiremo gli altri buchi."

Gemendo con abbandono mentre Lucas mi dilatava lentamente, posai la testa tra le mani di Manson. Lui mi rassicurò, lodandomi e rimproverandomi.

Questo è ciò che accade alle ragazze cattive. Dovevo imparare la lezione.

Quando Lucas ritrasse le dita, Manson mi tirò fuori dall'acqua. Mi sollevò, ma mi tremavano le gambe mentre teneva il mio corpo bagnato e gocciolante stretto al suo. La mia pelle fredda contro il suo petto caldo forniva un piacere così lussurioso che quasi mi squagliai tra le sue braccia mentre mi baciava. Lucas uscì dal fiume, con l'acqua che gli solcava il petto e il suo cazzo duro, con le vene gonfie. Mi avvolse i capelli con la mano mentre Manson mi guidava in ginocchio e i due mi misero a quattro zampe.

"Io ti fotterò il culo" annunciò Manson, inginocchiandosi dietro di me. "E Lucas ti scoperà la fica." Si chinò sulla mia schiena e mi diede dei baci lungo la spina dorsale. Lucas tenne stretti i miei capelli mentre Manson allineò il suo cazzo con il mio ano, facendo scivolare la sua punta spessa contro di me. "E continueremo a usarti finché non saremo soddisfatti. Capito?" Dopo che ebbi annuito in segno di comprensione, aggiunse: "Batti tre volte se vuoi che ci fermiamo. Stai andando benissimo."

Era una battaglia persa cercare di mantenere il respiro lento e misurato. La trepidazione mi formicolava nelle vene mentre Manson mi penetrava lentamente, dandomi il tempo di adattarmi alle sue dimensioni. Lucas prese la bottiglia di lubrificante dal pontile e aprì il tappo, prima di tornare indietro e versare altro lubrificante sull'erezione di Manson.

Avevo ancora il sedere indolenzito per la scopata del giorno prima, ma non mi importava. Volevo così tanto Manson dentro di me che mi spinsi contro di lui, mandandolo ancora più a fondo.

Lucas mi accarezzò la guancia e disse: "Brava, prendilo bene a fondo."

Manson entrò completamente dentro di me, infilando quegli ultimi centimetri mentre mormorava: "Cazzo, sei così stretta."

Le sue prime spinte furono lente per farmi abituare alla sensazione. Lucas tenne la presa sui miei capelli, poi si accucciò accanto a me e disse: "Così, lascia che usi il tuo culo, ragazza. Rilassati per lui."

Il desiderio di essere brava, di renderli orgogliosi sovrastava tutte le altre emozioni. Inarcai la schiena, anche se questo fece aumentare il dolore dentro di me. Manson mugugnò per il piacere, mentre le sue dita tracciavano una scia rilassante sulle mie natiche arrossate.

"Molto bene" sussurrò, muovendo i fianchi a un ritmo che mi fece pulsare il clitoride di eccitazione. "Dio, è così sexy. Lo prendi così bene."

L'ondata di piacere che mi travolse a quelle parole di elogio mi mandò quasi in un'altra dimensione. La mia testa si afflosciò, e Lucas mi mise una mano sotto il mento per alleviare la tensione dei miei capelli, che erano ancora avvolti intorno al suo pugno.

"Così, tesoro" disse. Riuscivo a malapena a vedere il suo volto da sotto gli occhi socchiusi. Era impossibile concentrarmi su qualcosa che non fosse la sensazione di Manson che mi scopava. "È piacevole, no?"

Piagnucolando nel bavaglio, annuii. Dentro di me si stava accumulando un'ondata di estasi dopo l'altra, fino a quando non avvertii il corpo così contratto che mi venne un capogiro. Le mie parole di supplica non potevano essere comprese - non erano altro che suoni soffocati.

Ma Lucas riuscì a vedere la disperazione sul mio volto.

"Il povero giocattolino vuole venire?" chiese, scuotendo la mia testa. Quando annuii, fece una risata secca. "Beh, è un vero peccato."

"Mi spiace, angelo, non succederà" rispose Manson. "Ti ho detto che ti negheremo l'orgasmo, e non mi rimangerò la parola."

Manson mi avvolse le braccia intorno al petto e mi fece indietreggiare, e Lucas lo aiutò a riposizionarmi. Manson mi tenne in grembo e si sedette, mantenendo il suo cazzo infilato dentro di me. Allargò le gambe, costringendo le mie a divaricarsi con esse. Si appoggiò a un braccio per sorreggersi e tenne l'altro avvolto intorno a me.

Il risultato fu che ero seduta, impalata sul cazzo di Manson e con la schiena appoggiata al suo petto. Lucas si allineò alla mia fica e la sua punta munita di piercing entrò lentamente dentro di me.

Dio, era una sensazione scioccante, di incredibile

tensione. Mi sembrava impossibile sentirmi così piena.

"Puoi sopportarlo" mormorò Manson con voce roca. Il suo respiro si era fatto più pesante, il suo torace si sollevava contro di me. Il suo cazzo si contrasse quando Lucas spinse più a fondo.

Lentamente, centimetro dopo centimetro, Lucas mi riempì. Vedevo le stelle e boccheggiavo per respirare. La pienezza dovuta all'avere entrambi dentro di me era travolgente.

"Scopala per bene, Lucas" lo spronò Manson. "Voglio che abbia così tanto bisogno di venire da spezzarsi."

Era un bene che fossi imbavagliata, perché non riuscivo a controllare il volume della mia voce mentre Lucas mi scopava. La sua bocca si incurvò in un sorriso improvviso e impaziente mentre mi guardava crollare.

"Cosa c'è che non va, eh? È troppo per te?" mi canzonò.

Era troppo, eppure volevo ancora di più. Sentirli entrambi dentro di me mi stava squassando la mente. Non era solo il piacere, era la sensazione di dominio totale. Di completo controllo.

"Sento che ti sta scopando" mormorò Manson, con la voce densa di piacere. "Dannazione, è così bello..."

Lucas emise un suono, un gemito strozzato dal bisogno. Rallentò, come se stesse cercando di contenersi, e potei sentire il sorriso sadico nelle parole di Manson quando gli chiese: "Ti stai stancando, cucciolo? Non ti ho detto di fermarti."

Lucas alzò gli occhi. Stava guardando dietro di me, verso Manson, ma riuscii comunque a leggere chiaramente la disperazione sul suo volto. Aveva oltrepassato il suo limite di sopportazione, stava cercando di essere obbediente, ma era sull'orlo dell'orgasmo e stava lottando per non venire.

Dovevo pur rendergli quella lotta un po' più ardua. Era equo, visto che si rifiutavano di far venire me.

Gli occhi di Lucas si spalancarono quando strinsi i

muscoli, come se stessi facendo un esercizio di kegel. Si fermò, col fiato corto, e un tremito gli attraversò le braccia. Manson ridacchiò nel mio orecchio, sussurrando: "Piccola bambina cattiva. Che gesto meschino cercare di farmi disobbedire da Lucas."

Quando Lucas sollevò di nuovo gli occhi, sembrava che volesse squarciarmi in due. Stava ancora facendo dei respiri misurati per controllarsi, ma Manson non sembrava in vena di concedergli alcuna pietà.

Si allungò e, mentre Lucas cercava di riprendere fiato, accarezzò con le dita la guancia dell'altro uomo. All'inizio sembrava un gesto tenero, affettuoso, ma poi Manson gli abbrancò la mascella, gli strattonò il viso in avanti e sibilò: "Non ti ho detto di fermarti, cazzo."

"Non ce la faccio..." Lucas riuscì a malapena a far passare le parole tra i denti stretti. "Sto per venire, Manson, non ce la faccio..."

"Non verrai senza il mio permesso. Se lo fai, ti terrò sul filo dell'orgasmo per una settimana e non ti permetterò di venire affatto."

Lucas ringhiò sottovoce, lanciando una serie di imprecazioni. Quando sbatté di nuovo dentro di me, fu come se stesse cercando di dare una dimostrazione. Gridai il suo nome e Manson si avvicinò rudemente e mi ficcò il bavaglio un po' più a fondo in bocca.

L'orgasmo era così vicino... così dolorosamente, disperatamente vicino. Mi ruotarono gli occhi dietro il cranio e soccombetti al piacere, concentrandomi su di esso, assaporando ogni pulsazione ardente dentro di me. Manson pizzicò uno dei miei capezzoli tra il pollice e l'indice, tanto forte da farmi male.

"Controllati, angelo" mi ingiunse. "Dimostrami che puoi fare la brava per me."

Avrei potuto versare lacrime per quanto volevo venire. Ma più ancora del mio piacere, desideravo obbedire. La soddisfazione di compiacerlo, di obbedirgli sarebbe stata molto più grande di qualche secondo di beatitudine.

Tuttavia, non ero l'unica in difficoltà. La disperazione di Lucas stava crescendo, le sue parole correvano assieme quando affermò: "Cazzo, Manson, ti prego, fammi venire, ti prego, non ce la faccio, cazzo."

Le risate di Manson di fronte alle suppliche di Lucas mi fecero rabbrividire, fluttuavo in uno stato di stordimento. Il cazzo di Manson, gonfiandosi, pulsava dentro di me. Fu scosso da un fremito e gemette quando venne dentro di me con delle brevi spinte a scatti.

Gli occhi di Lucas erano chiusi, le sue labbra si muovevano in un mantra silenzioso mentre manteneva a stento il suo autocontrollo. Stringendo i denti intorno alla stoffa che mi riempiva la bocca, cercai di concentrarmi su qualcos'altro - qualsiasi cosa - per impedirmi di venire.

Ma era impossibile ignorare le sensazioni datemi da loro. Artigliai il braccio di Manson con le unghie e singhiozzai il suo nome, anche se non poteva capirmi. Lucas incontrò i miei occhi per un istante e vidi la mia stessa disperazione riflessa.

Quando Manson parlò, la sua voce era affaticata, le parole giunsero lentamente. "Va bene, cucciolo. Puoi venire."

Lucas quasi singhiozzò per il sollievo, come se si fosse trattenuto solo in attesa del permesso di Manson. Il suo cazzo palpitò dentro di me mentre mi riempiva del suo sperma. Si curvò su di me e appoggiò la fronte contro la mia spalla. Il suo cuore batteva forte, come quello di Manson; potevo sentirli battere quasi all'unisono mentre mi tenevano tra loro.

"Brava ragazza" mi elogiò Manson, quindi mi baciò il lato del viso mentre mi toglieva il bavaglio dalla bocca e lo gettava via. "Proprio una brava ragazza, Jess. Lucas." L'altro uomo levò appena la testa, girandola quel tanto che bastava per guardare Manson. "Bravo ragazzo. Sei stato fantastico. Sapevo che ce l'avresti fatta a continuare per me."

Lucas seppellì il viso tra il mio collo e la mia spalla e mormorò dolcemente: "Grazie, signore." Gli sfregai delicatamente il cuoio capelluto con le unghie e lui sospirò al mio tocco. Il mio corpo pulsava di desiderio, tremava per quanto mi ero avvicinata all'orlo dell'oblio.

Ma ero stata una brava ragazza. Ero stata obbediente. E questo soddisfaceva qualcosa di molto più profondo del bisogno fisico.

8
VINCENT

NON APRII GLI occhi fino alle 10 del mattino. Quando lo feci, fu solo per girarmi, allungarmi verso Jason che giaceva accanto a me e trascinarlo più vicino per poter tornare a dormire.

Il mio stato naturale era la pigrizia. Ero fermamente convinto che gli esseri umani fossero progettati per trascorrere le loro giornate sdraiati al sole, a mangiare frutta, a bere alcolici e a scopare. Mi si spezzava il cuore anarchico a dover girare come l'ennesimo ingranaggio cooperativo del sistema, lavorando un sacco di ore e pagando le tasse. Ma il mio sistema principale era la mia famiglia, ed era su quella che avevo investito. Lavoravo per loro, per una vita migliore per noi.

Una vita in cui avremmo potuto stare sdraiati tutto il giorno a mangiare frutta, bere alcolici e scopare.

Quando mi svegliai di nuovo, fu perché Jason mi aveva tirato addosso la sua maglietta mentre si stava vestendo.

"Svegliati, pigro bastardo! Forza." Mi diede uno

schiaffo sul culo e io gemetti ma non mi mossi, anzi rimasi sdraiato con la sua maglietta sopra la testa. "Amico, ci perderemo tutta la giornata se continuiamo a dormire."

"Va bene così" borbottai. "Il sonno ne vale la pena."

Ma mi misi comunque a sedere. Non ci capitava spesso di venire qui insieme, e per quanto amassi dormire, mi sarei pentito di essermi perso tutto il resto se fossi rimasto a letto. Qualche ora di fuoristrada con la WRX mi avrebbe svegliato. Magari Manson, Lucas e Jess erano ancora in giro per i sentieri.

Lasciai la maglietta di Jason sulla testa mentre arrancai verso il bagno per fare i miei bisogni, lavarmi la faccia e legarmi i capelli in uno chignon. Erano diventati più indomiti man mano che crescevano, ma non li avrei tagliati per nessun motivo al mondo. Ormai facevano parte di me: erano anni che li lasciavo crescere. Inoltre, Jason avrebbe perso la testa se li avessi tagliati.

Quando uscii dal bagno, ad aspettarmi c'era un messaggio di Manson. **Ehi, mi portate un paio di slip sul sentiero, vi spiace?**

Ridacchiando, risposi: **La guida di Jess era davvero così pessima che ti sei pisciato addosso?**

Hahaha, molto divertente. In realtà, Jess si è mangiata l'altro paio.

Non avevo intenzione di chiederlo.

Riscaldammo nel microonde alcuni burrito surgelati per la colazione e li mangiammo in macchina, mentre io guidavo per il breve tratto di strada. Tra gli alberi si snodavano sentieri sterrati, alcuni così stretti che ci passavano solo le biciclette.

Non mi ci volle molto per individuarli, considerando che la Bronco era parcheggiata di traverso sul sentiero con il retro aperto e tre paia di piedi nudi e sporchi che spuntavano fuori.

Dopo aver parcheggiato accanto a loro, ululai e sbattei la mano sulla fiancata della Bronco quando mi avvicinai. "Yu-huuu, svegliatevi, fottuti hippy!"

Mi affacciai sul retro e li trovai tutti sdraiati fianco a

fianco, nudi, con Jess in mezzo ai due uomini. Avevano i capelli ancora umidi, come se avessero fatto il bagno nudi. Jason passò dall'altra parte e afferrò i piedi di Lucas che penzolavano dal bordo del fuoristrada.

"Sei tu che ti stai offrendo volontario per massaggiarmi i piedi?" chiese Lucas, aprendo a stento un occhio. Sollevò la gamba in modo da poter puntare il piede verso il viso di Jason. "Dai, lo sai che vuoi questi piedi sporchi."

Jason rise, scacciandolo. "Ti piacerebbe. Dovrai impegnarti di più se mi vuoi ai tuoi piedi."

Jess si alzò a sedere e si protese verso di me perché la aiutassi a scendere dal retro. Satana, abbi pietà, sembrava una dea selvatica: sporca di terra, con le guance arrossate, i capelli selvaggi. Odorava di sudore e di sesso quando la strinsi a me e la baciai.

"Accidenti, guardati" le dissi. "Adoro quell'espressione appena scopata sul tuo viso. È così sexy." Mi chinai in modo da poter circondare il suo seno con la bocca e succhiarle il capezzolo tra i denti fino a farla ansimare.

"Sembra che tu abbia sfiancato questi due" rifletté Jason.

Lucas si mise seduto e diede uno schiaffo alla nuca di Jason nello scendere dal SUV. Si diresse verso l'acqua, nel punto del vecchio molo in cui erano abbandonati i loro vestiti.

"Stiamo solo riprendendo fiato" rispose Manson, grattandosi con le dita tra i capelli spettinati. "Questa ragazza non si arrende senza combattere." Si alzò, cinse Jess con le braccia da dietro e le baciò il lato della testa. Lei rovesciò la testa all'indietro per guardarlo, e la sua espressione avrebbe potuto sciogliere i ghiacciai.

Mi piaceva. Volevo vedere la mia gente felice. Volevo che prosperassero. Il mondo era un dannato casino, ma finché fossimo rimasti insieme, avremmo potuto affrontare qualsiasi ostacolo che la vita ci avrebbe riservato.

Volevo che Jess facesse parte di "noi." Per molti versi, sembrava già che lo fosse. Quando la sera precedente era rimasta seduta con Jason a scambiarsi parole sommesse, avevo colto la sincerità sul suo volto. Jason non mi aveva riferito tutto quello che Jess aveva detto. E io non glielo avevo chiesto, né l'avrei fatto. Mi aveva accennato che lei si era scusata per quanto accaduto in passato, e questo mi bastava.

Mi rendeva dannatamente orgoglioso di lei: aveva avuto abbastanza fegato da affrontare quel tipo di conversazione.

Ma certe cose richiedevano tempo. La fiducia richiedeva tempo, più tempo per alcuni di noi che per altri.

"Bene, è il mio turno al volante" annunciò Manson, dopo aver rimesso i vestiti e averli spolverati dal terriccio. "Ti farò rifare il giro scatenato di prima, Jess, aspetta e vedrai."

La WRX era in grado di sfrecciare sui sentieri molto più velocemente di quanto potesse fare la Bronco, ma Manson si tenne comunque a una vicinanza sorprendente mentre ci avventuravamo tra gli alberi. Ogni volta che lasciavo il pedale del gas per affrontare una curva, le urla entusiastiche di Jess si diffondevano nell'aria e mi facevano ridere.

Quando tornammo alla baita quella sera eravamo tutti in un bagno di sudore e di polvere. Sembrava che la WRX fosse stata seppellita e riesumata, ma non mi sarei accontentato di niente di meno. Una giornata nei boschi non poteva dirsi soddisfacente se alla fine non somigliavi a una creatura selvaggia.

Lucas e Jason prepararono dei panini e ci sedemmo sul pavimento del soggiorno per mangiare, troppo sporchi per metterci sul divano. Ci stravaccammo sul parquet fresco, con la porta posteriore e quella anteriore lasciate aperte per far passare la brezza.

Jess si stiracchiò le braccia quando finì di mangiare e fece un sospiro esausto. "Ho bisogno di una doccia."

"Penso che tu sia sexy coperta di terra" commentò Manson, e lei si girò per baciargli la guancia prima di alzarsi in piedi. Jason e io la seguimmo a ruota, e lei alzò un sopracciglio interrogativo verso di noi.

"Loro hanno avuto il loro turno" feci notare, indicando Manson e Lucas. "Ora tocca a noi pulirti e aiutarti a rilassarti."

"Vi aspetta un bel momento, allora" fece Lucas, con la testa appoggiata sulle gambe di Manson che si era sdraiato sul pavimento. "Manson non l'ha fatta venire prima."

Quando mi voltai verso Jess, lei mi rivolse un sorriso che mi fece diventare lo stomaco di gelatina prima di sparire nel corridoio. Lanciai un'occhiata a Jason, ma era troppo impegnato a fissarle il culo per farci caso. La seguimmo fino al bagno principale e lei aprì la doccia, il cui calore produsse un vapore che appannò rapidamente il vetro.

Ci spogliammo ed entrammo. Terra e sudore vennero lavati via mentre ci insaponavamo a vicenda, la nostra pelle era scivolosa e ci trastullammo con carezze insistenti e lunghi baci.

"Credo che Manson dovrebbe chiamarti demone anziché angelo" dichiarai mentre Jess si passava le dita tra i capelli bagnati. "Perché quest'acqua è così bollente che mi ustionerai la pelle."

Jess si mise a ridere, si sporse verso di me e mi attirò sotto il getto per potermi baciare. "Soffri per me" sussurrò contro le mie labbra e, cazzo, la doccia poteva bastare. La presi in braccio tutta bagnata, gocciolante e ridanciana, e Jason chiuse l'acqua mentre io aprii l'anta della doccia.

La portai al letto e la scaricai senza tante cerimonie sul materasso.

"Sono tutta bagnata!" Cercò di protestare, ma io le

salii sopra, dandole un bacio languido e tenero che fece svanire tutta la tensione delle sue membra.

"Non mi importa se sei bagnata" rimarcai. "Non mi importa se sei sporca o pulita, o cosa indossi o non indossi. Sei maledettamente bella e non riesco a toglierti le mani di dosso."

Le sue dita si aggrovigliarono nei miei capelli, tirandoli leggermente mentre mi baciava. D'un tratto ansimò nella mia bocca e il suo corpo si sollevò verso di me. Mi fermai, guardai indietro e trovai Jason che le stava massaggiando i piedi. Muoveva i pollici con accuratezza, strofinando il tallone e l'arco plantare prima di prendere in bocca le dita dei suoi piedi e succhiarle.

Lei emise un altro sussulto, più lieve questa volta, e i suoi occhi si sgranarono per la nuova stimolazione.

"È una bella sensazione" ammise. Fece una piccola risata, chiaramente sorpresa di quanto le piacesse. "Nessuno mi ha mai succhiato le dita dei piedi prima d'ora."

"Allora si sono persi una bella occasione" rispose Jason. Le sue labbra e la sua lingua erano straordinariamente abili, e mentre lui si godeva i suoi piedi, io accarezzai il resto del suo corpo con le dita.

Jess rabbrividì di piacere, appoggiandosi alla mia mano. Teneva le dita aggrovigliate nei miei capelli, e stringeva la presa quando ansimava. Avevo rollato qualche spinello prima, e ne presi uno dal comodino insieme all'accendino.

"Vuoi fumare?" le chiesi. "Non sei obbligata. Nessuna pressione, baby."

Annuì, con la testa appoggiata sui cuscini mentre Jason le venerava i piedi.

"Mi va" confermò, sospirando dolcemente mentre si rilassava. Accesi la canna, che sprigionò il suo aroma pungente in tutta la stanza.

Jess si alzò a sedere e il suo sguardo si ammorbidì dal piacere quando lo puntò su Jason. Mi piaceva il modo in cui lo guardava. Come se lo desiderasse, come se la eccitasse vedere la sua faccia. Voglio dire, lo capivo bene. Jason era eccitante da morire: guardarlo eccitava anche me. Ma era diverso vedere qualcun altro con la persona che amavi, vedere che la desiderava, la apprezzava, la trattava come un tesoro, rispettando al tempo stesso il legame che aveva con te.

Era felicità, per dirla in parole povere. Era una gioia, una celebrazione di ciò che eravamo sia insieme che come individui.

Qualche boccata di spinello mi fece sentire più rilassato, e lo passai a Jess.

"Hai mai fumato prima?" le domandai mentre prendeva lo spinello tra le dita. Nonostante le unghie finte, la afferrò senza difficoltà - segno che aveva esperienza. Ma glielo chiesi lo stesso - meglio sempre prevenire che curare.

"Certo." Mi fece un sorrisetto sornione prima di chiudere le labbra intorno alla canna e inspirare. "Non ero una brava ragazza all'università."

Le nuvole di fumo che le uscirono dalle labbra mi fecero ridacchiare. "Accidenti, sei perfetta." Le presi il viso tra le mani, catturai il fumo in bocca e lo aspirai, respirando la sua aria come se fosse la vita stessa. Era squisita, morbida e calda quando la baciai. Jess era un universo di elementi antitetici tutti racchiusi in una sola unità: un puzzle di desideri. Mi staccai dalla sua bocca quando mi portò lo spinello alle labbra e mi fece fare un tiro. Poi lo porse a Jason e lui si chinò in avanti, aspirando senza staccare i suoi intensi occhi azzurri da quelli di lei.

Lei ci fece irresistibilmente avvicinare a lei. Ci baciammo, con le lingue che si intrecciavano, una delle mie mani stringeva il seno di Jess mentre l'altra era aggrovigliata tra i capelli di Jason. I loro sapori - loro due insieme, come un tutt'uno - erano la perfezione. Era tutto ciò che desideravo, un'unità di sensazioni.

Ci passammo lo spinello, chiacchierammo e ridemmo senza fretta, esplorandoci nel frattempo a vicenda. Anche l'altra doccia della casa era in funzione, così capii che Manson e Lucas avevano trovato un modo per occupare il tempo. Avevamo davanti a noi diverse ore pomeridiane prima della cena, e non avevo alcuna voglia di fare le cose di fretta.

"Cazzo, vi voglio" ammise Jason senza fiato. I suoi occhi erano su di me mentre le sue mani vagavano su di lei. Lo tirai più vicino e lo feci sdraiare accanto a Jess, quindi gli trascinai lentamente le unghie sul petto e gli diedi una serie di baci e morsi sull'addome. Jess intrecciò le dita con quelle di Jason, che appoggiò la testa sulla sua coscia mentre io gli presi il cazzo in bocca.

Profumava di sapone e di pelle pulita. Il sapore della sua carne mi fece venire l'acquolina in bocca, e me lo spinsi fino in gola. Le cosce di Jason si tesero, le dita della mano libera giocavano con i miei capelli. Lui e Jess continuarono a passarsi lo spinello, con le teste reclinate all'indietro e gli occhi chiusi in segno di relax.

Feci una pausa e presi la bottiglia di lubrificante dal comodino. Me ne cosparsi le dita, allargai le gambe di Jason intorno a me e spalmai il lubrificante sul suo culo prima di spingere con cautela un dito all'interno.

Lui gemette, e Jess si chinò per dargli un bacio appassionato. Lo sondai, trovai la sua prostata e la massaggiai. Non volevo intensificare la stimolazione troppo in fretta. Volevo che assaporasse ogni sensazione, che si abbandonasse all'esperienza.

Il suo cazzo sussultò quando mossi il dito. Gli agguantai le palle e le strinsi quel tanto che bastava per mozzargli il fiato già affannoso. Sussultò quando le unghie di Jess gli percorsero la guancia. Gli occhi di lei guizzavano tra il viso di Jason e il mio.

"Siete così sexy insieme" commentò. Gli accarezzò l'orecchio, giocherellando con i piercing verde neon che indossava oggi. "Mi piace guardarvi."

Jason emise un verso sommesso, gli occhi chiusi mentre fluttuava nella beatitudine. Spinsi un secondo dito dentro di lui e il suo respiro si fece più corto. Allungò la mano all'indietro e Jess divaricò le gambe in modo che lui potesse massaggiarle il clitoride.

"Ti hanno scopato di brutto prima, eh?" chiese Jason. Lei annuì e gemette sommessamente quando lui prese a farle un ditalino, trovando tutti i suoi punti sensibili e facendola mugolare. "Penso che la tua fica sia stata usata abbastanza duramente, ma voglio farti venire. Dio, muoio dalla voglia di farti venire."

Le dita dei piedi di Jason si arricciarono quando spinsi le dita più a fondo dentro di lui, seppellendole oltre le nocche. Fece dei lunghi e lenti respiri e attirò Jess verso di sé per mormorare: "Siediti sulla mia faccia, principessa. Fammi gemere in quella dolce fica mentre lui mi fotte."

9
JESSICA

Quando Jason mi ringhiò quelle parole all'orecchio, accese la miccia che avrebbe fatto esplodere la mia eccitazione. I suoi baci erano già di per sé mozzafiato, ma quando mi misi a cavalcioni sul suo viso e scorsi il luccichio malvagio nei suoi occhi brillanti, giuro che la mia fica fremette per l'attesa.

La mia eccitazione si era placata da quando eravamo tornati a casa, ma loro due l'avevano fatta riemergere con prepotenza.

Jason mi afferrò i fianchi e mi tirò giù, tenendomi ferma mentre mi divorava. Rovesciai la testa all'indietro e aspirai lentamente dallo spinello. Mi sentivo allo stesso tempo leggera e pesante, come se stessi svolazzando, ma avvolta da una coperta ponderata. La mia mente era calma ma allo stesso tempo consapevole, e tutti i miei pensieri erano rallentati.

La presa di Jason su di me si saldò quando Vincent spinse le sue dita dentro di lui, i suoi occhi si aprirono per un attimo per fissarmi.

Era una delle cose più sexy che avessi mai visto - i suoi occhi fissi su di me lì sotto, tra le mie gambe, mentre rabbrividiva.

Vincent si spostò dietro di me e sentii il suo respiro caldo sulla mia schiena nuda quando mi baciò la spalla. I suoi baci risalirono fino al collo, e per un attimo Jason rimase immobile sotto di me, gemendo e aggrappandosi a me.

"È così fottutamente stretto, Jess" mi ringhiò Vincent all'orecchio. "Non sai quanto mi fa godere quando si stringe intorno a me."

Jason riprese a leccarmi con rinnovato vigore. Vincent mi tolse la canna dalle dita e gli lanciai un'occhiata da sopra la spalla. Aveva i capelli tutti scarmigliati, si stavano asciugando in ciocche spesse. Le gambe di Jason erano aperte intorno a Vincent, che aveva il cazzo infilato tra di esse. Jason ce l'aveva duro, il liquido pre-eiaculatorio sgocciolava dalla sua fessura man mano che Vincent lo penetrava.

Vincent toccò il fondo dentro di lui e si fermò a fare un lento tiro dello spinello. Io non avevo mai sperimentato nulla del genere, ma i gemiti di piacere di Jason mentre mi lambiva famelico con la lingua mi stavano facendo schizzare verso l'orgasmo. Avrei voluto guardare Vincent che lo scopava, ma per i secondi successivi non riuscii a fare altro che appoggiarmi con le mani alla testiera del letto, travolta dal mio orgasmo.

Raggiungere l'orgasmo mentre si è sotto effetto di droghe è un'esperienza trascendentale. La mia mente si estraniò e non rimase altro che quello squisito piacere che mi faceva tremare.

"Oh, mio Dio... Jason... ti prego..." Lui continuò a leccarmi, a sfiorare il mio clitoride con la punta della lingua mentre lo succhiava. Era totalmente perso nelle sensazioni quando abbassai lo sguardo su di lui. Aveva gli occhi socchiusi, velati dal piacere, le braccia avvolte intorno alle mie cosce.

Quando finalmente si fermò per prendere aria,

ansimò: "Cazzo, hai un sapore così buono, baby." Le sue labbra luccicavano della mia eccitazione e sorrideva come un ubriaco.

Vincent mi passò le mani tra i capelli e mi tirò indietro la testa. Mi portò la canna alle labbra per un'ultima boccata, poi sussurrò: "Mettila nel posacenere e poi siediti di nuovo sulla sua faccia. Ma questa volta voglio che tu sia rivolta verso di me."

Dopo aver gettato il mozzicone, mi voltai, ma mi soffermai un attimo ad ammirare lo spettacolo davanti a me. Vincent era piegato su Jason e gli stava accarezzando il viso con un'espressione che avrei potuto descrivere solo come di ammirazione. Jason chiuse gli occhi per un momento e si abbandonò al suo tocco, poi inspirò profondamente quando Vincent mosse i fianchi e lo penetrò con degli affondi lunghi e lenti.

Dopo un attimo, Vincent sollevò la testa per guardarmi e sorrise, allungando una mano verso di me. "Vieni qui, baby."

Jason gemette soddisfatto quando mi misi di nuovo a cavalcioni sul suo viso e mi trascinò con urgenza sulla sua lingua. Questa volta, però, ero rivolta dall'altra parte, soffocando di fatto tutto il suo viso con il mio sedere.

"Riesci a respirare, Jason?" chiesi, e feci una leggera risatina quando lui mugugnò in senso affermativo.

"Se muoio, muoio" annunciò, prima che la sua bocca fosse di nuovo su di me. Vincent ruotò i fianchi per colpire il punto giusto, e il cazzo di Jason si contrasse, anche se i suoi suoni di piacere furono attutiti dal mio corpo. Mi versai un po' di lubrificante sulla mano e lo accarezzai all'unisono con le spinte di Vincent finché non ebbe un fremito.

"Cazzo, ah... Dio..." Le parole di Jason erano soffocate dal bisogno. Mi chinai e lo presi in bocca, mentre Vincent si fermò per non urtarmi. Jason sussultò bruscamente quando staccai le labbra da lui, il suo cazzo si contorse nella mia mano quando sputai su di lui e continuai a masturbarlo.

"Ecco la mia brava ragazza" mormorò Vincent quando sollevai la testa. "Facciamogli saltare in aria il cervello."

Mi baciò, la sua lingua giocò con la mia mentre aumentava il ritmo, scopando Jason con vigore. Jason non aveva smesso di leccarmi, spingeva il suo viso verso di me come se non ne avesse mai abbastanza. Ma ora stava tremando, lottando per proseguire. Stava rapidamente perdendo il controllo e riuscii a sentirlo letteralmente sciogliersi per l'estasi sotto di me.

"Credo che stia per venire" dissi, sorridendo nel vedere Jason contorcersi.

Vincent sogghignò. "Non finché non ti farà venire di nuovo." Trascinò le unghie lungo la coscia di Jason, lasciandosi dietro dei graffi arrossati, e chiese: "Mi hai sentito, ragazzo? Falla venire di nuovo prima di te."

Jason annuì, mormorando: "Sì, signore" contro la mia fica. Mi sentivo così bene e la mia mente era così libera, senza alcuna preoccupazione, mentre mi disfeci sulla sua lingua. Vincent si piegò in avanti e prese il mio seno in bocca quando gemetti per l'orgasmo.

Tutto in una volta... era così tanto, così travolgente. Afferrai i capelli di Vincent e li tirai mentre lui mi affondava i denti nel capezzolo. Quella piccola scintilla di dolore rese il mio orgasmo perfetto, squarciando la mia beatitudine come una scossa elettrica di calore.

Jason ansimava, tremava. Ma né Vincent né io lo abbandonammo quando disse disperatamente: "Vi prego... Dio, vi prego, sono così vicino... cazzo, sto per venire..."

Il suo cazzo si gonfiò e si contrasse, lo sperma si riversò sulla mia mano. Lo lasciai andare e leccai le gocce bianche e perlacee dalla mia pelle. Vincent mi agguantò il polso e lo tirò verso di sé per succhiare due delle mie dita e leccarle finché non furono pulite.

Poi, con la sua mano sopra la mia, piegò di nuovo le mie dita intorno al cazzo di Jason.

"Continua" mi spronò, rivolgendomi un ghigno

malvagio. "Fallo impazzire. Ci sono quasi."

Muoveva la mia mano con la sua mentre Jason tremava per la sovrastimolazione e le sue suppliche si facevano sempre più disperate. "Cazzo, non ce la faccio - non ce la faccio - Vincent, ti prego..."

Portare Jason alla massima disperazione era una sensazione così inebriante. Non c'era da stupirsi che amasse sovrastimolarmi, perché fare lo stesso con lui mi faceva sentire una dea onnipotente. Era così dannatamente erotico vederlo contorcersi sotto di noi mentre Vincent veniva, con la testa rovesciata all'indietro e gli occhi chiusi per la beatitudine.

Era perfetto.

Rimanemmo sdraiati in silenzio, beati e piacevolmente esausti, con le membra aggrovigliate tra loro e stravaccate sul letto. L'odore di marijuana aleggiava nell'aria e io mi sentivo un po' più lucida ora rispetto a qualche minuto prima. Ma ero ancora rilassata, la tensione si era sciolta dal mio corpo come burro.

Sospirai e mi stiracchiai, godendomi la semplice sensazione delle lenzuola pulite sulla pelle pulita. Anche se ora ero un po' più sporca di quando Vincent mi aveva portata fuori dalla doccia.

"Come ti senti?" chiese, accarezzandomi delicatamente i capelli e il cuoio capelluto con le sue lunghe dita.

"Meravigliosamente" risposi, aprendo gli occhi. Lui era sdraiato da una parte e Jason dall'altra, con gli occhi ancora chiusi. "E tu?"

"Mi sento l'uomo più fortunato del mondo" ammise, sedendosi e appoggiandosi alla testiera del letto. Si allungò e afferrò il braccio di Jason. "E tu, tesoro? Sei ancora vivo?"

"Oh, sì." Jason ci fece un sorriso scomposto e si

avvicinò di più al mio fianco. "Mi sento così bene, cazzo. Stanco. Sballato." Rise. "È stato fantastico."

Ridacchiai con lui, tracciando il suo petto variopinto con le dita. "Voi due insieme mi avete fatta impazzire. È stato... accidenti, è stato così eccitante. Mi è piaciuto molto guardarti mentre lo scopavi, Vince."

"Sì?" Vincent fece un ampio sorriso e si chinò a baciarmi. "Dovremo farlo più spesso, allora, con te."

Quella promessa mi fece fremere il ventre dall'eccitazione. Era ancora nuovo per me questo concetto di amore e intimità così libero. Ma mi piaceva; sentivo che mi si addiceva molto di più rispetto a come avevo cercato di far funzionare le relazioni in precedenza.

Non che questa fosse una relazione... esattamente...

Dio, chi stavo prendendo in giro? Tutta questa storia poteva pure essere iniziata con il mio stupido errore e il debito che avevo contratto a causa di esso, ma non potevo negare che ci fosse qualcosa qui. Lussuria, soddisfazione dei desideri, più passione e attrazione di quanta ne sapessi gestire. Non avevamo una relazione, nel senso canonico del termine, ma non potevo continuare a negare che ci eravamo molto vicini.

E il punto era che mi piacevano queste 'non relazioni.' Mi piacevano più delle 'vere' relazioni che avevo avuto. Non mi sentivo sotto pressione per esibirmi - diavolo, oggi non mi ero nemmeno truccata. Gli appuntamenti mi erano sempre sembrati un test estenuante, in cui entrambe le parti cercavano qualcosa di sbagliato nell'altro. Era imbarazzante e sfiancante, una danza ininterrotta per dire la cosa giusta e comportarsi nel modo giusto.

Ma con loro non era così.

"A cosa stai pensando?" Jason mi tirò fuori dai miei pensieri con le sue parole dolci. Teneva la testa appoggiata sul mio stomaco, con il viso rivolto verso di me.

"Ero curiosa... voi avete mai... voglio dire..." Mi morsi il labbro mentre cercavo di capire quale fosse il modo migliore per chiederlo, e optai per la schiettezza. "Avete mai fatto sesso? Tra di voi? Ovviamente tu e Vincent scopate. E Manson e Lucas. Ma... tutti insieme...?"

"Manson e io abbiamo avuto un rapporto a tre con Jason una volta" rispose Vincent, e Jason ridacchiò in un modo che mi fece capire che non si era ancora ripreso. "Manson è dannatamente bravo a baciare, ma lui e io abbiamo una preferenza un po' troppo spiccata per il ruolo attivo per essere sessualmente compatibili. E Jason ha paura di Lucas."

"Non ho paura di lui" brontolò Jason. "Quel tipo ha una dannata barra di metallo che gli attraversa il cazzo. Scusatemi se sono un po' titubante nel farmela mettere nel culo." Ma sorrise, ed ebbe un leggero brivido. "Lucas mi sfonderebbe."

"Ehi, io ho preso il suo cazzo nel culo" replicai con orgoglio, e Jason fece una smorfia beffarda imitando le mie parole. "È stato fantastico."

"E va bene, Miss Regina dell'Anale, è chiaro che il tuo culo è di livello superiore." Jason alzò gli occhi al cielo. "Ma che razza di impianto idraulico avete lì sotto, dei cazzo di tubi d'acciaio?"

Risi fino a rimanere senza fiato. Era da un po' che non fumavo. Avevo quasi dimenticato quanto rendesse tutto più divertente. "Scusa se era una domanda bizzarra."

"Fare domande è positivo" intervenne Vincent. "È il modo migliore per capire cosa si ha bisogno di sapere. Chiedere e ascoltare. Sono cresciuto in un ambiente in cui il poliamore era considerato normale, quindi questo è sempre stato una seconda natura per me. Ma capisco che per alcuni può essere difficile da comprendere, soprattutto se si è abituati alla monogamia."

"C'è molto di più nell'amore di quanto la maggior parte delle persone pensi" commentò Jason. "Ero abituato a credere che avrei dovuto sistemarmi con una donna sola, che non avrei potuto fare sesso fino alla prima notte di nozze e che sarei stato fedele alla mia unica e sola persona per sempre. Che un'unica persona avrebbe dovuto soddisfare ogni mia esigenza e io avrei dovuto fare lo stesso con lei. Ma io non mi sentivo a mio agio in quello stampo." Intrecciò le dita con le mie e portò la mia mano alla sua bocca per baciarla. "È impossibile paragonare l'amore che provo per Vincent a quello che provo per Manson, o quello che provo per Manson a quello che provo per Lucas. L'intimità può comportare molto sesso o poco sesso, o niente affatto. Con l'amore è la stessa cosa: non c'è uno stampo specifico a cui ci si deve adattare. Noi abbiamo trovato ciò che ci appaga."

Lo sguardo che mi rivolse mentre lo diceva e il modo in cui i suoi occhi si spostarono su Vincent mi fecero avvertire una sensazione di calore nel petto.

Vincent si allungò sopra di me per prendere il suo telefono e lo riportò a letto. "Vuoi vedere una cosa divertente?" chiese, e il luccichio dei suoi occhi catturò il mio interesse.

"Ci sono i nudi di Jason lì sopra?" domandai, accoccolandomi più vicino mentre Vincent scorreva il suo telefono. Smise di sfogliare le foto per un attimo e cliccò su una, aprendola per mostrare Jason in tutto il suo splendore, nudo e in posa davanti a uno specchio.

"Devi scusare la mia postura da macho" commentò Jason con tono asciutto, ma io non avevo di che lamentarmi.

"Dio, sei sexy" ammisi, e Jason emise un suono soffocato mentre Vincent annuì in segno di assenso.

"È sexy da morire. Dobbiamo mandarlo in giro per casa con vestiti più sensuali."

"Magari dei pantaloncini di jeans tagliati?" suggerii, e Vincent annuì ancora più entusiasta.

"Okay, okay, concentrati sul video divertente invece che su di me" fece Jason, anche se riuscivo a intravedere il sorriso che cercava di liberarsi sul suo volto.

"Oh mio Dio, aspetta - è questo il video?" chiesi eccitata. "È il video di Lucas che si fa il piercing al cazzo?"

Vincent fece un cenno di assenso, e io quasi strillai. "Sì, fammelo vedere!"

"Bene, combinaguai, la ricreazione è finita!"

La porta della camera da letto si spalancò e Manson entrò, sorridendo alla vista di noi e con Lucas proprio dietro di lui. Sia lui che Manson si erano fatti la doccia e si erano cambiati, Manson con dei comodi pantaloni grigi della tuta e Lucas solo con i boxer.

"Basta monopolizzare il giocattolino tutto per voi" si lagnò Lucas, buttandosi sul letto accanto a me. Così facendo schiacciò Jason, che grugnì di dolore per il peso improvviso. "Dio, pensavo che vi foste appena fatti la doccia. Siete luridi."

"Siamo comunque molto più puliti di quando abbiamo iniziato" borbottò Jason, sbuffando nel tentativo di togliersi di dosso Lucas. Lottarono per un momento, con le braccia immobilizzate dalla tensione, mentre nessuno dei due riusciva a costringere l'altro a muoversi.

"Ehi, ehi, non bullizzarlo" si intromise Vincent, facendomi l'occhiolino mentre assisteva alla baruffa. "Lo farai venire di nuovo."

"Ci scommetto" rispose Lucas. "Scommetto che... Ehi! Aspetta un attimo, cos'è quel video?"

Cercò di strappare il telefono a Vincent, ma Vince era troppo veloce, anche se era ancora strafatto. Con le sue lunghe braccia tenne facilmente il telefono fuori portata mentre saltava giù dal letto, quasi scontrandosi con Manson.

"Dai, Lucas, voglio vederlo" mi lamentai, prima di strillare quando Lucas mi afferrò per un braccio e mi trascinò sotto di sé. Mi ricoprì la gola di morsi e baci che sembravano molto più feroci di quanto non li sentissi.

"Puzzi di erba" ringhiò, con la bocca contro di me. "E di cazzo."

"Due delle mie cose preferite" affermò Vincent. Tirò la maglietta di Manson con fare scherzoso e disse: "Ehi, fratello, hai qualcosa sulla maglietta." Ma quando Manson abbassò lo sguardo, Vincent gli diede un colpetto sul naso prima di correre in cucina, e Manson sbuffò divertito. Gli tesi la mano da sotto Lucas e lui ci raggiunse sul letto, prendendomi la mano ma senza offrirmi aiuto.

"Mi sta schiacciando" piagnucolai, ma Manson si limitò a scuotere la testa.

"Sì, lui fa così" replicò, sistemandosi sui cuscini accanto a me. "Non lottare, lo incoraggia e basta."

"Mi piace quando ti dimeni" confermò Lucas. Si sollevò, permettendomi finalmente di respirare senza il suo peso sul petto. "Sembri strafatta, ragazza. Questi stronzi ti hanno drogata?"

"Oh, sì" risposi, distendendo il mio corpo nudo sulle coperte. Sembrava tutto molto più sontuoso quando ero fatta: la morbidezza delle lenzuola, l'odore della stanza, gli uomini sexy sdraiati intorno a me. "Sono così indifesa e vulnerabile in questo momento."

"Perfetto" dichiarò Manson, accarezzando con le dita i miei capelli. "Proprio come mi piaci."

"Mettetevi tutti comodi!" esclamò Vincent quando tornò con le braccia cariche di stuzzichini dalla cucina. Ci lanciò dei sacchetti di patatine e biscotti prima di mettersi a collegare il suo cellulare alla smart TV della stanza. "È la serata film in famiglia, con protagonista il pene di Lucas."

Lucas gemette: "Sarete tutti la mia morte, cazzo, lo giuro." Si accasciò di nuovo su di me, schiacciandomi sul materasso per vendicarsi del fatto che avevo osato ridere di lui. Manson ridacchiò guardando la mia faccia a corto di ossigeno prima di alzarsi dal letto.

"Dovremmo accendere un fuoco, per rendere un po' più accogliente la casa" propose, dirigendosi verso la porta che dava sul patio. "Vado a prendere della legna. Torno subito."

10
MANSON

Quando mi chiusi la porta alle spalle, le risate e le conversazioni degli altri si fecero ovattate. Era tardo pomeriggio, mancavano ancora alcune ore al tramonto. Ma la luce era fioca sotto gli alberi e piena di ombre.

La catasta di legna era ammassata accanto a un vecchio capanno pieno di attrezzi da giardinaggio. C'erano ragnatele dappertutto, così a ogni ciocco che raccoglievo controllavo con cautela che non ci fossero ragni.

Quella giornata era perfetta. Tutta la mia gente era insieme e felice. Jess sorrideva così tanto che sapevo che si stava godendo il suo soggiorno. Il suo momento con noi.

Mi faceva venire voglia di non andarmene mai. Per tutta la vita avevo sognato di scappare, e sebbene non fossi più intrappolato come da bambino, avevo ancora la stessa voglia di sparire. Di prendere la mia gente e andarmene, di nasconderci tutti da qualche parte dove niente e nessuno potesse toccarci.

La mia psicologa sosteneva che faceva parte del mio bisogno di controllo, perché il controllo mi faceva sentire al sicuro. Potevo riconoscerlo, potevo capire che certi sentimenti e certi impulsi scaturivano da un trauma. Ma neanche quella consapevolezza mi dava il controllo di cui avevo bisogno.

Il controllo su me stesso. Sul mio cervello, sulle mie paure, sui miei dubbi.

Volevo solo vivere il momento - questo momento. Ma non potevo. Non ne ero capace. Invece di fare tesoro di ciò che avevo davanti, ero troppo distratto dall'ineluttabilità della sua fine.

Il nuovo motore di Jess sarebbe stato consegnato pochi giorni dopo il nostro ritorno a casa. Una volta riparata l'auto, il nostro accordo per il 'saldo del debito' sarebbe tecnicamente terminato. Il pagamento attraverso il sesso, il tempo, la compagnia... sarebbe cessato. Doveva essere così. L'unico motivo per cui aveva accettato era perché non c'era nulla di definitivo. Poteva sperimentare senza aspettative.

Appoggiando un braccio al lato del capanno, chiusi gli occhi per un momento. Non poteva essere così semplice. Nelle ultime settimane avevo visto Jess diventare più felice, più libera. L'avevo vista accogliere a braccia aperte la persona che voleva essere. Il pensiero che tutto questo potesse cambiare, che potesse semplicemente svanire...

Fanculo. Le avrei detto la verità: bramavo che restasse con noi così tanto che mi sentivo dilaniato. Probabilmente l'avrei fatta fuggire per lo spavento. Sarei parso ossessionato. Sarei sembrato malato. Ma ormai eravamo in una fase troppo avanzata del gioco per preoccuparmi di questo.

Dovevo dirle come mi sentivo. Come avevo cominciato a sentirmi da così tanto tempo.

Un ramoscello si spezzò dietro di me e io trasalii, voltandomi bruscamente. Il mio cuore accelerò, una nauseante sensazione di adrenalina mi inondò le vene. La luce era fioca e avevo già tolto le lenti a contatto, quindi le sagome più lontane erano sfocate.

La foresta non era un luogo tranquillo. Avrebbe potuto essere un animale o il vento. Ma il mio cuore non smetteva di scalpitare. Mi sudavano le mani.

Un altro schiocco.

Questa volta ero pronto. Mi portai di scatto la mano verso la tasca posteriore e lasciai cadere a terra il ciocco. La mia lama era pronta nel secondo che mi ci volle per voltarmi verso il suono.

"Ehi, amico!" Vincent alzò le mani e fece qualche passo indietro. Non si era avvicinato molto, grazie a Dio, ma comunque.

"Merda." Riposi frettolosamente il coltello con mano tremante. "Mi dispiace tanto, Vince... cazzo..." C'era mancato poco. Troppo poco. Avevo puntato un'arma in faccia a uno dei miei migliori amici perché non riuscivo a darmi una cazzo di regolata. "Non ti ho sentito uscire. Io... mi hai spaventato."

"Sì, me ne sono accorto." Mi afferrò il braccio mentre cercavo di voltarmi e io feci una smorfia nel guardarlo. "Stai bene? Sei pallido e sudato. Come un pesce morto."

"Cavolo, grazie." Feci un sospiro pesante e mi appoggiai alla catasta di legna, e lui si mise accanto a me, incurante dei ragni. "Mi sono solo suggestionato. Mi sono spaventato delle ombre."

Annuì, e apprezzai il suo silenzio. Vincent non era mai stato un tipo insistente. Era più facile parlare quando non mi sentivo obbligato a farlo.

"Non sono più a mio agio" ammisi, puntando lo sguardo verso gli alberi. "Da quando l'ho rivisto."

"Tuo padre" statuì. Non c'era bisogno di chiederlo.

"È come se quel giorno una parte di me si fosse andata a rintanare" riflettei. "La parte buona. La parte felice. Non riesco... non riesco a capire come uscirne. È come una sorta di pressione ghiacciata che mi riempie il petto." Abbassai lo sguardo sulle mie mani, flettendo le dita formicolanti. "Mi sento scollegato. Dal mio corpo, dal mio cervello. Come se stessi cadendo a pezzi."

Ero contento che gli altri fossero ancora dentro. Non volevo che sentissero questo. Era importante essere onesti, era fondamentale. Ma non avevano bisogno di sentirsi addosso il peso dei miei problemi. Eravamo venuti qui per rilassarci e distenderci. L'ultima cosa che volevo fare era scaricare tutte le mie paure su di loro e pretendere che le affrontassero a loro volta.

Loro non l'avrebbero vista in quell'ottica. Avrebbero cercato di aiutarmi, ma non ero così fiducioso che potessero farlo. Non sarebbero bastate tutte le parole di conforto del mondo per convincere il mio cervello malato a smettere di essere tale. Non funzionava così.

"Capisco" disse Vincent. "Ti sei dato a malapena il tempo di elaborarlo. Non c'è da stupirsi che tu sia in difficoltà."

Mi accigliai e tornai a guardarlo. "Cosa vuoi dire?"

"Amico, quel prepotente di tuo padre è ripiombato nella tua vita come un dannato asteroide, e tu ti sei rialzato e sei andato avanti come se niente fosse. Questa è la prima volta che ti assenti dal lavoro per più di un giorno da... merda, non so nemmeno da quanto tempo. Stai tirando troppo la corda."

Dannazione. Aveva ragione, ma il mio primo istinto fu quello di dirgli che si sbagliava. Ero in grado di gestirmi da solo, e se non ci riuscivo, allora dovevo capire come cazzo fare a rimettere la testa a posto.

"Beh, non posso certo permettermi dei tempi morti" ribattei.

"Sai che i nostri risparmi sono buoni. Abbiamo abbastanza soldi da parte..."

"Non si tratta di soldi." Scossi la testa. "Con mio padre che ficcanasa in giro, Alex che crea problemi, una città piena di stronzi che cercano una scusa qualunque per screditarci... questa merda non si ferma ad aspettare che io mi rimetta in sesto. Non posso permettermi di non stare bene, Vince. Devo assicurarmi che stiamo tutti bene. Ho un'attività da gestire, una maledetta casa da vendere..."

"E hai una famiglia che ti copre le spalle per tutte queste cose" mi fece notare con gentilezza. "Davvero, che tu ci creda o no, non devi fare tutto tu. Siamo adulti e vaccinati, sai? Anche noi possiamo gestire qualcosa."

"So che potete. Ma dovrei essere in grado di farlo. Il fatto che non ci riesca..." Mi faceva stare male non riuscirci. Mi faceva sentire un fallito.

"Sei così duro con te stesso, Manson." Ridacchiò, attenuando il bruciore delle sue parole. "Sei un essere umano, non un dio. A prescindere da quello che Jess ti dice in camera da letto." Questo mi fece ridere e allentare un po' della mia tensione. "Domani voglio che ti rilassi, amico. Lascia che sia io il capo per un giorno. Ti prometto che riuscirò a non dare fuoco alla baita."

"Sai che non è una questione di mancanza di fiducia nei vostri confronti" rimarcai. "È il mio cervello. Non riesco a spegnerlo."

"È a questo che servono le cinghie" rispose lui, agitando le sopracciglia come farebbe un cartone animato. "Non puoi essere il capo se sei legato."

Era da molto tempo che non mi facevo legare da Vincent. Le restrizioni fisiche erano difficili da tollerare per me, ma all'epoca in cui aveva iniziato ad armeggiare con il bondage, gli avevo permesso di esercitarsi su di me qualche volta. In realtà era rilassante, una volta superato il terrore nauseante di riuscire a malapena a muovermi.

Affidarmi al controllo di qualcun altro era una delle imprese più difficili che avessi mai dovuto compiere. Mi tremavano di nuovo le mani solo a pensarci. Ma avevo bisogno della liberazione, della sicurezza, dell'intimità derivanti dal lasciarmi andare e dall'*affidarmi*.

"Nessuna pressione" chiarì. "Te lo sto solo offrendo, se pensi che possa essere utile. Potrebbe tirarti fuori da quello stato d'animo tetro." Fece una pausa, osservando il mio viso. "Voglio aiutarti, Manson. Odio vederti così."

Nonostante tutta la sfortuna della mia vita, ero benedetto dalla fortuna in quanto ad amici.

"Va bene, va bene" dissi alla fine. "Puoi prendere il comando. Domani cercherò di rilassarmi."

"Cercherai." Vince alzò gli occhi al cielo e posizionò le mani come se stesse inquadrando la scena di un film. "Immagina questo: tu, come un dio greco legato, nudo e scintillante. Jess, l'innocente mortale che si è imbattuta nel tuo regno - guidata da me, naturalmente."

"Per questa fantasia ti immagino come un satiro alto" dissi. "E poi, perché dovrei scintillare?"

"Eccellente. Chiamami Pan. E il luccichio è d'effetto. Le ragazze amano le cose scintillanti. Abbiamo dell'olio da cucina in dispensa e posso fare un salto in città per prendere dei brillantini artigianali... Mm, beh, a giudicare dalla tua espressione, immagino che sia un no per i brillantini."

"Se mi leghi e mi versi addosso dell'olio da cucina, giuro su Dio..."

Raccogliemmo la legna che mi era caduta e tornammo dentro. Jess era accoccolata tra Lucas e Jason, e ci stavano aspettando. In qualche modo, aveva convinto Lucas a raccontarle la storia di come si era ritrovato con quel piercing sul cazzo.

"Poi questo stronzo mi ha detto che ero troppo fifone per farlo" raccontò, dando a Jason un calcio scherzoso. "Così sono andato a farmelo fare il giorno stesso. Non avrei mai permesso a un chierichetto di dirmi che avevo paura."

Jason rise, mentre io e Vincent accendemmo il camino. "Chierichetto? Che nostalgia, cazzo. Era da un po' che non sentivo quel nome. E tu eri spaventato a morte, non mentire."

Lucas si schernì. "Senti chi parla. Fammi arrivare là sotto con un ago e poi vediamo chi ha paura."

Vincent si accese un'altra canna e la passò a tutti una volta che ci fummo sistemati. Ci accalcammo sul letto, e mentre tutti si mettevano comodi, Jess si accoccolò sulle mie ginocchia.

Avvicinò le labbra al mio orecchio e mi baciò

delicatamente il collo.

"Stai bene?" chiese, con la voce bassa ma abbastanza forte da farsi sentire da me.

"Certo." Sorrisi, reclinando la schiena in modo che potesse appoggiare la testa sulla mia spalla. "Cosa ti ha fatto pensare che non stessi bene?"

"Ti conosco" rispose. Lo disse con tale disinvoltura, con tale facilità che non poteva immaginare l'impatto che quelle parole avrebbero avuto. Mi squarciarono il petto, facendo breccia nella pressione fredda e tremolante che mi soffocava giorno e notte. Jess si fece strada attraverso le crepe che aveva creato lei stessa, si insinuò e portò con sé tutto il suo calore.

L'avvolsi con le braccia, le baciai la fronte e le assicurai: "Andrà tutto bene, angelo. Ho qui le persone migliori ad assicurarsene."

11
JESSICA

AL MATTINO SEGUENTE, fui la prima a svegliarmi. Quando uscii dal letto, liberandomi dalla calca dei ragazzi, il sole stava appena cominciando a fare capolino da dietro gli alberi. Stavano ancora tutti russando, le lenzuola e le coperte erano state parzialmente calciate via, gambe e braccia erano disseminate ovunque.

Durante gli anni passati nei dormitori, avevo cucinato molto per me e per le mie compagne di sorellanza. Da quando ero tornata a casa avevo perso l'abitudine, ma mi piaceva molto cucinare. Per fortuna la baita era già equipaggiata di pentole e i ragazzi avevano portato un sacco di cibo per il fine settimana. Preparai frittelle, pancetta e uova, riempiendo presto la cucina di odori deliziosi.

Udii dei passi dietro di me e Lucas mi avvolse le braccia intorno alla vita. La barba sul suo viso mi grattò la pelle quando mi baciò la guancia e mi disse: "Ti sei alzata presto."

"Volevo avere abbastanza tempo per preparare la

colazione per tutti voi" spiegai. Mi mordicchiò e mi succhiò l'orecchio, e una spirale di calore si strinse nel mio ventre.

Nonostante fossi ancora dolorante per la giornata di ieri, volevo di più.

Insaziabile. Era così che mi sentivo. Disperata, bisognosa, impaziente.

"Sento odore di pancetta?" La voce di Jason era impastata dal sonno quando entrò in cucina. Appoggiandosi al bancone, Lucas mi tirò la schiena al suo petto e posò il mento sulla mia spalla. Jason venne a pararsi davanti a me con soltanto un paio di boxer addosso. Mi afferrò i fianchi e si chinò per un bacio che mi mandò una scarica di elettricità fino alle dita dei piedi.

"Perché *tu* ti sei alzato presto?" chiese Lucas, rivolgendosi a Jason mentre i due mi schiacciavano tra loro.

"Perché Jess mi ha addestrato a farlo" rispose Jason. "E poi è dura dormire con questo profumino di cibo."

Al momento non avevo nulla sul fuoco - e menomale. Il pene duro di Lucas premette contro il mio culo, e staccò un braccio dalla mia vita per mettermi una mano intorno alla gola. Il suo braccio tremava leggermente, come se gli costasse molta fatica essere delicato.

"Sono qui per servire, signori" dichiarai. Allungando la mano verso il basso, afferrai il rigonfiamento di Jason e lo accarezzai, strusciando contemporaneamente il culo contro Lucas. "Usatemi pure."

"Che brava ragazza che sei stamattina" mi lodò Jason, accarezzandomi la mascella con le dita.

"Penso che allora dovremmo darle quello che vuole, J" sentenziò Lucas. "Usiamo quella bella boccuccia."

Prima ancora di ricevere l'ordine, mi inginocchiai. Jason si passò la lingua sul labbro inferiore mentre mi guardava, e Lucas si mise al suo fianco. Nessuno dei due indossava più che la biancheria intima, ma si tolsero pure quella per rimanere nudi davanti a me.

Sembravano così diversi, eppure così simili. Jason era

luminoso, mentre Lucas era scuro; luce e ombra che stavano fianco a fianco.

Afferrando un pene in ogni mano, li masturbai all'unisono. Erano loro a comandare, ma il loro piacere era sotto il mio controllo. Sapevo esattamente come renderli vulnerabili per me.

"Aah... cazzo..." Jason espirò lentamente quando lo circondai con le labbra. Feci oscillare la testa, dandogli delle lunghe e lente leccate, mentre usavo la mia mano su Lucas. Poi cambiai, rivolgendo la bocca a Lucas e accarezzando Jason con la mano.

"Dio, che lingua" mormorò Lucas. "Sei dannatamente brava."

Le dita di Lucas si attorcigliarono nei miei capelli quando mi voltai di nuovo verso Jason, prendendolo a fondo nella gola. Usai il pollice per applicare una lieve pressione sul piercing di Lucas e muovere la barra come sapevo che amava.

"Porca puttana" ringhiò Lucas, tirandomi i capelli. Trascinai le unghie sulla coscia di Jason non appena staccai le labbra da lui e riportai la bocca su Lucas. Lui mi afferrò i capelli con entrambe le mani, muovendo i piedi come se non riuscisse a stare fermo.

"Stai già per venire?" lo sfotté Jason. Sorrise nel dirlo, con gli occhi socchiusi dal piacere. Il viso di Lucas si contorse quando strinsi la gola intorno alla sua erezione.

"Posso durare più a lungo di te" ribatté Lucas, ma la sua voce era pervasa da una pericolosa quantità di goduria. Mi permise di sollevare la testa, e io mi fermai un attimo per allungare la lingua e farne roteare la punta sul suo piercing.

"Non puoi durare" disse semplicemente Jason, con quel suo sorrisetto beato e presuntuoso. Ma gli sfuggì un sospiro dalle labbra quando mi abbassai di nuovo su di lui. "Tu odi trattenere gli orgasmi; io lo faccio sempre. Quindi, buona fortuna."

Stavano facendo a gara tra di loro, ma anche io ero in competizione. Ero determinata a sabotare entrambi simultaneamente; volevo vedere quanto in fretta sarei riuscita a farli venire.

Staccai le labbra da Jason per un momento e gli rivolsi uno sguardo dolce, passandomi il suo cazzo sul labbro inferiore.

"Sto andando bene, signore?" chiesi.

"Cazzo, baby, benone" rispose lui, guidando la mia testa verso il basso. Sembrava che Lucas stesse facendo dei calcoli complessi a mente, tanto aveva la fronte aggrottata dalla concentrazione. Ma le sue cosce tremavano ogni volta che le mie dita lo accarezzavano.

Ci fu un movimento nell'ingresso dietro di loro. Manson si avvicinò in silenzio e si appoggiò al telaio, osservando la scena. Il piccolo sorriso assonnato che mi rivolse mi stimolò a impegnarmi ancora di più. Mi piaceva dare spettacolo, e ora che avevo un pubblico, ero davvero nel mio elemento.

Feci avvicinare Jason e Lucas in modo da poterli prendere in bocca entrambi contemporaneamente, o almeno ci provai. Dovetti spalancare la bocca e far scivolare la mia lingua tra di loro.

"Voglio il vostro sperma, per favore" mormorai. "Vi prego..."

"Oh, mio Dio... cazzo..." Lucas sembrava furioso, ma io sapevo il perché di quel tono. Stava per venirmi in faccia. Ma Jason stava tenendo duro e Lucas odiava perdere, probabilmente quanto me.

Ma a volte essere un perdente poteva essere molto, molto proficuo.

"Sapevo che saresti venuto per primo" affermò Jason in modo così provocatorio che quasi mi venne da ridere, ma era impossibile con entrambi i loro cazzi che avevano bisogno della mia attenzione.

"Chiudi quella cazzo di bocca, stronzetto" borbottò Lucas, con la voce così strozzata che riusciva a malapena a formulare le parole. Tenni gli occhi sul suo viso mentre lo prendevo più a fondo nella mia gola, il mio pugno chiuso seguiva le mie labbra per masturbarlo. "Giuro su

Dio che ti metto in ginocchio se continui a... parlare di... merda... maledizione, Jess..."

Venne in fondo alla mia gola, gli spruzzi di sperma mi fecero quasi soffocare. Jason fece dei respiri lenti e profondi per stabilizzarsi, i muscoli del suo addome si contraevano e si flettevano. Ingoiai il seme di Lucas e sorrisi quando tolsi la bocca da lui e passai a Jason. Lui gemette al tocco delle mie labbra, era così vicino a darmi quello che volevo.

Lucas fece un passo indietro, inspirando lentamente come per calmarsi.

Poi Jason chiese: "Già ti tiri fuori? Debole."

Le prese in giro, gli scherzi, i giochi incessanti che facevano con me e tra di loro mi facevano impazzire. Ma Lucas aveva uno sguardo assassino sul volto.

"Vuoi chiedermelo di nuovo?" domandò con un tono basso e minaccioso, mentre il cazzo di Jason pulsava sulla mia lingua. "All'improvviso sei davvero audace con quella bocca impertinente, J."

Jason rabbrividì, quindi si morse il labbro e lo trascinò tra i denti. Mi prese la nuca con una mano e mi tenne ferma per scoparmi la gola. Non disse nulla, ma non aveva bisogno di parole per rispondere.

Imprecò sottovoce nel momento in cui venne, guardando Lucas con un misto di incertezza e desiderio. Dietro di loro, Manson si stava strofinando la mascella con il pollice e ci osservava, con un'espressione concentrata sul volto.

Ingoiai anche lo sperma di Jason, fino all'ultima goccia.

"A quanto pare oggi era il giorno giusto per svegliarsi presto" affermò Vincent, che si era unito a Manson sulla soglia mentre io ero distratta.

"A quanto pare" gli fece eco Manson. "Sembra che una ragazza si sia svegliata in vena di fare la brava stamattina." Mi aiutò ad alzarmi dal pavimento, mi prese il viso fra le mani e mi baciò. "Mm, adoro questo sapore, angelo. Hai fatto tu tutto questo?"

Indicò il cibo e io annuii. Le frittelle, la pancetta e le uova erano tenute in caldo dalla carta stagnola con cui avevo avvolto i piatti. Ora ero più affamata che mai.

"Avevo voglia di fare qualcosa di carino per tutti voi" dissi. "Sapete, per ringraziarvi. Per gli orgasmi."

"Un motivo in più per continuare a farti sentire riconoscente" commentò Vincent, salutandomi anche lui con un bacio di buongiorno. "È fantastico, baby. Grazie."

"Bene, venite allora!" esclamai. "Mettiamo il cibo in tavola. Chi vuole caffè?"

12
VINCENT

SE I LINGUAGGI D'AMORE fossero esistiti, il mio sarebbe stato un linguaggio incentrato sul cibo. Mia madre era sempre stata una cuoca entusiasta, quindi attribuivo a lei il mio apprezzamento per il cibo. C'era molto amore in un pasto cucinato in casa, e non importava quanto fosse facile o complessa una ricetta. Anche il piatto più semplice poteva essere elevato se preparato con cura.

Il fatto che Jess avesse cucinato per tutti noi mi dava un'enorme sensazione di benessere. Dato che dormivo sempre fino a tardi, di solito non facevo colazione. Ma il grande piatto di pancake ricoperti di sciroppo che mi mise davanti mi fece riconsiderare l'idea di saltare sempre il primo pasto della giornata.

Jason e Lucas pulirono i piatti una volta finito di mangiare. Dal mio comodo posto sul divano, potevo sentirli bisticciare, surclassando lo sferragliare delle stoviglie con le loro voci cariche di minacce e insulti sempre più potenti. Mi scappò una risatina che attirò l'attenzione di Manson e Jess, che si erano accoccolati all'altro capo del divano.

"Credo che quei due abbiano bisogno di scaricare tutta quell'aggressività con una bella scopata" commentò Jess, sorprendendoci a tal punto che Manson scoppiò a ridere.

"Sono d'accordo con te" dissi io. "Ma quando Jason vuole suscitare una reazione particolare, insisterà finché non riuscirà a ottenerla."

Manson scosse la testa. "Questi dannati mocciosi e i loro pessimi sistemi di comunicazione."

Sembrava che Jess fosse in procinto di contestare quella valutazione. Fortunatamente per lei, Jason uscì dalla cucina proprio in quell'istante e parlò prima che lei ne avesse modo.

"È stato un ottimo risveglio, Jess" dichiarò, sporgendosi dallo schienale del divano per darle un bacio sulla fronte. "Ti va di venire a fare una corsa con me? Se non faccio circolare un po' di sangue, entrerò in un coma alimentare."

"Lei rimarrà con noi" annunciai io. "Dopotutto, ha ancora degli obblighi da assolvere per il suo padrone." Jess mi guardò stupefatta e io sorrisi quando rivolse quei bellissimi occhi verso Manson.

"Non vorrei trascurare i miei doveri" affermò con un'espressione così docile e pudica che riuscii a stento a trattenere l'impulso di strapparla dalle ginocchia di Manson per i miei scopi nefasti.

Ma avevo promesso a Manson che oggi mi sarei occupato di tutto io. Non che ci fosse qualcosa di particolarmente impegnativo di cui occuparsi; dopotutto, eravamo in vacanza. Si trattava più che altro di un potere simbolico. Manson aveva bisogno di un modo per convincere il suo cervello a calmarsi, e io avrei fatto tutto il possibile per fornirglielo.

Non davamo il meglio quando uno di noi era in difficoltà, ma non avremmo mai lasciato che l'altro soffrisse da solo.

"Come preferisci" rispose Jason. "Immagino che oggi

resterai da queste parti, eh?"

Lucas uscì dalla cucina pulendosi le mani umide su uno strofinaccio, che poi attorcigliò e fece schioccare sul culo di Jason.

"Che ne dici di lasciare le battute pessime a Vincent?" disse, e Jason emise un guaito e fece un balzo indietro per il bruciore causato dallo straccio. "Tu continua a fare la parte del nostro palestrato moccioso."

Jason alzò gli occhi al cielo mentre si strofinava il culo. "Sono sicuro che questo palestrato moccioso è in grado di sollevare più pesi di te."

"Non mi interessa cosa riesci a sollevare, amico" fece Lucas. "Mi interessa solo quanto veloce riesci a correre. Avanti... Se vuoi fare una corsetta, vengo con te."

"Va bene, vieni pure. Fammi prendere le scarpe."

Si stavano ancora sfottendo quando, qualche minuto dopo, la porta d'ingresso sbatté dietro di loro. Manson gemette compiaciuto, appoggiò la testa all'indietro sul divano e si strinse di più a Jess.

Gli passò le dita sul petto nudo, tracciando i tatuaggi che vi aveva incisi. Seguì le linee della clavicola, poi scese più in basso e si soffermò con le dita sulla piccola chiazza di peli scuri che aveva sulla pancia.

Osservare i suoi tocchi delicati mi fece venire i brividi, soprattutto quando iniziò a baciarlo lungo il petto.

"Te la stai godendo, baby?" le chiesi, e lei fece un cenno di assenso con la testa. Manson aveva ancora gli occhi chiusi, tutto il suo corpo era rilassato, a parte la tensione sotto i pantaloni della tuta. I suoi occhi si aprirono per un breve momento quando mi alzai dal divano e dissi: "Continua a farlo sentire bene. Torno subito."

Le mie provviste erano in valigia, così andai in camera da letto a prenderle. In genere ero un tipo piuttosto svagato, ma quando si trattava di bondage facevo molto sul serio. Ovviamente, mi ci dilettavo sempre con un sorriso e non potevo resistere a fare una bella battuta. Ma alcune cose erano troppo importanti per essere lassisti.

Praticare il bondage mi aveva costretto, per molti versi, a maturare. Avevo sviluppato presto un interesse per la corda e, da adulto, avevo avuto la fortuna di conoscere persone con molta più esperienza di me, disposte a insegnarmi e a mettermi sulla strada giusta.

Di solito prendevo le distanze da tutto ciò che ero costretto a prendere troppo sul serio, ma in questo caso era diverso. Il bondage poteva essere destabilizzante, poteva essere curativo. Giocare con le dinamiche del potere e del controllo poteva essere per alcuni fra le esperienze più catartiche possibili.

Presi il mio borsone dalla camera da letto e, quando tornai, trovai Jess e Manson che si erano spostati sul pavimento. Lui era sdraiato a pancia in giù, con le braccia conserte sotto la testa, e Jess gli stava grattando delicatamente la schiena con le unghie. Manson sembrava sul punto di addormentarsi da un momento all'altro, il che era perfetto. Non avrei fatto un bel niente se non si fosse sentito abbastanza sereno.

Jess sollevò la testa con curiosità mentre disfacevo il mio armamentario. Avevo diverse bobine di corda di canapa lunga e ben usata, oltre ad alcune di lunghezze più corte. Avevo anche un paio di pinze da paramedico, delle tronchesi di riserva che avevo lasciato nella valigia e un kit di pronto soccorso.

Quando alzai lo sguardo, Manson aveva aperto gli occhi e Jess sembrava elettrizzata. "Oggi verrò legata?" chiese.

"Io verrò legato" rispose Manson, e lei lo guardò dall'alto con sorpresa.

"La corda è per te?" indagò. "Ma sulla tua lista c'era scritto che la costrizione fisica era un limite per te."

Lui annuì, mettendosi a sedere. "Un limite flessibile."

"Forse è più un limite tendente al rigido" corressi, e lui sorrise. "Manson non si eccita a essere immobilizzato come succede a te, Jess. Si tratta di un interesse platonico." Mi alzai, srotolando la corda. "Perché non lo spogli tu, baby?"

Non dovette farselo ripetere due volte. Manson non aveva molto addosso, ma Jess gli tolse la tuta, baciandolo e accarezzandolo. Si fermò prima di sfilargli gli slip, con un'espressione interrogativa.

"Puoi lasciare la biancheria intima" chiarì lui. "Vince non ha bisogno del mio cazzo gigante che gli dondola in faccia."

"Quello è esattamente il tipo di contesto in cui prospero" specificai. "O hai dimenticato chi lego di solito?"

"Giusta osservazione." Manson inspirò profondamente e trattenne il fiato per un attimo. Le sue spalle erano contratte dalla tensione, e io gliene afferrai una.

"Fammi sapere quando sei pronto" dissi. "Non succede nulla finché non lo dici tu."

Era ancora lui ad avere il controllo; dovevo ricordarglielo. Non sarebbe servito a nulla suggerirgli di stare calmo, di rilassarsi o dare qualsiasi altro consiglio sui suoi sentimenti. Quello che provava era personale, non spettava a me mettere bocca. Potevo solo fornirgli l'ambiente per esplorarlo in modo sicuro.

Aveva bisogno dell'opportunità di sentirsi come meglio credeva, senza preoccuparsi dell'effetto che avrebbe avuto sugli altri. Qui non si trattava di me, di Jess o di chiunque altro. Si trattava di lui, e per essere un uomo che amava farsi chiamare Dio, non era poi così egoista.

Jess gli parlò con dolcezza. "Hai paura?"

"Non paura. Non esattamente." Occhieggiò a lungo la corda, come se fosse un ospite indesiderato con il quale stava cercando di mostrarsi gentile. Ma pian piano, dopo diversi respiri profondi, la tensione sul suo viso si sciolse.

"Okay" annunciò. "Sono pronto."

Con l'arte non si può avere fretta, e la corda non era da meno. Dovevo entrare in confidenza con il corpo con cui stavo lavorando. Dovevo conoscere i punti di pressione, i nervi, le arterie. Dovevo altresì conoscere i miei materiali, la robustezza della mia corda, la consistenza, la pressione. Ogni nodo era fatto con uno scopo preciso.

Inginocchiato dietro Manson, mi presi il tempo necessario per tirare le corde intorno al suo petto. Jess era seduta di fronte a lui, a gambe incrociate, con le mani sulle gambe di Manson. All'inizio lui tenne gli occhi chiusi e fece dei respiri lenti e cadenzati. Gli legai le braccia dietro la schiena, disponendo le corde intorno al suo torace come un'imbracatura.

Ogni giro intorno al suo petto era come un abbraccio, che comprimeva gradualmente tutta l'ansia e la tensione e li tirava fuori dal suo corpo. Almeno, era così che mi piaceva vederla. Se non fossi stato così concentrato, sarei stato più loquace, ma era per questo che avevo bisogno di Jess. Mentre lo legavo, lei teneva Manson impegnato in una conversazione.

"Ti sei mai fatto legare da lui in passato?" chiese Jess. Continuava a toccarlo, e secondo me non si rendeva nemmeno conto di quanto lo stesse mettendo a suo agio. Io ci feci caso, ma avevo anche frequentato Manson abbastanza a lungo da poter cogliere i suoi piccoli segnali: il suo respiro via via più corto e più veloce, il progressivo allentamento della tensione muscolare.

"Qualche volta" rispose lui. "Gli ho permesso di esercitarsi su di me quando stava studiando."

"Ti spaventava anche allora?"

Manson emise un suono sommesso, qualcosa a metà tra uno sbuffo di scherno e un ringhio. "Non ho mai detto di avere paura, angelo."

"Lo so" rispose lei. "Non c'era bisogno che lo dicessi."

Manson si spostò leggermente, e io feci una pausa. "Troppo stretto?" chiesi.

Scosse la testa. "No. Tu stai andando bene. È Jess che continua a farmi venire la pelle d'oca con le sue unghie, e ce l'ho duro come una roccia, quindi... devo sistemarmi un attimo."

Sghignazzai. "Presto le toccherà fare qualcosa al riguardo." Sbirciai Jess da sopra la spalla di Manson. "Perché non vai a frugare nel mio borsone? Vedi se trovi qualcosa che ti interessa."

Lei diede a Manson un bacio lento e tremendamente sensuale prima di balzare in piedi e precipitarsi verso il borsone.

"Porca puttana, hai portato così tanti giocattoli!" esclamò quando scorse tutte le chicche che avevo messo in valigia. "Come ho fatto a non sapere che avevi portato tutta questa roba?"

"Tendo a viaggiare troppo equipaggiato" ammisi. "Probabilmente non userò il novanta per cento degli oggetti che ho messo in valigia, ma voglio comunque averli, non si sa mai. È terribile quando vai in vacanza e ti accorgi a metà strada di aver dimenticato il tuo paddle preferito o di non aver messo in valigia abbastanza plug anali."

"O quella volta che tu e Jason siete andati in campeggio e avete dimenticato i popper" aggiunse Manson. Aveva ancora gli occhi chiusi, ma sorrise al ricordo.

"È proprio quello che voglio dire" confermai. "Non farsi mai cogliere impreparati. Mettere sempre in valigia i popper."

Mentre Jess continuava la sua caccia ai giocattoli, io completai il mio ultimo nodo. Non era una legatura così vincolante o estesa come quelle che mi piaceva fare di solito. Ma lo scopo non era quello di costruire un'elaborata figura di bondage. Gli misi una mano intorno alla nuca e lui si appoggiò a me, allungando la schiena e ruotando le spalle.

"Come ti senti?" domandai.

"Bene" rispose a bassa voce. "È una bella sensazione. È stretto." Fece un altro respiro profondo e io gli passai le mani sulle spalle, stimolando la circolazione nella schiena e nelle braccia. "Grazie."

"Non c'è bisogno di ringraziarmi" ribattei. "Anche a me fa piacere, sai. È come una meditazione."

Legare qualcuno non doveva per forza essere un'esperienza puramente sessuale, e nemmeno eccitante. A volte era semplicemente un gesto intimo. Era un altro modo per entrare in contatto con le persone a cui ero legato - un modo che non richiedeva parole. Il processo di creazione - di realizzazione di *qualcosa* partendo essenzialmente dal *nulla* - era un atto così vulnerabile. Raramente il destinatario di quella creazione - l'osservatore finale - aveva l'opportunità di essere altrettanto vulnerabile.

Ma con la corda, ogni partecipante aveva questa chance, sia che legasse, sia che fosse legato, sia che osservasse da fuori.

Feci alzare Manson e lo portai verso una delle due colonne quadrate di legno che sostenevano il soffitto a volta. Lo spinsi contro la colonna e gli ingiunsi: "Stai lì e non ti muovere. Tieni la testa alta."

Il suo sguardo era duro come l'acciaio quando incontrò i miei occhi. Mi sfidava, come se volesse essere sicuro che io sapessi che lo stava facendo solo perché lo voleva, non perché glielo avevo ordinato io. E a me andava bene: questo non era un gioco di potere. Nient'affatto.

"Hai trovato qualcosa che ti piace?" chiesi, rivolgendo uno sguardo a Jess mentre adoperai un'altra corda per legare Manson alla colonna. Gli assicurai le caviglie, ben strette e leggermente divaricate, abbastanza da preservare con la sua posizione quella sensazione di vulnerabilità.

"Sì, signore" rispose lei, e io mi soffermai a dare un'occhiata a ciò che aveva scelto. Aveva in mano un vibratore e un filo di perline anali. Le perline ciondolavano dalla sua mano mentre si avvicinava.

Ora che Manson era completamente legato, mi alzai e avvicinai Jess a me, esaminando i giocattoli che aveva selezionato. Manson ci guardava, con la sua erezione piuttosto comica per quanto era evidente.

"Mica male come situazione per un voyeur" commentai, senza riuscire a trattenermi dal fargli un sorriso sardonico. "Farò in modo che il nostro giocattolino ti veneri, com'è giusto che sia. Naturalmente non potrai toccarla." La tirai in avanti, cosicché fosse di fronte a me e abbastanza vicina da toccare il petto di Manson. Da piccola provocatrice qual era, naturalmente si appoggiò a lui e fece scorrere le dita lungo le corde che lo tenevano fermo.

"Accidenti, come sono cambiate le carte in tavola." Jess ridacchiò. Le passai una mano intorno alla gola e con cautela le tirai indietro la testa verso di me.

"Stai attenta" la avvertii. "Manson ha lasciato a me il comando fintanto che lui è legato. Non commettere l'errore di credere che sarò permissivo." Le baciai la guancia, delicatamente, prima di darle una forte sberla sul culo. "Togliti i vestiti. Fagli rimpiangere di non poterti toccare."

Dare spettacolo le veniva naturale. Si spogliò mentre io mi allontanai per osservarla. Ogni centimetro di pelle che rivelava era stupefacente; non importava affatto quante volte l'avessi vista nuda o quante volte avessimo scopato. Ogni volta mi toglieva il fiato.

Quando fu nuda, si inginocchiò e abbassò la testa per baciargli i piedi.

"Resta così, Jess" le ordinai. Presi il vibratore, premetti l'interruttore e mi inginocchiai dietro di lei per stimolarla con il giocattolo tra le gambe. Si contorse quando lo passai sul suo clitoride. "Sei già così bagnata, baby. Quale parte ti ha eccitato? Succhiare Lucas e Jason stamattina o guardare il tuo padrone legato?"

"Entrambe" ammise lei, e la sua risatina si dissolse in un gemito quando le premetti di nuovo il vibratore addosso. Sollevò la testa quel tanto che bastava per sbirciare Manson, che la stava fissando. Gli passò le dita sulle gambe, sui fianchi, sull'addome. Lui rabbrividì sotto il tocco di Jess, i suoi occhi si allargarono quando lei avvicinò la bocca al suo cazzo. Ne baciò la punta attraverso la stoffa delle mutande, con una domanda negli occhi. "Posso usare la mia bocca su di te? Per favore?"

"Cazzo... certo che puoi, angelo." Manson tirò un sospiro quando lei gli abbassò gli slip e gli passò la lingua sulla punta. Misi da parte il vibratore per un momento, presi le perline anali e la boccetta di lubrificante.

"Concentrati sul tuo padrone" le ingiunsi mentre compivo dei cerchi con un dito lubrificato intorno alla sua entrata posteriore. Gemette quando lo spinsi all'interno, oltrepassando quello stretto anello di muscoli. Potevo solo immaginare quanto fosse indolenzita ormai. Era il terzo giorno, e non avevamo quasi mai smesso di scopare da quando eravamo arrivati qui.

"Ti piace la sensazione?" domandò Manson, e Jess mugolò e annuì. Dopo averle dato qualche istante per abituarsi al mio dito, inserii le perline. Quelle iniziali erano piccole, e quasi non mi ci volle alcuno sforzo per inserirle. Ma ogni perlina era più grande della precedente.

Sussultò quando spinsi l'ultima perlina all'interno. Appoggiò la guancia sulla coscia di Manson, mentre con la mano gli accarezzava il cazzo.

"Mm, così va meglio. I giocattolini dovrebbero sempre avere i buchi pieni, no?" mormorai.

"Sì, signore." Jess ansimò di piacere e io mi avvolsi i suoi capelli intorno alla mano, assumendo il controllo della sua testa.

"Ora servirai Manson con la bocca. Farai tutto il possibile per concentrarti sul suo piacere. È chiaro?"

Il respiro di Manson si era accorciato, il suo cazzo perdeva liquido pre-eiaculatorio che Jess leccava avidamente.

"Così, baby" la spronai, facendole abbassare la testa sul cazzo di Manson. "Tieni gli occhi su di lui, stai andando alla grande."

Ebbe un leggero conato di vomito quando lui le

arrivò in fondo alla gola. Ma si abituò in fretta. I muscoli del collo erano tesi mentre si muoveva su e giù su di lui, le guance incavate quando succhiava.

"Dannazione, guardati" dissi. Mollai la presa sui suoi capelli, permettendole così di dettare il ritmo. Le gambe di Manson cominciarono presto a tremare, ogni suo respiro era lento e profondo. Non dubitavo della sua capacità di controllarsi per durare di più, ma mi piaceva vederlo tribolare.

"Brava, Jess" le disse, tendendosi contro le corde come se stesse istintivamente cercando di raggiungerla. Strinse i denti e posò la testa all'indietro contro la colonna. "La tua bocca è così peccaminosa. Mi fai godere da morire."

Jess era così eccitata che stava gocciolando sul pavimento. Ripresi il vibratore e avvolsi il braccio intorno al suo busto per posizionarlo sul suo clitoride. Allo stesso tempo, le infilai due dita nella fica.

Lei gemette, strusciandosi contro le mie dita. Le pompai dentro di lei mentre si stringeva intorno a me, con le pareti che pulsavano.

"Prima soddisfa il tuo padrone, Jess" intimai. "Poi potrai venire, baby."

Lei sollevò la testa, senza smettere di masturbarlo con la mano. "Capisco, signore. Voglio solo lo sperma del mio Padrone." Alzò lo sguardo su di lui, con un'espressione così dolce e supplichevole. Con una faccia come quella, poteva avere tutto ciò che voleva.

Affondò la bocca fino alla base del suo cazzo, lambendo con la lingua le sue palle. L'intero corpo di Manson era in tensione contro le corde; i muscoli erano contratti, il respiro affannoso, le membra tremavano.

"Cazzo, Jess..." Aveva i denti stretti, ma un gemito strozzato di estasi gli sfuggì comunque. "Così mi farai venire, angelo."

"Ti prego" supplicò lei. "Vienimi in faccia."

Manson venne con un grido gutturale, schizzando fiotti di sperma che le rigarono il viso. Jess fece un ampio sorriso, con la bocca aperta e la lingua protesa. Ingoiò ogni goccia che le finì sulla lingua, se lo leccò dalle labbra. Quando Manson si fermò, Jess baciò la punta del suo cazzo e sussurrò: "Grazie, Padrone."

Era fottutamente impossibile resisterle ancora.

La spinsi bruscamente a terra, sulla schiena. Stava ancora cercando di riprendere fiato, le gambe le tremavano, il clitoride era gonfio. Aveva la faccia imbrattata di sperma, le guance rosa, la pelle bollente.

Era perfetta. Bella oltre ogni dire.

"Non muoverti" le ordinai. Mi misi in piedi davanti a lei, che rimase a terra tremante mentre mi spogliavo. Manson sembrava stordito, come se non fosse tornato completamente a terra dopo l'orgasmo. Gli afferrai il viso e lo scrollai abbastanza da fargli tornare un po' di lucidità negli occhi. "Ehi, ehi, non andartene a spasso con la testa. Dovrai guardare questo."

Mi abbassai su Jess e la inchiodai a terra con una mano intorno alla gola. Le si arricciarono le dita dei piedi quando guidai il mio cazzo dentro di lei. Aveva ancora dentro anche le perline, e non vedevo l'ora di sentirla esplodere sul mio cazzo quando sarebbe venuta.

Una volta che fui completamente dentro di lei, presi di nuovo il vibratore e lo azionai. Nell'istante in cui la toccai col giocattolo e mi spinsi dentro di lei, i suoi occhi spalancati si rovesciarono all'indietro.

"Oh, mio Dio, cazzo..." Mi attanagliò il braccio, scavando con le unghie. Ringhiò le parole come un animale, il suo corpo era combattuto tra il dolore e il piacere mentre la scopavo con veemenza.

"Sei bellissima, Jess" mormorai, curvandomi su di lei e spingendo la sua gamba verso l'alto per ottenere un'angolazione più profonda. "Bagnata, vogliosa e ricoperta di sperma. Proprio come mi piaci. Piccola creatura sporca."

La sua fica si contorse intorno al mio cazzo, e quando venne gridò il mio nome. Il suono della sua vocina dolce che si spezzava mi portò al limite. Venni dentro di lei, mi si annebbiò la vista per alcuni secondi perfetti mentre il mio corpo era attanagliato dall'estasi.

13
JASON

L'ARIA DEL MATTINO era fresca e frizzante quando scesi dal patio. Mi stiracchiai le braccia, la schiena e poi le gambe, assaporando il dolore dei muscoli che rilasciavano la loro tensione.

L'orgasmo mi aveva lasciato con un giramento di testa, e rimbalzai sulle punte dei piedi per cercare di svegliarmi. Era per questo che di solito mi riservavo di giocare dopo l'allenamento, perché altrimenti ero troppo indolente per funzionare. Ma potevo farcela.

"Sei sicuro di voler venire con me?" chiesi mentre Lucas si infilò gli auricolari e scorse il suo telefono, decidendo cosa ascoltare. Anch'io avrei ascoltato la musica se fossi stato in palestra, ma qui fuori volevo i suoni della foresta intorno a me. "Non sarà proprio una corsetta leggera."

Lucas alzò gli occhi al cielo. "Non mi spaventa un po' di esercizio fisico."

"Non saprei, amico. L'altra volta avevi il fiatone dopo una partita a paintball con Jess."

Fece un verso sprezzante. "Come dici tu. Fai strada, io ti seguo."

Lucas aveva sempre odiato correre. Era strano, perché mi sembrava il tipo di uomo che avrebbe tratto giovamento dall'esercizio fisico come valvola di sfogo. Personalmente, allenarmi mi aiutava a sentirmi sereno. Potevo abbandonarmi a una sessione fisicamente dispendiosa e lasciar vagare il mio cervello. Mi dava la possibilità di riflettere.

E quella mattina avevo molte cose per la testa.

Da quella prima notte, quando Jess mi aveva sussurrato le sue scuse sotto le stelle, non ero più riuscito a togliermelo dalla testa. Lo sguardo che mi aveva rivolto, pieno di speranza e di timore... non mi sarei mai aspettato di ricevere quel tipo di sincerità da lei.

Era ovvio che stesse compiendo uno sforzo per cambiare. Le ultime settimane ne erano state la riprova. Ma Jess era una persona orgogliosa, e mai pensavo che avrebbe messo da parte il suo orgoglio per fare ammenda.

Mi aveva stupito. Fino ad allora avevo provato confusione riguardo ai miei sentimenti per lei, sull'orlo di qualcosa che mi sembrava troppo serio, ma non abbastanza. Ma dopo quella conversazione, qualcosa era cambiato.

I miei sentimenti erano cambiati.

Come se una porta che prima era stata chiusa a chiave fosse stata improvvisamente spalancata.

Stabilii un ritmo di corsa e lasciai che i miei pensieri fluissero oziosi. Lucas teneva il passo, correndo alle mie spalle mentre percorrevamo il sentiero tra gli alberi. Intorno alla baita c'erano chilometri di sentieri escursionistici, e io non avevo in mente una meta particolare. Andai avanti finché le gambe non cominciarono a farmi male e alla fine dovetti fermarmi per riprendere fiato.

Solo quando mi arrestai e restai lì per diversi secondi, mi resi conto che Lucas era rimasto indietro. Gli ci vollero giusto trenta secondi per raggiungermi, ma dovetti usare ogni briciolo del mio autocontrollo per non ridere. Si piegò su se stesso, con le mani sulle ginocchia, mentre affannava.

"Non ti azzardare a ridere, cazzo" sbottò, e io scrollai le spalle con fare innocente.

"Non ho detto una parola. Vedi di non morire adesso. Non mi va di dover portare il tuo culo in braccio fino a casa."

"Oh, chiudi la bocca."

Proseguimmo a passo più lento, prendendoci il tempo necessario per fargli riprendere fiato. Il sentiero ci portò lungo una parete rocciosa a strapiombo per un centinaio di metri, prima di curvare di nuovo lungo il fianco della montagna, ma non ero ancora in vena di tornare indietro. Avevamo corso in pendenza: non c'era da stupirsi che Lucas fosse così provato.

La flora spuntava da enormi crepe nella parete rocciosa e l'acqua fluiva lungo la pietra liscia in una piccola cascata. Parzialmente nascosta tra la fitta vegetazione, si intravedeva l'apertura stretta di una caverna scavata nella roccia da secoli di acqua corrente.

"Sapevi che c'erano delle grotte quassù?" chiese Lucas, facendo un cenno verso l'apertura. Non si trattava di una grotta vera e propria. L'antro era illuminato da un fascio di luce solare che filtrava dalle rocce sovrastanti, creando uno spazio umido e freddo, ma pieno di vita. C'erano delle ranocchie sedute su pietre ricoperte di alghe vicino all'acqua scrosciante.

"Sei già stato qui, non ti ricordi?" feci io, ma lui scosse la testa.

"Ero ubriaco fradicio l'ultima volta che siamo stati quassù, J." Mi lanciò un'occhiata accusatoria e io risi.

"Solo perché era il mio ventunesimo compleanno non significa che sia colpa mia se hai bevuto troppo" rimarcai. "Non posso farci niente se io lo reggo molto bene, o se tu sei così dannatamente competitivo da cercare di starmi dietro."

Sbuffò col naso mentre mi passò accanto per entrare

nella caverna, e io lo seguii. I ciottoli levigati scricchiolavano sotto le nostre scarpe mentre ci aggiravamo. C'era un grosso masso al centro della grotta, posto proprio sotto il fascio di luce solare che penetrava dall'alto. Mi ci arrampicai sopra e mi sedetti con le gambe a penzoloni per farmi scaldare il viso dal sole.

Lucas si avvicinò al punto in cui l'acqua scorreva e si tolse la maglietta. Mise la mano sotto il getto dell'acqua e poi se la spruzzò sulle spalle, facendo scorrere dei rivoli lungo la schiena.

Era difficile non fissarlo. Per un ragazzo a cui non importava nulla della cura personale, aveva un fisico pazzesco. La prima volta che l'avevo incontrato, mi aveva messo talmente in soggezione che ero riuscito a malapena a dirgli una parola. All'epoca, non avevo ancora capito se volessi essere lui o scoparmelo.

In effetti, non ne ero ancora sicuro. E lui continuava a intimidirmi, per quanto odiassi ammetterlo.

Quando lo avevo conosciuto, ero davvero a corto di modelli di riferimento. Gli uomini che un tempo avevo ammirato - mio padre, mio zio, i leader della chiesa della mia famiglia - mi avevano tutti voltato le spalle. Mentre Lucas era tutto ciò che avrei voluto essere io. Era spavaldo, non sembrava curarsi di ciò che pensava la gente. Non cercava di compiacere nessuno. Viveva la sua vita come meglio credeva.

Almeno, era quella l'impressione che avevo avuto all'epoca.

Mi ci era voluto un po' per vedere oltre la spavalderia di Lucas, ma una volta che lo avevo fatto, mi era saltato all'occhio tutto il suo disagio. Non era vero che non gli importasse di quello che pensavano gli altri, come invece asseriva lui. Non era tanto audace, quanto piuttosto privo dell'autocontrollo necessario per gestire la sua rabbia, che quindi sgorgava in continuazione.

Lo ammiravo ancora, ma per motivi diversi da prima. Era ammirevole perché, nonostante tutti i suoi difetti, nonostante quanto fosse difficile per lui mantenere i rapporti e prendersi cura delle altre persone, ci provava comunque.

"A cosa stai pensando?" mormorò con tono strascicato, strappandomi ai miei sogni ad occhi aperti.

"Oltre al tuo strip tease?" chiesi. Alzò gli occhi al cielo per la mia osservazione e si gettò la maglietta sulle spalle: "Cosa ti fa pensare che io abbia qualcosa per la testa?"

"Stai rimuginando." Si scrollò l'acqua dalla mano e venne verso di me. "Fissi il cielo con aria sognante. A cosa stai pensando?"

Mi appoggiai sulle mani e diedi qualche calcio alla pietra sotto di me. "A lei."

Lucas annuì, frugando in tasca alla ricerca delle sigarette. Ma doveva averle dimenticate, perché fece un sospiro pesante e cominciò a giocherellare con la catenina d'argento che portava al collo. "Non sei il solo. Ho fatto fatica anch'io a pensare a qualcos'altro."

L'ingresso di una nuova amante nel gruppo era destinato a creare un po' di scompiglio. Ma questa volta era diverso, e credo che lo sentissimo tutti. Nonostante la nostra relazione con Jess fosse stata a tempo determinato fin dall'inizio, non era più così che la percepivo.

Jess mi aveva spinto a immaginare un futuro molto più lontano del tempo che Manson e Lucas avrebbero impiegato per installare il suo motore.

"Si è scusata" dissi. Gli occhi di Lucas si sgranarono e poi si restrinsero rapidamente.

Il suo tono era circospetto quando chiese: "Per cosa?"

"Per tutto."

Ed erano state delle scuse sincere. Ecco perché continuavo a riproporre quella conversazione nella mia testa, ancora e ancora. Volevo darle una possibilità. Volevo che questa storia funzionasse.

Lucas appoggiò i palmi delle mani sulla pietra ai miei lati. I suoi occhi scuri sembravano di una tonalità più simile al caramello quando la luce li colpiva. Li rendeva più morbidi. Più caldi.

"Come ti ha fatto sentire?" chiese.

"Stiamo parlando di sentimenti?" dissi. "Davvero? Hai preso appunti dalla psicologa di Manson?"

Saltò sul masso per sedersi accanto a me e mi diede una spallata mentre mi rimproverava: "Bada a come parli. Vincent non è qui per salvarti."

"Come se avessi bisogno di essere salvato."

Lo sguardo che ci scambiammo non avrebbe dovuto essere così dannatamente intenso. Ma Lucas era intenso senza nemmeno sforzarsi.

"Mi ha fatto sentire... fiducioso" ammisi alla fine, dopo averci riflettuto. "Come se le cose fossero più luminose. Come se qualcosa fosse andato per il verso giusto."

Rimanemmo in silenzio per un po'. Lucas aveva avuto difficoltà ad accettare il coinvolgimento di Jess, ma non potevo biasimarlo. Quello che mi aveva sciocccato non erano state tanto le sue esitazioni, quanto il fatto che si fosse sforzato di non mettersi troppo di traverso. Avrebbe potuto impuntarsi se avesse davvero voluto.

"Credo che ci stia provando davvero" commentai. Lucas stava tirando un filo allentato dei suoi jeans, e le sue dita si fermarono alle mie parole. "Credo... non so, credo che voglia restare con noi."

"Sì?" Le sue dita si strinsero. Le sue unghie premettero con decisione sul denim per un momento, prima di rilassarsi di nuovo. "Penso che tu abbia ragione. È cambiata... e sta ancora cercando di cambiare, credo." Fece un respiro profondo e lo lasciò uscire con un sospiro. "Non è facile ricablare il proprio cervello."

"Ci vuole molto impegno" confermai. "Ma io ci sono riuscito. Credo che possa farlo anche lei."

"Tu sei diverso."

"Non proprio. Tu non mi sopportavi quando ci siamo conosciuti. Avresti dovuto vedermi al primo anno, quando ero ancora iscritto a quella scuola privata." Scossi la testa. "Ero il signor Polizia della Moralità."

"Avrei dovuto conoscerti allora" affermò. "Ti avrei

dato un pugno in bocca e ti avrei rimesso sulla retta via."
Sghignazzò. "'Retta via' forse non è la definizione che dovrei usare."

Passarono altri momenti di silenzio. Si udiva ancora una flebile musica dal telefono di Lucas; mi pareva che fosse Hozier, e si confondeva con lo scroscio dell'acqua e il fruscio delle foglie.

Poi dichiarò: "Sono fiero di te, Jason."

Mi avvicinai di fretta e appoggiai il dorso della mano sulla sua fronte. "Sei malato? Devi avere la febbre."

Mi scansò la mano, ridendo per la mia presa in giro. "Sono serio! Farai meglio ad apprezzare la mia gentilezza, perché non mi viene naturale. Dovrò attaccare briga con qualcuno per compensare questa merda."

Per Lucas era un'impresa essere gentile, ma per me era ancora più difficile accettare quella gentilezza. Probabilmente avrei pianto se non mi avesse guardato.

"Lo apprezzo davvero" mormorai, schiarendomi la gola così forte che mi venne da tossire. "Grazie. Io... è... grazie."

Lucas scosse la testa. "Sei ancora peggio di me nell'accettare un complimento. Cristo santo, accettalo in silenzio."

Fu ciò che feci, anche se non riuscii a trattenere un sorriso da ebete imbarazzato.

"Non pensavi che fossi all'altezza" asserii. "Quando ci siamo conosciuti. Pensavi che avrei mollato il gruppo."

"Sarebbe stato saggio se l'avessi fatto" disse semplicemente. "Sapevo che eri all'altezza, J. Non ti ho mai sottovalutato. Non volevo che tu avvertissi l'esigenza di sentirti all'altezza. Ha senso?"

Non l'aveva mai messa così prima. Mi avvicinai un po' di più, in modo che le nostre braccia si toccassero. "Ha senso." Poi, dopo un'altra lunga pausa, mormorai: "Ti amo. Non dimenticarlo."

"Anch'io ti amo, piccola merda."

14

LUCAS

LICEO — ESTATE PRIMA DELL'ULTIMO ANNO

Mentre passavo il tagliacapelli sul cuoio capelluto di Jason, i capelli gli cadevano intorno a ciocche. I suoi capelli castani erano così morbidi che avrebbero potuto appartenere a un coniglio o a qualche altro animaletto vivace. Mi piangeva quasi il cuore di averli rasati.

Quella mattina Jason era entrato nella mia roulotte con Manson e Vincent al seguito, con la faccia di uno che era arrivato per la propria esecuzione. In un certo era così. Il Jason Roth che era esistito prima di quel giorno - la versione artefatta di lui, il ragazzo a modo, etero e timorato di Dio che era stato per i suoi genitori - era morto.

Avevo contribuito io a ucciderlo. Quel giorno stavamo solo nascondendo il cadavere a modo nostro.

Spensi il tagliacapelli e lo gettai sul bancone della cucina. Nella roulotte si moriva di caldo, anche con tutte le finestre aperte, quindi andavo in giro in boxer e nient'altro. Manson stava mescolando dello schiarente in polvere e l'ossigeno in una ciotola, mentre Vincent era intento ad annusare la tintura per capelli azzurro brillante che Jason aveva portato con sé.

"Odora di Jolly Ranchers" commentò, sbirciando accigliato il flacone prima di annusarlo di nuovo. Era troppo sballato, come al solito, ma io lo amavo per questo. Quel pagliaccio schizzato a volte riusciva a farmi ridere, e questo la diceva lunga.

"Cerca di non inalare questo" puntualizzò Manson. Usò le mani guantate per spalmare lo schiarente sulla testa di Jason. Jason rimase seduto in silenzio, anche se dopo un paio di minuti la sua gamba cominciò a ballonzolare per l'impazienza.

"È normale che bruci?" chiese.

"Sì. E pruderà da morire, ma non toccarlo."

Non gli erano rimasti molti capelli, quindi il decolorante non ci mise molto a fare effetto. Se ne stava lì a torso nudo, con il petto coperto da poco dalle linee di un tatuaggio non finito. Gli avevo procurato io un tatuatore disposto a farglielo, considerando che gli mancava ancora qualche settimana al compimento dei diciotto anni e che la maggior parte dei centri affidabili l'avrebbe respinto. Ma lui non aveva voluto aspettare, e non lo biasimavo.

Aveva già aspettato abbastanza.

"Hai della birra?" domandò quando Manson finì e lasciò cadere la ciotola di schiarente nella pila di piatti sporchi nel lavandino. Non ero una persona disordinata, ma cazzo, odiavo lavare i piatti. Senza più mio padre, morto e sepolto, non riuscivo davvero a curarmene. Ora che non dovevo più preoccuparmi di litigare con qualcuno, lasciavo che i piatti traboccassero se ne avevo voglia.

"Appena finita" annunciai.

Quello che non dissi fu che il concetto di 'appena finito' comprendeva tutto. Birra, cibo, diavolo, persino la carta igienica era pressoché esaurita. I soldi che guadagnavo lavorando presso il gommista coprivano a malapena le bollette, persino in questo parcheggio per roulotte di merda. Pagare la cremazione di mio padre era stato un autentico spreco dei pochi soldi che mi erano rimasti, ma mamma aveva insistito perché voleva le ceneri. Stava peggiorando molto ora che viveva da sola, senza nessuno che si prendesse cura di lei. Il poco affetto che mi era rimasto nei suoi confronti mi aveva spinto a darle almeno la possibilità di piangere quel pezzo di merda di suo marito.

Ma non avevo alcuna intenzione di tirare fuori tutta questa storia e suscitare la compassione dei ragazzi.

D'altra parte, forse sarebbe stato meglio se l'avessi fatto. Perché Jason stava guardando al suo futuro e doveva almeno sapere la verità.

Essere coerenti con sé stessi andava bene, ma c'erano delle conseguenze. Pesanti. Ecco perché si era presentato qui con l'aria di chi stava per morire.

I suoi genitori non lo accettavano e non lo avrebbero accettato. Gli avevano dato un ultimatum: se non avesse smesso di frequentare Vincent, se ne sarebbe dovuto andare. Avrebbe dovuto rispettare le loro regole, pentirsi dei suoi 'peccati' e pregare per ottenere il perdono. Gli avevano dato degli opuscoli sugli psicologi specializzati nella conversione, come se fosse dipendente dalle droghe e stessero cercando di farlo entrare in una clinica di disintossicazione. Dicevano di volergli bene e, allo stesso tempo, lo definivano disgustoso.

Mai nella mia vita avrei pensato di consigliare a qualcuno di tenere la testa bassa, eppure era proprio quello che avevo detto a Jason di fare. Era un ragazzo intelligente, aveva un futuro, aveva del potenziale. Sarebbe potuto arrivare da qualche parte nella sua vita. Aveva una possibilità.

Ma ci stava rinunciando. Per noi. Per Vincent. Per sé stesso. Era coraggioso e sciocco come non mai. Non riuscivo a decidermi se incoraggiarlo o dirgli di darsi una regolata, ma non ero la persona adatta a fargli la predica. Tra le cose a cui avrei rinunciato per Vincent e Manson c'era anche la mia vita, quindi chi ero io per dirgli che doveva continuare a cercare di rabbonire i suoi genitori?

"Sembra che abbiamo bisogno di andare a comprare della birra, allora" annunciò Manson, dando una pacca sulla spalla a Vincent. "Forza, andiamo alla stazione di servizio. Ho con me il mio documento falso. Sciacqua il decolorante tra un paio di minuti."

Vincent si alzò di scatto, lasciò la tinta azzurra sul bancone e si chinò per dare un bacio a Jason prima che lui e Manson se ne andassero.

Jason si teneva le mani giunte in grembo e la gamba continuava a ballonzolare rapidamente. Fissava un punto della parete senza battere ciglio, con la mascella che si muoveva come se stesse masticando la sua stessa ansia.

"Dove credono che tu sia oggi i tuoi genitori?" gli chiesi.

"Non ne hanno idea" rispose. "Me ne sono andato e basta. Non ho detto loro nulla. Ho fatto le valigie." Deglutì e allungò una mano per grattarsi la testa prima di ricordare di colpo che non doveva toccarsi. "Ho pensato che quando tornerò conciato così... sarà finita. Quindi, ho già preso quello che mi serviva. Ho impacchettato tutti i miei averi. Ho quasi tutti gli scontrini, così non potranno dire che ho rubato qualcosa."

Snocciolò il suo piano come se non fosse nulla di eccezionale. Era un ragazzo in gamba, molto più intelligente di quanto io potessi mai sperare di essere. Rifletteva bene sulle cose, ma questo non significava che il suo procedimento logico fosse impeccabile. Aveva paura, ma era anche in collera. La furia gli dava coraggio, ma lo rendeva al contempo avventato.

Il desiderio di proteggerlo rendeva imprudente anche me. Era troppo buono, troppo puro. Non meritava questa merda; non meritava l'odioso vetriolo bigotto che il mondo gli avrebbe lanciato.

"Hai paura?" domandai. Da come si sfregava i palmi delle mani era evidente. Erano momenti come questo che mi facevano rimpiangere di non essere in grado di dare conforto. Avrei voluto dire qualcosa di gentile, qualcosa che potesse aiutare. Ma non avevo nulla.

Annuì in un attimo. "Sì, io..." Ebbe un sussulto e prese una profonda boccata d'aria. "Sto bene. Ho parlato con i genitori di Vincent. Mi permetteranno di stare da loro. Sono stati così gentili..." Le sue dita si strinsero sulle ginocchia. "Li pagherò. Già non hanno molto spazio."

Se avessi potuto, mi sarei offerto di farlo stare qui con me. Ma non sarei riuscito a mantenere questo posto ancora per molto. Già così riuscivo a malapena a tirare avanti con i pagamenti. Nel giro di pochi mesi, non avrei avuto nemmeno un posto dove andare.

Jason trasalì e tirò fuori il cellulare dalla tasca. La chiamata in arrivo era di sua madre, e rimase a fissare lo schermo per diversi lunghi secondi prima di deviare la chiamata alla segreteria telefonica.

"Che si fottano" feci io. "Tu sai quello che vuoi, e non sono affari loro. Che si sbattano pure per questo, se vogliono. Non possono controllare tutta la tua vita."

Parole vuote. Cibo e alloggio, se strumentalizzati, potevano senz'altro dare ai suoi genitori il controllo. Ma dall'espressione del suo viso, mi sembrava che non gli importasse più. C'era paura nei suoi occhi ma non nella sua voce.

"Che si fottano" mormorò, grattandosi la guancia perché non poteva grattarsi il cuoio capelluto. Chinò la testa, lanciò un'occhiata all'orologio e dichiarò: "Credo di dover lavare via questo decolorante."

"Ci penso io." Il lavandino era troppo pieno e in bagno c'era solo una doccia verticale, perciò lo condussi all'esterno. Il terreno era tutto sterrato, qua e là spuntava qualche erbaccia secca. Dalla casa dei vicini proveniva il tanfo di sigarette e di grasso di pancetta mentre io aprii il rubinetto, presi il tubo e invitai Jason ad avvicinarsi. "Piegati, chiudi gli occhi."

Lui si accovacciò, strinse gli occhi e piegò la testa in avanti. Gli versai l'acqua sulla testa e con la mano gli strofinai il cuoio capelluto per lavare via la soluzione schiarente. Tutto il decolorante si infiltrò nel terreno ormai fangoso intorno alle sue scarpe.

"Non aver paura di loro" esordii. "Questa è la tua vita. Sono le tue scelte. Questo sei tu." Gli strofinai un po' di decolorante incrostato sul collo e mi soffermai con le dita sulla sua pelle. Non si mosse; rimase perfettamente immobile con la testa china.

Quando papà era morto - *erano già passati tre mesi, porca miseria* - non lo avevo pianto. Non c'era stata tristezza quando una mattina mi ero svegliato e l'avevo trovato morto nella doccia, stroncato quasi sul colpo da un infarto. Semmai, era stato un sollievo che se ne fosse andato. Nonostante mi avesse lasciato in una condizione insostenibile per pagare le bollette, non mi importava.

Ma fare quello - aiutare Jason a rompere il guscio in cui aveva vissuto per così tanto tempo - era come un processo di lutto. C'era molta tristezza per quello che era stato, ma allo stesso tempo si aggrappava alla speranza di quello che sarebbe potuto diventare. Era una morte, ma anche una rinascita.

La sua esperienza era così diversa dalla mia. La sua educazione era stata improntata alla gentilezza. Questo rendeva quasi peggiore quello che gli stavano facendo i suoi genitori. Almeno mio padre era sempre stato uno stronzo. Sapevo cosa aspettarmi da lui. Si era sempre comportato partendo dal presupposto di poter controllare le persone attraverso la paura e l'intimidazione, quindi quando avevo smesso di avere paura di lui, non aveva potuto fare molto. Quando ero diventato abbastanza forte da reagire, da ferirlo a mia volta, si era fatto più mansueto.

Niente di tutto ciò aveva più importanza ormai. Con la morte di mio padre, i legami con la mia famiglia erano stati praticamente recisi. L'unico che era rimasto - l'unico che contava - era Benji. Ma non sarebbe uscito di prigione per anni.

Nel chiudere il tubo, notai un movimento sotto la roulotte. Una giovane gatta, di non più di sei mesi, mi stava scrutando dall'ombra. Miagolò e si avvicinò quando mi riconobbe.

"No, no, allontanati da qui." Schioccai le dita e feci un gesto con la mano, cercando di scoraggiarla. Ma si fidava di me; avevo dato da mangiare a lei e ai suoi fratellini tante di quelle volte che ormai aveva capito che ero una persona fidata.

Ma quel posto non era sicuro per lei.

"Via!" Alzai la voce, battendo il piede verso di lei e schiaffeggiando il fianco della roulotte. Fu sufficiente a farla schizzare via, con la coda gonfia mentre scappava.

"Pensavo che ti piacessero quei gatti" commentò Jason.

"Mi piacciono. Ma c'è un vecchio a un paio di roulotte di distanza che cerca di sparare ai randagi che passano. Pensa che sia divertente." Un paio di settimane prima avevo dovuto accalappiare e portare dal veterinario un gatto con diversi pallini conficcati in corpo. Il solo vederlo mi aveva fatto venire il voltastomaco. Avrei volentieri spaccato la testa a quel vecchio se non mi avesse mandato in prigione. Ma ero sul filo del rasoio con i poliziotti da queste parti. Bastava un mio piccolo cenno e mi avrebbero sbattuto volentieri in galera. "Devo spaventarli. Odio farlo, ma qui non è sicuro per loro."

Non avevo mai capito perché alcune persone avessero una tale avversione per i gatti. C'erano decine di randagi che si erano stabiliti intorno al parcheggio delle roulotte, vivendo di avanzi e rifugiandosi tra i rifiuti abbandonati. I gatti erano creature lunatiche, maliziose e indipendenti, e gli umani avevano una predilezione per gli animali che li adulavano. Era un concetto che valeva anche per le persone. Non appena una creatura non era prontamente sottomessa, obbediente e accondiscendente, gli umani la etichettavano come 'problema.'

"Stai solo cercando di proteggerli" disse Jason. "Lo capisco. Se potessero capirlo anche loro... sarebbero contenti."

Si alzò in piedi, fissando il suo riflesso deformato nel

vetro della finestra della roulotte. I suoi capelli corti erano ora di un pallido giallo-biondo. Ci passò sopra le dita, tastandoli con un tocco leggero, incerto.

Speravo che capisse che stavo cercando di proteggere anche lui. Perché avevo assistito alla crudeltà, avevo sperimentato il dolore. Ogni giorno mi alzavo e mi dicevo che valeva la pena di combattere. Di sopravvivere. Di alzare il proverbiale dito medio al mondo e dire: "Non mi avete ancora ucciso, cazzo."

Jason avrebbe dovuto essere abbastanza forte per fare tutto questo. E guardandolo ora, scrutando la durezza di quegli occhi azzurri, capii che lo era. Era forte. Sarebbe sopravvissuto.

Ma, dannazione, avrei voluto che non fosse costretto a sottoporsi a tanto.

Dove diavolo c'era posto per i ragazzi docili nel mondo? Dove c'era la sicurezza di trovare la gentilezza? Perché dovevamo diventare tutti guerrieri, soldati, quando eravamo ancora poco più che ragazzini?

Non avevamo altro che noi stessi. Forse avremmo potuto creare il nostro angolo di dolcezza, poteva darsi che avremmo dovuto combattere ogni giorno e non avremmo mai saputo cosa significasse il concetto di 'sicuro.' Ma loro avevano me e io avevo loro.

Gli passai un braccio intorno alle spalle, allontanandolo dal suo riflesso e riportandolo dentro. "Mettiamoti quella tinta in testa, ragazzo. Andiamo."

15
JESSICA

Passammo la nostra ultima notte allo chalet a guardare film sul divano. Manson e Jason avevano votato entrambi per un film horror, Vincent voleva una commedia e Lucas voleva solo birra. Fu il mio voto a decidere la questione, e ci accordammo per una maratona dei film horror degli anni '80 più cruenti che gli venissero in mente.

"Inizieremo con 'Sleepaway Camp'" annunciò Jason. "Poi 'Pagliacci assassini dallo spazio profondo'."

"Poi Elvira: Mistress of the Dark" aggiunse Manson.

"Fai attenzione, Jess. Questo sarà il modo molto rocambolesco di Manson per convincerti a vestirti da Elvira per Halloween" spiegò Vincent, scansandosi prima che Manson potesse colpirlo.

"Ehi, Elvira è una donna bellissima e iconica" ribatté Manson. "Si dà il caso che abbia anche delle tette fantastiche, anche se non è questo che influisce sul mio apprezzamento nei suoi confronti."

"Certo, certo, controlleremo il tuo cazzo a metà film e vedremo quanto non influisce" lo sfotté Lucas. Jason era tornato dalla cucina con una birra per entrambi, e Lucas lo trascinò sulle sue ginocchia invece di farlo sedere sul divano.

"Hai bisogno di un compagno di coccole per non avere paura?" chiese Jason, mentre Lucas si mise comodo, stappò la sua birra e poi aprì anche quella di Jason.

"Sì, è esatto" replicò Lucas in tono asciutto. "Ho bisogno di qualcuno che mi stringa forte nei momenti più spaventosi."

E con quello strinse Jason in un abbraccio così forte da fargli uscire tutta l'aria dai polmoni. Jason sibilò: "Dannazione, sei tu quello spaventoso da coccolare."

Manson mi aveva già reclamata come sua compagna di coccole, e ci eravamo raggomitolati all'angolo del grande divano componibile. Anche a distanza di ore, sulla sua pelle erano rimaste le impronte della corda con cui era stato legato. Tracciai i segni arrossati con il dito mentre me ne stavo avvinghiata a lui e gli dissi sottovoce: "Questi segni sono così sexy su di te."

"Così mi farai arrossire" rispose, rabbrividendo quando gli baciai il petto.

Nonostante tutto ciò che avevo appreso nelle ultime settimane, guardare Manson con Vincent quel giorno mi aveva aperto ancora di più gli occhi. Era terrificante ricevere in consegna il benessere di qualcuno, la sua salute mentale, i suoi sentimenti, la sua incolumità fisica. Soprattutto quando quella persona aveva già così tanto da temere, per così tanti motivi. Era come se Manson fosse andato in guerra contro sé stesso, mentre Vincent e io gli avevamo fornito le armi per combattere.

Era rilassato ora - non l'avevo visto così sereno da quando suo padre si era presentato a casa. Si percepiva fisicamente la differenza ora che ero sdraiata addosso a lui e potevo sentire il battito del suo cuore, costante e lento. Si era ammorbidito, come se avesse finalmente rilasciato la tensione che si portava dentro. Sorseggiò un whisky con ghiaccio mentre guardavamo quegli sfortunati adolescenti cadere vittime di clown alieni assassini, ridendo tutti e cinque per il massacro ridicolo e il viscido sangue finto.

Era una notte da gustare, il nostro ultimo giorno di pace e isolamento prima di tornare a Wickeston l'indomani. Tornare a casa significava affrontare di nuovo la realtà: mia madre e il suo giudizio, i miei ex amici e il loro vetriolo, Alex McAllister e il suo inesauribile rancore verso i ragazzi. E... Reagan Reed.

Manson si augurava che suo padre avesse lasciato di nuovo la città durante la nostra assenza. Di solito non ero una pessimista, ma qualcosa mi diceva che Reagan non se ne sarebbe andato così facilmente.

Lo avremmo trovato ancora lì. Ad aspettare, a guardare, anche se non sapevo di preciso cosa.

Manson era chiaramente ubriaco quando iniziammo a guardare Elvira, e i suoi commenti brilli durante tutto il film mi fecero sbellicare dalle risate fino a farmi venire il mal di pancia. Anche se si stava facendo tardi e mi sentivo gli occhi pesanti, non volevo andare a dormire... non ancora. Non volevo che la serata finisse.

In qualche modo, tra i brividi e l'eccitazione dei giochi sporchi che facevamo, avevo cominciato a sentirmi davvero a mio agio. Quando ero con loro, non dovevo pensare alla disapprovazione di nessuno. Non dovevo preoccuparmi di quello che succedeva fuori dalle nostre mura.

Erano diventati il mio rifugio.

Lunedì mattina ci svegliammo di buon'ora. Caricammo tutti i bagagli nei veicoli, pulimmo la baita e ci assicurammo che tutte le porte e le finestre fossero chiuse a chiave prima di metterci in viaggio.

E così, le vacanze erano finite.

Il ritorno alla realtà fu una sensazione malinconica. I pensieri su tutto ciò che avrei dovuto fare al lavoro quella settimana mi affollavano la testa, la mia lista di impegni cercava già di reclamare la mia attenzione. Ma non era solo lo stress per il lavoro a distrarmi.

Stavo per conoscere i genitori di Vincent per la prima volta.

La famiglia Volkov si era presa cura di Jojo e Haribo durante il fine settimana. Quando Vincent mi aveva accennato la prima volta che saremmo andati a prendere i cani a casa loro, non ci avevo pensato più di tanto. L'aveva detto così alla leggera che non ci avevo quasi fatto caso.

Poi, a metà del viaggio, arrivò una telefonata di sua madre. Le parlò con un enorme sorriso sul volto, assicurandole che il viaggio in auto stava andando bene e che saremmo arrivati entro un paio d'ore.

Questo mi fece esplodere i nervi come uno tsunami.

Porca miseria.

Stavo per incontrare i suoi genitori. Oddio, e se mi avessero odiata? Se avessero disapprovato? Non mi ero truccata per tutto il fine settimana, e non l'avevo fatto nemmeno quel giorno, ma di punto in bianco mi misi a rovistare nella borsa in cerca di mascara, correttore, qualsiasi cosa per cercare di fare un'impressione migliore.

Come di consueto, Vincent notò esattamente quello che stavo facendo.

"Ehi, ehi, non stressarti" disse. Mi prese la mano e intrecciò le dita con le mie. "Mia madre non vede l'ora di conoscerti. Ho cercato di dissuaderla, ma sta preparando una cena sul presto per noi."

"Ti piacerà la cucina di Vera" mi assicurò Jason. "Vincent è un buon cuoco, ma sua madre lo batte alla grande." Vincent annuì in accordo.

Era da qualche anno che non mi preoccupavo di conoscere la famiglia di qualcuno con cui uscivo. Coinvolgere le famiglie, compresa la mia, rendeva le cose complicate e troppo serie. Le relazioni erano più comode quando rimanevano superficiali. Era più facile lasciarsele alle spalle.

Ma in questo caso, per quanto fossi agitata, mi sentivo emozionata. Se la madre di Vincent era ansiosa di conoscermi, significava che aveva sentito parlare di me. Cosa mai le aveva raccontato? Cosa doveva pensare di me? Vincent era una persona così alla mano, quindi potevo solo sperare che la sua famiglia fosse della stessa pasta. Sapendo quanto fosse difficile compiacere mia madre, mi si annodò lo stomaco immaginando il giudizio che Vera Volkov avrebbe potuto emettere nei miei confronti.

Man mano che ci avvicinavamo alla casa, stringevo la mano di Vincent come una morsa. I Volkov vivevano alla periferia di Wickeston, lungo una strada di campagna tortuosa e ombreggiata da alberi. Imboccammo uno stretto vialetto sterrato, con un cartello di legno intagliato fissato a un palo accanto. Recava la scritta 'Home Sweet Home.'

La casa si trovava alla fine del vialetto sinuoso, circondata da alberi. Sembrava che in origine fosse un fienile, ma che fossero state apportate delle modifiche per trasformarlo in una casa. Dal grande portico anteriore pendevano numerose campanelle che tintinnavano nella brezza. Lungo la ringhiera erano appese piante in vaso e mazzi di fiori essiccati. Le galline stavano beccando gli insetti accanto alla casa, e sollevarono la testa incuriosite quando arrivarono le auto.

Parcheggiammo ed emisero tutti dei gemiti di stanchezza quando scendemmo e finalmente potemmo sgranchirci le gambe. La porta d'ingresso si aprì tutto d'un tratto e due bambine si precipitarono fuori, strillando e correndo, con Jojo e Haribo alle calcagna. Una bambina più piccola, di soli quattro o cinque anni, le seguì di corsa a piedi nudi, con i capelli castani che le svolazzavano selvaggi attorno al viso mentre cercava di tenere il passo.

"Oh no, sono i gremlins!" gridò Vincent. Le due bambine più grandi - che sospettavo fossero gemelle - gli si lanciarono addosso, ridacchiando, e lo strinsero in un abbraccio. La più piccina corse subito verso Jason, che la prese in braccio e la fece girare.

"Oggi ho preso un insetto, Vince!" esclamò, saltellando eccitata tra le braccia di Jason. Le altre due si arrampicarono su Vincent come se fosse un albero e si sistemarono una in ogni braccio. Una di loro si mise subito all'opera per intrecciargli i capelli, mentre l'altra mi rivolse un sorriso timido.

"Ah, sì?" disse Vincent. "E ha combattuto come si deve?"

"No!" osservò la bambina più piccola. "Noi non combattiamo contro gli insetti, scemo. Sono amici." Salutò Manson e Lucas con entusiasmo. "Ciao, zio Manson! Ciao, zio Luc!" Tese le braccia e Lucas la prese, ma lei fece subito: "Sulle spalle, per favore!"

Lucas la accontentò, e Manson aiutò la bambina a mettersi in equilibrio sulle sue spalle.

"Ti sei presa cura di Jojo questo fine settimana, signorina Kristy?" domandò Manson, e lei annuì.

"Sì! Abbiamo scavato una fossa in giardino e mi ha aiutato a catturare gli insetti" spiegò lei, facendo oscillare le gambe, che sbatterono contro il petto di Lucas. "Ha anche mangiato alcune delle mie caramelle, anche se non dovrebbe farlo."

"Ragazze, lei è Jessica" mi presentò Vincent, facendo un cenno verso di me dopo aver rimesso a terra le gemelle. Indossavano abiti gialli in pendant, con le gonne macchiate e le scarpe infangate. Mi sbirciarono con i loro occhioni verdi, dello stesso colore di quelli del fratello.

"Ciao!" salutai, accucciandomi al loro livello per porgergli la mano. Ognuna di loro mi diede una rapida stretta di mano, accompagnata da una risatina. "Come vi chiamate?"

"Anna" fece una.

"Francesca" rispose l'altra.

"E io sono Kristina!" La bambina più piccola mi salutò agitando le braccia dal suo trespolo, sulla schiena di Lucas. "Sembri la mia Barbie. Sei... sei..." Dovette interrompere la sua raffica di parole per prendere fiato e io soffocai una risata. "Sei l'amante di mio fratello?"

"Oh, mio Dio." Alzai lo sguardo verso Vincent. "Come fa a conoscere questa parola?"

"I nostri genitori sono persone molto aperte" spiegò lui, cercando di trattenere un sorriso mentre punzecchiava la bimba che rideva. "Non fare la ficcanaso, Kristy. Dov'è l'insetto che hai preso?"

"Nella mia stanza!" Lei appoggiò le mani ai lati della testa di Lucas, girando il suo viso verso la casa. "Vai, vai! Andiamo a dire alla mamma che siete qui!"

"Tieniti forte" disse Lucas. Lei strillò di eccitazione quando lui si mise a correre verso la casa, con Jojo che saltellava dietro di lui. Haribo era già incollato al fianco di Jason e lo seguì mentre entravamo.

Sul portico era apparsa un'altra ragazza, che ci sorrise quando ci avvicinammo. Sembrava avere all'incirca quattordici anni, alta e snella come il fratello, con dei lunghi capelli castani.

"Questa è la mia sorella maggiore, Mary" disse Vincent. Mary mi strinse educatamente la mano e mi salutò con voce sommessa, appena sufficiente a farsi sentire.

"Vado a scuola con tua sorella" mormorò. "Stephanie, giusto?"

"Sì! Siete amiche?" Onestamente non sapevo chi fossero gli amici di mia sorella, ma era così simile a me che potevo solo supporre che anche lei fosse molto socievole.

Il volto di Mary si irrigidì per un attimo, poi sorrise di nuovo e rispose: "Oh, ehm... no... ma l'ho vista in giro."

"Forza, forza, faremo uscire l'aria fresca!" ci spronò Lucas, tenendo aperta la porta d'ingresso. Kristy gli batteva i palmi delle mani sulla testa come se fosse un tamburo, ma lui non sembrava badarci.

L'interno della casa era un miscuglio eclettico di elementi d'arredo. Mobili in legno lucido erano affiancati da sedie di velluto e da un divano, occupato da un uomo anziano con lunghi capelli grigi. Le pareti erano tappezzate di quadri, alcuni chiaramente realizzati dai bambini, ma comunque incorniciati. Le finestre non erano coordinate, alcune erano di vetro colorato, alcune rotonde, altre quadrate. La casa profumava di spezie, con un leggero sentore di rosa, e il fuoco crepitava in una stufa a legna nell'angolo.

L'uomo si alzò dal divano, mettendo da parte l'usurato libro di fantascienza che stava leggendo.

"Bentornati a casa, ragazzi!" esclamò, abbracciando ciascuno di loro prima di arrivare da me. La somiglianza con Vincent era innegabile, soprattutto nel sorriso che mi rivolse quando mi prese la mano per salutarmi.

"Tu devi essere Jessica Martin" disse. "È un piacere conoscerti, signorina. Io sono Stephan Volkov. Ogni partner dei nostri ragazzi è un membro della famiglia qui, quindi fai come se fossi a casa tua."

"Anche per me è un piacere conoscerla, signor Volkov."

"Ti prego, chiamami Stephan" mi corresse, e io sorrisi con gratitudine proprio mentre una donna uscì dalla cucina.

Aveva un sorriso raggiante sul volto mentre si puliva le mani sul grembiule. Avvolse le braccia intorno a Vincent, lasciandogli una spolverata di farina sulla maglietta.

"Oh, ragazzo mio" mormorò. La sua voce era calda, i suoi lunghi capelli grigi appuntati in uno chignon. "È così bello averti a casa." Lo lasciò andare e abbracciò Jason subito dopo, stringendo al contempo la mano di Manson come se non vedesse l'ora di salutare anche lui.

"Non c'era bisogno che ti prendessi la briga di cucinare, mamma" fece Vincent.

"Preparerò sempre da mangiare ai miei figli" rispose lei, agitando la mano come per fugare le sue preoccupazioni. "Non è certo un problema."

"Come posso aiutarti, mamma?" domandò Lucas, abbracciandola. "Togliti quel grembiule e dallo a me.

Sono sicuro che sei stata abbastanza in piedi."

"Non devi fare nulla, Lucas" replicò lei, accarezzandogli affettuosamente la guancia. "Ho solo bisogno di un momento per conoscere la signorina Jessica." Si girò verso di me, con quel tipo di sorriso che portava con sé tutto il calore e il conforto del ritorno a casa dopo una lunga giornata. "Santo cielo. Vincent mi aveva detto che eri molto bella, ma sei davvero un raggio di sole, non è vero?" Mi abbracciò, avviluppandomi con gli aromi di cannella, noce moscata e patchouli. "Io sono Vera. È magnifico conoscerti finalmente, Jessica."

"Sono molto felice di conoscerti anch'io" risposi. I miei nervi si erano finalmente acquietati, placati dall'accoglienza di tutti loro. "Sarei felice di aiutarvi in qualsiasi cosa vi serva."

"Non c'è bisogno, cara, non c'è bisogno" mi assicurò Vera. "È quasi tutto pronto."

"Non stancarti le braccia a schiacciare quelle patate. Quello è il mio lavoro" affermò Lucas, facendo capolino dalla cucina. Vi si era intrufolato mentre eravamo distratte, e ora indossava un grembiule fatto a mano con sopra disegnate delle auto d'epoca. Le gemelle avevano trascinato Jason fuori dalla porta sul retro, insistendo perché giocasse con loro, e Manson era già stato coinvolto in una conversazione sul liquore di contrabbando con Stephan.

Quando Vera tornò a finire di preparare la cena, Vincent mi prese la mano. "Ti faccio fare un giro." Mi guidò attraverso il soggiorno, indicandomi i vari quadri e manufatti sparsi in giro e illustrandomi quale sorella aveva fatto cosa. "Ho detto a mamma che non doveva tenere tutte le mie vecchie cose, ma è un po' sentimentale." Aprì la porticina del ripostiglio sotto le scale e io rimasi a bocca aperta di fronte alle cataste di tele dipinte.

"Sono tutte tue?" esclamai.

"E di Mary" spiegò lui. "È una pittrice molto più in gamba di me."

"Non lo sono" ribatté Mary, anche se arrossì per l'elogio.

"È troppo modesta" aggiunse Vincent, chiudendo di nuovo il ripostiglio. "Ti dispiace se mostro a Jess la vecchia stanza, Mary? Ti prometto che non ci tratterremo troppo."

Lei annuì, e Vincent mi condusse su per la stretta scala. Alcuni gradini erano un po' sbilenchi e la ringhiera era un lungo ramo d'albero che aveva ancora la corteccia attaccata. Piccole figure e disegni erano stati intagliati nel legno, e Vince me li indicò mentre andavamo avanti.

"È stato mio padre a intagliarlo" mi annunciò. "Faceva il falegname quando era più giovane, prima che l'artrite peggiorasse troppo. Ha costruito lui stesso tutti i mobili del piano di sotto."

In cima alle scale, alla fine di uno stretto corridoio, c'era una scala che portava in soffitta. La ringhiera era avvolta da lucette scintillanti e i pioli erano decorati con fiori finti.

"Mary ha davvero abbellito l'ambiente rispetto a quando vivevo qui io" commentò Vincent. "La stanza non era così carina quando era mia."

Raggiunse per primo la cima della scala, poi mi porse la mano. La mansarda era più piccola di quella che Vincent occupava ora, ma sembrava accogliente piuttosto che angusta. Le pareti erano ricoperte da arazzi verde pallido e viola, con altre lucine brillanti lungo il soffitto e intorno alla finestra alta e stretta. Il letto era coperto da un assembramento di coperte e cuscini di vari colori e motivi.

Nonostante fosse la stanza della sorella minore, lo spazio aveva comunque un'aria familiare.

"Mary deve proprio aver preso da te" riflettei, notando gli scaffali con i colori, i pennelli e le tele accatastate. C'erano cassetti di perline, scatole di plastica piene di ciondoli, materiale per il bricolage riposto su ogni scaffale disponibile. Era un tesoro di oggetti interessanti da scoprire.

"L'impulso a creare è molto forte nella famiglia

Volkov" ammise. Mi condusse al davanzale della finestra, che era troppo piccolo per ospitare entrambi. Ma si sedette e mi tirò sulle sue ginocchia. Si vedeva il giardino sul retro, dove Jason e le gemelle stavano giocando a palla con Bo e Jojo. "Durante la nostra infanzia, i nostri genitori creavano sempre qualcosa. Che si trattasse di costruire i loro mobili o di coltivare il loro cibo. Hanno fatto tutto il possibile per darci un'infanzia felice. Non avevamo molto, i soldi erano pochi, soprattutto con tanti bambini. Ma hanno fatto in modo che funzionasse. Non hanno esitato ad accogliere Jason dopo che i suoi genitori lo hanno cacciato di casa. Per loro non era neanche in discussione. Devo loro molto." La sua espressione si rabbuiò per un attimo. "Ecco perché vendevo pillole al liceo. Credevo fosse l'unico modo per cercare di dare una mano concreta, per fare soldi in fretta. Ho cercato di mantenerlo segreto, ma ho spezzato il cuore a mia madre quando mi sono cacciato nei guai."

"Hai avuto problemi?" chiesi. "Avevo sentito dire che eri stato arrestato, ma eri tornato a scuola così in fretta che pensavo non fosse vero."

"Era vero" confessò con una smorfia. "Ero un ragazzo terribilmente cattivo e hanno dovuto arrestarmi per il bene della società. La scuola decise di non sporgere denuncia a patto che seguissi il loro piccolo programma per farmi diventare un etero impaurito. Purtroppo per loro, sono un bravo attore e anche molto testardo. E sono anche bravo a imparare dai miei errori. Non mi hanno mai più beccato."

Guardammo Jason e le ragazze giocare con i cani per un po', accoccolati sul sedile della finestra. La casa si stava rapidamente riempiendo di odori deliziosi, e il mio stomaco brontolò per la fame. Notai un cuoricino inciso sul davanzale della finestra e, avvicinandomi, scorsi le iniziali V+J al suo interno.

"Jason e io eravamo soliti guardare le stelle da questa finestra" raccontò Vincent, mentre tracciavo il cuore con un dito. "Faceva sempre sembrare i nostri problemi più insignificanti, in qualche modo. Come se in tutta quella vastità dello spazio fossimo solo dei minuscoli granelli di polvere con dei problemi irrisori."

Alzando lo sguardo verso il cielo azzurro pallido, capii la sensazione. Fluttuava qualche nuvola vaporosa e la brezza faceva frusciare gli alberi. L'autunno era alle porte. A dispetto dei drammi, del dolore e della confusione che noi umani affrontavamo, il mondo continuava a girare lo stesso.

In un certo senso era rassicurante. Per quanto stressanti o incerte ci apparissero certe circostanze, la vita andava avanti.

"Ho sempre voluto comprargli un bel telescopio" continuò Vincent. "Gli piacciono molto i pianeti e tutta quella roba. Solo che non me lo sono ancora potuto permettere." Mi baciò la guancia, poi appoggiò il mento sulla mia spalla. "Dovremmo portarti a osservare le stelle qualche volta. Se ti va."

"Mi piacerebbe molto." Ridacchiai quando vidi Jojo perdere la palla e le ragazze che dovettero correre a recuperarla per lei. "Conosci qualche bel posto?"

"Ne conosco diversi. Di recente ho sentito parlare di un nuovo posto che sembrava divertente; è in un parco statale su al nord. C'è un faro infestato in cui si può soggiornare."

"Okay, mi hai convinta!" esclamai. "Dov'è questo posto e quando possiamo andarci?"

"È a New York." La sua voce si incrinò leggermente nel dirlo. Stava trascinando le dita sul mio braccio, e quando lo guardai di nuovo, il sorriso sul suo volto era quasi timido. "Possiamo andarci quando vuoi. Davvero."

"A New York?" chiesi con un filo di voce, e lui annuì.

"Ovunque tu voglia andare, baby."

Oh. Fu come se tutta l'aria mi fosse stata risucchiata dai polmoni. Mi cinse il viso e si avvicinò come per baciarmi prima di dire, con una voce che era poco più di un sussurro: "Ovunque tu vada, voglio esserci anch'io."

"Yuhuu! La cena è pronta!" La voce di Vera ci chiamò

dal basso, rompendo quella tensione mozzafiato. Ridemmo entrambi, e lui mi baciò prima di alzarsi in piedi.

Al piano di sotto, la tavola era imbandita come per un banchetto. C'erano un pollo arrosto intero con patate e carote, biscotti, fagiolini e condimenti vari. Mi venne l'acquolina in bocca a quella vista e il mio stomaco emise un altro brontolio entusiasta quando presi posto tra Vincent e Manson.

Non ci fu nessuna stretta di mano e nessuna preghiera, ma Stephan si mise a capotavola e disse semplicemente: "Siamo grati ora, come lo saremo sempre, per la benedizione dei nostri figli, per la benedizione del loro amore e, naturalmente, per la benedizione di un nuovo amore." Mi fece un sorriso, e Vera mi prese la mano dall'altra parte del tavolo. Poi lui si sedette e si chinò a baciare sua moglie sulla guancia. "Grazie per tutto il lavoro che hai fatto per realizzare questa bella cena per noi, mia cara."

Gli facemmo eco intorno al tavolo con un ringraziamento, prima che lui battesse le mani, incoraggiandoci tutti a mangiare. Colmai il mio piatto, non volendo perdermi nemmeno un assaggio. Vera stappò una bottiglia di vino e la passammo intorno al tavolo per riempire i nostri bicchieri.

Il fuoco scoppiettante era caldo e il cibo gustoso mi spinse a fare il bis. La conversazione fu scorrevole, con entrambi i genitori di Vincent pronti a ridere e desiderosi di ascoltare. Per tutta la cena, mi rimasero impresse nella mente le parole di Stephan. La benedizione di un nuovo amore. Mentre guardavo Vincent fare trucchi di magia per Kristina, Lucas e Manson scherzare con Stephan e Jason promettere di giocare con le bambole delle gemelle dopo cena, quelle parole continuarono a tornarmi in mente.

Amore.

16
MANSON

Dopo cena, Stephan versò a me e a Vincent un paio di dita del liquore di contrabbando che teneva nel suo capannone. Lui e Vince si accesero una canna, anche se io rifiutai, e ci sedemmo tutti e tre vicino alla serra a chiacchierare.

Lucas e Jess stavano aiutando Vera a pulire, mentre Jason giocava con le bambine. L'ultima volta che lo vidi gli stavano facendo un 'restyling' e aveva i capelli azzurri fissati con numerosi fermagli scintillanti. Tutti i miei ricordi in questa casa erano belli, e ne ero grato. Tornarci mi sembrava come tornare a casa, anche se non ero cresciuto lì. Vera e Stephan avevano fatto della loro casa un rifugio non solo per i loro figli, ma per qualunque ragazzo ne avesse avuto bisogno.

Lucas e io avevamo dormito sul divano qui decine di volte quando non avevamo un altro posto dove andare. Ci avrebbero accolti tutti a tempo indefinito se avessero avuto lo spazio.

"Jessica sembra una brava donna" commentò Stephan, passando di nuovo lo spinello al figlio. Parlava sempre lentamente, scegliendo con cura le parole.

"È l'angelo più scatenato che si possa incontrare" rispose Vincent. "È fantastica."

"Per metà del tempo mi fa sentire come se stessi perdendo la testa" ammisi io, e Stephan ridacchiò e fece un cenno d'assenso. "Per fortuna, sono felice di perderla."

"La persona giusta ti cambia in meglio" affermò. "A volte si tratta di un cambiamento temporaneo: qualcuno entra nella tua vita per un certo periodo e apporta qualche modifica prima di andarsene. Ma a volte è permanente. Le circostanze della tua vita si sistemano nel modo giusto e quella persona si incastra alla perfezione, come se quel posto la stesse aspettando."

Una parte di me sapeva che Jess si sarebbe adattata perfettamente a noi. Ma per esperienza, le cose belle non erano predestinate a me. Essere cauti e aspettarsi il peggio era più sicuro che nutrire speranza.

Ma mi sentivo speranzoso, per la prima volta dopo tanto tempo. Poteva darsi che le cose belle non fossero destinate a me, ma avrei comunque lottato contro il destino e contro Dio per averle.

Alla fine ci fu una pausa nella nostra conversazione e, nel silenzio che ne seguì, l'espressione di Stephan cambiò. Si raddrizzò, si schiarì la gola e disse: "Immagino che tu lo sappia già, ma volevo comunque parlarne. Tuo padre è tornato in città."

Bevvi un altro piccolo sorso di liquore e mi concentrai sul calore che emanava mentre scendeva giù. Il mio stomaco si avviluppò intorno ad esso, minacciando di rigettarlo. "Sì, lo so. È passato a casa. Come l'hai scoperto?"

"Le voci corrono" rispose. "Il vecchio Reagan è stato al Billy's Bar di recente e un mio amico ha detto di aver origliato alcune conversazioni." Guardò tra me e Vincent, e la serietà della sua espressione mi diede una sensazione di gelo. "Sta creando problemi, ragazzi. A quanto pare sta dicendo tutto e il contrario di tutto per cercare di far insorgere la gente contro di voi."

"Insorgere?" Mi accigliai, sporgendomi in avanti sulla sedia. "Cosa vuoi dire?"

"Diciamo che sta cercando di fare amicizia con delle persone che non hanno sentimenti molto positivi nei vostri confronti. Mi hanno riferito che Reagan ha parlato con un gruppo di giovani dalle vostre parti, cercando di convincerli a sabotarvi."

"Che tipo di sabotaggio?" indagò Vincent.

"Non ne ho idea, ma terrò le orecchie aperte per qualsiasi notizia. So che a voi ragazzi piace gestire tutto da soli, ma non pensate di non avere le spalle coperte. Se Reagan viene a casa e vi crea problemi..."

"Abbiamo tutto sotto controllo" mi affrettai a dire. L'ultima cosa che volevo fare era trascinare i Volkov in questo teatrino. Avevano già fatto abbastanza per noi.

"Immaginavo che l'avresti detto." Stephan lanciò un'occhiata a Vincent. "So che vi prenderete cura l'uno dell'altro, e non ho dubbi che la signorina Martin sappia cavarsela da sola..."

"È al sicuro. La stiamo tenendo al sicuro noi." Mi scolai l'ultima goccia di liquore di contrabbando, accogliendo di buon grado il fuoco che mi sparò dritto nelle vene. Vincent fece un cenno di assenso con la testa.

"Saremo al sicuro, papà" lo rassicurò. "Tanto siamo abituati a questa merda."

"Sono sicuro che per voi sarà un sollievo compiere finalmente il grande passo" rifletté Stephan. Si alzò dalla sedia, spegnendo con cura ciò che restava dello spinello. "Ho dato un'occhiata alla vecchia casa quando sono passato a controllarla. Avete fatto un ottimo lavoro con quell'abitazione; dovreste ricavarne un bel profitto. Avete deciso dove trasferirvi?"

"Non ancora" risposi. L'argomento era venuto fuori più spesso ora che eravamo più vicini alla possibilità di vendere. Avevamo cercato di mantenerci tutti aperti alla scelta del luogo in cui andare.

Ma ultimamente c'erano alcune zone che mi stavano attirando di più. Una in particolare.

"È una decisione importante da prendere" statuì Stephan. "Ma dev'esserci un posto da cui tutti voi siete attratti."

"New York."

Guardai Vincent sorpreso, così come lui guardò me. Avevamo risposto all'unisono, e Stephan ridacchiò. "New York, eh? Ho un cugino che vive a Buffalo. Sembra che in quella zona si sia sempre trovato bene..." Poi si lanciò in una lunga digressione sul motivo per cui suo cugino si era trasferito lì. Non ascoltai quasi una parola.

Quando finimmo di bere e tornammo dentro, Vincent mi raggiunse e, a voce bassa, mi domandò: "Stai bene? Hai bisogno di un minuto?"

"No, sto bene" replicai, lasciandomi uscire un respiro profondo. Quando Stephan aprì la porta d'ingresso, notai Jessica seduta sul pavimento, con le gemelle che le stavano facendo una treccia, e Lucas accanto a lei che giocava con Kristy. Jason era sul divano e stava ridendo con Vera mentre finivano il vino. "Quello stronzo non mi ruberà un altro minuto."

"Bene, amico." Vincent mi diede una pacca sulla spalla, con un piccolo sorriso sul volto. "Allora... New York, eh?"

"Ci stiamo pensando tutti, non è così?" risposi. Le risate e le chiacchiere che provenivano dalla casa mi aiutavano a sentirmi a mio agio; mi facevano restare con i piedi per terra. E la realtà era che se non avessimo preso presto una decisione, avremmo potuto perdere Jess di nuovo. Avrebbe potuto sfuggirci, perché aveva una vita da vivere e anche noi - ma io volevo che rimanesse nella nostra. "Dovremo affrontare questa conversazione, Vince. Dovremo prendere una decisione."

"Il destino ci ha dato un'altra possibilità" commentò Vincent, rivolgendo lo sguardo verso il cielo, come se tutto questo fosse stato pianificato dall'alto. "Che io sia dannato se questa volta mi lascerò sfuggire quest'occasione."

Quando lasciammo la casa della famiglia Volkov era già scesa l'oscurità. Lucas e io portammo i cani nella Bronco, mentre Jason e Vincent accompagnarono Jess a casa con la WRX. Separarsi da lei, dopo averle dato il bacio della buonanotte, fu ancora più arduo di quanto mi aspettassi. Detestavo il pensiero di non averla più nel mio letto ogni notte.

Dopo l'avvertimento di Stephan, i miei sentimenti non erano solo fondati sulla nostalgia. Come potevo sapere che era al sicuro se uno di noi non era con lei?

Lucas notò che il mio umore era precipitato.

"È dura mandarla a casa, vero?" chiese, e io annuii. "Perché non la facciamo restare da noi stanotte? Potrebbe portarsi il portatile. Potrebbe lavorare da qui la mattina, ci sono molti posti in casa in cui potrebbe avere un po' di privacy."

Mi ero posto la stessa domanda. "Sua madre le dà già abbastanza filo da torcere" ribattei. "Come fa a spiegare dove sta tutto questo tempo?" Già doveva mentire sulle persone con cui passava il fine settimana. Per quanto desiderassi tenerla al mio fianco, non volevo nemmeno causarle altri problemi.

"È una fottuta stupidaggine" brontolò Lucas, incrociando le braccia. "Dovrò fare due chiacchiere con sua madre prima che questa merda ci sfugga di mano."

Svoltammo davanti al cancello e gli lanciai un'occhiata di avvertimento prima di scendere per aprirlo. "Non metterti a discutere con sua madre. Davvero." Fece spallucce, ma non sembrava d'accordo. Mi accigliai. "Dico sul serio, Lucas."

"Okay, okay" replicò. Siccome ancora non mi muovevo, Lucas fece un cenno verso il cancello, mentre Jojo cominciò a guaire. "Forza, i cani faranno la pipì qui dentro se non li facciamo uscire al più presto."

Non mi aveva ancora dato il suo assenso, ma era un tipo cocciuto. Alzai gli occhi al cielo e andai ad aprire il cancello in modo che potesse entrare nel cortile. Parcheggiò e io aprii il portellone posteriore per permettere ai cani di saltare fuori. Scorrazzarono per il cortile, annusando ogni cosa. Jojo non ci mise molto a trovare una palla e a portarla ai miei piedi, chiedendo di giocare con lei.

"Giocheremo domani" le dissi, avvolgendo le braccia intorno al suo corpo paffuto e stringendola. Mi leccò il viso in segno di comprensione e scodinzolò.

Il garage era ancora chiuso, esattamente come l'avevamo lasciato. Una parte cinica del mio cervello aveva previsto di trovarlo nuovamente scassinato, ma per fortuna non fummo così sfortunati. Entrammo in casa, accendemmo le luci e scaricammo le valigie in soggiorno. Probabilmente ci sarebbero voluti diversi giorni prima che ci prendessimo la briga di disfarle.

"Posso scroccarti una sigaretta?" chiesi, prima che Lucas salisse al piano di sopra.

"Credevo che avessi smesso di fumare" ribatté, tenendo indietro il pacchetto come se volesse essere sicuro che dicessi sul serio.

"Ci sto provando." Non avevo comprato un altro pacchetto da quando avevo finito l'ultimo; avevo diminuito il numero di sigarette. Ma ogni volta che pensavo di essere pronto a smettere di fumare, lo stress tornava a farsi sentire e mi imponeva di accenderne una.

La mia risposta fu sufficiente per Lucas. Mi lanciò il pacchetto con un sorrisetto, dicendo: "Ti costerà."

"Sì?" Ne presi una dal pacchetto e infilai il resto in tasca. "Qual è il prezzo?"

Si fermò in cima alle scale. "Sbrigati a fumarla, stronzo. Poi vieni di sopra a scoprirlo."

Allora mi sarei sbrigato a fumare. La zanzariera sbatté dietro di me quando uscii sul portico posteriore, respirando profondamente l'aria fresca della notte. Mi appoggiai alla ringhiera mentre fumavo, e riuscii a sentire vagamente la musica che Lucas aveva acceso al piano di sopra. Le tubature gemettero quando avviò la doccia, e immaginai il bagno riempirsi di vapore man mano che l'acqua si riscaldava. Era stata una lunga giornata, e una doccia calda sapeva di paradiso.

Misi giù la sigaretta per un momento e annusai incuriosito l'aria. Si sentiva uno strano odore di menta - no, non era menta. Era mentolo.

Tenevamo un posacenere qui fuori e stavamo sempre attenti a non lasciare mozziconi di sigaretta in giro per il giardino. Ma quando rivolsi lo sguardo verso il lato opposto del portico, notai tre sigarette spente sulla ringhiera. Erano state schiacciate contro il legno e avevano lasciato delle bruciature circolari sulla vernice bianca.

Da una di esse si levava ancora una sottile scia di fumo bianco.

Il terrore mi annodò lo stomaco e mi fece congelare le membra. Il portico mi sembrò di colpo troppo esposto, come se qualcuno mi stesse osservando da tutti i lati. Mio padre avrebbe potuto essere lì nell'ombra, da qualche parte, e io non sarei riuscito a vederlo.

Non appena mi infilai attraverso la porta sul retro, Jason e Vincent entrarono dall'ingresso principale.

"Ehi, hai la sigaretta ancora accesa" mi fece notare Jason, quando si accorse che la tenevo ancora in mano. Ma poi vide la mia faccia e si accigliò. "Tutto a posto?"

"Controlla le telecamere" mormorai con voce strozzata. "Chiudi a chiave la..." Mi sembrava che mi si stessero chiudendo i polmoni. Cristo, non potevo farmi prendere dal panico, non ora. Dovevo tenere duro. Appoggiai la mano al muro e mi sforzai di spiegare: "Qualcuno è stato qui. Qualcuno era nella nostra proprietà."

Qualcuno. Sapevo esattamente chi era.

Jason ci mise solo pochi minuti a caricare i filmati delle telecamere sul suo portatile. Vincent e io ci radunammo dietro di lui, guardando da sopra le sue spalle mentre riproduceva i video.

"Eccolo lì" annunciò Jason cupo, mettendo in pausa il video. Mio padre se ne stava sul portico posteriore, a fumare e a fissare il cortile. Di tanto in tanto alzava lo sguardo e lo puntava dritto nella telecamera. Non sembrava agitato; non mostrò alcun allarme nemmeno quando la Bronco si accostò al cancello. Si limitò a gettare la sigaretta e a uscire dalla visuale della telecamera.

"L'hai mancato per un pelo" affermò Vincent. "Porca puttana, Manson. Potrebbe essere ancora là fuori."

"Dobbiamo perlustrare il cortile" decisi. "Prendete delle torce. Vado a dirlo a Lucas."

La nostra ricerca fu vana. Dopo aver vagato al buio per mezz'ora, trovammo solo impronte di scarpe fresche vicino alla recinzione. Non provai alcun sollievo nel ritrovarmi a mani vuote. Non riuscii a rilassarmi nemmeno una volta che fummo rientrati in casa, con le porte chiuse a chiave.

Non si trattava solo di una violazione del nostro spazio personale. Mio padre stava inviando un messaggio. Sapeva che c'erano delle telecamere e aveva lasciato le sigarette in bella vista. Voleva che mi sentissi minacciato. Voleva che avessi paura.

"Devi cercare di dormire un po'" mi fece presente Lucas, dato che, a ricerca conclusa, io ero ancora seduto sul divano e stavo fissando le immagini della telecamera sul portatile di Jason. Il minimo movimento sullo schermo mi faceva trasalire: un insetto che volava, una foglia che cadeva nel vento.

Scossi la testa. "Rimarrò sveglio per un po'. Devo tenere d'occhio..."

Lucas chiuse il portatile e mi afferrò la mano prima che potessi riaprirlo.

"Stai tremando" affermò, ma io non riuscivo a fermarmi. Stavo sudando, eppure ero così dannatamente gelato. "Le tue dita si stanno congelando."

Avvicinò le mie mani a sé, poi mi cinse con le braccia. I brividi peggiorarono; stavo tremando così forte che lui capì che non era solo per il freddo.

"Vuoi le tue pillole?" mi domandò.

Mi ci volle un po' per rispondere. "No. Resta con me." Mi strinse più forte e ci risistemammo in modo che Lucas potesse appoggiarsi allo schienale e io a lui. A ogni secondo che passava, mi sentivo sempre più in colpa. Mi uccideva la consapevolezza che bastava un piccolo incidente, un maledetto episodio per annientare il mio autocontrollo, il mio coraggio, il mio raziocinio.

"Non vado da nessuna parte" mormorò. "Prendi quella coperta." Indicò una spessa coperta di pile piegata sullo schienale del divano. La stesi su di noi e mi sdraiai di nuovo contro il suo petto, ascoltando il battito costante del suo cuore.

"Bravo ragazzo" sussurrai, e lui si contorse sotto di me per avvolgermi un po' di più con le sue braccia.

"Ti amo." Mi passò le dita tra i capelli e io chiusi gli occhi. Era così bello ricevere un abbraccio.

"Anch'io ti amo."

Si udì uno scricchiolio sulle scale, poi Vincent e Jason entrarono nel soggiorno. Avevano entrambi delle coperte intorno alle spalle e Vince sembrava già mezzo addormentato. Jason si stava trascinando il cuscino dietro con una mano.

Si sistemarono entrambi sul divano e io mi accigliai nel guardarli. "Che cosa state facendo?"

"Credevo che stessimo facendo un pigiama party in salotto" rispose Vincent, soffocando uno sbadiglio a metà della frase. Crollò sul divano e si stiracchiò fino a quando le sue dita dei piedi nudi non si conficcarono nel fianco di Lucas. Jason si sdraiò accanto a lui e si spartirono il cuscino.

"Non dovete farlo" assicurai. Lucas mi diede una pacca sulla testa.

"Con tutto il rispetto, smettila di blaterare" mi rimproverò. "Lascia che ci prendiamo cura di te."

"Se pensi sia opportuno dormire di sotto per fare la guardia, allora è quello che faremo tutti" annunciò Jason, sepolto sotto la sua coperta. "Mi piace dormire sul divano."

Presto arrivarono anche Haribo e Jojo. Jojo tentò brevemente di leccarmi la faccia, poi si sistemò con un pesante sospiro sul tappeto. Bo saltò sul divano e si accoccolò ai piedi di Jason.

"Jess dovrebbe essere qui" commentò Vincent a bassa voce. Ma stava solo dando voce a ciò che stavamo pensando tutti.

17
JESSICA

Era strano essere di nuovo a casa, a dormire nel mio letto. Mi sembrò troppo freddo, troppo vuoto quando mi ci infilai quella notte. Dopo essermi girata e rigirata per ore, riuscii a incastrare attorno a me abbastanza cuscini per darmi l'illusione di essere incuneata in mezzo ai ragazzi, e solo allora riuscii finalmente a prendere sonno.

Al mattino seguente, mi svegliai con quattro messaggi di 'buongiorno' nella chat di gruppo. Mi fecero sorridere, ma Dio, mi mancavano già.

Cosa mi era successo? Dov'era finita la versione della Jessica indipendente, che non aveva bisogno di un uomo - figuriamoci di quattro? Quella versione di me era stata solitaria e angosciata, altezzosa e moralista. Ma era stata anche dannatamente intoccabile, e la vita dietro una barriera rendeva molte cose più semplici.

Niente di tutto questo era più semplice.

Soprattutto ora che avevo conosciuto la famiglia di Vincent. Era diventato subito ovvio che aveva parlato loro di me, e quella consapevolezza mi intimoriva e allo stesso tempo mi confortava. Stephan e Vera mi avevano fatta sentire immediatamente benvenuta, come se avessi cenato con loro per anni. La piccola Kristy si era messa a piangere quando eravamo dovuti andare via perché non avevamo avuto la possibilità di giocare con le sue bambole, e si era fatta consolare solo quando le avevo promesso che sarei tornata presto a trovarla per giocare.

Che poi, era corretto da parte mia fare una promessa del genere? Era giusto instaurare un rapporto con la sua famiglia quando non ero nemmeno sicura di quanto sarebbe durato il nostro?

Ma quando Vincent aveva parlato di New York, giuro che il mondo intero si era fermato per una frazione di secondo. Ero stata investita in un istante da un mondo di possibilità - di speranze, di paure e di 'se.' E l'onda non si era ancora ritirata.

Mamma mi occhieggiò sospettosa per tutta la mattina, anche se non avevo idea di cosa avessi fatto per meritarmelo. Era come avere un gatto arrabbiato che mi seguiva; mi stupivo che non soffiasse ogni volta che mi vedeva. Qualcosa doveva averla fatta arrabbiare, e ben presto avrei scoperto di cosa si trattava.

Almeno il lavoro mi permise di evitarla per qualche ora.

Dato che avevo perso la riunione del lunedì mattina, la mia responsabile fissò un incontro su Zoom a tu per tu per aggiornarmi. Dopo avermi fatto il punto sui nostri clienti attuali e sui prossimi progetti di design, mi parlò di un cliente con cui avevo lavorato nelle ultime settimane.

"Il signor Krazinski non ha speso altro che parole di elogio per te, Jessica" affermò. "È rimasto incredibilmente soddisfatto della tua corrispondenza e ha detto che sei stata molto professionale."

Il signor Krazinski si era dimostrato un cliente così ostico che mi ero convinta che mi odiasse. Ma era anche un cliente abituale, che si avvaleva dello Studio Smith-Davies da anni, quindi era fondamentale fare colpo su di lui. Ci era voluto ogni grammo di pazienza e professionalità che avevo in corpo, ma ci ero riuscita.

"Come ti senti in vista della verifica imminente?" mi chiese. "Sei con noi già da quasi sei mesi."

"Mi sento bene" risposi. "Ho lavorato per ampliare il mio portfolio, come mi hai suggerito, e non vedo l'ora di mostrarti quello su cui ho lavorato."

"Mi fa piacere sentirlo, Jessica. Non vedo l'ora. Gli altri soci e io abbiamo riflettuto molto sulla possibilità di assumerti a tempo pieno." Si abbassò gli occhiali e mi guardò con un sorriso. "È una cosa che ti interessa ancora?"

"Oh, sì!" Faticai a trattenere la mia eccitazione. "Assolutamente, mi interessa ancora."

"Fantastico. Bene, allora ci vediamo alla riunione di venerdì, così possiamo fissare la data per la tua revisione."

Dopo il lavoro, praticamente uscii volando dalla mia camera da letto. I clienti mi avevano elogiata, la mia direttrice era chiaramente soddisfatta di me. La promozione mi sembrava più vicina che mai. Ero così emozionata che dovetti chiamare Ashley per darle la buona notizia.

Mentre parlavo al telefono, mi preparai uno spuntino in cucina. Per tutto il tempo gli occhi di mamma mi trapassarono la nuca, agganciati a me come missili pronti a sparare. Ogni volta che mi giravo e stabilivo con lei un imbarazzante contatto visivo, sapevo che stava per succedere qualcosa.

Non appena attaccai il telefono e mi voltai per tornare al piano di sopra, lei chiese: "Hai passato un buon fine settimana con i tuoi amici?"

Mi girai. Era seduta al tavolo, con il telefono in una mano e un bicchiere di tè zuccherato davanti a sé. Aveva un sorriso smagliante sul volto, la sua voce era gioviale e amichevole.

Bandiere rosse. Bandiere rosse ovunque.

"È stato fantastico" risposi. "Molto divertente."

"Chi c'era?" Lo chiese con tale disinvoltura che

sembrava quasi che non le importasse.

Quasi. Ma io la conoscevo.

"Un bel po' di gente" ribattei. "Probabilmente non ti ricordi di loro, quindi..."

"Danielle e Candace?" domandò lei, inarcando un sopracciglio perfettamente disegnato. "Hai detto che sarebbero venute, vero?"

"Sì, c'erano." Mi sembrava un interrogatorio, e volevo davvero darmela a gambe il prima possibile. Ma lei continuava a sorridere, e la cosa stava cominciando a innervosirmi. A volte fingeva di essere di buon umore per infondere in me un falso senso di sicurezza.

Poi mi faceva a brandelli una volta che avevo abbassato la guardia.

"Beh, non crederesti mai al fine settimana che ho passato io!" esclamò. Scostò una sedia e mi fece cenno di sedermi.

Con un sorriso teso, posai il piatto e mi sedetti mentre lei si lanciò in un racconto dettagliato di tutto ciò che aveva fatto durante la mia assenza. Giri di shopping con gli amici, brunch, cene, cocktail. Ascoltavo senza riuscire a spiccicare una sola parola, ma mamma non stava cercando la conversazione.

Era strano sentirmi come se stesse cercando di essere la mia migliore amica e al contempo la mia direttrice. Ma era sempre stata così. Voleva la confidenza di qualcuno che fosse obbligato a compiacerla: chi meglio di sua figlia?

Mi lasciai distrarre dai ricordi del fine settimana. La sensazione dell'acqua fredda del fiume che mi lambiva la pelle nuda mentre Manson e Lucas mi tenevano stretta era così fresca nella mia mente. Mi faceva sentire più leggera, e quando ripensai ai dolci baci di Vincent e alla mia conversazione con Jason sotto le stelle, non riuscii a trattenere un sorriso.

Mamma credette che il sorriso fosse legato alla sua storia.

"Sono così contenta che ti ricordi di lui!" disse, e io mi irrigidii allarmata quando mi resi conto che non avevo idea di chi stesse parlando. "Marguerite ha detto che sarebbe stato così entusiasta di vederti..."

"Aspetta, aspetta, di chi stai parlando?" domandai.

Il suo viso si contrasse per il disappunto. "Oh, santo cielo, Jessica. Marguerite Fall e suo figlio Greg?" La mia faccia dovette mostrare la mia confusione, perché lei sospirò e disse: "Greg Fall, quello delle scuole medie?"

Mi passai una mano sul viso e risposi: "Credo di ricordarmi di lui."

"Beh, sabato lo conoscerai molto meglio" fece lei, afferrando il mio braccio in un moto di entusiasmo. "Gli ho consigliato di portarti in quel ristorante italiano che ti è sempre piaciuto. Da Anthony's!"

Sicuramente avevo sentito male, oppure stavo fraintendendo le sue parole. Feci del mio meglio per rimanere calma e domandai: "Mamma, mi hai organizzato un appuntamento galante con un estraneo?"

"Oh, tesoro, non è un estraneo" replicò lei ridacchiando, come se avessi fatto una battuta. "L'hai già conosciuto! È solo una *cena*. E poi quell'uomo ha tanti di quei soldi che non sa che farsene..."

"Non mi interessano i suoi soldi!" sbottai. "Mamma, è un gesto estremamente invadente. Non puoi fare dei programmi per me senza chiedermelo, figuriamoci un appuntamento!" Lei continuava a fissarmi come se fossi una sciocca, una che stava avendo una reazione eccessiva. La cosa mi fece andare su tutte le furie. "E se avessi già degli impegni per sabato sera?"

"Allora?" Incrociò le braccia. "Hai dei programmi? Magari con gli stessi amici con cui hai passato il fine settimana scorso?"

Piegai le braccia a mia volta, rendendomi conto troppo tardi che stavo replicando esattamente la sua postura. "Sì, in effetti. Ho dei programmi con loro."

I suoi occhi si strinsero pericolosamente. "Ho visto Danielle e Candace in città domenica. Non erano con te questo fine settimana, piccola *bugiarda*."

Maledizione. Beccata con le mani nel sacco. Avrei

dovuto sapere che era meglio non dirle nomi di persone che avrebbe potuto riconoscere. I suoi occhi si riempirono di lacrime, e la sua voce tremò e aumentò di volume.

"Dopo tutto quello che ho fatto per te..." Tirò su col naso. "Tutti i sacrifici che ho fatto. Ti ho accompagnata agli allenamenti di cheerleader, ai saggi di danza, alle lezioni di piano, alle ripetizioni! La quantità di denaro che abbiamo investito nei tuoi concorsi perché tu potessi essere felice!" Sniffò di nuovo, stavolta in modo esagerato. "Hai idea di quanto sembrerò scortese se non andrai a quella cena?" Si portò la mano al petto, ansimando tra un grosso singhiozzo finto e l'altro. "Sarò così umiliata. E io che pensavo di fare qualcosa di carino per te. Non hai idea di cosa significhi essere madre! Vedere la propria figlia che ti spezza il cuore! Che passa tutto il suo tempo con dei *degenerati*!"

"Mamma..."

"Si tratta di loro, non è vero?" chiese lei, e le sue lacrime svanirono con la stessa rapidità con cui erano apparse. "Di quei ragazzi, di quei 'meccanici.' Buon Dio, ti lasciamo vivere qui senza pagare l'affitto, provvediamo a te, ed è così che mi ripaghi? Mentendomi?" Mi interruppe di nuovo prima che riuscissi a proferire una sola parola. "È davvero così difficile andare a conoscere quell'uomo? Un uomo per bene, rispettabile, normale, con un buon lavoro?"

Il cuore mi sbatacchiava contro le costole. La furia mi si riversava dentro a ogni battito. "Cosa intendi esattamente per *normale*?"

Lei alzò gli occhi al cielo. "Oh, per favore, tesoro, la parte della bionda svampita non ti si addice. Non ignoro cosa fanno quei ragazzi. Le voci circolano."

"Vuoi dire che i *pettegolezzi* circolano."

"Le signore della chiesa mi hanno chiesto perché ti permetta di avvicinarti a loro" aggiunse, scuotendo la testa come se non mi avesse nemmeno sentita. Ma io ne avevo abbastanza di non essere ascoltata. Più che abbastanza.

Scostai di scatto la sedia dal tavolo e uscii di casa come una furia. La mamma urlò qualcosa alle mie spalle, ma la porta sbatté dietro di me prima che potesse finire. Mi sentivo lo stomaco vuoto come una fossa, il cuore mi batteva all'impazzata per la rabbia. Se si aspettava che andassi a quella ridicola cena, allora si sbagliava di grosso. Poteva frignare quanto voleva.

Ma non avrebbe versato solo lacrime. Ci sarebbero state lamentele, rimproveri e commenti subdoli e taglienti finché non avessi ceduto per sfinimento. Mi avrebbe fatto sentire in colpa su ogni aspetto della mia esistenza che non fosse in sintonia con lei.

Inghiottii a fatica il groppo che avevo in gola e tirai fuori il cellulare dalla tasca, camminando a passo spedito per la strada. Senza pensarci più di tanto, come d'istinto, composi il numero di Vincent.

Rispose al secondo squillo.

"Ehi, baby." Sembrava intontito, come se si fosse appena svegliato. "Che c'è?"

"Puoi venire a prendermi, per favore?" Le lacrime di frustrazione minacciavano di uscire, ma che fossi dannata se avessi permesso a una ridicola discussione con mia madre di farmi piangere.

La sua voce sembrò all'istante più sveglia. "Dammi dieci minuti e sono da te."

"Lei non ascolta! Non ascolta mai, cazzo! Non importa quello che dico, per lei non ha alcun valore."

Per un momento mi sentii soffocare e tacqui. Era passato molto tempo dall'ultima volta che mi ero sentita così frustrata con mia madre, ma questo mi fece tornare a galla tutti i vecchi sentimenti. L'ansia. Il dubbio.

Da un lato, avevo questo desiderio straziante di essere la sua figlia perfetta, ma non potevo esserlo: non avrei *mai* potuto essere abbastanza perfetta per lei. Dall'altro, volevo scalpitare, urlare e allontanarmi da lei con le unghie e con i denti. Una parte di me voleva escluderla dalla mia vita, troncare ogni rapporto e non voltarsi più indietro.

Mi veniva la nausea a pensarci. Mi sentivo male, frustrata e così confusa.

Jason era seduto accanto a me e mi stava facendo delle lente carezze sulla schiena. Dopo che Vincent era venuto a prendermi, mi aveva portata subito a casa. Seduta nel loro garage, mi sentivo meglio già solo ad averli intorno.

Con loro era tutto diverso, rispetto a chiunque altro avessi mai conosciuto. Un tempo mi avevano fatta sentire fuori controllo, come se non riuscissi a gestire il mio cervello o la mia lingua in modo corretto. Ora mi rendevo conto che quella sensazione di mancanza di controllo era dovuta solo al fatto che tutte le mie false sovrastrutture venivano meno. Con loro non potevo fingere.

"Alcuni genitori fanno di tutto per mantenere il controllo" spiegò Jason. Aveva messo via il portatile quando ero arrivata, rimandando il suo lavoro per ascoltare il mio sfogo. "O perché hanno paura di perderti, o perché hanno paura di fare cazzate, o..."

"O perché sono degli stronzi" si intromise Vincent. Era in piedi accanto a me, già vestito con una camicia nera e dei pantaloni eleganti per il lavoro. Quella settimana doveva fare dei turni extra, visto che si era preso il fine settimana libero. "Solo perché sono parenti, non significa che possano calpestarti."

Dall'altra parte del cortile, Lucas era al telefono con un fattorino e stava aprendo il cancello per farlo entrare. Guidò il furgone bianco in retromarcia verso il garage, poi lui e Manson aiutarono l'autista a scaricare un pacco grande e ingombrante.

Momentaneamente distratta dai miei problemi con mamma, li guardai trasportare l'oggetto nel garage. "È quello che penso che sia?"

Manson si scostò i capelli dal viso e mi fece un sorrisetto. "Vieni a dare un'occhiata." Strappò un angolo dell'imballaggio accurato di cartone per farmi sbirciare all'interno. C'era un mucchio di metallo... e il logo della BMW.

Quasi strillando per l'eccitazione, mi girai e gettai le braccia al collo di Manson. Subito dopo abbracciai Lucas, lo baciai e feci schioccare le labbra per il suo sapore salato. Sia lui che Manson avevano lavorato tutto il giorno ed erano coperti di sporcizia.

"Ho bisogno di una doccia, vero?" chiese Lucas, passandosi la mano sulla fronte e lasciandosi dietro una striscia di grasso. Gliela levai con il pollice e gli diedi un altro bacio.

"Non mi importa" replicai. "Sono solo felice di essere qui invece che a casa. Vi ho interrotto nel bel mezzo del lavoro..."

"Niente affatto" sentenziò Manson. "Tu non sei mai un'interruzione, angelo. Quando hai bisogno di noi, noi siamo qui."

Le mie spalle si afflosciarono e mi rilassai tra le braccia di Lucas. Lui si appoggiò al paraurti della Honda Civic bianca su cui avevano lavorato quel giorno e mi tenne stretta, con il mento appoggiato sulla mia testa.

"Lo installate oggi?" domandai, volendo concentrarmi su qualcosa di eccitante piuttosto che sulle altre stronzate.

"Accidenti, ragazza, vai un po' di fretta, eh?" fece Lucas. "Non installiamo i pezzi finché non sono pagati per intero. E non fare quel labbro imbronciato o potrei morderlo."

"Sembra che mi stiate tenendo prigioniera con un motore come garanzia" scherzai, prima di sbrigarmi a infilare il mio labbro inferiore imbronciato tra i denti. Ma questo non gli impedì di darmi un morso. Puntò dritto alla gola e si avvinghiò a me mentre i suoi morsi affilati si trasformavano in baci rudi.

"Non abbiamo bisogno di un motore per tenerti

prigioniera" chiarì Manson. "Ma dovrai pazientare ancora un po'. Abbiamo anche altri clienti di cui occuparci. Dobbiamo avere quella meraviglia laggiù pronta per un'esposizione tra un paio di settimane."

Fece un cenno con la testa verso la Ford Thunderbird rossa brillante, attualmente issata su un ponte sul retro dell'officina. Sulla fiancata campeggiava la scritta 'Dante's Inferno' in caratteri calligrafici pieni di volute.

"Mm, sembra tanto che stiate temporeggiando" mormorai.

Mi si mozzò il respiro quando Manson si avvicinò a me. Le braccia di Lucas erano ancora intorno a me, e Manson scostò delicatamente una ciocca dei miei capelli prima di dire: "Può darsi. Forse mi sto comportando da bastardo egoista perché averti come giocattolo è troppo divertente."

"Io... ehm..." Di solito ero veloce a dare una risposta impertinente. Ma con Manson che mi guardava in quel modo e le labbra di Lucas sul mio collo, mentre Jason e Vincent sghignazzavano, rimasi a corto di parole.

"Allora, sarai paziente, vero?" chiese Manson. "Sarai una brava ragazza paziente per noi?"

"Sì, signore" risposi, e poi, quando inarcò un sopracciglio, mi corressi in fretta: "Padrone. Sì, Padrone."

Quelle parole mi facevano formicolare la lingua ogni volta che la toccavano. Non mi sarei mai aspettata di rivolgermi a qualcuno con un titolo del genere. Non solo regolarmente, ma anche con una certa frequenza. Era una parola carica, che portava con sé una gravità che i semplici vezzeggiativi non avevano. Ma portava anche una promessa: guida, protezione, autorità. Era una promessa della sua custodia.

"Bene" chiosò Manson, dandomi un rapido bacio sulla fronte prima di avvicinarsi al banco degli attrezzi e iniziare a mettere a posto le cose.

"Ebbene, tua madre otterrà quello che vuole?" indagò Lucas. "Andrai a cena con questo tizio?"

"Farò finta di essere malata" affermai decisa. "A mia

madre fa parecchio schifo il vomito, quindi se fingerò di avere un po' di conati, la scamperò senza doverla sottoporre all'eterna infamia di un rifiuto volontario."

"Avanti, Jess" obiettò Jason, scuotendo la testa. "Non dovresti fingere."

"Non puoi permetterle di violare i tuoi limiti" rincarò Lucas, con il tono più ragionevole che avessi mai sentito da parte sua. "Devi essere ferma."

"Lucas sa tutto sulla fermezza con i genitori" commentò Vincent, con un sorrisetto sul volto. "È stato *molto* fermo con suo padre."

"Puoi dirlo forte" confermò Lucas. "Gli ho dato un pugno in faccia e abbiamo smesso di avere problemi. Perlopiù. E non interpretarlo come se ti stessi dicendo di prendere a pugni tua madre. Non farlo."

Grata per quell'approccio scanzonato, scoppiai a ridere. "No, non ho intenzione di prendere a pugni mia madre. Vorrei solo che mi ascoltasse. Non fa che parlare di tutte le cose che ha fatto per rendermi felice. Ma quelle cose hanno reso felice lei, non me."

Manson si tolse i guanti sporchi e li gettò nella spazzatura. "Comunque, cosa sai di questo Greg? Ha frequentato il liceo con noi?"

"Abbiamo fatto le medie insieme. Si è trasferito prima del liceo. Non so nulla di lui oltre a questo. Ma conoscendo mia madre, sono sicura che è belloccio, ricco e probabilmente molto noioso. È il suo tipo preferito."

"Uno di quegli uomini maturi che ti mantengono?" chiese Vincent, agitando le sopracciglia con fare allusivo. "Dannazione, se non ci stai tu, ci provo io. Mi lascerò volentieri mantenere da un vecchio noioso."

"Non è vecchio" replicai. "Ma sei più che benvenuto a prendere il mio posto a cena. Decolorati i capelli e nessuno lo scoprirà mai."

"Bene, qual è il piano allora, ragazzi?" domandò Lucas. "Lo uccidiamo o gli facciamo prendere un bello spavento?"

"Potremmo sbarazzarci del corpo dandolo in pasto a

Bo" rifletté Jason. "Quella piccola merda mangia di tutto."

"Ehi, ragazzi, datevi una calmata" intervenne Manson lentamente, con un tono misterioso, come se gli fosse venuto in mente qualcosa su cui gli altri non avevano riflettuto. "Forse Jess dovrebbe assecondare sua madre un'ultima volta e andare a quella cena."

La mia bocca si spalancò per lo shock. "Aspetta, cosa? *Vuoi* che ci vada?" Lanciai un'occhiata agli altri, ma anche loro sembravano sgomenti.

"Sì" rispose Manson. "Avrai modo di vestirti bene e passare una bella serata. Verrò anch'io con te."

Ora ero veramente confusa. "Non credo che Greg abbia quel tipo di mentalità disinibita, Manson..."

"Non intendo dire che mi siederò a tavola con voi. Voglio dire che sarò lì, nel ristorante, ad assicurarmi che tu sia al sicuro. Ad assicurarmi che tu ti diverta."

Fece un ghigno sicuro di sé e tremendamente sexy. Fece scoccare delle scintille nel mio petto, che sfrigolarono sul mio cuore in tumulto.

Lucas sembrò aver colto le intenzioni di Manson quando affermò: "Quindi, quando dici che ti assicurerai che si diverta, intendi dire che te la scoperai proprio sotto il naso del suo cavaliere."

Manson allargò le braccia con aria innocente. "Ognuno ha i suoi gusti. E mi darebbe un gusto immenso vedere il nostro bel giocattolino tutto in ghingheri, seduto educatamente al suo appuntamento a cena, mentre io rendo cose come lo *stare seduti* e *l'essere educati* estremamente difficili."

Oh, questo sì che era osceno. Le scintille nel mio petto ora erano più simili a fuochi d'artificio, che esplodevano in piccole scariche di adrenalina, eccitazione e incertezza. Ma c'era una cosa di cui ero estremamente sicura.

Ricambiando il sorrisetto euforico di Manson, dichiarai: "Penso che darebbe molto gusto anche a me."

18
MANSON

Quando parcheggiai fuori da Anthony's, i nervi mi turbinavano dentro come un'onda lenta e corposa. Ma non era il terrore nauseabondo dell'ansia, non era il panico che attanaglia la mente e fa battere il cuore.

Era il tipo di tensione che provavo prima di una gara, quando il rombo del motore sembrava attraversare tutto il mio corpo e prendere il sopravvento su ogni cosa. O prima di una sessione di bondage, quando avevo il mio soggetto in ginocchio ad aspettarmi, consapevole che avevo il potere di dargli dolore, piacere o distruggerlo a mio piacimento.

Era una scarica di adrenalina, un'ondata di potere così fottutamente dolce da essere una droga.

Per un momento rimasi seduto in silenzio, a occhi chiusi, a lasciar sedimentare la mia energia. Jess e il suo accompagnatore sarebbero arrivati a momenti, ma lei non era qui per lui.

Era qui per me.

Dopo aver chiuso a chiave la Mustang, mi diressi verso l'ingresso, abbottonandomi la giacca. Non indossavo un completo da quando Kathy e James Peters avevano rinnovato le loro promesse di matrimonio, ed era senza dubbio l'abito più costoso che possedessi. Non sapevo nemmeno quanto fosse costato di preciso, visto che me lo aveva regalato Kathy.

C'era qualcosa di tristemente soddisfacente nello sperimentare il trattamento diverso che la gente mi riservava quando scambiavo i miei jeans stracciati e i miei stivali con un abito su misura. Quando entravo in un bel posto come questo, di solito ero sotto esame dal primo istante in cui varcavo la porta. E invece il gestore mi accolse e mi accompagnò all'interno senza battere ciglio.

Mi accomodai al bar e mi presi qualche minuto per calarmi nell'atmosfera prima di dare un'occhiata al menu.

Era un locale costoso, di alto livello. Le luci erano soffuse e romantiche, il bancone era sorretto da un'imponente superficie di piastrelle cristalline e riflettenti, che catturavano la luce e i colori delle bottiglie di liquore. I tavoli erano coperti da tovaglie bianche e le candele tremolavano. Tende rosse e piante in vaso offrivano un po' più di privacy ai tavoli, ma io avevo un buon punto di osservazione dal bar.

La vidi appena entrò.

Jess era incantevole in tutti i sensi. I suoi capelli erano tirati su per metà, con numerose forcine che scintillavano alla luce, mentre le lunghezze le ricadevano sulle spalle. Tutto ciò che indossava era stato scelto personalmente da me. Le scarpe col tacco argentate, il vestito rosa pallido e aderente, persino la lingerie che indossava sotto. Tirai fuori il telefono e aprii la foto che mi aveva mandato poco prima, mentre si preparava.

Le parole non erano sufficienti per descriverla. Bastò un'occhiata per farmelo diventare duro, e dovetti girarmi verso il bancone per nascondere il rigonfiamento. Ma continuai a tenere la testa leggermente rivolta verso di lei, non volendo staccarle gli occhi di dosso nemmeno per un momento.

Al suo fianco c'era Greg - alto, moro e con la mascella squadrata. In effetti, assomigliava molto a Kyle, il che mi provocò un'immediata repulsione. Il maître li fece passare davanti a me, e quando Jess mi sfilò di fronte, i suoi occhi si posarono su di me.

Il modo in cui il suo sguardo si sollevò sul mio viso e comunicò mille cose nello spazio di un sol fiato mi fece perdere la testa.

Desiderio. Sottomissione. Obbedienza. Eccitazione. Il suo linguaggio del corpo era impeccabile. Si comportava senza lasciar trasparire nulla di ciò che stava realmente accadendo.

Era qui per me. Per il mio piacere, in attesa dei miei ordini. Greg - povero stronzo - non ne aveva la minima idea. Era troppo impegnato a parlare di sé stesso, a blaterare senza sosta mentre erano seduti. Jess sorrideva e annuiva educatamente. Non l'avevo ancora vista aprire bocca.

Perché diavolo sua madre aveva scelto proprio questo per lei? Un uomo egocentrico che riusciva a starsene seduto lì a vantarsi di sé quando aveva di fronte una donna come quella? Dio, quali che fossero le mie ragioni di vanto - e non erano poi molte - venivano totalmente dimenticate quando vedevo lei.

Non c'era un solo bene materiale al mondo che potesse avvicinarsi all'essere alla sua altezza. Meritava molto di più.

Feci cenno al barista di passaggio, ordinai un Sazerac e mi misi comodo per assistere allo spettacolo.

Greg suggerì di ordinare una bottiglia di vino. Jess lo voleva bianco. Lui spiegò perché era meglio il rosso, e io sorseggiai il mio drink per raffreddare la rabbia che mi stava divampando nel petto. Questo cazzone era già insopportabile.

La bottiglia arrivò, e lei la assaggiò. Dal modo in cui contrasse le labbra, capii che non le piaceva.

Dopo averli lasciati ambientare per alcuni minuti, attirai di nuovo l'attenzione del barista. "Le dispiacerebbe indicarmi la toilette?"

Mi indirizzò verso un angolo in fondo, dove c'era un arco incorniciato da piante in fiore. Quando mi alzai dalla sedia, incrociai lo sguardo di Jess, poi mi voltai e mi diressi verso il retro.

Era il bagno pubblico più bello in cui fossi mai stato. Dagli altoparlanti usciva una melodia orchestrale, e mi fermai davanti al grande specchio per lavarmi le mani e aggiustarmi il colletto. Vincent mi aveva detto che avrei dovuto mettere la cravatta, ma io non sopportavo proprio quella roba, abito elegante o meno. Piuttosto, avevo lasciato il colletto sbottonato.

I due minuti in cui aspettai Jess mi sembrarono i più lunghi della mia vita. Ma le avevo detto di non dare troppo nell'occhio, di non alzarsi troppo presto dopo di me. Qualcuno entrò, usò l'orinatoio e se ne andò. Poi la porta si aprì di nuovo e dei tacchi tintinnarono sul pavimento...

Lei girò l'angolo, e per un attimo mi tolse il fiato. Sembrava smaniosa ma incerta. Eccitata ma leggermente spaventata.

Perfetto.

Venne a mettersi di fronte a me, e io mi appoggiai al lavandino. I suoi occhi luccicavano per il trucco, le sue labbra erano di una tenue tonalità di malva. Mi affascinava la sua capacità di trasformare il proprio viso come un'artista.

Tuttavia, amavo soprattutto la sua pelle nuda.

Amore. Quella parola continuava a venirmi in mente quando pensavo a lei. Mi sembrava strano, persino pericoloso, come se stessi facendo la più rischiosa delle scommesse.

Ero sempre stato uno che amava il rischio. Non potevo smettere ora.

"Come sta il tuo appuntamento?" le chiesi mentre si avvicinava, e le sfiorai con la mano il braccio nudo. Le venne la pelle d'oca quando la toccai e la cosa mi fece sorridere.

Jess alzò gli occhi al cielo. "Sta cercando di spiegarmi la tassazione sugli immobili come se avessi cinque anni. A quanto pare, è molto appassionato di proprietà immobiliari. E pensava che mi chiamassi Jenny."

Scambiai il posto con lei e mi accostai alle sue spalle, osservando il suo volto nello specchio. Le si bloccò il respiro quando le mie mani le circondarono la vita, accarezzandole il vestito. Sarebbe potuto entrare qualcuno da un momento all'altro, ma il rischio di essere scoperti mi faceva battere il cuore più forte.

"Sei così bella." Lasciai quelle parole fra un bacio sussurrato e l'altro lungo il suo collo. Glieli premetti a uno a uno nella pelle mentre la tenevo stretta a me. Aveva cercato di coprire i succhiotti sul collo e aveva fatto un ottimo lavoro. Ma da vicino riuscivo ancora a vederne i segni sotto il trucco.

I nostri segni. La nostra ragazza. Nostra.

Fanculo il gioco. Lei poteva pure continuare a giocare se voleva, ma per me questo non era un gioco. Non lo era mai stato.

"Quel figlio di puttana non ha idea di quanto sia fortunato" dissi con un sussurro che la fece rabbrividire. "Seduto a un tavolo con una fottuta dea, tutto quello che riesce a fare è parlare di sé. È scandaloso."

Jess si sostenne al bordo del lavandino di marmo con un sussulto quando la spinsi in avanti. Le tirai su il vestito, facendo scivolare il tessuto sul suo culo come se fosse una pesca succosa. Ad abbracciare la curva dei suoi fianchi c'erano gli slip bianchi con le stringhe, e mi presi un momento per godermi la sua vista in quella posizione: piegata in avanti, con il vestito tirato su e le sue bellissime gambe aperte per me.

Emisi un mugugno di apprezzamento quando sfiorai con un dito l'interno delle sue cosce e mormorai: "Che brava ragazza. Sai esattamente come metterti in posizione per me."

"Ho fatto un po' di pratica" ammise lei, ammiccando verso di me nello specchio. Il suo tono era diventato roco e così dannatamente seducente. Le abbassai le mutandine e lei si morse il labbro. "Potrebbe entrare qualcuno."

"Hai ragione." Le mutandine le caddero fino alle

caviglie. "Potrebbe entrare qualcuno, vederti piegata sul lavandino a fartela leccare, e forse resterebbe anche a guardare."

Tenendo a mente l'immagine della sua faccia arrossata, mi inginocchiai dietro di lei e seppellii il mio viso in lei. La lambii con la lingua, assaporando ogni lembo di carne che potevo consumare. Il suo sapore era inebriante, così come il modo in cui il suo corpo si muoveva insieme a me, reagendo quando lo prendevo nella maniera giusta.

Emise un gemito sommesso e io le abbrancai le cosce per tenerla ferma.

"Sss, non fare troppo rumore, angelo" le ingiunsi, poi continuai a divorarla finché le sue grida affannose non divennero troppo incontrollabili per lei. Quando mi alzai in piedi, pulendomi le labbra con il dorso della mano, le gambe le tremavano e il suo viso era arrossato.

"Ti prego, non fermarti adesso" sussurrò. "Ti prego."

Ma sapeva cosa mi piaceva, e mi piaceva che fosse sulle spine: che tremasse per me, che mi aspettasse, che restasse sull'orlo del piacere finché non avessi deciso che ne aveva avuto abbastanza.

"Ho un'altra sorpresa per te" annunciai, infilando la mano nel taschino interno del mio blazer. "Voglio che non dimentichi nemmeno per un secondo chi è il tuo padrone. Chi deve stare dentro di te."

Tirai fuori il suo plug e una boccetta di lubrificante, e i suoi occhi si allargarono.

"Oh, mio Dio" ansimò. "Oh, cazzo..."

"Per tutto il tempo che starai lì seduta con lui, è questo che sentirai." Mi versai il lubrificante sulle dita, quindi lo spalmai su di lei e le infilai le dita dentro. "Questo culo è mio. Possiedo la tua fica, il tuo clitoride, tutto questo splendido corpo... ogni maledetto centimetro di te è mio. È di Lucas. È di Jason. È di Vincent." Strinse i pugni nel tentativo di fare silenzio e rabbrividì di piacere mentre le mie dita pompavano dentro di lei. "Sei nostra, e voglio che lo rammenti ogni volta che cambi posizione e senti quanto tira questo plug dentro di te."

Mi guardò nello specchio mentre la dilatai, prima di lubrificare il giocattolo e spingerlo dentro. Lei mugolò sommessamente e i suoi occhi si chiusero una volta che il giocattolo fu tutto inserito dentro di lei. Le tirai su gli slip e le aggiustai il vestito, prima di sollevarla dal lavandino per poterla guardare bene.

"È come se non ci fosse" affermai, poi le diedi un rapido schiaffo sul culo e i suoi occhi si illuminarono. "È meglio che torni là fuori prima che il tuo accompagnatore inizi a preoccuparsi."

Faceva dei respiri profondi, cercando di ricomporsi.

"Dannazione, Manson." Le tremava la voce. "A volte penso che tu sia il diavolo in persona per come mi fai sentire."

Non avrebbe potuto farmi un complimento più bello.

Tornò al suo tavolo e io ripresi posto al bar un minuto dopo. Il barista era stato così gentile da tenere d'occhio il mio drink, così lasciai una buona mancia prima di ordinarne un altro. Non ero un gran bevitore: il mio rapporto con l'alcol era tutt'al più cauto, visto quello che avevo visto fare ai miei genitori. Ma mi stavo divertendo anche più del previsto e volevo concedermelo.

Ordinarono il cibo, e Greg stava ancora blaterando, anche se finalmente le aveva chiesto dove lavorasse. Ordinai un calice di vino bianco e glielo feci portare al tavolo perché ne avrebbe avuto bisogno - al diavolo quella porcheria di vino rosso che le aveva rifilato. Quando intimai al barista di non dirle da chi proveniva, lui si mise a ridere e per fortuna stette al gioco.

Greg si stizzì per il vino e cominciò a guardarsi intorno come se volesse spaccare la faccia a qualcuno. Come se ne avesse il diritto. Come se avesse qualche diritto su di lei.

Jess sembrò soddisfatta e sorrise mentre sorseggiava il vino. E per me era l'unica cosa che contava.

Ma era anche distratta, si contorceva sulla sedia. Forse pensava che fossi crudele a tenerla sulle spine, ma io facevo lo stesso con me. Tendevo a rimanere sull'orlo dell'orgasmo il più a lungo possibile, prendendomi avidamente fino all'ultimo grammo di piacere.

Ma non potevo aspettare ancora a lungo.

Nell'istante in cui Jess posò la forchetta, catturai il suo sguardo e arricciai il dito. Andai di nuovo in bagno, cercando di sistemarmi discretamente il pene durante il tragitto.

Mi misi a camminare avanti e indietro davanti allo specchio, con la pazienza agli sgoccioli. Avevo bisogno di lei adesso. Immediatamente. Prima di tornare là fuori e scoparmela sul tavolo proprio davanti a lui.

Mi piaceva condividere, ma solo con le persone giuste. Volevo vedere la mia ragazza scopata duramente, usata nel modo più sfrenato possibile, ma volevo sapere che chiunque lo stesse facendo lo apprezzasse davvero. Volevo che lo facessero per bene, che la soddisfacessero nel modo in cui lei aveva bisogno di essere soddisfatta. Qualsiasi cosa meno di questo era inaccettabile.

Fu una fortuna che il bagno fosse vuoto, perché nel momento in cui entrò, la presi per la gola e la spinsi in uno dei gabinetti.

"In ginocchio, cazzo" ringhiai, e lei si lasciò cadere davanti a me, sollevando il mento per tenermi gli occhi addosso. Slacciai la cintura e gemetti alla sua vista. Volevo strapparle quel bel vestito di dosso, farle urlare il mio nome, scoparla fino a farle roteare gli occhi dietro il cranio.

Non appena il mio cazzo fu davanti a lei, Jess vi avvolse le labbra intorno e lo risucchiò nella sua bocca. Tenne gli occhi fissi sui miei per tutto il tempo, quelle iridi verdi e ammalianti come quelle di una succuba. Mi prese in profondità, fino a quando non raggiunsi la parte posteriore della sua gola. I suoi muscoli si contrassero e poi mi tirò fuori, facendo vorticare la sua lingua intorno alla mia punta.

"Cazzo, che bella sensazione. Che brava ragazza..." Posò le mani sulle mie gambe per bilanciarsi. Volendo di più, le sollevai i polsi in modo che le sue mani potessero alzarmi la camicia e graffiarmi l'addome, lasciandomi con i suoi artigli delle lunghe linee rosse sulla pelle.

Era così dannatamente brava. Quelle labbra perfette che si muovevano su e giù sulla mia erezione, le sue lunghe ciglia che sbattevano lentamente sui suoi occhi lacrimosi mentre mi prendeva in gola ancora e ancora. Stavo già lottando per controllarmi: era troppo presto. Troppo presto, cazzo.

Mi tirai indietro, le afferrai il braccio e la feci alzare in piedi. Mi guardò sorpresa, ma subito dopo la spinsi con la schiena contro la porta del cubicolo e le ficcai la lingua in bocca. Le strinsi la gola finché non le mancò il respiro, poi la girai e la bloccai con la faccia contro la porta.

"Tira su il vestito" ordinai, e lei obbedì. Le strappai gli slip e sprofondai nella sua fica finché non sentii il plug nel suo culo urtarmi l'addome. Le strinsi i fianchi per inarcarle la schiena mentre la scopavo. Jess si morse il labbro, ma questo non fermò i gemiti che le uscivano di bocca. il suo autocontrollo diminuiva di secondo in secondo.

"Dio, quanto mi fai godere" sussurrò col fiato corto. "Cazzo, ti prego, toccami, ti prego..."

Le strofinai il clitoride fino a quando non perse le forze e si accasciò contro la porta con gli occhi socchiusi. Dovevamo fare in fretta, non potevamo tirarla troppo per le lunghe, ma l'avrei rispedita a quel tavolo con il mio sperma che le colava fuori.

"Ti piace?" le chiesi, e lei fece un cenno di assenso rapido, disperato. Era così stretta con quel plug dentro di lei, ne sentivo il rigonfiamento mentre la penetravo. Pulsava intorno a me, l'estasi le fece trattenere il respiro quando arrivò al culmine del piacere. "Vieni per me, angelo. Vieni sul mio cazzo."

Dio, quanto si contrasse. Era come se l'unico suo freno fossero stati i miei ordini e, una volta che le dissi che poteva venire, esplose in modo incontrollabile. Il solo pensiero mi fece venire il fiatone, mi si strinsero le palle e praticamente mi si strappò lo scroto quando venni dentro di lei.

"Sei mia per il resto della serata" le dissi. Per il resto della serata... per il resto della cazzo di vita. Le due cose sembravano quasi sinonimi nella mia mente a questo punto. "Voglio che tu prenda un Uber e che torni dritta a casa dopo cena, intesi?"

"A casa tua?" chiese, e un brivido di calore mi salì lungo la schiena.

Quando avevo detto 'casa,' il suo primo pensiero non era stato per la casa in cui viveva. Era stato per la nostra casa.

"A casa tua, angelo" risposi, stringendola un po' più forte. "Mandami un messaggio quando arrivi."

"Sì, signore." Le parole tremavano, ma erano stentoree. Riuscivo a malapena a reggermi in piedi, ma la tenni con me, sostenendola mentre riprendeva fiato. Le baciai la spalla, il collo, la guancia... ma ci avevamo già messo troppo, e non era il caso di farci scoprire proprio adesso.

"Raddrizzati" ordinai. Mi tirai fuori da lei e sentii subito la mancanza del calore morbido e confortevole del suo corpo. "Hai una serata galante da portare a termine, ricordi?"

"Non mi va" si lagnò. Si girò verso di me, dando le spalle alla porta. Le sue guance erano rosate e le sue labbra gonfie per la violenza con cui l'avevo baciata. "Voglio solo te."

Oh...

Cazzo.

Le sorrisi, osservando il broncio delle sue labbra e lo sguardo implorante dei suoi occhi. "Mi avrai tutta la notte, angelo, te lo prometto."

Il suo sorriso mi ricordò le nuvole che si diradano nel bel mezzo di un temporale. Sole e distruzione in un tutt'uno.

Una tempesta che avrei inseguito fino ai confini del mondo.

19
JESSICA

ME NE RESTAI SEDUTA tranquilla con Greg per la prima metà del nostro 'appuntamento galante' per salvare le apparenze. Ma quando la cena finì e c'era un Uber in arrivo, non mi feci sfuggire l'occasione di dirgliene quattro. Era stato tremendamente sgradevole - non che mi aspettassi qualcosa di meno. A mamma era sempre piaciuto accoppiarmi con degli stronzi.

"E un'altra cosa! La prossima volta che vai a un appuntamento, chiedilo tu stesso alla donna, invece di dare per scontato che sia sua madre a organizzare le uscite per lei! Non sono una mucca di prima qualità da portare in giro!" urlai, proprio mentre stavo salendo sul sedile posteriore del mio Uber. Greg sembrava oltremodo imbestialito, e io sorrisi soddisfatta. Aveva passato tutta la serata a contraddire tutto quello che avevo detto e a parlare solo di sé, eppure credeva che sarei stata una brava ragazza a modo e che avrei sopportato?

Col cavolo.

Ero una brava ragazza per un gruppo *molto* selezionato di uomini, e lui non era tra questi.

Quando l'Uber uscì dal parcheggio, scorsi la Mustang viola di Manson che lo lasciava dietro di noi. Non mi aveva tolto gli occhi di dosso per tutta la sera. E le cose che mi aveva fatto... Dio, mi avevano fatto contorcere su quella sedia. Il mio corpo era ancora caldo e appagato, ma ero impaziente di tornare a casa. Mi aveva promesso che l'avrei avuto stasera e, dopo il turbinio di piacere al ristorante, non desideravo altro che rannicchiarmi nel letto, avvolta dalle sue braccia.

Quando arrivammo a casa, cercai la sua macchina, ma non la vidi. Anche se non ero certa di quali fossero i suoi piani, gli mandai un messaggio non appena l'Uber mi fece scendere.

La sua risposta arrivò appena raggiunsi il portico d'ingresso. **Vai dentro. A fra poco.**

Mamma si accorse subito quando entrai dalla porta - ovviamente. "Allora?" urlò, prima ancora che la porta si chiudesse alle mie spalle. "Non è un sogno?"

"È più un incubo" borbottai, togliendomi le scarpe. Poi, a voce più alta, dissi: "È stato un imbecille per tutta la serata, mamma, e gliel'ho detto." Mentre andavo in salotto, dove lei stava guardando un film con mia sorella, stava già accampando qualche giustificazione per lui. "Niente più appuntamenti. Niente più trappole, niente più giochi di coppia. Niente di tutto questo."

Girai i tacchi e andai subito al piano di sopra, senza concederle nemmeno un momento per intavolare un'altra discussione. Mi facevano male i piedi per via dei tacchi che avevo indossato e non vedevo l'ora di togliermi questo vestito attillato e mettermi qualcosa di più comodo.

Appena misi piede nella mia stanza, sussultai e mi chiusi frettolosamente la porta alle spalle, rimanendo a bocca aperta per lo spettacolo che avevo davanti.

Sul letto c'era un mazzo di fiori, delle rose rosa pallido dello stesso colore del mio vestito. Accanto c'era una bottiglia di vino, lo stesso vino bianco che avrei voluto ordinare al ristorante. Il mio armadio era aperto, e chiusi a chiave la porta della mia camera prima di andare in fondo al letto.

Manson era seduto a gambe incrociate sul pavimento, illuminato solo dalla tenue luce della mia lampada da tavolo. Aveva liberato uno spazio nel mio armadio per farci accomodare, usando una vecchia scacchiera come tavolo di fortuna. Sopra c'erano due calici da vino, accanto a una scatola da asporto del ristorante.

"Come sei entrato qui dentro?" sussurrai. Lui si alzò in piedi, e il sorriso che aveva sul volto mi fece levare uno sciame di farfalle nello stomaco.

Sollevò un cerchietto di plastica blu attaccato al suo portachiavi e spiegò: "Jason ha realizzato un ulteriore dispositivo di sicurezza per la tua casa. Ma sono entrato dalla finestra per non farmi vedere dalla tua famiglia."

Scuotendo la testa per l'audacia, gli presi il viso tra le mani e lo baciai.

"Ti sei ricordato del vino" affermai, mentre lui prese la bottiglia e tirò fuori dalla tasca un cavatappi. "Non posso credere che tu mi abbia sentito dal bar."

"Ho un udito piuttosto fino" rispose. "Soprattutto quando mi concentro." Tirò il tappo con uno schiocco soddisfacente e versò vino in abbondanza per entrambi.

Ci sedemmo ai lati opposti del nostro tavolino improvvisato nella cabina armadio. Accesi le lucine scintillanti che penzolavano intorno allo stipite della porta per darci più luce. Sembrava il nostro piccolo fortino, un luogo fantastico e nascosto dove potevamo starcene per conto nostro. Facemmo tintinnare i nostri bicchieri e, quando ne bevvi un sorso, scoprii che era delizioso come avevo sperato.

"Che cosa hai portato?" domandai, abbassando lo sguardo sulla scatola da asporto.

"Visto che eri impegnata a rimproverare Greg, non hai avuto modo di ordinare il dessert" chiarì. "E questo è semplicemente un crimine." Aprì la scatola e dovetti mettermi una mano sulla bocca per non strillare troppo forte.

"Torta tedesca al cioccolato? Oh, mio Dio, è la mia preferita!" Era una fetta erta, umida al punto giusto e ricoperta di ganache al cioccolato. La sola vista faceva venire la bava alla bocca. "Come facevi a saperlo?"

"Colpo di fortuna" ribatté, ma il luccichio dei suoi occhi mi rivelò che dietro c'era molto di più.

Non era stato un 'colpo di fortuna.' Il fatto era che Manson prestava attenzione, ascoltava, guardava, si preoccupava. Non era fortuna, era impegno.

Mi conosceva. Mi sapeva leggere.

Il primo morso alla torta fu praticamente un orgasmo. La mia evidente goduria fece sorridere Manson ancora di più. Si appoggiò all'indietro su una mano, tenendo il vino nell'altra. Si era tolto la giacca e aveva sbottonato un po' di più la camicia. I capelli erano tirati indietro, ma qualche ciocca si era staccata e gli pendeva sul viso.

Mettendo giù la torta per un momento, commentai: "Sei così bello."

I suoi occhi si spalancarono leggermente e si schiarì la voce, cambiando posizione. Il suo sorriso divenne straordinariamente timido e rispose con un filo di voce: "Grazie, Jess. Dovrei ripulirmi per te più spesso."

"Mi piaci anche sporco" ammisi. "Sei bello anche ricoperto di grasso."

Abbassò lo sguardo e fece roteare il vino prima di berne un sorso. Quando alzò di nuovo gli occhi verso di me, la sua espressione mi fece sussultare il cuore.

Come se fosse disperato. Come se io fossi qualcosa che incuteva soggezione, forse addirittura timore.

"Sei stato molto gentile a fare tutto questo" dissi. "I fiori e il vino... grazie. Immagino che questo accresca un po' il mio debito, eh?"

"Debito?" Per un attimo sembrò sinceramente confuso, prima di realizzare e scuotere la testa. "Oh, sì. Il motore. Ah." Aveva ancora quello sguardo. Come se volesse dire qualcosa, ma le parole gli fossero rimaste in gola e non riuscisse a farle uscire.

"Puoi..." Cominciò lentamente, poi scosse la testa come se fosse sconvolto dalla sua stessa richiesta. "Puoi chiudere gli occhi per me?"

Misi giù il vino e feci come mi aveva detto. Nel momento in cui li chiusi, la sua mano calda premette sulle mie palpebre per assicurarsi che, anche se li avessi riaperti, non sarei stata in grado di vedere. Si avvicinò, girando intorno al nostro tavolo improvvisato, finché il suo ginocchio non andò a sbattere contro il mio.

"A volte è troppo quando ti guardo" confessò, con una voce così soave e vicina. "I tuoi occhi vedono troppo di me."

Mi allungai e afferrai la sua mano libera. Lui me la strinse a sua volta e si portò il dorso della mia mano alle labbra per baciarlo.

"Devo parlarti del tuo debito, Jess" affermò, e la serietà della sua voce mi fece irrigidire un po'. Ma lui mi rassicurò subito dicendo: "Non c'è niente che non va, non è quello. Sto solo... sto cercando di dirti... ho *bisogno* di dirti..."

Ci fu un lungo silenzio, rotto solo dalle sue lente inspirazioni ed espirazioni.

"Non mi importa del denaro, Jess. Non è mai stato per i soldi."

Ero congelata, riuscivo a malapena a respirare. Mi teneva la mano così stretta, come se non volesse più lasciarla andare.

"Si tratta di te. È... merda, Jess. Sostituirei quel motore mille volte se ciò significasse tenerti nella mia vita."

Si avvicinò ancora. Anche se non potevo vederlo, potevo sentirlo. La vicinanza, il calore della sua pelle, il tocco morbido delle sue labbra.

"Ogni momento che ho con te mi sembra rubato" ammise. "Come se Dio, o Satana, o qualunque cosa ci sia là fuori mi stesse solo facendo un altro scherzo. Non so se sei ancora pronta a sentirlo. Probabilmente non lo sei, ma me ne pentirò per il resto della mia vita se non te lo dico. Se uscirai di nuovo dalla mia vita... quando la macchina sarà pronta e il debito non avrà più alcun senso... se deciderai di andartene, voglio che tu lo sappia."

Per un attimo, seduti lì al buio con lui così vicino, fu come se fossimo le uniche persone al mondo. La mia mente correva, ma non riuscivo a formulare un solo pensiero coerente.

Lo sapevo già.

Lo sapevo, perché lui me lo aveva dimostrato.

Ma quando mi sussurrò quelle parole all'orecchio, il mio mondo si fermò del tutto.

"Ti amo."

I miei occhi si aprirono di scatto, ma la sua mano mi impediva ancora di vederlo. Tenne il palmo della mano lì, ma il suo braccio tremava. Il mio cuore batteva così forte che mi faceva male - Dio, se mi faceva male, ma era il miglior tipo di dolore che potessi immaginare.

"Ti prego, non dire niente" aggiunse in fretta, prima che potessi dire una sola parola. Tanto mi sarei comunque impappinata: sembrava che la mia lingua avesse perso completamente l'uso del linguaggio. "Questo non dipende da una tua risposta. Io ti amo. Ti amo... da tanto tempo. E continuerò ad amarti anche se tu non ricambierai il mio amore. Ti amerò anche se questo sarà l'ultimo giorno in cui ti vedrò."

Ma non sarebbe stato l'ultimo giorno. Non poteva esserlo. Non volevo che ci fosse un 'ultimo giorno' con nessuno di loro.

Continuò, e ogni parola rese quel dolore un po' più profondo, un po' più dolce. "Se te ne andrai e passerai la tua vita con qualcun altro, ti amerò lo stesso. Voglio che tu sia felice, Jess, non importa con chi. E ti amerò in qualsiasi circostanza. Sempre. Per sempre."

Mi sembrava quasi blasfemo parlare, ma dovevo farlo.

"Perché?" La mia domanda suonò molto più vulnerabile di quanto volessi. Una domanda non meno tremante del suo braccio.

"Perché eri il mio scorcio di paradiso dall'inferno" ammise. "Eri il sole nel mio cielo, e ora sei come una cometa mandata sulla terra. Un fuoco selvaggio che posso toccare... baciare... tenere..." Mi baciò la guancia finché non ridacchiai, poi strofinò il suo viso contro il mio. "Sei forte. Sei coraggiosa. Sei così dannatamente bella. Ci hai scossi, Jess. Tutti noi." Sentivo il sorriso nelle sue parole. "Non riesco a tenere la mia dannata bocca chiusa, quindi... questo è quanto."

Mi scoprì gli occhi, ma spostò la mano sulla mia bocca. Mi rivolse uno sguardo pieno di calore. "Non rispondere. Dico sul serio. Voglio che ci pensi. Voglio che ti prenda il tuo tempo. Okay?"

Sorrisi contro la sua mano e annuii. Il mio corpo era in fibrillazione. Mi sentivo il petto leggero. Avrei potuto correre una maratona, avrei potuto scalare una montagna in quel momento. E la mia mente stava ancora galoppando. Non riuscivo a discernere un solo pensiero logico nel mio cervello, ma non ne avevo bisogno.

L'amore.

Lui mi amava.

Manson Reed mi amava.

"Ora, quando ti scoprirò la bocca, voglio che tu mi dica quanto è buona quella torta" affermò. Rise quando la mia stessa risata fu soffocata dalla sua mano. "E poi voglio che mi racconti i tuoi aneddoti più belli dell'università. Voglio sapere cosa mi sono perso in quegli anni in cui non c'eri. Puoi farlo?"

Annuii di nuovo e, quando mi lasciò andare, fu esattamente quello che feci. Dopo un po' ci trasferimmo a letto, dove finimmo la torta e ci passammo la bottiglia per attaccarci direttamente dal collo.

Chiacchierammo per ore sottovoce e io persi la cognizione del tempo. Il sonno arrivò prima lento, e poi tutto in una volta. Mi addormentai tra le sue braccia, ebbra di vino, sazia della torta e felice.

Non ero mai stata così felice.

20

JESSICA

Fui svegliata dai baci di Manson. Mi stava baciando il collo, poi la guancia e, quando gemetti dolcemente e rotolai su me stessa, mi baciò la bocca fino a farmi sciogliere del tutto.

"Non andartene" mormorai assonnata. Non avevo ancora gli occhi completamente aperti, ma il mio letto sarebbe stato così vuoto senza di lui.

"Mi dispiace, angelo" sussurrò, strofinandomi il collo con il viso. "Ma devo andarmene prima che i tuoi genitori scoprano che sono qui. Credo che tua madre potrebbe castrarmi se mi trovasse."

Continuò a baciarmi finché i miei mugolii di protesta non divennero risatine. Se ne andò dalla finestra, e io mi alzai per guardarlo andare via, dandogli un altro bacio quando si sporse sulla sporgenza del tetto fuori dalla mia finestra. I miei genitori erano svegli; li sentivo di sotto. Speravo che nessuno di loro sarebbe uscito nei prossimi due minuti e avrebbe visto l'uomo sul loro tetto, intento a baciare la figlia attraverso la finestra aperta.

"Dovresti venire da noi oggi" mi propose,

appoggiando la mano sulla mia guancia. Nonostante si fosse appena svegliato, aveva gli occhi pieni di energia e un sorriso giocoso sul viso.

"Più tardi passo" risposi. "Ho promesso a Julia di andare a fare shopping con lei oggi."

Sul suo volto balenò un'espressione così rapida che quasi mi sfuggì: un restringimento degli angoli degli occhi e della bocca, un guizzo di preoccupazione. "Dove vai? Ai Wickeston Outlets?"

Annuii e feci: "Non preoccuparti. Viene a prendermi Julia. Sarà con me tutto il tempo." Ma potevo ancora leggere una certa preoccupazione nei suoi occhi. "Cosa c'è che non va? È successo qualcosa?"

L'espressione sparì all'istante, nascosta dietro il suo sorriso sbilenco. "No, nulla di cui tu debba preoccuparti. Mandaci un messaggio se hai bisogno di noi, okay?"

"Okay."

Si girò come per andarsene, poi tornò rapidamente indietro, mi prese il viso e mi baciò di nuovo. Un bacio duro, profondo, possessivo. E quando si separò da me, disse: "Ti amo, angelo. Fai la brava oggi."

Porca miseria, quelle parole mi strapparono il fiato dal petto. Mi fecero sentire come se stessi precipitando da una grande altezza e all'improvviso avessi iniziato a fluttuare. Mi picchiettò il dito sulla bocca, come per ricordarmi quello che mi aveva detto la sera prima: di pensarci, di prendermi il tempo necessario.

Ma Dio, con quanta facilità avrei potuto rispondergli. Mi spaventava la rapidità con cui quelle parole avrebbero potuto uscirmi dalle labbra.

"Farò la brava" lo rassicurai. "Promesso."

Se ne andò, si calò nel cortile e scavalcò la recinzione. Si voltò per salutarmi mentre camminava lungo il marciapiede e io ricambiai il saluto. Solo quando fu dietro l'angolo e fuori dalla mia vista crollai sul letto e mi lasciai uscire un sospiro pesante, con gli occhi fissi sul soffitto.

Non era più un gioco. Era molto di più.

Lui mi amava. Tutte le volte che quel momento nello

sgabuzzino mi tornava in mente, continuava a lasciarmi senza fiato. Era terrificante e straordinario e...

Mi avvinghiai il più possibile a uno dei miei cuscini e cercai di soffocare la sensazione di gonfiore nel mio petto. Mi sentivo come una scolaretta con una cotta, con la mente che correva, il cuore che batteva all'impazzata e i palmi delle mani sudati. Eppure, allo stesso tempo...

Mi sentivo rassicurata. Mi sentivo determinata. Manson voleva che aspettassi, che ci riflettessi, e capivo il perché. Ogni momento trascorso insieme a loro era stato travolgente e nuovo, ma questo... Lo era ancora di più.

Avevo già detto a dei partner in passato che li amavo, ma non mi ero mai sentita così.

Che cosa mi era successo? Come avevo fatto a perdermi completamente in quella storia, in loro? Solo che non mi *sentivo* persa, anzi, mi sentivo come se avessi trovato qualcosa. Come se stessi raccogliendo dei piccoli pezzi di me stessa lungo la strada, assemblando la versione di me che ero destinata a essere.

Julia venne a prendermi verso mezzogiorno a bordo di una vecchia Cadillac rossa decappottabile.

"Scusa per il casino, ragazza. Puoi buttare tutto per terra, onestamente." Rise, spazzando via bottiglie d'acqua, libri e scontrini accartocciati dal sedile del passeggero.

Ci dirigemmo verso il centro commerciale, che si trovava non lontano da casa, dall'altra parte della città. Dopo aver raccontato a Julia tutto quello che potevo sulla nostra vacanza in montagna - e lei si lamentò comunque del fatto che avevo tralasciato "tutti i dettagli più succosi" - le parlai dei tentativi di mamma di interferire con la mia vita sentimentale.

"Devi andartene di casa" commentò semplicemente.

"In tutta sincerità, è una cosa super tossica. Che sta cercando di fare, tipo organizzarti un matrimonio?"

"Fidati, se potesse, lo farebbe" ribattei. "Ma hai ragione. Non so davvero per quanto tempo ancora riuscirò a sopportare una convivenza con lei. Apprezzo che mi abbiano permesso di tornare a vivere a casa, ovviamente, ma preferirei piuttosto andare in bancarotta cercando di pagare l'affitto da un'altra parte. Presto, in compenso, avrò la mia revisione al lavoro e ho un buon presentimento."

Julia mi lanciò un'occhiata eccitata non appena svoltammo nel parcheggio fuori dall'outlet. "Sì? Pensi che ti assumeranno a tempo indeterminato? È così elettrizzante!" Ma mentre parcheggiava chiese: "Questo significherebbe che ti trasferiresti a New York, giusto?"

"Sì. Giusto."

Ci guardammo. Io sospirai, e lei fece un'espressione comprensiva. Trasferirmi lontano dalla mia città natale era stato il mio unico sogno. Ora, quell'idea era costellata di indecisioni.

Mi risuonarono di nuovo in testa le parole di Vincent. *Ovunque tu voglia andare, baby.*

Stavamo attraversando il parcheggio verso l'ingresso quando udii un lamento acuto e disgustato. Sbirciai di lato e vidi Danielle e Candace che si stavano dirigendo nella stessa direzione e ci stavano fissando entrambe con un ghigno sgradevole.

"Oh, fantastico" borbottai sottovoce, alzando gli occhi al cielo e distogliendoli da loro.

"Ignorale" mi esortò Julia con fermezza. Si mise sottobraccio a me e gettò indietro la sua chioma fiammante. "Le persone come loro prosperano con le attenzioni. Più gliene dai, più ne bramano."

Julia aveva ragione, ma avevo sempre odiato sfuggire al confronto. Se Danielle e Candace avevano qualcosa da dirmi, allora tanto valeva che lo dicessero. Fortunatamente per tutti, le persi di vista una volta entrate.

Avevamo entrambe fame, quindi la nostra prima tappa fu l'area ristoro. Stavamo finendo di pranzare quando Julia si sporse verso di me e bisbigliò: "Non voltarti, ma hai un ammiratore che ci sta seguendo."

I miei occhi si spalancarono. "Julia, non puoi dire così e intimarmi di non voltarmi. Sembra inquietante."

Lei rise. "Scusa, scusa, okay, ammetto che sembrava super inquietante. Del resto, Lucas un po' inquietante *lo è*."

"Lucas è qui?" Dimenticando immediatamente che mi aveva detto di non guardare, mi girai sulla sedia e scrutai l'area ristoro. Mi ci volle solo un attimo prima di individuarlo. Era seduto su una panchina dall'altra parte dell'area, parzialmente nascosto dietro uno degli alti alberi che ombreggiavano il passaggio tra i negozi. Aveva lo sguardo rivolto altrove, distratto da qualcosa. Ma quando si voltò e incrociò il mio sguardo, fece una smorfia e si alzò in piedi.

"Stalkeeerrr!" lo prese in giro Julia quando raggiunse il nostro tavolo e prese la sedia accanto a me.

"Non si tratta di stalking" ribatté lui, cingendomi con un braccio e tirandomi sulle sue ginocchia. Eravamo nel bel mezzo di un'area di ristoro affollata, eppure lui non riusciva a resistere alla tentazione di farmi sedere sul suo grembo. "Sono capitato qui per caso."

"Oh, davvero?" chiesi, incrociando le braccia scettica. "Non sarai mica venuto a fare il cane da guardia, vero?"

Il ringhio che emise era davvero molto simile a quello di un cane. Mi prese il mento con il pollice e l'indice, scuotendomi il viso. "Non fare l'impertinente con me, tesoro. Sarei stato un ottimo cane da guardia se questa non fosse venuta a dirtelo." Fece un gesto sprezzante verso Julia, che sussultò in segno di finta offesa. "Te l'ha detto lei, eh?"

"Non sei stato proprio discreto, Lucas" rimarcò Julia, sospirando come se la performance di Lucas fosse stata dolorosamente amatoriale. "Eri così impegnato ad assicurarti che Jess non ti vedesse che non ti sei preoccupato di nasconderti da me."

"Ti ho mai dato l'impressione di essere discreto?" chiese lui, e Julia scrollò le spalle come se avesse centrato il punto. "Non preoccuparti. Non ho intenzione di intromettermi nella tua giornata".

"Non ti stai intromettendo" assicurai. "Anzi, dovresti unirti a noi, già che sei qui." Guardai Julia per avere conferma, ma era chiaro che a lei non dispiaceva.

"Sì, fidati, sarà molto più facile sorvegliare la tua signorina se le sarai a fianco" aggiunse lei.

Lo stava sfottendo, ma dall'espressione del volto di Lucas, lui non stava affatto scherzando. Aveva l'aria seriosa di sempre, ma era difficile non notare il nervosismo con cui si guardava intorno quando riprendemmo a camminare. Scrutava la folla di continuo, con un braccio intorno alle mie spalle per tenermi stretta.

Quando passammo davanti a un negozio di lingerie, si fermò di colpo.

"Aspetta un attimo" dichiarò, facendo un cenno verso il negozio. "Credo che i ragazzi e io ti dobbiamo qualche paio di mutandine nuove. E un reggiseno o due."

"Oooh, sembra divertente!" esclamò Julia. "Vi raggiungo quando avete finito. Tanto devo fare un salto in libreria. Buon divertimento!" Ci salutò sventolando le dita mentre si allontanava, quasi saltellando verso la libreria.

Lucas mi seguì da vicino mentre mi aggiravo per il negozio, tanto che lo urtavo in continuazione. Dopo alcuni minuti di quell'atteggiamento da servizi segreti, mi voltai verso di lui e gli chiesi dolcemente: "Lucas, che succede? Manson mi è sembrato strano riguardo alla mia uscita di oggi, e ora sei arrivato tu. È successo qualcosa?"

Lui tentennò prima di rispondere: "Non c'è nulla di cui tu debba preoccuparti. Ti abbiamo detto che ti avremmo tenuta d'occhio."

"Sì, se fossi andata da sola da qualche parte." Gli presi la mano e mi avvicinai, sfiorando la sua mascella con le dita. Sembrava che non si fosse rasato da un paio di giorni. "Sono felice che tu sia qui, e voglio che tu lo sia. Ma se è cambiato qualcosa, se il padre di Manson ha fatto qualcos'altro e questo vi sta spaventando, vi prego di mettermene a parte."

Fece un sospiro pesante, lanciando un'occhiata fulminea e torva a un'altra coppia che ci stava passando accanto. Come se vedesse una minaccia in ogni cosa, in ogni luogo. Doveva essere estenuante essere così tesi, sempre alla ricerca del pericolo.

"Il padre di Vincent ha dato un avvertimento a Manson" ammise infine. "Reagan sta cercando di fomentare la comunità contro di noi. Diffondendo bugie, voci. Non so cosa. Nessuno di noi lo sa. Ma non vogliamo rischiare che tu ti imbatta nella persona sbagliata e che la situazione degeneri. Come ho detto, non preoccuparti. Sei al sicuro."

Nel dirmi tutto quello, mi toccò delicatamente il braccio, facendo scorrere le sue dita callose lungo la mia pelle. Per quanto spaventose fossero quelle parole, sapevo di essere al sicuro con lui. Non avevo alcun dubbio. Ma mi addolorava vederlo così agitato. Avevano tutti lavorato sodo da quando eravamo tornati dalla montagna, ma la stanchezza era ben visibile sul suo volto.

"Forza" mi spronò. "Non pensare a queste stronzate. Prendiamo delle belle mutande che posso strappare."

Nel tentativo di distrarlo da tutta quella tensione, insistetti perché fosse lui a scegliere gli slip da prendere. Guardarlo spulciare tra i cassetti della lingerie succinta, con gli occhi stretti in due fessure per l'intensa concentrazione, non aveva prezzo. Con mia grande sorpresa, gli slip che scelse erano così in linea con il mio stile che era come se li avessi scelti io. Colori vivaci, orli di pizzo, motivi graziosi.

Pagò tutto lui, tirando fuori la sua carta di credito alla cassa prima ancora che io facessi in tempo a mettere mano alla mia borsa.

"Dimmi un po', cos'era quel rossetto costoso che ho

rovinato?" domandò mentre ce ne andavamo mano nella mano. Aveva insistito per portare tutte le mie buste, e ora era carico non solo della mia borsa, ma anche di diverse bustine rosa contenenti i miei articoli di lingerie.

Ridendo della sua descrizione, risposi: "Si chiama MAC. Sei sicuro di voler entrare in un negozio di trucchi con me? È un territorio pericoloso. Potrei passarci diverse ore."

Lui alzò le spalle. "Allora passerò diverse ore con te."

Lo disse con estrema facilità, come se davvero non gli importasse di venirmi appresso con tutte le mie buste sottobraccio. Kyle si arrabbiava sempre per tutto il tempo che ci mettevo a fare shopping, ma la scelta dei trucchi era una questione seria.

Ci incontrammo di nuovo con Julia al negozio di trucchi. Curiosammo insieme, con Lucas sempre alle calcagna. Ora che c'era Julia non mi stava più così addosso, ma non ci perdeva di vista nemmeno per un attimo.

Purtroppo, aveva tutte le ragioni per essere così nervoso.

Quando imboccammo un altro corridoio, mi trovai faccia a faccia con Danielle e Candace.

Non ci scambiammo una parola, ma la tensione in quel corridoio aumentò fino a farmi praticamente vibrare le ossa. Feci del mio meglio per ignorarle, e continuai a cercare il prodotto che volevo, anche quando questo significò stare proprio accanto a loro.

Ma Danielle non riusciva a tenere la bocca chiusa.

"È spaventoso quanto sia diventata lassista la sicurezza in questo posto" commentò, rivolgendosi a Candace con un profondo sospiro. Il suo commento mi fece immediatamente drizzare le antenne, e nonostante Julia stesse scuotendo la testa, non ero sicura che sarei riuscita a trattenermi. "Ormai lasciano circolare così tanti pazzi da queste parti che non ci si sente nemmeno più al sicuro."

Quando risi, entrambe mi guardarono come se non si

fossero accorte della mia presenza. Ma io conoscevo i trucchi dei loro giochetti meschini. Gli insulti buttati là, la finta innocenza... li odiavo.

"Oh, scusate, vi ho spaventate?" chiesi. "Sapevo che eri una codarda, Danielle, ma ora sembri solo paranoica."

Danielle mi fissò a bocca aperta. Forse erano certe che sarei stata zitta, ma se erano in vena di scambiarsi insulti, non mi sarei certo tirata indietro.

"Andiamocene" sbottò Danielle, mettendo giù la palette che stava esaminando. Ci strusciarono nel passarci accanto. Candace urtò goffamente Lucas andando via. Lui la guardò appena.

"Ah, niente di meglio della puzza di insicurezza" rifletté Julia. Riuscì a strappare a Lucas qualcosa di simile a una risata: espirò solo un po' più forte del solito, ma per me era abbastanza vicino a una risatina.

Curiosammo ancora un po' prima di dirigerci alla cassa per pagare. Quando ci avvicinammo alla porta e l'allarme suonò al nostro passaggio, non ci badai più di tanto. Probabilmente si erano dimenticati di togliere l'antitaccheggio da uno degli articoli al momento del pagamento.

Una guardia di sicurezza accompagnò l'impiegato che si avvicinò a noi per controllare il nostro scontrino. La guardia si trattenne accanto a noi, occhieggiando Lucas con sospetto. L'impiegato volle poi ispezionare le nostre buste, e la gente cominciò a fissarci.

"È davvero necessario tutto questo?" chiesi, esasperata da tutto il tempo che ci stava mettendo.

Avevano lasciato uscire Julia, che sapevo aveva fretta di tornare a casa per prepararsi e andare al lavoro. Stava andando così per le lunghe che alla fine le feci cenno di andare. Sarei tornata a casa con Lucas. Lei non sembrava particolarmente contenta di lasciarci. Alla faccia della sicurezza "lassista" di questo posto.

"Questa è la procedura standard, signora" rispose la guardia di sicurezza. Teneva una mano appoggiata sul taser, e cominciarono a sudarmi i palmi delle mani. La gente ci stava squadrando come se fossimo già colpevoli. Sentivo i loro sguardi, i loro sussurri.

Lucas aveva la testa bassa, i pollici agganciati alle tasche, la mascella serrata così forte che gli pulsava un muscolo della guancia. L'impiegato controllò tutte le nostre buste degli acquisti, ma poi volle esaminare la mia borsa personale, che Lucas portava con sé.

"Vuole la sua borsa?" domandò Lucas, con la voce alzata per la frustrazione.

L'addetto alla sicurezza si avvicinò e mormorò qualcosa nel suo walkie-talkie, così dissi rapidamente: "Va bene. Non mi importa, Lucas, è tutto a posto."

Non avevamo nulla da nascondere. Era solo una situazione strana e spiacevole, e volevo farla finita il prima possibile. Lucas respirava profondamente e la sua posizione si era fatta più rigida. Mi consegnò la borsa con uno sguardo di furiosa rassegnazione.

I miei occhi si sgranarono quando l'impiegato frugò nella mia borsa e ne estrasse un grosso flacone di profumo in un'elaborata boccetta di vetro. Non avevamo comprato nulla di simile. Non avevamo nemmeno *guardato* i profumi.

"Ci deve essere un errore" mormorai. Ma la guardia afferrò il braccio di Lucas, che scattò all'indietro all'istante, facendo perdere l'equilibrio alla guardia. L'uomo inciampò, la gente sussultò e in pochi secondi lui tirò fuori il taser.

"Basta! Basta, per favore, è un errore" mi affrettai a dire, mettendomi disperata tra Lucas e la guardia, nonostante il taser ora puntato su di me. Lucas aveva il fiato così corto che lo sentivo tremare dietro la mia schiena.

La guardia comunicò di nuovo qualcosa nel suo walkie-talkie, una specie di codice prima di convocare un "agente."

"Questa è la sua borsa, signora?" chiese l'impiegato.

"Certo che sì" risposi. "Ma non abbiamo..."

"Ho portato io la sua borsa da quando siamo entrati

qui" annunciò Lucas. "Lei non c'entra niente, non ha nemmeno toccato la borsa da quando siamo entrati nel negozio."

"Non l'hai rubata tu, Lucas!" sbottai. Come diavolo era potuto succedere? Le bottiglie di profumo non saltavano giù dagli scaffali!

Ma poi mi ricordai che Candace lo aveva urtato andandosene via.

Ecco il motivo. Doveva essere così. Doveva essere stata lei a infilare il flacone nella borsa.

"Ci hanno incastrati!" esclamai. Le mie parole suonavano così deboli alle mie stesse orecchie. Una pessima bugia. "Controllate i filmati delle telecamere, per favore. Non è stato lui a prendere quel profumo."

"Dobbiamo chiederle di farsi da parte, signora." Mi si rivoltò lo stomaco. Era arrivato l'agente chiamato dalla guardia, un poliziotto armato che osservava Lucas come se fosse una bomba sul punto di esplodere.

Quando mi voltai e guardai indietro, capii perché. Lucas era stato messo in un angolo vicino alla porta, aveva gli occhi spalancati e i pugni stretti. Non stava pensando lucidamente; glielo si leggeva negli occhi. La rabbia sfrenata e la paura avevano preso il sopravvento su tutto il resto.

"Signore, per la nostra sicurezza, ho bisogno che si giri e metta le mani dietro la testa."

L'intero corpo di Lucas fu scosso da un fremito. "Vaffanculo."

"Lucas, va tutto bene, va tutto bene, per favore." Mi aggrappai alle sue braccia, nonostante la guardia mi avesse detto di allontanarmi. "Guardami. Ascolta. Andrà tutto bene. Non hai fatto nulla di male."

"Si allontani, signora."

"Signore, se continua a opporre resistenza, sono autorizzato a usare la forza."

Appoggiai la mano sul viso di Lucas, girandogli fisicamente la testa in modo che mi guardasse. Dio, stava tremando così tanto. "Ascoltami. Andrà tutto bene. Io non ti lascio. Non hai fatto nulla di male. Solo..." Odiavo quello che stavo per dire. Sapevo che l'avrebbe odiato anche lui. Ma non avevamo scelta. "Fai quello che ti dice, Lucas. Ti prego."

Il suo volto si contrasse; quello sguardo addolorato mi spezzò il cuore. Ma fece un lento cenno di assenso. Quando finalmente feci un passo indietro, chiuse gli occhi prima di voltarsi e mettere le mani dietro la testa.

21

LUCAS

MI BASTÒ UNA sola occhiata a quel coglione dell'agente per capire che avrebbe approfittato di quella situazione come un pretesto per dare una spinta al suo piccolo, patetico ego. Quando mi strattonò le mani verso il basso e le bloccò con le manette, lo fece con una violenza tale da torcermi la spalla. Ma non diedi a vedere che mi aveva fatto male. In realtà, sentii appena il dolore. L'adrenalina era così elevata che probabilmente non avrei sentito nulla nemmeno se mi avesse sparato.

Ero così pervaso dal panico che non riuscivo a respirare e a pensare. L'unica cosa a cui potevo aggrapparmi per salvare la mia sanità mentale era Jess: era lì, era con me, e dannazione se quella ragazza stava scatenando l'inferno.

"È davvero oltraggioso!" sbraitò, puntando il dito contro la guardia che stava armeggiando. Eravamo stati portati nell'ufficio della sicurezza e costretti ad aspettare lì mentre l'agente era andato a recuperare i filmati delle telecamere del negozio. La guardia continuava a borbottare qualcosa su moduli e procedure, ma Jess non ne voleva sapere. "La legge in questo paese non prevede più l'innocenza fino a prova contraria? Siamo detenuti contro la nostra volontà! Queste sono intimidazioni e molestie!"

A dispetto della situazione di merda in cui ci trovavamo, mi fece comunque sorridere. Stava facendo innervosire quella guardia. L'uomo stava cercando di far girare con disinvoltura la penna tra le dita, ma poi gli sfuggiva di mano, si schiariva la gola e accampava scuse sempre più deboli. "Non è in stato di fermo, signora, lei è libera di andare..."

"Non senza il mio ragazzo, no!" tuonò lei.

Non mi aveva mai chiamato così. Probabilmente era strano appigliarmi a quello, ma a quel punto avrei accolto di buon grado qualsiasi forma di distrazione. Ero già così su di giri che quello non fece altro che aggiungere ancora più adrenalina al mix.

Il suo ragazzo. Beh... Avrei potuto abituarmici.

Mi piaceva.

"Signora, deve calmarsi" fece la guardia. I baffi sottili come matite assomigliavano a un verme disteso sul suo labbro superiore. Jess piantò le mani sulla scrivania e si protese verso di lui. Era come se stesse convogliando ogni goccia di energia da Regina delle Stronze che riuscisse a racimolare.

"Non si azzardi a dirmi di calmarmi" sibilò. "Se non chiama quell'agente in questo preciso istante e non scopre cosa sta vedendo su quei nastri di sicurezza, chiamerò il mio avvocato."

Non aveva un avvocato, non che io sapessi. La guardia balbettò, mescolando fogli e farfugliando qualcosa a proposito di un modulo. Ma quando lei tirò fuori il cellulare dalla tasca posteriore, lui cliccò all'istante sul suo walkie-talkie e disse: "Agente Madden, abbiamo aggiornamenti riguardo al signor Bent e alla signora Martin?"

Pochi secondi dopo, il walkie-talkie crepitò e qualcuno all'altro capo disse: "Abbiamo due giovani donne riprese mentre mettevano il profumo nella borsa. Il sospetto non sembra averle viste mentre lo facevano."

La guardia deglutì rumorosamente, e i suoi occhi si spostarono su di me. Probabilmente avevo l'aria di chi stava per ucciderlo.

Sarebbe stato dannatamente fortunato se non l'avessi fatto.

Mi sembrò di camminare in uno stato di intontimento fino a quando non tornammo alla mia macchina. Una volta al volante, ripresi coscienza, ma solo a malapena. Mi girava la testa, il mio flusso sanguigno era un cocktail di sostanze chimiche indotte dallo stress che non volevano saperne di svanire. Se ne restavano lì, facendomi tremare le mani e contorcere lo stomaco.

Avevo le dita così strette intorno al volante che mi facevano male mentre sfrecciavo sull'autostrada. Ogni battito del mio cuore era stucchevole per quanto era intenso. Faceva caldo, così dannatamente caldo che mi colava il sudore lungo la schiena. Per quanto l'avessi aumentata, l'aria condizionata non era sufficiente.

Jess mi disse qualcosa, ma le mie orecchie non riuscivano a cogliere il senso delle parole. Erano sommerse dalla rabbia - da una collera soffocante e asfissiante.

L'unico senso di sollievo che provavo era alla vista del contachilometri che saliva sempre più in alto mentre correvo lungo l'autostrada.

Era sempre la stessa storia. Indipendentemente dagli sforzi che compivo, dai cambiamenti che facevo o dalle mie promesse di migliorare, il mondo mi dava sempre un motivo per precipitare di nuovo in basso. Avrei spaccato la faccia a quel poliziotto se Jess non mi avesse fermato; probabilmente mi sarei fatto trascinare in prigione o ammazzare.

Ma era proprio questo il punto. Quella gente non sarebbe stata soddisfatta finché non avesse trovato un modo per farci sparire.

Se ne stavano seduti nelle loro chiese e gridavano "Amen!" all'amore e al perdono, prima di voltarsi e usare ogni mezzo possibile per far pagare a coloro che non approvavano il mero fatto di esistere. Non bastava tenere la testa bassa e cercare di sparire tra la folla. No, ti scoprivano e ti facevano passare per il cattivo.

Mentre guidavo, una Civic nuova fiammante cercò di tenere il mio passo, aumentando i giri accanto a me e facendo chiaramente intendere che voleva gareggiare. Feci un cenno al guidatore ed entrambi rallentammo di poco, finché non ci trovammo a guidare fianco a fianco alla stessa velocità.

Nel mio petto c'era una tempesta che non sapeva dove andare. La pressione stava aumentando e avevo bisogno di uno sfogo; dovevo fare qualcosa, qualsiasi cosa per liberarmi di questa sensazione.

La Civic suonò il clacson a ritmo cadenzato, una volta, due volte... alla terza, schiacciammo l'acceleratore. Jess sussultò quando la El Camino schizzò in avanti con un ruggito, superando la Civic senza alcuna difficoltà. Riusciva a malapena a competere con me.

Non era abbastanza - *non era abbastanza*, cazzo.

"Lucas, devi accostare" mi esortò Jess. La sua voce era calma e uniforme, i suoi occhi mi scrutavano il lato del viso. Aggiustai la presa sul cambio. Non avevo bisogno di sentirmi dire cosa fare.

Si allungò e posò una mano sul mio braccio. "Lucas, stai sbandando. Sei arrabbiato. Accosta e calmati un attimo."

L'opposizione istintiva che mi si era scatenata dentro non era abbastanza forte da sfidare lei. Uscii dall'autostrada e mi immisi in una tranquilla strada residenziale. La carreggiata stretta mi costrinse a rallentare la velocità, che in effetti avevo spinto a livelli pericolosi.

Manson mi avrebbe ucciso se avesse scoperto che stavo guidando in quel modo, figuriamoci con Jess in macchina. Nel momento in cui quel pensiero mi investì, fui assalito anche dalla vergogna. Cosa c'era che non andava in me? Avevo lasciato che la furia prendesse il sopravvento su tutto il resto, avevo perso il controllo quando avrei dovuto essere abbastanza maturo per gestirlo.

Dopo aver guidato senza meta per qualche minuto, svoltai su una strada sterrata. Si inoltrava nei campi, ma parcheggiai sul ciglio, sotto i rami bassi di una vecchia quercia. Spensi il motore, strinsi forte le mani sulle ginocchia e chiusi gli occhi, concentrandomi solo sul respiro.

Le dita di Jess mi strinsero il braccio; una rassicurazione di cui non sapevo nemmeno di aver bisogno. Il suo tocco mi tranquillizzò e finalmente aprii gli occhi.

"Usciamo" propose, dandomi una spinta verso la portiera. "Forza."

Mi disorientava camminare in un luogo sconosciuto quando ero già così nervoso. Jess mi prese la mano e mi condusse verso il retro dell'auto. Il sole era basso nel cielo, proiettava delle striature rosate e arancioni attraverso le nuvole. I campi intorno a noi erano silenziosi, a eccezione del fruscio dell'erba e del tenue ronzio degli insetti. Aprimmo il portellone posteriore dell'auto e ci sedemmo sul retro. Lei si avvicinò al mio fianco e appoggiò la testa sulla mia spalla senza dire una parola. Era un gesto così semplice, ma significava più di quanto lei potesse immaginare.

Non mi aveva mollato. Non se l'era data a gambe quando la situazione era andata a puttane, anche se avrebbe potuto farlo. Non aveva avuto alcun motivo per restare lì, se non il desiderio di proteggermi - un concetto che mi sembrava troppo assurdo per poterci credere. Ma l'avevo visto con i miei occhi. Avevo udito le sue parole. L'avevo sentita prendermi per mano e trascinarmi fuori di lì, perché ero stato troppo scosso dalla rabbia per riuscire a orientarmi.

Era per questo che ci avevo provato e che dovevo continuare a provarci anche quando le cose andavano male. Per lei. Per tutti noi.

La rabbia accecante aveva lasciato il mio corpo, ma al suo posto era rimasta l'apprensione. Non avevo proferito parola in quell'ufficio di sicurezza perché non avevo osato farlo. Se mi fossi mosso, se avessi aperto bocca, avrei peggiorato di molto le cose. Ma avevo lasciato Jess da sola a gestire la situazione e avrei potuto prendermi a schiaffi per questo.

Alla fine riuscii ad affermare: "Mi dispiace." Le parole mi sembravano appiccicose e dense in bocca. "Non avrei dovuto guidare in quel modo." Le misi le braccia intorno al busto, abbracciandola forte, e poi sempre più forte con il passare dei secondi. Dio, non volevo rovinare tutto e commettere un errore che l'avrebbe fatta andare via. "Grazie per avermelo fatto notare."

"Capisco" rispose lei, con la voce morbida e ovattata contro il mio petto, prima che allentassi la presa. "Non ti biasimo perché sei incazzato, Lucas. Lo sono anch'io. La prossima volta che vedrò Danielle o Candace..." Si schiacciò le nocche contro il palmo dell'altra mano, con un'espressione così perfida che non potei fare a meno di ridere.

Non era che non la trovassi minacciosa: anzi, era proprio il contrario. La Jessica incazzata non aveva pietà, e io l'adoravo, cazzo.

"Non farti coinvolgere in una rissa" mi raccomandai. "Almeno non senza di me, intesi?"

"Intesi. Aspetterò che tu sia con me, così potrai goderti lo spettacolo." Questo pensiero mi fece sorridere, e Jess mi accarezzò la guancia con le dita prima di ammettere a bassa voce: "Mi piace quando sorridi."

Il mio sorriso scomparve all'istante quando lei me lo fece presente. Lo affermò con una tale dolcezza che il mio viso si riscaldò ancora di più, come se non fossi già abbastanza sudato.

"Non mi piace molto il mio sorriso" confessai. Era una frase che non avrei dovuto dire. Cosa diavolo volevo da lei? Pietà?

Ma lei schioccò la lingua, non come se mi stesse compatendo, ma come se pensasse che fossi in errore. "Perché no?"

Era incredibilmente difficile questa faccenda della comunicazione 'aperta e onesta.' Mi rendeva ansioso, mi faceva venir voglia di alzarmi e mettermi a correre per un paio di chilometri pur di non continuare a parlare.

Mi voltai verso di lei, sfoderai i denti e abbassai il labbro inferiore, aspettandomi che rabbrividisse per il disgusto.

Non avevo dei bei denti, soprattutto quelli inferiori. Erano storti e disallineati, ingialliti dal troppo caffè e dalle sigarette. Così li nascondevo. Non facevo grandi sorrisi smaglianti. Non osavo nemmeno schiudere le labbra.

"Ho la bocca tutta rovinata" commentai, stringendomi nelle spalle e distogliendo lo sguardo. "La mia famiglia non ha mai avuto i soldi per l'apparecchio, o per qualsiasi altro trattamento dentale regolare. Qualche anno fa ho dovuto togliermi sei denti perché erano peggiorati tantissimo." Mi schiarii la gola a disagio. "È brutto, Jess, non c'è altro modo per dirlo."

Questa volta, quando mi toccò il viso, fu per girarlo verso di lei. Mi strinse le dita intorno alla mascella e mi tirò giù la testa per un bacio esigente. Mi avvinghiai alla sua vita, lei allargò le gambe e mi abbassò la mano per appoggiarsela sulla coscia.

"Stammi a sentire" disse quando si staccò dalla mia bocca, lasciandomi senza fiato e con la voglia di averne ancora. "A me piace il tuo sorriso. Mi piacciono i tuoi denti storti. Mi piacciono le sconcezze che dici." Mi tenne vicino a lei, aggrappandosi alla mia maglietta. Dio, quanto bramavo quel suo lato focoso. Più si comportava in modo esigente, insistente e sicuro di sé, più la desideravo. "Mi piace come mi fai sentire quando mi fai vedere i denti e quando mi mordi..." Mi chinai sul suo collo e feci proprio quello. Lei gemette e io feci risalire le dita sulla sua gamba, spingendo la gonna verso l'alto. "Amo il modo in cui mi tocchi... le sensazioni che mi susciti..."

Si era almeno accorta di essere passata dal "mi piace" all'"amo"? Perché io me ne accorsi eccome. Quella parola mi pungeva la pelle come un ago, ma la droga che scorreva nelle mie vene non era veleno.

Che parola irrimediabilmente disperata. Che splendida parola... che splendida idea.

La spinsi indietro e praticamente mi arrampicai su di lei mentre mordevo la carne morbida della sua spalla, aggrappandomi e stringendo la presa ogni volta che mugolava e si contorceva.

Di solito, quando mi sentivo così perso, avevo Manson pronto a rimettermi in riga. A guidarmi attraverso la rabbia e a riportarmi alla realtà. Sapeva come riportare la concentrazione nel mio cervello, come reindirizzare la mia attenzione e mantenerla. Ma Manson non era qui, e io avevo ancora bisogno di uno sfogo per lasciarmi andare.

Jess fece una pausa e io sollevai la testa per scrutare il suo volto. Mi stava guardando con un sorriso - un sorriso lieve e smaliziato che faceva brillare i suoi occhi verdi.

"Inginocchiati" disse. La sua voce era dolce ma le sue parole decise, e questo fece contrarre qualcosa dentro di me per l'attesa. "Mettiti in ginocchio."

La fissai senza muovermi. Questa era una novità. Il nostro rapporto si era sempre incentrato sul dominarla e sopraffare la sua lotta, un desiderio che a quanto pareva ci accomunava. Non aveva mai cercato di prendere il comando prima, ma sentire quel tono autorevole nella sua voce era dannatamente eccitante.

"Perché dovrei, tesoro?" chiesi, ringhiandole le parole in bocca mentre la baciai di nuovo. Avevo pensato che baciare non facesse per me - Manson era un'eccezione perché, cazzo, le cose che riusciva a fare con quella lingua mi lasciavano privo di forze - ma anche Jess si era aggiunta in fretta a quella lista di eccezioni. Tutto il suo corpo si muoveva quando mi baciava; si amalgamava con me come cera calda, insinuandosi in ogni punto vuoto dentro di me.

"Perché sei distratto" rispose. "Stai soffrendo. Sei arrabbiato. Lasciami..."

Ci fermammo di nuovo, senza fiato. Le sue labbra sfiorarono le mie e io riuscii a malapena ad aprire gli occhi per guardarla. Era troppo bella, troppo perfetta. Se l'avessi guardata, sarebbe svanita come un miraggio.

Il suo palmo aperto mi accarezzò la testa, prima di posarsi sulla mia nuca.

"Ti voglio..." bisbigliò.

"Non dovresti. Sono ripugnante. Un lurido schifoso."

Fece un sorriso malvagio. "Mi piacciono i ragazzi disgustosi."

I nostri sguardi si scontrarono. Il suo era ardente di desiderio, di bisogno. *Pretendeva* di più da me, ma mi stava altresì offrendo una via di fuga, aprendomi la porta di un rifugio di cui non conoscevo l'esistenza.

"Vuoi che mi inginocchi?" domandai.

"Adesso." La sua voce trasmetteva la stessa incrollabile sicurezza con cui l'avevo sentita esprimersi per tanti anni. La stessa voce piena di dileggio che le aveva permesso di camminare per i corridoi della Wickeston High con il mento alzato, senza temere anima viva. Imperturbabile nella sua autorità.

Era realmente una novità. Non sapevo cosa pensare, solo che mi piaceva e che stava permettendo al mio cervello disorientato di concentrarsi all'improvviso su una e una sola cosa: lei.

Scesi dall'auto e mi inginocchiai sull'erba, proprio sul bordo del portellone posteriore. Era leggermente umida, morbida quando le mie ginocchia vi premettero contro. In questo modo le sue gambe aperte erano all'altezza dei miei occhi, e mi venne l'acquolina in bocca. Mi si riempì il cervello delle visioni della mia testa sepolta sotto la sua gonna, e immaginai di inalare il profumo perfetto della sua fica. Alzai lo sguardo su di lei - su quegli occhi verdi con le pupille dilatate, su quel sorriso meravigliosamente sadico... cazzo, quando era emerso questo lato di lei? Forse era sempre stato lì, forse lo avevamo percepito tutti e aveva avuto solo bisogno di un po' di tempo per fare la sua prima apparizione.

Si passò un dito lungo la coscia, le unghie blu brillanti si agganciarono all'orlo della gonna e la tirarono su. Era una fottuta provocazione quando allargò un po' di più le gambe, con gli slip che la coprivano a malapena.

"Non abituarti a comandare" la avvisai. "Questa volta te la do vinta."

Lei aggrottò un sopracciglio perfetto, facendomi un sorrisetto che mi fece venire voglia di devastarla. Le tremavano le cosce, così come il respiro. Ce l'avevo così duro che avrei potuto spaccarla in due.

"Continua a ripetertelo" mi disse. "Renditi utile già che sei lì sotto. Avanti. Leccamela."

"Con fottuto piacere."

Le scostai le mutandine di lato e chiusi la bocca su di lei. Era già bagnata, scivolosa sotto la mia lingua quando la sondai.

"Fermati."

Mi alzai di scatto. Il suo comando era stato energico, ma da come mi guardava... a giudicare dalle sue guance rosee, dalle sue labbra schiuse, dal respiro che le usciva in brevi rantoli...

Le piaceva, ma mi fece comunque smettere. Stava esercitando il suo potere per indurmi all'obbedienza.

Le afferrai le cosce e la strattonai verso di me con un ringhio. La sua mano scattò all'infuori, mi ghermì il viso e tenne il mio sguardo rivolto verso l'alto. Accidenti, quegli artigli erano affilati.

"Non ti azzardare a ringhiarmi contro" sibilò con lo stesso tono incredibilmente autoritario. Dannazione, era sexy. "Comportati bene."

Disperato, staccai un braccio per sbottonarmi i jeans, dando così spazio al mio cazzo per allungarsi. Sarebbe stato meglio che nessuno avesse imboccato quella strada, perché se l'avesse fatto si sarebbe beccato un vero spettacolo.

"Vai avanti" mi esortò lei. "Ricomincia."

La divorai con un gemito. Era così paradisiaca che non volevo fermarmi; volevo tenerla lì sotto la mia lingua fino a farla contorcere. Mi agguantò la testa, tenendomi in posizione e incitandomi a continuare. Mi masturbai e trasalii di piacere quando lei rise.

"Ti ho detto che puoi toccarti?" mi chiese. Quella piccola mocciosa del cazzo.

Continuai a strofinarmelo per vedere se avrebbe osato dirmi di smettere, passando al contempo la lingua sul suo clitoride finché le sue gambe non tremarono nella mia presa.

"Mm, allora sai che mi stai disobbedendo" mormorò, sollevandosi un po' in modo da potermi rovesciare la testa all'indietro e costringermi a staccare la bocca da lei. Mi passai la lingua sulle labbra, leccando il suo squisito sapore. Ma la vidi fremere. La sua voglia di farmi continuare era evidente, nonostante la sua spavalderia per costringermi a obbedire.

Le dissi: "Sei proprio una troia del cazzo. Sai che vuoi di più."

"E a te piacciono le troie, non è vero, lurido ragazzo?"

Forse si trattò di una specie di reazione al trauma, fatto stava che l'umiliazione, la vergogna, il dolore... tutto quello mi stava mandando su di giri. Il resto del mio corpo poteva pure sguazzare nell'imbarazzo, annegare nella rabbia, ma il mio cazzo non si sarebbe comunque lasciato sfuggire quell'occasione. Ecco perché Manson riusciva a lavorarmi così bene: lui godeva della degradazione. Poteva dirmi cose per cui avrei picchiato chiunque altro, ma quando uscivano dalle sue labbra erano erotiche, irresistibili.

Ora provavo la stessa sensazione per le parole sconce di Jess.

"Maledizione, ragazza, continua a parlare così" mormorai in mezzo alle sue cosce, sbirciandola da sotto. "E mi farai sborrare."

Volevo affondare in quella fica paradisiaca e sbatterla fino a farla urlare. Allargò un po' di più le gambe, ma tenne la mia testa inclinata all'indietro dicendo: "Ah, sì? Ti piace quando ti umilio a parole?" Fece una risata che mi solleticò la spina dorsale. "Che fottuto pazzoide che sei, ti ecciti a farti umiliare da una ragazza. Patetico."

Mi staccai dalla sua presa, chiusi la bocca attorno a lei e mangiai quella fica come se fosse il mio ultimo pasto. Ansimò, le proteste le morirono in gola quando fu sopraffatta dal piacere.

"Cazzo, Lucas." Le parole erano tremanti, ma riuscì comunque a rivolgermi un ghigno. "Ti piace il sapore che ha?" Annuii contro di lei, senza fermarmi nemmeno per un secondo. Più era eccitata, più il suo sapore era buono. "Vuoi di più? Vuoi scoparmi?"

Annuii di nuovo, il mio cazzo si contorse per la smania di essere dentro di lei. Jess si spinse verso la mia bocca, strusciando la sua fica sulla mia lingua. "Certo che è quello che vuoi, pervertito." Trasse un sospiro e mi guardò con un luccichio malvagio negli occhi prima di sputarmi in faccia.

Questo scatenò la bestia - e non c'era modo di rimetterla in gabbia una volta libera. Mi alzai così velocemente che lei urlò, poi la sollevai dal pianale e la impalai sul mio cazzo. Si aggrappò alle mie spalle, le sue gambe si strinsero intorno a me mentre io le abbrancai i fianchi e la scopai brutalmente.

"Ti avevo avvertito di non abituarti" ringhiai, ignorando le sue grida di supplica mentre la sua figa si stringeva intorno a me. Le si rovesciarono gli occhi all'indietro e venne, cacciando dei gemiti impotenti a ogni spinta. Non durai molto più di lei.

Per tutto il mio orgasmo mi spinsi più a fondo possibile dentro di lei, tenendola ferma in modo che non colasse fuori nemmeno una goccia. Era una roba primordiale, ma non ne avevo mai abbastanza: la volevo riempire, svuotare dentro di lei tutta la mia essenza e lasciarla marchiata con il mio sperma.

Non avevo più forze, sprofondai nell'erba e la portai giù con me. Jess si mise a cavalcioni su di me e appoggiò il suo petto contro il mio, con il mio cazzo ancora dentro di lei. Per alcuni minuti i nostri petti si gonfiarono all'unisono per i nostri respiri affannosi mentre ce ne stavamo sdraiati senza dire nulla, a occhi chiusi, circondati dal dolce soffio della brezza e dal cinguettio degli uccelli.

Dopo alcuni minuti di silenzio, lei si spostò per rotolare via e sdraiarsi sull'erba accanto a me. Si accoccolò contro di me, appoggiando la testa sulla mia spalla mentre io le cinsi la schiena con un braccio.

"Lucas?" La sua voce era dolce e sorprendentemente vulnerabile. Sistemai il braccio libero dietro la testa per poterla guardare meglio.

"Quello che è successo oggi... non è la prima volta che qualcuno ti fa una cosa del genere" affermò. I suoi occhi continuavano a deviare, come se volesse disperatamente abbassarli ma si stesse costringendo a non farlo. "Lo so... io ti ho fatto delle cose, ho detto delle cose su di te che sono state ingiuste quanto quello che è successo oggi. E me ne pento immensamente. Vorrei poter tornare indietro."

Fece un respiro profondo e trattenne per un momento il fiato. Stentavo a credere alle mie orecchie. Le sue scuse? Per me? Da parte sua?

La gente non si scusava con me per un cazzo, ma c'era anche da dire che non ero io il primo a gradire le scuse. Non perdonavo le persone. Non aveva senso.

Con Jess, mi ero detto che il passato era passato. Non avrei fatto finta di essere una vittima innocente: avevo giocato un ruolo importante in buona parte dei guai che mi erano capitati. All'epoca Jess era stata una stronza, e non era andata molto meglio quando ci eravamo ritrovati... all'inizio.

Poi in qualche modo, contro ogni mia aspettativa, credevo di averla perdonata senza essermene nemmeno reso conto. Ma ora che si stava scusando, riuscivo a cogliere la preoccupazione sul suo volto. La paura di essersi aperta, di essersi costretta a mostrarsi vulnerabile, anche a rischio di farsi del male.

Non si aspettava che la perdonassi. Non riusciva nemmeno più a guardarmi in faccia.

Mi alzai a sedere e lo fece anche lei. "Okay, aspetta un attimo, devo mettere via il cazzo per questo." Fu un sollievo quando il mio commento le strappò una piccola risata. Non mi sentivo per niente a mio agio in conversazioni come quella. Francamente, non riuscivo a ricordare l'ultima volta in cui qualcuno mi aveva presentato delle scuse, e non sapevo come comportarmi ora che lei lo aveva fatto.

Stava piluccando i fili d'erba, pizzicandoli nervosamente tra le dita. Dovevo dire qualcosa, ma prima dovevo capire cosa diavolo provavo. Non ero arrabbiato. Ero agitato, perché ero confuso e preso alla sprovvista. Ma mi sentivo...

Sollevato? Considerato? Rassicurato? Non sapevo come chiamarla, ma non era una brutta sensazione.

"Non devi perdonarmi" aggiunse in fretta, interrompendomi quando aprii la bocca per rispondere. "Mi rendo conto che scusarmi ti mette nella condizione di dover dare una qualche risposta, e non sei obbligato a farlo. Volevo solo che lo sapessi. Mi dispiace davvero tanto."

"Merda, Jess." Mi sfregai la nuca, cercando di trovare le parole giuste. Non sapevo come accettare le scuse, quindi cercai di pensare a come Manson aveva reagito quando mi ero scusato con lui. "Capisco. Voglio dire, anch'io posso essere un grosso pezzo di merda. Penso che quando... quando hai trascorso molto tempo sentendoti privo di controllo, sentendoti come se gli altri stessero gestendo la tua vita, finisci per fare quasi tutto per riprenderti un po' di quel controllo. Anche a costo di rivoltarti e fare del male ad altre persone. Questo non significa che vada bene..." Mi voltai verso di lei e mi accorsi che mi stava guardando. Aspettava, con un'espressione di speranzosa vulnerabilità sul viso che mi fece venire voglia di abbracciarla. "Le persone non si scusano con me, Jess, quindi mi trovo in un territorio inesplorato, okay? Ma accetto le tue scuse. Grazie per... per averlo detto."

"Le azioni saranno più importanti delle parole" annunciò, facendomi un piccolo sorriso. "Ti dimostrerò che dico sul serio."

Ci stava già riuscendo alla grande.

"Vieni qui." La presi e la tirai tra le mie gambe, in modo da poterla tenere con la schiena contro il mio petto. Appoggiai la testa alla sua, assorbendo il dolce profumo di fragola dei suoi capelli.

"Beh, visto che siamo qui a fare delle confessioni... credo che ti dirò qualcosa che forse dovresti sapere. Al liceo, quando ho spaccato quella bottiglia in testa ad Alex... era perché stava spettegolando su di te, Jess."

Lei si irrigidì e girò la testa per scrutarmi con un'espressione scioccata. "Aspetta... cosa? Lucas, tu mi odiavi allora. Non mi sopportavi. Non ti biasimo, ma..." Scosse lentamente la testa. "Perché l'hai fatto?"

Io stesso lo capivo a malapena, ma dovevo comunque cercare di spiegarlo. "Immagino che ti odiassi, più o meno quanto tu odiavi me. Ma credo che fossi un po' geloso dell'odio che provavo nei tuoi confronti. Quando l'ho sentito parlare di te, vantarsi del fatto che Kyle gli aveva mostrato alcune tue foto..."

"Lo sapevo" sibilò lei. "Sapevo che Kyle gliele aveva mostrate, cazzo. Lui ha sempre negato." Chiuse gli occhi per un momento, elaborando in silenzio le emozioni che stava provando. "Perché hai... voglio dire... sei stato espulso per questo, Lucas."

Scrollai le spalle. "Odiavo quella scuola. In ogni caso, continuavo a frequentarla solo per i ragazzi. Quindi, sai, ho visto l'opportunità e l'ho colta al volo."

Ma lei non sembrava convinta della mia versione, almeno non di quella che le stavo dando. Non ero nemmeno del tutto sincero, in effetti. Non dissi che mi aveva fatto infuriare così tanto sentire Alex parlare di lei che avrei fatto la stessa cosa anche se fosse stato il mio migliore amico.

"Devi aver iniziato a farmi da cane da guardia da molto più tempo di quanto pensassi, eh?" commentò lei, con un rossore delizioso che le salì sulle guance.

"Credo di sì. I cani da guardia non lasciano mai il servizio" risposi.

Guardai le nostre mani intrecciate sul suo grembo. Quelle sue dita erano magiche, ma non solo perché potevano dare piacere. Sapeva come toccarmi quando ero in collera, quando avevo paura. Non avevo idea di quando avesse imparato a farlo, o se le venisse semplicemente naturale.

"Mai?" chiese, e mi ci volle un attimo per capire cosa mi stesse chiedendo. Ma quando risposi, lo dissi con tutta la convinzione possibile.

"Mai."

22

LUCAS

WICKESTON HIGH SCHOOL — ULTIMO ANNO

MIO PADRE ERA morto da due settimane e ancora non mi sembrava vero. Il vecchio avrebbe dovuto essere già fuori dalla mia testa. Avrebbe dovuto essere l'ultima persona nei miei pensieri. E invece era ancora lì. Mi svegliavo al mattino pensando di averlo sentito gridare. Pensando di aver sentito sbattere la porta.

Ma di lui rimanevano solo le ceneri. Erano in un sacchetto di plastica in una scatola di cartone sul tavolino della mia roulotte. Una metà di me voleva buttarle in un cassonetto. L'altra metà pensava che avrei dovuto fare le cose per bene, onorare le volontà di mia madre e tornare a casa per dargli il giusto riposo.

Ma che si fottesse. A me non aveva mai dato riposo da vivo; perché diavolo lui avrebbe dovuto riposare da qualche parte da morto?

Non ero triste per la morte di mio padre, ma di sicuro complicava le cose. Non aveva un'assicurazione sulla vita, non mi aveva lasciato dei risparmi per coprire le sue ultime spese. Lavoravo tutte le ore che potevo dal gommista, ma il salario minimo non copriva le bollette.

Si erano accumulate già da prima del suo infarto. Ora non mi preoccupavo più nemmeno di aprire le buste. Erano sul tavolo sporco della cucina, alcune timbrate con la scritta ULTIMO AVVISO sulla parte anteriore.

Non avevo bisogno di elettricità. Potevo cavarmela benissimo con l'acqua della manichetta del parcheggio delle roulotte. Ma non potevo fare a meno del cibo, e i fondi per il vitto stavano pericolosamente diminuendo. Vincent continuava a presentarsi con stufati e "avanzi" di sua madre, che mi assicurava che sua madre mandava solo perché erano degli "extra," ma io sapevo la verità. Si stavano facendo in quattro, cercando di prendersi cura di me pur avendo già troppe persone sotto il loro tetto. Quattro dei loro figli, più un altro in arrivo. E Jason ultimamente stava da loro più spesso, dato che i litigi con i suoi genitori stavano diventando sempre più gravi.

I Volkov ci avrebbero accolto tutti senza esitazione. Avrebbero trovato un modo. Ma non volevo approfittare della generosità di quella famiglia; dovevo trovare la mia via d'uscita da quella merda.

Nondimeno, era sempre più difficile continuare a provarci. Perché doveva essere tutto così fottutamente impegnativo? Uno stress costante e senza fine. Dal momento in cui aprivo gli occhi al momento in cui riuscivo a sprofondare in un sonno irrequieto. Trascorrevo la maggior parte delle ore da sveglio cercando di distrarmi, ma le distrazioni non servivano a molto quando avevi fame, freddo o eri disperato.

Ecco perché ero in quel maledetto liceo anche dopo la fine delle lezioni. Non avevo ben capito quale fosse l'occasione. Sembrava che fosse una specie di open day, con i genitori che si aggiravano per la palestra mangiando i piatti di panini del catering e facendo due chiacchiere con gli insegnanti. Gli unici studenti che si erano presi la briga di venire erano esattamente i tipi che facevo di tutto per evitare: i figli di papà arroganti, eccessivamente coinvolti e presuntuosi. Non avevano niente di meglio da fare che venire qui a fare gli sbruffoni con gli insegnanti, convinti che in qualche modo li avrebbe avvantaggiati nella vita.

Dubitavo che qualcuno di loro sapesse che mio padre era morto. Non ne avevo fatto un dramma; avevo cercato di trovare un modo per emanciparmi già prima della sua morte. Il massimo coinvolgimento di mio padre nel mio percorso scolastico era stato telefonare per lamentarsi del fatto che potevo lavorare solo un certo numero di ore al di fuori della scuola.

La mia presenza in sé stava già attirando l'attenzione, così cercai di tenere la testa bassa e di mimetizzarmi nella folla. A differenza del sottoscritto, c'erano molte altre persone che non vedevano l'ora di avere tutta l'attenzione addosso.

Come Jessica Martin e sua madre. Avrebbero potuto essere due gemelle, anche se separate da una ventina d'anni. Indossavano entrambe abiti blu attillati, anche se quello di mamma Martin aveva una profonda scollatura che metteva in risalto un paio di tette molto costose. Per quanto Jessica fosse irritante, dovevo riconoscerlo: riusciva sempre a dare l'impressione di essere pronta a partecipare a qualche festa di classe. Non riuscivo a capire dove trovasse l'energia per prendersi tanto disturbo.

Tuttavia, suppongo che quando non sei in ansia per la sopravvivenza, puoi spendere le tue energie in cazzate ridicole come le borse scintillanti e le scarpe abbinate a tua madre.

Le due si stavano avvicinando al signor Kotham, il nostro insegnante di inglese, e naturalmente il vecchio marpione non stava nella pelle per le attenzioni ricevute. La maggior parte degli insegnanti di questa scuola mi stava antipatica, ma non era niente di personale. Con Kotham, al contrario, si trattava proprio di una questione personale. Faceva sempre lo scemo con le ragazze in classe, toccava loro le spalle, offriva ripetizioni private. Un comportamento da vero pervertito.

Jessica era una delle sue preferite. Stranamente, Jason mi aveva raccontato che continuava a essere bocciata al corso di Kotham. Forse era per questo che la signora Martin gli stava facendo gli occhi dolci, ignorando completamente il fatto che lui stava continuando a toccare la vita di sua figlia. A tenerle la mano. Ad abbracciarla.

Prima o poi mi sarebbe venuto da vomitare, cazzo. Distolsi l'attenzione da loro e mi dedicai a caricare sul mio piatto quanti più panini e salumi possibili. La risata di mamma Martin continuava a fendere il brusio della conversazione, squillante e stridula, come se volesse sottolineare quanto si stesse divertendo.

Mi bastò un'occhiata al viso di Jessica per capire che non condivideva l'entusiasmo della madre.

Sgattaiolai fuori dalla porta e tirai un sospiro di sollievo nell'istante in cui si chiuse alle mie spalle. Finalmente un po' di pace e tranquillità. Il mio piano era di mangiare quello che avevo già racimolato e poi portare a casa di nascosto quanti più avanzi potessi.

L'erba era umida quando mi sedetti, ma non mi importava. Mangiare sotto il cielo limpido della notte, circondato dal frinire dei grilli, non era poi così male. Ma per quanto fossi affamato, c'era qualcosa che mi aveva provocato un crampo allo stomaco. Un sentimento di disagio e di rabbia continuava ad albergare dentro di me.

Che razza di madre non proteggeva sua figlia da un maniaco come Kotham? Come poteva starsene lì tutta contenta mentre la figlia si era stampata in faccia un sorriso finto e stava cercando di sopportare le attenzioni che evidentemente non gradiva?

Pazienza. Jessica e le sue strane dinamiche familiari non mi riguardavano.

Frugando nella giacca, tirai fuori il mezzo mozzicone di sigaretta che avevo consumato con cura nelle ultime ore. La mia scorta di sigarette si stava esaurendo e non avevo i soldi per comprarne altre. Jason mi avrebbe prestato del denaro, ma odiavo chiederlo.

Però questi salumi del catering erano eccezionali.

Cristo santo. Potevano ritenersi fortunati che non stessi correndo lì dentro a prendere tutto il dannato vassoio.

Mentre mi stavo ingozzando, la porta si aprì di scatto accanto a me e per poco non mi strozzai con le fettine di salame.

Jessica non mi vide subito, seduto com'ero all'ombra dell'edificio. Trascinò i piedi sull'erba, con il respiro pesante e il labbro inferiore serrato tra i denti. Restai in silenzio ad aspettare e a osservare. Camminava avanti e indietro, barcollando leggermente sui tacchi in mezzo all'erba. A braccia conserte, prese una boccata d'aria e la trattenne...

E poi le lacrime le scesero sulle guance. Poche, ma il resto della sua espressione rimase immutata. Le lasciò cadere e poi si asciugò frettolosamente il viso e si schiarì la gola. Sembrava che si stesse riprendendo per tornare dentro, quando si voltò e alla fine mi vide.

"Porca puttana! Che ci fai qui fuori?" I suoi occhi erano spalancati, e fece diversi passi indietro. Come se fossi un animale selvaggio che avrebbe potuto avventarsi su di lei.

"Cristo santo, ragazza" borbottai. "Datti una calmata. Sto facendo la stessa cosa che stai facendo tu qui fuori."

La sua attitudine passò immediatamente all'offensiva. Strinse i pugni e il suo labbro si incurvò in un ghigno familiare. "E cosa sarebbe di preciso?"

Alzai il cibo e diedi un bel morso prima di ribattere: "Sto solo cercando di trovare un po' di pace e di tranquillità!"

Lei rimase un attimo a guardarmi. Poi, lentamente, si avvicinò al muro e scivolò giù per sedersi a un paio di metri da me. Aprì la borsa, tirò fuori una fiaschetta e ne bevve rapidamente un sorso.

La distanza tra noi era piuttosto comica, ma non le stavo così vicino da un po' di tempo. Di solito ci tenevamo a distanza l'uno dall'altra. Le nostre personalità si scontravano un po' troppo violentemente per poter fare altrimenti.

Forse era solo per l'atmosfera, in ogni caso Jess era diversa qui fuori. Più taciturna. Non se ne andava in giro come se guardasse il mondo dall'alto in basso.

Mi porse la fiaschetta, protendendosi verso di me. "È vodka e soda."

Feci una smorfia, ma gli alcolici gratis erano alcolici gratis. Sapeva di alcol gassato con una spruzzata di lime, e bruciava subito quando scendeva. Almeno era forte.

Non era rimasto molto della mia sigaretta, ma visto che mi aveva offerto il suo drink... "Fumi?"

Lei scosse la testa. "No. È disgustoso."

"Hai ragione. È disgustoso."

Prese la fiaschetta quando gliela restituii e bevve un altro sorso. Tirò su le gambe, ma sospirò perché il vestito le stava stretto e si spostò a disagio.

"Perché ti vesti così se è dannatamente scomodo?" chiesi.

"Perché fumi ancora le sigarette quando sai che è disgustoso?" sbottò lei.

"Perché sono una persona disgustosa" ribattei, dando un altro morso al mio cibo. Francamente, mi stavo divertendo. Era più pronta di quanto mi aspettassi. "Faccio cose disgustose." Lei si schernì alzando gli occhi al cielo e io risi. "Che c'è? Hai intenzione di negarlo?"

Mi squadrò con gli occhi stretti in due fessure, ma non disse una parola. Distolse di nuovo lo sguardo e io scossi la testa incredulo. "Accidenti, ti appelli al quinto emendamento? Incredibile."

Teneva gli occhi dritti davanti a sé, ma sarei stato pronto a giurare di aver percepito un piccolo accenno di sorriso sulle sue labbra. Non ero sicuro di averla mai vista sorridere a me prima d'ora, e anche se non era un vero e proprio sorriso, per me ci andava abbastanza vicino.

Non mi piaceva nemmeno questa ragazza, eppure mi fece sentire un po' meglio.

"Allora, cosa ci fai esattamente qui?" mi domandò. Quando alzai il piatto in risposta, lei fece una risata sommessa e chiese: "I tuoi genitori non ti danno da mangiare?"

"Considerando che mio padre è morto e che mia madre riesce a malapena a sfamare sé stessa, no, non mi danno da mangiare."

Il suo viso si sbiancò. "Oh, cazzo. Io..."

"Non iniziare a piagnucolare per me. Erano anni che aspettavo che mio padre morisse, era ora. Solo un piccolo inconveniente. Non so se lo sai, ma quella roba verde di carta con cui si compra il cibo non cresce sugli alberi."

Si ammutolì. Un microscopico moto di rammarico mi fece sospirare, ma non avevo un bel niente di cui dispiacermi. Jessica viveva nel suo piccolo mondo e non avevo intenzione di edulcorare la vita reale per amore dei suoi sentimenti. Ma il suo sguardo si era fatto distante e, per qualche dannata ragione, mi fece venire voglia di continuare a parlare.

"Sei qui con tua madre? Vi siete vestite coordinate di proposito?"

Lei trasalì. "No, non l'abbiamo fatto apposta." Rimase in silenzio per così tanto tempo che pensai che l'avrebbe chiusa lì. Ma poi aggiunse: "Voleva parlare con il signor Kotham di un progetto per dei crediti extra per me. Ho così tanti impegni che non riesco sempre a stare al passo con i compiti che assegna."

Aveva cercato di sembrare disinvolta. Non aveva funzionato. Quando si alzò in piedi, fu evidente che si era congelata la sua espressione felice sul volto. Non poteva permettersi di avere un cedimento nemmeno per un secondo.

All'improvviso ero così accecato dalla rabbia che persi completamente l'appetito.

"Ci vediamo in giro." Mi salutò con un leggero cenno delle dita e tornò dentro. Ma non riuscii a spiccicare una parola in risposta.

Riposi il cibo rimasto nei sacchetti di plastica che avevo portato e tornai alla mia auto. Uscendo dal parcheggio, presi nota del punto in cui era parcheggiata l'auto di Kotham. Era perfetto, in realtà: aveva lasciato la macchina in fondo al parcheggio, dove non c'era quasi nessuno, perché era estremamente paranoico nei confronti della sua preziosa, vecchia Cadillac.

Si era preso molta cura di quel veicolo. Era immacolato.

Per il momento.

Parcheggiai dietro l'isolato e tornai indietro a piedi, tagliando per un canale di scolo e attraversando un campo in modo da non dover passare per il marciapiede. Alcune delle altre auto del parcheggio erano già andate via. Si stava facendo tardi ed era talmente buio che i lampioni si erano accesi.

Mi accovacciai dietro i cespugli e indossai il passamontagna che avevo preso dalla macchina. Era poi così strano che tenessi un passamontagna in macchina? Sì. Ma *evidentemente* mi tornava utile.

Dopo aver dato un'attenta occhiata in giro, aprii il coltello a serramanico che portavo in tasca e mi avvicinai alla Cadillac. Era una DeVille del '59, di un celeste pallido, e non potei resistere alla tentazione di carezzarne le curve con la mano.

Poi conficcai la lama nello pneumatico anteriore e il sibilo dell'aria che fuoriusciva mi fece sciogliere per la soddisfazione. Feci lo stesso con gli altri pneumatici prima di trascinare il coltello su e giù lungo i lati, incidendo quella vernice impeccabile. Poi mi sedetti sul marciapiede accanto al lato passeggero dell'auto e aspettai.

Dopo circa venti minuti, si avvicinarono dei passi.

Il signor Kotham non si accorse subito del danno, né notò me quando mi avvicinai furtivo alle sue spalle. Era troppo impegnato ad armeggiare con le sue chiavi, che stava tentando goffamente di infilare nella maniglia della portiera. Doveva aver dimenticato gli occhiali quella sera.

Tanto meglio per me.

Assalendolo alle spalle, gli avvolsi la cintura intorno al collo e la tirai fino a scavargli nella pelle. Cominciò subito a soffocare e a dimenarsi contro di me. Ma era impacciato, debole. Non aveva alcuna possibilità.

"Non ti ucciderò stasera, Kotham" sibilai, tenendo la voce più bassa e roca possibile per mascherarla. "Ma se ti vedrò toccare di nuovo Jessica Martin, lo farò. Ti ammazzerò e seppellirò il tuo corpo nel bosco."

Tossì e si strozzò, e io allentai la cintura abbastanza da permettergli di trarre un piccolo respiro. "Kyle?" ansimò. Meglio ancora se pensava che fossi il ragazzo di Jessica: sarebbe stato molto meno propenso a denunciarlo se avesse creduto che dietro ci fosse il ragazzo d'oro della scuola, giustificato a compiere un gesto del genere.

"Ora ti consiglio di cominciare a cercarti un altro lavoro" ringhiai. "Perché tra qualche giorno tutti in questa scuola avranno la prova che sei un maniaco." Era una minaccia a vuoto, ma lui non lo sapeva. Si irrigidì, e questo mi rivelò che aveva molto da nascondere. "Spero che tu dorma di merda, pervertito."

Strinsi di nuovo la cintura, abbastanza da strangolarlo. Il suo corpo si afflosciò e si accasciò sul selciato, privo di sensi. Questo mi dava il tempo necessario per svignarmela e tornare alla mia auto.

Non raccontai mai a nessuno di quella notte. Ma Kotham rassegnò le dimissioni il giorno dopo.

23

VINCENT

Era passato molto tempo da quando avevo avuto qualcosa di simile a degli orari 'normali.' Anche al liceo, ero talmente nottambulo che di solito dormivo durante le lezioni. Ma essere l'ultimo ad alzarsi dal letto era in realtà un ottimo modo per iniziare la giornata. Quando mi svegliavo, il caffè era già pronto, la colazione avanzata mi aspettava nel frigorifero ed erano tutti così presi dal lavoro che di solito avevo del tempo a disposizione senza interruzioni per lavorare un po' ai miei progetti.

Ma alcuni giorni la prima cosa che volevo al risveglio non erano il caffè o gli avanzi della colazione riscaldati al microonde. Quel giorno volevo solo compagnia.

Così mi alzai dal letto, scesi le scale della mansarda e tirai dritto verso la camera da letto di Jason.

Aveva le cuffie, quindi non mi sentì entrare. Mi aspettavo di trovarlo al lavoro, con lo schermo intasato da lunghe righe di codici variopinti. Era piacevole guardarlo lavorare, anche se non ci capivo quasi nulla. Il rapido ticchettio delle sue dita sui tasti era rilassante.

Solo che non stava lavorando. Stava scorrendo degli annunci immobiliari.

Avvicinandomi, puntai gli occhi sullo schermo. Erano tutti appartamenti a New York. Saltava da un quartiere all'altro, dondolando oziosamente la testa al ritmo della musica che stava ascoltando, quando a un certo punto aprì le foto di una costosissima McMansion.

Merda, non avevamo tutti quei soldi.

Sobbalzò quando feci scivolare le mie braccia intorno alla sua sedia e gli afferrai le spalle. Si tolse le cuffie ed esclamò: "Dannazione, mi hai spaventato! Queste cuffie hanno la cancellazione del rumore, ricordi?"

Gli tirai indietro la sedia, quindi gli presi il viso tra le mani e mi chinai verso di lui.

"Mm, hai un bell'aspetto quando sei spaventato" mormorai. "Con questi occhi spalancati."

"Ehi." Mi spinse con la mano, ma la sua protesta si dissolse nel momento in cui lo baciai.

"Cosa stai guardando? Pausa relax dal lavoro?" Mi accomodai sulla sua poltrona, costringendolo in pratica a sedersi sulle mie ginocchia. In questo modo i suoi piedi penzolavano dal pavimento, cosa che faceva impazzire me ma che fece sbuffare lui per l'esasperazione.

"Stavo solo facendo una pausa, per... tipo... cinque minuti."

"Certo, certo, solo cinque minuti veloci per cercare delle case." Scorsi gli annunci, trasalendo per alcuni prezzi. Quella roba era così costosa.

"Ci ho pensato più spesso ultimamente" disse all'improvviso, con voce pacata. "So che Manson e Lucas stanno rimandando, ma la macchina di Jess sarà riparata presto..."

Aveva la sensazione di essere a corto di tempo. Ultimamente avevo avuto la stessa paura anch'io, per quanto avessi cercato di ignorarla. Ero determinato a seguire la corrente, a lasciare che il destino facesse il suo corso.

Ma Jess ormai era troppo importante per lasciarla al destino. Quel giorno a casa dei miei genitori ero arrivato pericolosamente vicino a dirglielo.

Manson glielo aveva già confessato - ce lo aveva detto. Secondo me era stato troppo cauto nel chiederle di non dargli ancora una risposta, ma forse ero io ad essere troppo impaziente. Quando mi innamoravo di qualcuno, mi innamoravo in fretta e di brutto. Il fatto di non averlo detto a Jess mi stava portando sull'orlo dell'esplosione.

Perché tutta questa segretezza? Perché questa esitazione? Perché questo era un territorio inesplorato, e lei era nuova in questo scenario. Aveva dei progetti, e nessuno di noi voleva interferire. La sua vita era già in pieno fermento e in fase di cambiamento, così come la nostra.

Tutti noi temevamo che questioni come l'amore e l'impegno avrebbero complicato ulteriormente la situazione.

"Non credo che scapperà appena avrà riavuto la macchina" commentai accigliato. "Non pensi che abbiamo superato quella fase?"

"Probabilmente" rispose. "Ma non si tratta solo di questo. Verrà assunta a tempo pieno in quello studio di design. So che lo farà. Ne parlava in palestra l'altro giorno. La sua valutazione è alle porte."

Era una settimana che Jess non vedeva l'ora di fare quella valutazione. Ero dannatamente orgoglioso di lei, ma questo non aveva impedito all'apprensione di farsi strada dentro di me. Se avesse ottenuto il lavoro, il suo trasferimento non sarebbe stato un'opzione. Certo, si poteva prendere in considerazione un rapporto a distanza, ma nemmeno noi avevamo intenzione di rimanere a Wickeston. Il presupposto in sé e per sé di una separazione tra noi cinque mi sembrava... sbagliato. Estremamente sbagliato.

"Ho visto che anche Manson stava cercando" commentò. "Dei posti a New York. Non riuscirà a lasciarla andare." Fece un sospiro pesante. "Io... credo di non poterla lasciare andare nemmeno io, Vince."

Appoggiai il mento sulla sua spalla, con gli occhi fissi sullo schermo, e dissi: "Sì, vale lo stesso per me. Tu gliel'hai detto?"

"No. Cioè, non esattamente. Non tutto quello che volevo dirle."

Potevo essere avventato su molte cose, ma quando si trattava di amore e relazioni, avevo dovuto imparare ad andarci piano. Ovviamente, con Jason come partner principale, non sarebbe stato giusto essere troppo frivoli riguardo alla scelta di chi 'portare dentro.' Dopotutto, il fatto che non fossimo monogami non significava che fra noi ci fosse la libertà più assoluta.

Quindi, c'erano cose che non avevo detto a Jess. Sentimenti che non avevo ammesso. Il destino mi aveva dato questa seconda possibilità e, per certi versi, mi chiedevo se la stessi sprecando. Stavo usando troppa cautela? Stavo esitando troppo?

Mentre lo stringevo forte, lui girò la testa per premere la fronte contro la mia. I nostri respiri si mescolarono e io chiusi gli occhi.

"Hai ancora intenzione di restare con me da Dante questo fine settimana?" chiesi. Non aveva senso andare avanti e indietro dal lavoro ogni sera, visto che avevo accettato i doppi turni. Per fortuna, non mi pesavano affatto gli orari lunghi di lavoro. Mi piacevano le serate al locale. Ma detestavo con tutto il cuore tornare in un letto vuoto.

"Certo che sì" confermò, stiracchiandosi con un gemito prima di stropicciarsi gli occhi. Le sue occhiaie stavano tornando, segno che stava dormendo poco. Ma io sapevo perché. In questo periodo dell'anno dormiva sempre peggio.

"Stai bene?" gli chiesi, e lui cercò, senza riuscirci, di fingere che la mia domanda lo avesse colto di sorpresa.

"Sì, sì, assolutamente. Sono solo distratto. Il lavoro e... sai..." Agitò vagamente la mano. "Tutto."

"È tutto o qualcosa di più specifico?"

Sospirò. "Maledizione, Vince. Sai che odio parlarne."

"Lo so. È solo che io odio vederti in difficoltà e non dire nulla. Hai pensato di chiamare tuo fratello quest'anno? Per vedere se parlerà?"

Scosse la testa. "Ha quasi quattordici anni. Non ho nemmeno più il suo numero. I miei genitori impazzirebbero se cercassi di contattarlo su Facebook o roba del genere. E poi chissà cosa gli hanno detto su di me. Probabilmente non vuole nemmeno sentirmi."

Il compleanno di suo fratello lo colpiva sempre duramente. Non vedeva quel ragazzo da quando i suoi genitori lo avevano cacciato di casa, e ormai erano passati cinque anni. Prima di allora erano stati molto uniti. Il solo pensiero di essere isolato dalle mie sorelle mi faceva star male, e mi faceva incazzare a morte il fatto che i suoi genitori si ostinassero a tenerli separati.

"Beh, troverò un modo per distrarti questo fine settimana" gli assicurai. "Magari ti porterò al lavoro con me e ti terrò legato sotto il bancone."

"Sono sicuro che alla tua titolare piacerebbe molto" rispose.

"Non le dispiacerebbe. Probabilmente porterebbe più clienti." Mi diede uno spintone e io risi, alzandomi dalla poltrona. "Sono abbastanza sicuro che Dante sarà qui a breve per ritirare la sua auto. E ci lascerà anche le chiavi di casa sua. Scendi giù a salutarlo?"

"Scendo. Dammi un minuto per mettermi dei vestiti veri addosso."

Avevo molti pensieri per la testa mentre mi dirigevo verso il garage. Dante era di sopra, nel soppalco del garage, a chiacchierare con Manson. Lucas e Jess non erano ancora tornati, ma lui aveva mandato un messaggio al gruppo per avvisare che stavano arrivando.

"Ehi, come va, amico mio?" Dante si alzò dalla sedia per salutarmi, mi prese la mano e mi attirò a sé per mettermi un braccio intorno alle spalle. "Buone notizie. Tu e Jason avrete la casa tutta per voi questo fine settimana."

"Oh, cazzo, sì!" Afferrai le chiavi che mi aveva offerto e le infilai in tasca. "Tu dove vai?"

"Al sideshow con questo tizio" ribatté, ridendo quando batté la mano a Manson sulla spalla e si rimise a sedere. "Dobbiamo esibire la T-Bird, amico. Quei nuovi collettori sono da paura."

Dante era un ragazzo alto, anche se non quanto me. I suoi lunghi capelli scuri erano ossigenati alle estremità e aveva il viso pieno di piercing d'oro alle labbra, al naso e alle sopracciglia. Era stato il primo vero cliente del negozio. Aveva affidato la sua auto a Manson e Lucas con il permesso di darsi alla pazza gioia, di fare tutto il necessario per rendere l'auto una vera fuoriserie.

Dante era benestante. I suoi genitori, dotati di un certo fiuto per gli affari, avevano generato un figlio con il fiuto per gli affari. Oltre a quello, disponeva di un cospicuo fondo fiduciario. Aveva molti soldi da spendere ed era disposto a spenderli qui.

"Ti garantisco che sarai quello da battere" dichiarò Manson. "Diavolo, io stesso non gareggerei con te - non ora. Credo che la tua macchina sia la migliore che abbiamo mai costruito."

"Lo credo bene." Dante si girò sulla sedia al rombo del motore della El Camino che entrò nel garage. Jess scese dal sedile del passeggero, e quando Dante tornò a voltarsi verso di noi, era a bocca aperta. "Mi state prendendo per il culo. È *questa* la ragazza per la quale avete tutti perso la testa?" Fece un fischio lungo e basso. "Dannazione, come diavolo avete fatto ad attirare una cosa così carina?"

"È stato per le nostre personalità vincenti" ci urlò Lucas, alzando il dito medio verso Dante. Dante rispose con il medesimo gesto.

"Eh, già, tu sei proprio un buon partito, Bent!" gridò Dante. Lucas e Jess ci raggiunsero al piano di sopra e, naturalmente, Dante dovette sfoderare tutto il suo fascino quando strinse la mano di Jess.

"È un piacere conoscerti finalmente" disse.

"Anche per me." Jess sorrise senza problemi mentre gli stringeva la mano, poi si avvicinò a Manson per salutarlo con un bacio, prima di venire da me. La sollevai da terra per baciarla e sogghignai, perché sentii l'odore di sudore e di sesso su di lei e mi chiesi cosa avessero combinato lei e Lucas.

Prima che Jess potesse accomodarsi sul divano, Dante si piegò in avanti sulla sua sedia e ci rivolse uno sguardo cospiratorio. "Statemi un attimo a sentire. Avevo intenzione di parlarvi di una cosa. C'è... ehm..."

I suoi occhi sfiorarono Jess per un attimo, incerti. Lei non se ne accorse, così dissi: "Baby, andresti a casa a vedere perché Jason ci sta mettendo tanto? È rimasto rintanato nella sua stanza tutto il giorno."

"Certo! Lo porto qui fuori." Si sfregò le mani con un ghigno malizioso prima di sparire di nuovo giù per le scale e uscire. Lucas prese posto accanto a Dante, e per la prima volta notai che c'era qualcosa di diverso in lui.

"Che cazzo ti è successo ai polsi?" chiesi mentre si strofinava i segni rossi sulla pelle. Manson si mise subito in allarme e si alzò di scatto per guardare.

"Niente" si affrettò a rispondere Lucas. Ma incrociò lo sguardo di Manson e trasalì. "C'è stato un incidente all'outlet. Abbiamo incontrato quelle vecchie amiche di Jess stronze e mi hanno piazzato una cosa addosso. Per poco non mi arrestavano." Poi, sottovoce, aggiunse: "Ho rischiato di essere colpito con un taser..."

"Che cazzo hai rischiato?" Manson si alzò dal suo posto e fu al fianco di Lucas in un istante, quindi gli afferrò il polso per poter vedere meglio. La faccia di Lucas non avrebbe potuto raggiungere una tonalità di cremisi più intensa.

"Accidenti, rilassati, papino" fece Dante. "Il tuo ragazzo è ancora vivo, sta bene."

"Grazie a Jess" dichiarò Lucas, scuotendo la testa. Sembrava stanco, e si passò una mano sulla testa. "Te ne parlerò più tardi."

Manson non sembrava ancora contento. Rimase dov'era, piantato al fianco di Lucas, mentre finalmente davamo a Dante la possibilità di parlare.

"Sentite, non voglio spaventarvi, e non volevo nemmeno intimorire la vostra ragazza" esordì. "Ma ci sono delle strane voci in giro. A quanto pare c'è gente che ce l'ha con voi quattro."

"Ma che cazzo" borbottò Lucas.

"Beh, la situazione si sta facendo seria, perché ne ho sentito parlare persino io" proseguì Dante. "I ragazzi dicono che qualcuno sta cercando di sabotarvi, e non parlo solo di gomme tagliate o di un po' di buon vecchio zucchero nel serbatoio." Abbassò la voce, lanciando una rapida occhiata al garage come se temesse che qualcun altro potesse sentire. "Qualcuno vi vuole morti."

Manson fece un lento cenno di assenso, e la mascella di Lucas si serrò al punto da produrre un ticchettio. Quando Dante si accorse delle nostre espressioni torve, commentò: "Immagino che non sia una sorpresa per voi."

"Purtroppo no" ammisi. "Ci sono stati dei problemi."

"È un eufemismo" si intromise Manson. "Pensi che succederà qualcosa allo show di questo fine settimana?"

Dante si strinse nelle spalle. "È possibile. Per questo volevo avvertirvi. Io vi coprirò le spalle, e anche la mia gente. Basta che me lo diciate."

Non avevo mai chiesto chi fosse esattamente la 'gente' di Dante. Aveva conoscenze sia in alto che in basso, e questo era tutto ciò che dovevo sapere.

"Ti ringraziamo" affermò Manson. "Terremo gli occhi aperti. Forse..." Guardò di nuovo Lucas e i segni sui suoi polsi. "Forse non dovremmo portare Jess con noi. Allo spettacolo."

"Oh, non farle questo" dissi io. "Non vedeva l'ora di andarci."

"Vi terremo d'occhio noi" dichiarò Dante con fermezza. "Non dubitarne. Tenetevi la vostra ragazza vicino. Non so chi siano questi tizi o quale sia il loro problema, ma sono pronti a giocare sporco."

"La terremo al sicuro" assicurò Lucas in modo deciso. Qualunque cosa fosse successa quel giorno, sembrava aver acceso un nuovo fuoco in lui. "Non le succederà un bel niente."

Non mi piaceva l'idea che loro tre andassero a quello show senza di noi, specie ora che Dante aveva manifestato le sue preoccupazioni. Non che potessi fare molto, ma eravamo più forti quando eravamo insieme. Dividerci ci rendeva solo più vulnerabili.

Ma non ci era servito restare in disparte. Cercare di ignorare il problema non lo aveva fatto sparire. Qualunque cosa fosse successa d'ora in poi, avremmo dovuto iniziare a reagire in fretta e con determinazione. Senza pietà. Questi stronzi stavano diventando troppo audaci. E non importava se dietro ci fosse Reagan o se si trattasse delle solite stronzate.

Dovevamo proteggerci a vicenda, a qualunque costo.

E questo significava che qualcuno avrebbe dovuto farsi del male.

24

JASON

L'AVVERTIMENTO DI DANTE mi fece venire i brividi. Ero stato così felice all'idea di andarmene con Vincent per il fine settimana; anche se avrebbe lavorato, mi piaceva passare del tempo da solo con lui. Avrei avuto pace e tranquillità durante il giorno, così avrei potuto lavorare al mio portatile mentre Vince dormiva, e dato che era via di notte, beh, avrei potuto lavorare anche allora, se non fossi riuscito a prendere sonno.

Cosa che probabilmente sarebbe accaduta, ora che avevo in mente l'avvertimento di Dante.

"Forse non dovrei partire questo fine settimana" riflettei. Puntai il mirino della pistola da paintball che avevo tra le mani e premetti il grilletto.

Bersaglio mancato.

Lucas si schernì. "Non fare così. Ti stai preoccupando per niente. Dante è solo prudente." Prese la mira, sparò e centrò perfettamente il bersaglio. La vernice gialla schizzò sulla vecchia portiera dell'auto che stavamo usando per il tiro al bersaglio.

"Beh, per una volta non sembri così ottimista..." brontolai. Sembravo un cretino, ma ero così stanco.

Avevo cercato di distrarmi dall'imminente compleanno di mio fratello minore e da tutto il dolore e il senso di colpa che ne derivavano. Ma non era questo il tipo di distrazione che volevo.

Lucas alzò la sua arma e se la appoggiò alla spalla. Nonostante la calura estiva ci tenesse ancora nelle sue grinfie, all'orizzonte si stavano addensando delle nuvole grigie di tempesta. C'era un fremito di elettricità nell'aria, una sensazione di disagio. Forse era solo la mia immaginazione, ma anche i cani sembravano agitati di recente.

Era una tempesta in arrivo? O era Reagan che si aggirava di soppiatto, sorvegliando la nostra casa, cercando di creare problemi? Avevo controllato le telecamere ogni mattina, ma il vecchio non aveva più messo piede nella proprietà da quando eravamo tornati.

"Di che cosa hai paura?" chiese Lucas, con un tono calmo che mi fece sentire ancora più in colpa per aver sbottato. "È per lo show? Hai paura che succeda qualcosa mentre siamo lì?"

Presi la mira e sparai tre rapidi colpi. Alla fine, feci centro e la vernice blu schizzò sulla portiera. Ma non mi diede soddisfazione.

"Dovrebbe esserci un sacco di gente" commentai. Sebbene fosse un evento 'clandestino,' l'incontro di quel fine settimana avrebbe probabilmente attirato appassionati di auto da tutta la contea. Centinaia di persone, tutte riunite nel cuore della notte, fuori dai confini della città. Non era certo il massimo della sicurezza. "Potreste perdervi di vista. Jess potrebbe perdersi. Potreste separarvi tutti e poi..." Non sapevo dove stessi andando a parare. Lucas si sedette accanto a me, con le braccia appoggiate sulle ginocchia. Non dissi una parola, ma non potei fare a meno di fissare i tenui lividi sui suoi polsi. Erano passati un paio di giorni dall'incidente al centro commerciale e lui non ne aveva quasi parlato. Almeno non con me.

Si accorse che li stavo osservando. Sollevò il polso,

tenendolo alla luce del sole come per vederlo meglio.

"Sai, da giovane ero sempre pieno di lividi" raccontò. "Mi sono rotto così tante ossa da bambino che è incredibile che sia ancora funzionante." Flesse le dita sfregiate. Alcune erano rigide, altre storte. Erano mani grandi, che mostravano gli anni di duro lavoro che avevano sopportato. "Ma ho notato che se ora mi faccio dei lividi, di solito è per via di qualche stupidaggine dovuta al lavoro. O per aver cazzeggiato in giro..." Il suo raro sorriso era contagioso quando lo rivolse a me. "Ora sono in una situazione migliore di quanto non sia mai stato. Più sicuro. Più felice. E questo perché ho tutti voi."

Ero scioccato nel sentirlo parlare così apertamente. A Lucas non piaceva affrontare le questioni emotive e non lo biasimavo. Ma quando alla fine si avventurava in quelle conversazioni, sembravano sempre autentiche. Troppo schiette per non essere genuine.

Non si soffermò sull'argomento. Si mise a sedere più dritto e agitò la mano, come per allontanare le parole. "Il punto è che ci siamo sempre presi cura l'uno dell'altro. Dobbiamo fidarci l'uno dell'altro."

"Io mi fido di te" confermai in fretta.

"Allora fidati del fatto che saremo al sicuro questo fine settimana. Ci terremo d'occhio a vicenda, saremo prudenti. Inoltre, tu hai bisogno di stare con Vince e anche lui ha bisogno di te."

"Dannazione." Scossi la testa incredulo. "Da quando dai buoni consigli?"

Lui sgranò gli occhi in segno di finta offesa. "Io do consigli impeccabili. Non è colpa mia se mi ascoltate a malapena." Mi diede uno spintone scherzoso e io lo ricambiai, le nostre parole si affievolirono in una risata e poi nel silenzio. Ma dopo tutti gli spintoni, il suo braccio rimase appoggiato sulla mia coscia.

Passai l'indice sul livido ingiallito del suo polso. Affermò: "Non so cosa avrei fatto se non ci fosse stata Jess. In questo momento sarei in prigione, J. Non sarei stato in grado di gestire la situazione. Non riuscivo a far valere le mie ragioni, non riuscivo a calmarmi abbastanza per parlare. Ma lei ha parlato per me." Annuì lentamente. "È rimasta con me. Non ne era tenuta, ma l'ha fatto. Proprio come sarebbe rimasto chiunque di voi."

Nella sua voce c'era ancora sgomento.

"La proteggerò" dichiarò. "Costi quel che costi." Mi strinse la mano, con una determinazione incrollabile negli occhi. "Non sentirti in colpa per il fatto che non verrai con noi. Oltretutto, sai che non mi piace che Vincent rimanga in città da solo."

Messa così, non c'erano obiezioni da sollevare. Annuii, alzandomi con lui quando si mise in piedi. Si era fatto tardi e di solito sarei rientrato in casa per continuare a lavorare. Ma poiché era il nostro giorno di riposo dalla palestra, non avevo avuto modo di vedere Jess quella mattina e avevo davvero voglia della sua compagnia. Dopo averla avuta tutta per noi durante quei tre giorni in montagna, passare più di ventiquattro ore senza vederla era un'impresa ardua.

"Che programmi hai per stasera?" domandò Lucas, allineando la sua pistola da paintball per un altro tiro. Come se mi avesse letto nel pensiero, propose: "Dovresti uscire di casa un po'. Vai a prendere Jess e fate qualcosa di divertente." *Ping, ping, ping.* Tutti i suoi tiri colpirono il bersaglio, e mi sfoderò un sorrisetto arrogante. "Visto? Ho tutto sotto controllo."

A braccia conserte, gli feci notare: "Solo che non porterai la tua pistola da paintball al sideshow."

"Eh, vabbè, ho pur sempre una buona mira con i pugni" mi rispose. Con la coda dell'occhio, vedevo che mi stava osservando, in attesa di un mio contatto visivo. Ma non volevo che captasse la preoccupazione che ancora aleggiava sul mio viso. "Senti, se sei ancora agitato, dovresti far iscrivere Jess a un corso di autodifesa o qualcosa del genere. Tanto andate in palestra tutte le mattine."

Di certo non c'era abbastanza tempo per insegnare a Jess qualche seria tecnica di autodifesa prima del fine settimana, ma mi diede comunque un'idea.

Di norma avrei avvertito Jess con maggiore anticipo, ma mi sentivo spontaneo. La chiamai mentre stavo guidando verso casa sua e lei rispose al secondo squillo.

"Ehi! Sono appena uscita dalla doccia" esordì. "Che c'è?"

Cercai di non distrarmi troppo immaginandola tutta nuda e bagnata. "Hai qualche programma per stasera?"

"No" rispose lei, prima di aggiungere somiona: "A meno che tu non abbia dei programmi per me."

Ridacchiai. "Puoi scommetterci. Sarò lì tra dieci minuti."

"Cosa? Aspetta! Non ce la faccio a sistemarmi i capelli in dieci minuti!"

Venti minuti dopo, Jess mi raggiunse alla mia macchina proprio dietro l'angolo di casa sua. I suoi capelli erano acconciati in perfette onde bionde, la gonna nera e la camicetta rossa le conferivano un look più dark di quello che ero abituato a vedere su di lei.

"Cosa indossi sotto quella gonna, principessa?" le chiesi, dopo che si era sporta sul bracciolo centrale per baciarmi. Quella gonna era cortissima, quasi microscopica. Una tentazione decisamente voluta.

"Immagino che dovrai scoprirlo più tardi" ribatté dolcemente, accavallando le gambe mentre si sistemava sul sedile. "Comunque, qual è l'occasione? Spero di essere vestita in modo appropriato."

"Sei vestita in modo impeccabile" le assicurai. Dovevo davvero tenere gli occhi sulla strada, ma con lei così maledettamente bella accanto a me, era difficile concentrarmi. "Assolutamente perfetto. Non c'era nessuna occasione particolare; avevo solo voglia di vedere un film."

Non avevo bisogno di un'occasione per voler passare del tempo con lei. Pensavo a lei quasi costantemente, mi mancava quando non c'era. Quando ero con lei, mi sentivo come se avessi scelto di correre un rischio, tipo salire in cima al trampolino più alto nonostante sapessi a malapena nuotare. Già solo parlare con lei era un'emozione, toccarla era inebriante.

"Sei mai stata al drive-in?" le domandai, e lei scosse le spalle. "Fanno i 'Tuffi nel passato del giovedì' e proiettano vecchi film per tutto il giorno. Oggi danno 'Secretary.' L'hai mai visto?" Scosse di nuovo la testa e io sorrisi. "Credo che ti piacerà. È piuttosto perverso."

"Perverso?" Rise sorpresa. "Mi stai portando a vedere una commedia *romantica*?"

"Non sembrare così scioccata" replicai. "Anche a me piacciono le cose romantiche, sai."

L'ultima volta che avevo visto quel film, non mi ero *certo* interessato agli aspetti romantici: era stato il BDSM ad attirarmi. Era il primo film in cui avevo visto ritrarre una relazione tra dominante e sottomesso. Già solo questo mi aveva sconvolto.

I film con violenza, tortura e morte erano facili da trovare, ma quelli che ritraevano qualcosa di simile a un kink realistico erano praticamente irreperibili. Non aveva molto senso per me che il sesso consensuale potesse essere considerato più tabù dell'omicidio. Ma forse era per questo che non me la cavavo molto bene nella società 'normale.'

Quando arrivammo al cinema c'era già una fila di auto in attesa di acquistare i biglietti.

Trovammo un buon parcheggio all'interno, e siccome avevamo un po' di tempo a disposizione prima dell'inizio del film, andammo al chiosco a prendere popcorn e caramelle. Avevamo entrambi un debole per gli snack e finimmo per prenderne molti di più di quelli che avevamo previsto. Li scaricammo tutti in un mucchio sul bracciolo centrale e passammo la prima mezz'ora del film a rimpinzarci di caramelle.

Quando iniziò la prima scena di sculacciate, fu come se l'aria intorno a noi si fosse caricata all'istante. Sbirciai Jess con la coda dell'occhio e vidi esattamente la reazione che speravo. I suoi occhi erano fissi sullo schermo, le sue labbra si erano leggermente schiuse e il respiro si era fatto più profondo. Strinse per un attimo le gambe accavallate e io sorrisi per il suo evidente tentativo di stimolarsi.

"Ti sta piacendo il film finora?" domandai.

"Oh, sì" rispose lei. "Quando hai detto che era perverso, non mi aspettavo un'intera scena di sculacciate."

Era impossibile tenere gli occhi sullo schermo: volevo guardare solo lei. "Quando ero più giovane, prima di capire davvero cosa mi piacesse e perché, mi eccitavo troppo ogni volta che trovavo un film in cui c'era una sculacciata. Anche se non era pensata come una scena erotica, mi piaceva lo stesso. Ho cercato in tutti i modi di giustificarlo come qualcosa di diverso da un feticcio."

"Capisco la sensazione" ammise lei. Le sue cosce si tesero di nuovo, si strinsero, e le avrei volute serrate intorno alla mia testa. "Ti incuriosiva di più l'idea di dare o prendere una sculacciata?"

"Entrambe" ribattei. "Giusto per crearmi ancora più confusione."

"Vincent ti sculaccia?"

La sua domanda mi colse di sorpresa, ma era sensuale la sicurezza con cui ne parlava. Il suo sguardo non si distolse da me, le sue parole non vacillarono. Un mezzo sorriso scherzoso rimase sul suo viso mentre aspettava la mia risposta.

"Sì." C'era la giusta dose di umiliazione nell'ammetterlo a lei - una vergogna sufficiente a far pulsare il mio cazzo sempre più duro. "A volte sono un bel viziato, se non l'hai notato. Lo incito a farlo, sono piuttosto chiaro riguardo alle mie intenzioni, o almeno così mi ha detto lui." Il suo sorriso si era allargato, e aprì le gambe nell'appoggiarsi sul sedile in posizione obliqua, con la schiena contro la portiera. "Ti piace sentirne parlare, vero?"

Jess annuì. Divaricò le gambe e si accarezzò distrattamente l'interno coscia con un dito. Nessuno di noi due stava più prestando attenzione al film, ma lo schiocco delle sculacciate che proveniva dagli altoparlanti rese l'abitacolo estremamente caldo e ristretto.

"Mi piace sentirne parlare" confermò lei, con voce appena superiore a un sussurro. Il suo dito aveva raggiunto il bordo della gonna e continuava ad avanzare, trascinando con sé la stoffa. I miei occhi si fissarono su quel punto, mentre la sua mano raggiunse l'apice delle sue gambe. "Raccontami dell'ultima volta che ti ha sculacciato... o della prima."

Il mio cazzo si era indurito così in fretta che premeva fastidiosamente contro la cintura, così dovetti riaggiustarmi in fretta. Merda, o Jess stava prendendo spunto da Vincent, o entrambi si divertivano davvero a indurmi a dire cose che mi mettevano in agitazione.

"Ti mette in imbarazzo?" mi incalzò un po' troppo ansiosa, visto che non avevo risposto subito. Mi guardava come se fosse affamata, come se volesse aggredirmi.

Davvero si eccitava a fantasticare su di me in quel modo? Era... accidenti, mi sentivo sinceramente lusingato. Di solito non mi consideravo il tipo di persona su cui qualcuno potesse nutrire qualche fantasia. Ma il modo in cui mi guardava, come se la sola vista di me la eccitasse, era una spinta al mio ego particolarmente avvincente.

"Non mi mette in imbarazzo" risposi. La mia affermazione non era del tutto vera. Non era esattamente imbarazzo, ma mi sentivo pervaso da una calda vergogna. Era una sensazione che mi piaceva: l'ardore che mi si accumulava nella pancia, la lingua che mi si impastava e il cervello rallentato. "È solo che non ne parlo spesso ad alta voce."

Potevo quasi sentire la risata di Vincent nella mia testa. Era facile immaginare cosa avrebbe detto se fosse stato qui.

Visto che è così difficile parlarne ad alta voce, dovresti esercitarti. Dillo, ragazzo. Raccontale ogni minimo dettaglio.

Dannazione. Vincent si era infiltrato nel mio cervello così a fondo che riusciva a dominarmi senza nemmeno essere qui.

"Sembra che ti piaccia parlarne" commentò Jess. Allargò le gambe e ne sollevò una sul sedile in modo che la gonna fosse lascivamente arricciata. Si mise una mano tra le gambe, ma riuscivo ancora a vedere le mutandine di pizzo che aveva sotto. "Dici delle tali sconcezze quando mi scopi. Voglio sentirti dire quelle cose sporche anche su di te."

Il mio nervosismo mi fece fare un'altra risata e il mio viso avvampò. Ma volevo incitare qualsiasi cosa stesse facendo con la mano tra le sue gambe.

"Ti racconterò della prima volta" dichiarai.

I suoi occhi brillavano per l'eccitazione, il suo sorriso era dolce e malvagio allo stesso tempo. C'era un pizzico di alterigia nella sua espressione, quel tanto di piacere beffardo che accresceva la degradazione di ciò che stavo per dire.

"Vincent e io ci frequentavamo da quasi un anno. Stavamo litigando per... qualcosa. Non me lo ricordo nemmeno, onestamente." Si era trattato di una qualche sciocchezza. A Vincent non piaceva discutere: troppo disturbo per lui. Ripensandoci ora, non era stato tanto l'argomento del litigio a darmi fastidio quanto il fatto che si fosse rifiutato di discuterne con me. "Ero in cerca di un litigio. Ero stressato, irritato..."

"Volevi prendertela con qualcuno" rifletté lei. "Così hai cominciato a vomitare parole a vanvera."

Sì, era un buon modo per metterla: un vomito di parole. "Ho sicuramente detto cose che non avrei dovuto dire. Eravamo seduti nella mia macchina, all'epoca avevo un'utilitaria. Fuori pioveva a dirotto. Mi ha guardato in faccia e mi ha detto: 'Ti stai comportando come un bambino capriccioso. Devo trattarti come tale?'"

"Oh, merda." I suoi occhi si allargarono. Tra tutte le persone, ero sicuro che Jess potesse capire le sensazioni che una minaccia del genere suscitava.

Le parole di Vincent mi avevano riempito di un cocktail di terrore e desiderio. Una delle tante volte in cui mi ero trovato ad avere paura proprio di quello che bramavo. Aveva avuto una reazione così calma, e aveva fatto sentire me come un bambino petulante. Naturalmente, questo non aveva fatto che inasprire il mio atteggiamento.

"Era tutto il giorno che cercavo di attaccar briga con lui" confessai. "Mi sentivo già in colpa e stanco." Abbassando i pantaloni quel tanto che bastava per tirare fuori il mio cazzo, continuai: "Così me ne sono uscito con una frase sgarbata. L'ho preso a parolacce. Lui è sceso dall'auto e ho creduto che se ne sarebbe andato."

Avevo vissuto una frazione di secondo di terrore quando era sceso. Avevo capito, in quei brevi istanti in cui non sapevo quali fossero le sue reali intenzioni, che il mio comportamento sarebbe potuto costarmi la persona che amavo. Un comportamento ridicolo, avventato, infantile.

"Ma non se n'è andato" proseguii. Fui percorso da un brivido mentre lei si spinse gli slip di lato per massaggiarsi direttamente il clitoride con due dita. Sputai, lasciando che la saliva colasse sul mio cazzo per potermi masturbare. "Ha aperto la portiera e mi ha tirato fuori di peso dal posto di guida. Mi ha detto: 'O sali sul sedile posteriore di tua spontanea volontà o ti sculaccio in mezzo al parcheggio.' Così sono salito dietro."

Mi aveva annunciato che mi avrebbe sculacciato, e io avevo pensato che fosse uno scherzo. La metà delle cose che diceva erano scherzi. Ma una parte di me, una parte che all'epoca faticavo ancora ad accettare, sapeva che parlava sul serio.

E io ero così dannatamente sollevato dal fatto che facesse sul serio.

"Con che cosa ti ha sculacciato?" domandò lei, con la

voce più affannosa del solito. Era arrossita, riuscivo a sentire quanto fosse bagnata mentre si procurava piacere.

"Con la mano, all'inizio" spiegai. Le parole erano umilianti, ma avevano un sapore dolce come il miele. Mi si ritrassero le palle mentre mi pompavo con la mano, che era bagnata di saliva ma non abbastanza lubrificata. "Poi con una spazzola per capelli."

"Cazzo." La sua imprecazione ansimante era così sexy, dannazione. Mi faceva impazzire il fatto che si eccitasse per questo.

"Mi ha fatto piegare sulle sue ginocchia sul sedile posteriore" proseguii, tirando fuori le parole dalla mia memoria, per quanto fosse difficile pronunciarle ad alta voce. "Mi ha spiegato per filo e per segno cosa mi avrebbe fatto, mi ha ricordato la mia parola di sicurezza e mi ha chiesto se volessi fermarlo."

"Scommetto che hai risposto con qualche frecciatina, vero?"

"Naturalmente."

La mia risposta, a quanto ricordavo, era stata un secco 'vaffanculo.' Cosa che Vincent aveva adorato, perché gli aveva dato una scusa per impartirmi una lezione adeguata.

"Ho iniziato a lottare con lui quando mi ha abbassato i pantaloni" narrai. "Ma non riesco mai a sopraffare Vince. Anche se sono più forte di lui." Era un bastardo secco e allampanato, e non aveva i muscoli che avevo io - su questo non ci pioveva. Ma la sua effettiva forza fisica non aveva importanza. Non mi ero mai sottomesso a lui perché mi aveva costretto. Mi sottomettevo perché lo volevo, perché ne avevo bisogno.

"Non puoi sopraffarlo perché non *vuoi* essere più forte" indovinò Jess. "Vuoi che lui ti renda vulnerabile." Il suo respiro si mozzò per un attimo, il piacere addolcì la sua espressione.

Aveva capito, proprio come sapevo che avrebbe fatto.

"Mi ha fatto piangere come un bambino" confessai, e

lei emise un suono sommesso. Così vicino a un gemito, quasi un lamento. L'aria intorno a noi sembrava troppo densa per respirare. Non potevo più sopportare di guardarla senza toccarla. Cercai di suonare severo, per quanto mi stessi trattenendo a stento, quando mormorai: "Piccola sadica. Ti stai eccitando fin troppo."

"Non me ne dispiaccio" rimarcò lei, facendomi la linguaccia. "Il pensiero di vederti piegato e punito è troppo eccitante. Non posso farci niente."

"Dovrei sculacciarti solo per aver detto questo." Per poco non mi strozzai con le parole. Maledizione, era impossibile resisterle.

"Magari ne parlerò con Vincent" affermò, a dispetto della mia minaccia, o forse proprio a causa di essa. "Scommetto che mi lascerà guardare la prossima volta che ti punisce."

Il modo in cui si morse il labbro inferiore, trascinandolo tra i denti, mi rese più che mai famelico. Mi spostai bruscamente all'indietro per avere più spazio. "Fottuta mocciosa. Vieni qui."

Jess ritrasse la mano dalle gambe e sollevò le dita per farmi vedere l'eccitazione che le ricopriva. Se le prese in bocca, sempre con gli occhi puntati su di me, e le leccò per bene.

"Cazzo" sussurrai, e lei sorrise quando si tolse le dita dalla bocca.

Montò sulle mie ginocchia e si mise a cavalcioni su di me. Era rivolta verso di me, con la gonna che le si allargava intorno alle cosce e incorniciava il mio cazzo. Questo la mise nella posizione perfetta per afferrarle il culo con entrambe le mani e strizzarlo prima di schiaffeggiarla con entrambi i palmi in un colpo solo. Lei sussultò, e il suono si dissolse in un gemito appassionato.

"Grazie, signore" mormorò, abbassando la testa e baciandomi il collo. Il tocco delle sue labbra mi fece venire i brividi lungo la schiena e le diedi un'altra sculacciata. Jess fu scossa da un tremito, la sua bocca si avvicinò in modo allettante al mio orecchio. "Più forte, signore."

Dio, avrei voluto essere nella posizione giusta per piegarla sulle mie ginocchia. Ma lo spazio era limitato. Le tirai su la gonna da dietro e la incastrai nella cintura prima di sculacciarla di nuovo. "Lo vuoi più forte? Cattiva ragazza." La colpii tre volte in rapida successione e i suoi forti rantoli di dolore erano tremendamente eccitanti.

Si aggrappò alla mia maglietta e stropicciò il tessuto con le mani. Le sue mutandine erano fradice e le sue cosce appiccicose. Non le bastava solo strusciarsi su di me, e affondò di nuovo la mano sotto la gonna.

Cazzo, sentivo quanto era bagnata ogni volta che il suo dito si muoveva. Gettò la testa all'indietro e gemette mentre io continuai a sculacciarla, portandomi pericolosamente vicino a un orgasmo istantaneo.

"Cavalcami, principessa" la spronai. Jess si sollevò, tirò gli slip di lato e affondò su di me. La schiaffeggiai di nuovo e impazzii per quanto la sua fica si contrasse. Seguitai a sculacciarla mentre si impalava su di me ancora e ancora, con le mani piantate sulle mie spalle.

"Verrai grazie alle sculacciate?" chiesi, e i suoi occhi si chiusero, rotolandole praticamente all'indietro nel cranio. La sculacciata dopo fu più pesante della precedente, tanto che mi pizzicò il palmo della mano. Jess emise un grido sommesso e meraviglioso. Le sensazioni di trazione, di scivolamento e di pressione di Jess che mi cavalcava mi avrebbero fatto venire troppo in fretta, ma io volevo vederla raggiungere il suo apice per prima.

"Fermati" dissi con un filo di voce, e lei si immobilizzò, con il mio cazzo a fondo dentro di lei. La tirai verso di me per farle appoggiare la testa sulla mia spalla e le ordinai: "Continua a toccarti. Non fermarti finché non vieni."

"Sì, signore" sussurrò, e ansimò quando ripresi a sculacciarla. Ogni schiaffo le strappava un piccolo mugolio, che diventava sempre più intenso per il piacere. In breve tempo, i suoi mugolii divennero gemiti e le sue gambe tremarono.

"Sto per venire, Jason" affermò. Mi strinse così forte,

cazzo, e mi azzannò anche il collo. Ringhiai per il dolore, muovendo i fianchi e continuando a sculacciarla senza pietà mentre pulsava attorno a me.

"Così, principessa" la spronai. "Ti piace, eh? Venire sul mio cazzo mentre il tuo culo viene preso a schiaffi. Cazzo..."

Venni dentro di lei, sepolto in profondità. La cinsi con le braccia, tenendola schiacciata contro di me mentre l'orgasmo mi travolgeva.

Rimanemmo entrambi senza forze e con l'affanno. Dopo essere restati seduti in silenzio per diversi minuti, con il mio cazzo ancora dentro di lei, che era ancora saldamente aggrappata alla mia maglietta, le baciai la fronte e le dissi dolcemente: "Sei perfetta, angelo. Sei assolutamente perfetta."

La riportai a casa più tardi quella sera, detestando l'idea di dovermi separare da lei.

"Mi mancherai questo fine settimana" mi disse. Avevo parcheggiato in fondo alla strada di casa sua, ed eravamo seduti lì da quasi quaranta minuti a parlare, mano nella mano. Il motore era spento e l'unica illuminazione era quella dei lampioni. "Sono contenta che avrai modo di passare del tempo con Vincent. Credo che si senta molto solo senza di te."

"Odia stare da solo" risposi. "Penso che se non avesse noi, probabilmente vivrebbe in qualche comunità hippy da qualche parte. A fare meditazione con i cristalli. A bere ayahuasca."

Jess si mise a ridere. Adoravo la naturalezza della sua risata, che sembrava coinvolgere tutto il suo corpo.

"Beh, mi mancherai comunque al raduno delle auto" ammise. "Non mi hai ancora portato a fare drifting."

Mi ero esibito un po' portandola in giro. Ma non

l'avevo ancora portata con me in macchina mentre facevo drifting, e non vedevo l'ora di farle provare quell'esperienza. Non c'era niente di paragonabile a quello.

"Ascolta, Jess..." iniziai lentamente, incerto su cosa dire di preciso. Non le avevamo parlato dell'avvertimento di Dante e nemmeno di quello di Stephan. Non avevamo voluto spaventarla. Ma doveva essere messa al corrente della realtà di ciò che stava accadendo. "Voglio parlarti dello show di questo fine settimana. Il punto è che... ci sarà un sacco di gente, e c'è la possibilità che..."

"Qualcuno creerà problemi" subentrò lei, finendo la frase per me. Mi strinse la mano. "Jason, so che sta succedendo qualcosa. Non volete spaventarmi, lo capisco. Ma non sono una che si spaventa facilmente. La gente sta continuando a romperci le scatole - a romperle a tutti noi - e io sono pronta ad affrontarlo."

Fu un sollievo sentirglielo dire, ma non aveva bisogno solo di quella consapevolezza. Aveva bisogno di un'adeguata preparazione.

"Questa è per te" dichiarai, aprendo il vano portaoggetti e tirando fuori una busta. Lei estrasse la bomboletta grande quanto un palmo e la maneggiò con cura.

"Spray al peperoncino?" chiese. Le riposizionai subito le mani, assicurandomi che non puntasse accidentalmente l'arma contro di me.

"Tienila sempre con te" mi raccomandai. Quando le sue sopracciglia si aggrottarono in un profondo cipiglio, aggiunsi: "Per favore. È solo una precauzione."

Tirò fuori le chiavi e attaccò lo spray al cordoncino. Ma il suo cipiglio rimase, e chiese: "È successo qualcosa? Qualcosa che non mi stai dicendo?"

"Reagan sta ancora creando scompiglio" spiegai. "Quando siamo tornati, abbiamo scoperto che aveva violato la proprietà. Dobbiamo solo stare attenti, tutti noi. Se sei da sola, mi sentirei meglio se portassi con te una protezione."

Ripose le chiavi nella borsa. "Mi assicurerò di tenerla sempre con me. E starò attenta."

Mi sporsi sul sedile e le cinsi il viso con la mano. Adorai il piccolo e timido sorriso che mi fece quando mi avvicinai. "Brava ragazza" mormorai. "È tutto quello che avevo bisogno di sentire." Si abbandonò al mio bacio, sospirando dolcemente. Le sue labbra avevano il sapore delle caramelle asprigne che aveva mangiato al cinema, e l'inaspettata dolcezza mi fece sorridere contro la sua bocca.

"Buonanotte, Jess" dissi, staccandomi a malapena da lei per sussurrare le parole: "Mi mancherai."

"Anche tu mi mancherai." Mi baciò di nuovo la bocca, poi mi diede un rapido bacio sulla punta del naso. "Ma non vedo l'ora di sentire tutti i dettagli del tuo weekend con Vincent nel lussuoso appartamento di Dante."

"Accidenti, ragazza. Sei insaziabile, eh?" Lei annuì all'istante e io scoppiai a ridere. "Ti mando un messaggio più tardi. Stai lontana dai guai."

"Non posso prometterlo" ammise dolcemente, agitando le dita per salutarmi mentre scendeva dall'auto. La seguii con lo sguardo finché non fu in casa. Poi, per sicurezza, feci un giro nelle strade adiacenti, alla ricerca della vecchia Chevrolet rossa di Reagan.

Per fortuna non trovai alcun segno di lui.

25
MANSON

L'ODORE DI GOMMA bruciata, olio e benzina riempiva l'aria mentre il fumo si propagava tra la folla in delirio. L'energia intorno a noi era palpabile, la gente incitava e urlava, le fotocamere dei cellulari lampeggiavano mentre io pigiavo il pedale dell'acceleratore e le mie gomme stridevano.

C'erano decine di auto e centinaia di partecipanti al raduno di quella sera, tutti riuniti nel parcheggio di un K-Mart abbandonato. Eravamo a circa trenta minuti da Wickeston, e per fortuna non avevamo ancora avuto problemi con la polizia. Prima o poi avrebbero ricevuto lamentele per il rumore e il traffico, poi sarebbero arrivati per disperdere la folla e sequestrare tutto ciò su cui fossero riusciti a mettere le mani.

Ma per il momento avevamo zero paura e zero preoccupazioni.

Jess si affacciò al finestrino aperto del passeggero mentre consumavo le gomme della Mustang, con il telefono in mano per registrare la folla esultante. Tutte le persone riunite qui nel cuore della notte erano appassionate di auto, venute per metterle in mostra o per ammirarle. C'erano dragster di ogni marca e modello, auto da esposizione che erano state restaurate fino a riportarle allo splendore originario. Alcuni avevano persino portato le loro motociclette.

Questi raduni non erano legali: la piccola strada a due corsie era bloccata per un chilometro a causa del traffico. Erano stati presi d'assalto diversi incroci lungo la strada, con degli idioti che bloccavano il traffico per compiere dei cerchi sull'asfalto o sollevare nubi di fumo facendo bruciare gli pneumatici, prima che arrivasse la polizia e li cacciasse via. Non mi piaceva quella merda: non volevo causare problemi alla popolazione per i miei hobby. Ma riunirci in un parcheggio abbandonato non faceva male a nessuno - non che la polizia la pensasse così.

Non avevo nemmeno paura della polizia. Quando sarebbero arrivati - perché sarebbero arrivati - sapevo già che non sarebbero riusciti a starmi dietro.

Jess fece il tifo quando compii dei cerchi stretti con l'auto intorno alla pista, con la folla che si avvicinava pericolosamente. Lucas le tenne stretta la cintura per evitarle di cadere. Stava cercando in tutti i modi di restare serio, ma le risate fragorose di Jess lo stavano coinvolgendo.

Era bello vederli divertirsi entrambi. Soprattutto dopo quello che era successo. I polsi contusi di Lucas erano guariti, ma era la sua salute mentale a preoccuparmi maggiormente. L'ultima volta che Lucas si era scontrato con la polizia, era rimasto sconvolto per settimane. Aveva una paura profonda di essere rinchiuso. La minaccia di essere portato via e costretto in una cella lo terrorizzava. Mi aveva già confidato che avrebbe preferito morire piuttosto che andare in prigione.

Questa volta era stato diverso, e sapevo che era perché c'era stata Jess con lui. Era rimasta al suo fianco per tutto il tempo, aveva combattuto strenuamente per lui. Non si era sentito solo. Non era stato abbandonato. E questo faceva davvero la differenza.

Qualcuno gridò alla folla di allontanarsi e io smisi di

esibirmi. Ma non era solo per fare scena: bruciare le gomme mi avrebbe permesso di avere una migliore trazione in gara. Il mio avversario mi stava aspettando, parcheggiato accanto al cono di traffico che fungeva da linea di partenza.

L'addetto alla bandiera mi guidò in posizione accanto al mio avversario. La folla era impaziente e si accalcava il più vicino possibile. Lucas bloccò le mani sul grembo di Jess, tenendola stretta a sé. Ora che i finestrini erano chiusi, il tifo della folla si era smorzato. Jess alzò il volume della musica, muovendo i fianchi in una piccola danza che fece ringhiare Lucas: "Se continui a strusciarti su di me in questo modo, ti scoperò in mezzo a questa folla."

"Me lo prometti?" chiese Jess in tono soave.

Lucas non ebbe modo di rispondere. L'addetto abbassò la bandierina e io schiacciai il pedale dell'acceleratore, facendo schizzare la Mustang in avanti e sbattere tutti noi sui nostri sedili. Mi si ridusse il campo visivo, concentrato sul traguardo verso cui stavamo volando.

Una gara di accelerazione durava solo pochi secondi. Ma in quel momento mi sembrava che fosse tutto rallentato. Ero perfettamente consapevole di ogni mio respiro, il mio cuore batteva a un ritmo lento e pesante. Mi si drizzarono i peli sulle braccia mentre la potenza del motore rombava dentro di me, facendomi formicolare i polpastrelli.

Il mio avversario era veloce, ma io lo ero di più. Volai oltre la linea del traguardo, prima di fermare l'auto con uno stridio. Non ebbi nemmeno il tempo di riprendere fiato che Jess si sporse verso di me, rubandomi quel poco ossigeno che mi era rimasto per attirarmi in un bacio assatanato.

"È stato così veloce!" esclamò, staccandosi da me con un ampio sorriso. "Porca puttana, hai fatto il culo a quel tipo! Sto ancora tremando." Alzò la mano per farmela vedere. Le sue dita fremevano per l'eccitazione, e io le afferrai per tenerle ferme.

"Ti è piaciuto?" le chiesi, e lei annuì rapidamente.

"È stata una tale scarica di adrenalina!" commentò. "Dovremmo rifarlo."

Risi e abbassai il finestrino quando il mio avversario si avvicinò per congratularsi con me. Era un buon pilota, l'avevo già visto ad altri raduni.

"Che diavolo hai sotto il cofano, amico?" domandò, stringendomi la mano attraverso il finestrino aperto. Prima che scendessimo tutti dalla Mustang, aprii il cofano, ma aspettai qualche minuto che si raffreddasse e poi usai uno straccio per sollevarlo. Il vero motivo per cui eravamo venuti qui Lucas e io era quello di mettere in mostra il nostro lavoro.

Lucas lasciò che fossi io a parlare, rimanendo in piedi di lato con le braccia avvolte intorno a Jess. Faceva fatica a tenere le mani lontane da lei, e non potevo biasimarlo. Anche mentre conversavo con altri automobilisti e curiosi, non riuscivo a staccare lo sguardo da loro due.

L'espressione di Lucas era severa, come al solito; si guardava intorno come se fosse pronto a fare a botte, con gli occhi assottigliati, le spalle contratte e leggermente ingobbite. Ma ogni volta che Jess gli sussurrava qualcosa all'orecchio, ogni volta che rideva, sorrideva o lo stuzzicava, la sua espressione dura si ammorbidiva un po'.

Mi squillò il cellulare per l'arrivo di un messaggio. Era Dante, che stava per iniziare la sua prima gara della serata. Attirai l'attenzione di Lucas e risalimmo sulla Mustang, che guidai lentamente attraverso il parcheggio. Trovai la El Camino di Lucas e vi parcheggiai accanto, prima di chiamare Dante per capire dove fosse di preciso.

Ci vollero ancora diversi minuti di giri tra la folla prima di trovarlo. Riconobbi il suono del motore della sua T-bird prima di vederla: il suo rombo profondo era inconfondibile per me. Conoscevo quell'auto dentro e fuori, e ne riconoscevo il rumore proprio come quello della mia.

"Signor Reed, amico mio!" Dante batté le sue nocche contro le mie, poi fece lo stesso con Lucas e Jess. "Siete tutti pronti a vedere di cosa è capace questa bambina?"

Il suo avversario guidava una Pontiac dall'aspetto aggressivo, ma non avevo il minimo dubbio che Dante avrebbe vinto. Ci mettemmo a distanza di sicurezza mentre lo sbandieratore si frappose tra i due veicoli e controllò che entrambi i piloti fossero pronti. Misi in anticipo le mani sulle orecchie di Jess.

"Che stai facendo?" domandò, ma ottenne la sua risposta nel momento in cui l'addetto diede il segnale di partenza. Aveva già sentito delle macchine rumorose, ma non aveva mai sentito il Dante's Inferno.

La Thunderbird si scagliò in avanti con una tale potenza che le gomme anteriori si staccarono per un attimo dal suolo. Il ruggito del motore era da far scoppiare i timpani. Mi rimbombò in tutto il corpo e mi fece prudere la pelle. Lucas cronometrò la velocità di Dante e, quando la T-bird sfrecciò oltre la linea del traguardo, alzò il pugno in segno di vittoria.

"Sei secondi!" esclamò, mostrandomi il tempo sul suo telefono. "Sei fottuti secondi, Gesù Cristo. Dante deve portare quella macchina in pista. Qui non ha una vera concorrenza."

Dante era sporto fuori dal finestrino mentre tornava verso di noi, ululando e pompando il pugno in aria. Il suo avversario battuto sembrava amareggiato, ma la folla era in visibilio. La gente applaudiva e incitava, e Dante diede gas, sgommando finché il fumo non si sprigionò intorno a noi.

Jess mi guardò con occhi spalancati mentre le scoprii le orecchie. "Non riesco a credere a quanto fosse rumoroso!" fece, urlando affinché potessi sentirla sopra il frastuono della folla.

"Quando ti porteremo a una vera gara di accelerazione, ti compreremo dei tappi per le orecchie" promise Lucas. "Se passi tutto il giorno a sentire auto come quella di Dante senza protezioni, ti si spaccano i timpani."

Dante ci raggiunse qualche minuto dopo, danzando tra la folla. Era di ottimo umore e il suo grosso sorriso era contagioso.

"Che serata! Vi state divertendo?" Diede una piccola gomitata a Jess e sorrise a trentadue denti quando lei rispose di sì. "Cazzo, sì. Nessuno vi sta dando problemi, giusto?"

"Calma piatta" confermai. Da quando eravamo arrivati, ci eravamo guardati costantemente intorno, eravamo rimasti vicini l'uno all'altro e non avevamo perso di vista Jess nemmeno per un attimo. Ma fino a quel momento la nostra prudenza si era rivelata superflua. La folla emanava un'energia positiva, la gente era amichevole e avevamo già incrociato diversi automobilisti che conoscevamo.

Tutto sommato, si preannunciava una bella serata.

"Ehi, tu sei Manson? Manson Reed?"

Un uomo che non riconobbi mi si avvicinò tra la folla. Annuii con cautela mentre Lucas lo scrutava, ma il tizio sorrise e disse: "Il mio amico vuole gareggiare con te. È sulla Mercedes AMG."

Fece un cenno con la testa verso una berlina Mercedes grigio opaco. I finestrini erano alzati e oscurati, quindi non potevo vedere chi ci fosse alla guida. Era una bella macchina, non c'era dubbio. Ma mi sembrava di serie, senza modifiche in vista.

In altre parole, una bella auto di lusso con un buon motore. Non una drag car.

"Ha visto la tua officina online" spiegò lo sconosciuto. "Pensa di poterti battere."

Tenni il mio braccio intorno alla vita di Jess con fare protettivo e lanciai un'occhiata a Lucas. Non sembrava affatto impressionato da quel tipo, e si avvicinò a braccia conserte.

"Come si chiama il tuo amico?" domandò Lucas. Fu brusco, come al solito, ma l'uomo non parve intimorito.

"Freddie" si affrettò a dire. Non guardò Lucas

mentre rispondeva, e questo non mi piacque. Lucas metteva in soggezione, ma il modo in cui questo ragazzo lo stava ignorando era irrispettoso. Era troppo intenzionale per essere solo una forma di imbarazzo sociale. Poi il ragazzo si allungò la mano e mi diede un colpetto con il dorso della mano mentre diceva: "Andiamo, amico, ci stai?"

Le sue nocche mi sfiorarono appena, ma mi fecero comunque sussultare. Lucas si frappose immediatamente tra di noi.

"Attento" sbottò a denti stretti, e lo sconosciuto alzò frettolosamente le mani. "Non ti azzardare a toccarlo, capito?"

"Gesù, amico, ma che problema hai?" Il tizio fece una risata nervosa, e la gente intorno a noi cominciò a notare la tensione crescente. "È il tuo ragazzo o cosa?"

Misi una mano sul braccio di Lucas e lo invitai tacitamente a farsi da parte. Anche se non riuscivo a capire esattamente perché, c'era qualcosa di *strano* in tutta questa interazione.

"Senti, il tuo amico ha una bella macchina, ma non c'è gara con me" affermai. Era un'affermazione presuntuosa, certo, ma era vera. Non avevo intenzione di sprecare la poca benzina che mi rimaneva nel serbatoio con un avversario che non avrebbe mai potuto starmi dietro.

Lo sconosciuto scoppiò a ridere e disse a voce troppo alta: "Oooh, sembra che tu abbia paura, fratello! Hai paura?" Alcune altre persone si unirono agli scherni, impazienti di assistere a un'altra competizione. Quando fu chiaro che non avrei ceduto, però, il volto dell'uomo si spense. "Dannazione, Reed, qual è il problema? Sei troppo in gamba per un po' di competizione amichevole?"

"La vostra competizione non ha nulla di amichevole" si intromise Dante, venendo a mettersi accanto a noi. Fino a quel momento aveva osservato lo scambio da lontano. "Conosco quella Mercedes. Ho già visto la targa.

Apparteneva a un mio amico prima che la polizia la sequestrasse. È un'auto non omologata. Allora, chi è il tuo amico? È un poliziotto?"

La portiera del conducente della Mercedes si aprì. L'autista scese, dispiegando la sua struttura massiccia, e io imprecai sottovoce.

"Avrei dovuto immaginarlo, cazzo" bofonchiò Lucas, con voce bassa e astiosa, quando Nate si alzò in piedi e incrociò le braccia.

"Il fuoristrada ti si addiceva di più" affermai con tono asciutto, mentre quell'omone ci fissava. "Farai fatica a infilarti di nuovo in quella berlina."

"La tua preoccupazione è davvero toccante, Reed" ribatté. Il suo amico si era subito ritirato al suo fianco, usando il corpo dell'uomo più grande come uno scudo. "Non avrei mai pensato che sarebbe stato così difficile convincerti a fare qualcosa in cui si suppone tu sia bravo. Perché tanto timore di gareggiare con me?"

"Perché tanta smania?" replicò Dante.

Nate gli lanciò un'occhiata così acida che avrebbe potuto far cagliare il latte. "Se fossi in te, mi terrei fuori da questa storia."

"Ci sono già dentro" sibilò Dante, con un cupo avvertimento nel tono.

"Adesso papino ti lascia andare a fare shopping al deposito delle auto sequestrate, Nate?" domandò Jess, cogliendomi alla sprovvista. Ridacchiai per la sua presa in giro, ma dovevamo davvero tirarci fuori da quell'impasse. La situazione stava rapidamente degenerando.

Nate le rivolse un sorrisetto malevolo. "Immaginavo che avresti avuto da ridire, stronza. Sempre a parlare, eh?"

Lucas gli si fiondò addosso all'istante, pieno di acrimonia. Lo trattenne solo la prontezza di Dante, che avvolse un braccio attorno al petto di Lucas e gli intimò in fretta: "Non ne vale la pena, amico. Non farlo."

"Chiama stronza la mia ragazza un'altra volta"

sbottò Lucas, tendendosi contro il braccio di Dante. "Dillo, Nate! Ti spacco il cranio, cazzo!"

"Noi ce ne andiamo" annunciai, chiarendo a tutti che avevo chiuso con quella merda. "Non siamo in cerca di guai."

"Beh, questo è un vero peccato" rispose Nate, distendendo le braccia per scrocchiarsi le nocche. "Perché i guai vi hanno trovati."

Dietro a Nate c'erano dei ragazzi che si misero in posizione, sgusciando tra la folla. Riconobbi per primo il suo amico, Will. Poi intravidi Alex e serrai la mascella. C'erano almeno tre... quattro... cinque amici con lui.

Le probabilità non erano dalla nostra, cazzo.

Sussurrai a Jess: "Ti ricordi dove abbiamo parcheggiato?" Lei annuì, ma si attaccò di più al mio fianco. Non sapevo cosa sarebbe successo, ma dovevo tenerla lontana dal pericolo. "Se ci separiamo, voglio che tu vada subito alla macchina..."

All'improvviso, un grido riecheggiò tra la folla. Ci vollero alcuni secondi prima che riuscissi a sentirlo chiaramente: una parola ripetuta più e più volte, prima che il messaggio ci arrivasse forte e chiaro.

"Sbirri! Ci sono gli sbirri!"

Il lontano lamento delle sirene ci giunse alle orecchie nello stesso momento. La folla si agitò, poi iniziò a correre. I clacson delle auto strombazzavano mentre gli automobilisti, intrappolati dalla calca, cercavano di farsi strada tra la folla inferocita.

Nate strinse gli occhi in due fessure. La polizia stava già entrando nel parcheggio.

"Guardati le spalle, Reed" sibilò, risalendo sulla sua Mercedes. Nel momento in cui la sua portiera si chiuse, scattammo.

26
JESSICA

Al raduno era scoppiato il caos.

La gente correva in ogni direzione. Le auto procedevano pericolosamente spedite e ravvicinate tra la folla in preda al panico, facendo tutto il possibile per raggiungere la strada. Manson mi teneva stretto il braccio mentre mi trascinava tra la ressa, e io mi reggevo alla mano di Lucas per non separarci.

Era impossibile capire quale fosse la direzione da prendere con tutta la gente che si riversava intorno a noi e ci prendeva a spintoni. Il panico tra le persone crebbe quando gli agenti di polizia cominciarono a farsi largo tra la folla, alcuni di loro con i cani. Le sirene stridevano, le luci lampeggiavano.

Strinsi la mano di Lucas e lui ricambiò la stretta, rassicurandomi che era ancora lì. Per fortuna Manson sembrava sapere esattamente dove stava andando mentre ci guidava attraverso il pandemonio. Ben presto notai la Mustang e la El Camino parcheggiate davanti a noi, una accanto all'altra.

"Sei sicuro che Dante abbia messo qualcuno a sorvegliare le auto?" gridò Lucas sopra il trambusto.

"Dante è un uomo di parola" rispose Manson prima di aprire lo sportello del passeggero della Mustang e farmi entrare di corsa. Lui e Lucas si scambiarono due parole, poi si separarono, quindi Lucas salì sulla El Camino e la mise in moto.

"Scappiamo davvero dalla polizia?" chiesi, armeggiando con le dita per allacciare le cinture di sicurezza.

Manson sogghignò mentre girava la chiave e il motore prendeva vita. "Puoi dirlo forte. Hai paura?"

"No" risposi. "Sono eccitata."

Manson e Lucas mi avrebbero tenuta al sicuro. Al sicuro da Nate, dai poliziotti, da qualsiasi altro pericolo che questa notte avrebbe potuto metterci di fronte. Non avevo paura, ma il cuore mi batteva comunque a mille quando la Mustang schizzò in avanti. Manson suonò il clacson e le persone davanti a noi fecero un balzo indietro, alcune cacciando delle grida furiose. Lucas era dietro di noi, e ci facemmo lentamente strada tra la folla, procedendo a passo di lumaca.

"Avanti, figli di puttana, muovetevi!" Manson suonò di nuovo il clacson e la folla finalmente si divise abbastanza da lasciarci passare.

Dovevamo andare.

Invece di cercare di infilarsi nella strada affollata, con i poliziotti sempre più vicini, Manson sfrecciò verso il retro del parcheggio, con Lucas alle calcagna. L'auto raschiò dolorosamente quando Manson scavalcò il marciapiede per raggiungere la strada. Una strada buia costeggiava il retro del parcheggio, per poi condurre lontano dal caos e verso i campi.

Nel momento in cui fummo sulla strada libera di asfalto, Manson aumentò la velocità. Stavamo volando lungo una strada sconosciuta nel cuore della notte e superammo rapidamente i centosessanta all'ora. Delle sagome scure sfilavano da una parte e dall'altra, sempre più veloci man mano che Manson cambiava marcia.

Il mio cellulare vibrò, e abbassai lo sguardo per

trovare una chiamata di Lucas in arrivo. Risposi, ma non feci in tempo a spiccicare parola che mi disse: "Abbiamo qualcuno alle costole. Non so chi diavolo sia, ma non sono poliziotti."

"Merda" sibilai, e Manson mi guardò allarmato. "Lucas dice che ci stanno pedinando."

"È sicuro che non stiano scappando anche loro?" chiese, e Lucas lo sentì senza che io dovessi riportargli il messaggio.

"Considerando che uno di loro ha cercato di tamponarmi e farmi uscire di strada, direi proprio di no" rispose.

Mi girai sul sedile e guardai fuori dal finestrino posteriore. All'inizio, tutto ciò che riuscii a vedere fu il forte bagliore dei fari di Lucas. Ma poi un altro veicolo gli sfrecciò accanto, superandolo e guadagnando terreno verso di noi.

"Merda, Manson, si stanno avvicinando" mormorai. Lui li aveva già notati: il suo sguardo continuava a guizzare verso gli specchietti, tenendo d'occhio ogni lato del veicolo. Quando un veicolo si avvicinò alla nostra sinistra, ne apparve un altro all'improvviso, accelerando alla nostra destra.

Era difficile vedere al buio, ma ero quasi certa di chi ci stesse inseguendo. A sinistra c'era una Mercedes grigia. A destra... una Hellcat rossa.

"Fottuto McAllister" borbottò Manson. "Questi stronzi non sanno quando fermarsi. Merda." Sbatté di colpo il palmo della mano contro il volante. "Avvisa Lucas che abbiamo un altro problema. Sono davvero a corto di carburante."

Dando un'occhiata all'indicatore del carburante, notai che l'indicatore era ben al di sotto del rosso. Per la prima volta quella sera, fui trafitta dalla paura. Stavamo andando così veloci e, con i soli fari a illuminare la strada, la visuale di Manson era limitata.

Stavamo sfiorando i duecento chilometri all'ora.

Lucas improvvisamente mi urlò nell'orecchio:

"Cazzo, stanno per..."

Ci fu un forte botto, l'impatto mi scaraventò di lato e la Mustang sbandò in modo irregolare. Urlai, e per poco non feci cadere il telefono mentre Manson lottava per raddrizzare l'auto. L'Hellcat aveva colpito il paraurti posteriore e stava già accelerando per riprovarci.

"Ci manderanno fuori strada" commentai con voce tremante. "Merda, Manson... merda..."

"Non faranno un bel niente" rispose Manson. I suoi occhi continuavano a dardeggiare verso l'indicatore del carburante, anche se la velocità continuava ad aumentare.

"Mettimi in vivavoce" chiese Lucas, e io lo feci subito. "Ascolta, dovrebbe esserci un incrocio fra poco. Cerca i binari del treno e buttati a sinistra appena li superi."

Manson annuì, con le nocche bianche per quanto stringeva il volante. Ci fu un improvviso e intenso abbaglio di luce nello specchietto laterale e i fari di Lucas sbandarono dietro di noi mentre l'Hellcat virava verso di lui.

"Merda!" urlò. "Stanno cercando di ucciderci, Manson."

Manson digrignò i denti. "Ce la fai ad affiancarmi e metterli fuori gioco?"

"No. Sono su entrambi i lati, non ho spazio di manovra."

"Ma che cazzo" ringhiò Manson. "Siamo quasi a secco, non posso tenere questa velocità."

Individuai il cartello del passaggio a livello davanti a noi, illuminato dai nostri fari. "Eccoli! Ecco i binari!"

La strada stretta che Lucas ci aveva detto di imboccare avrebbe richiesto una svolta a sinistra estremamente brusca. Manson non poteva farcela senza rallentare, ma ci stavamo dirigendo verso i binari a una velocità spaventosa.

"Oh, mio Dio" mormorai con un filo di voce, ma Lucas mi sentì.

"Manson si prenderà cura di te, tesoro, non

preoccuparti" mi assicurò. Ma non mi piaceva il modo in cui l'aveva detto: qualcosa nel suo tono faceva sventolare nella mia testa una miriade di bandiere rosse di preoccupazione.

"Ti prego, fai attenzione, Lucas" lo implorai. I binari si avvicinavano... si avvicinavano... "Ti prego, non fare nulla che possa..."

"Aggrappati a qualcosa, Jess" ordinò Manson. Ma non ebbi nemmeno il tempo di fare forza su me stessa prima che lui girasse il volante di lato.

Le gomme stridettero e l'auto sbandò, la parte posteriore scivolò mentre sterzavamo bruscamente a sinistra. L'auto sobbalzò con una tale violenza che mi cadde il telefono e mi aggrappai all'imbracatura con tutte le mie forze. La forza centrifuga era così intensa che mi fece venire la nausea. Manson raddrizzò il volante e la Mustang sbandò di brutto lungo la strada stretta e piena di buche.

Continuava a guardare nello specchietto retrovisore, con gli occhi sempre più spalancati a ogni secondo che passava.

"Maledizione. Lucas..." mormorò. "Non ci sta dietro."

Girandomi sul sedile, vidi solo il buio dietro di noi. Quando avevamo svoltato, Lucas doveva aver tirato dritto, allontanando da noi i nostri inseguitori.

Annaspai per recuperare il telefono e richiamai Lucas. Squillò diverse volte, poi partì la segreteria telefonica. Riprovai, ma non ebbi più fortuna. A ogni squillo senza risposta mi sentivo sempre più male.

"Non risponde" dissi con la voce affilata dal terrore dopo aver chiamato Lucas per la quarta volta. Se quei bastardi fossero riusciti a farlo uscire di strada, a quella velocità l'incidente sarebbe stato fatale. Non avevamo idea di dove fosse, e non avevamo abbastanza benzina per tornare indietro.

"Mandagli un messaggio" mi esortò Manson. "Digli di raggiungerci a casa. Penso di riuscire a rientrare se sto attento." Mi si accorciò il fiato mentre digitavo, e Manson si allungò all'improvviso verso di me e mi strinse la coscia. "Starà bene, Jess. Se la caverà."

Sembrava che stesse cercando di convincere se stesso quanto me.

La Mustang era quasi in panne quando entrammo nel cortile, completamente a corto di carburante. Non riuscì nemmeno a entrare nel garage prima di spegnersi. Manson scese in fretta e si portò il cellulare all'orecchio mentre tornava verso il cancello. Lo raggiunsi di corsa e guardammo insieme la strada.

Ma non arrivava nessuno.

Manson compose di nuovo il numero.

E poi ancora.

"Dai, fottuto bastardo, rispondi" sbottò. Aspettai con il fiato sospeso per capire se Lucas avrebbe risposto a questa chiamata.

Niente.

"Cazzo!" Manson fece come per ricomporre il numero, si fermò, poi iniziò a camminare avanti e indietro, passandosi le dita tra i capelli.

"Dovrebbe essere già qui" dissi. Le mie mani non smettevano di tremare. Il pensiero che Lucas fosse là fuori da qualche parte da solo, forse incidentato, forse ferito, forse... no. Non pensarci. "Dobbiamo andare a cercarlo."

Manson annuì, aggrappandosi al mio suggerimento come a un'ancora di salvezza in un oceano in tempesta. "Prenderemo la Z, ha il serbatoio pieno. Devo trovare le..."

Il rombo di un motore familiare mi giunse alle orecchie e mi sentii come se il cuore mi stesse scoppiando quando due fari puntarono verso la casa.

Lucas si fermò accanto a noi, abbassò il finestrino e sfoderò un sorrisetto. "Vi sono mancato?"

Fece appena in tempo a tirare il freno a mano prima che Manson gli spalancasse la portiera. L'auto si arrestò quando Manson lo tirò fuori dal sedile e lo abbracciò, stringendolo così forte che Lucas boccheggiò. "Gesù Cristo, lo prendo come un sì."

La El Camino era danneggiata dal lato del guidatore: aveva dei lunghi graffi biancastri sulla vernice e un'enorme ammaccatura sul parafango. Ma tutto ciò che contava era che Lucas fosse qui, sano e salvo. Manson non voleva lasciarlo andare, così mi avvinghiai a Lucas da dietro, aggrappandomi a lui, cercando di mantenere il respiro regolare mentre il suo odore familiare mi avvolgeva.

Il solo pensiero che gli fosse successo qualcosa di brutto aveva gettato la mia mente nel panico. Non volevo nemmeno concepire l'idea di svegliarmi in un mondo senza di lui.

"Non farmi prendere mai più uno spavento del genere" sentenziò Manson. "Non sapevo cosa diavolo stessi facendo."

"Merda." Lucas fece una risatina sommessa. Mi tirò il braccio, trascinandomi davanti a sé in modo che fossi schiacciata in un abbraccio tra lui e Manson. "Non ditemi che eravate preoccupati per me. Ma forza, sono più veloce di quei coglioni."

"Chiudi la bocca" rimbrottò Manson. "Chiudi la bocca e basta."

Restammo abbracciati in silenzio. Ci tenemmo stretti finché il panico non si placò, finché il terrore nauseante della perdita non svanì. E poi ci tenemmo stretti ancora più a lungo, perché, francamente, non volevo lasciarli andare.

27
JASON

"Non avrei dovuto lasciarvi andare senza di me. Avrei dovuto - dannazione - avrei dovuto essere lì!"

Mi faceva male il cuoio capelluto per la forza con cui mi stavo tirando i capelli. Era da poco passata la mezzanotte ed ero solo nell'appartamento di Dante. Di solito non ero uno che fumava per lo stress, e l'unica cosa che Dante aveva a portata di mano erano degli spinelli pre-rollati, ma lo accesi lo stesso. L'erba mi aiutò, ma solo un pochino. Riuscì a malapena a mitigare la mia preoccupazione dopo quello che Lucas mi aveva appena detto.

"Non avrebbe fatto alcuna differenza, J." Lucas aveva una voce così spossata. Mi sembrava crudele tenerlo al telefono, ma ero troppo frustrato con me stesso per smettere di parlare.

"Sapevo che sarei dovuto venire con voi" ribadii. "Avevo il presentimento che sarebbe successo qualcosa, e così è stato, cazzo!"

"Ti stai psicanalizzando" intervenne Manson, parlando in sottofondo alla telefonata, come se fosse più lontano dal ricevitore. "Sei esattamente dove devi essere, amico. Prenditi cura di Vincent, okay? Magari raccontagli tutto questo dopo che ha dormito un po'."

"Sì, io... ehm..." Dovetti fare una pausa e trarre un respiro profondo. Cristo santo, stavo cadendo in una spirale. Avevo bisogno di Vincent qui. Avevo bisogno di non essere da solo. "Lo farò. Dovreste cercare di dormire un po' anche voi."

"Okay." La voce di Lucas era così intontita che lo sentii iniziare a sbadigliare. "Dovresti andare a letto anche tu. Ti amo."

"Anch'io ti amo." Per poco non lo implorai di non riattaccare. Ma sembrava così stanco e, dopo la giornata che aveva avuto, aveva davvero bisogno di riposo.

Quando la telefonata finì, sprofondai sul divano, con il telefono stretto tra le mani. Le mie gambe ballonzolavano ansiose e tenevo lo sguardo fisso sul tappeto. Cosa avrei potuto fare, se fossi stato lì? Non avrei potuto impedirlo, certo, ma avrei potuto perlomeno assicurarmi che Lucas non fosse solo.

Come diavolo si era arrivati a tanto? Un conto era quando questi ragazzi erano solo dei bulli. Potevamo tollerare qualche livido, avevamo imparato a convivere con le molestie. Ma cercare di mandare fuori strada Lucas e Manson? Quello era tentato omicidio.

Porca *merda*, questa gente ci voleva davvero morti.

Il tempo scorse, e io me ne accorsi a stento. Non riuscendo a dormire né a costringermi ad alzarmi per trovare una distrazione, rimasi seduto lì, assorto nei miei pensieri, finché la porta d'ingresso non si aprì di colpo.

"Ehi, piccolo. Sei rimasto sveglio fino a tardi." Vincent gettò le chiavi sul bancone e scaricò la borsa sul pavimento, ma il suo sorriso svanì quando si avvicinò. "Che c'è? Che ci fai lì seduto?"

Manson mi aveva chiesto di non dirglielo fino al mattino, ma per me era impossibile. Mantenendo un tono di voce pacato e con la massima calma possibile, gli riferii quello che era successo. Che Nate si era presentato allo show per sfidare Manson, che avevano braccato Lucas quando lui e Manson si erano separati. Vincent si sedette accanto a me e rimase in silenzio mentre parlavo, assorbendo ogni parola con un'espressione truce. Mi tenne la mano sulla schiena, strofinandomi lentamente le spalle.

"Avrei dovuto essere lì" affermai, dopo aver raccontato tutta la storia e una volta che non era rimasto altro che il mio senso di colpa.

Vincent scosse la testa. "Non farti questo, tesoro. Stanno bene. Non sono feriti."

"Ma avrebbero potuto. Lucas avrebbe potuto..." Mi fermai prima che mi si spezzasse la voce. Vincent mi avvolse con le braccia e mi strinse a sé. Mi accoccolai contro il suo petto, aggrappandomi a lui. Una parte di me si vergognava di avere bisogno di questo, si vergognava del fatto che l'unica cosa che poteva consolare la mia paura e la mia furia fosse il suo dolce abbraccio.

"Lucas sta bene" ribadì, e il solo sentire quelle parole mi fece stringere la gola per l'emozione. Maledizione, *odiavo* piangere. Ero determinato a non farlo, a prescindere da quanto mi sentissi sopraffatto.

"Avevano bisogno di me" dichiarai. "Avevano bisogno di me e io non c'ero."

"E *tu* di cosa avevi bisogno, Jason?" chiese con dolcezza. "Voglio che ci pensi un attimo."

Il mio cervello era in subbuglio, ma cercai di ragionare. Dopo aver contato fino a venti, iniziò tutto a rallentare. Dopo aver contato fino a quaranta, affermai: "Avevo bisogno di questo. Avevo bisogno di stare qui con te."

Lui continuò a massaggiarmi la schiena, a tenermi stretto. La sua maglietta aveva un profumo dolciastro e leggermente alcolico. Non era nemmeno riuscito a togliersi gli abiti da lavoro prima di dedicarsi a me.

"Rilassati." Le sue braccia serrarono appena la presa quando cercai di mettermi seduto, e crollai di nuovo privo di forze addosso a lui. "Rimani dove sei. Non mi stai creando alcun disturbo, va bene? Tenerti fra le mie braccia è esattamente ciò che desideravo fare quando sono tornato a casa, tesoro. Voglio che tu rimanga così finché non ti sentirai meglio, okay?"

Mi lasciai uscire un sospiro tremante e chiusi gli occhi. Il lento movimento della sua mano sulla mia schiena mi stava accompagnando in uno stato di trance; ero quasi troppo esausto per dormire.

"Non hai deluso nessuno" chiosò alla fine, quando sospirai di nuovo e praticamente mi sciolsi addosso a lui. Avrei scommesso che potesse leggermi nel pensiero; le mie paure erano fin troppo palesi per lui. "Non avresti potuto fare nulla seppure fossi stato lì. Avrebbe significato solo che anche tu saresti stato in pericolo, e questa è una cosa che non posso permettere."

Si alzò di colpo e mi tenne le braccia intorno mentre ci dirigemmo insieme verso la camera degli ospiti. Mi diede una piccola spinta verso il letto e disse: "Spogliati. Poi mettiti comodo a letto." Mi diede un bacio sulla fronte prima di ritirarsi in bagno, allentando il suo papillon. Mi tolsi i vestiti e mi infilai sotto le coperte, rabbrividendo per le lenzuola piacevolmente fresche. La mia preoccupazione era svanita, ma rimaneva un fastidioso senso di colpa. Non sapevo bene a cosa attribuirlo, se non al fatto che avevo bisogno di questo.

Maledizione, perché non riuscivo a rassegnarmi?

Vincent tornò e mi trovò sdraiato sotto le coperte, con la faccia spiaccicata sul cuscino. Il materasso si abbassò sotto il suo peso quando lui scivolò verso di me e si mise sotto le coperte. Si era spogliato, e profumava di sapone per il viso e dentifricio.

"Ehi, guardami" disse. Io scostai un occhio dal cuscino per sbirciarlo e lui ridacchiò. "Non nasconderti da me. Vuoi fumare qualcosa prima che ci rilassiamo?"

"Già fatto." Borbottai le parole nel cuscino. Mi diede una spintarella e io rotolai su me stesso per permettergli di abbracciarmi da dietro. Il suo corpo nudo si accoccolò contro il mio, avviluppandomi. Mi sentii subito più caldo e i miei muscoli si rilassarono. Dico sul serio: mi sentii sprofondare di un altro centimetro nel materasso man mano che mi scaricavo della tensione.

"Com'è andata al lavoro?" chiesi, soffocando uno sbadiglio mentre lui mi accarezzava la nuca. Il suo cazzo si stava indurendo e mi sfregava il sedere mentre si rannicchiava più vicino a me.

"È andata bene, tesoro. È stata una serata impegnativa, è volata. Non vedevo l'ora di tornare da te."

Con un sorriso sonnolento, inarcai un po' la schiena, premendo il culo contro di lui. Lui emise un verso soave, un piccolo mugugno di apprezzamento.

"Lascia che mi prenda cura di te." La sua voce era un sussurro roco nel mio orecchio. Il calore mi inondò le vene e rimasi immobile in silenziosa attesa mentre lui si allungava verso il comodino. Prese il lubrificante che avevamo portato e se ne spremette un po' nella mano. Mi circondò di nuovo con un braccio, rannicchiandosi intorno a me, e avvolse le sue dita intorno al mio cazzo.

Mi accarezzò lentamente, stringendo le dita quando scivolò sulla punta del mio pene. Mi si bloccò il fiato, e lo feci uscire bruscamente quando ripeté il gesto. Si muoveva a un ritmo lento e mi baciava la nuca. Il suo cazzo era incuneato tra le mie natiche, caldo e duro.

"Adoro sentire come ti diventa duro nella mia mano" mi mormorò. Il suo respiro era tiepido sul mio collo, i suoi capelli mi solleticavano l'orecchio. Spinse i fianchi verso di me, strusciando il suo cazzo su di me con un sospiro sommesso. "Voglio scoparti fino a farti addormentare, piccolo. Tu non devi muovere un solo muscolo."

Chiusi gli occhi e mi rilassai, abbandonandomi alle sensazioni. Il modo in cui mi masturbava era lussurioso e pigro, e mi faceva emettere dei lievi gemiti. Mi premetti di nuovo contro di lui, muovendo i fianchi in modo esigente. Lui fece una risatina bassa e maliziosamente spocchiosa.

"Ti prego..." Le mie parole erano poco più di un sussurro. "Voglio il tuo cazzo... dentro di me, per favore..."

Roteò di nuovo i fianchi, la sua lunghezza scivolò tra le mie gambe e sfiorò le mie palle. La sua mano mi lasciò per un attimo e sentii un clic quando aprì di nuovo la boccetta di lubrificante.

"Mi vuoi dentro di te?" chiese, canticchiando nel mio orecchio. "Dovrai portare pazienza."

La sua mano era calda ma il lubrificante era freddo quando passò le dita sul mio ano, massaggiandolo lentamente per rilassare i miei muscoli. Mi mancavano gli strattoni e la stretta della sua mano, ma mi aveva detto di non muovermi. E così rimasi sdraiato lì, senza far niente, come carne e ossa che lui poteva manipolare a suo piacimento.

Un dito si insinuò all'interno, muovendosi allo stesso ritmo languido e lento che aveva usato per masturbarmi.

"Sii paziente" ribadì quando mossi i fianchi per strusciarmi contro di lui. "Farò le cose con molta calma, quindi rilassati o sarò costretto a legarti."

Non che mi dispiacesse l'idea di essere legato, ma non volevo che smettesse di toccarmi, così mi costrinsi a rimanere immobile. Ma era impossibile non contorcermi e tremare mentre mi faceva un ditalino. Aggiunse dell'altro lubrificante e un secondo dito, così tiepido e scivoloso dentro di me.

"Ti prego, Vince..." Stavo diventando matto. Stava giocando con me, e ogni tocco era rilassante e mi faceva praticamente sciogliere. Ma il mio bisogno stava crescendo. Il mio cazzo era duro come la roccia e feci per afferrarlo, ma lui emise un verso flebile di rimprovero.

"Pazienza" sibilò. Tirai indietro la mano, ansimando e dimenandomi. Lui continuò a trastullarsi con me, mormorandomi le cose più sconce all'orecchio: "Ti stai ammorbidendo così bene per me. Senti come scivolano facilmente le mie dita dentro?" Come per provare la sua tesi, affondò le dita dentro di me e le arricciò appena. "Pensi di essere pronto a prendere il mio cazzo?"

"Cazzo, sì." Mi trattenni a stento dallo strusciarmi di nuovo contro di lui.

Lui sorrise, mi sentii le labbra contro il collo. "Forse dovrei farti aspettare. Mi piace il modo in cui ti agiti quando ti faccio un ditalino" Incastrò l'altro braccio sotto di me e riavvolse le dita intorno al mio cazzo. Tutto il mio corpo trasalì e si ripiegò su sé stesso, immediatamente sopraffatto dal suo tocco.

"No, non si scappa" mi ammonì. Mi tirò su, usando il braccio che aveva agganciato sotto di me. Una volta che fui di nuovo premuto contro il suo petto, tornò a pomparmi. "Resta qui con me. Voglio sentirti."

Gemetti disperato, spingendomi verso di lui, inarcando il mio corpo all'indietro. Lui strinse la presa sulla mia erezione. "Sei così teatrale. Non ho ancora nemmeno iniziato a scoparti."

Le sue due dita e la sua mano serrata erano più che sufficienti per farmi a pezzi. Ma poi le sue dita si ritirarono e il suo cazzo si inclinò verso di me. Si spinse in avanti lentamente, spingendo con decisione contro il mio buco. Ero così bagnato, così rilassato dalle sue dita che fu facile per lui scivolare dentro.

Ma avvertii comunque l'improvviso stiramento, la *pienezza*. "Dio, è così bello - Vincent, mi fai sentire così - così bene..."

"Sss, rilassati" mi ricordò. "Rilassati, tesoro, così. Lascia che mi prenda cura di te."

Le spinte del suo cazzo erano metodiche e lente come il modo in cui mi masturbava. Era un piacere lento e tortuoso. Dopo un po', si fermò di nuovo e mi penetrò fino in fondo. Arrivo così a fondo che mi si arricciarono le dita dei piedi.

"Presto dovremo fare qualcosa di speciale per te" annunciò. "Coinvolgeremo tutta la famiglia. Voglio che tu sia scopato fino all'oblio."

Ansimavo, mi contorcevo contro di lui. Continuò a fare avanti e indietro, con lo stesso ritmo costante, mentre al contempo mi masturbava senza pietà e senza sosta. La sua mano era così maledettamente scivolosa. Per disperazione, mossi i fianchi per impalarmi su di lui.

Oh, *cazzo*, che...

Mormorai il suo nome quando venni. Ogni movimento della sua mano mi faceva rabbrividire, mi provocava delle ondate di piacere. Lui gemeva, mi accarezzava, i suoi fianchi scattavano dentro di me.

"Non credere che mi fermerò presto" mi avvisò, mentre io giacevo lì ansimante, tremando per la sovrastimolazione dovuta al fatto che stava continuando a masturbarmi. "Io ti ho avvertito: voglio scoparti fino a farti perdere i sensi."

Si rotolò sopra di me, schiacciandomi contro il materasso mentre mi penetrava. Trascinava il suo cazzo quasi completamente fuori da me prima di rituffarsi dentro, e ogni volta che si ritraeva, sembrava che mi stesse tirando fuori l'anima.

Diceva sul serio. Mi scopò fino a quando ogni briciolo di energia che mi rimaneva non fu esaurito, fino a quando non riuscii nemmeno a sollevare la testa e mi si chiusero gli occhi. I miei gemiti si erano ridotti a mugolii senza fiato. Rabbrividì, ringhiando il mio nome mentre veniva dentro di me.

Non si tirò fuori. Ci fece rotolare di nuovo su un fianco, lontano dalla macchia umida che avevo lasciato sul letto. Mi avvolse di nuovo con le braccia e mi diede dei baci assonnati sulle spalle e sul collo finché non presi sonno, dimenticandomi completamente del mondo e di tutte le sue preoccupazioni.

28
JESSICA

Quel fine settimana non tornai a casa. L'unica cosa che volevo era dormire nel loro letto. Stavo ancora facendo i conti con tutto ciò che era successo – mi sembrava a malapena reale. Era il genere di cose che accadevano nei film e nelle fiction per adolescenti troppo drammatiche, non nella piccola e noiosa Wickeston.

Mia madre non voleva smetterla di tartassarmi al cellulare, ma io non avevo alcuna voglia di mandarle un messaggio. Scrissi piuttosto a mio padre.

Per favore, di' a mamma che sto da alcuni amici per il fine settimana. Torno lunedì.

Come al solito, papà non si fece alcun problema. **Divertiti, raggio di sole.** Puro e semplice. Questo non fece desistere mia madre dal mandare messaggi, ma almeno mi fece sentire meno in colpa se non li aprivo.

Quando mi svegliai la domenica, Manson stava ancora dormendo come un sasso, ma il posto di Lucas sul letto era ormai freddo. Mi alzai in silenzio e mi infilai un paio di calzini di Jason e le mie scarpe prima di scendere al piano di sotto. Era stato preparato del caffè, e me ne versai una tazza prima di andare in garage.

La mattinata era piacevolmente più fresca del solito, con un temporale di fine estate che stava ammassando nuvole scure sopra le nostre teste illuminate da lampi. Lucas era chino sul vano motore di una BMW di qualche anno più vecchia della mia e stava armeggiando con qualcosa.

Posato il caffè e avvicinatami a lui, gli avvolsi le braccia intorno alla vita e appoggiai la testa sulla sua schiena.

"Buongiorno" mi salutò, attirandomi di fronte a sé in modo da potermi abbracciare a sua volta. Aveva i guanti, e fece attenzione a non toccarmi, anche se non mi sarebbe importato se l'avesse fatto.

"Davvero lavori di domenica?" chiesi, e lui si strinse nelle spalle.

"È un lavoro veloce, solo un cambio d'olio" rispose. "Ma so che dovrei prendermi un giorno di riposo. A volte è difficile spegnere il lato professionale del mio cervello."

"Sono sicura che il fatto che ti piaccia quello che fai ti aiuta" commentai, accostando uno sgabello per sedermi vicino a lui mentre lavorava.

"Aiuta eccome. Mi piace il lavoro, mi tiene concentrato." Mi fece cenno di avvicinarmi. "Non sederti ancora. Mettiti i guanti. Ti faccio vedere come si cambia l'olio, così non ti ritroverai con un altro motore guasto."

Lucas era un insegnante paziente. Prima mi mostrò tutto ciò che avremmo dovuto usare: il nuovo filtro, le guarnizioni e gli utensili. Poi mi mise in mano un cricchetto con una presa per il filtro dell'olio collegata e mi spiegò come rimuovere e sostituire il filtro.

Come era prevedibile, feci un po' di confusione. Anche se avevo i guanti, mi sporcai le braccia di olio e a un certo punto Lucas mi fece fermare per strofinarmi una macchia sul mento. Insisteva sull'impossibilità di usare il ponte. "Non avrai un ponte sollevatore a disposizione quando cambierai l'olio nel tuo vialetto." Così dovetti usare un cric per auto per la prima volta in vita mia.

"Dai, mettici un po' di muscoli" mi spronò Lucas,

ridacchiando sommessamente nel guardarmi stringere goffamente il manico del cric con le mie unghie troppo lunghe. "Non ti azzannerà, fagli vedere chi è il capo."

Mentre spostavo i cavalletti per tenere l'auto sollevata, Manson entrò nel garage con una tazza di caffè fumante.

"È un po' presto per lavorare di domenica, no?" esordì. Bevve un lungo sorso di caffè, chiudendo gli occhi per un momento per assaporarlo.

"Non è lavoro, sono lezioni di vita" rispose Lucas. "Bene, ora prendi la tua chiave esagonale da dieci millimetri..."

Continuò a darmi istruzioni mentre ero sdraiata sulla tavola con le ruote che mi permetteva di scivolare sotto l'auto - che lui chiamava 'creeper.' Dopo aver scaricato l'olio, stavo per scivolare di nuovo fuori quando all'improvviso fui afferrata per le gambe e *tirata*.

Lucas era accovacciato lì, con le dita strette intorno alle mie caviglie e un sorriso malizioso sul volto.

"Ti ho spaventato?" domandò. Cercai di colpirlo con lo straccio che avevo usato per pulirmi le mani, ma lui lo schivò e mi afferrò il polso, bloccandomi contro il carrello. Mi dimenai un po', senza cercare veramente di scappare, ma facendo abbastanza resistenza da costringerlo a faticare per tenermi giù.

"Mi farai arrabbiare se non stai attenta, Jess" mi avvertì.

"Oh, no!" esclamai in tono drammatico. "Sarebbe *terribile*." Ero ancora sdraiata sulla tavola, e lui mi lasciò abbastanza spazio per sollevarmi sui gomiti. Lo sguardo nei suoi occhi era famelico, ed era esattamente quello che volevo vedere. Lo stuzzicai: "Potresti non essere in grado di controllarti, eh?"

I suoi occhi si strinsero mentre si metteva in piedi, offrendomi una mano per alzarmi. "Hai un lavoro da finire, ricordi? Non distrarti." Ma lui era chiaramente già parecchio distratto.

Stavo fantasticando su come Lucas mi avrebbe

piegata a novanta sull'auto mentre versavo l'olio nuovo. Era dietro di me, con le mani sulle mie braccia per guidarmi. Era così vicino... così vicino che mi toccava la schiena, e quando dovette aggiustarsi i pantaloni, me ne accorsi.

Mi guardai alle spalle e gli lanciai un'occhiata innocente, con gli occhi spalancati, mentre fissavo il tappo dell'olio al proprio posto. "Sto facendo un buon lavoro?" chiesi. Il mio culo era schiacciato contro di lui, e gli sorrisi dolcemente. "Voglio solo essere sicura di soddisfarti."

Dall'altra parte del garage, Manson ridacchiò alle mie parole. "Sta cercando di fotterti, Lucas."

Ma Lucas mi guardava come se ci fossi già riuscita. "Mi vengono in mente altri modi in cui puoi soddisfarmi" affermò, mettendomi una mano intorno alla gola per tirarmi indietro. Ci premmemmo contro la parte anteriore della BMW, con le mani puntate contro di essa. Lucas si stava praticamente strusciando su di me. Mi morse la spalla, dapprima dolcemente, poi abbastanza forte da farmi mugolare.

"Ah, Lucas..." Allungai il braccio verso di lui e nel farlo incrociai lo sguardo di Manson. Era seduto su uno sgabello, appoggiato a un banco di lavoro, con il suo caffè vicino. Era concentrato su di noi, e aveva stampato un sorriso non del tutto compiaciuto. Era un sorriso di commiserazione, come se sapesse qualcosa che Lucas e io non sapevamo.

Dio, adoravo quando ci guardava: era così eccitante. Le dita di Lucas si strinsero intorno alla mia gola e io gemetti, strofinando il culo su di lui. "Ce l'hai così duro" mormorai. Guardai il volto di Manson, ansiosa di vedere la sua reazione, mentre sussurrai con il fiato corto: "Dovresti scoparmi proprio qui, Lucas. Piegami e aprimi in due."

Lucas mi ringhiò all'orecchio. La sua mano armeggiò all'istante con i miei pantaloni, come se volesse tirarli giù. Ma il sorriso compassionevole di Manson si trasformò in qualcosa di molto più sadico.

"Non mi sembra di aver dato ai miei giocattoli il permesso di scopare" fece notare. Parlava con tono disinvolto, ma Lucas si bloccò alle sue parole.

Il silenzio si protrasse per diversi istanti prima che Lucas sibilasse: "Vuoi fermarmi?"

Manson rise e bevve un altro sorso di caffè prima di alzarsi dalla sedia. "Vi lascerò giocare, non preoccupatevi. Ma lo farete alle mie condizioni."

Lucas ringhiò di nuovo. Non riusciva a smettere di toccarmi; mi stringeva e mi accarezzava con le sue mani pesanti. Manson inclinò la testa di lato e strinse gli occhi in due fessure.

"Dovrò trattenerti, vero?" chiese. Le sue parole erano accelerate dall'eccitazione, come se l'idea lo deliziasse.

Lucas mordicchiò di nuovo la mia pelle sensibile e io gemetti. Si strusciava contro di me in modo disperato, come se sapesse di non avere molto tempo a disposizione. Manson si avvicinò. La sua espressione diventava sempre più malvagia a ogni passo. Lucas rimase immobile e fu percorso da un brivido quando Manson si avvicinò al suo fianco.

Manson strofinò lentamente la mano sulla schiena di Lucas - lungo la spina dorsale, sulle spalle, come se lo stesse placando. Poi strinse la presa sulla nuca di Lucas, scavando con le dita mentre diceva in tono gelido: "La ricreazione è finita."

Manson ci portò nella sua camera da letto e ci fece spogliare a vicenda mentre lui ci guardava. Doveva a malapena toccarci per esercitare il controllo. Dopo che Lucas mi ebbe spogliata, Manson mi ordinò di svestirlo a mia volta. Mi fece togliere gli stivali, i calzini e la tuta da lavoro di Lucas. Dovetti sfilargli la biancheria intima con i denti, tenendo le mani obbedientemente intrecciate dietro la schiena.

Manson aveva in mano un frustino di cuoio corto e rigido, con il quale mi dava un colpetto secco ogni volta che mi impartiva un ordine. "Ora apri il cassetto inferiore del mio comò e prendi la museruola."

Gattonando per obbedire, mi avvicinai al comò e aprii il cassetto. Dentro c'erano vari legacci di cuoio e metallo. Mi ci volle un attimo, ma afferrai la cosa più simile a una museruola che riuscii a trovare e la riportai indietro, tenendola in bocca.

Lucas era in ginocchio ai piedi di Manson e fissava torvo la museruola come se lo avesse insultato.

Manson si mise alle spalle di Lucas, quasi a cavalcioni su di lui con le gambe. Tirò la testa di Lucas all'indietro, costringendolo a sollevare lo sguardo su di lui mentre affermava: "Hai difficoltà a trattenerti." Quindi annuì, come se Lucas fosse così sciocco che avrebbe faticato a comprendere il concetto. Ma Lucas annuì rapidamente, quasi impaziente di acconsentire. "Perciò il tuo Padrone deve aiutarti, non è vero?" Lucas annuì di nuovo, il respiro si fece più corto mentre Manson gli allacciava le cinghie di cuoio intorno alla testa. La gabbia di metallo fu fissata sulla bocca e sul naso, togliendogli di fatto la possibilità di mordere. Ma Manson non aveva finito. "Inginocchiati lì" ordinò a me, indicandomi il letto. Mi misi in posizione e aspettai in ginocchio.

Manson raggiunse il cassetto in basso e scelse un altro oggetto, anche se non avevo idea di cosa fosse finché non lo mise addosso a Lucas. Poi capii che si trattava di un anello per il pene. La vista dei due anelli neri gemelli posizionati alla base della sua erezione e delle sue palle mi fece venire l'acquolina in bocca.

"I cuccioli disobbedienti devono essere tenuti al guinzaglio" dichiarò Manson, tornando ancora una volta al cassetto. Lucas attese obbediente fino al suo ritorno, poi fece un lento e profondo respiro quando Manson gli legò al collo uno spesso collare di cuoio. Gli attaccò un guinzaglio, che lasciò cadere sul pavimento quando comandò: "Vai. Inginocchiati accanto a Jess."

Lucas obbedì. Noi due aspettammo lì, fianco a fianco, mentre Manson camminava avanti e indietro di fronte a noi. Continuava a battersi il frustino contro la gamba dei pantaloni, il cuoio sibilava quando sferzava l'aria. Ogni schiocco mi faceva risalire un piccolo brivido lungo la schiena.

I miei occhi rimasero fissi sugli stivali di Manson, rispettosamente rivolti verso il basso. L'atto stesso di portargli rispetto mi eccitava ora. Aspettare lì in silenzio, mentre lui decideva cosa fare di noi, mi rendeva assetata di desiderio.

Manson si fermò davanti a me e pose le dita sotto il mio mento per sollevarmi la testa. Lo guardai negli occhi, e una sensazione viscerale di calore si insinuò nel mio ventre.

"Apri la bocca" ingiunse.

Mi infilò un bavaglio con una sfera nera tra i denti e me lo legò intorno alla testa. Non era troppo grande, e c'erano dei buchi nella palla per permettermi di respirare con facilità. Manson aveva un sorriso orgoglioso sul volto e passò le dita sulle mie labbra, allargate intorno al bavaglio.

"Ti amo, angelo" sussurrò, chinandosi a baciarmi la fronte. Quelle parole mi fecero contorcere dal piacere; avrei sorriso se la mia bocca non fosse stata occupata.

Mason si spostò poi da Lucas, che sollevò il viso ingabbiato quando Manson allungò la mano. Agganciò le dita tra le sbarre della museruola e le diede un piccolo scossone. Lucas lo guardò come se fosse esterrefatto, come se volesse chiudere gli occhi ma non ci riuscisse.

"Ti amo, cucciolo" mormorò, con una voce così tenera che Lucas rabbrividì.

"Anch'io ti amo, signore." La sua voce era molto più morbida di quella che ero abituata a sentire. Cambiò posizione, raddrizzando la schiena e facendo scivolare le ginocchia in avanti in modo da allargare le gambe. Dalla punta del suo cazzo colò una goccia densa e biancastra, che rimase in parte appiccicata al metallo lucido del piercing.

"Giratevi tutti e due" intimò Manson. "Restate in ginocchio, rivolti verso il letto, con le mani sul materasso."

Mentre allungavo le braccia sul letto, vibravo di eccitazione, tremavo per il bisogno. Passarono alcuni momenti di silenzio, scanditi solo da quei lenti tonfi degli stivali di Manson dietro di noi.

"Chi lo vuole per primo?" chiese, e non ci fu bisogno di specificare perché capissi che stava parlando del frustino di cuoio.

Prima che potessi mugugnare in segno di assenso, Lucas affermò: "Lo voglio io, signore."

Lo schiocco della frusta arrivò così repentino che trasalii per la sorpresa. Lucas emise un basso gemito, le sue mani si flessero e si strinsero.

"Grazie, signore. Un altro, per favore."

Il frustino sferzò di nuovo, ma l'impatto fu diverso. A Lucas sfuggì un rantolo acuto, mentre Manson rise sommessamente e disse: "Ah, ti ho preso le palle con quello? Sembra che ti abbia fatto male."

"Cazzo... grazie, signore" sussurrò Lucas, come se stesse annegando. Il tremore che lo percorse fece tremare tutto il materasso.

Un dito tracciò la mia spina dorsale. "Ora tocca a te, angelo." Il cuoio rigido picchiettava leggermente contro il mio sedere. "Sei pronta?"

Annuii e cercai di prepararmi all'impatto. Ma Manson non colpì subito; aspettò e camminò ancora un po'. Fu quando abbassai per un attimo la guardia e mi riaggiustai che mi colpì con il frustino.

Bruciava, era stato un impatto acuto e pungente sulla mia schiena. Poi tornò a sferzarmi le cosce. Poi di nuovo il sedere.

Le mie parole di ringraziamento furono attutite dal bavaglio. Manson mi baciò la spalla, proprio nel punto in cui mi pizzicava la pelle per la sferzata. "Sei splendida quando soffri per me." Infilò due dita dentro di me, e la mia eccitazione rese le sue dita scivolose. "È questo che mi piace sentire, angelo. Sei così bagnata per me."

Mi appoggiai di peso al letto e mi abbandonai alla sensazione perfetta delle sue dita che affondavano dentro di me.

"Se vuoi il piacere, allora dovrai soffrire" annunciò. Il suo corpo caldo e pesante premeva contro la mia schiena.

Quando le sue dita si ritirarono, trattenni il respiro. Il frustino si abbatté di nuovo, ma il dolore era piacere, e rabbrividii da capo a piedi. Poi giunse un familiare suono metallico, e Manson si avvicinò di nuovo. Ma non furono le sue dita a strofinare sul mio clitoride. L'oggetto che mi toccò era di metallo duro e leggermente freddo.

"Ti ricordi questa sensazione?" chiese. La ricordavo. Non avrei mai potuto dimenticare la sensazione del manico del suo coltello che mi toccava, mi sfregava, mi sondava. Quando mi aveva fottuto con quel coltello alla festa di Halloween di tanti anni prima, ero rimasta terribilmente scioccata da me stessa per averlo gradito.

Adesso, invece, nessuno dei miei desideri mi scandalizzava più. Amavo il piacere estremo, mi piaceva il dolore, apprezzavo ogni sensazione nuova e insolita.

Manson spinse il manico dentro di me. Piegandomi in avanti, appoggiai la testa contro il materasso e mi smarrii, persa in un torpore di sensazioni. Lucas mi osservava con un'espressione rapita e affamata. Le sue mani erano strette a pugno e io mugolavo il suo nome, ma il bavaglio rendeva impossibile comprenderlo.

Lo capì comunque, perché imprecò sottovoce e girò risoluto il viso per fissare davanti a sé.

"A Lucas non piace guardare quanto piace a me" spiegò Manson, con un tono così dannatamente colloquiale mentre io stavo cadendo a pezzi. "Lo fa impazzire il fatto di non poter toccare. Di non poter mordere." Lanciò un sorriso soddisfatto a Lucas. "L'autocontrollo è difficile, vero?"

Estraendo il coltello e lasciandomi in preda ai tremori, Manson lo sollevò di fronte al viso imbavagliato di Lucas. "Vedi com'è bagnata? La sua fica è un tale spettacolo, cazzo."

Manson si avvicinò e immerse di nuovo le dita dentro di me. Poi, usando la mia eccitazione come lubrificante, infilò lentamente un dito dentro Lucas. "È così bagnata, non credi?" rifletté. La sua espressione era compiaciuta a livelli quasi maniacali, mentre Lucas si accasciò sul materasso. La sua mascella era serrata all'interno della museruola, come se stesse lottando per trattenere i suoi versi all'interno.

Avere me lì rendeva più difficile sottomettersi? Era combattuto tra il desiderio di continuare a fare la parte del crudele e la voglia di fare il bravo ragazzo per Manson?

"Vuoi scoparla?" chiese Manson.

Lucas annuì in un lampo, poi trasalì per il dolore e disse: "Sì, signore. Lo voglio."

"Dovrai guadagnartelo."

Manson appoggiò la mano alla nuca di Lucas, bloccandolo a novanta gradi sul letto. Gli fece un ditalino finché il cazzo di Lucas non si contorse, pigiato contro il lato del materasso, grondante di bisogno. Era così difficile aspettare il mio turno: era una pura tortura ascoltare i suoni disperati di Lucas e non toccarmi.

Quando Manson salì sul letto, trascinò Lucas con sé. Manson si mise a cavalcioni sul materasso, con il coltello in una mano e con il cazzo di Lucas nell'altra. Non lo masturbò, non lo strinse nemmeno con forza. Ma l'intero corpo di Lucas si contrasse, gli si chiusero gli occhi e *grugnì*. Era un verso carico di desiderio e i suoi fianchi si sollevarono di scatto, mentre delle piccole suppliche disperate gli cadevano dalle labbra.

"Manson, *ti supplico*, cazzo, ti prego, solo..."

Si immobilizzò bruscamente quando Manson picchiettò con la punta fredda e affilata della lama contro il suo cazzo.

"Jess." La voce di Manson richiamò immediatamente la mia attenzione. "Puoi toglierti il bavaglio." Batté di nuovo la lama mentre obbedivo, le sue dita stringevano e accarezzavano lentamente l'erezione di Lucas. Lavorai per sciogliere la rigidità della mia mascella e riposi rispettosamente il bavaglio sul comodino prima di tornare alla mia posizione. Manson annuì in segno di approvazione, mentre con il pollice compiva un cerchio lento e stimolante sulla testa di Lucas. "A chi appartiene questo cazzo?"

"A te, padrone" risposi prontamente.

Manson sorrise. "Esatto. Brava ragazza." Quella semplice dichiarazione mi fece salire una tale scarica di endorfine. "Vedi, cucciolo? Lei ha capito. Ha capito come funziona, anche se, a quanto pare, ci è voluto un po' per farglielo entrare in quella testolina. Voi... appartenete... a me." Picchiettò con la lama per scandire le sue parole, e Lucas trasalì a ogni tocco.

Il respiro di Lucas sgorgava in rantoli veloci e profondi. "Sono tuo, signore" mormorò, sussurrandolo come una preghiera. "Non farmelo dimenticare... non..."

Manson gli baciò il petto, premendo le labbra proprio sul suo cuore. Raggiunse il comodino, aprì il cassetto e ne estrasse una piccola salvietta disinfettante. Strappò con i denti l'involucro di carta e la usò per pulire la lama, parlando nel frattempo a Lucas.

"Ovvio che non puoi dimenticarlo" confermò. "Non importa quanti anni siano passati, non importa quanti anni tu abbia, non importa dove andremo, tu sarai sempre mio. *Sempre. Niente* e nessuno ti porterà via da me." Si chinò in avanti, appoggiando la fronte contro quella di Lucas. Lucas affannava, il petto ansante, le dita annodate saldamente alle lenzuola. "Non dimenticarlo mai. Io mi prendo cura di ciò che è mio."

Manson sollevò la lama e premette con cura la punta sulla pelle di Lucas. Senza fretta, gli incise qualcosa sul fianco, sotto le costole. Vidi ogni emozione che balenò negli occhi di Lucas. Colsi il momento doloroso in cui il suo labbro si arricciò, il suo intero essere rabbrividì mentre metteva a nudo i denti. Poi fu investito dall'estasi e i suoi occhi quasi si rovesciarono all'indietro. Tirò le lenzuola come se volesse stracciarle.

Manson mugugnava di piacere mentre operava. "Sanguini per me, vieni per me, vivi e muori per me. Capito?" Lucas annuì senza esitazione, a occhi chiusi, mentre Manson lo accarezzava con una mano e lo tagliava con l'altra.

Manson abbassò la testa e prese Lucas in bocca, strappando alla sua vittima un gemito gutturale. Manson lo succhiò in profondità e lentamente; aveva le labbra aperte mentre sollevava di nuovo la testa e faceva risalire la lingua lungo l'erezione. Il suono che uscì da Lucas quando la lingua di Manson lambì il suo piercing mi fece stringere le viscere.

Sul fianco di Lucas erano incise le iniziali di Manson - M. R. - in tagli poco profondi. Il sangue gocciolava pian piano sulla sua pelle tatuata, il petto sussultava mentre Manson gli succhiava il pene. Non potendo distogliere lo sguardo, non potendo toccarmi e non osando parlare, le uniche cose che potevo fare erano stare in ginocchio accanto al letto e guardare, combattuta tra il fascino e il desiderio.

Quando Manson sollevò la testa, mi guardò dritto negli occhi. "Vieni qui, angelo. Sdraiati sulla schiena, con le mani sopra la testa."

Lucas si spostò e io mi distesi con le braccia protese verso la testiera del letto. Manson recuperò dal cassetto diverse coppie di manette: polsini di cuoio collegati da brevi tratti di catene. Mi bloccò prima i polsi alla testiera, prendendosi tutto il tempo necessario per toccarmi e stuzzicarmi. Poi mi legò anche le caviglie, ammanettandole a loro volta alla testiera in modo da lasciarmi praticamente piegata in due, esposta.

Era un bene che fossi ancora snodata, altrimenti questa posizione sarebbe diventata difficoltosa in breve tempo.

La posizione mi permise di vedere chiaramente come Manson giocherellava con il manico del coltello su di me.

"Ne vuoi ancora, angelo?" domandò, e io annuii nell'osservare il metallo che si infilava dentro di me. Con il manico dentro di me, Manson passò la lingua sul mio clitoride prima di circondarlo con le labbra. Le mie manette tirarono contro la testiera mentre mi contorcevo, ma mi tenevano ancora saldamente in posizione.

"È così bello" mugolai.

Non potevo far altro che rimanere sdraiata e subire. Manson mi portò al limite prima di fermarsi. Mise da parte il coltello e si spostò indietro, quindi tirò Lucas per il guinzaglio. Afferrò la museruola e avvicinò il viso di Lucas mentre diceva: "Ti scoperò il culo mentre tu ti scopi lei. Guardala. Non chiudere gli occhi."

Quando Lucas si trovò di fronte a me, aveva gli occhi appannati, come se fosse ubriaco. Fluttuava in quello spazio mentale di perfetta sottomissione: nessun pensiero, nessuna paura, solo la pura beatitudine derivante dal cedere il controllo. Avrei voluto toccarlo, far scorrere le mie dita sul suo petto, attirarlo a me.

"Dio, sei così bella" mormorò. I suoi occhi si chiusero per un attimo quando Manson si spostò dietro di lui, spingendo il cazzo contro il suo ingresso. Ma li riaprì in fretta e li tenne fissi su di me mentre Manson lo penetrava.

Contemporaneamente, allineò il suo cazzo alla mia fica e si immerse dentro di me.

"Sei come il paradiso" sussurrò, e non sapevo se si stesse riferendo a me o a Manson, e in effetti non aveva importanza. Aveva ragione. Questo era l'unico paradiso che volevo.

"Non deludermi adesso, cucciolo" lo punzecchiò Manson, tirando il guinzaglio mentre Lucas fremeva dentro di me. "Continua a scoparla... e prendi il mio cazzo più a fondo."

Lucas si mosse con un gemito. Si spinse dentro di me e, quando si ritrasse, sfoderò i denti ed espirò adagio.

"Merda..." Pronunciò la parola come un'imprecazione e allo stesso tempo come una supplica disperata.

Manson avvolse la lunghezza del guinzaglio intorno alla sua mano e affermò con fermezza: "Prendila come un fottuto uomo. Scopatela con tutta la tua convinzione."

Mi dimenavo nei miei vincoli, e mi ci volle ogni briciolo di autocontrollo per non iniziare a implorare. La mia fica pulsava bramosa; la sensazione del grosso pene Lucas dentro di me mi faceva arricciare le dita dei piedi. Ma quei due insieme mi avrebbero fatta impazzire di lussuria. Guardandoli, era facile capire perché Manson fosse un tale voyeur. Era uno spettacolo fottutamente squisito.

Assaporavo l'erotismo dei loro tocchi, della loro tensione, della loro trepidazione. Mi rafforzava, mi incoraggiava. Accendeva quel lato sadico del mio cervello quando Lucas gemeva di dolore, ogni muscolo teso mentre sopportava. Ma appiccava anche il fuoco del mio masochismo, riempiendomi di desiderio.

"Scopami, Lucas" gemetti. Ero stordita dal piacere, praticamente vibravo dal bisogno. "Scopami duro, ti prego. Fammi male."

"Cazzo!" Le dita di Lucas scavarono nelle mie cosce mentre guardava il suo cazzo affondare dentro di me. Trovò il suo ritmo, impalandosi sul cazzo di Manson e scopando me allo stesso tempo. Appoggiò le mani alla testiera del letto, aggrappandosi alle sbarre con una forza tale che le vene spiccavano nitide sulle sue braccia.

La testa di Manson si rovesciò all'indietro, il piacere gli segnava il volto. "Ecco il mio bravo ragazzo. Come ti senti?"

"È fantastico, cazzo." Le parole di Lucas tremavano, i suoi occhi erano socchiusi e disperati mentre scrutava il mio viso. Si allungò per strofinarmi il clitoride con il pollice. La mia goduria raggiunse un livello febbrile, i miei muscoli si tesero e fecero forza contro le catene.

Sbirciandolo in mezzo alle mie gambe divaricate,

piagnucolai: "Sto godendo così tanto, Lucas, mi farai venire."

"Vieni per me, tesoro" sussurrò, e io mugolai in preda al più totale abbandono. I suoi denti erano scoperti sotto la museruola e si chinò, per poi ringhiare per lo sconforto quando si rese conto che non poteva baciarmi... o mordermi.

Manson tirò il guinzaglio e lo fece raddrizzare con uno strattone. "Oggi qualcuno è un cane molto lagnoso. Forse avresti dovuto stare un po' più attento a sfidarmi, eh?" Lucas fece un rapido cenno di assenso. "Perché io ottengo sempre quello che voglio, non è così?" Un altro cenno fulmineo. Mi stava scopando senza pietà, e i miei muscoli erano immobilizzati nella beatitudine. "Chi ti possiede, Lucas? Dillo."

"Tu, signore."

Venni così intensamente che trattenni il fiato. Lucas continuava a toccarmi, a scoparmi, e il piacere si faceva sempre più forte. Mi tremavano le gambe e rimasi a boccheggiare, così vogliosa che Lucas venisse dentro di me che lo implorai senza pensarci.

"Vuole che tu la riempia" disse Manson, ringhiando le parole nell'orecchio di Lucas. "Guarda la sua faccia, guarda quanto lo vuole. Le darai quello che vuole, cucciolo?"

"Sì, signore." Si sciolse in un gemito mentre Manson si muoveva, roteando i fianchi verso di lui. Manson lo scopava con veemenza, e infilò le dita attraverso le barre della museruola. Lucas gli prese le dita in bocca e le succhiò con una disperazione che gli fece chiudere di nuovo gli occhi.

La foga con cui Manson lo fotteva lo spingeva dentro di me. Il cazzo di Lucas si gonfiò, e venne dentro di me con un lamento feroce. Manson si aggrappò a lui, lo schiocco dei suoi fianchi che sbattevano contro Lucas divenne sempre più irregolare, fino a quando non rabbrividì e chiuse gli occhi in segno di liberazione.

29
MANSON

Oggi era il gran giorno. L'ansia mi attanagliava prima ancora che aprissi gli occhi, e rimasi sdraiato parecchio immobile nel tentativo di riportarla sotto controllo. Da quando ci eravamo trasferiti in questa casa, avevamo riparato le tubature e l'impianto elettrico, ricostruito i muri e sostituito i pavimenti. Avevamo ristrutturato tutte le stanze, tranne una.

Dovevo affrontarla. Lì dentro non c'erano altro che quattro pareti e troppi ricordi. Il giorno prima avevo cercato di tirare fuori tutto quello che avevo in mente durante la terapia, ma, cazzo, alla dottoressa Wagner sarebbe toccato ascoltarmi un bel po' anche la settimana successiva.

Mi rotolai e mi accoccolai più vicino a Lucas, avvolgendolo con un braccio. Lui sospirò dolcemente, muovendosi all'indietro in modo che io lo abbracciassi. Mi aiutava averlo vicino: avevo bisogno del suo calore, del suo conforto. Mi addolorava il fatto che Jess non fosse riuscita a dormire da noi, ma era in una situazione molto precaria con sua madre.

C'era stata un'altra discussione da quando era

rimasta da noi nel fine settimana, e la stressava continuare a litigare. Quella povera ragazza aveva avuto un'aria esausta quando eravamo andati a prendere un caffè il giorno precedente, ma aveva molte cose per la testa.

Il lunedì seguente, tanto per cominciare, aveva il colloquio di valutazione. Aveva lavorato duramente a tal fine, ma aveva comunque i nervi a fior di pelle. In ogni caso, eravamo fiduciosi che avrebbe ottenuto la promozione.

Forse per questo mi ero sentito improvvisamente spronato a sgomberare la vecchia camera da letto. La vita scorreva veloce, e non volevo rimanere indietro. Sembrava che fosse diventato un accordo tacito tra noi: una volta che Jess si fosse trasferita a New York, ovviamente l'avremmo fatto anche noi.

Ma avevamo bisogno che fosse tutto in ordine.

Per quanto mi dispiacesse lasciare il calore del letto, non sarei riuscito a dormire ancora. Ero ben sveglio, il cuore mi batteva un po' troppo forte. Baciai la spalla di Lucas, mi alzai dal letto e andai in bagno. Avevo già le mani in tensione, e mi tagliai con il rasoio nel farmi la barba. Prima di lasciare il bagno deglutii le pillole, poi andai direttamente al diffusore di oli e lo accesi. Presi brevemente in considerazione l'idea di fare il bagno con l'olio essenziale di lavanda, ma poi riflettei che il profumo floreale non mi sarebbe stato di grande aiuto.

Jason era in cucina quando scesi al piano di sotto. Mi sorprese vederlo sveglio e vestito, ma poi mi sovvenne che di solito si alzava molto presto per accompagnare Jess in palestra.

"Accidenti, ti sei svegliato prima di Lucas?" chiese, mescolando delle proteine in polvere e dell'acqua in una bottiglia. A sentirlo, non sembrava stanco come mi sarei aspettato, né aveva un aspetto poi così esausto.

"Purtroppo" risposi, prendendo posto a tavola. Jojo uscì dal salotto con l'aria assonnata e confusa per l'ora mattutina e si sdraiò accanto a me con un lamento. "Hai un aspetto pimpante stamattina."

Jason alzò le spalle, trangugiando il suo frullato proteico. "Non posso dire di essere un fan delle sveglie prima dell'alba, ma è bello iniziare la mattinata in palestra." Sorrise pensieroso prima di bere un altro sorso, e io ridacchiai.

"Sì, scommetto che è molto bello quando è con Jess" commentai.

"Accidenti, lo è davvero. Potresti iniziare a fare ginnastica anche tu, sai. Immagina di poter fissare il culo di Jess in leggings come prima cosa al mattino. Mette davvero di buon umore per l'intera giornata."

"Portala qui dopo" proposi. "So che deve lavorare, ma falle portare il computer. Può lavorare da qui."

"Secondo me sarebbe d'accordo. So che vuole continuare a lavorare su quel progetto per la sua revisione. È riuscita a malapena a trovare pace in quella casa." Jason alzò gli occhi al cielo irritato, e io condivisi il suo stato d'animo.

La maggior parte delle persone con cui ero uscito si trovava in situazioni simili alla mia e non vedeva i propri genitori, quindi non avevo mai dovuto preoccuparmi molto di piacere ai genitori di un mio partner. La famiglia di Vincent era un'eccezione. Mi avevano praticamente adottato. Ma con Jess, sapevo che la mia presenza nella sua vita era fonte di conflitto. Era un problema che non sapevo come risolvere - nessuno di noi lo sapeva.

Lo stomaco mi si rivoltò spiacevolmente. Non avevo davvero bisogno di preoccuparmi di altri problemi oggi.

Troppo agitato per rilassarmi, passai la maggior parte della mattinata a riordinare il garage e a giocare con i cani, cercando di sfogare la mia energia irrequieta. Quando si svegliò Lucas, mi sentii un po' meglio. Non ci dicemmo molto, ma vederlo in veranda a bere il suo caffè e a fumare la sua sigaretta mattutina mi diede una sensazione di conforto e di normalità a cui aggrapparmi.

Le mie iniziali avevano formato delle croste sul suo fianco. A volte lo trovavo a tracciare le lettere, a scorrere distrattamente le dita su di esse con un'espressione molto vicina a un sorriso. Non era un vero e proprio collare, ma era qualcosa di simile.

Trovavamo i nostri modi per rivendicarci a vicenda. Collari, anelli, lividi, cicatrici. Come per ricordarci che, anche quando eravamo lontani, alcune parti di noi rimanevano insieme.

Mi aiutava a concentrarmi sul presente piuttosto che a sprofondare nella spirale dei ricordi.

Era solo una dannata camera da letto - odiavo esserne così ossessionato. Ma avevo passato diciotto anni della mia vita in quella stanza. Avevo sofferto la fame, avevo cercato di dormire per non sentire il dolore e mi ero barricato in quella stanza.

Un tempo ero arrivato a pensare che sarei morto lì dentro.

Circa un'ora dopo, quando Jason entrò nel cortile con Jess sul sedile del passeggero, fui assalito da un senso di sollievo. Lei scese dall'auto e venne ad abbracciarmi, come un raggio di sole che spazzava via il mio stato d'animo torbido.

"Stai bene?" mi chiese. Jason doveva averle detto cosa stava succedendo. Annuii, anche se 'bene' era una descrizione ambiziosa di quello che stavo provando. Le pillole stavano facendo il loro lavoro e mi facevano stare placido, ma l'ansia non voleva saperne di sparire. Se ne stava in agguato nell'ombra, in attesa di un'occasione per insinuarsi di nuovo tra i miei polmoni.

"Abbiamo preso i burrito per la colazione" annunciò Jason, lanciandomi una busta di carta bianca. La presi al volo e pregustai l'aroma di uova al formaggio e pancetta che si sprigionava da dentro.

Mangiammo tutti e quattro in veranda, e Vincent ci raggiunse proprio mentre stavamo finendo. Degustò il suo burrito senza fretta, con gli occhi socchiusi e la testa appoggiata alla spalla di Jason.

Il cibo non si assestò un granché nel mio stomaco, ma lo mandai giù lo stesso. Mentre Jess sistemava la sua postazione di lavoro in soggiorno, Lucas ripercorse i nostri programmi per la giornata.

"Tiriamo fuori tutta la roba vecchia e la buttiamo via" cominciò. "Puliamo tutto e verniciamo. Una volta che la vernice si sarà asciugata, rimuoviamo il pavimento. Secondo me riusciamo a finire tutto entro questo fine settimana." Mi lanciò un'occhiata, seduto accanto a me sul portico. "Vuoi che venga buttato via tutto, vero? *Tutto quanto?*"

Annuii. Non mi andava per niente di passare al vaglio la mia vecchia roba pezzo per pezzo, setacciando i ricordi e cercando di decidere cosa non mi dolesse troppo tenere. Per me potevamo dare fuoco a tutto.

Lucas si alzò in piedi. "Bene, allora. Diamoci da fare."

Quando entrammo, Jess ci chiamò dal divano: "Ehi, voglio darvi una mano! Ditemi cosa posso fare."

"Non devi fare niente, angelo" risposi, appoggiandomi allo stipite della porta mentre lei metteva frettolosamente da parte il portatile. "Non devi lavorare?"

Jess scrollò le spalle. "È una giornata fiacca, sinceramente. Ieri ho risposto alla maggior parte delle mie e-mail."

Avere un altro paio di mani a disposizione avrebbe velocizzato il tutto. Una parte di me, però, si vergognava di farle vedere quella vecchia camera da letto. Era congelata nel tempo, un frammento marcio e mal conservato della mia vecchia vita.

Ma forse era giunto il momento di lasciarsi alle spalle la vergogna. "Puoi aiutarmi a tirare fuori la roba se davvero ti va" dissi. "Dobbiamo solo mettere tutto nei sacchi o buttarlo nel cassonetto."

Si radunarono tutti dietro di me mentre armeggiavo con le chiavi davanti alla porta, e finalmente incastrai quella giusta nella serratura. Non volevo stare lì a rimuginarci sopra, ma mentre aprivo la porta mi feci comunque un discorsetto d'incoraggiamento interno.

"Mi sento come se stessi per seguire il signor Tumnus a Narnia" commentò Vincent, e io feci una risata ironica.

La porta cigolò quando la aprii, i vecchi cardini scricchiolarono. Venimmo accolti da un inconfondibile tanfo di polvere, e io misi piede nella mia camera da letto d'infanzia per la prima volta dopo quasi cinque anni.

Non gli avevo mai rivolto nemmeno uno sguardo da quando ci eravamo trasferiti, dopo la morte della mamma. La porta era rimasta chiusa a chiave dal giorno in cui me ne ero andato e non ero più tornato: nessuno dei miei genitori si era preso la briga di aprirla.

Il letto era spostato in un angolo, sfatto. Non c'erano lenzuola sul materasso macchiato, solo una sottile coperta blu che aveva la consistenza del feltro. L'armadio era aperto, c'erano dei vestiti sporchi ammucchiati sul pavimento accanto a scarpe con buchi e lacci spezzati. Anche il cassetto del mio comodino era aperto, ed ebbi un improvviso e vivido ricordo dell'ultima mattina che avevo trascorso qui.

Non avevo chiuso occhio, i nervi mi avevano tenuto sveglio al pensiero di ciò che stavo per fare. Ero rimasto sveglio a fissare il soffitto, con la parola "assassino" sulle labbra.

Non volevo fare del male a nessuno. Non volevo.

Ma una parte di me lo desiderava. Una parte di me era disposta a farlo. Una parte di me sapeva che se Kyle non si fosse fermato, avrei fatto ciò che era necessario.

Mi alzai dal letto, aprii il cassetto e infilai il coltello nella tasca posteriore...

Una mano mi afferrò la spalla e mi strinse. Vincent. "Stai bene, amico?"

Annuii. "Sì. Sto alla grande. Sgombriamo questa merda."

"È davvero incredibile" dichiarò Jason, guardandosi intorno con le mani in tasca. "Questa stanza ha conservato alla perfezione il fetore di un adolescente."

"Proprio come la tua stanza, amico" ribatté Lucas, dandogli una pacca sulla schiena con una potenza tale da farlo sbuffare.

Ci mettemmo al lavoro, muniti di sacchi neri per la spazzatura. L'armadio mi sembrava la zona più abbordabile, così cominciai a infilare nel sacco vestiti e rifiuti. Non mi soffermai a lungo su nulla. Cercai di non farmi condizionare.

"Ehi, Manson? Vuoi..." Jess si interruppe bruscamente e, voltandomi, capii che Lucas aveva cercato di impedirle di chiedere. Aveva in mano una foto, ma la ficcò alla svelta nel suo sacchetto della spazzatura. "Non importa. Non era niente."

"È tutto a posto" affermai. Non volevo che si sentissero in dovere di trattarmi coi guanti. Incuriosito, tirai fuori la foto dalla busta e la girai.

Era una foto di mia madre e me. Era l'unica gita di famiglia di cui conservavo il ricordo: all'epoca dovevo aver avuto circa cinque anni. Eravamo andati in campeggio per il fine settimana e papà aveva passato la maggior parte del tempo a cacciare, lasciando me e la mamma da soli al campeggio.

All'epoca era stata diversa. Così giovane, più giovane di quanto fossi io adesso. Nella foto, sorrideva con la guancia premuta contro la mia testa. Aveva il braccio teso all'infuori, perché la foto l'aveva scattata lei stessa con una macchina fotografica usa e getta. Io avevo un gran sorriso sulla faccia, tenevo una rana con entrambe le mani, portavo gli occhiali storti sul naso.

Sembravamo normali. Una madre e un figlio felici.

La mamma non aveva avuto un aspetto simile alla sua morte. Era come se fosse marcita prima ancora di morire. Le si era sciupato il viso, tutto il peso le era caduto dalle ossa. Verso la fine, aveva a stento mangiato e dormito. Solo pillole e alcol, a oltranza, fino a quando il suo corpo non era stato più in grado di sostenersi.

"Posso sbarazzarmene" propose Jess con dolcezza. Gliela restituii. "Vuoi che lo faccia?"

Scossi la testa. Non avevo idea del significato di quella foto per me, ma mi fece uno strano effetto vederla. Non era una sensazione brutta, ma nemmeno felice. Era un ricordo pieno di malinconia e di uno strano senso di nostalgia.

"La terrò io" fece Jess, stringendosi la foto al petto. "Così non dovrai pensarci, a meno che tu non la voglia esplicitamente."

"Grazie, Jess." C'erano così tanti momenti della mia infanzia che non riuscivo o non volevo ricordare. Ma c'erano piccoli istanti, punti luminosi in un abisso senza fine. Cose come questa foto, che mi ricordavano la bontà e l'amore, per quanto fugaci fossero state.

Mi sembrava importante tenerle a mente.

In poco tempo, Jason e Lucas stavano portando il vecchio materasso fuori, verso il cassonetto, e la stanza era finalmente vuota. C'erano ancora molta polvere e sporcizia accumulate negli angoli, ma tutta la mia vecchia roba era sparita.

In piedi nella stanza vuota, fissai la vernice sbiadita e le macchie di muffa sulle pareti. Questo posto mi sembrava un pozzo in cui ero rimasto intrappolato e da cui dovevo cercare una via d'uscita. Ma non lo sentivo più minaccioso. Era silenzioso, come qualsiasi altro luogo abbandonato da anni. Non c'era nulla che non potesse essere riparato, ridipinto e sistemato.

Spazzammo, spolverammo e pulimmo tutto prima di fare una pausa. Vincent ci preparò il pranzo, ma io non avevo ancora molto appetito.

Mentre erano tutti seduti in veranda a mangiare, mi ritrovai di nuovo in casa, a gironzolare per la mia vecchia stanza.

Mi ci era voluto molto tempo per capire che il concetto di 'casa,' per la maggior parte delle persone, rappresentava un luogo di comfort e sicurezza. La casa era un luogo in cui si *voleva* tornare, non un luogo che si temeva. Io avevo dovuto costruirmi da solo la mia casa, la mia famiglia. L'avevo realizzata nell'unico modo che conoscevo: era disordinata e stravagante, ma era mia e nessuno poteva portarmela via.

Nessuno. Né Alex, né Nate, né di certo mio padre.

Mi sedetti a terra con la schiena appoggiata alla parete sotto la finestra. Rivolto verso la porta aperta, mi sentivo lo stomaco vuoto. Le mie dita si contraevano con una cadenza familiare, come se stessi aprendo e chiudendo il mio coltello, e chiusi gli occhi.

Quella sensazione non era gioia, non era tristezza. Mi sentivo come se avessi finalmente scaricato un peso che mi ero portato dietro per troppo tempo. Ma mi faceva ancora male, come se quel peso mi avesse oppresso. Anche in sua assenza, rimanevano i suoi effetti.

Forse alcune ferite non guarivano mai. Avevano bisogno di essere curate per sempre, trattate con delicatezza. Era difficile accettarlo quando suonava come ammettere la sconfitta.

Ma cazzo, anche un vincitore poteva uscire ferito da una battaglia.

Udii il lieve tonfo di piedi nudi che si avvicinavano. Quando alzai lo sguardo, Jess era in piedi sulla porta.

"Che ci fai qui?" mi chiese. Oggi aveva i capelli raccolti in una lunga treccia, e ne stava accarezzando l'estremità con le dita.

"Sto pensando troppo" ribattei.

"Vuoi stare da solo?"

In genere avrei risposto di sì, anche se non era vero. Non mi andava di stare da solo. Ma non volevo nemmeno disorientare nessuno con i miei pensieri confusionari, inquietarli con le mie paure.

Ma Jess c'era già passata. Mi aveva visto nei miei momenti di debolezza, di perdita del controllo, di paura. Mi aveva già veduto.

Allungai il braccio verso di lei. "Preferisco stare con te."

Si sedette accanto a me, sistemandosi sotto il mio braccio. Dopo qualche minuto di confortevole silenzio, si spostò per sedersi sulle mie ginocchia. Si mise a cavalcioni sulle mie gambe e tracciò con un dito le linee del serpente tatuato vicino alla mia clavicola.

"Perché un serpente?" sussurrò.

Non tutti i miei tatuaggi avevano un significato. Alcuni erano lì solo perché ero annoiato e non avevo avuto niente di meglio da fare. Era una fortuna che non avessi mai contratto un'infezione nei luoghi malfamati e dalle persone da cui mi ero fatto tatuare.

Ma il serpente aveva la sua importanza, visto che ci avevo riflettuto un po' su.

"Hai mai visto cosa succede quando tagli la testa a un serpente?" Jess fece una smorfia di disgusto, arricciando il naso. "Mi stai dicendo che tuo padre non ha mai tagliato la testa a un serpente che si aggirava in giardino?"

"Che schifo, no!" Rise. "Se c'era un serpente, chiamavamo la protezione animali."

Mi fece felice sentirlo, per quanto fosse insolito. Non tutti al mondo agivano come i miei genitori, e questo era un sollievo.

"Beh, quando tagli la testa a un serpente, continua a sbattere le fauci contro di te" spiegai. "Si contorce e si dimena a terra. Sono solo delle terminazioni nervose che si attivano. Degli spasmi cadaverici. In realtà non è vivo, anche se sembra esserlo."

Si accigliò e alzò gli occhi dal mio petto al mio viso. "Ti senti come un serpente? Con la testa tagliata?"

"Un tempo mi sentivo così. Quando vivevo qui da piccolo, pensavo che sarei morto in questo posto. Pensavo che un giorno mio padre avrebbe esagerato. Che non si sarebbe fermato. Era come se mi considerassi già morto. Che senso aveva provarci? Continuare a lottare per rendere la vita degna di essere vissuta mi sembrava futile."

Ero stato senza speranza. Anche quando avevo cercato di fingermi ottimista per i miei amici, era stata tutta una messinscena. Ogni giorno sembrava troppo lungo e ogni notte troppo buia. Ma in qualche modo non sono morto.

"Volevi arrenderti?" Le sue dita mi sfiorarono delicatamente la pelle, lente e rassicuranti. Mi fecero rabbrividire, anche se al contempo mi riscaldarono. Mi toccò come aveva fatto quando ero stato legato con la corda di Vincent alla baita: con calma, muovendosi con riverenza.

"A volte" ammisi.

La mia risposta la fece trasalire. Quando dicevo che non volevo fare del male a nessuno, questo era parte di ciò che intendevo. Mi tenevo il mio dolore per me, perché agli altri faceva male sentirlo.

Da giovane, quando avevo preso in considerazione di farla finita... a volte, l'unica cosa che mi aveva fatto resistere era sapere che Lucas sarebbe stato perso senza di me. O che Vincent non si sarebbe mai perdonato di non aver trovato un modo per fermarmi, o che Jason sarebbe stato devastato. Forse rimanere in vita per il bene di altre persone non era salutare, ma era meglio dell'alternativa. Trovai qualsiasi pretesto per andare avanti, per quanto modesto.

La mia famiglia. I miei cani. Le albe e le mattine tranquille. Il sapore del caffè. La determinazione a visitare l'Europa un giorno. Il desiderio di fare un viaggio in macchina attraverso gli Stati Uniti. Avevo la disperata, quasi spasmodica convinzione che un giorno le cose sarebbero migliorate.

Qualunque cosa pur di tenermi in vita.

"Manson?" La voce di Jess era soave e timida, ma aggravata dal tono di domanda.

"Cosa c'è, angelo?"

"Ti amo."

La terra smise di girare per un attimo.

Mi prese il viso tra le mani e si avvicinò. La avvolsi con le braccia, facendo risalire le dita lungo la sua spina dorsale, mentre lei mi sollevò il mento e mi guardò negli occhi. "Ti amo, Manson Reed."

Mi baciò, ingoiando le parole che non riuscivo a

mettere in fila per formulare delle frasi coerenti. Si avventò su di me, così appassionata... e così giusta. Le nostre labbra si separarono per un attimo, giusto il tempo di un respiro, e poi Jess lo ripeté. Lo sussurrava, lo ringhiava, lo posava come un bacio sulla mia pelle. Premeva il suo petto contro il mio e il suo cuore batteva, batteva così forte. O era il mio? Non ero sicuro di poterli distinguere ora che eravamo così vicini.

"Ti amo." Fu tutto quello che riuscii a dire, e non era ancora abbastanza. Ma se avessi potuto continuare a ripeterlo - se avessi potuto ripetere quelle parole da ora fino alla fine dell'eternità, Dio, forse allora quelle parole avrebbero potuto assumere la ferocia con cui le intendevo.

30
JESSICA

Ero innamorata. Così disperatamente, irrevocabilmente innamorata.

Ma non lo ero solo di Manson. Eravamo stati onesti tra noi per primi, ma questo non significava che la mia mente non fosse rivolta agli altri ragazzi. Ogni volta che ci pensavo, il nervosismo mi serpeggiava dentro. Quando immaginavo i loro volti, il modo in cui mi stringevano, mi toccavano e mi baciavano, provavo la stessa sensazione. La stessa tiepida sensazione di fiducia, di certezza.

Era questo che mi colpiva. La certezza che provavo. Era come se fosse scattato un interruttore, come se tutti gli angoli d'ombra della mia mente fossero stati illuminati e tutte le mie preoccupazioni scacciate via con il buio.

Il giorno dopo al lavoro ero un po' svampita, lo ammetto, ma non potevo farci niente. Era troppo difficile tenermelo per me: dovevo dirlo a qualcuno.

Era comunque ora che Ashley sapesse cosa stava succedendo.

In qualche modo, miracolosamente, se ne accorse da sola pochi minuti dopo aver risposto alla mia telefonata.

"Ragazza, aspetta, non so che succede, ma..." Fece

una pausa e udii un forte scricchiolio dall'altro capo del telefono, mentre masticava uno spuntino. "Sembri diversa. Hai una voce... non saprei... euforica? Si può dire così?" Scoppiò a ridere, e sentii più che mai la sua mancanza. Dio, non vedevo l'ora di essere a New York con...

con...

Spiattellai tutto. Le riportai ogni cosa per filo e per segno, ogni dettaglio disastroso e incasinato. Temevo che le sarebbe venuto un aneurisma quando le raccontai di essermi intrufolata nel garage e di essermi nascosta dai ragazzi nella loro stessa proprietà.

"Porca puttana, ragazza, come fai a non essere in prigione? Mi stai dicendo che ti hanno *perdonata* per questo? Personalmente, penso che ti getterei nell'oceano, se devo essere sincera."

Non menzionai la punizione che aveva preceduto il loro perdono: era troppo intima. E dovetti fare un po' di giri di parole per evitare di accennare al nostro 'accordo.' Ma Ashley conobbe tutta la storia - almeno quella che le serviva.

"Ragazza, lo sapevo" commentò fra un boccone e l'altro, accompagnato da un ennesimo scricchiolio soddisfatto. "Ci avrei messo la mano sul fuoco."

Scoppiai a ridere. "È così?"

"Beh, sì. Sapevo che sarebbe successo dopo che hai passato tutta la notte con Manson a quella festa di Halloween! Era così ovvio che ti piaceva. Gli altri ragazzi sono una sorpresa, ma sai..." Potevo quasi immaginarla scrollare le spalle con noncuranza all'altro lato della linea. "Scelta tua, piccola. Si tratta di quello che sta bene a te. Se vuoi quattro uomini in un'unica grande casa dove tutti fanno l'amore con tutti, allora fai pure! Io sono troppo gelosa per questo genere di cose."

Continuammo a chiacchierare, distraendoci per diversi minuti con i racconti delle ultime avventure sentimentali di Ashley. A quanto pareva, aveva trovato una nuova app di incontri in cui *erano tutti favolosi*, e si stava dando alla pazza gioia. Non avevo idea di come facesse ancora a uscire tutti i fine settimana.

C'era stato un tempo in cui avevo pensato solo alle feste, ai locali, agli eventi, assicurandomi di essere al centro di qualsiasi iniziativa, alla costante ricerca del prossimo grande appuntamento. Ora? Non riuscivo davvero a preoccuparmene. Tutto quello che volevo fare, ogni giorno, era starmene seduta in quel garage mentre i ragazzi lavoravano. Accoccolarmi sul divano accanto a Jason, giocare in giardino con i cani.

Era questo che mi rendeva felice. Era ciò che mi dava gioia. E lasciare tutto questo per un lavoro...

Dio. Era un problema.

"Quindi avrete una relazione a distanza?" chiese Ashley, come se mi avesse letto nel pensiero. Ma la sua domanda mi allarmò, perché non avevo una buona risposta.

"Io... beh, non ne sono sicura" farfugliai, e lei sussultò.

"Aspetta, aspetta... mi stai dicendo che non avete nemmeno discusso di quello che succederà quando ti trasferirai? Jess! Cosa stai facendo? Devi parlarne con loro!"

"Lo so, lo so, è solo..."

"È solo niente! Jess, sul serio." Ero davvero stupita di quanto la sua voce fosse diventata determinata. "Stammi a sentire. Sento il cambiamento nella tua voce. Riesco a capire quanto sei più felice, okay? Ed è fantastico. Sono entusiasta per te e non voglio che tu perda qualcosa di buono. Parlane con loro. Che importa se la conversazione è tremendamente imbarazzante? Deve essere fatta."

"Hai ragione, hai perfettamente ragione" confermai. "Lo farò. Parlerò con loro."

Solo che non sapevo cosa dire di preciso.

Quella sera, mentre lavavo i piatti, continuavo a rimuginarci sopra. Avevo detto a Manson che lo amavo, ma che dire degli altri? Io provavo lo stesso sentimento, ma se loro non l'avessero provato... se...

Per poco non mi scivolò dalle mani una tazza, ma la acchiappai al volo prima che andasse in frantumi nel lavandino. Mi appoggiai per un attimo al bancone, chiudendo l'acqua e facendo un respiro profondo. E se gli altri non fossero stati innamorati di me? Era questo che paventavo. Il rifiuto di Vincent, di Jason... di Lucas.

Misi giù la tazza e mi tolsi i guanti. Avevo lo stomaco sottosopra, e il mio primo pensiero era il bisogno di parlare con qualcuno che ne sapesse più di me, qualcuno che potesse darmi un consiglio e dirmi da che parte dovevo andare.

Non potevo certo parlarne con mia madre. Al di là del fatto che era già prevenuta nei confronti dei ragazzi, i suoi criteri relativi a una buona relazione di coppia erano molto diversi dai miei. Credeva che il denaro, lo status e il bell'aspetto prevalessero su tutti gli altri aspetti. Per lei le relazioni non riguardavano tanto l'amore, quanto la stabilità finanziaria e l'ostentazione.

Ma non era questo che interessava a me.

Mi venne in mente d'improvviso la madre di Vincent, Vera. Il suo caldo sorriso, i suoi modi gentili e pacati. L'entusiasmo e la sincerità con cui aveva ascoltato, l'attenzione che aveva rivolto a ciascuno dei ragazzi. Era stato così facile andare d'accordo con lei, una persona così cordiale. Avevo voglia di parlarle di nuovo, e mi resi conto che avrei fatto meglio a chiederle il numero di telefono mentre ero lì.

Glielo avrei chiesto la prossima volta. Magari la mia famiglia non era in grado di fornirmi i consigli di cui avevo bisogno, ma avevo compreso che la 'famiglia' era molto più di una semplice parentela di sangue.

Raccolsi il sacco dell'immondizia dal secchio e lo portai fuori dalla porta d'ingresso e fino ai cassonetti sul marciapiede. Era scesa la notte, e i lampioni erano l'unica fonte di illuminazione della nostra tranquilla strada senza uscita. Trattenendo il fiato, aprii il bidone della spazzatura e vi gettai dentro il sacchetto. Ripresi a respirare solo una volta chiuso il coperchio.

Quando lo feci, sentii una zaffata di fumo di sigaretta.

Nell'ombra dall'altra parte della strada, al di fuori del cono di luce proiettato da uno dei lampioni, c'era un piccolo e flebile barlume. Come la punta fumante di una sigaretta. Oltre il puntino di luce si intravedeva debolmente una figura, ma era solo una sagoma indistinta.

Era impossibile vedere bene gli occhi nel buio, ma ero certa che mi stavano guardando.

Non avevo mai visto nessuno dei vicini andare in giro a fumare. E il nostro quartiere era fuori mano, un posto dove la gente passava di rado a meno che non abitasse in zona.

Quindi, chi diavolo c'era in piedi nell'oscurità?

Non si mosse, ma il terrore si insinuò in ogni centimetro del mio corpo. Mi fece rabbrividire quando mi voltai, costringendomi a camminare verso la porta d'ingresso - non a correre... ma perché sentivo di dover correre?

Quando raggiunsi la maniglia della porta, udii un rumore di passi veloci alle mie spalle.

Con il cuore che mi usciva dal petto, sbattei la porta e la chiusi a chiave il più in fretta possibile. Mi tremavano così tanto le dita per l'adrenalina che, nel tentativo di attivare il sistema di sicurezza, sbagliai due volte il codice. Quando finalmente sullo schermo lampeggiò la scritta ATTIVO, andai difilata in cucina e afferrai il coltello più grande che avevamo.

Tenendo la testa bassa, sbirciai dalla finestra della cucina verso il portico. La luce era accesa e illuminava l'uomo che ora si trovava proprio davanti alla mia porta.

Reagan. Aveva un'aria ancora più sciupata dell'ultima volta che l'avevo visto e barcollava leggermente mentre si portava di nuovo la sigaretta alle labbra.

Din don. Il gradevole rintocco del campanello mi fece quasi sobbalzare.

"Che cazzo" bisbigliai, abbassandomi sotto il bancone. "Che cazzo, che cazzo, che cazzo sta succedendo..." Reagan aveva perso la testa? Non aveva nessun motivo valido per presentarsi alla mia porta dopo il tramonto, per aggirarsi nel mio quartiere e spiarmi.

Il mio cellulare era collegato al caricabatterie al piano di sopra. Anche lo spray al peperoncino che mi aveva dato Jason era lì, nella mia borsa. Con la rapidità convulsa di chi si aspetta di essere afferrato da un momento all'altro, attraversai il corridoio, salii le scale ed entrai nella mia camera da letto.

Con il telefono in mano, mi sentivo più coraggiosa. Ma sentii dei rumori, ero pronta a giurarlo. Dopo che il campanello suonò una seconda volta, seguì un lungo silenzio durante il quale ebbi quasi la certezza di aver sentito lo scricchiolio di alcuni passi al piano di sotto. Ma era impossibile. La porta era chiusa a chiave. L'allarme era inserito.

E se...

Composi il numero di Manson e cercai di calmarmi mentre ascoltavo gli squilli. Era un uomo anziano. Potevo difendermi. Non era mica un supercattivo, non poteva sfondare una porta chiusa a chiave...

"Ehi, angelo. Tutto bene?"

La voce di Manson sembrava intorpidita dal sonno. Non mi ero nemmeno preoccupata di controllare l'ora. Avevo tutte le intenzioni di sembrare calma, ma non fu quello che mi uscì di bocca.

"Tuo padre è in casa mia" sbottai, con parole tremanti e troppo rumorose per il panico. "Voglio dire che è... è fuori. Lui..."

"La tua porta è chiusa a chiave?" Sembrava che Manson si stesse muovendo, le sue parole erano brevi e concise. Ma calme. Non capivo come facesse a rimanere così dannatamente calmo.

"Sì" confermai. "È chiusa a chiave. L'allarme è inserito. Mi stava spiando quando ho portato fuori la spazzatura e poi..." Lasciai uscire un respiro lento dalla bocca, come se potessi espellere il terrore che mi faceva tremare il corpo. "Mi ha seguita fino alla porta. Ha suonato il campanello."

"Arrivo subito." Captai una conversazione ovattata, un fruscio di tessuti e lo scatto di una porta che si chiudeva. "Jason e io saremo lì tra cinque minuti, okay?"

Quando Jason e Manson arrivarono pochi minuti dopo, Reagan non c'era più.

"Non c'è traccia di lui" affermò Jason dopo aver girato per un po' per il quartiere. Manson era rimasto con me, tenendomi tra le braccia mentre eravamo sdraiati a letto. Quando era arrivato, aveva quasi dovuto strappare il coltello da cucina dal mio pugno serrato.

Ora che Jason era tornato, finalmente mi sentivo di nuovo al sicuro in casa mia. Allungai la mano verso di lui, afferrai la sua maglietta quando si avvicinò e lo trascinai sul letto. Si accoccolò al mio fianco, e Manson spostò le braccia per fare spazio a entrambi.

"Restate qui stanotte?" domandai. "I miei genitori non torneranno prima di domani sera, quindi..."

"Certo che resteremo" rispose Manson, e Jason fece un cenno di assenso col capo.

"Dobbiamo cominciare a tenerti a casa nostra" rifletté Jason. Aveva stretto le braccia intorno a me e la sua mano era posata in modo da stringere il mio seno. Me lo strizzò e sospirò soddisfatto prima di dire: "Non so come fai a tenere le mani lontane da queste, sono così morbide."

Commentai con una risata: "Pensi davvero che andrei in giro a giocare con le mie tette tutto il giorno?"

Jason annuì con entusiasmo. "Mah, sì. Io lo farei se avessi delle tette così belle. Mi terrei una mano nella maglietta tutto il santo giorno."

"Anziché nei pantaloni tutto il giorno?" chiese Manson, e Jason fece una risata beffarda.

"Molto divertente, stronzo, ma falso. La mia mano è nei pantaloni di Vincent tutto il giorno, grazie mille."

Mentre continuavano a stuzzicarsi a vicenda, mi addormentai. Ero ancora scossa, non sapendo ora dove aspettarmi di trovare il pericolo in agguato. Ma mi piaceva l'idea di Jason, così come la disinvoltura con cui aveva accennato a tenermi a casa loro.

Era proprio lì che volevo stare.

31

Vincent

"È STATO COSÌ INQUIETANTE, SAI? Mi ha *inseguita* fino alla porta di casa e si è fermato lì, a suonare il campanello. Voglio dire, cosa pensava che sarebbe successo? Che lo avrei invitato a entrare a bere una tazza di tè?"

Ascoltare il resoconto di Jess sull'incontro con Reagan mi avrebbe fatto letteralmente venire l'orticaria. Giuro che già mi sentivo spuntare le bolle sulle braccia, ma stavo facendo del mio meglio per prendere la cosa con filosofia e non dare di matto.

Eravamo nei pressi di Wickeston Heights, in cammino tra le colline, mano nella mano. Davanti a noi c'era la cinta muraria della comunità e ci stavamo avvicinando alla parte posteriore del quartiere, dove si trovavano ancora le abitazioni più antiche. Ci inoltrammo tra gli alberi, scavalcando cespugli e calpestando erbacce. Stranamente, Jess non aveva nemmeno chiesto dove stessimo andando. Quando ero arrivato a prenderla dopo il lavoro, mi era venuta incontro senza un attimo di esitazione.

Sembrava sempre più desiderosa di passare del tempo con noi. Non per il sesso, non per qualche gioco selvaggio. Solo per la compagnia.

E in tutta onestà... io desideravo la stessa cosa. Ammetto che il fascino iniziale di Jess era legato al fatto che era una pazza non dichiarata. Ma ora Jess era molto di più.

Era introspettiva e intelligente. Era appassionata e brutalmente leale. Tutta la lealtà che aveva dato ai suoi amici indegni per così tanto tempo aveva molto più senso ora. Era stata una devozione mal riposta e, ora che l'aveva superata, speravo sinceramente che non si trovasse mai più in quella condizione.

Volevo assicurarmi che non ci si ritrovasse. Era più forte di me. L'istinto di proteggerla e di prendermi cura di lei, come mi ero preso cura di Jason, era irrefrenabile. Era la sindrome del "fratello maggiore," lo giuro. Volevo risolvere tutto, essere sempre presente con una risposta.

Ma questa volta non ero sicuro di averne una.

"Sono contento che tu ci abbia chiamato" dissi, tenendo un ramo spostato per permetterle di passarvi sotto. Lo zaino mi pesava sulle spalle, ma ne sarebbe valsa la pena una volta arrivati a destinazione. "Mi sento una merda a non essermi svegliato."

"Non farlo" rispose velocemente. "Non sentirti in colpa. Tanto non volevo svegliarvi tutti."

Era un sollievo che Manson e Jason si fossero svegliati e fossero andati da lei. Ma mi sentivo comunque responsabile. Mi faceva venire voglia di non perderla mai di vista. Il fatto di non poterla portare sempre a casa la sera, di non poterla tenere nel nostro letto e sotto la nostra protezione era un prurito fastidioso che peggiorava di giorno in giorno.

"Ma dove stiamo andando?" chiese con il fiato corto, fermandosi un attimo dopo aver rischiato di inciampare in una radice d'albero. Ora si vedeva il muro, una formidabile costruzione di tre metri di altezza fatta di spessi mattoni grigi.

"Stiamo andando a una festa in casa per due" replicai, scrollando un po' lo zaino. Le bombolette di vernice spray e le bottiglie di birra tintinnarono all'interno. "Ci siamo quasi, dobbiamo solo scavalcare il muro."

Lei mi occhieggiò sospettosa, con un sorriso malizioso sulle labbra. "Quello che stiamo per fare è illegale?"

"Sì" risposi semplicemente, e lei non sollevò alcuna obiezione.

Mi issai per primo in cima al muro, mi misi a cavalcioni sui mattoni e allungai la mano verso il basso per permettere a Jess di arrampicarsi. Ci calammo dall'altra parte, atterrando in un cortile coperto di vegetazione. Jess si accucciò all'istante, mentre io rimasi in piedi, e mi guardò con occhi spalancati.

"Non hai paura che siano in casa?" sussurrò.

"No. Le case qui dietro sono abbandonate da anni. Guarda."

Le prime case costruite a Wickeston Heights erano questi palazzetti eccessivamente decorati, di una stravaganza che rasentava il ridicolo. Quella di fronte a noi aveva solo poche finestre ancora intatte e la maggior parte della sua facciata bianca e grigia era invasa da rampicanti. Per tenere lontane le persone dalla casa erano state installate delle recinzioni metalliche, ma erano state tagliate e piegate fuori posto.

"È davvero questa Wickeston Heights?" chiese.

"Sì. Queste sono alcune delle case più antiche del quartiere." Le presi la mano e ci incamminammo insieme verso la porta posteriore sfasciata. Le nostre scarpe scricchiolarono sui vetri in frantumi quando entrammo, infilandoci sotto la recinzione divelta. "Mio padre ricorda ancora quando sono state costruite. Wickeston non era un granché a quei tempi; a quanto pare queste persone erano davvero dei pezzi grossi. Volevano trasformare Wickeston in una città elegante e di prima classe."

Jess ridacchiò. "Evidentemente ci sono riusciti."

Esplorammo insieme il piano inferiore, prendendoci tutto il tempo necessario. Quello che mi piaceva di più di queste vecchie dimore era che era rimasto così tanto dentro. Le stanze erano ancora arredate. I resti delle tende a brandelli pendevano flosci intorno alle finestre rotte. C'era ancora del cibo in scatola negli armadietti. Quasi tutto era andato distrutto, naturalmente; vetri rotti e spazzatura erano disseminati in ogni stanza.

Ma era comunque bellissimo. Era come passeggiare in un paesaggio apocalittico, a contatto con i resti delle speranze e dei sogni di qualcuno.

Salimmo in cima alle scale, ci sedemmo fianco a fianco e stappammo un paio di birre. Da dove ci trovavamo, avevamo di fronte la porta d'ingresso sottostante e un enorme lampadario in alto. Era ricoperto di ragnatele e pieno di polvere, ma alcuni cristalli catturavano ancora la luce e sfavillavano.

"Ti piacciono molto i luoghi abbandonati, vero?" domandò Jess, appoggiandosi all'indietro sulle mani mentre sorseggiava la sua birra. "Come mai?"

"Mi fanno sentire come se stessi facendo un salto indietro nel tempo" replicai. Ma non era del tutto corretto, quindi precisai: "O come se stessi scivolando fuori dalla realtà. Mi fa sempre immaginare come fosse un luogo prima di essere abbandonato. Come questa casa, per esempio... Non ho idea di chi ci vivesse. Erano felici? Gli ha spezzato il cuore andarsene? È come toccare i ricordi di qualcun altro."

"Mi piace" commentò lei, annuendo mentre mi ascoltava. "Una volta pensavo che gli edifici abbandonati fossero solo degli obbrobri." Passò le dita sulla ringhiera di legno della scala, lasciando scie nella polvere spessa. "Ma hai ragione. Hanno le loro storie da raccontare."

Finimmo le nostre birre e la presi per mano per aiutarla ad alzarsi. La condussi in corridoio, nella prima camera da letto. Quando entrammo, indicai la parete intorno alla porta e il dipinto che avevo iniziato la settimana scorsa. Le pareti della stanza erano blu, così avevo optato per una scena oceanica. Vortici di vernice verde, blu e grigia si fondevano intorno a una pletora di creature marine. Le foche erano nascoste tra alti filamenti di alghe, mentre un banco di pesci color arcobaleno nuotava sopra di loro.

Non era una raffigurazione particolarmente realistica, ma non era quella la mia intenzione. Non dipingevo con l'intenzione di essere fedele alla vita.

"È stato difficile trovare uno spazio completamente mio durante la mia crescita" spiegai. "Con le sorelline che gironzolavano e senza serratura alla porta della mia stanza, entrava sempre qualcuno. E non mi dispiaceva. Mi piaceva avere la mia famiglia intorno. Quella casa era chiassosa, sempre piena di amore. Ma a volte... a volte volevo qualcosa che fosse solo mio. Qualcosa che nessun altro avrebbe visto o toccato. Ecco perché mi piace dipingere in posti come questo."

Sorrise quando notò le piccole ali che avevo dipinto sul narvalo nell'angolo. "Ma qui nessuno lo vedrà mai. Non vuoi che la gente veda l'arte che crei?"

Scossi la testa con decisione. "No. Vale per la maggior parte delle persone. L'arte è personale. Condividerla è un atto intimo, è come far entrare qualcuno nella tua testa. Ti fideresti di far entrare nella tua testa la maggior parte delle persone che conosci?"

"Diavolo, no" ribatté lei. "La gente sa a malapena comportarsi in maniera educata nelle interazioni quotidiane, figuriamoci quando si scende nel personale." Si avvicinò a me e mi cinse il petto con le braccia. "Dovrei ringraziarti per avermi fatto entrare nella tua testa, allora. Mi piace questo posto."

Il mio cuore accelerò e le baciai la sommità del capo. "Ho altro da mostrarti. Vieni."

Guidandola lungo il corridoio, le indicai i dipinti con cui avevo tappezzato le pareti, spiegandole man mano la loro storia. Venivo in questa casa da anni ormai, dipingendo qualsiasi cosa mi passasse per la testa. Alcune delle mie opere più vecchie erano state coperte da graffiti, ma non me ne curavo più di tanto.

I dipinti che volevo mostrarle non erano mai stati

condivisi con nessun'altra persona.

La porta scricchiolò quando entrammo nella camera da letto principale. Era una stanza enorme, ed era l'unica che mi ero preso la briga di pulire, visto che ci passavo un sacco di tempo. Avevo tolto i vetri dal pavimento e buttato via la spazzatura, lasciando però tutti i vecchi soprammobili e i mobili.

Le pareti erano quasi interamente occupate dalle mie opere d'arte, dal pavimento al soffitto. Bombolette di vernice spray, pennelli e bancali erano sparpagliati negli angoli, e la mia scala era ancora pronta dall'ultima volta che ero stato qui.

Sulle prime Jess non capì cosa stava guardando. Indirizzai la sua attenzione verso la parete accanto alla porta, dove avevo realizzato il primo dipinto di questo enorme murale.

Era la mano di un bambino che reggeva un fiore con ancora attaccata la radice e un grumo di terra.

"Ti ricordi quando ci siamo conosciuti?" chiesi.

"In prima elementare." Ridacchiò. "Eri così rumoroso! Ricordo che correvi dappertutto e la maestra continuava a dirti di stare seduto. Mi hai tirato addosso della terra."

"E ti sei messa a piangere perché ti era finita nei capelli" aggiunsi, grattandomi la testa con aria di scuse. "Mi sono sentito così in colpa, non volevo farti piangere."

Non era stata nemmeno della terra. Era stato un fiore giallo che avevo trovato al parco giochi e che avevo strappato grossolanamente dal terreno, determinato a regalarlo alla bambina più carina che conoscessi. Ma l'immaturità infantile aveva preso il sopravvento e, nel panico, glielo avevo lanciato addosso.

La sua espressione cambiò quando scrutò la parte successiva del murale. Forse stava cominciando a capire...

"Facevi la principessa durante la recita scolastica in seconda elementare" affermai, e lei annuì, sfiorando con le dita la mia rappresentazione di una piccola principessa bionda che stava porgendo una mela al suo cavallo. "Io facevo solo la parte posteriore del cavallo in quella recita, ma ero comunque entusiasta che una delle tue battute coinvolgesse me."

Mi osservò con la fronte aggrottata dalla confusione. "Vincent... cos'è questo?"

Cazzo, avevo la sensazione di star respirando troppo forte e di star parlando troppo velocemente. Ma non potevo fermarmi ora, non potevo. Dovevo tirare fuori tutto, anche se la voce mi si spezzava e mi tremavano le mani.

"La quarta elementare è stata l'ultima volta che ti ho vista prima del liceo" dichiarai. "Quell'anno ti sei tagliata i capelli fino alle spalle. Ho sentito tua madre dirti..."

"Che mi facevano sembrare il viso troppo rotondo" sussurrò, scuotendo la testa. "Come hai fatto a sentirlo... come fai a ricordare..."

"Perché prestavo attenzione. Era impossibile non fissarti, non ascoltare tutto quello che dicevi. Mi piaceva come ti stavano i capelli, e avrei tanto voluto dirtelo, ma ero così timido. E tremendamente impacciato." Ero il ragazzo più alto della mia classe, pelle e ossa e pieno di ansia. Ero abbastanza grande da indossare i vecchi vestiti di mio padre, il che significava che mi prendevano tutti in giro perché mi vestivo come un nonnetto. Così imparai anche l'autoironia. Finché fossi riuscito a ridere insieme alle persone che mi prendevano in giro, gli sarei stato simpatico.

Per quanto mi facesse male quando ridevano di me, mi costringevo a ridere anch'io.

"E i girasoli, vedi?" La feci addentrare nella stanza, dove degli enormi girasoli gialli e delle foglie dai vorticosi toni del verde riempivano la parete. "Il primo giorno del primo anno di liceo indossavi un vestito ricoperto di girasoli gialli, e io non l'ho mai dimenticato. Perché non posso. Non posso dimenticarti, Jess. Neanche un momento - bello o brutto che sia. Vedi?"

Indicai l'ultima parte del murale, quella su cui stavo ancora lavorando. C'erano due figure in piedi sotto la pioggia, sotto un ombrello: una vestita di nero, l'altra con un abito di raso rosa. Stavo ancora lavorando all'ombreggiatura dell'elaborata gonna del vestito di Jess. Quella sera era stata una vera regina; non avrebbe avuto nemmeno bisogno della corona di plastica da quattro soldi che aveva in testa.

Jess non spiccicò parola, e io mi sentii come se una morsa mi stesse lentamente stritolando i polmoni. Forse era troppo. Troppo presto. Tendevo a diventare insistente. Una volta presa una decisione, faticavo a tenerla per me. Mi voltai, preparando delle scuse...

Ma lei era lì, a fissare i girasoli con le lacrime che le rigavano il viso.

"Oh, Vincent..." Tirò su col naso, coprendo il suono sommesso dietro la mano. "Ti ricordi tutto. Quel vestito..." Le sue dita si posarono sui petali. "Mia madre odiava quel vestito. Mi sentivo così in imbarazzo, ma non volevo che si capisse." Altre lacrime traboccarono, e avrei voluto abbracciarla forte per farle smettere. Ma le sue labbra si piegarono in un sorriso tremolante. "È così bello, Vince. È straordinario, è..." Si girò verso di me, con gli occhi che brillavano alla luce del sole che filtrava dalla finestra in frantumi. "Quando hai iniziato a lavorarci?"

"Quando ti ho vista all'autolavaggio risposi. "Ho avuto il sentore che avesse un significato. So che suona strano." Anche i ragazzi mi prendevano in giro per questo, seppur con leggerezza. "Ma ero certo che avremmo avuto un'altra occasione. Mi ha dato l'ispirazione. Tu mi dai ispirazione." Le presi il viso tra le mani, asciugandole le lacrime. "Ti prego, non piangere, baby. Voglio solo che tu sia felice. Voglio tenerti al sicuro, prendermi cura di te. So che è tanta roba da accettare. Ma credimi. Non ti lascerò. Non di nuovo."

Caddero altre lacrime e le tolsi con un bacio. Ma lei stava ancora sorridendo quando mormorò: "È incredibile. I colori, tutti i dettagli... deve esserci voluto tantissimo tempo." Appoggiò la mano sul mio petto e le sue dita si intrecciarono con la mia maglietta. "Sei sempre stato così buono con me, anche quando io ero tremenda con te."

"Oh, non preoccuparti di questo" dissi, agitando la mano come per scacciare via quel pensiero. "Sto bene, Jess. Mi sembra che tu mi abbia tollerato abbastanza bene." Le feci l'occhiolino, ma lei sembrava ancora incerta.

"Mi dispiace" disse. "Per tutto. Per tutte le stronzate che ho detto all'epoca." Il rammarico era evidente nei suoi occhi, e le diedi un colpetto al mento con la nocca.

"Sei perdonata, baby" le assicurai. "Lo sai. Mi dispiace di averti gettato della terra addosso."

Lei rise, e giuro che l'intera stanza divenne più luminosa. Le misi un braccio intorno alla vita e la sollevai per poterla baciare. La portai fino alla finestra e mi appoggiai al davanzale, immergendoci nella luce del tramonto. La rimisi in piedi e lei si appoggiò a me, posando la testa sul mio petto mentre le accarezzavo i capelli.

"Vuoi sapere un'altra cosa?" domandai. Il fruscio degli alberi e il cinguettio degli uccelli entravano dalla finestra, la brezza era fresca. Jess annuì, le sue braccia mi circondarono il busto e le sue unghie mi graffiarono leggermente la schiena. "Ti amo, Jess."

Alzò bruscamente la testa per fissarmi. Le sue labbra si aprirono in un sussulto silenzioso. "Tu... tu mi ami?"

"Sì." Le presi il viso tra le mani e sorrisi per l'espressione di totale smarrimento sul suo volto. "Amo la tua mente, la tua arguzia. Amo la tua passionalità. E sei forte. Hai cambiato le tue convinzioni più radicate, e non è facile farlo. Sei leale. Tenace. Una forza della natura. Mi sorprendi ogni giorno."

I suoi occhi erano ancora scintillanti, ma nella sua voce c'era solo un piccolo fremito quando sussurrò: "Anch'io ti amo, Vincent."

Mi facevano male le guance per quanto stavo sorridendo. Non riuscivo a smettere, nemmeno quando la baciai. La spinsi contro il muro e le scostai i capelli in modo da poter vedere il suo splendido viso.

"Ti amo. Amo le tue labbra..." Le baciai teneramente. Le sue guance erano rosee, e baciai anche quelle, prima una e poi l'altra. "E amo il tuo sorriso..."

"Vince, mi stai facendo arrossire!" esclamò, ma poi si sciolse in una risatina quando le baciai la gola.

"Amo ogni centimetro di te" continuai, ringhiando contro la sua pelle. "Dentro e fuori, baby. Potrei passare anni a raccontarti tutti i modi in cui ti amo, tutte le piccole cose che fai e che mi fanno impazzire, cazzo. Quindi penso che lo farò. Penso che mi piacerebbe passare molto tempo a dimostrarti quanto ti adoro."

32

JESSICA

Rimanemmo in quella casa per ore. A dipingere, a bere, a ridere. Di tanto in tanto Vincent mi prendeva in braccio, solo per tenermi stretta e sussurrarmi il suo amore. Avevo delle sbavature di vernice su tutta la faccia e i vestiti. Mi girava la testa per la birra, avvertivo un calore nel petto. Ma mi sentivo leggera come una piuma, come se potessi fluttuare, come se potessi cantare.

Non era la birra a darmi questa sensazione di calore e leggerezza. Non era l'ubriachezza a farmi soffermare ogni tanto a guardare Vincent, con i suoi capelli selvaggi intorno al viso e la vernice sulle mani, e a provare un'adorazione così profonda che mi faceva male il petto.

Avevo ancora il capogiro quando mi riportò a casa. Accostò in fondo alla strada in cui vivevo, in un punto da cui si intravedeva a malapena il portico di casa mia.

"Mi dispiace molto non poterti accompagnare alla porta" ammise, accigliandosi mentre mi teneva la mano.

"Va bene così" dissi io. "Cioè, non va bene, ma non so se riuscirò mai a convincere mia madre di questo."

"Non preoccuparti, baby" fece lui, offrendomi quel sorriso tranquillo che mi faceva sempre sentire mille volte meglio. "Non è colpa tua, quindi non sentirti in colpa."

Annuii, anche se in colpa mi ci sentivo. Il comportamento della mamma poteva anche non essere imputabile a me, ma me lo portavo comunque appresso come un pacchetto sgradevole. I ragazzi avevano fatto del loro meglio per aggirarla e, francamente, non avrebbero dovuto.

"Grazie per l'avventura" affermai, sporgendomi per baciargli la guancia. "E per... tutto."

Ridemmo per un attimo tra un bacio scomposto e l'altro e, quando aprii la portiera per uscire, lui mi ribadì: "Ti amo, Jess."

Quelle parole... Dio, mi facevano sentire come se il mio cuore fosse stato lanciato come una palla da football e stesse volando in alto nell'aria.

"Anch'io ti amo." La mia risposta mi fece formicolare la lingua. Prima Manson, ora Vincent... ma mi fermai un attimo, mordendomi il labbro.

Vince se ne accorse. "Cosa c'è che non va?"

"È solo che... voi tutti mi rendete così felice" confessai. "Ma mi fate anche provare delle emozioni diverse. Non potrei paragonare quello che provo per te a Jason o a Lucas. Solo che... per certi versi posso. In un certo senso, provo la stessa cosa per tutti voi." Deglutii a fatica mentre lo guardavo, chiedendomi se fosse riuscito a dare un senso a quel mio vomito di parole.

C'era un sentimento che tutti loro mi ispiravano. Con due di loro ero stata sincera. Con gli altri due...

"Ogni relazione procede a una propria velocità" rifletté Vincent. "Anche quelle che si instaurano simultaneamente. Non preoccuparti dell'eventualità che qualcuno si ingelosisca o si senta escluso, ma se è così, parlane con loro. Manson e io siamo molto aperti riguardo ai sentimenti. Jason e Lucas sono un po' più difficili da inquadrare."

Mi si allentò la tensione dalle spalle e dissi: "Grazie, Vincent. Mi sto ancora abituando a come funziona tutto questo."

Lui scrollò le spalle. "Anch'io. Probabilmente ci metteremo tutta la vita a capirlo, ma ci può stare. Abbiamo un sacco di cose in questo grumo di materia grigia quassù." Si batté il lato della testa. "Beh, questo vale per la maggior parte delle persone. A volte, il mio rimane inceppato con quelle musichette da ascensore per ore e ore."

Risi mentre scendevo dall'auto, quindi chiusi la portiera dietro di me e lo salutai attraverso il finestrino aperto. Prima che me ne andassi, aggiunse rapidamente: "Ehi, Jason ti aspetta in palestra domattina, vero?" Annuii. "Cerca di tenergli il morale alto domani, se puoi. Potrebbe essere una giornata difficile."

"Una giornata difficile?" Mi accigliai. "Che cosa è successo?"

Vincent fece una smorfia. "Te ne parlerà lui se ne avrà voglia. Basta che... lo puoi distrarre?"

Gli feci un sorriso sornione. "Oh, posso di certo."

Se non avessi dovuto lavorare l'indomani mattina, sarei tornata con lui a casa loro per dormire. Dormire nel mio letto, da sola, stava diventando molto più difficile. Mi mancava il loro calore intorno a me. Mi mancava svegliarmi presto per prendere il caffè con Lucas. Mi mancava andare in giro per casa con i vestiti di Jason.

Tornare a casa mia non mi faceva sentire al caldo e accolta come quando andavo a casa loro.

Quando entrai dalla porta, Steph stava preparando la tavola per la cena, lamentandosi. "Ma mamma, non è giusto! Olivia si è fatta mettere le extension la settimana scorsa. Perché io non posso mettere le mie domani? Ma dai!"

I suoi piagnistei mi stavano già dando sui nervi. La mamma mi lanciò un'occhiata strana quando entrai in cucina, tirando fuori una pila di piatti con dei gesti automatici, visto che mia sorella aveva a malapena sistemato le forchette.

"Dove sei stata tutto il giorno?" chiese mamma a bruciapelo, squadrandomi da capo a piedi con un'espressione sospettosa.

"Fuori con amici" risposi, sistemando i piatti sul tavolo.

Steph stava ancora protestando, e alla fine la mamma sospirò e disse: "Va bene, tesoro, va bene, ti sposto l'appuntamento a domani."

Santo cielo, era questo il trucco per convincere la mamma a fare quello che mi pareva? Essere il più querula e fastidiosa possibile? Peccato che con me non avesse mai funzionato. Il modo in cui mamma trattava me rispetto a come si comportava con mia sorella era penosamente diverso.

Ma almeno Steph aveva smesso di assillarci. Ci sedemmo a tavola, ma quella strana tensione che mia madre emanava nei miei confronti non voleva saperne di spegnersi. Continuava ad annusare, come se sentisse un cattivo odore, arricciando il naso e sbuffando.

"C'è qualcosa che non va?" chiesi infine, dopo un'ennesima annusata rumorosa e una smorfia.

"Bah, è quest'olezzo tremendo" rispose. Mia sorella e io ci scambiammo uno sguardo confuso. Mio padre si ostinava a fissare il suo telefono, rimestando il cibo con la forchetta senza nemmeno guardarlo. "Come quella di una puzzola."

Mi ci volle un notevole sforzo per non alzare gli occhi al cielo. Non era possibile che mamma mi sentisse l'odore di erba addosso: non avevo nemmeno fumato. Si stava comportando da meschina, quindi non dissi nulla e tornai a mangiare. Ma la mamma non aveva finito.

Bevve un lungo sorso del suo vino, posò delicatamente il bicchiere e dichiarò con tono affettato: "C'è un test antidroga sul bancone del bagno, Jessica. Lo farai dopo cena."

La forchetta mi cadde di mano e cozzò contro il piatto. "Mamma, è ridicolo."

Papà si schiarì goffamente la gola e disse: "Charlene, pensavo che avessimo parlato del fatto che non era necessario."

Ma la mamma non gli diede ascolto.

"So cosa fanno quei ragazzi, Jessica" sibilò. "Che razza di sciocca pensi che io sia? Tua sorella va a scuola con la sorella di quel Volkov, e sostiene che voi due vi frequentate. Esci con uno *spacciatore*, Jessica? Ma davvero?"

"Non è..."

La mamma fece una risata decisamente sgradevole. "Ti informo che i casellari giudiziari sono accessibili al pubblico. Se si metteva nei guai per questo al liceo, dubito fortemente che abbia smesso adesso. Finché vivrai sotto il mio tetto, seguirai le mie regole. E non ti permetterò di uscire a sballarti con quei degenerati."

"Non li conosci!"

Mi alzai così repentinamente che la mia sedia stridette sul pavimento. Mi guardavano tutti con gli occhi spalancati, dimentichi del cibo. La mia pelle era in fiamme. Ero così furiosa che per poco non mi venne un rigurgito mentre gridavo.

"Non li hai mai conosciuti, non mi hai mai chiesto nulla di loro! Stai basando tutto questo su supposizioni che hai fatto su di loro anni fa! Se sei così preoccupata per il mio benessere, se sei così dannatamente in pena, perché non mi parli come un essere umano? Perché non mi tratti come se ti importasse davvero? Sei solo incazzata perché non esco con qualcuno che vuoi tu!"

La mamma mi fissava a bocca aperta. Steph stava facendo una evidente faccia della serie: 'oh, merda,' mentre mi guardava perdere completamente le staffe. Papà mi scrutava da sopra i suoi occhiali da lettura.

"Diamoci tutti una calmata" affermò, ma io non ci stavo.

Non ne potevo più di essere calma.

"Inizierò a pagare l'affitto" annunciai. "Papà, presto potremo discutere e concordare un prezzo, okay?" Annuì, con aria ancora perplessa. "E mi trasferirò appena possibile. Mamma..." Lei era a braccia conserte, con ogni centimetro della sua postura segnato dalla testardaggine.

"Se ti interessa davvero, se questo ha a che fare con la tua *reale* preoccupazione per la mia incolumità, ne parlerò volentieri con te. Ma non mi hai mai chiesto come mi sento. Non mi hai mai chiesto se mi sento al sicuro, se sono felice, se mi trattano bene, niente! E non posso nemmeno presentarteli. Non posso darti l'opportunità di conoscerli, perché non accetti che si avvicinino nemmeno alla casa."

"E non li lascerò avvicinare" ribadì lei. "So già tutto quello che mi serve."

Sospirai, raccogliendo il mio piatto. "No, non lo sai. E se continui a rifiutarti di capirlo, un giorno non mi conoscerai più. Non mi sentirai più. Non mi vedrai più. Niente telefonate, niente visite, niente messaggi. Niente di niente. Mi stai allontanando da te." Mantenni il contatto visivo con lei, notando la furia e la tristezza che guerreggiavano nei suoi occhi. "Per colpa tua, quando me ne andrò da qui, non avrò più voglia di tornare."

Lei sussultò, ma io avevo già voltato le spalle. Buttai il piatto nel lavandino, poiché avevo perso l'appetito, e passai il resto della serata chiusa nella mia stanza.

Avevo il cuore in gola quando sentii i passi di mia madre salire le scale. Ma non bussò, non fece nemmeno un passo verso la mia stanza. Udii la porta della sua camera chiudersi, poi il debole brusio del suo televisore.

Avevo la gola così chiusa. Mi bruciavano gli occhi, finché la mia visione non fu altro che una sfocatura acquosa.

Avevo sempre desiderato con tutta me stessa l'approvazione di mia madre. Da piccola, il solo pensiero di deluderla mi faceva star male fisicamente. Ma ora, qualsiasi velleità del genere era fuori dalla finestra. Mi sentivo soffocata, frustrata, *bloccata*. Avevo addosso la sensazione di essere stata trasformata in una cattiva non perché avessi fatto qualcosa di sbagliato, ma perché avevo osato fare qualcosa di *giusto* per me.

Mi faceva male. Era un vero schifo. Troncare il rapporto con mia madre era come amputarmi un braccio.

Anche se era necessario, anche se era l'unico modo per andare avanti nella mia vita.

Ma mi sentivo ancora così dannatamente in colpa.

Quel senso di colpa non era scomparso quando Jason arrivò a prendermi per andare in palestra la mattina dopo.

"Buongiorno!" mi salutò, chinandosi a baciarmi. Era evidente che non aveva dormito bene nemmeno lui. Aveva le occhiaie e la voce ancora roca, come se fosse appena sceso dal letto. I suoi capelli erano spettinati, arricciati in direzioni strane e schiacciati contro la testa da un lato.

"Buongiorno" risposi, stropicciandomi gli occhi stanchi. La mancanza di sonno mi faceva sempre venire il mal di testa. Stavo ancora cercando di consumare a malincuore una barretta proteica, ma ogni boccone sapeva di cartone appiccicoso.

Quando arrivammo nel parcheggio della palestra, avevo già rinunciato a mangiarla.

Jason parcheggiò, ma non spense subito il motore. Rimanemmo in silenzio con la musica accesa di sottofondo, entrambi persi nei nostri piccoli mondi rancorosi.

Quando la canzone finì, sospirammo e ci scambiammo uno sguardo sorpreso.

"Jess, in tutta onestà, oggi non ho voglia di allenarmi" ammise lui. "Ho dormito di merda."

"Anch'io" confermai. "Sono sfinita. Mi fa male la testa." Feci una smorfia nello sbirciare la mia schifosa barretta proteica, accartocciai l'involucro e la infilai di nuovo nella borsa. "Saltiamo la palestra oggi."

"Per me va bene" concordò.

"Prendo un permesso al lavoro" mormorai

all'improvviso. "Sinceramente non ho le forze per affrontare certe stronzate oggi."

"Dannazione, oggi sei proprio messa male, eh?" chiese lui, pizzicandosi il labbro pensieroso. "Penso che mi unirò a te in questa tua giornata all'insegna del 'niente stronzate.' Sembra proprio quello di cui ho bisogno."

Sentendomi già meglio, alzai il volume della radio e mi sedetti di nuovo al mio posto. "Allora, cosa facciamo?"

Mi fece un sorriso che sapeva solo di malizia.

33

JASON

Un denso fumo bianco riempì l'aria mentre i miei pneumatici stridettero, sbandando sull'asfalto. Feci compiere alla Z un giro stretto, premetti la frizione in frenata, schiacciai l'acceleratore e sgommai di lato in curva.

Jess, seduta accanto a me sul sedile del passeggero, urlava a pieni polmoni. Non aveva ancora stabilito se le piaceva o se era terrorizzata per la propria vita.

Ma era proprio quella la parte divertente. Per quanto fossi sicuro di me al volante, c'era sempre un rischio.

Dopo aver lasciato la palestra, guidammo per un po' senza meta, ma sapevo cosa mi avrebbe aiutato a sentirmi meglio. Il mio posto felice era al volante, sentire il brivido della velocità, provare l'adrenalina di quando si gioca con la morte. Jess mi aveva visto derapare, ma non l'aveva mai provato, non aveva mai avuto l'opportunità di sperimentare davvero come ci si sente.

Così ci recammo in un terreno abbandonato ai margini della città e io mi scatenai.

Il motore faceva le fusa, il turbo fischiava quando sterzavo. Gli odori, i suoni, la trazione delle gomme:

erano uno sballo. Mi facevano rizzare i peli sulla nuca.

Jessica era avvinghiata alle cinghie dell'imbracatura. "Porca puttana, porca puttana, porca..." Un'altra curva, e la sua imprecazione si trasformò in un urlo. "Merdaaaaa!"

Quando alla fine mi fermai, avevo il sudore che mi imperlava la fronte e boccheggiavo a furia di ridere. Era impossibile ascoltare le sue reazioni e mantenere la concentrazione, ma non mi dispiaceva.

Mi piaceva mostrarle cose come questa. Mi piaceva essere una persona che poteva farle fare nuove esperienze. Era una gioia banale nel grande schema delle cose, ma era quello di cui avevo bisogno oggi.

Gioie semplici, piccoli scampoli di felicità. Avevo un gran peso in testa, ma le risate lo alleggerivano.

L'abitacolo sembrava una sauna, così mi tolsi la maglietta e la gettai a terra. Stare seduti con i finestrini abbassati, lasciando che la brezza fresca attraversasse l'auto, era una sensazione impagabile.

"Che ne pensi?" le chiesi, una volta che ebbe ripreso fiato a sufficienza per parlare.

"È stato fantastico!" esclamò. "Porca miseria, è stato terrificante... ma fantastico... oh, mio Dio. Rifacciamolo!"

E chi ero io per negarglielo?

Non ci fermammo finché non rimasi a secco e il mio stomaco cominciò a brontolare per il cibo. Andammo al nostro solito posto, una piccola caffetteria che offriva i migliori burrito per la colazione che avessi mai assaggiato. Stare seduti in silenzio a mangiare permise ai pensieri negativi di insinuarsi di nuovo, ma me l'aspettavo. Questa sensazione non sarebbe sparita così.

Questo giorno arrivava ogni anno, puntuale come un orologio, eppure non diventava mai più facile.

Alcuni anni, come questo, sembrava che andasse perfino peggiorando.

Il compleanno del mio fratellino. Il fratello che mi era stato proibito di vedere da quando i miei genitori mi avevano cacciato di casa. Il fratello a cui erano state propinate bugie su di me fin da piccolo, che probabilmente ora mi odiava, che forse pensava che il fratello maggiore lo avesse abbandonato di proposito. Era questo che gli avevano messo in testa i miei genitori.

Ero stato io a *scegliere* questo. Avevo scelto di andarmene, di vivere nel peccato. Avrei potuto semplicemente seguire le regole e dominare i miei desideri peccaminosi. La colpa era mia e probabilmente lo sarebbe sempre stata.

Per la maggior parte del tempo, non pensavo alla famiglia che avevo perso. Ma ogni volta che si avvicinava il compleanno di Charlie, la realtà mi colpiva a tradimento. Quanto avevo perso, quanto mi avevano tolto in un impeto di bigottismo e rabbia.

Le stesse persone che mi avevano educato a essere gentile, che avevano detto di amarmi, che mi avevano tenuto la mano, che avevano asciugato le mie lacrime... erano quelle che mi avevano causato un dolore così grande che mi aveva quasi ucciso.

Mi passò l'appetito. Jess se ne accorse, nonostante stessi cercando di farle credere che ero semplicemente sazio e occupato con il mio cellulare. Quando riavvolsi il burrito mezzo mangiato nella confezione, lei aggrottò la fronte.

"Quindi... non hai dormito molto stanotte?" mi affrettai a chiedere, sperando di farla parlare dei suoi problemi anziché dei miei. Ero bravo ad affrontare i problemi degli altri, a trovare il modo di risolverli, a offrire consigli, a fornire conforto. I miei problemi... non erano risolvibili. Non c'erano risposte facili. Era un processo costante di dolore e accettazione, e anno dopo anno mi dicevo che stavo guarendo. Che stavo migliorando.

Ma a volte dubitavo di questo processo di guarigione. Forse stavo solo seppellendo il dolore, sempre più in profondità, al punto da smarrirlo nei meandri della mia anima, tanto che ormai non riuscivo più a districarlo dalle parti più naturali della mia essenza.

Jess sospirò. "Sì. Ieri sera ho litigato con mia madre. Di nuovo." Feci una smorfia di solidarietà mentre lei continuava. "Vincent mi ha accompagnato a casa, e lei ha cominciato subito a dire che puzzavo di erba e che mi avrebbe sottoposta a un test tossicologico. Poi mi ha intimato di non vedere più nessuno di voi e... ho perso la testa."

"Merda... cosa hai fatto?"

"Ho solo urlato. Parecchio." Incrociò le braccia, fissando il suo burrito come se non le interessasse più. "Le ho detto che pagherò l'affitto finché non me ne andrò, cosa che spero avvenga presto."

Una fitta di preoccupazione mi attraversò inaspettatamente il petto. Finché non se ne andrà... presto. L'incertezza di questo fatto mi faceva girare il cervello in tondo.

"A proposito, come sta andando?" chiesi, cercando di suonare tranquillo e disinvolto. "Hai cercato qualche appartamento?"

"Sì. Cioè... più o meno. Ogni tanto." Corrugò la fronte e bevve un sorso del suo succo d'arancia. "È complicato. Ero davvero sicura di sapere cosa stavo cercando, ma adesso..."

"Adesso?"

Incrociò il mio sguardo dall'altra parte del tavolo, come se i suoi polmoni si fossero congelati e solo io potessi farla respirare di nuovo.

"Ora è più complicato" dichiarò. "Non ho mai avuto nulla a Wickeston per cui volessi restare, ma..."

"A Wickeston non vale comunque la pena di restare" ribattei con fermezza. Sì, le cose erano complicate e non avevo la minima idea di cosa avremmo fatto. Ma l'unica cosa di cui ero certo era che Jessica Martin non doveva mettere in discussione nessuno dei suoi sogni per il nostro bene. "Volevi andare a New York e ci andrai."

Un sorriso si stagliò in mezzo alla preoccupazione sul suo volto. "Grazie, Jason. Credo di essermi sentita un po' sopraffatta da tutto. Dal lavoro, da mia madre, dai problemi con Reagan, Alex e Nate."

"Le cose andranno meglio" le assicurai, anche se non appena quelle parole furono pronunciate, non mi piacque quanto suonassero false.

'Le cose andranno meglio' era solo una delle tante frasi che la gente tirava fuori quando non sapeva come diavolo fare per risolvere qualcosa. *'Le cose andranno meglio!' 'Aspetta e vedrai!' 'Sopporta il dolore e lascia che il tempo faccia il suo corso!'*

Accidenti, oggi mi sentivo proprio un coglione.

Ma Jess annuì, e quando fece un altro sorriso, capii che era falso come le mie parole. "Hai ragione. Andrà meglio."

"Ma questo non facilita quello che sta succedendo adesso" aggiunsi. "Mi dispiace che lei ti stia facendo passare un periodo così difficile, Jess. Non te lo meriti."

"Oh, ci sono abituata" fece lei, con un ottimismo esasperato che le faceva alzare il tono della voce. "Mia madre è fatta così, sai? Lo è sempre stata. Le ho detto che mi avrebbe persa..." La sua espressione ottimista si congelò. Il labbro inferiore le tremò per un attimo. "Probabilmente non le importerà. Non faccio più parte del suo piccolo mondo perfetto ormai."

Si schiarì la gola e mandò giù il resto della sua spremuta. Odiavo vederla nascondere il dolore, fingere che non fosse importante, indossare una maschera di sorrisi.

"Andiamo" proposi, alzandomi dalla sedia e prendendo gli avanzi del mio cibo. "Andiamo a fare un giro."

Jess scelse la musica, optando per un pezzo allegro con un basso pesante, e ce ne andammo in giro per Wickeston senza una meta particolare in mente.

Ma alla fine, senza nemmeno volerlo, guidai lungo le

strade note di un quartiere di periferia. Era tranquillo, composto per lo più da vecchie case su piccoli appezzamenti di terreno, in contrasto con i più recenti complessi residenziali.

Dopo un po' accostai e parcheggiai. La strada era costeggiata da alberi e il canto degli uccelli riempiva l'aria. Davanti a noi, in fondo alla strada, c'era una familiare casa a due piani. C'era un'auto nel vialetto, un SUV Toyota che mia madre guidava ormai indefessamente da anni. Potevo solo supporre che papà fosse al lavoro, come al solito. Charlie probabilmente era a scuola.

Rimanemmo seduti per un po' in silenzio. Jess voleva chiedere: continuava a muoversi leggermente sul sedile, inspirando come se si stesse preparando a parlare. Forse pensava che mi sarei arrabbiato se avesse chiesto, o forse aveva i suoi problemi di cui preoccuparsi e non aveva bisogno di accollarsi anche i miei.

"Jason..." Quando parlò, per quanto la sua voce fosse docile, mi sembrò comunque di essere pungolato da qualcosa di affilato. "Stai bene?"

Temevo quella domanda. L'avevo sempre temuta. La maggior parte delle persone non voleva una risposta onesta quando la poneva. Volevano una risposta comoda, qualcosa che non richiedesse loro di provare qualcosa o di offrire compassione.

Jess lo aveva chiesto perché le importava; lo sapevo. Ma ero ancora influenzato dall'interpretazione più cinica.

"No" risposi. Spensi il motore e sospirai nel silenzio che seguì. "Non sto bene, Jess. È... è il compleanno del mio fratellino. Charlie. Oggi compie quattordici anni."

Perché diavolo mi stavo lamentando? Che diritto avevo di stare qui a frignare? La mia vita era bella. Ero estremamente fortunato di ciò che avevo. Che motivo avevo di lagnarmi, quando c'erano persone che erano finite in circostanze ben peggiori? Persone che non avevano nessuno?

A volte mi sentivo in colpa anche solo per la

sofferenza che provavo.

"Questo è il tuo vecchio quartiere?" domandò, incitandomi dolcemente con le sue parole visto che ero rimasto in silenzio per un po'. "Siamo qui per vederlo? Mi... mi piacerebbe conoscerlo."

Dio, lo disse con tale sincerità. Si stava guardando intorno, cercando senza dubbio di capire quale casa appartenesse alla mia famiglia. Ma non sarebbe stata una visita piacevole come quella con la famiglia di Vincent; non avrebbe cenato con mia madre né avrebbe ascoltato battute terribili da mio padre.

"I miei genitori non mi permettono di vederlo" dichiarai. "Non l'ho più visto... da quando... da quando me ne sono andato di casa. Da quando mi hanno costretto ad andarmene."

Lei si sporse sul sedile e posò la sua mano sulla mia. Non disse nulla... e fui così dannatamente grato per questo. Perché quella di solito era la parte in cui la gente si scusava, in cui diceva quanto fosse dispiaciuta. Ma il dispiacere non aiutava, la pietà non mi portava da nessuna parte. La compassione non risolveva le opinioni bigotte dei miei genitori, non cancellava le idee che avevano inculcato nella testa di mio fratello.

Il suo silenzio mi portò a continuare a parlare. Quando le persone esprimevano tristezza per me, mi si chiudeva subito la bocca. Se le mie parole causavano dolore, perché continuare a parlare? Ma lei rimase in silenzio, conservando quello spazio per me e toccandomi per farmi sapere che era lì.

"Quando parli con Lucas o Manson della loro infanzia, salta subito all'occhio quanto gli abbia fatto male" iniziai lentamente. "Sarebbe lampante a qualsiasi persona con un briciolo di dignità, credo, che il modo in cui i loro genitori li hanno trattati è stato orribile. Ma per me... non è così. La mia infanzia è stata bella. È stata calma, tranquilla. I miei genitori non urlavano, raramente ci davano qualche sculacciata per qualcosa. Mia madre stava a casa con noi tutto il giorno, ci leggeva le storie della buonanotte, giocava con noi. Cenavamo insieme in famiglia tutte le sere, andavamo in chiesa tutte le domeniche, andavamo in vacanza in famiglia e facevamo una grande festa il giorno del Ringraziamento. Questo è il tipo di infanzia che si dovrebbe desiderare. Ma... non era così semplice."

Per un attimo giurai di aver visto un movimento alla finestra superiore della casa. Forse la mamma stava pulendo, canticchiando 'Amazing Grace' mentre spolverava i davanzali e spazzava i pavimenti. Le era sempre piaciuto cantare. Era una donna timida, ma da quando si era unita al coro della chiesa, aveva preso gusto a esibirsi.

"È strano che io riesca a pensare alla mia famiglia e al modo in cui sono stato cresciuto e a credere che sia stato positivo. Ma è stato così, sotto molti aspetti. È solo che tutta quella bontà, tutto quell'amore, quell'affetto e quella gentilezza erano condizionati. È davvero sciocco pensare che esista l'amore incondizionato, perché in realtà non esiste. Né da parte della famiglia, né da parte degli amici, né da parte degli amanti. È tutto subordinato a una condizione. E se non le soddisfi..."

Odiavo pensarci. Avevo ripensato tante volte al giorno in cui avevano scoperto tutto. Alla loro faccia, quando avevano aperto la porta della mia camera e avevano dichiarato che 'dovevamo parlare.' Al fatto che mi avevano portato in garage per discuterne, perché non volevano che il mio fratellino li sentisse urlare - rimproverarmi. Mi avevano detto che ero disgustoso, che ero un peccatore malato e confuso. Che se mi fossi fermato subito, avrei potuto essere perdonato. Avrei potuto 'rimettere a posto le cose.' Avrei potuto aggiustarmi.

Ma io non ero rotto. Avevo cercato in tutti i modi di dirglielo, di farglielo capire. Si erano solo arrabbiati di più. Le mie spiegazioni erano state viste come una sfida, la mia disperata insistenza come uno smarrimento nel peccato. Avevano perfino asserito che avrebbero preferito scoprire che ero dipendente dalle droghe o che avevo messo incinta qualcuna.

Ma no. La cosa peggiore che avessi potuto fare per loro era stata innamorarmi di un ragazzo.

La seconda in ordine era stata rifiutarmi di rinunciarci.

"Jason..." Mi afferrò la mano, intrecciando le sue dita alle mie. Fu come un'àncora che mi riportò alla realtà, un promemoria del fatto che avevo superato quell'evento, quel dolore.

"Ne è valsa la pena... di mollarli, intendo" specificai. "Anche se ero terrorizzato. Sono stato davvero fortunato, onestamente. Ho conosciuto ragazzi che sono rimasti per strada per anni dopo che i genitori li avevano cacciati, ragazzi che sono morti. Avrei potuto fare tranquillamente la stessa fine anche io."

Ecco perché Lucas mi aveva dato quell'avvertimento allora, ecco perché mi aveva sconsigliato di tenere la testa bassa. Perché sapeva cosa succedeva ai ragazzi come me.

"I miei genitori hanno cercato di usare la mia incolumità come merce di scambio. Se avessi fatto quello che volevano loro, sarei stato al sicuro. Si sarebbero presi cura di me. Avrei avuto un tetto sopra la testa, cibo, un letto." La paura era ancora così reale. Era ancora vivo in me il terrore che tutto ciò che conoscevo e di cui avevo bisogno potesse essermi strappato da sotto i piedi con uno schiocco di dita. "Ma avrei dovuto vivere nella menzogna. Avrei dovuto fingere di essere qualcuno che non ero, e continuare a simulare. Non potevo farlo. E non potevo... non potevo allontanarmi da Vince. Ricordo che mia madre mi ha urlato che se mi fossi presentato alla porta di Vincent in cerca di un posto dove stare, lui mi avrebbe respinto. Cercavano di farmi credere che mi stesse usando, come se mi avesse corrotto."

Indubbiamente, avevo un'inclinazione alla corruzione. E anche Vince. Ma l'avevo scoperto dopo quel fatto: era diventato un meccanismo difensivo. Il gioco di ruolo della corruzione religiosa era benefico per me.

Rimetteva in carreggiata il mio cervello, permettendomi di prendere qualcosa di doloroso e trasformarlo in gioco.

"Non ti respingerebbe mai" sbottò Jess, come se la sola idea fosse ridicola. E lo era. Ma come i suoi genitori, anche i miei avevano basato tutte le loro convinzioni su congetture piuttosto che su conoscenze reali. Non erano interessati a scoprire la verità, ma solo ad aggrapparsi ai loro punti di vista del cazzo.

"No, non lo farebbe" concordai. "Ma anche se l'avesse fatto... anche se i miei genitori avessero avuto ragione e Vincent fosse stato solo uno stronzo che stava approfittando di un ragazzo ingenuo per fare sesso... anche in quel caso... non avrebbe cambiato ciò che ero. Non cambiava il fatto che c'erano delle parti di me che loro non avrebbero mai accettato."

Quando le rivolsi un'occhiata, aveva gli occhi fissi davanti a sé, lo sguardo distante. Potevo solo immaginare cosa stesse provando; non sapevo cosa le avesse detto sua madre, né quali oscure angosce albergassero nel suo cuore. Ma sapevo che non meritava di vivere nella menzogna più di quanto lo meritassi io. Sia che avesse scelto noi, sia che avesse voltato pagina, meritava comunque di vivere una vita autentica.

"Ne è valsa la pena" affermai. "Anche se mi ha fatto male. Ne è valsa la pena perché mi sono attenuto alla mia natura e non ho permesso a nessuno di portarmela via. Ne varrà la pena anche per te, te lo assicuro. So che è una rottura. Fa male ribellarsi alle persone che si amano. Fa ancora più male quando ti rifiutano. Onestamente, non so se questo dolore passerà mai. Ma anche se dovessi soffrire per il resto della mia vita, non tornerei mai indietro."

"Sei una delle persone più coraggiose che abbia mai conosciuto, Jason" disse lei. "Ma non avresti dovuto dimostrare questo coraggio. Non avresti dovuto lottare per essere quello che sei. Non è stato giusto."

"È la vita a non essere giusta, suppongo" riflettei. "Ma credo che le cose siano davvero andate per il meglio per me. Voglio dire... guarda quello che ho. Un fidanzato che sta con me da più di sei anni, degli amanti che mi capiscono, una famiglia che mi rispetta, te..." Tracciai il suo viso con un dito. "Una donna straordinaria, una combattente, una piccola principessa sempre pronta alla sfida." Scoppiò a ridere e, pur alzando gli occhi al cielo, lo fece con un sorriso. "È stata dura arrivare fin qui, ma ne è valsa la pena. Se dovessi tornare indietro... non cambierei una sola virgola."

Un tempo avevo sognato di portare a casa una ragazza come lei per farle conoscere la mia famiglia. Per vedere l'orgoglio sul volto di mio padre, per avere l'approvazione di mia madre. Ma ora tutto quello era fuori dalla mia portata, e andava bene così. Avevo qualcosa di meglio. La mia famiglia aveva scelto me e io avevo scelto loro in cambio. Ero amato... e anche profondamente innamorato.

Venne verso di me, e ci incontrammo al centro dell'abitacolo. Le nostre fronti si unirono per un momento in silenzio, mentre le stringevo la mano. C'era stato un periodo in cui Jess mi aveva reso così ansioso. Era bastata un'occhiata per farmi battere il cuore più forte e per rendermi improvvisamente conscio di ogni mio difetto.

Non era più così.

Il mio cuore continuava a battere più forte quando la guardavo, ma era perché non riuscivo a credere che fosse qui. Con me. A stringermi, a baciarmi, a scoparmi. Mi faceva impazzire. Qualche anno prima non l'avrei mai pensato possibile. Ma ora...

Ora non credevo che fosse possibile lasciarla andare.

"So che queste ultime settimane sono state... bizzarre" commentai. "Probabilmente sono state travolgenti. Ma a prescindere da come siamo arrivati a questo punto, sono felice che sia successo. Sono contento che tu sia una mocciosa petulante che non ha saputo dire di no, e che per questo tu sia finita abbandonata nel nostro garage. Sono contento che una parte di te sapesse cosa era giusto fare, che tu sia stata coraggiosa e che abbia scelto di affrontarci invece di scappare."

"Anch'io ne sono contenta." Si mise a sedere più dritta, contemplandomi con uno sguardo in parte timoroso e del tutto impetuoso nella sua determinazione. "Jason, io... devo dirti una cosa... e non so se sia il caso..." La sua voce tremò, sull'orlo di un sussurro.

"Puoi dirmi tutto" la rassicurai. "Dai, mi conosci. Ho già sentito di tutto, principessa."

Abbassò gli occhi, e quando li rialzò sembrava che si stesse preparando a qualcosa che avrebbe fatto male.

"Ti amo, Jason."

La fissai, mentre le parole affondavano lentamente dentro di me. I suoi occhi erano così sinceri, e si avvicinò per prendermi la mano. Passò il dito sui miei anelli, con fare nervoso, e deglutì a fatica prima di aggiungere: "Ti amo tanto."

Con mio grande stupore, quella frase mi fece bruciare gli occhi.

Porca miseria.

Jess mi amava.

Feci una piccola risata - una risata che divenne qualcosa di più. Non mi bastava tenerla fra le braccia; avrei voluto tirarla dentro di me e custodirla lì. Avrei voluto in qualche modo trasmettere, fisicamente piuttosto che a parole, quanto cazzo significasse per me quella frase.

Ma nemmeno la fisicità bastava.

Le passai una mano tra i capelli, le ciocche dorate si avvolsero intorno alle mie dita. "Dio, Jess. Non avrei mai pensato di sentirtelo dire." Il mio sorriso sembrava troppo vulnerabile, troppo sincero. Mi sentivo come se avessi dimenticato i miei limiti, la mia cautela era d'un tratto sparita. "Ti amo. Cazzo, io..." La mia mano stava visibilmente tremando mentre la tenevo sulla sua testa. "Ti amo così tanto, Jess, che mi sento di impazzire. Ma sono felice, sono..." Mi si stavano ingarbugliando le parole. Merda, mi aveva fottuto il cervello, ma mi piaceva. "Sono così felice. Mi rendi così felice."

34

JASON

Facemmo a malapena in tempo a tornare a casa prima di strapparci i vestiti di dosso a vicenda.

La maglietta di Jess fu gettata via e i miei pantaloni erano abbassati fino a metà sedere quando scesi dalla Z. Dopo aver rimesso a posto i pantaloni, mi caricai Jess sulle spalle e la portai in braccio attraverso in cortile, con le tette che mi rimbalzavano sulla schiena e le gambe che scalciavano mentre strillava.

Quando passammo davanti al garage, Lucas scivolò fuori da sotto un veicolo e Manson si affacciò dal soppalco.

"Ehi, pensavo che stessi lavorando!" gridò Manson.

"Oggi mariniamo la scuola!" urlò Jess trafelata per le risate quando le diedi uno schiaffo sul culo.

"Non fare la spia" la rimproverai, ridendo con lei. Jojo e Bo erano piuttosto incuriositi dal nuovo gioco mentre portavo Jess in casa; Jojo continuava a saltare per leccare il viso di Jess. "Se Vince scopre che ci siamo finti malati..."

"Se scopro cosa?" Vincent fece capolino dalla cucina, occhieggiandoci con un cipiglio disorientato. "Pensavo che oggi doveste lavorare entrambi."

"Non mi andava" risposi, ed era la verità. Gli diedi un bacio veloce e lo lasciai con lo sguardo attonito in fondo alle scale, aggiungendo: "Avevo più voglia di passare la giornata a fottermi questa principessina fino a farle intrecciare gli occhi."

Portai Jess dritta in soffitta e spalancai la porta con un piede. La buttai sul letto e lei si accasciò sui cuscini con una risata. Mi tirò giù quando le salii sopra, con le mani avvinghiate alla maglietta per attrarmi in un bacio esigente. Mi sentivo come se fossi sballato, come se avessi bevuto troppa caffeina. Era difficile toccarla senza tremare.

La spogliai, mi issai le sue gambe sulle spalle e seppellii il viso nella sua fica. Dio, il suo sapore era una delle cose più vicine al paradiso che potessi immaginare. Mi abbrancò i capelli mentre ansimava, e me li *tirò* con le dita fino a farmi male.

"Cazzo, sì, tira così" mormorai, muovendo le labbra contro le sue pieghe gonfie. Il suo labbro si arricciò ferocemente mentre mi guardava, ma la sua espressione vacillò non appena feci roteare la lingua intorno al suo clitoride. Le sfuggì un gemito concitato, le sue gambe si attorcigliarono intorno alla mia testa e le sue cosce si strinsero.

"Ah... Jason..." Le si spezzò la voce, dissolvendosi in un singhiozzo liberatorio.

Il modo in cui le sue cosce mi serravano la testa durante l'orgasmo mi fece strusciare disperato il pene contro i cuscini. Stava gocciolando e il mio viso era tutto imbrattato di lei. Le infilai la lingua dentro, assaporando il suo calore, e le strinsi le tette mentre gridava.

Quando la lasciai andare, tremava e boccheggiava per riprendere fiato. Mi tolsi i pantaloni e poi gli slip, lanciai tutto con noncuranza in un angolo. Le allargai le gambe intorno a me e mi allineai con lei. Gemette quando strofinai il suo clitoride con il mio cazzo, scivolando avanti e indietro mentre lei mugolava: "Ti prego, scopami, Jason. Scopami come se mi odiassi."

"Dannazione, principessa". Mi incurvai su di lei e le misi una mano intorno alla gola. "Farò di meglio. Ti scoperò come la piccola peccatrice disperata che sei. Penso che tu debba imparare una lezione, non credi? Devi essere punita per avermi tentato a peccare."

I suoi bellissimi occhi si allargarono. "Dovresti darmi una lezione."

"Sì?" Il suo cuore le pulsava in gola, battendo rapidamente contro le mie dita. "E come dovrei fare, mm? Dovrei iniziare con..."

"Dovresti iniziare con una sculacciata e poi consegnarla a noi."

O erano entrati in soffitta in punta di piedi, o ero così perso nel piacere provato da Jess che non mi ero accorto dell'ingresso dei tre uomini. Manson e Lucas affiancavano Vincent. Manson aveva le braccia conserte e un sorrisetto sghembo sul volto. Lucas aveva lo sguardo fisso su di me e indossava ancora un paio di guanti di lattice nero, quelli con cui lavorava di solito. Solo che questo paio sembrava pulito, come se lo avesse infilato prima di venire qui.

Vincent sorrideva, e abbassò leggermente la testa nell'avvicinarsi al letto. In mano aveva il paddle che tenevo in camera da letto e che si batté contro la gamba quando si fermò al bordo del letto.

"Allora?" fece. "Io qui vedo due piccoli peccatori che hanno bisogno di un castigo. Quindi girala e sculacciala finché non ti diremo che ne ha avuto abbastanza. Poi verrà il tuo turno."

Merda, la sua voce. Pericolosamente dolce e scura come la notte. Mi formicolava lungo la spina dorsale ora che lui era in piedi accanto al letto. Jess si contorceva, con le gambe ancora intrecciate intorno a me. Era una posizione infernale in cui trovarsi. Il mio cazzo era così vicino ad affondare dentro di lei. Costringermi a fermarmi ora era crudele.

Feci uno sbuffo di scherno. "Avete intenzione di

costringermi?"

"Cazzo, Jason, mi metterai nei guai!" sussurrò Jess.

"Tu sei già nei guai, angelo." L'espressione di Manson era scherzosa, ma l'intensità agghiacciante dei suoi occhi su di me fu comunque sufficiente a farmi pentire di aver fatto il gradasso. "Non possiamo permettervi di vivere nel peccato sotto il nostro tetto."

Le parole lambirono i ricordi dolorosi che avevo dentro, ma non li riaccesero. Al contrario, spinsero il dolore da parte e occuparono di prepotenza lo spazio in cui un tempo si era incancrenito. Trasformarono i ricordi in qualcosa di cui potevo riappropriarmi.

"Sai bene che posso costringerti all'obbedienza, Jason" mormorò Vincent con tono dolce e delicato, come avrebbe fatto con uno sotto di lui. "È una tua scelta. O obbedisci e accetti la tua punizione da bravo ragazzo, o continui a straparlare..."

"E cosa succede se scelgo la seconda opzione?" domandai. Ma Vincent sembrava terribilmente divertito. Anzi, scoppiò proprio a ridere.

"Continua a fare il borioso, J" disse Lucas. "Davvero, fallo. Mi eccita."

Mi leccai le labbra e lo fissai. La sua attenzione era concentrata su di me. Sembrava che volesse farmi a pezzi.

Mi fece correre un brivido su tutto il corpo.

"Puniscimi, Jason" affermò Jess. Sembrava così eccitata, le sue parole erano frettolose, tremanti e punteggiate da un piccolo mugolio. "Me lo merito."

"Ecco la mia brava ragazza" affermò Manson. "Vuoi imparare la lezione, non è vero?"

"Sì, signore" replicò, e mi lasciai uscire un gemito strozzato prima di girarla alla svelta. Si sdraiò a pancia in giù, con il culo spinto in alto per me e le gambe ancora aperte intorno alle mie. Si infilò una mano tra le cosce e io la guardai giocare con sé stessa, con le dita bagnate dall'eccitazione.

"Non le è permesso toccarsi" statuì Vincent. Come per magia, produsse un paio di manette di cuoio e me le lanciò. "Incatenala alla testiera del letto."

Jessica alzò le mani e io le assicurai alle manette. Manson ora si trovava vicino alla sua testa, e la elogiò guardandola: "Stai facendo bene, angelo. È questo che succede ai peccatori impenitenti, no? È questo che ti sei guadagnata."

"Sì, signore" sussurrò lei. Aveva gli occhi chiusi mentre la trattenevo, l'espressione rilassata mentre si immergeva in quel dolce spazio mentale di sottomissione. Trascinando le dita lungo la sua schiena, le afferrai il culo con entrambe le mani e lo strinsi con apprezzamento.

Cazzo, mi piacevano i giochi di ruolo come questo. Quando mi immobilizzavano, mi rimproveravano, mi dicevano tutte le cose orribili, sporche e peccaminose che avevo fatto e mi punivano per esse. Quando mi estirpavano le paure concrete della dannazione eterna e le rendevano innocue, trasformando il mio terrore in qualcosa di controllabile, in un giocattolo. Non sarei stato in grado di verbalizzare il mio bisogno di quel genere di esperienze, ma Vincent lo sapeva. Lo aveva sempre saputo. Mi leggeva come un libro aperto.

"Sei pronta, Jess?" chiesi. Mi chinai e le diedi dei baci sulla schiena, percorrendole lentamente la spina dorsale fino a farle venire la pelle d'oca.

"Sono pronta, signore" replicò lei.

Le diedi uno schiaffo secco con il palmo della mano, una sculacciata pungente per farla partire. Inspirò bruscamente, aveva ancora gli occhi chiusi quando arrivò la seconda sculacciata. Presi il ritmo e passai da una natica all'altra, avanti e indietro, finché entrambe non furono arrossate. Le sue dita si flettevano e si stringevano, piccoli sbuffi e mugolii di dolore le uscivano di bocca, per quanto avesse seppellito il viso contro i cuscini.

Nel frattempo, io ce l'avevo così duro che mi faceva male. Jess inarcò la schiena, offrendo il culo per la punizione nonostante la sua pelle fosse diventata infuocata. Con tutta la faccia premuta sul cuscino, i suoi mugolii di dolore diventavano sempre più percettibili.

"Continua" ordinò Vincent. Camminava avanti e indietro accanto al letto, lentamente, sorvegliando ogni mia mossa. Lucas stava facendo qualcosa dietro di me; sentii delle catene che si muovevano, del metallo che veniva trascinato e posato. Non sapevo cosa avessero in serbo per me, ma l'attesa mi teneva sulle spine, tutti i miei nervi erano in stato di massima allerta.

"Ah! Jason, ti prego!" Jess tenne la bocca schiacciata sul cuscino, imbavagliandosi di fatto da sola. Ma Manson le sollevò la testa, le sistemò i capelli all'indietro e le accarezzò il viso.

"Ci sei quasi, angelo" mormorò. "Dio, guardati. Stai andando così bene. Inarca la schiena per lui." Lei obbedì, anche se piagnucolava, anche se le gambe le tremavano. Maledizione, il mio cazzo stava piangendo alla vista di lei, lo sperma mi colava lungo l'erezione. La sculacciai di nuovo e lei emise un gridolino disperato.

"Grazie, signore!" Ansimò. Manteneva la posizione con tenacia, sebbene fossi certo che sentisse il bruciore.

"Altre dieci" annunciò Vincent. "Falle valere."

Solo altre dieci, e poi sarebbe stato il mio turno.

Distribuii i colpi, assaporando ogni splendido grido che mi regalava. Si contorceva, il suo corpo le chiedeva di cercare di evitare il dolore. Le sfuggì un altro singhiozzo all'ultima sculacciata, e tirò su col naso mentre Manson la elogiava.

"Brava ragazza, sono così orgoglioso di te." Le cinse la testa, le baciò la guancia e le asciugò le lacrime che le erano scivolate. Lei sorrise, senza vergogna, anche se un po' stordita. "L'hai prese così bene."

Era fradicia. La sculacciata non aveva fatto altro che renderla ancora più in disordine. Impugnai il mio cazzo e ne passai la punta su di lei, strofinandole il clitoride. Sarebbe stato così facile sprofondare in lei; ero certo che avrei potuto raggiungere l'orgasmo con due affondi, se solo fossi riuscito a...

La mia testa fu strattonata all'indietro, delle dita ruvide si aggrovigliarono tra i miei capelli. Lucas mi sogghignò dall'alto, dandomi un colpetto deciso sulla guancia con la sua mano guantata.

"Non eccitarti troppo pensando di poterla scopare, moccioso" sibilò. "Sei tutto mio."

Oh... merda.

Lucas mi trascinò praticamente giù dal letto, costringendomi a inginocchiarmi ai piedi di Vincent. Mi spinse la testa verso il basso, ma io reagii, ingaggiando una battaglia di resistenza che ci fece finire in una situazione di stallo.

"Credo che il ragazzo voglia essere ferito" rifletté Vincent, inquadrandomi alla perfezione.

Aveva ragione. Volevo il dolore. Volevo essere sopraffatto, usato, rivendicato. Volevo sfidare tutti e tutto ciò che mi circondava, ma essere reso inerme a prescindere.

"Oh, per quello posso aiutarti io." La mia sfida fece sorridere Lucas. Spinse il suo stivale tra le mie gambe, fino a premere contro le mie palle.

E *continuò* a premere.

"Ah, merda..." La sensazione immediata di un dolore crescente nell'addome mi fece piegare in due. Ma Lucas era spietato, me le stava quasi schiacciando. Tirando un respiro affannoso e premendo la fronte contro il pavimento, gridai: "Cazzo, non devo... Ahh..."

Se non fossi stato così distratto dal dolore, avrei provato imbarazzo per il verso pietoso che mi strappò dalla gola. Picchiettò la punta d'acciaio del suo stivale contro le mie palle, a più riprese, cambiando ogni volta l'intensità in modo che non avessi idea di cosa aspettarmi. Tremando, fra una smorfia di dolore e un piagnucolio, mormorai: "Cazzo, ti prego, farò il bravo, chiuderò la bocca..."

"È un po' troppo tardi per le promesse" mi fece notare Vincent. "Sai esattamente cosa ti sei meritato."

Mentre Lucas mi torturava, Vincent si allontanò. Ma tornò dopo pochi istanti e posò qualcosa accanto alla mia testa. Era una barra di sospensione fatta di un metallo robusto, da cui penzolavano quattro spesse manette. Mentre Lucas mi teneva in posizione, Vince mi fissò i polsi alla barra. Fui trascinato in piedi, e sebbene potessi ancora sollevare le braccia, era molto più difficile con la barra attaccata.

Vincent mi afferrò il viso e mi sorrise. Quel suo sorriso mi fece fare una capriola allo stomaco, torcendosi per la trepidazione. Lucas mi teneva da dietro, con la sua erezione che mi sfiorava il culo, e sussurrò: "Ora ti sfondo, cazzo."

"Tocca a te" affermò Vincent. Il modo in cui incombeva su di me mi faceva sentire così piccolo, un misero puntino insignificante rispetto alle dimensioni e alla forza degli uomini che mi circondavano. "Visto che non riesci a tenere a freno la lingua, ne farai buon uso."

Lucas mi girò verso il letto e io sussultai sommessamente. Manson aveva liberato Jess, e ora le teneva il busto appoggiato al proprio petto. Jess era supina, e Manson le teneva le cosce aperte.

Spingendomi verso il letto, Lucas ordinò: "Mettiti in posizione. Faccia sulla sua fica, culo in alto."

"Sì, signore." Era la prima volta che riuscivo a dare una risposta adeguata da quando erano arrivati, ma ero ammaliato dalla vista di Jess. Quando mi misi in posizione, seppellendo il viso tra le sue gambe, lei si spinse contro di me. I suoi occhi erano spalancati e puntati su di me mentre Manson la teneva ferma.

Chiusi la bocca su di lei e iniziai adagio. Leccate delicate, succhiate morbide; era già molto sensibile, e ogni piccolo tocco la faceva contorcere. La sbarra era sotto il mio petto e non potevo toccarla con le mani, benché lo desiderassi disperatamente.

Il paddle mi colpì il sedere. Non fu un colpo vero e proprio, non fece male. Vincent si stava controllando, assicurandosi che la sferzata atterrasse dove intendeva e non in un punto in cui avrebbe potuto ferirmi. Ogni centimetro del mio corpo era teso. Tenevo i muscoli così contratti che mi dolevano. Per quante sculacciate avessi ricevuto, per quante volte avessimo giocato con il dolore, nei momenti che precedevano lo schiaffo ero sempre rimasto impietrito dall'ansia di capire quanto mi avrebbe fatto male. Jess era una gradita distrazione. Il suo sapore sulla mia lingua...

Paf!

L'impatto fu pesante, la fitta acuta e bruciante. Porca puttana se bruciava. La mia testa sobbalzò, la mia bocca si aprì e si chiuse più volte, poi strinsi i denti.

"Cosa ti abbiamo detto, ragazzo?" chiese Vincent, gioviale come sempre. "Tieni giù la testa."

Non dandomi altra scelta, Lucas mi costrinse di nuovo ad abbassare la testa, colpendo la parte posteriore del mio cranio. Mentre io gemetti, Jess rabbrividì e si sollevò con i fianchi per ricevere altri di più da me.

Paf!

Merda, merda, merda. Il dolore mi fece formicolare tutto il corpo, e feci scattare di nuovo la testa verso l'alto. Mossi le dita dei piedi, prendendomi un momento per espirare lentamente.

"Testardo, non trovate?" fece Lucas.

"Testardo e disobbediente" aggiunse Manson. "Forse non lo picchi abbastanza forte, Vince."

Il paddle batté, reclamando la mia attenzione. "È così? Non è abbastanza duro per te?"

"Non abbastanza, signore" risposi, anche se nell'istante stesso in cui lo dissi fui pieno di rammarico. Ci furono alcuni momenti di silenzio, scanditi solo dai versi sommessi di Jess, e io per poco non formulai delle scuse mentre il silenzio si protraeva.

Paf!

Questo mi fece gridare. Cazzo, ero nei guai.

Paf!

Lo schiocco del paddle che si abbatté di nuovo era umiliante. Espirai pian piano e riuscii a non emettere alcun suono.

"Abbassagli la testa, Lucas" comandò Vincent. "Tienilo fermo lì. Non mi importa se non riesce a respirare, deve obbedire."

La mano di Lucas si piantò sulla mia nuca e mi costrinse verso il basso. Avrei potuto leccarla a Jess per sempre. Avevo una fame sfrenata di lei. Ma ogni scudisciata mi faceva gridare, e il dolore stava aumentando; era quasi impossibile fare qualcosa di utile con la lingua quando stavo cercando in tutti i modi di non implorare pietà.

Il paddle mi percosse la coscia e io trasalii. "Voglio essere sicuro di non deluderti" spiegò Vincent. "Questi sono abbastanza duri?"

Annuii, mormorando: "Sì, signore" contro la fica di Jess.

"Sei sicuro? Sembri ancora relativamente lucido..." *Paf!* "Forse un po' più forte?"

Il verso che mi uscì fu vergognosamente acuto. La testa di Jess era inclinata all'indietro ma continuava a guardare, i suoi muscoli pulsavano intorno alla mia lingua ogni volta che la sondavo. Stava per venire alla vista di me che venivo frustato. Il solo pensiero mi fece contrarre il cazzo già duro. Pensare che ero stato così vicino a scoparla...

Paf!

Cristo, avevo il culo *in fiamme*.

La mano di Vincent mi strofinò la parte bassa della schiena, calda e lenitiva, prima della sculacciata che seguì. Il mio corpo si allontanò istintivamente dalla fonte del dolore, e cercai di abbassare il sedere. Ma Lucas non me lo permise. Con una mano mi tenne la testa bassa e con l'altra si infilò tra le mie gambe, afferrandomi le palle e stringendole.

"Resta in posizione" intimò. "O te ne pentirai."

Le percosse successive mi fecero contorcere e urlare come un bambino. Jess stava boccheggiando quando mormorò: "È così bello, Jason. Dio, sei così sexy."

Lucas ridacchiò. "Quando gli parli il suo cazzo si contrae, Jess. Ha una voglia matta di scopare." La sua presa si rinsaldò e io fremetti.

Mi stavano spezzando, e io ne stavo amando ogni secondo.

"Solo un'altra" affermò Vincent. "Devo fare in modo che questa sia la più tosta. Farà male, ma so che puoi sopportarlo. Sei pronto?"

"Sì, signore..." Nessuna preparazione avrebbe reso il dolore più sopportabile, ma era quasi finita.

Ci fu una pausa, poi Lucas mi sollevò la testa. Asciugò con cura una lacrima, dandomi un momento per riprendere fiato.

"Ce la fai?" chiese. La durezza della sua voce si era ammorbidita, il suo tocco era tenero. "Sii onesto con me."

Vincent mi aveva avvisato in passato di prendermi del tempo per schiarirmi le idee quando mi chiedeva come stessi. Così non risposi subito. Assestai il mio cervello, sintonizzandomi sul mio corpo come meglio potevo. Al di là dell'eccitazione dilagante, mi sentivo dannatamente bene. Stavo soffrendo, ma era esattamente il tipo di dolore che bramavo.

"Posso sopportarlo" confermai. "Lo voglio."

Lucas si chinò a baciarmi la tempia prima di obbligarmi ad abbassare di nuovo la testa. Ero determinato a far venire Jess e, dai suoni che stava emettendo, non ci sarebbe voluto molto per riuscirci. Le circondai il clitoride con la bocca, poi feci scorrere la lingua avanti e indietro sulla punta, mentre lei gemeva e sussurrava: "Oh cazzo... cazzo, non sai quanto mi fa godere."

Il paddle sfregava lentamente sul mio sedere irritato, con un tocco ingannevolmente delicato. Cercai di prepararmi quando si ritrasse, ma la botta mi spezzò. Il mio grido fu soffocato, così come il rantolo strozzato che seguì. Jess si tese, le sue gambe tremarono nella stretta di Manson, e disse: "Ti prego, continua Jason, ti prego, stai per farmi venire!"

Anche se mi sfuggì qualche lacrima, continuai. Ero fottutamente determinato a sentirla venire di nuovo sulla mia lingua.

"Così, J, bravo ragazzo." Vincent mi elargì elogi, la sua mano tornò a strofinarmi la schiena.

"Falla venire per noi" ordinò Manson.

Jess emise un gemito lungo e forte mentre si dissolveva nell'oblio più totale. Poi fui tirato in piedi e trascinato di nuovo sul pavimento. Bloccato e trattenuto da Lucas, Vincent mi sollevò le gambe e le ammanettò alla barra di sospensione. Mi lasciò esposto, con le gambe aperte, le braccia sollevate e assicurate.

"Ora è il mio turno con te" mi avvisò Lucas, sogghignando sopra di me come un pazzo. "Che ne pensi, Manson? Dovremmo legarli entrambi e fare in modo che queste due puttane si guardino a vicenda?"

"Accidenti, mi piace quest'idea" fece Manson. "Dov'è l'altra barra di sospensione, Vince?"

Dopo aver fornito a Manson la costrizione richiesta, Vincent tirò giù una delle catene che avevamo attaccate al soffitto. Non era un sistema complicato, ma faceva il suo dovere. "Tutto okay?" chiese mentre si assicurava che le manette fossero abbastanza strette da sostenere il mio peso. "Avverti qualche formicolio? Ti pizzica qualcosa?"

"No, niente" risposi. Inspiravo profondamente ed espiravo lentamente, preparandomi. "Sto bene."

Mi baciò, sussurrandomi quanto mi amava, quanto ero bello, quanto era orgoglioso di me. Volevo annegare in quelle parole, avvolgermele attorno come una coperta e viverci dentro per il resto della mia vita. Era già abbastanza sconvolgente che un solo uomo mi amasse - perché quest'uomo mi amava in modo sincero, autentico, senza limitazioni. Ma avere tutt'e quattro riuniti intorno a me - a usarmi, a darmi piacere, a stimolare il mio corpo verso nuovi picchi di sensazioni - era di un'intensità estasiante.

Vincent fece un passo indietro e la catena scattò quando Lucas la tirò. Le manette si strinsero, trascinandomi verso l'alto fino a farmi restare sospeso. Jess venne legata allo stesso modo e, una volta messa in posizione, fu appesa anche lei.

Rimanemmo sospesi lì, uno di fronte all'altra. Eravamo a cosce aperte e completamente esposti, mentre Manson, Vincent e Lucas ci giravano intorno. Lucas si venne a mettere di fronte a me e mi sfregò le gambe con le mani guantate.

"Hai qualcosa di carino da dire?" chiese, con un sorrisetto che mi diceva che già sapeva che non l'avevo.

La mia bocca si contorse in un sorriso che trattenni a stento. "Vaffanculo, Lucas."

Allargò gli occhi, fingendosi beffardamente offeso. "Sembra che tu non avrai il privilegio di parlare, allora."

"Questi dovrebbero chiuderti la bocca" commentò Manson, e nello stesso momento mi infilò in bocca un mucchio di stoffa. "Sono gli slip di Jess. Solo per ricordarti cosa ti perdi mentre me la scopo io."

L'odore di lei mi inondò il naso, avevo il suo sapore sulla lingua - ma lo spessore del cotone mi riempì la bocca e trasalii, stringendo i denti. Mi faceva contorcere lo stomaco l'idea che Jess mi vedesse legato in quel modo - era una sensazione dolce e amara allo stesso tempo.

"Merda..." La mia voce si ruppe e la parola fu ovattata dalle sue mutandine. Manson mi diede diversi schiaffi sulla guancia, ognuno dei quali più forte del precedente, fino a che non diventarono abbastanza intensi da bruciare.

"Già piagnucoli?" chiesi. "E io che pensavo che avresti opposto più resistenza. Non vuoi continuare a insultarci?"

"Non riesco a immaginare perché non dovrebbe" rispose Lucas, facendo scorrere le sue mani sulle mie cosce divaricate prima di schiaffeggiarle. Il bruciore fiorì come scintille che mi esplodevano sulla pelle. Mantenni il contatto visivo, rifiutandomi di distogliere lo sguardo. "Continua pure, Jason. Avevi così tanto da dire prima, dov'è finita la tua spocchia adesso?"

Stringendo i denti attorno al bavaglio, trattenni a stento un grido quando Lucas mi colpì di nuovo. Le mie gambe tremavano per la tensione, i muscoli si contraevano e vibravano.

"Vediamo chi chiede pietà per primo" propose Manson, scrutandomi da sopra la spalla di Lucas. Vincent era in piedi vicino alla mia testa, e fece una risatina alla proposta di Manson.

"Idea perfetta" disse. "Tu che ne pensi, ragazzo? Mm? Vediamo quanto ci metti a chiedere pietà." Mi tirò indietro la testa in modo che potessi guardarlo e se la appoggiò al proprio petto. "Vediamo quanto ti ci vuole per supplicare Lucas di scoparti."

Volevo già supplicarlo, se era per quello. Avevo un bisogno quasi ferino, sebbene Lucas mi spaventasse a morte, nonostante fosse di gran lunga l'uomo più intimidatorio che avessi mai incontrato.

"Non ci vorrà molto" mi schernì Lucas. "Basta guardarlo. Guardate come sbava e sgocciola dappertutto." Mi diede un altro schiaffo. "Patetico."

Dietro di lui, Manson affondò due dita dentro Jess, facendola mugolare. Aveva trovato un vibratore, e lo stava facendo scorrere sulle sue cosce aperte fino a farla fremere. "Così, angelo" mormorò, con la testa a un soffio da quella di lei mentre spingeva le dita dentro di lei. "Cazzo, sei così bagnata. Ti farò venire di nuovo, intesi?"

"Sì, padrone."

Gemetti al suono della voce di Jess. Quella voce deliziosa, dolce e sottomessa. Così desiderosa di compiacere.

Poi Lucas afferrò il mio cazzo e me lo strofinò lentamente prima di abbassare la testa e prendermi in bocca.

Il calore della sua lingua e l'improvviso risucchio mi fecero ruotare gli occhi dietro il cranio. Mi si arricciarono le dita dei piedi e mi aggrappai saldamente alle catene, flettendo gli addominali quando Lucas si abbassò e passò la lingua sul mio ano. Poi mi sondò con la lingua, cercandomi con lo sguardo in mezzo alle mie cosce aperte.

"Lucas, ti prego... ti prego..." Le parole non

riuscirono a uscire dalla mia bocca, ma le percepii con ogni briciolo del mio essere. Le mie suppliche non erano altro che gemiti soffocati per lui.

"Guarda chi sta già implorando" mormorò Vincent. Jess gridò quando Manson puntò il vibratore sul suo clitoride, il suono delle sue dita che pompavano dentro di lei era così erotico da essere quasi troppo.

Il naso di Lucas era premuto contro il mio perineo, la sua lingua accarezzava, spingeva, ruotava. Agganciò le mani intorno alle mie cosce, tenendomi schiacciato contro la sua bocca. Poi riprese a muovere la lingua verso l'alto, lambendo e succhiando le mie palle come se volesse mangiarmi vivo.

La vista dei suoi denti così pericolosamente vicini alle mie zone più intime era a dir poco terrificante.

Non si fermò. Prese di nuovo il mio cazzo in bocca, succhiando e leccando fino a spingerselo in gola. Allo stesso tempo fece scivolare un dito dentro di me. Gemetti all'istante, le dita delle mani e dei piedi si flessero per la disperazione.

Vincent mi teneva ancora la testa, accarezzandomi delicatamente i capelli. "Così, lo stai prendendo così bene" sussurrò mentre i miei rumori soffocati diventavano sempre più concitati.

Mi sembrava di star vivendo un'esperienza extracorporea. Sembrava tutto così luminoso: ogni tocco, ogni brivido che mi attraversava. L'adrenalina mi faceva tremare da capo a piedi, intensificando le mie reazioni. Mi era colata la saliva sul mento perché non riuscivo a deglutire bene, e Vincent la raccolse con le dita.

"Sei già un disastro" commentò, usando quelle stesse dita per penetrarmi. "Cerchi di fare il duro, ma basta legarti e ti trasformi nel più delizioso culo da troia, non è vero?" Pronunciò le parole con un tono paternalistico, quasi come se stesse sgridando un bambino.

Il dito di Lucas si unì a quello di Vincent, facendosi strada dentro di me, e al contempo alzò la testa per provocarmi: "Che poi assomiglia proprio una troia.

Guarda com'è appiccicoso." Con fare disinvolto, raccolse il liquido pre-eiaculatorio dal mio addome e si leccò le dita, trafiggendomi col suo sguardo. "Che ne dici, piccola puttana? Dovrei scoparti?"

Annuii disperatamente. Jess tremava, la testa gettata all'indietro in preda all'estasi, mentre Manson le strappò di forza un altro meraviglioso orgasmo. Volevo - no, *avevo bisogno* di venire. Ero più che disposto a mettere da parte ogni rimasuglio di orgoglio, se solo avesse convinto Lucas ad affondare quel grosso cazzo dentro di me.

Lucas si raddrizzò, continuando a esplorarmi con un dito mentre si puliva il mento. "Abbassalo un po', Vince." Il suo dito si spinse più a fondo quando colse la mia espressione. "Oh, che c'è che non va? Hai paura? Bene. Dovresti averne."

Vince mi lasciò e la catena scattò, facendomi abbassare di qualche centimetro, cosicché ora ero sospeso alla stessa altezza dei fianchi di Lucas. La sua tuta da lavoro era slacciata, il suo cazzo era fuori e si stava masturbando lentamente, colpendomi con la punta del suo pene. Il piercing brillava, e io lo fissavo. Avrei voluto non sentirmi così dannatamente *indifeso*. Non potevo muovermi, se non tendendo i muscoli e tremando.

Vincent gli passò una bottiglia di lubrificante. Se lo spalmò addosso e ne fece colare dell'altro su di me. Continuavano a sgorgarmi parole di supplica che non riuscivano a capire e che divennero più stentoree quando lui si allineò al mio culo.

"Tranquillo, piccolo, respiri profondi" mi incitò Vincent, sostenendomi la testa, quasi tenendomi. Lucas si infilò dentro di me, e sentii una tale *trazione*. L'insolita protuberanza del suo piercing fu subito percettibile. Chiusi gli occhi, perché era tutto così intenso: la vista, gli odori, i suoni che mi circondavano.

Stavo quasi per venire solo per la sensazione di Lucas che mi riempiva.

"Ehi, apri gli occhi." Lucas mi diede un piccolo schiaffo in faccia e io aprii gli occhi. Era sprofondato dentro di me fino alla base. Vederlo lì tra le mie gambe, con il petto tatuato scoperto, la tuta slacciata, che mi sorrideva come se avesse vinto qualcosa... mi fece girare la testa. "Non chiudere gli occhi. Voglio che mi guardi." Si spinse dentro di me e io per poco non chiusi di nuovo gli occhi.

Non che fosse poi così diverso da Vincent a livello di sensazioni. Le dimensioni erano diverse, la tecnica diversa, e il piercing - sì, anche quello era diverso. Ero stato scopato da altre persone oltre a Vincent, ma non da *Lucas*. Era la persona di cui il mio io più giovane e in parte ancora restio a dichiararsi aveva avuto un'immensa paura, non solo perché era un abile combattente, o un ragazzo spaventosamente sadico, o spietatamente diretto. Era fottutamente sexy. Era un uomo crudele, animalesco, che non si pentiva di essere sporco, che sapeva cosa voleva e come prenderselo.

Sapeva cosa voleva da me. E Dio, ora che mi stava scopando, non ero sicuro che sarei sopravvissuto. Era troppo bello, proprio perché faceva troppo *male*. Lucas scopava con veemenza e brutalità. Vincent mi teneva il viso e mi lodava, e Jess mi guardava con un'espressione così beata...

Vincent mi sfilò gli slip di Jess dalla bocca e mi spronò: "Non trattenere il respiro. Urla se ne hai bisogno."

Non mi ero nemmeno accorto di essere rimasto in apnea. Ma ora che avevo la bocca libera, lo fu anche la mia lingua.

"Cazzo, Lucas, ti prego, ho bisogno... cazzo, così mi farai venire, ti prego fammi venire, ti prego..."

"Sì? Vuoi venire?" Lucas mi ghermì il viso e si piegò su di me, con una mano ancora agganciata alla mia coscia mentre mi impalava ancora e ancora. "Continua a implorarlo, allora."

Dio, bramavo il suo tocco. Volevo *così tanto* sentire la sua mano su di me. Continuai a supplicare, con un flusso inutile e quasi indistinguibile di parole che mi tracimò dalla bocca.

Cercai di tenere gli occhi su di lui, ma era impossibile non guardare Jess. Manson usò il vibratore per farla venire un'ennesima volta, e lei tremò così forte che le scesero le lacrime sul viso. Il mio cazzo sbatteva contro il mio addome, la tenacia delle spinte di Lucas era quasi sufficiente a farmi singhiozzare.

"Ti prego..." Non ero più sicuro di chi stessi implorando. Se Lucas, Vincent, Manson... diavolo, chiunque potesse darmi sollievo. "Dammi il permesso di venire, ti prego, ti prego, ti prego..."

La mia pelle punita bruciava quando i fianchi di Lucas mi sbattevano contro. In netto contrasto, Vincent mi baciava delicatamente la guancia, continuando a sostenermi la testa in modo rassicurante.

"Puoi venire, ma lui non ti masturberà" spiegò Vincent. "Solo senza mani."

Cazzo, cazzo, cazzo.

"Manson, ti prego!" gridò Jess all'improvviso, ma non riusciva a dimenarsi: ce la faceva a malapena a muoversi. Tutto quello che poté fare fu rimanere lì quando Manson impostò il vibratore su una velocità maggiore, usandolo insieme alle dita con cui la stava masturbando. L'eccitazione colava da lei, scintillante, ed ebbi la netta sensazione come di uscire dal mio corpo.

Lucas mi stava addosso e i suoni che emettevo lo facevano sorridere. "Voglio vedere come ti vieni addosso" ringhiò. "Combina un bel casino per me."

Mi spezzai. Il mio cazzo pulsò quando venni, schizzando sperma sulla mia pancia in spesse strisce bianche.

"Così, è questo che mi piace vedere. Vieni dappertutto, troia."

Vincent raccolse la sborra e me la spalmò sul viso, spingendomi le dita in bocca in modo che potessi assaggiarmi. Il modo in cui mi sorrise mi fece sentire lo stomaco vuoto, così come la delicatezza delle sue mani in contrapposizione alla brutalità di Lucas.

Lo guardai e, balbettando e singhiozzando fra un respiro affannoso e l'altro, farfugliai: "Grazie, signore, grazie per avermi fatto venire, grazie per avergli permesso di usarmi, grazie…"

La presa di Lucas si strinse dolorosamente, in modo possessivo. Si seppellì a fondo dentro di me e venne, ringhiando ferocemente: "Cazzo, è perfetto."

35
LUCAS

Nonostante avessimo dovuto riportare Jess a casa quella sera, dormimmo comunque tutti nello stesso letto. Di solito, era il letto di Manson quello in cui ci riunivamo tutti; quella sera, dopo averla riaccompagnata a casa, andai in soffitta.

Vincent e Manson stavano entrambi facendo la doccia. Jason era disteso sul letto, con i capelli umidi, in tuta e nient'altro mentre giocava al cellulare. Mi sdraiai accanto a lui e gli diedi un colpetto sulla testa.

Lui posò lentamente il telefono e mi rivolse uno sguardo interrogativo. "Cosa stai facendo?"

Sogghignai. "Coccole postcoitali."

Con una piccola risata, si risistemò per accoccolarsi più vicino a me. "Che imbecille. Coccole postcoitali, certo."

Il suo dito batteva rapido sullo schermo per affrontare il livello successivo del gioco. Non avevo idea di come facesse a seguire tutte le esplosioni, gli effetti speciali e la grafica brillante. Io riuscivo a fare solo dei giochi molto semplici: quelli in cui dovevi andare da qualche parte, sparare a qualcosa, raccogliere oggetti.

Cose così. Alcuni giochi che faceva lui erano di una complessità assurda.

Era una bella sensazione stare sdraiato lì accanto a lui. Vivevamo insieme da anni. Era uno dei miei migliori amici. Ma il nostro era un rapporto che avevo trascurato, quasi dato per scontato. Era complicato ammirare qualcuno come ammiravo lui e allo stesso tempo sentire il bisogno quasi irrazionale di proteggerlo. Dal mondo, da me stesso.

Mi ero sentito una minaccia per lui quando l'avevo conosciuto. Come se rischiassi di rovinargli la vita. Forse, a livello inconscio, questo mi aveva spinto a tenerlo a distanza.

Ma sentirsi soli ed emarginati per così tanto tempo era estenuante: non mi andava più di farlo. Essere accudito mi spaventava, così allontanavo proprio le persone che più si preoccupavano per me. Nel tentativo di non perdere l'amore che avevo trovato, per poco non lo distruggevo.

Avevo percepito il dolore nella sua voce quella sera che l'avevo chiamato dopo il raduno di auto. L'idea che io fossi ferito - di perdermi - lo aveva chiaramente scosso. Non ero bravo a leggere le emozioni delle persone, non sempre riuscivo a cogliere i significati nascosti come sapevano fare Vincent o Manson. Ma la rabbia e la paura nella sua voce erano stati palpabili.

Quest'uomo che avevo cercato di proteggere così strenuamente voleva proteggere me a sua volta.

Avevo le dita aggrovigliate nei capelli di Jason quando ammisi: "Sai che ti amo. Vero?" Era un modo di merda di formulare il concetto. Non ce la facevo a dire semplicemente "ti amo" come un essere umano normale, no, cavolo: dovevo porlo come una domanda.

Jason rovesciò la testa all'indietro per guardarmi. "Certo che lo so. E tu sai che ti amo anch'io."

Lo sapevo, ma era comunque una gran bella sensazione sentirselo dire.

Odiavo evitare lo scontro. Anzi, era l'opposto: ci sguazzavo. Se qualcuno aveva un problema con me, volevo che mi affrontasse. Accettavo urla, parolacce, litigi, qualsiasi cosa che non fosse il semplice tentativo di ignorarlo.

Con la sigaretta appesa fuori dal finestrino, fissai la strada che conduceva a casa di Jessica. Sua madre era all'aperto, a potare i cespugli di rose con un enorme cappello da sole in testa. Aveva delle lunghe unghie finte, come sua figlia, e anche mentre lavorava in giardino era vestita come se stesse per andare a un brunch di lusso. Probabilmente in gioventù era stata una festaiola, una donna da cui la gente era stata irresistibilmente attratta. Capelli vaporosi, grande personalità e un temperamento ancora più marcato.

Evitare la casa di Jess per non irritare sua madre era una cosa che facevo per il bene di Jess e di nessun altro. Ma mi dava sui nervi. Se la signora Martin aveva un problema con me, avrei preferito che me lo dicesse in faccia. Non c'era bisogno di urlare e di gridare. Ma basta fare le cose di nascosto.

Jess probabilmente si sarebbe arrabbiata, ma ormai avevo deciso. Volevo vederla, e non avevo intenzione di aspettare che uscisse di casa di soppiatto e che accampasse qualche scusa ridicola per sua madre.

Jess era legata a noi. Poteva fare tutti i progetti che voleva, trasferirsi dall'altra parte dello Stato, del Paese, del maledetto mondo. Noi l'avremmo soltanto seguita. Non aveva molto senso, ma nemmeno i miei piani migliori lo avevano di solito. Non 'riflettevo' sulle cose: prendevo una decisione e la perseguivo.

Non avrei perso Jess per nessun motivo al mondo ormai: avevo già stabilito che era nostra. Quindi, sua madre avrebbe dovuto adeguarsi al programma.

Gettata la sigaretta nel posacenere, uscii e feci attenzione a non sbattere lo sportello per una volta. Questo quartiere era dannatamente tranquillo e mi metteva a disagio. Al parcheggio delle roulotte c'era sempre stato un gran baccano. Cani che latravano, bambini che piangevano, musica che suonava, qualcuno che gridava sempre. Il quartiere di Jess sembrava una versione in sordina di WhoVille.

Fu come se la signora Martin avesse percepito a pelle il mio arrivo. Si voltò a guardare quando arrivai sul marciapiede e si raddrizzò all'istante. Si girò verso di me, brandendo le cesoie come un'arma quando arrivai alla fine del suo vialetto.

"Buongiorno, signora." Feci un cenno con la testa, ma non mi avvicinai. Non mi sarei stupito se mi avesse tirato addosso quelle maledette cesoie. Sembrava inorridita come avevo previsto, ma anche infuriata. Questa sì che era un'emozione su cui potevo lavorare - un'emozione che potevo comprendere.

Prima che potesse aprire la bocca per rimproverarmi, esordii: "Ora so che non mi vuole nella sua proprietà. E non ci sto, visto?" Indicai a terra. I miei stivali poggiavano saldamente su un marciapiede pubblico. "Sono venuto solo a prendere Jess."

La signora Martin fece uno sbuffo di scherno e incrociò le braccia, con le cesoie che le penzolavano da una mano. "Oh, è per questo che sei qui? Pensi di poterti presentare così e andartene con mia figlia?"

Se solo fossi stato il tipo che sapeva fare un sorriso finto. Invece rimasi lì con un'aria indispettita come non mai, cercando di sembrare educato. Almeno la mia educazione era autentica. Mio padre mi aveva insegnato le buone maniere di base, ma non molto altro.

"Non pensavo che sarebbe stato così facile, signora, ad essere sincero" dissi. "Immaginavo che prima avrei avuto bisogno della sua benedizione."

Lei alzò le sopracciglia, sgranando gli occhi dello stesso colore di quelli di sua figlia. Molti dei modi di fare di Jess li stavo ritrovando su di lei, era un po' inquietante. La mela non cadeva lontano dall'albero della testardaggine.

"Rose di Bonica?" chiesi, indicando il folto cespuglio dietro di lei. "Anche mia madre ne aveva alcune, le adorava. Ne teneva grandi mazzi sul tavolo della cucina. Mi è sempre piaciuto il loro colore."

"Il loro colore... sì, è per questo che le ho scelte" commentò lei in tono distaccato. "Un bel colore." L'aveva colta di sorpresa, e allentò la presa sulle cesoie, anche se il suo sguardo non divenne meno tagliente. "Come ti chiami, giovanotto?"

"Lucas Bent" ribattei. "Le stringerei la mano, ma..." Feci di nuovo cenno al suo vialetto. Finché non mi avesse detto che potevo, non avrei fatto un dannato passo oltre il confine della sua proprietà. Sarei rimasto lì tutto il giorno se fosse stato necessario.

"Sei stato arrestato diversi anni fa" affermò, con la bocca tirata.

"Sì, signora." Non le dissi che non c'erano state accuse. Ero rimasto in riformatorio per qualche giorno dopo aver colpito Alex in testa, finché mio padre non era venuto a prendermi. Personalmente, avrei preferito continuare a stare in prigione.

"Che cosa hai fatto?" Da come mi guardava, lo sapeva già. Forse voleva vedere se avrei mentito.

Ma si sarebbe beccata la verità, per quanto brutta e sgradevole.

"Ho rotto una bottiglia di vetro in testa a un altro studente" spiegai. "Gli ho procurato un taglio di circa un paio di centimetri. Ha avuto bisogno di punti di sutura. Stava parlando in modo irrispettoso di una persona a cui... a cui tenevo. E ho perso le staffe."

Non mi avrebbe creduto se le avessi detto che Alex aveva parlato di Jess: sarebbe sembrato che stessi strafacendo.

"Perdi spesso le staffe?" chiese.

"Non così spesso come una volta." Riuscii a fare una

specie di sorriso, o almeno mi sembrò di farlo. "Non farei mai del male a sua figlia, signora. Non sono quel tipo di persona. So di avere un aspetto di merda, e probabilmente anche la voce. Ma tutto quello che voglio da Jess è un po' del suo tempo e della sua compagnia. Con me è al sicuro."

Annuì lentamente. "Oh, certo. Non è quello che dicono tutti?"

La porta si aprì e Jess fece capolino con un'espressione di stupita incredulità sul volto. "Lucas? Cosa stai..." Poi vide sua madre e il suo volto si spense. "Oh. Ehm... mamma..."

"Dice che è venuto a prenderti" affermò, tornando alle sue rose senza degnarmi di uno sguardo. Non potevo esserne certo, ma mi parve che nella sua voce ci fosse un po' meno veleno. Continuò a potare, a tranciare ogni ramo con particolare slancio.

Quando incrociai lo sguardo di Jess, feci un cenno con la testa verso la El Camino parcheggiata lungo il marciapiede. Lei annuì in fretta. "Torno subito, devo solo prendere la borsa."

Scomparve dentro per un minuto. La signora Martin non si voltò, continuò a tagliare senza dire una parola. Il suo messaggio era forte. E perfettamente chiaro.

"Non posso credere che tu sia andato dritto da lei!" esclamò Jess. Non era arrabbiata, sembrava solo sgomenta. "Sei davvero fortunato che non abbia chiamato la polizia. Si incazzerà con me."

"No, se si incazza con te, chiamami e passale il telefono" dissi. Jess scoppiò a ridere.

"Lucas, non puoi... non conosci mia madre." Scosse la testa. "È ancora più testarda di me, credimi, non c'è niente che la scalfisca."

"No? Mettimi alla prova. Sono in grado di scalfire un maledetto diamante."

Anche se sembrava esasperata, mi piacque la risata che fece. "Ma dove stiamo andando? Qual è la grande sorpresa?"

"Volevo mostrarti una cosa" risposi. "È... è difficile da spiegare, ma ho degli amici che voglio farti conoscere."

"Ah, merda, Lucas, non mi sono truccata!" gemette, chinandosi per prendere la sua borsa. Mi allungai e le afferrai la mano, avvicinandola a me.

"Non agitarti troppo" la rassicurai, baciandole il dorso della mano prima di mettermela in grembo. "Fidati, a loro non interesserà se sei truccata, o come sono i tuoi capelli, o cosa indossi... anche se a me piace quello che indossi." Mi faceva impazzire quando si metteva la gonna. Mi faceva venire voglia di spingergliela su per le cosce e di seppellirci il mio viso in mezzo. Era un kilt giallo, e la sua camicia era bianca e le avvolgeva il petto come un corsetto. "Sei sexy da morire."

Mi sporsi e la baciai, e lei mi gridò che ci avrei fatto fare un incidente, ma io non ero preoccupato.

Odiavo questa città, ma conoscevo le sue strade come le mie tasche, anche quelle vecchie e piene di buche che attraversavano le zone malfamate di Wickeston.

"Vivevi lì un tempo, vero?" chiese, indicando Montgomery Park quando lo superammo.

Il parcheggio per roulotte era stato molto carino negli anni '70, all'epoca in cui era abitato per lo più da anziani in pensione. Ma molte persone erano andate e venute nel corso degli anni e avevano deteriorato quel posto. La vernice si era staccata dal vecchio cartello all'ingresso, e dal legno trapelavano delle chiazze d'acqua.

"Già, casa dolce casa" ribattei. Il parcheggio per roulotte si affacciava su un canale di scolo, dove la gente scaricava i propri rifiuti da anni. Vecchi materassi, mobili rotti, bottiglie di vetro e altri rottami erano sparsi in tutta l'area.

Dopo aver imboccato la stradina di servizio sterrata

che costeggiava il fosso, parcheggiai e spensi il motore. Dopo alcuni secondi di silenzio, da sotto la spazzatura spuntarono dei musetti curiosi.

"Sono loro?" domandò Jess.

Annuii e mi portai un dito alle labbra. "Sono un po' timidi, quindi cerca di tenere la voce bassa."

Sembrava confusa, ma scese dall'auto dopo di me. Alcuni musetti tornarono a nascondersi quando io mi sporsi nel retro dell'auto e tirai fuori delle provviste che avevo portato con me.

Mentre mi guardava aprire una scatola di Friskies, Jess chiese: "Lucas... perché hai tutto questo cibo per gatti?"

"Per i miei amici" risposi, tenendo la voce bassa mentre le facevo cenno di seguirmi. C'erano diverse teglie di metallo che avevo nascosto all'ombra degli alberi lì vicino, e aprii un sacchetto di crocchette per rovesciarle nelle teglie. Schioccando la lingua per incoraggiarli a uscire, mi allontanai un attimo dai vassoi e aspettai.

I gatti, almeno una dozzina, uscirono di corsa dai loro nascondigli. Jess sussultò quando ci corsero incontro, con la coda in aria, miagolando a gran voce in cerca di cibo. Alcuni erano abbastanza audaci da strusciarsi sulle mie gambe, ma altri stavano più in disparte, troppo diffidenti per avvicinarsi.

"Oh, mio Dio, sono tutti randagi?" chiese. Teneva la voce bassa, ma si capiva quanto desiderasse avvicinarsi e accarezzarli. I gatti cominciarono a mangiare prima ancora che aggiungessi diverse scatolette di cibo umido ai croccantini.

"Sono randagi" confermai. "La maggior parte è selvatica e ha vissuto qui tutta la vita. Questa colonia è qui da anni." Feci un passo indietro, dando ai gatti più spaventati la possibilità di nutrirsi. "Venivo qui a fumare, così mio padre non mi dava fastidio. È così che ho scoperto che erano qui. Avevano fame e nessuno dava loro da mangiare, perciò ho iniziato a portare loro del cibo. E da allora ho continuato a sfamarli. Cerco di passare una volta alla settimana. Ma se il tempo è brutto, vengo più spesso a controllarli. Prima avevo dei rifugi per loro, ma la gente continuava a sfasciarli."

La gente era terribilmente crudele, soprattutto con i gatti. Quando avevo scoperto che alcuni adolescenti stronzi portavano qui dei petardi e cercavano di catturare i gatti, ero andato su tutte le furie. Ma non tornarono mai più dopo che un giorno si presentarono e trovarono me ad aspettarli.

"Sono riuscito a catturare la maggior parte di loro e a portarli dal veterinario" raccontai. "Il gattile locale ha un programma per far sterilizzare o castrare gratuitamente i randagi. Ma ce ne sono alcuni che non sono mai riuscito a prendere, quindi..." Indicai una gattina arancione che sgambettava tra le erbacce. Jess strillò di gioia, coprendosi rapidamente la bocca per attutire il suono.

"È così piccola!" esclamò, osservando la gattina che si avventava sul cibo. Sospettavo che fosse nata un'altra cucciolata di recente, ma dato che solo una gattina faceva la sua comparsa e non aveva la madre vicino, avevo il brutto presentimento che non ce l'avessero fatta.

La vita era dura qui fuori e non potevo salvarli tutti.

Muovendomi adagio, tirai fuori la gattina dal gruppo. Fu subito esuberante, si contorse nella mia presa e mi soffiò, feroce e sputacchiante. Alzò le zampette e tirò fuori gli artigli. Mi entrava in un palmo e la tenni stretta contro il mio petto, formando con le mani un nido in cui farla nascondere mentre Jess le accarezzava dolcemente la schiena.

Mi sembrava troppo magra, troppo fragile nella mia presa. Era ovviamente malnutrita, troppo piccola per essere svezzata.

"Nessun altro lo sa" ammisi, e lei mi guardò stupita. "Non è che io ritenga che debba essere un segreto. È solo che è sempre stata una cosa mia. Mi fa sentire come se stessi facendo del bene. Se posso migliorare un po' la loro vita, allora... significa qualcosa. Ma non ho mai voluto vantarmene né fare chissà quale scena..."

D'un tratto, non ero più sicuro del motivo per cui l'avessi portata qui. Quando ero passato a comprare il cibo il giorno precedente, mi era venuta in mente quell'idea e non se n'era più andata. Una cosa che non avevo mai condiviso con nessuno, che era sempre stata solo per me... volevo condividerla con lei. No... avevo *bisogno* di condividerla.

Jess prese la gattina tra le mani con estrema delicatezza. La cucciola la guardò con i suoi grandi occhi azzurri, ancora lattiginosi per la giovane età. Ma non soffiò di nuovo mentre Jess la teneva stretta sotto il mento, parlandole dolcemente.

"Credo che tu le piaccia" commentai.

"È così tenera." Jess parlava con un filo di voce. Aprii un'altra scatoletta di cibo umido e la posizionai sul retro della macchina, cosicché la gattina potesse mangiare senza competere con gli adulti. Aveva un appetito enorme e ringhiava mentre divorava il cibo, prendendo i bocconi più grandi che riusciva a far entrare nelle sue piccole fauci.

"È una piccola combattente" commentai. Ringhiò ancora più forte, con tutto il musetto sporco di cibo, quando le accarezzai la spina dorsale con un dito. Quando alzai lo sguardo, Jess mi stava osservando.

"Credo che questo sia il sorriso più grande che abbia mai visto sulla tua faccia" rifletté. "Non sapevo che ti piacessero i gatti. Perché non ne hai uno in casa?"

Non c'era una risposta facile. Non erano tanto i cani a preoccuparmi; Jojo era una tenerona che non avrebbe fatto male a una mosca, e Bo poteva fare il duro, ma sarebbe bastata la zampata di un gatto per insegnargli a rispettarli.

"Il punto è che... è da molto tempo che non ho un gatto. Non ne ho mai avuto uno come animale domestico, almeno non da tanto tempo."

Non avevo intenzione di approfondire l'argomento, ma Jess stava diventando troppo brava a leggere oltre la mia evasività. Appoggiò la mano sulla mia guancia, accarezzando con il pollice la barba del mio viso. "Ti va di parlarne?"

Sì. No. Entrambe le cose. Parlarne - disgustosamente - mi sembrava molto simile a vomitare. Non mi andava, ma probabilmente mi sarei sentito meglio una volta che l'avessi fatto.

"Non c'è molto di cui parlare" esordii. "A papà non piacevano i gatti, ma io ne trovai uno quando avevo nove anni. Una randagia aveva partorito sotto il nostro portico, e quando i cuccioli cominciarono a gironzolare, mio padre li scacciò. Ne rimase uno solo, il più piccino. Aveva una faccetta strana, un difetto di nascita che lo faceva sembrare sempre accigliato. Cercai di nasconderlo in camera mia, ma non si può nascondere un gattino."

Mi sentivo i crampi allo stomaco. Manson l'avrebbe definita una reazione al trauma, ma tentai di ignorarla. "Mi disse di sbarazzarmene" continuai. "Mi disse di buttarlo fuori di casa e che gli avrebbe sparato se l'avesse visto in giro per la proprietà."

Jess inspirò bruscamente. La sua espressione era sofferente, inorridita. Era una cosa di cui parlavo raramente, e non mi aspettavo una grande reazione quando lo facevo. La maggior parte delle persone che conoscevo era stata cresciuta in modo simile, quindi episodi del genere non li sciaccavano.

Ma Jess non aveva vissuto nulla di simile; per lei era uno shock. La mia reazione istintiva fu quella di dirle che non era stato poi così terribile. Ero sopravvissuto. Me l'ero cavata.

Ma forse la sua reazione era normale, mentre il torpore e la mancanza di connessione che sentivo intorno... non lo erano.

Deglutii, perché sentivo qualcosa che mi si era incastrato in gola. Avvertivo qualcosa di anomalo nel mio corpo, ma nel mio cervello restava una sorta di vuoto, un rifiuto di qualsiasi input emotivo.

"Non potevo lasciare che il piccolo si arrangiasse da solo" commentai. "Così lo presi e me ne andai. Avevo pianificato di scappare di casa e di non tornare mai più. Non ci riflettei a fondo; ero solo un ragazzino. Quando si fece notte e stavo ancora camminando, cominciai a capire che dovevo tornare a casa. Dovevo mangiare. Continuai a camminare tutta la notte, con la testolina del gatto che spuntava dallo zaino, piangendo a dirotto perché pensavo di doverlo abbandonare da qualche parte."

Quel ricordo fendette il torpore. Era ancora così reale: il dolore dell'essere così solo, così inerme. Odiavo quella sensazione con ogni osso del mio corpo.

"E che cosa hai fatto?" chiese. Si era avvicinata, e il fatto che non stesse guardando direttamente me, bensì il gatto, aiutava. Quando mi guardava, mi preoccupavo troppo di quello che faceva la mia faccia.

"C'era una vecchia signora che viveva a pochi chilometri da noi" raccontai. "La signora Isabella Thorn. La maggior parte dei bambini della città la considerava come la nostra nonna. Non so perché questa vecchia se ne stesse seduta in veranda alle cinque del mattino a fumare la pipa, ma era lì. Prese il gatto e mi disse che lo avrebbe tenuto al sicuro. Questo è quanto. Tornai a casa. Non ho mai più avuto un altro animale finché Manson non ha preso Jojo e poi Vincent si è trasferito con Haribo."

Alla fine la guardai di nuovo, aspettandomi pietà o tristezza. Invece, nei suoi occhi c'era furia.

"Chi diavolo tratta il proprio figlio in questo modo?" sbottò. "Minacciando di uccidere un animale? Spaventandoti a tal punto da farti scappare? Ma che cazzo! Se non fosse già morto, io..."

Si interruppe bruscamente, spalancando gli occhi. Ma la fermai prima che potesse scusarsi.

"Credimi, se non fosse morto, lo ucciderei di nuovo con le mie mani. Odiavo mio padre. Lo odiavo con tutto me stesso. È stato lui a *farsi detestare*. Pensava che mostrare emozioni o affezionarsi alle cose rendesse deboli, che rendesse meno uomini. Giocattoli, animali domestici, la mia stessa madre: un vero uomo non doveva affezionarsi a nessuna di queste cose."

"Eri un bambino!" Era così adirata che sbraitò, spaventando alcuni gatti. "I bambini hanno bisogno di conforto! I bambini hanno bisogno di giocattoli! È solo che... non riesco a immaginare..." Scosse la testa. "Mi dispiace tanto che tu abbia passato tutto questo. È... è da malati."

Da malati... sì, immagino che lo fosse.

"Credo che in un certo senso avesse ragione" commentai. Pur detestando mio padre, mi aveva comunque cresciuto. Aveva costituito la più grande fonte d'influenza nella mia vita, dopo che mi era stato portato via mio fratello. "Se ti affezioni troppo a qualcosa, quando la perdi è ancora peggio."

"Ma ne vale la pena" affermò con ferocia. "Certo, tutti perdiamo qualcosa nella nostra vita. Oggetti che amiamo, persone che adoriamo, cose davvero importanti. E fa male. Fa un male cane e a volte sembra che il dolore non finisca mai. Ma ne vale la pena anche quando è difficile."

Il mio intento non era certo quello di commuovermi. Ma lo stavo facendo comunque, e questo mi confondeva ancora di più. Qualcosa nel mio cervello aveva deciso di voler essere ascoltato; voleva abbattere il muro che mi aveva tenuto al sicuro per tanto tempo.

Ora ero circondato dalle macerie delle mie difese e non avevo la minima idea di cosa fare di me stesso.

"Dovremmo portarla a casa" dissi all'improvviso, accennando alla gattina. "Ai ragazzi non dispiacerà, e lei non sopravvivrebbe qui fuori. Non da sola." La accarezzai con dolcezza, guadagnandomi un altro soffio aggressivo prima che tornasse a ingurgitare il suo cibo. "Accidenti, che rabbia. Sto solo cercando di aiutarti, sai."

In qualche modo, le mie stesse parole ebbero l'effetto di un boomerang. Le avevo lanciate senza pensarci, e quelle erano tornate indietro e mi avevano colpito dritte in faccia.

Le persone che mi volevano bene cercavano sempre di aiutarmi. Anche quando reagivo con rabbia, d'istinto, mi prendevano per mano e si prendevano cura di me. Artigli affilati e tutto il resto.

Jess pose la sua mano sulla mia e il mio cuore ebbe un sussulto.

"Meriti molto di più di quello che la vita ti ha dato, Lucas" affermò.

Guardando le sue dita perfette sopra le mie storte, commentai: "Non so cosa diavolo mi merito, Jess. Non vorrei essere sempre pieno di rabbia. Non vorrei sentirmi sempre in lotta con il mondo. Voglio solo vivere. Tutto qui."

"Lo so" fece lei. "Non sarai arrabbiato per sempre. Solo qualche volta. E non soffrirai nemmeno per sempre."

"Solo qualche volta" le feci eco, e lei annuì.

"Sono felice che tu mi abbia portata qui" ammise. "Significa molto che tu abbia voluto condividere questo con me."

Cazzo, mi si stava chiudendo la gola. Sentivo ancora una stretta soffocante, ma era come se finalmente potessi respirare.

"Lucas."

Jess mi tenne entrambe le mani nelle sue. Dio, era terribilmente bella. Era così tenera da far male, e quando mi guardava, mi sentivo come se potessi andare in frantumi.

"Ti amo, Lucas. Ti amo, anche se tu non mi ami a tua volta. Anche se non ti fidi ancora completamente di me. Anche se..."

Misi le dita sulle sue labbra per zittirla. Il mio cuore batteva a mille e il mio cervello viaggiava altrettanto velocemente, troppo velocemente per catturare un solo pensiero - tranne uno.

"Perché dovresti amarmi?" Non erano le parole che avrei voluto dire. Non erano affettuose, non erano morbide, non erano le parole che si meritava. Ma dovevo saperlo, perché se non l'avessi saputo mi sarei convinto che era tutta una menzogna.

Non ero la persona che la gente amava. Ero la

persona che veniva tollerata, quella a cui si concedeva con riluttanza. Ero detestabile, sgradevole, maleducato e irascibile.

"Perché mi hai sempre detto la verità" rispose. "Sei schietto, ma così pieno di attenzioni. So che cerchi di fingere che non sia così. E sei così forte. Sei coraggioso. Hai passato tanti guai e sei rimasto comunque... sei comunque gentile."

"Non dici sul serio." La mia voce era troppo debole per i miei gusti.

"Sì, invece. Guarda cosa hai fatto per delle creature che non possono nemmeno fare qualcosa per te in cambio! La maggior parte di questi gatti non si lascerà mai toccare da te; potrebbero non fidarsi mai di te. Ma tu sei ancora qui, ogni settimana, ad assicurarti che siano accuditi. Ad assicurarti che abbiano una possibilità. Stai cercando di dare loro ciò che il mondo non ha mai dato a te." Deglutì a fatica. "Ti sei presentato e hai parlato con mia madre, pur sapendo che non le piacevi, sapendo che ti avrebbe giudicato. E mi hai protetta anche quando non sapevo di aver bisogno di essere protetta."

Chiusi gli occhi, abbassai la testa e incrociai le braccia, facendo del mio meglio per tenermi tutto dentro. Era troppo. Dio, sentivo che mi avrebbe schiacciato.

"Meriti di essere amato, Lucas" statuì. Era vicina, la sua voce era bassa, e mi stringeva come se mi stesse proteggendo. "Meriti di essere felice. Meriti di guarire."

"Dannazione." Mi stropicciai frettolosamente gli occhi prima di cingerla con le braccia e schiantarla contro il mio petto. La stavo stringendo troppo, lo sapevo, ma temevo che se avessi allentato le braccia anche solo un po', lei sarebbe sparita e tutto questo sarebbe stato una bugia. Ripetendo le sue parole nella mia testa, cercai di costringermi a crederci, a smettere di metterle in dubbio.

Meritavo di guarire - *da cosa cazzo avevo bisogno di guarire? Dovevo superarlo e basta.*

Meritavo di essere felice - *perché diavolo avrei dovuto essere felice?*

Meritavo di essere amato - *una persona come me non meritava amore.*

Come se potessi nascondermici, affondai il viso nei suoi capelli. Era molto più facile essere sincero con lei quando ero arrabbiato, non quando ero un disastro in preda a una crisi di nervi.

"Anch'io ti amo." Che cazzo di parole terrificanti. Ma non mi uccise pronunciarle, il mondo non implose. Così le dissi di nuovo, tanto per essere sicuro. "Ti amo tanto, Jess." Dio, avevo lo stomaco tutto annodato. "Ti amo, cazzo." Più lo dicevo, meno riuscivo a fermarmi. Le parole sembravano pesi che mi cadevano dalla bocca, rendendomi ogni volta più leggero. "Ti amo così tanto che non posso lasciarti andare."

Lei annuì contro di me, senza bisogno di dire un bel niente. Mi amava, e io le credevo. Pensava che meritassi cose migliori, cose belle, e forse per la prima volta in vita mia cominciai a credere di meritarmele anch'io.

36

LUCAS

MANSON DOVEVA AVER NOTATO UN CAMBIAMENTO IN ME.

Non avevo idea di come avesse fatto ad avvedersene. Quando entrò in garage al mattino seguente, Avevo una tazza di caffè fresco sul mio banco degli attrezzi e la gattina arancione in una grande scatola di cartone lì vicino. I lati erano abbastanza bassi da permetterle di vedermi, ma non abbastanza da consentirle di tentare la fuga. Jess l'aveva chiamata Cherry, e pensavo che il nome le calzasse a pennello.

Nessuno dei ragazzi era rimasto sorpreso quando avevo portato a casa una gattina. Neanche un po'. A quanto pare stavo perdendo smalto, oppure non ero così scaltro come credevo di essere. Manson mi aveva visto entrare in casa con Cherry la sera prima e si era limitato a dire: "Era ora che prendessi un gatto."

Vincent era diventato subito ossessionato da lei. Jason aveva fatto una smorfia e aveva detto che l'ultima cosa di cui avevamo bisogno era un gatto che distruggesse i mobili con le sue grinfie, ma poi l'avevo comunque sorpreso a fare amicizia con lei offrendole dei pezzetti di carne dal suo panino.

"Come sta la palla di pelo?" chiese Manson, accovacciandosi accanto alla scatola per porgere la mano a Cherry. Lei gli fece capire cosa pensava della sua intrusione con un soffio deciso. "Brontolona, eh? Non c'è da stupirsi che voi due andiate d'accordo."

"È una guerriera" rimarcai, guardando con orgoglio quella piccola sputafuoco. Presentarla ai cani la sera precedente era stata una delle scene più divertenti a cui avessi assistito da un po' di tempo a questa parte. Jojo, come previsto, la temeva. Haribo si era messo a correrle intorno, abbaiando, mentre lei lo aveva affrontato con gli artigli di fuori e la coda gonfia. Non aveva nemmeno avuto il coraggio di avvicinarsi a una distanza di sicurezza.

Sarebbero andati d'accordo.

Ma Cherry era ancora piccola e non mi andava di lasciarla sola mentre lavoravo. Così era lì, a scrutare il garage, sollevata sulle zampe posteriori per osservare meglio il suo nuovo territorio. Avevo la musica accesa, ma non la facevo suonare a tutto volume; la piccola aveva bisogno di tempo per adattarsi a tutti i nuovi panorami e odori.

Di solito era Manson ad accendere le casse, poiché preferiva lavorare con dei suoni piuttosto che con il silenzio. A me non era mai importato più di tanto, ma quel giorno la playlist pimpante mi sembrava la più adatta. Mi spingeva ad andare avanti, mi dava la giusta carica.

Ma non era quella l'unica cosa a darmi energia.

Meriti di guarire, Lucas. Meriti di essere amato.

Quelle parole si rifiutavano di lasciarmi perdere. Erano rimaste impresse nella mia testa per giorni, intrufolandosi nella mia mente ogni volta che un messaggio di Jess compariva sul mio telefono, ogni volta che vedevo la sua faccia in giro per casa.

Sulle prime mi ero stizzito, perché che diavolo significava? La vita non aveva nulla a che fare con il *merito*. Si ha quello che si ha, e ci si devono fare i conti. Implicare che qualcuno meritasse per natura una cosa o l'altra mi sembrava da ingenui, come il sogno di un bambino.

Nessuno si meritava un cazzo. La vita era ingiusta. O lotti per sopravvivere o non lotti.

Ma poi la rabbia si era dissipata. Non sapevo se meritassi qualcosa, ma sapevo che i ragazzi meritavano qualcuno che non desse di matto a ogni provocazione occasionale. Qualcuno che non li allontanasse quando la situazione si faceva troppo spinosa. Loro meritavano di meglio, Jess meritava di meglio. Forse io meritavo di meglio da me stesso.

La chiave inglese mi scivolò di mano e cadde a terra, facendo trasalire Manson per la sorpresa. "Stai bene?"

"Sì, sì... merda." Accovacciandomi per raccogliere la chiave inglese, mi fermai un attimo. Il mio cervello era a pezzi, fluttuava all'impazzata tra l'euforia e la disperazione. Jess mi amava – *porco cazzo*. Voleva che migliorassi – *Cristo, era troppo difficile.*

Non era l'unica a voler vedere un miglioramento da parte mia. Non si aspettava solo un miglioramento da me, ma anche un miglioramento *per* me.

Non ero un brav'uomo, non lo ero mai stato. Ma Jess mi faceva sentire come se lo fossi, come se potessi esserlo.

Se fossi stato lasciato a me stesso, mi sarei crogiolato nella sofferenza. Fanculo a tutto, ero un rifiuto e tale sarei rimasto. Ma non potevo permetterlo, non quando avevo intorno a me persone che tenevano così tanto a me. Persone che avrebbero potuto lenire il mio dolore, che non mi avrebbero giudicato se mi fosse costato fatica.

La fiducia era terrificante. L'intimità ancora di più. Ma stavo imparando a essere vulnerabile. Forse era così che ci si sentiva a guarire. Era sbalorditivo.

"Ehi, Manson?" Lui fece un cenno con la testa per indicare che mi aveva sentito. "Credo di voler andare in terapia."

Fece una pausa, poi allungò una mano per abbassare

la musica prima di voltarsi a guardarmi con un'espressione esterrefatta. "Tu... tu cosa?"

Ecco la mia occasione per rimangiarmi tutto. Per negare di aver detto qualcosa. Per chiudere la bocca.

Non questa volta.

"Voglio provare la psicoterapia. Per i miei... sai... tutti i traumi e le stronzate. Penso che forse se... se parlassi con qualcuno, magari potrebbe indicarmi come superarlo... o qualcosa del genere."

Sì... Okay. Non era stato poi così male. Non mi aveva ucciso. Manson non si stava facendo beffe di me.

Anzi, sembrava entusiasta.

"Beh, sì, certo, è una buona cosa. Posso darti il numero della mia psicologa..."

Chiusi gli occhi e contai fino a dieci. Convincermi a fare quella telefonata avrebbe richiesto un po' di tempo. Cosa avrei dovuto dire? *Ehi, dottoressa, sono piuttosto fuori di testa e credo di doverne parlare con qualcuno. Le va di sentir parlare un po' di abusi su minori? Tra l'altro, mio fratello era quell'assassino di cui parlavano tutti i giornali, quindi le dispiace se scarico tutta la mia agitazione anche su quello su di lei?*

"La chiamerò io per te" disse Manson in fretta. "Ti fisserò un appuntamento io. Va bene?"

Mi schiarii la gola e gli feci un altro cenno d'assenso. Se avessi riflettuto seriamente su ciò che meritavo e non meritavo, non mi sentivo di meritare Manson. Non meritavo quel livello di pazienza o di empatia. Ma forse pensarla così era parte del problema.

Mi avvicinai all'ingresso del garage per accendermi una sigaretta. Le mani mi tremavano, ma solo un po'. Avrebbe potuto andare peggio.

Manson si unì a me, in silenzio, mentre fumavo. Era sempre stato bravo in questo, sempre disposto a condividere la quiete con me. Le parole erano difficili, e detestavo provare tante emozioni contrastanti in una volta sola senza avere un modo per dar loro un senso. Ma la sua presenza mi dava stabilità. Era una delle poche cose su cui avessi mai fatto affidamento.

"Sono orgoglioso di te" affermò, e io gemetti.

"Non puoi darmi un pugno nello stomaco, piuttosto?" chiesi. "Sarebbe molto più facile da sopportare rispetto a... a qualsiasi cosa tu stia facendo in questo momento."

Ridacchiò, scuotendo la testa mentre gli offrivo la sigaretta. "Sopravviverai. In ogni caso, cosa ti ha fatto cambiare idea sulla terapia?"

"Jess ha detto una cosa" mormorai. "Beh, ha detto un sacco di cose ieri."

"Cosa ha detto?"

Manson mi aveva raccontato di quando le aveva confessato il suo amore. Ne ero rimasto sconvolto. Sapere che lui era innamorato di lei e allo stesso tempo essere convinto che lei non avrebbe mai potuto amare anche me non era stato divertente da affrontare. Il poliamore non era tutto rose e fiori, bisognava lavorarci. Dovevamo fare i conti con quei sentimenti spiacevoli quando si presentavano.

"Lei mi ama" risposi. Mi fece sorridere come uno scemo, mentre alzai la mano tremante per fare un altro tiro di sigaretta. "Ha detto che merito di guarire. Ma se non ci riuscissi? Cosa dovrei fare allora? Se mi sedessi su quel maledetto divano e vuotassi il sacco e nemmeno un medico fosse in grado di aiutarmi?"

"Allora ti troveremo un altro terapeuta" sancì. "Dovrai essere paziente con te stesso. Farà male. Ma ce la farai. Io ti conosco. Starai bene."

I suoi occhi erano così scuri da sembrare praticamente neri. Era la prima cosa che avevo notato di lui: il modo in cui guardava il mondo, il modo in cui guardava me. Mi guardava come se fossi qualcosa che valesse la pena di salvare, qualcosa di buono.

Si allungò e il suo pollice tracciò un percorso dall'angolo della mia bocca lungo le mie labbra. "Ha ragione, sai."

Scossi bruscamente la testa. "Ne dubito."

"Può darsi. Ma ci credi abbastanza da provarci."

Odiavo il terrore che mi attanagliava i polmoni e che mi spingeva a rifiutare tutto questo. Mi voleva isolato, senza speranza, arrabbiato e spaventato. Quel terrore aveva quasi vinto. Ma non glielo avrei permesso. Né ora né mai più.

Mi accostai a lui. Lui e io ci eravamo mostrati vulnerabili l'uno con l'altro prima ancora che io sapessi cosa significasse. Tutte quelle notti passate nella Bronco, accoccolati l'uno addosso all'altro, con una coperta sottile e il calore del nostro corpo come unica difesa contro il freddo. Mi sovvennero i lividi sui quali aveva posato dei baci da ubriaco. Le promesse. Le lacrime che non avevamo mai lasciato vedere a nessun altro.

"Non sono bravo a fare qualcosa per me" ammisi, con la voce bassa e roca per lo sforzo. "Ma per lei lo farò. E per te. Per tutti noi."

"Sono solo felice di vedere che lo vuoi fare" ribatté. "Non importa per chi o per cosa. Lo scoprirai tu stesso."

"Sarà meglio che tu la smetta di parlare così o mi farai soffocare" borbottai.

Ma era troppo tardi perché si fermasse.

Mi diede un bacio lento, quasi pigro. La sua bocca sapeva di menta, come se si fosse appena lavato i denti. Io probabilmente sapevo di cenere e caffè nero e mi ritrassi da lui all'improvviso, in preda all'imbarazzo.

Lui mi tirò subito indietro, con fare esigente. Stavolta il suo bacio divenne più profondo, autorevole, e mi spinse contro la parete del garage. Mi baciò come se fosse affamato di me, e mi alzò la maglietta con la mano per poter passare le dita sul mio petto.

Trovò le sue iniziali incise sulla mia pelle e le tracciò. Se i tagli non avessero lasciato delle cicatrici una volta guariti, mi sarei comunque tatuato le sue iniziali in quel punto. Manson mi aveva lasciato il suo segno addosso in mille modi invisibili: ne volevo almeno uno perfettamente visibile, che non potesse mai essere cancellato.

"Non essere gentile" mormorai. Mi stava toccando con enorme tenerezza, e questo acuiva le emozioni con cui stavo lottando. Non volevo *pensare*, volevo solo *sentire*.

Strofinò il naso contro il mio collo e la mia spalla, emettendo lievi versi di soddisfazione mentre mi baciava.

"Non devo esserlo? Perché?"

Domanda stupida. Lui conosceva la risposta.

"Non me lo merito" replicai, perché era il modo più semplice per metterla. Era il concetto più semplice a cui ridurre la mia risposta: non mi era mai stata data la gentilezza e, francamente, non era qualcosa che sentivo di meritare.

Ero una persona rabbiosa e violenta. Ero nocivo e pericoloso e...

"Te la meriti."

Mi irrigidii, lui mi afferrò i polsi e me li bloccò lungo i fianchi, mentre continuava a baciarmi lentamente e delicatamente il collo.

"Credevo di averti detto di piantarla con queste stronzate." Le mie parole grondavano di amarezza, e mi odiavo per questo. Odiavo quanto sembrassi petulante, quanto sembrassi tristemente arrabbiato.

"Da quando in qua sei tu a dirmi cosa devo fare?"

La sua risposta mi spiazzò. Il mio primo sentimento fu il rammarico, perché come diavolo mi veniva in mente di parlargli in quel modo? Poi arrivarono la furia, la ribellione, perché nessuno mi comandava, e io non avevo la minima intenzione di sottomettermi.

Poi venne la paura, perché avevo vomitato parole senza pensare, e questo avrebbe comportato delle conseguenze. Non avevo paura di Manson in sé, non sul serio. Non avevo paura che mi facesse del male, anche se poteva farlo, l'aveva fatto e l'avrebbe fatto volentieri di nuovo perché faceva piacere a entrambi.

Non si trattava nemmeno della paura di essere picchiato, come era successo con mio padre. Avevo sempre detto a mio padre quello che mi passava per la testa e mi ero preparato. Avevo aspettato che le botte cominciassero ad arrivare. Avevo imparato a non sentire il dolore, a ignorare l'umiliazione. A far finta che non fosse nulla di che.

Non avevo paura che Manson abusasse di me.

Avevo paura che prima o poi si sarebbe stufato e se ne sarebbe andato. Questo mi faceva sentire uno stronzo manipolatore. Lui si meritava di meglio, eppure io mi aspettavo che rimanesse qui con me? Quanto cazzo era tossico?

"Esci dalla tua testa, cucciolo."

Manson mi stava squadrando con aria compassionevole, ma con un piccolo sorriso che attenuava la pietà. Mi posò una mano sulla guancia e io mi appoggiai al suo calore.

"Ti prego, non farlo." Trassi un sospiro tremante e un patetico mugolio accompagnò la mia espirazione. Furioso con me stesso, strinsi i pugni. "Non... non..."

"Non devo essere gentile con te? Fanculo." Mi contemplava come se fossi qualcosa di prezioso, di straordinario. "Hai paura, lo capisco. Le cose stanno cambiando, e i cambiamenti sono difficili. Anche i cambiamenti positivi sono dannatamente difficili. Lo so. Ma sei amato. Hai chi si prende cura di te. Qualsiasi cambiamento arriverà... lo affronteremo insieme."

Stavo continuando a scuotere la testa, incastrato in una spirale. Manson mi allontanò dal lato del garage e mi fece indietreggiare verso l'interno. Mi sorresse quando stavo per inciampare, guidandomi con una mano sulla vita e l'altra ancora su un lato del mio viso. Quando alla fine urtai contro qualcosa, mi guardai indietro e mi accorsi che era la BMW di Jess contro cui mi aveva spinto.

"Ci penso io a te" dichiarò. Mi tolse la maglietta e la gettò con noncuranza sul pavimento. Poi le sue mani vagarono su di me e io sibilai al contatto dell'auto fredda con la mia schiena nuda. Ma lui rise soavemente e disse: "Ti estirperò quei brutti pensieri dalla testa a furia di scoparti."

37
MANSON

Lucas tremava come una foglia sotto il mio tocco. Ce la stava mettendo tutta: nessuno di noi ne dubitava. Ma era ancora crudele nei suoi confronti. In realtà non era migliore di me in quanto a premure nei propri confronti. Ma era per questo che lui aveva me e io avevo lui. Alcuni dicevano che non potevamo essere amati da qualcun altro se prima non amavamo noi stessi, ma non era vero.

Io avevo imparato ad amarmi grazie all'amore che gli altri mi davano. Stavo ancora imparando, avrei sempre continuato a farlo. Lucas aveva difficoltà a vedere il buono che c'era in lui, ma stava migliorando di giorno in giorno. Aveva solo bisogno di qualche promemoria.

"Mi prenderò cura di te" gli assicurai, mettendo la mano sul suo rigonfiamento e stringendolo quando gemette. Ci stavo andando piano e lui stava diventando sempre più impaziente, in attesa del momento in cui l'avrei immobilizzato e sarei stato violento con lui.

Ma questa volta non sarebbe successo, a prescindere dalle sue proteste. Voleva punirsi per il fatto che aveva bisogno di conforto, ma non potevo permetterglielo.

Gli presi la mano e aprii la portiera del sedile posteriore di Jessica. "Sali."

Mi guardò perplesso, ma salì. Lo spinsi indietro quando entrai dopo di lui, in modo che fosse sdraiato contro lo sportello opposto con una gamba sul sedile e l'altra distesa sul pavimento.

"Ha l'odore della nostra ragazza, vero?" chiesi, infilandomi nel retro. Gli slacciai il bottone dei pantaloni e glieli sfilai, poi anche le mutande.

Era così bello, cazzo. Completamente nudo, con le gambe distese su quei sedili di pelle rossa, il cazzo duro appoggiato sull'addome. Non c'era molto spazio lì dietro, ma ero determinato a farlo fruttare.

Scoparlo nell'auto di Jess mi sembrava la cosa *giusta*.

"Ha proprio l'odore di lei" confermò. "Speriamo che non le dispiaccia che le stiamo appestando il sedile posteriore."

Scossi la testa nel togliermi i pantaloni. "Stai scherzando? Ne sarà entusiasta. Andrà fuori di testa quando glielo dirò." Strisciando di nuovo su di lui e costringendolo a divaricare ancora di più le gambe, sorrisi. "Scommetto che si ecciterà anche."

Mi sputai sulla mano per lubrificare prima il mio cazzo. Non c'era lubrificante qui fuori, ma non importava, sarebbe andato bene lo stesso. Tanto Lucas voleva comunque una scopata violenta, e per quanto fossi intenzionato a essere delicato, mi piaceva moltissimo quando era una fatica penetrarlo.

Avvicinandomi a lui il più possibile, agganciai la sua gamba sopra la mia e spinsi l'altra in alto, in modo che il suo piede poggiasse sulla mia spalla. Sbuffò, contorcendosi contro la portiera, e mi guardò con aria di rimprovero per averlo messo in una posizione così ridicola. Presi entrambi i nostri cazzi in mano, tenendoli uniti mentre premevo contro di lui.

"Dannazione" sussurrò a denti stretti per il piacere. "Scopami, Manson. Non mi importa se fa male, solo..."

"A me importa" ribattei. Continuai a masturbarci all'unisono, incantato dalla nostra vista. "Non voglio affrettare un bel niente. Sei così bello in questa posizione..." Mi ringhiò contro, petulante e furibondo, e io lo stuzzicai: "Sei davvero nella posizione di ringhiarmi contro? Con le gambe all'aria, spalancate come una puttana?"

"Allora scopami come una puttana!" pretese, con i fianchi che si agitavano e tutto il corpo che si dimenava.

All'improvviso mi tornò in mente la prima volta che l'avevo scopato. Era stato così... insistente. Quasi rabbioso per quanto era stato esigente, come se mi avesse costantemente sfidato a reagire, a rimetterlo al suo posto.

Ora riuscivo a riconoscere quella disperazione nei suoi occhi.

"Cosa stai aspettando?" Pronunciò quelle parole taglienti con un sospiro. Gli si arricciarono le dita dei piedi quando gli spinsi la gamba ancora più in alto, schiacciandolo contro il sedile.

"Chiedilo con gentilezza" ordinai.

Praticamente fece scattare i denti.

"Stai scherzando, cazzo? Avanti! Reed!" Mosse i fianchi verso di me. Aggressivo. Prepotente. "Scopami, stronzo! Forza!"

Le sue pupille si dilatarono visibilmente quando feci scattare la mano e gli afferrai il viso. "Scusami? Vuoi ripetere?"

Deglutì. Il sedile in pelle scricchiolò sotto di lui. "Ehm... no. Non vorrei... non..."

"Forza, *Bent*" sbottai, stringendo al contempo la mia presa sul suo viso. "Mettimi alla prova, amore. Dammi di nuovo dello stronzo. Ti sfido a farlo. Lo voglio davvero. Avanti."

Scosse la testa, con le labbra sigillate. Tremava, come se avesse davvero paura di me, e io mi sentivo un po' perfido per il sorriso che feci. Allentando la stretta sul suo viso, gli dissi: "Ti avevo promesso che sarei stato delicato. Perché stai cercando di forzarmi a non esserlo?"

"Ti ho detto che non me lo merito" sussurrò. La sua voce era supplichevole, come se mi stesse implorando di credergli. Abbassò lo sguardo e mugolò sommessamente mentre io continuavo ad accarezzare i nostri cazzi insieme. "Ti prego, Manson. Ti prego... è così difficile."

"So che lo è." Lo lasciai andare e mi diressi piuttosto verso il suo ano. Tutto il suo corpo si irrigidì in attesa, ma io presi tempo. "Ma diventerà più facile. Ti ricorderò ogni giorno, se necessario, quanto ti amo e quanto sei prezioso per me."

Grugnì come se fosse adirato, la sua mano mi attanagliò il braccio e mi guardò dritto negli occhi mentre mi spingevo dentro di lui. Mi mossi lentamente, penetrandolo solo fino a quando non incontrai resistenza. Poi feci una pausa, lasciando che i suoi muscoli si rilassassero, dandogli il tempo di aprirsi a me.

Dopo alcuni minuti di dilatazione, centimetro dopo centimetro, riuscii a inserirmi fino in fondo. I suoi occhi si allargarono, la sua bocca si aprì come per emettere un suono, ma poi chiuse la mascella e strinse i denti. Continuavo a tenere un ritmo controllato, e lui era più che pronto per me, ma mi guardava ancora come se lo stessi uccidendo.

"È esattamente questo che meriti" mormorai. "Meriti di essere trattato con gentilezza. Meriti di essere amato, che ti si procuri piacere e che ci si prenda cura di te."

"Fermati" sussurrò, e io feci una pausa. Deglutì a fatica, sbattendo rapidamente le palpebre. "Giallo... ho solo... bisogno di un secondo..."

Chiuse gli occhi e fece dei respiri lenti e profondi. Io aspettai, completamente infilato dentro di lui. Le mie palle erano così tirate che non desideravo altro che scoparlo con forza e velocità. Ma assicurarmi che stesse bene era molto più importante del piacere momentaneo.

Quando riaprì gli occhi, la durezza in essi era sparita. Cazzo, sembrava così vulnerabile in questo momento. Con le gambe alzate, schiacciate sotto di me, gli occhi spalancati. Era stato un combattente per tutta la vita, raramente aveva avuto l'opportunità di essere tenero.

"Qui sei al sicuro" gli ricordai, e lui annuì. Cominciai a muovermi, a dondolare contro di lui, e lui emise un verso affannoso. Era intrappolato tra lo sportello e il mio cazzo, non aveva un posto dove scappare, dove potersi nascondere. "Sei così fottutamente sexy, Lucas. Dannazione, sono un uomo fortunato."

Scosse la testa, forse credendo che così mi avrebbe convinto a smettere di parlare. Lo stavo torturando, ma non avevo intenzione di fermarmi. Non avevo bisogno di provocare dolore fisico per soddisfare il mio sadismo - vederlo lottare così strenuamente contro la mia tenerezza era più che sufficiente.

"Voglio vedere come ti vieni addosso" affermai, avvolgendo la mia mano intorno a lui e masturbandolo mentre lo scopavo. Rabbrividì quando massaggiai il glande con le dita, le gambe si contrassero e il respiro si fece affannoso. "Voglio sentire questo bellissimo cazzo pulsare nella mia mano. Voglio assaggiarti..." Mi chinai, curvandomi su di lui, e i nostri respiri caldi e ansimanti si mescolarono. "È di questo che avevi bisogno, vero, cucciolo? Di qualcuno che si prendesse cura di te, che ti togliesse dalla mente tutti i pensieri negativi. Che ti ricordasse quanto cazzo sei sexy, forte e incredibile..."

Emise un suono lamentoso ma lo soffocò. Il suo cazzo pulsò e io lo strinsi, poi le sue gambe tremarono e lo sperma gli schizzò sullo stomaco. Lo scopai per tutto il tempo dell'orgasmo, ma la vista di lui era troppo perfetta, era *squisita*. Gemetti, i miei movimenti divennero irregolari man mano che il piacere cresceva, propagandosi attraverso il mio corpo. Venni solo pochi secondi dopo di lui, con la fronte madida di sudore premuta sulla sua.

Non ci muovemmo per quasi un minuto. I nostri corpi erano così stretti e ravvicinati nel retro dell'auto che avrei avuto i muscoli indolenziti una volta che li avessi distesi. Ma per il momento ero pienamente soddisfatto, spiaccicato nell'angolo del sedile posteriore di Jess con Lucas impalato su di me, a occhi chiusi mentre si ricomponeva.

"Abbiamo... abbiamo combinato un casino nella sua

macchina" commentò debolmente.

"Peccato che non sia qui a pulire con la lingua" riflettei, e lui imprecò con una risata sommessa.

Ci muovemmo senza fretta, staccandoci l'uno dall'altro, stiracchiando le membra mentre sgusciavamo fuori dall'auto. Presi uno straccio pulito e ci asciugai entrambi, ripulendogli tutta la pancia. Mi aiutai anche con la lingua, cosa che lo fece rabbrividire e lagnare, perché gli stavo facendo il solletico.

"Continua a lamentarti e il solletico te lo faccio davvero" minacciai, e questo gli fece chiudere la bocca piuttosto in fretta.

Con la coda dell'occhio, intravidi Jason aprire la porta d'ingresso per far uscire i cani, sgranchendosi le braccia mentre usciva sul portico. I cani trotterellarono verso gli alberi, come facevano di solito per fare i loro bisogni. Ben presto, però, sentii uno di loro che si aggirava intorno al recinto, sbuffando e grattando.

"Sembra che Jojo stia scavando di nuovo" fece notare Lucas. Mi allacciai i pantaloni e mi avvicinai al lato del garage per fermarla. Aveva la brutta abitudine di scavare delle buche nei pressi del recinto, e io non volevo che uscisse dal cortile.

Ma quando girai intorno al garage, non stava scavando. Aveva qualcosa in bocca, qualcosa di umido e viscido, e stava cercando di soffocarlo il più velocemente possibile.

"Ehi, oh, sputalo... merda!" Le cinsi il collo con un braccio, facendo leva sulle sue grandi fauci nel tentativo di farla desistere. Mi lanciò un'occhiata decisamente colpevole, ma non mollò la presa. "Lucas! Dannazione, mi serve una mano!"

Lucas si precipitò da me e, mentre io tenevo ferma Jojo, lui riuscì a farle aprire le fauci. Lei sputò il suo premio, leccandosi le labbra per la delusione. L'oggetto sputato era rosso e aveva uno strano odore, oltre a perdere una specie di liquido verdastro.

"È un animale morto?" chiese Lucas. Bo abbaiava

eccitato, incerto su cosa stesse succedendo ma assolutamente sicuro di voler partecipare.

"Ehi, che succede? È..." Jason si fermò bruscamente quando spuntò da dietro il garage, cercando di capire cosa stessimo fissando. "È una bistecca?"

Non era una semplice bistecca. La fettina sottile di carne cruda era immersa in una pozza di liquido verde neon, vicino alla base della recinzione. Il tanfo era acre, come di qualcosa di chimico...

Come di veleno per topi.

"Porta dentro i cani" li esortai. Credevo di aver raggiunto Jojo in tempo, ma non sapevo se fosse riuscita a ingerire qualcosa prima del mio arrivo. "Jason, chiama il pronto soccorso veterinario. Digli che Jojo potrebbe aver mangiato del veleno per topi."

Passammo la mezz'ora successiva a perlustrare la proprietà. Trovammo altra carne all'interno del recinto, altrettanto avvelenata. Jojo sembrava in salute, per fortuna, e non aveva ingoiato nulla. Ma qualche secondo in più e non sarebbe stata così fortunata.

"Ho controllato le telecamere" dichiarò Jason quando Lucas e io rientrammo in casa. Mentre metteva la scatola di Cherry sul tavolino, io mi chinai per dare un'occhiata allo schermo di Jason. Mise in riproduzione il video e indicò una figura macilenta appena visibile fuori dal nostro recinto.

Erano le tre del mattino passate.

"Reagan" dissi torvo. "Hai controllato anche i filmati più vecchi?" domandai, e Jason scosse la testa. Aveva le braccia conserte e il piede batteva rapidamente sul tappeto. "Voglio sapere quanto spesso viene qui. Documenta tutto." Odiavo davvero quello che stavo per dire, ma non pensavo avessimo più scelta. "Dobbiamo fare rapporto alla polizia. Anche se non faranno un cazzo. Ci serve un pezzo di carta per pararci il culo."

Dovevamo avere la prova che avevamo cercato di risolvere il problema in modo legale. Perché, con ogni probabilità, la soluzione non sarebbe stata affatto legale.

38
JESSICA

Non ero mai stata così emozionata nonostante non avessi la minima idea di cosa stesse succedendo.

"Se non ti calmi, a furia di vibrare finirai per staccarti dal tuo dannato sedile" mi fece presente Lucas, ma non potevo farci niente. Quel giorno lui e Manson avrebbero installato il mio nuovo motore, e io riuscivo a malapena a contenere l'eccitazione di avere finalmente di nuovo la libertà della mia auto.

"Non dargli retta, Jess" fece Vincent, rivolgendosi a me dal divano sul soppalco. "Lucas non è abituato ad avere un pubblico così numeroso mentre lavora."

Lucas brontolò e si voltò di nuovo per cercare di concentrarsi. Probabilmente lo avrei distratto molto meno se avessi smesso di sbirciare continuamente da sopra la sua spalla, così salii sul soppalco per raggiungere Jason e Vincent. Presi posto in mezzo a loro sul divano e sorrisi quando entrambi mi diedero un bacio sulla guancia.

"Come ti senti per domani?" chiese Jason. Avrei avuto la revisione con la mia titolare di prima mattina, e stavo cercando di distrarmi per evitare di stressarmi.

"Sono agitatissima" ammisi, asciugandomi i palmi

sudati sui jeans. "Andrà bene. Credo. Voglio dire, almeno lo spero."

"Andrà tutto bene" mi rassicurò Vincent. "Otterrai quella promozione, comincerai a fare un sacco di soldi" - si sfregò le mani con un sorriso - "e poi ci adotterai tutti come tuoi sugar boys."

Jason sbuffò col naso. "Dei mantenuti? Davvero?"

"Solo se riuscirò a fargli indossare un costume da gatto" risposi. "E se non ci rimane incastrato perché è troppo attillato, non vale."

"Questo si può certamente organizzare" mormorò Vincent, e Jason alzò le mani in aria.

"Non riuscirete a farmi travestire da gatto. Ma forza..."

"Ehi, abbassate la voce!" sbraitò Lucas. "Tutti i vostri discorsi strambi sui gatti stanno mettendo a disagio Cherry!"

"Se dobbiamo avere uno vestito da *catboy* e un cucciolo nella stessa casa, dovrò allestire una scena di gioco primordiale tra di voi" aggiunse Manson, e poi scoppiò a ridere per lo sguardo di Lucas. "Non mentire, sai che ti piacerebbe."

Jason sembrava improvvisamente più coinvolto.

Per fortuna i ragazzi stavano facendo un ottimo lavoro per distrarmi dalla mia ansia. La mia posizione dall'alto mi garantiva la visuale perfetta di Manson e Lucas che stavano smontando la mia auto. Pezzo per pezzo, rimossero tutto ciò che era collegato al motore e lo misero da parte. Poi trasportarono quella che sembrava una gru in miniatura e collegarono un gancio e una catena alla parte superiore del motore per poterlo sollevare.

Fecero una pausa per il pranzo, e Vincent preparò una deliziosa pasta al bacon e formaggio. Dopo essere stata così in tensione per tutta la mattina, il pasto abbondante mi fece venire sonno e mi addormentai sul divano senza volerlo. Mi svegliai qualche ora dopo con Manson che mi accarezzava la guancia fino a quando non aprii gli occhi.

"È pronta per te, angelo" annunciò mentre sbadigliavo e mi strofinavo gli occhi per riprendere conoscenza. "Il nuovo motore è pronto. È ora di fare un giro di prova."

Finché non mi ero seduta al volante, volando lungo l'autostrada con il vento che mi scompigliava i capelli, non mi ero resa conto di quanto mi fosse mancato il semplice atto di guidare. Una volta in autostrada, aumentai la velocità del veicolo, senza riuscire a impedire a un ampio sorriso di impadronirsi del mio volto.

"Sì! Finalmente!" gridai, sbattendo il palmo della mano sul volante per l'eccitazione. "Dio, è bello guidare di nuovo."

Manson ridacchiò a quel commento. Presi l'uscita successiva, lasciando l'autostrada per fare un'inversione a U e tornare nella direzione opposta, verso casa.

"Lo ammetto, però" aggiunsi. "Mi mancheranno i vostri passaggi ovunque."

"Ti daremo sempre un passaggio" rispose lui. "Basta che chiami e noi veniamo. Personalmente, non voglio rinunciare ai nostri giri quotidiani per il caffè."

Nonostante la mia euforia, stava subentrando una strana sensazione di malinconia. "Quindi, questa è la chiusura del mio debito, eh? Ho pagato tutto?"

Mentre io tentavo di badare alla strada, Manson guardava me. Credo che non mi avesse tolto gli occhi di dosso nemmeno una volta da quando eravamo saliti in macchina. "Avrai una ricevuta e tutto il resto. Dovrò tornare a sfidarti a fare dei giochi sporchi per convincerti a scoparmi?"

Risi, mi allungai e gli diedi uno spintone sul braccio. "Sai che non dico mai di no a una sfida." Ormai eravamo quasi tornati a casa, ora che ero uscita dall'autostrada e stavo percorrendo la Route 15. "Ma sai che non abbiamo bisogno di un gioco. O di una sfida. O di un debito."

"Direi che ci siamo lasciati alle spalle tutto quello, no?" chiese quando imboccai la strada sterrata che portava alla casa.

Mi fermai al cancello e gli presi la mano prima che scendesse per aprirlo. "Manson, ti amo. Vi amo tutti. Abbiamo superato la fase dei giochi. Non so ancora come faremo a far funzionare tutto... Per il futuro, intendo. Non so cosa farò quando alla fine ci allontaneremo tutti l'uno dall'altro..."

Un sorriso gli tirò la bocca. "Allontanarci l'uno dall'altro? E perché mai dovremmo?"

Sbattei rapidamente le palpebre. "Beh... voglio dire... ci stiamo trasferendo, tutti quanti. Voi avete i vostri progetti, io ho i miei..."

Non era così semplice - Dio, almeno speravo che non lo fosse. Quando Vincent aveva parlato di andare a New York quel giorno nella sua vecchia camera da letto, mi ero appigliata a quella speranza. L'avevo conservata nel mio cuore, senza osare tirarla fuori. Chi avrebbe voluto trasferirsi in uno stato completamente nuovo per una ragazza? Soprattutto quando - realisticamente - ero stata al più tollerabile per loro solo nelle ultime settimane?

Era troppo bello per essere vero. Cercavo di essere ottimista, ma certe cose erano troppo inverosimili per crederci.

Manson mi baciò la mano prima di scendere dall'auto, spingere il cancello e andare a piedi verso il garage mentre io entravo nel cortile.

Ma fermai bruscamente l'auto quando notai i ragazzi, tutti in piedi all'interno del garage ad aspettarmi.

Avevano in mano dei mazzi di fiori. Le loro scelte floreali erano quasi ridicole per quanto variegate fra loro, ma nel modo più dolce che potessi mai immaginare. Lucas ne aveva due: un grande mazzo di rose rosse che consegnò a Manson, mentre lui tenne per sé il bouquet di fiordalisi blu e rose selvatiche rosa. Jason teneva in mano un mazzo di margherite. Vincent dei girasoli.

Era impossibile muovermi dal mio sedile. Le lacrime mi rigavano le guance, mi tremava il respiro mentre cercavo di mantenere il controllo.

Vincent aprì la portiera e mi porse la mano. "Vieni qui, baby. È tutto a posto. Non piangere." Mi abbracciò, ma questo peggiorò le lacrime. Dannazione, dovevo avere il viso tutto gonfio e rosso, ma l'unica cosa che provavo era gioia. Non sapevo bene cosa stesse succedendo, solo che vederli tutti lì ad aspettarmi mi riempì il cuore fino all'orlo.

Quando sollevai la testa dal suo petto, erano tutti riuniti intorno a me. Jason mi sorrise, mi mise una mano intorno al collo e mi baciò.

"Che cos'è tutto questo?" Tirai su col naso mentre mi allontanavo dalle braccia di Vincent. "I fiori..."

"Hai pagato la fattura" annunciò Lucas, schiarendosi grossolanamente la gola. Faceva fatica a guardarmi, i suoi occhi continuavano a sfrecciare da un'altra parte, e spostava il peso sui piedi. "Non ci devi niente, Jess. Non ci devi un bel niente. Ma noi... non vogliamo che sia la fine. Probabilmente a questo punto è abbastanza ovvio, tutto sommato, ma... merda..." Si passò una mano sulla nuca. "Sarebbe meglio che prendesse la parola qualcuno molto più eloquente di me."

Vincent ridacchiò piano e Manson si fece avanti. "Jess, sai quali sono i nostri sentimenti. Abbiamo avuto tutti la possibilità di parlare con te singolarmente, ma non insieme."

"Ti amiamo" dichiarò Jason, mozzandomi di nuovo il fiato per un altro singhiozzo.

"In tutta onestà, siamo un po' ossessionati da te" confessò Vincent.

"Un po' sarebbe un eufemismo, Vince" aggiunse Jason, facendomi un occhiolino che mi fece ridere tra le lacrime.

"Vogliamo che tu capisca esattamente di cosa si tratta" spiegò Manson. "Nessun debito, nessuna sfida, nessun gioco. Solo noi, con te."

"È tutto ciò che vogliamo" rimarcò Lucas. "E sappiamo che stai per trasferirti, ma non siamo preoccupati per questo. Diamine, abbiamo pensato che probabilmente potremmo trasferirci anche noi da quelle parti."

Sembrava un sogno - probabilmente perché l'avevo sognato più volte. E invece era tutto vero.

Mi amavano. Volevano stare con me, cambiare tutte le loro vite per starmi vicino.

"Volete trasferirvi a New York? Tutti quanti? Siete seri?" Ma era chiaro quanto fossero seri. Non c'era alcun dubbio nei loro occhi, nessuna esitazione. Sgomenta, scossi la testa. "Come fate a essere così sicuri?"

"Ti conosciamo da anni, Jess" rispose Vincent. "Abbiamo visto tutto. Abbiamo visto il peggio di te, tu hai visto il nostro. Vogliamo avere l'opportunità di mostrarti il meglio di noi."

"Vogliamo che tu sia nostra" affermò Manson. "Ti ho perso una volta, Jess. Non posso perderti di nuovo. Non posso veder passare altri anni senza di te nella mia vita, chiedendomi dove sei, se sei felice, se sei al sicuro... Non ce la faccio."

Lucas si schiarì di nuovo la gola e mi raggiunse. Sembrava incerto su dove mettere le mani; le sue dita indugiarono sulle mie labbra prima di sfiorarmi la guancia.

"Non voglio che tu te ne vada" ammise, con voce appena udibile. "Mi hai fatto affezionare a te, Jess. Sei legata a me ora. A tutti noi."

"Vogliamo portarti fuori" annunciò Vincent. "A un appuntamento come si deve, uno vero. Vogliamo portarti al Tris."

"Il locale!" esclamai. Un'eccitazione vertiginosa e intrisa di nervosismo mi percorse il petto. Il Tris non era solo il locale in cui lavorava Vincent, ma anche il luogo in cui lui e Manson avevano imparato a praticare il BDSM in modo sicuro. Era stato un rifugio per tutt'e quattro, dove avevano trovato una comunità.

"Vogliamo mostrarti di più del nostro mondo" chiarì Jason.

"Vogliamo più avventure" fece Vincent.

"Più sfide" aggiunse Lucas con un sorrisetto.

"Vogliamo che tu" chiosò Manson, "faccia parte di noi. Ti va?"

Non era necessario riflettere sulla mia risposta, ma mi fermai comunque per un momento: per prendere fiato, per rendermi conto che quella era la mia realtà. Che era tutto davvero cambiato.

"Sì, mi va" replicai. "Assolutamente."

39

VINCENT

Eravamo tutti sulle spine in attesa del responso del colloquio lavorativo di Jess. La mia convinzione nelle sue capacità era alle stelle: la nostra ragazza era una forza della natura, un'artista, una cazzuta comprovata. Sperando che le desse un po' di carica per la giornata, le avevo mandato un messaggio appena sveglio quella mattina. Aveva lo stomaco in subbuglio, malgrado i suoi recenti sforzi di nascondere il nervosismo che le procurava quella revisione.

Si metteva in discussione, ma io non volevo che nutrisse il minimo dubbio al mondo. Tutto ciò che aveva realizzato fino a quel momento impallidiva in confronto a ciò di cui era realmente capace, e volevo che lo sapesse.

Quando amavo qualcuno - e amavo lei fin nel profondo della mia anima, ammesso che ne avessi una - volevo che si sentisse in grado di affrontare qualsiasi sfida. Di poter fare qualsiasi cosa, essere tutto ciò che voleva. Quando i miei partner erano felici, lo ero anch'io. Il mio ottimismo poteva dare sui nervi a qualcuno, ma preferivo essere conosciuto come quello fastidiosamente positivo piuttosto che rischiare di trascinare qualcuno verso il basso, soprattutto coloro a cui tenevo.

Quando Jess finalmente mi telefonò, più o meno a mezzogiorno e cinque, gridai più forte che potevo: "Jess sta chiamando! Abbiamo un aggiornamento, ragazzi!"

Per fortuna erano già in casa. Si precipitarono in soggiorno e Manson varcò la porta così in fretta che per poco non inciampò sul tappeto. Si strinsero tutti intorno a me quando risposi alla chiamata e la misi in vivavoce.

"Ehi, baby" esordii. "Dimmi che hai buone notizie per noi."

"Ci sono tutti?" chiese lei. Anche se riuscii a captare una qualche emozione nella sua voce, i suoi veri sentimenti mi sfuggirono.

"Siamo tutti qui, angelo" confermò Manson, tamburellando convulso con le dita sullo schienale del divano. Jason si mordicchiava nervosamente il labbro; Lucas era accigliato. Perfino i cani riuscivano a percepire la tensione: Bo e Jojo erano seduti vicino a noi, con le orecchie e la coda drizzate. Cherry non aveva altri pensieri in testa oltre a Lucas e ai giochi, quindi si stava rotolando dietro Jojo, cercando invano di afferrarle la coda.

"Ce l'ho!" esclamò Jess. "Ho avuto la promozione! Inizio a lavorare tra tre mesi!"

Le nostre acclamazioni furono così chiassose che non riuscimmo più a sentirla. I cani abbaiavano e scodinzolavano. Non capivano, ma erano felici di essere coinvolti.

"Sapevamo che ce l'avresti fatta" dissi. "Congratulazioni, Jess. È un premio fottutamente meritato."

"Sono così orgoglioso di te" commentò Manson. "Hai lavorato così duramente per ottenerla."

"Siamo tutti orgogliosi" aggiunse Jason. "Andrai alla grande, Jess."

"New York non sa cosa l'aspetta" annunciò Lucas, chinandosi per sollevare Cherry da terra prima che Jojo la calpestasse.

La gioia di Jess era contagiosa. Sembrava senza fiato per l'eccitazione, il suo sorriso permeava ogni sua parola.

"Grazie mille" rispose. "Non ce l'avrei fatta senza di voi. Ho usato il disegno della vostra casa come parte del mio portfolio. La mia titolare ne è rimasta molto colpita. Ha detto..." Fece una pausa, e riuscivo già a immaginare il sorriso sulle sue labbra. "Ha detto che si vedeva che quel progetto era stato realizzato con molto amore."

Mi si gonfiava il petto ogni volta che usava quella parola.

"Per festeggiare, ti offriamo un'esperienza VIP completa al Tris" affermai. Ne avevo già parlato con il mio capo: anche nella remota possibilità in cui Jess non avesse ottenuto la promozione, si sarebbe comunque meritata la migliore serata che potessimo regalarle. "Questo sabato sera, servizio completo di bottiglie. Che ne dici?"

"Penso che sia contenta" rifletté Manson, quando dalla linea giunsero i "sì, sì, *sì*!" rumorosi ed entusiasti di Jess.

Il Club Tris occupava un edificio alto e stretto, annidato tra una pizzeria e un negozio di dischi. La facciata in mattoni era dipinta di nero e le finestre erano coperte dall'interno. La porta d'ingresso era leggermente socchiusa e lasciava intravedere la scalinata interna, illuminata da lampadine rosse. Sopra la porta c'era un'insegna al neon a forma di due cuori spezzati e intrecciati, uno rosa e uno viola.

La gente era in fila sino alla fine dell'isolato, in attesa di entrare. La mia energia era al massimo, il mio umore decisamente ottimo. Era da troppo tempo che non venivo al Tris per svagarmi piuttosto che per lavorare. Questo locale era stato il mio vecchio ritrovo preferito; era stato il mio posto.

Ero appena approdato a quel mondo la prima volta che mi ero intrufolato lì dentro. Manson e io avevamo aspettato in fila per quella che era sembrata un'eternità, stringendo documenti falsi, agitati all'inverosimile per il timore di essere scoperti.

Ed *eravamo stati scoperti*, ma ci era voluto un po' di tempo. Era stato sufficiente per farci entrare nelle grazie dei dipendenti e degli avventori abituali del locale. Così, anziché buttarci fuori definitivamente, eravamo stati banditi per circa sei mesi, solo fino al compimento del ventunesimo anno di età.

Jason e Lucas non avevano mai amato andare per locali, a differenza di Manson e me. Jason si era abituato, ma c'erano voluti del tempo e la mia inarrestabile insistenza perché uscissimo più spesso. Uscire in pubblico, soprattutto in coppia, all'inizio era stato difficile per lui. Aveva sempre avuto dei timori, si era guardato alle spalle, era sempre stato sulla difensiva. Ma man mano che aveva acquisito fiducia in sé stesso, l'ambiente aveva cominciato a piacergli molto di più, il che era perfetto per me.

Mi piaceva mostrarlo. Se fosse stato per me, l'avrei fatto sfilare nudo per tutto il locale, urlando che era mio.

Ora, camminando verso il Tris con Jason sotto un braccio e Jess sotto l'altro, il mio ego si era gonfiato fino a raggiungere le dimensioni di Giove. Sorridevo come un dannato imbecille per il solo fatto di portare al braccio due persone così attraenti allo stesso tempo.

"Qualcuno penserà che stai cercando di scatenare una rissa" brontolò Lucas, dandomi un colpetto sulla nuca mentre percorrevamo la strada affollata. "Smettila di sorridere a tutti, cazzo."

Come al solito, la vista di una folla faceva drizzare le antenne a Lucas. Manson camminava a braccetto con lui, sorridendo mentre Lucas lo fulminava con lo sguardo.

"La maggior parte delle persone non farebbe mai a botte per un sorriso" rimarcò Manson. Lucas trasalì quando un'auto ci passò accanto e produsse una fiammata, e Manson disse gentilmente: "Sei al sicuro. Non preoccuparti."

Più facile a dirsi che a farsi per Lucas. Non era uscito molto di casa dopo l'incidente al sideshow. Ma fece un respiro profondo e misurato. Quando espirò, un po' di tensione si allentò nella sua schiena. Fece ruotare le spalle e rispose: "Sì. Hai ragione."

Jess si staccò dal mio braccio per andare a prendergli la mano. Quella sera Lucas indossava degli stivali alti fino alle ginocchia; i lacci gialli erano l'unico tocco di colore nella sua mise altrimenti scura. Manson era in nero, tranne che per la catena d'argento che indossava sopra la camicia nera.

Mentre avanzava accanto a loro, Jess era quasi raggiante. Era fatta per essere al centro dell'attenzione: indossava delle scarpe col tacco argentate che facevano sembrare le sue gambe lunghissime e una gonna nera attillata che le fasciava i fianchi e il culo. La maglietta era in tessuto argentato e drappeggiato, tenuto intorno al collo e alla schiena da due sottili catenine. Non indossava nemmeno il reggiseno.

A Jess bastarono pochi minuti di chiacchiere con Lucas per distrarlo. Fu un sollievo sentirlo finalmente ridere mentre Jess era abbarbicata a lui, a inondarlo di dolcezza e affetto. La destrezza con cui riusciva a influenzarlo era notevole. Per un certo periodo ero stato persuaso che solo Manson fosse in grado di placare Lucas; Jess aveva dimostrato che mi sbagliavo.

Guidato il nostro gruppo oltre la fila, mi avvicinai al buttafuori e gli strinsi la mano in segno di saluto.

"Come va, Robbie?" chiesi. "È stata una bella serata finora?"

"Lo sai" brontolò l'omone, attaccandomi al braccio un braccialetto giallo da VIP. Salutò il resto di noi mentre metteva i braccialetti a tutti e ci fece cenno di dirigerci verso il controllo delle borse. Quando arrivò da Jess, disse: "Beh, dannazione. Vi siete dati da fare ragazzi. Come va stasera, mammina?"

Jess era raggiante e tese il polso per il suo braccialetto. Tenne la mano di Lucas mentre Robbie ci lasciò passare.

"Rachel e Mark sono su in sala!" esclamò Robbie. "Sono sicuro che saranno felici di salutarvi già che siete qui!"

"Li cercheremo!" gli urlò Manson di rimando, rivolgendogli un pollice in su.

Raggiungemmo il pianerottolo in cima alle scale e ci fermammo lì per capire dove volessimo andare. Jason muoveva la testa a tempo di musica, rimbalzando al ritmo dei bassi. La maglietta che aveva scelto era a rete e metteva in mostra il suo fisico muscoloso e la corda che gli avevo legato intorno al petto in un'elaborata imbracatura.

Il bisogno di vantarmi di lui era irresistibile. Gli avvolsi le braccia da dietro, gli baciai la sommità del capo e lui sollevò il mento per guardarmi.

"Sei davvero stupendo" gli dissi. Il suo sorriso era ampio, gioioso e sfrenato.

"Anche tu" rispose, e io lo baciai di nuovo, questa volta sulla bocca. Aveva il sapore del sidro che aveva bevuto venendo qui, mango e mela. Troppo dolce per resistergli, gli diedi una leccata all'angolo della bocca per un altro assaggio.

"Cerchiamo di arrivare al privé VIP prima di strapparci i vestiti a vicenda, okay?" disse Manson.

"Dovrò cominciare a chiamarti *Padre* Manson invece di Papà?" domandai, e lui alzò gli occhi al cielo.

"Muoviti, bastardo voglioso" bofonchiò, agitando il braccio per farmi muovere. "Fammi almeno mettere seduto prima di farmi venire un'erezione." Manson prese la mano di Jess in modo che lei camminasse tra lui e Lucas mentre ci addentravamo nel locale. "Resta vicino a noi. Sei troppo bella per sfuggirmi di vista."

"Sì, signore" replicò lei. Il suo tono era pudico, la sua espressione tutt'altro. "Anche se, se volevi tenermi a freno, avresti dovuto portare un guinzaglio."

Jess gli sbatté le ciglia e fui pressoché certo di vedere tutto l'intelletto di Manson uscirgli dalle orecchie. Portare Jess nell'intimità di una saletta VIP era ai primi posti della mia lista di priorità, e stava salendo di posizione a ogni secondo che passava.

"Non mettere troppe preoccupazioni in quella tua bella testolina, tesoro" mormorò Lucas, facendo schioccare i denti vicino all'orecchio di Jess come se volesse morderla. "Manson tiene sempre d'occhio i suoi animali."

Un'altra breve rampa di scale ci portò sulla pista da ballo. Un bancone circolare occupava il centro dello spazio, con un enorme lampadario sopra di esso. I due piani superiori torreggiavano su di noi, con gente che ballava e si strusciava lungo la ringhiera. Oltre il bar, sul lato opposto della sala, un mare di persone stava ballando davanti al DJ sul palco. Simili a delle orride decorazioni natalizie, delle gabbie dorate si ergevano su vari piedistalli in giro per la stanza, occupate da ballerini con indosso solo perizomi e sospensori.

"È incredibile" mormorò Jess, ammirando l'ambiente. C'erano dei privé cordonati lungo le pareti, ma il salone principale si trovava al piano superiore. Era lì che ci saremmo diretti dopo aver preso le nostre bevande.

"Ti aspettavi un seminterrato squallido?" domandai. Rimanemmo tutti uniti nel farci largo tra la folla: quella sera il locale era pieno di gente che ci si accalcava addosso da tutte le parti. "Macchie d'acqua sui muri, pavimenti in cemento?"

"I fanatici del bondage svolgono sempre la loro attività nei seminterrati" rifletté Manson. "O nelle stanze rosse."

"Voi non avete *nemmeno* una stanza rossa" commentò Jess, facendo un sospiro drammatico. "Che razza di dominatori siete?"

"Personalmente vorrei una stanza arcobaleno" confessai. "Il rosso non si intona con la mia carnagione."

"Non abbiamo bisogno di una *stanza* per distruggerti" affermò Lucas mentre raggiungevamo il bar. "Il primo giro lo offro io."

Il bancone era gremito come la pista da ballo. Per quanto piccolo, avevamo una buona squadra di barman. I tre in servizio quella sera stavano gestendo la calca senza problemi e, nonostante la breve attesa, una di loro venne ben presto verso di noi.

"Sarà meglio che tu sia qui per lavorare, Vince" esordì, appoggiando i gomiti sul bancone di fronte a noi. "Sono oberata di lavoro, se non l'hai notato."

"No, stasera non lavoro" risposi, sporgendomi dal bancone per salutarla con un colpetto di nocche. "È la mia serata libera, Keisha!"

"Che razza di coglione passa la sua serata libera sul posto di lavoro?" fece lei. "Quindi, dovrei servire te e tutti i tuoi amici nel bel mezzo di un..." Interruppe bruscamente la sua presa in giro quando i suoi occhi si posarono su Jess. Le brillarono gli occhi, e si sistemò in fretta il papillon. "Oh, beh, scusami. Non mi ero accorta che stavolta avessi portato una signora. Tu cosa prendi, tesoro?"

"Cosmo, per favore" rispose Jess. Keisha fece roteare lo shaker tra le mani mentre lo preparava, prima di porgerglielo con una certa ostentazione. Che esibizionista. Jess estrasse per prima la ciliegina dal drink e la mise in bocca con un sorriso.

"Che ci fa una ragazza come te con questi strambi?" domandò Keisha, sfregando la scorza d'arancia attorno a un bicchiere per il Sazerac di Manson.

"Mi hanno proposto un ottimo affare per riparare la mia auto" replicò Jess.

"Ah, sì? Fammi indovinare, poi hanno iniziato a offrirti passaggi in città visto che la tua auto era in riparazione?" indovinò Keisha.

Jess ridacchiò. "Qualcosa del genere. Abbiamo fatto un sacco di... giri."

"Giri brevi, giri lunghi, giri tosti..." raccontò Manson.

"Giri in pubblico..." continuò Jason, e Keisha alzò le mani.

"Gesù, va bene, ho capito, siete tutti un branco di assatanati" disse con una risata e scuotendo la testa. Presentò la nostra fila di drink sul bancone: il Sazerac per Manson, la birra per Lucas, la vodka con Redbull per Jason e un Sex on the Beach per me. Keisha fece una smorfia non appena bevvi un lungo sorso del drink arancione brillante e schioccai le labbra soddisfatto.

"Non puoi essere un barista normale e ordinare solo birra e shot?" chiese. "Mezcal con ghiaccio, magari? Dov'è il tuo disprezzo tipico da barista per lo zucchero, Vince?"

"Scusami se mi piacciono le cose che hanno davvero un buon sapore" mormorai, puntandole contro lo stuzzicadenti che sorreggeva la mia guarnizione di fragole. "Non riesco ancora ad apprezzare gli pneumatici bruciati in forma liquida."

"Va bene, toglietevi di mezzo" ci esortò Keisha. "Mi farete restare qui a chiacchierare tutta la serata, e state bloccando la fila."

Ci dirigemmo verso le scale che ci avrebbero portati al salone. Il Tris non era dichiaratamente un kink club, ma l'influsso della comunità BDSM locale era evidente se si sapeva cosa cercare. Alcune persone indossavano collari di cuoio, metallo o catene. Alcuni erano vestiti in lattice, altri in pelle. Fazzoletti di vari colori penzolavano dalle tasche posteriori, a segnalare i loro desideri.

Mostrammo i nostri braccialetti VIP per essere ammessi al piano di sopra. I privé costellavano tutta l'area, e alcuni avevano già le tende nere di seta tirate per la privacy. Il nostro separé era più avanti, ma volevo passare a fare un saluto a Rachel e Mark prima di sistemarci. Facendomi strada verso il loro solito privé, sbirciai dietro l'angolo e non fui sorpreso di trovare quei due già in una posizione compromettente.

Beh, in realtà erano in *tre*. Rachel e Mark amavano giocare con gli altri. Rachel aveva i tacchi a spillo piantati sulla schiena di un giovane che le stava facendo da poggiapiedi. Mark stava versando altro vino per lei, vestito di pelle come al solito.

Il volto di Rachel si illuminò quando mi vide. "Vincent! Non sapevo che fossi qui stasera." Doveva essere poco al di sotto dei cinquant'anni, se avessi dovuto tirare a indovinare, ma era difficile dirlo con precisione. Aveva un viso che sembrava giovane e maturo allo stesso tempo. I suoi lunghi capelli scuri erano sciolti, le sue curve voluttuose avvolte da un abito rosso aderente. "Siete tutti qui! Ma che piacere! Mi sembra di non vedervi da secoli."

"Non veniamo qui da secoli" confermò Lucas quando lei lo abbracciò. Era una donna alta, resa ancora più alta dalle scarpe col plateau e i tacchi a spillo che indossava sempre. La sua altezza era pari alla mia quando si alzava in piedi.

"Rachel, Mark, lei è Jessica" esordì Manson, facendosi da parte per permettere a Jess di salutarla.

"Abbiamo aggiunto un nuovo elemento al branco, eh?" disse lei. Strinse la mano di Jess e la occhieggiò a lungo da capo a piedi. Gli occhi di Rachel erano in grado di farti a pezzi senza bisogno che dicesse una sola parola, ma Jess la fece sorridere. "Splendida. Sarà meglio che ti stiano trattando bene." Abbassò la voce come se stesse svelando un oscuro segreto. "Ho fatto tutto il possibile per addestrarli a essere dei gentiluomini: spero che abbia funzionato."

La prima volta che mi aveva rivolto la parola e mi aveva trovato sprovveduto, me l'ero quasi fatta addosso. Era stata lei a scoprire che Manson e io eravamo troppo giovani per frequentare questo posto, e aveva dovuto denunciarci. Ma ci aveva comunque offerto il suo tempo e la sua compagnia; sapeva che eravamo andati al Tris perché eravamo interessati a entrare nel mondo del BDSM, e aveva insistito per farci da mentore.

"Devi essere una brava insegnante" disse Jess. "Anche se quello non sono ancora riuscita a farglielo fare." Guardò il giovane a terra, che teneva ubbidiente lo sguardo fisso sul pavimento.

La risata di Rachel era squillante e rumorosa e riempiva facilmente ogni spazio in cui si trovava. Schioccò le dita e l'uomo a terra sollevò la testa. "Giovanotto, alzati. Vai a prendere un altro drink per Mark."

"Sì, Padrona." Sparì così in fretta che riuscii a malapena a vederlo in faccia. Supposi che fosse uno dei loro compagni di gioco abituali. Rachel e Mark erano avventurosi, ma esigenti e non amavano giocare con chi era inesperto.

"Non vi tratterremo a lungo" dissi, stringendo la mano a Mark che si era alzato per salutarci. "Volevo solo salutarvi e presentarvi la nuova vittima."

"Preferisco Lady Giocattolino, grazie" puntualizzò Jess, con un'espressione di disapprovazione sul volto mentre si esaminava con disinvoltura le unghie.

Alzando innocentemente le mani, dissi: "Scusa, scusa. Avrei dovuto presentarti come si deve, Lady Giocattolino."

Jess sollevò fiera il mento. "Così va meglio."

"Vedo che avete rimediato una bella capricciosa" commentò Rachel, sfiorandosi meditabonda il mento con l'unghia dipinta di rosso. "Perfetta per voi quattro."

"Li tengo sulle spine" affermò Jess. Ora padroneggiava il suo ruolo con grande sicurezza, e mi piaceva cogliere l'orgoglio sul suo volto. Prima di portarla qui, mi ero chiesto se stare in mezzo a una folla così numerosa in un luogo pubblico le avrebbe suscitato di nuovo una certa vergogna. Sarebbe stato normale, e non l'avrei biasimata. La paura del giudizio degli altri può essere soffocante.

Ma ora sembrava più sicura di sé di quanto non l'avessi mai vista. Si comportava come una regina, riuscendo a mantenersi egregiamente sulla linea di confine tra il rispetto e la sfrontatezza quando si rivolgeva a noi. Personalmente, non gradivo la sottomissione incondizionata. A tutti noi piacevano le sfide, e Jess aveva trovato il punto di equilibrio tra l'obbedienza perfetta e la sfida giocosa.

"Come è giusto che sia" commentò Mark, e Rachel gli diede un leggero schiaffo sul braccio.

"È molto inappropriato incoraggiare la disobbedienza" dichiarò lei, e sebbene Mark stesse cercando di apparire contrito, era tutto un gioco. Rachel gli afferrò la mascella per baciarlo, lasciandogli dei segni rossi sulla pelle con le sue unghie affilate. "Che te ne pare del Tris finora, Jessica? È la tua prima volta qui?"

"Sì" confermò Jess. "Sono stata in molti locali, ma mai uno come questo. Mi piace molto. Lo sento... lo sento libero."

"Abbiamo avuto la stessa sensazione quando siamo venuti qui la prima volta" affermò Mark.

"Quando passi molto tempo a cercare di nascondere chi sei, il primo luogo di libertà che trovi sarà sempre speciale" rifletté Rachel. "Il potere di una comunità che ti sostiene non va mai sottovalutato. Ecco perché ci mettiamo a disposizione come mentori."

"Sostenere la prossima generazione di perversi fa sì che la comunità vada nella giusta direzione" aggiunse Mark. Ridacchiò e diede una pacca sulla spalla a Manson. "Se la memoria non mi inganna, questo qui è entrato qui dentro non solo mentendo sulla sua età, ma anche sulla sua esperienza!"

Manson trasalì al ricordo, sfoggiando una rara espressione imbarazzata. "Avevo passato un po' troppo tempo a 'istruirmi' sui blog dedicati alle fantasie BDSM" spiegò a Jess. "Può darsi che una volta abbia detto a Mark una bugia molto lunga sul fatto di essere un esperto con la frusta."

Gli occhi di Jessica si sgranarono, e rise quando Rachel aggiunse: "Abbiamo scoperto la sua bugia nel momento stesso in cui gli ho messo davvero una frusta in mano."

Jessica, Rachel e Manson continuarono a

chiacchierare. Lucas si era addentrato nel privé, allontanandosi dalla gente che passava. Teneva le mani in tasca e forse, agli occhi dei più, sembrava un po' annoiato.

Ma io lo conoscevo troppo bene per lasciarmi ingannare. Era nervoso quando era in pubblico. La folla, i rumori, la claustrofobia e la paura di restare intrappolato all'interno di un luogo, con delle vie d'uscita limitate.

"È passato un po' di tempo dall'ultima volta che sei uscito?" chiese Mark a Lucas, scuotendolo e cancellandogli quell'espressione distratta che aveva sul volto.

"Sì, credo di sì" rispose. Occhieggiò un gruppo di persone di passaggio ed esaminò con sospetto le loro risate. "Ultimamente, ogni volta che sono uscito di casa è stato un vero e proprio disastro per me. È difficile entusiasmarsi all'idea di uscire quando devi chiederti se finirai per lottare per salvarti la pelle."

Mark annuì, con lo sguardo basso in segno di comprensione. "Troppi di noi hanno dovuto vivere nella paura. Ma è proprio quello che vogliono loro. Le persone che sostengono di odiarti, quelle che sono disposte a farti del male, preferirebbero che tutti noi rimanessimo nell'ombra. Quando giudicarci e svergognarci non funziona, provano con la violenza. Poi rivolgeranno pensieri e preghiere quando qualcuno pagherà con la vita per il loro odio."

Qualcuno scoppiò a ridere troppo forte alle spalle di Lucas, e lui trasalì di nuovo. Ma questa volta, lentamente, Jason afferrò il braccio di Lucas e lo avvicinò a sé, posizionando il suo corpo tra Lucas e il passaggio. Non disse nulla - non ce n'era bisogno.

Noi proteggevamo i nostri. Dovevamo farlo.

"Il mondo non è un posto molto amichevole" commentò Lucas. Ma la sua voce era più dolce, la tensione era sparita. Si raddrizzò un po' di più quando Jason lo toccò, come se si fosse improvvisamente ricordato chi era. "Non è poi così male quando hai le persone giuste. È solo che a volte rimango intrappolato nella mia testa."

Non era così semplice, lo sapevamo tutti. Trovare il confine tra il vivere con cautela e il vivere nella paura sembrava quasi impossibile a volte. Lucas aveva molto da temere. Tutti noi ne avevamo.

Conversammo ancora per qualche minuto, prima di lasciare Rachel e Mark a godersi la loro serata. Quando uscimmo dalla loro stanza, misi un braccio intorno alle spalle di Lucas, gli diedi un bacio sulla guancia - che lo fece gemere perché era un gesto affettuoso - e gli dissi sottovoce: "Sei davvero molto coraggioso, sai?"

Lui fece una smorfia e mi lanciò un'occhiata quasi sofferta. "Non cominciare a dirmi cose carine, amico. Avanti, io... io non..." Sospirò. "Grazie."

Manson dovette sentirci, perché si guardò alle spalle e disse: "Ehi, sii gentile con lui. Essere costretto ad ascoltare cose carine su di sé rientra nei limiti soft."

Jess si mise al mio fianco e aggiunse: "Dovremo spingere questo limite un po' di più."

Non vedevo l'ora che Jess desse un'occhiata al nostro privé, così la presi per mano e feci strada. La nostra stanza si trovava in fondo al passaggio, proprio sopra il DJ. Un grande divano nero componibile occupava la maggior parte dello spazio, con un tavolino basso di vetro al centro. Sul tavolo c'era una bottiglia di champagne in un secchiello per il ghiaccio, insieme a diversi calici. La parete di fondo e il soffitto erano a specchio e le luci che penzolavano dal soffitto erano disposte in lunghe strisce, come fili di pioggia incandescenti.

Manson si sedette e si mise comodo, a cosce aperte. Lucas fece per sedersi accanto a lui, ma Manson lo fermò con una mano sul petto.

"In ginocchio" ordinò, indicando il pavimento tra le sue gambe. "È quello il posto dei cuccioli."

La tenda che circondava il nostro privé era ancora aperta, e chiunque fosse passato avrebbe potuto vedere facilmente all'interno. Io mi accasciai comodamente sul divano e allungai le braccia mentre Jason si sedette accanto a me. Jess esitò per un attimo, indecisa se sedersi al mio fianco o unirsi a Manson e Lucas.

Manson le rese facile la scelta. "Anche tu, angelo. Vieni qui."

Felice di assistere allo spettacolo, sorseggiai il mio drink e mi misi a mio agio.

40

JESSICA

Dall'altro lato delle tende aperte avrebbe potuto vederci chiunque quando mi inginocchiai ai piedi di Manson come Lucas, il quale però non riusciva a stare fermo. Continuava a spostarsi come se fosse a disagio, si schiariva la gola e il suo sguardo dardeggiava verso chiunque si avvicinasse al nostro angolo. Manson ci fece aspettare per quasi un minuto, limitandosi a osservarci in silenzio mentre sorseggiava il suo drink.

"Sembri nervoso, cucciolo" disse alla fine. Jason ridacchiò e Lucas girò la testa per dare qualche risposta acida. Manson gli afferrò il viso e lo strattonò verso di sé. "Sto parlando con te. Non con lui. Tieni lo sguardo dove deve stare."

Manson sembrava fin troppo compiaciuto, con quel sorrisetto sorprendentemente ampio sulla faccia. Se fossi stata al posto di Lucas, avrei tremato. Ero ansiosa di comportarmi bene. Qualcosa mi diceva che Manson avrebbe potuto mettermi sulle sue ginocchia in questo locale e nessuno avrebbe battuto ciglio. Era un'idea che paventavo tanto quanto la bramavo.

"Angelo, porta da bere a Lucas" mi ingiunse

Manson. Rimanendo a quattro zampe, mi girai e presi la birra di Lucas dal tavolo, prima di riportarla frettolosamente a Manson.

Fece un cenno con la testa a Lucas e disse: "Dagli da bere."

Quando Lucas si voltò verso di me, il suo sguardo ardeva di intensità. Gli portai la birra alle labbra per fargliela bere e un po' di liquido gli colò dall'angolo della bocca. Leccai la goccia, trascinando la lingua sulla sua gola e sul mento. Il suo corpo rimbombò per un ringhio, e mi misi in bocca anch'io della birra prima di baciarlo.

Il liquido passò tra le nostre labbra, gocciolando mentre le nostre lingue si intrecciavano. Manson mi tolse il boccale di birra dalla mano e io avvolsi le braccia intorno alle spalle di Lucas, graffiandogli la spina dorsale con le unghie. Lui gemette, mi afferrò la vita e spinse i fianchi verso di me.

Il rigonfiamento duro dei suoi pantaloni mi fece venire voglia di strappargli di dosso tutti i vestiti che aveva.

Ero a occhi chiusi, ma sentii che qualcuno si univa a noi. Jason si inginocchiò dietro Lucas e gli baciò il collo mentre noi pomiciavamo. Il respiro di Lucas si fece più accentuato e la mano di Jason scivolò tra di noi, accarezzando il cazzo di Lucas da sopra i pantaloni.

Manson allungò la mano, mi infilò le dita nei capelli e afferrò con vigore le mie lunghe ciocche per staccarmi da Lucas.

"Che bravo animale domestico che sei" mormorò. Lui e Vincent si scambiarono uno sguardo malvagio, poi Manson ordinò: "Bacia gli stivali del tuo padrone, angelo."

Il mio cuore iniziò a galoppare. Mi chinai e li baciai, sussurrando al contempo il mio ringraziamento. Non ero nemmeno sicura che potesse sentirmi, ma non importava. L'unica cosa che contava era adorare la parte del mio padrone che mi era stato permesso di toccare, il luogo che lui aveva ritenuto opportuno per me.

Quando mi impartivano degli ordini, era come se la mia mente raggiungesse un altro livello di esistenza, una realtà diversa in cui l'obbedienza incondizionata era il massimo del piacere. Volevo compiacerli, desideravo sentire altre lodi dalle labbra di Manson.

"Brava la mia bambina" fece Manson. "Mettiti seduta."

Lo feci, giusto in tempo per vedere Manson versarsi la birra di Lucas sulla mano. Gliela offrì e Lucas bevve dal suo palmo mentre Manson gli teneva la mano a coppa davanti alle labbra, e succhiò perfino le dita quando l'ebbe finita. Gli occhi di Lucas erano scuri, quasi ebbri - seppure non avesse bevuto abbastanza per essere ubriaco. Si spinse contro la mano di Jason, allungò la propria all'indietro e tirò la testa dell'altro uomo verso il proprio collo in una chiara richiesta. Jason lo accontentò, stuzzicando la gola di Lucas con la bocca, mordendo abbastanza forte da lasciargli dei segni arrossati sulla pelle.

"È il tuo turno, cucciolo" affermò Manson, accarezzando affettuosamente la testa di Lucas. "Bacia gli stivali del tuo padrone."

"Con quella cazzo di tenda aperta?" Lucas sembrò pentirsi delle parole subito dopo averle pronunciate, e chiuse la bocca così in fretta da sbattere i denti.

Jason fece una risata sommessa e sussurrò: "Oh, adesso te la farà pagare. Ti distruggerà per questo."

Manson era nel suo elemento. Non tolse la mano dalla testa di Lucas, ma rivolse la sua attenzione a Jason, chinandosi in modo da poterlo guardare dritto negli occhi mentre diceva: "Se non stai attento, schiaccerò anche te, per principio."

Vincent si alzò dal divano e tirò indietro la testa di Jason, afferrandogli i capelli con una violenza tale da farlo trasalire. "Stai creando problemi?" chiese. Il suo tono era ingannevolmente gioviale, come se avesse colto Jason in una marachella infantile. "Come diavolo pensi di arrivare alla fine della serata se stai già provocando per essere punito?"

Diede uno schiaffo deciso sulla guancia di Jason, tanto forte da bruciare. Jason gli rivolse un sorriso indolente e si appoggiò alla sua mano dicendo: "Forse dovresti distrarmi, allora."

Gli occhi azzurri di Jason guizzarono verso di me. Alzai lo sguardo verso Manson, sbattendo le ciglia, sperando che mi desse il permesso.

"Va bene, angelo, fai pure" confermò Manson, dopo avermi lasciata in sospeso per qualche istante. "Tieni occupati quei due bambini viziati, Vince. Lucas e io abbiamo bisogno di stare un attimo da soli."

Vincent annuì e si chinò per dare a Jason un bacio sulla fronte prima di tirargli un altro schiaffo sulla guancia. "Comportati bene" si raccomandò, ma l'espressione di Jason era tutt'altro che accomodante. Si alzò in piedi quando Vince lo lasciò andare e mi offrì subito la mano.

"Ti va di ballare con noi?" chiese, e io annuii entusiasta, accettando la sua mano mentre mi aiutava ad alzarmi.

Vincent si scolò rapidamente il drink prima di cingermi la vita e posarmi un bacio sul collo. "Allora andiamo a ballare, baby."

Jason si tenne stretto alla mia mano e prese con l'altra quella di Vincent, che ci condusse fuori dal privé. Ci dirigemmo verso la ringhiera che si affacciava sul DJ sottostante. La pista da ballo era una massa ondeggiante di corpi che si muovevano e si strusciavano fra loro. La musica mi rimbombava nel petto mentre mi muovevo a ritmo. Vincent era dietro di me, e io premevo il culo contro di lui mentre dondolavo i fianchi. Jason era appoggiato alla ringhiera, ma non stava guardando la folla sotto di lui: stava guardando noi, sorseggiando il suo drink con un sorriso sulle labbra.

Sollevai le braccia e le portai indietro, facendo scorrere le dita sul collo di Vincent mentre oscillavo.

"Accidenti, sai come muoverti" commentai.

Lui mi ridacchiò nell'orecchio, facendomi correre un brivido lungo la schiena mentre le sue mani si muovevano su di me. "Passo tutti i fine settimana in una discoteca. È ovvio che so ballare."

Il suo cazzo si stava indurendo mentre ballavo addosso a lui. Mi sporsi verso Jason e lo attirai a me, accarezzandogli il petto con le unghie. Mi baciò mentre il ritmo rallentava, la folla si scatenava con i bassi che risuonavano dagli altoparlanti. Aveva un sapore dolce, di energy drink e di liquore che mi pizzicava la lingua.

Le dita di Vincent si abbassarono pericolosamente e si infilarono sotto la mia gonna. Mi mancò il fiato quando mi strofinò sopra le mutandine, stimolando la mia eccitazione mentre mi massaggiava il clitoride gonfio.

"Come ti senti, principessa?" chiese Jason, sogghignando quando abbassò lo sguardo. "Cazzo, adorerei vederti venire sulle sue dita."

Il mio corpo agognava la stessa cosa. Quando facevo oscillare il sedere verso Vince, premevo anche contro la sua mano, strusciandomi su di lui. Vince spinse i miei slip di lato e io gemetti quando mi infilò due dita dentro.

"Sei già così bagnata per noi?" mormorò, muovendo le dita dentro di me. "Stare in pubblico ti eccita?"

Eccome. Ogni volta che incrociavo lo sguardo di qualcuno che ci passava accanto, mi eccitavo sempre di più. La gente in questo locale non si scandalizzava né si offendeva per le attività sessuali: ero sicura di aver visto una coppia in un angolo della pista da ballo che stava scopando davvero. Lanciai un'occhiata al nostro privé e mi contrassi attorno alle dita di Vincent quando vidi Lucas con la testa appoggiata sul grembo di Manson, entrambi intenti a guardarci.

Manson stava lentamente accarezzando la testa di Lucas, in modo delicato e rilassante. Tutto nella postura di Manson trasudava controllo, e gli occhi di Lucas erano a mezz'asta, il suo corpo finalmente rilassato mentre mi guardava ballare.

Esibirmi mi era sempre venuto naturale; adoravo che

loro mi stessero guardando, adoravo poter mettere in scena uno spettacolo per allietarli.

Vincent tirò fuori la sua mano da sotto la mia gonna, con le dita bagnate dalla mia eccitazione, e le portò alle labbra di Jason. Il calore mi inondò quando Jason prese in bocca le dita di Vincent, succhiandole lentamente. Vi passò la lingua in mezzo, aprendo la bocca come per mostrare ciò che sapeva fare. Il petto di Vincent si gonfiò per un respiro affannoso e agganciò le dita intorno alla mascella di Jason per tirarlo più vicino. Si baciarono sopra la mia spalla, e intanto la mano di Vincent si infilò di nuovo sotto la mia gonna.

"Oh... cazzo..." Reclinai la testa all'indietro mentre Vince mi fece un ditalino. Ero avviluppata dall'ardore tra di loro, i miei respiri erano profondi e pesanti, quasi sopraffatti dal mio crescente piacere. C'erano così tante stimolazioni: le luci lampeggianti, la musica martellante che mi pulsava nel petto, la pelle d'oca che mi veniva quando mi toccavano. Jason portò il suo drink alla mia bocca e lo rovesciò indietro, facendo gocciolare la condensa del bicchiere freddo sul mio petto.

"Credo che verrà per noi" affermò Vincent, e io mi strinsi di nuovo intorno alle sue dita. Jason mi stuzzicò i piercing ai capezzoli da sopra la maglietta finché non gemetti, il mio ritmo vacillò man mano che i loro tocchi mi portavano verso il picco del piacere.

"Sarà il primo orgasmo di molti" annunciò Jason, avvicinando la sua bocca al mio orecchio. "Voglio vederti tremare, principessa."

Cazzo, stavo per perdere il controllo. Una donna passò e catturò la mia attenzione: il suo sguardo sfrecciò verso il basso e tornò su con un sorriso. Sapeva cosa stava succedendo.

"Ti piace quando la gente guarda, eh?" Vincent ridacchiò. "Sporca, piccola puttana. Dobbiamo trovarti un pubblico, non è così, baby? Ti piacerebbe che qualche decina di persone ti dicesse quanto sei dannatamente sexy quando vieni?"

Le sue parole sconce portarono la mia estasi al culmine. Le mie labbra si aprirono, ero a corto di fiato e stavo lottando per non fare troppo baccano mentre tremavo per la beatitudine, persa nel momento.

Fu parecchio più difficile camminare sui tacchi dopo l'orgasmo. Jason e Vincent dovettero sostenere le mie gambe tremanti nel riportarmi al privé. Lucas era ancora seduto per terra e stava sorseggiando della birra fresca da un boccale, con il braccio appoggiato sulle gambe di Manson. Manson aveva un tenue sorriso sul volto e se ne stava stravaccato sul divano come se fosse il padrone del locale.

Applaudì lentamente quando entrammo. "Bravi. Che bello spettacolo. Ti sei divertita, angelo?"

Mi avvicinai a lui, scavalcai Lucas e mi misi a cavalcioni di Manson. Lui mugugnò dal piacere quando lo baciai, strusciandomi su di lui. Quando sollevai il culo, le mani di qualcuno mi stuzzicarono sulle cosce.

"Dio, stai sgocciolando" fece Lucas, con la voce roca per il desiderio. "Credo che avremo bisogno di un po' di privacy."

Jason tirò la tenda nera, chiudendoci nel privé. La bottiglia di champagne produsse un forte schiocco quando Vincent la stappò, e una cascata di bollicine sgorgarono dal collo e gli si riversarono sulle dita. Mentre ce lo versava, Manson mi ghermì la mascella e riportò la mia attenzione su di lui.

"Spogliati per noi" ordinò. "Togliti tutto."

Con un sorrisetto, scesi dal suo grembo e mi misi in piedi di fronte a lui. Lucas rimase sul pavimento e Jason si sedette accanto a Manson, con gli occhi straordinariamente luminosi nella luce soffusa. Sganciai le catenelle che tenevano il mio top e lasciai cadere a terra il tessuto di seta. Sotto non indossavo nulla, nemmeno i cerotti per i capezzoli. Lucas teneva gli occhi ben aperti e Manson mi scrutava con l'unghia del pollice tra i denti. Li affondò sul dito quando mi girai, facendo scivolare lentamente la gonna.

Vincent aveva ancora la bottiglia di champagne in mano. Quando mi tolsi la gonna e rimasi in piedi solo con i tacchi e un perizoma succinto, lui mi fece girare di nuovo in modo che fossi rivolta verso gli altri e mi portò la bottiglia alle labbra.

Lo champagne era asprigno e leggermente dolciastro, freddo e frizzante. Il torpore indotto dall'alcol era appena sufficiente a farmi sentire calda e rilassata, eppure ancora desiderosa di avere di più.

Manson si alzò e si avvicinò per sfiorarmi il corpo con le dita, seguendone ogni curva. Vincent abbassò leggermente la bottiglia e la rovesciò di nuovo. Lo champagne freddo mi colò sui seni e Manson lo leccò, passando la lingua sul capezzolo prima di circondarlo con la bocca.

Rabbrividii e gemetti per la tiepida suzione. Fece roteare la lingua intorno al mio capezzolo, stuzzicando la barra di metallo che lo forava, prima di sollevare la testa.

"In ginocchio" intimò Vincent, e io fui lieta di accontentarlo.

Jason e Lucas si avvicinarono mentre io mi inginocchiavo in mezzo a loro quattro. Mi tornò in mente quella notte di Halloween, che ormai sembrava così lontana, quando tutti noi avevamo osato per la prima volta oltrepassare il limite. Ma conoscerli come li conoscevo ora - amarli come li amavo - rendeva la sensazione ancora più intensa.

Lucas bevve un sorso di champagne, ma non lo deglutì. Si chinò su di me e Jason mi tirò indietro la testa, mormorando a bassa voce: "Apri la bocca per lui, principessa."

Fui percorsa da un'ondata di calore quando Lucas sputò lo champagne nella mia bocca aperta. Mi solleticò la lingua e mi colò oltre le labbra, scendendo lungo il mento. Jason leccò il punto in cui era colato, dandomi un bacio scomposto, mentre Lucas versò un altro po' di champagne dal suo bicchiere sul mio seno.

"Cazzo, è sexy" sussurrò Manson, divorandomi con

gli occhi. Volevo infrangere il suo autocontrollo quasi perfetto. Volevo che scoppiasse per la pressione e mi prendesse con forza, senza pietà.

Era solo questione di tempo.

"Vi prego..." mugolai quando Lucas si unì a Jason per consumarmi. Le loro bocche avide erano squisite, i loro denti lasciavano fitte acute di dolore su tutto il mio corpo. Lucas mi spinse in avanti sulle mani e sulle ginocchia e mi strinse il culo prima di dargli un forte ceffone. Jason mi baciò con foga, tenendomi il viso mentre Lucas pompava con le dita dentro di me.

"Hai un preservativo?" chiese Lucas, e Vincent fece cenno di sì. "Mettilo qui."

Era impossibile vedere cosa stessero facendo, distratta com'ero dai baci di Jason. Manson ci guardava e ci girava intorno, a passi lenti, con il ghiaccio nel bicchiere che tintinnava mentre faceva roteare il liquido. Dopo aver fatto un giro completo intorno a noi, riprese il suo posto sul divano a gambe aperte, con un braccio appoggiato con disinvoltura sullo schienale.

"Striscia lassù, baby" mi invitò Vincent, mentre Jason si alzò e Lucas ritrasse le dita. Tremavo per la stimolazione mentre gattonavo, prima di salire di nuovo a cavalcioni di Manson. Lui mi mise una mano intorno alla nuca per attirarmi a sé.

"Sei perfetta" sussurrò Manson. "La mia bellissima piccola pazza, non è vero?"

"Sì, padrone." Sapeva di whisky quando lo baciai, con una nota speziata e calda sulle sue labbra.

Il divano si inclinò quando Lucas si sedette di peso accanto a Manson. Non teneva più la bottiglia di champagne, ma stava stringendo i capelli di Jason con entrambe le mani, spingendo il suo pene nella sua bocca. Jason soffocò quando Lucas gli colpì la parte posteriore della gola, ma tenne il capo chino e gli occhi sollevati per sbirciare il volto dell'altro uomo. Lucas stava ansimando profondamente e si allungò per accarezzare la parte bassa della mia schiena e la curva del mio culo.

"Faglielo montare, Vince" disse Lucas, e Manson sorrise.

"Farai la brava?" mi chiese Manson, con la mano ben piantata sul mio collo. Non potevo guardarmi indietro per vedere cosa stesse facendo Vincent, ma qualcosa mi stava toccando la fica. Riconobbi la sensazione liscia del preservativo, ma non l'oggetto che racchiudeva. Ma annuii lo stesso, perché bramavo tutte le esperienze oscene che potevano darmi. Volevo di più.

"Ti infilerò dentro la bottiglia, baby" mi annunciò Vincent. L'oggetto che stava strusciando contro di me - la bottiglia di champagne - premette all'interno. Era avvolto dalla protezione del preservativo, ma la sua forma insolita e la sua durezza mi fecero comunque rabbrividire.

Mentre Vincent la spingeva lentamente in profondità, Lucas portò il suo dito alle mie labbra e comandò: "Succhia." Dopo essersi bagnato il dito nella mia bocca, me lo inserì nel culo. Fremetti per l'intrusione, ma ben presto mi rilassai. Manson mise da parte il suo drink e mi agguantò le braccia per portarmele dietro la schiena e tenermi i polsi prigionieri.

"Cavalcalo" ingiunse. "Voglio vederti venire su quella bottiglia."

Facendo rimbalzare i fianchi su e giù, mi impalai sulla bottiglia di champagne mentre Vincent la teneva ferma. Manson ce l'aveva così duro, eppure non si toccò per tenermi stretta, osservandomi con attenzione. Di tanto in tanto, i suoi fianchi si muovevano, alla ricerca di stimoli, tradendo i suoi desideri. Lucas spinse il dito nel mio sedere ed emise un forte gemito quando la lingua di Jason roteò intorno alla punta del suo cazzo.

"Cazzo, sì, prendilo" sussurrò Lucas, spingendo la testa di Jason verso il basso, scopandogli la bocca senza pietà. Jason gli si aggrappò alle cosce e trascinò le unghie dipinte di nero sulla pelle di Lucas. Gli occhi gli lacrimavano leggermente per lo sforzo, i muscoli delle braccia erano tesi. Lucas gli tirò su la testa all'improvviso e Jason ebbe un sussulto. "Inizia a masturbarmi. Fammi venire su tutta la tua faccia."

"Oh, cazzo, baby" disse Vincent, ridacchiando quando mi mossi più velocemente. Il collo della bottiglia non era grosso come il pene di nessuno di loro, ma mi sentivo così deliziosamente sporca per il fatto che ne stavo traendo piacere lo stesso. Quando Lucas venne con un grugnito roco, mentre il suo sperma schizzava sul viso di Jason, venni anch'io. Tutto svanì, tranne l'estasi che si scioglieva nel mio corpo.

"Così" mi spronò Manson, lasciandomi andare le braccia in modo che potessi reggermi contro il suo petto. "Vieni per noi, fatti sentire..." Mi tirò su la testa, costringendomi a guardarlo mentre le ondate di piacere mi avviluppavano.

"Grazie, padrone" mugolai, con gli occhi che quasi mi rotearono dietro la testa. "Grazie... per avermi fatta venire..."

Manson tirò fuori il suo cazzo e mi guidò su di esso mentre Vincent mise da parte la bottiglia di champagne. Ci spostò nell'angolo, lasciando abbastanza spazio a Vincent per salire sul divano dietro di me. Vince mi teneva indietro i capelli mentre affondavo su Manson, tenendoli lontani dal mio viso e lasciandomi dei baci soavi sotto l'orecchio.

Con la faccia ancora coperta dalla sborra di Lucas, Jason strisciò accanto a me. Lucas lo stava masturbando e lui rabbrividì visibilmente quando lo avvicinai a me, leccando una goccia perlacea dalla sua guancia.

"Dio, sei sporca" commentò.

Senza fiato e con una piccola risata, dissi: "Anche tu."

Ma quella risata si dissolse in un grido impotente quando il cazzo di Vincent premette contro la mia fica, schiacciandomi contro Manson.

"Ricorda la tua parola d'ordine, angelo" si raccomandò Manson, e un brivido di piacere gli attraversò il viso quando Vincent scivolò ancora più a fondo dentro di me. Mi sentivo incredibilmente stretta. I miei muscoli erano rilassati da due orgasmi consecutivi, ma la dilatazione non fu comunque facile da sopportare.

"Me la ricordo" gli assicurai con un filo di voce. Facendo respiri lenti e profondi, mi concentrai per mantenere i muscoli rilassati. Feci un tentativo di spostarmi avanti e indietro, portando Vincent ogni volta un po' più in profondità. Lui mi lasciò muovermi al mio ritmo.

Jason piagnucolava mentre Lucas lo teneva stretto, accarezzandogli il cazzo con dei gesti veloci. Li guardai estasiata quando Lucas avvicinò la bocca all'orecchio di Jason e ringhiò: "Guardali mentre la scopano. Non ti è permesso di venire finché non lo fanno entrambi."

"Non ce la faccio... non ce la faccio... cazzo..." Jason non riusciva a mettere insieme una frase. Mi rivolse lo sguardo, e ciò che vide nella mia espressione sembrò scuotergli perfino l'anima. Vincent mi penetrò ancora più in profondità e si sistemò completamente dentro di me. Lui e Manson mi stavano riempiendo fino all'inverosimile. Quando gridai, Jason strinse gli occhi in un ultimo sforzo di autocontrollo.

"Chi non è in grado di durare adesso?" lo sbeffeggiò Lucas, e Jason si contorse nella sua presa raggiungendo l'orgasmo e spargendo lo sperma sulla mano di Lucas.

Qualunque fosse la punizione che Lucas decise di infliggere a Jason per la sua mancata obbedienza, non la vidi. Manson e Vincent si mossero all'unisono, spingendosi entrambi dentro di me contemporaneamente. La stretta, la tensione, la *beatitudine* mi fecero andare il cervello in cortocircuito.

"Come ti senti, baby?" chiese Vincent, scandendo le parole con un altro affondo dentro di me. La mia risposta fu un altro grido, rotto e tremante.

"Più forte," fu la mia ultima richiesta trafelata. "Nessuna pietà..."

"Nessuna pietà?" Manson attirò il mio viso verso il suo e mi coprì la bocca con il palmo della mano mentre mi teneva stretta. "Vuoi che ti faccia male?" Al mio cenno d'assenso sogghignò, e io sentii quasi subito la differenza; il loro cambio di ritmo, la maggiore potenza delle loro spinte dentro di me. "Vuoi essere usata come la lurida puttana che sei?"

"Sì, sì, sì, vi prego!" Le mie parole erano ovattate dalla sua mano, il mio sesso pulsava e si stringeva intorno alla loro massiccia circonferenza.

"Sss, fai piano" disse Manson dolcemente, aggiustando la sua mano in modo da tapparmi ancora meglio la bocca. Vincent inspirò bruscamente e si appoggiò pesantemente alla mia schiena mentre mi martellava.

"Ti riempiremo" mi avvisò. "E tu perderai il nostro sperma per tutto il viaggio di ritorno all'hotel."

La sua promessa mi squassò nel più squisito dei modi. Il mio corpo sfuggiva al mio controllo, era totalmente sopraffatto. Mi stavano scopando così a fondo che quando i loro cazzi pulsarono al momento dell'orgasmo, riuscii a sentire ogni singola pulsazione. La sensazione di essere riempita a quel punto e reclamata in modo così rude era persino migliore delle mie fantasie.

41
LUCAS

Lasciammo il locale su gambe tremanti, con le menti così intorpidite dai postumi degli orgasmi che dovevamo sembrare molto più ubriachi di quanto fossimo in realtà. Fu Vincent a riportarci tutti all'hotel, con un braccio attorno alle spalle di Jason, mentre quei due cantavano a squarciagola le canzoni di Rob Zombie. Manson stava portando Jess sulle spalle e camminava accanto a me, e io avevo le scarpe con il tacco di Jess che mi penzolavano dalla mano.

"Ho bisogno di una doccia molto calda" commentò lei, con la testa appoggiata per la fiacchezza sulla spalla di Manson. "Sono così appiccicosa."

Lo eravamo tutti. Sudore, champagne e sperma ci avevano lasciato tutti un disastro, nonostante ci fossimo ripuliti prima di lasciare il privé.

Avevamo investito una bella somma per l'hotel, visto che era solo per una notte. Era a un paio di isolati dal locale, e la grande hall con il pavimento in marmo era quasi del tutto vuota quando entrammo. La nostra camera si trovava all'ultimo piano, con una splendida vista sullo skyline della città. Vincent e Jess si risentirono immediatamente alla vista dei due letti separati e si misero subito al lavoro per risistemare i mobili in modo da poterli accostare.

"Voi due ci farete cacciare" bofonchiò Manson. "La maggior parte delle camere d'albergo non ha letti abbastanza grandi per cinque."

"Inaccettabile" ribatté Vincent, puntellandosi determinato contro il muro mentre cercava di spostare il letto anche solo di un centimetro. Jess stava cercando - senza successo - di allontanare la cassettiera che si trovava tra i letti.

"Siete entrambi imbranati su questo" feci notare. Afferrai Jess per la vita e la sollevai da terra. "Qualcuno prenda Vincent e lo porti sotto la doccia."

"Poi potremo litigare su quale sarà il letto in cui dormirà Jess" aggiunse Jason, ma io scossi la testa mentre trascinavo Jess in bagno.

"Dorme con me, ragazzi, e questo è quanto" sancii, aprendo il rubinetto della doccia con una mano e tenendo l'altro braccio attorno a Jess. Non che stesse tentando di divincolarsi, anzi. Mi abbracciava, mi baciava il collo, mi palpava avidamente. "Sta a voi scoprire chi riuscirà a infilarsi nel letto con noi."

Mi seguirono nel bagno, che era abbastanza spazioso per tutti noi, ma non di molto. Tuttavia, eravamo abituati a stare stretti. Mi tolsi la maglietta e stavo per aiutare Jess a svestirsi quando Manson mi raggiunse, mi prese per la gola e mi bloccò al muro.

"Lei dorme con me" statuì, con un tono che non lasciava adito a discussioni. Giuro che, sebbene fossimo alti uguali, lui sembrava più alto. "Se ti comporti bene, ti sarà permesso di unirti a noi."

Comportarmi bene. Porca miseria. Sapeva esattamente quali erano le parole giuste, i piccoli trucchi di umiliazione e controllo che avrebbero fiaccato il mio orgoglio nel modo giusto. Quella sera aveva già trascorso molto tempo a ridurmi il cervello in poltiglia: farmi inginocchiare per lui in un luogo visibile a *chiunque* mi aveva stritolato lo stomaco. Era l'unica persona a cui permettevo di spingere i miei limiti in quel modo, ma mi fidavo di lui.

Mi aveva reso dipendente dalla sottomissione. Desideravo *ardentemente* le cose che poteva farmi.

"Mi comporterò bene" assicurai. Mi sentii assurdamente bene quando lui mugugnò soddisfatto, baciandomi teneramente prima di lasciarmi andare. Si sfilò la maglietta mentre faceva un passo indietro, e notai che Vincent e Jason si erano già spogliati. Per un momento, mi appoggiai al muro con Jess ancora sistemata sotto il mio braccio e rimasi a guardarli.

Ce l'avevo già di nuovo mezzo eretto. Anche se dubitavo che sarei venuto nuovamente così presto, non importava. L'odore del sudore, del sesso e dell'alcol sulla loro pelle mi elettrizzava e mi metteva addosso una voglia primordiale di scopare.

Come se le nostre menti operassero sulla stessa lunghezza d'onda, Jess sospirò e disse: "Dio, siete tutti così sexy, non è giusto."

"Non è giusto, eh?" Invertii le nostre posizioni e la spinsi verso il muro per sganciarle le catene che le tenevano fermo il top. "Io credo che quello che non è giusto è che io non abbia avuto modo di inondarti con il mio sperma stasera." Dopo averle abbassato la gonna, mi inginocchiai ai suoi piedi e le afferrai le mutande con i denti, prima di trascinare via anche quelle.

"Guarda com'è tutta imbrattata" affermò Jason, accovacciandosi accanto a me. La viscosità sulle sue gambe era evidente; il suo minuscolo perizoma era fradicio. Mentre si appoggiava pesantemente al muro, la sondammo in contemporanea, affondando le dita nel suo calore. Chiuse gli occhi ed emise dei mugolii strozzati di piacere.

"Tienila aperta per me" dissi, e Jason sapeva cosa fare. Si alzò in piedi, posizionò Jess di fronte a sé e le sollevò la gamba, agganciando il braccio sotto il ginocchio per tenerlo sollevato, mentre lei si appoggiò a lui per trovare l'equilibrio. Quella posizione la fece spalancare davanti a me, con la fica che luccicava per la sua stessa eccitazione e per lo sperma riversato dentro di lei.

La sua vista mi fece venire l'acquolina in bocca. Il modo in cui mi guardava - con quegli occhi spalancati, vulnerabili, pieni di desiderio - mi fece mettere il cazzo rigido sull'attenti mentre posavo la bocca su di lei. Cacciò un gemito profondo e mosse i fianchi verso la mia bocca. Era così succosa, deliziosamente bagnata; avrei potuto leccargliela per ore.

Ma la doccia era ancora in funzione, e anche se non credevo che negli hotel di lusso potesse finire l'acqua calda, non volevo scoprirlo.

Mi alzai in piedi e diedi una scrollatina al suo viso stralunato prima di dirle: "Entra nella doccia. Ti raggiungo dopo aver pisciato."

Probabilmente avrei dovuto pisciare prima che mi tornasse duro, ma cazzo, non pianificavo le mie erezioni. Sollevando la tavoletta del water mentre tutti si ammassavano nella doccia, cercai di concentrarmi per prendere la mira quando la voce di Jess bloccò l'intero processo.

"Aspetta, Lucas, per favore..."

La mia attenzione tornò immediatamente su di lei. Era in piedi davanti alla porta aperta della doccia e mi stava guardando.

"La voglio" sussurrò, con delle parole così flebili che riuscirono a malapena a farsi sentire. Ma ci fece fermare tutti a guardarla. Il suo viso divenne rosso fuoco e si morse il labbro, lottando per far uscire il resto delle parole. "Per favore... io... non sprecarla..."

Porca puttana. Non poteva dire... no... nella maniera più assoluta. Aveva desideri immondi, ma questo... non poteva essere vero. Era più ubriaca di quanto pensassi.

Jason mormorò con un sorriso sornione: "Credo che dovrai essere un po' più esplicita, Jess. Cosa vuoi esattamente?"

Lei lo guardò, come se le stesse chiedendo troppo.

Ma poi Vincent si unì a lui, aggiungendo: "Non credo che lui abbia capito, baby, devi essere più specifica."

Jess sembrava voler strisciare sottoterra. Il mio bisogno di pisciare era ora eclissato dal desiderio di sentirle confermare ciò che stava chiedendo.

"Ah, io non..." Piegò le braccia, spostando lo sguardo su tutti e quattro. Come se sperasse che uno di noi interpretasse per lei, in modo da non doverlo pronunciare davvero a voce alta. "Sapete cosa voglio dire."

"Temo di no, tesoro" feci io. "Spiegati meglio."

"Avanti, Jess" la incalzò Manson. "Digli cosa vuoi. La comunicazione è importante, ricordi?"

"Voglio... ehm... merda..." Era sinceramente adorabile il suo rossore. Nonostante tutto quello che avevamo fatto, mi piaceva sapere che c'erano ancora cose che potevano farla arrossire.

Non importava quanto la facesse vergognare, non importava quanto fosse imbarazzante, volevo sentirglielo dire.

"Cosa vuoi?" domandai. Stavo sorridendo come un folle, ma era più forte di me: vederla così sulle spine, alla disperata ricerca di nascondere il suo imbarazzo... mi dava una tale carica.

"Voglio..." Jess fece una pausa, si leccò le labbra e fece un altro respiro profondo prima di pronunciare le parole che mi fecero martellare il cuore. "Voglio che tu mi pisci addosso."

"Che ragazza sporca" mormorò Vincent, mentre Manson borbottò un "Porco cazzo" fra i denti.

"Guardami" comandai, e lei deglutì sollevando gli occhi. Erano sgranati, le pupille piene e scure di lussuria. Esaminai la sua espressione, i suoi movimenti, la sua consapevolezza, alla ricerca di qualsiasi indizio che mostrasse che non era abbastanza presente mentalmente per prendere questa decisione. Ma tutto ciò che vidi in lei furono imbarazzo e desiderio, inestricabilmente aggrovigliati fra loro. "È davvero questo che vuoi, Jess? Vuoi che ti metta in ginocchio e ti pisci addosso?"

Persino il suo petto era arrossato quando annuì. "Sì, per favore... io... sono tua. Dovresti rivendicare la tua proprietà."

"Porca puttana" mormorò Jason. Almeno non ero l'unico ad avere un'erezione; la richiesta di Jess aveva toccato un punto debole in tutti noi. "Fallo, Lucas. Insozza la nostra ragazza."

Sentendomi come se mi stessi muovendo in un sogno, entrai nella doccia. Il vapore era denso, l'aria pesante. Avere tanti corpi nudi intorno a me in una volta sola, la pelle liscia che si strofinava contro la mia, tutti quegli occhi addosso... in tutta sincerità mi metteva un po' in soggezione. Non ero abituato a essere al centro dell'attenzione.

Jess rabbrividì quando le sue ginocchia toccarono le piastrelle. Aspettò, con il viso rivolto verso l'alto e gli occhi che guizzavano ancora e ancora verso il mio pene in un'attesa nervosa. Sarebbe stata un'impresa fare pipì: ce l'avevo così dannatamente duro. Nessun complesso calcolo matematico a mente avrebbe potuto distrarmi abbastanza da farmi dimenticare che avevo la donna più bella che avessi mai visto in ginocchio per me, in attesa di essere ricoperta dal mio piscio perché l'aveva chiesto lei.

"Guardami" chiesi con la voce roca. Lei sollevò gli occhi, fissandoli sui miei. "Dimmi cosa vuoi."

"Pisciami addosso, signore" rispose. Stavolta era sicura di sé; ogni esitazione era svanita. "Mettimi al mio posto."

Accidenti, se pensava che il suo posto fosse in ginocchio ai miei piedi, ero un uomo fortunato.

Per una frazione di secondo temetti di non farcela. L'istinto inconscio mi imponeva di fermarmi, il mio cervello addomesticato mi urlava che era una cosa ignobile, sporca, sbagliata. Gli occhi di tutti loro su di me aggiungevano un ulteriore livello di difficoltà. Ma Manson si stava già masturbando, e sembravano tutti così impazienti di vedermelo fare. E Jess, questa donna bellissima, selvaggia e insaziabile, mi guardava come se stesse aspettando un regalo, implorando con gli occhi.

Il modo in cui sussultò quando il getto le colpì il petto fu forse una delle cose più sexy che avessi mai visto. I piercing sulle sue tette nude catturarono la luce mentre il liquido dorato le colava addosso. Tutto il suo corpo tremava quando mi avvicinai. Le afferrai i capelli e le tirai indietro la testa, in modo da poter osservare il suo volto mentre le pisciavo addosso.

"Grazie, signore" mormorò. L'odore era inebriante, eccitante a un livello profondo, oscuro e primordiale. Anche se la doccia lo lavò via subito, mi sembrò di aver lasciato un segno permanente su di lei.

"Cazzo, è uno spettacolo meraviglioso" commentò Vincent, con le braccia intorno a Jason mentre mi guardavano. Manson gemeva sommessamente; si stava masturbando con foga e velocità e tremava. Se avessi potuto, avrei continuato.

Jess mi sorrise quando mi fermai, con la mano ancora annodata nei suoi capelli. "Dio, ti amo" mi disse, e questo mi fece sciogliere.

L'acqua calda si riversò su entrambi mentre mi inginocchiai per baciarla. Sentire quelle parole mi faceva ancora l'effetto di un pugno al cuore; si aggrappavano a me e mi facevano ribaltare il cervello.

Lei mi amava. Ogni singola persona da cui ero circondato mi amava. Prima di incontrare Manson, non avevo mai pensato che una cosa del genere fosse lontanamente possibile. Avere una famiglia, una casa, innamorarsi: erano cose belle per gli altri, non per me.

"Anch'io ti amo" ribattei, anche se quelle parole mi terrorizzavano ancora. Ma il suo viso si illuminò. La girai e la spinsi verso Manson. "Dagli la tua bocca, tesoro."

Lei la aprì e fece scorrere le labbra su di lui, allontanando la mano di Manson in modo da poter circondare la sua erezione con il pollice e l'indice. Lui le prese la testa tra le mani e fece un grugnito cavernoso mentre le scopava la gola. Allungai una mano fra le gambe di Jess e le massaggiai il clitoride mentre lei lo faceva eccitare.

"Che brava ragazza" disse Jason, e lei rabbrividì per l'elogio.

Manson le venne in bocca con un'imprecazione strozzata. La lasciò andare, ma rimase appoggiato al muro, con lo sguardo assente e stordito. Vincent si mise accanto a me e baciò Jess mentre io le feci raggiungere un altro orgasmo tremante. Lei gridò contro la sua bocca quando l'euforia la sopraffece, e lui la incoraggiò, sussurrandole parole di affetto, parole d'amore.

Il resto della doccia rimase nebuloso nella mia memoria, come il vapore che ci circondava. Nessuno di noi aveva più energie. Quando uscimmo dal bagno, riuscii a malapena a prendere un asciugamano prima di trascinare Jess a letto. Le ultime cose di cui ebbi coscienza furono Manson che mi avvolse le braccia da dietro e le dita di Jason che si posarono sulla mia mano. Vincent si mise a ridere, dicendo qualcosa a proposito dello "sdraiarsi sopra di noi."

Ma non mi importava quanto fosse affollato quel dannato letto. In qualche modo ci eravamo tutti entrati, e io non riuscivo a muovermi di un centimetro, ma dormii comunque di sasso.

42
JESSICA

Per la prima volta da quando ero tornata a casa, mamma non mi rinfacciò il fatto di aver passato il weekend fuori. Quasi non menzionò nemmeno la mia assenza. Non trovai test antidroga ad attendermi, nessun appuntamento galante organizzato da lei a sorpresa e, cosa migliore di tutte, nessuna discussione. Niente urla.

A conti fatti, la casa era più serafica di quanto non fosse da settimane.

Al lavoro mi stavano già oberando di nuovi impegni. Ma dal momento che stavo passando al tempo pieno, oltre alle mie mansioni abituali dovevo anche completare un corso di formazione aggiuntivo. Nel giro di pochi mesi non mi sarei limitata a rispondere alle e-mail e a gestire fogli di calcolo, e per poco non esultai quando la mia titolare mi disse che avevano già assunto la persona che avrebbe preso il mio posto come part-time. La prospettiva di mettere finalmente a frutto la mia laurea mi faceva andare in giro per casa a ballare e a canticchiare mentre sbrigavo le mie faccende.

Era facile dimenticare i problemi ancora irrisolti: Reagan, Alex, Nate. Ero così orientata al futuro che me li ero tolti dalla testa. Ero troppo impegnata a fantasticare a occhi aperti sugli appartamenti, su tutte le marachelle che i ragazzi e io avremmo potuto combinare a New York. Sarebbe stato un nuovo inizio per tutti noi, l'inizio di qualcosa di molto più grande di quanto mi sarei mai aspettata.

Julia mi invitò a fare un'escursione in mezzo alla settimana, e io colsi al volo l'occasione di uscire di casa dopo il lavoro. Il tempo era piacevolmente fresco quando partimmo, con una massa di nubi grigio chiaro che oscuravano il sole. Pochi minuti dopo aver imboccato il sentiero, Julia rallentò l'andatura e rimase qualche passo dietro di me.

"Sto camminando troppo velocemente?" chiesi, voltandomi per tornare indietro mentre la guardavo.

Lei sorrise e disse: "No, sto solo cercando di dare un'occhiata al tuo culo con quei leggings. Accidenti, che *roba*!"

Mi misi a braccetto con lei e la trascinai per farmela camminare accanto. "Dio, sei pessima quanto i ragazzi."

"Io sono peggio" mormorò, ed entrambe ridemmo.

Era al settimo cielo per la mia promozione, anche se dopo qualche minuto di eccitazione il suo umore si rabbuiò all'improvviso.

"Questo significa che te ne vai" commentò. "Cioè, sapevo che sarebbe successo, ma accidenti! Abbiamo appena iniziato a uscire insieme."

"New York non è poi così lontana" feci notare, anche se le parole non erano di grande conforto. Sarebbe stato un sollievo lasciare Wickeston, ma ero triste per la distanza che avrebbe messo tra me e Julia. Era una buona amica, nonostante ci conoscessimo solo da un paio di mesi, e questa era una rarità. "Verrò a trovarti il più spesso possibile. E puoi venire a trovarmi anche tu!"

Questo la fece sorridere di nuovo. "Non sai quanto adori i pigiama party. Hai già trovato un posto?"

"Non ancora" risposi. "Il mio capo mi ha dato tre mesi per organizzare tutto, che probabilmente passeranno molto più in fretta di quanto io pensi. Ho dato un'occhiata agli appartamenti in città su internet. I prezzi degli affitti sono da capogiro, però. Forse dovrò optare per una soluzione un po' più fuori mano e fare la pendolare."

"Ragazza, ma sì, scegli un posto più grande e più economico!" suggerì lei. "Inoltre, vorrai avere un po' di spazio in più per i ragazzi, no? Che poi quali sono i loro progetti? Come hanno preso la notizia?"

Era difficile parlarne senza commuovermi, e io mi rifiutavo di mettermi a piangere nel bel mezzo di un'escursione. Non ero mai stata il tipo che piangeva per un uomo, ma questi uomini mi toccavano in un modo che nessun altro riusciva a fare.

"Si trasferiscono anche loro" annunciai. "A New York."

Il suo grido di esultanza fece volare via gli uccelli vicini dal loro nido. "Oh, mio Dio, sì! Finalmente! Sono così felice per tutti voi!" Sorrise orgogliosa e la sua camminata si fece un po' più sostenuta. "Sapevo che vi sareste innamorati tutti, *lo sapevo e basta*."

Il percorso curvava per tornare verso il sentiero principale e il parcheggio. Stavamo camminando da un po', nonostante sembrassero solo pochi minuti. Due persone stavano risalendo il sentiero verso di noi, ma lì per lì non ci feci caso. Solo quando si avvicinarono e i loro volti divennero più chiari, capii chi erano.

"Oh, no" sibilai a bassa voce, e Julia si mise subito in allerta, stringendo gli occhi in due fessure nello squadrare gli uomini che stavano venendo verso di noi.

"Quello è Nate Calkin?" chiese, rallentando il passo.

"E Alex McAllister" aggiunsi io. "Li conosci?"

Non stavano mirando a passarci accanto: stavano camminando dritti verso di noi. Anche se rallentammo, il divario tra noi si stava rapidamente assottigliando. I campanelli d'allarme mi rimbombavano in testa, la tensione mi faceva sudare i palmi delle mani.

Qualunque cosa volessero, non poteva essere nulla

di buono.

"Nate e io eravamo allo stesso anno" raccontò lei. "Frequentavamo le stesse classi." Strinse un po' di più il braccio attorno al mio. "È sempre stato un cazzone. Hai con te uno spray al peperoncino?"

"Sempre" risposi, afferrando il marsupio che portavo in vita.

Alex e Nate si fermarono proprio davanti a noi, sbarrandoci la strada. Decisa a continuare a camminare, strinsi forte il braccio di Julia e li aggirai, tenendo lo sguardo fisso davanti a me. Ma Alex allungò il braccio, bloccandomi ancora una volta, e il mio cuore ebbe un sussulto.

"Dove state andando così di fretta?" domandò Alex. Nate aveva le braccia conserte e se ne stava lì come una muraglia umana sul nostro cammino.

"Non sono affari tuoi" sbottai, cercando di nuovo di scansarlo. Con una mano tenevo stretto il braccio di Julia e con l'altra impugnavo il mio spray al peperoncino. Nessuno dei due l'aveva visto perché me lo tenevo vicino al fianco.

Questa volta, invece di ostruirmi il passaggio, Alex mi spinse indietro. Inciampai, e fu Julia a evitarmi la caduta. Non appena mi rimisi in piedi dritta, lei si avventò su di lui.

"Levatevi dai coglioni!" gridò, spingendo con decisione le mani contro il petto di lui. Lo spostò a malapena. "Allontanatevi da noi prima che chiamiamo il 911."

I cellulari non prendevano da queste parti; lei lo sapeva, io lo sapevo. A giudicare dal sorriso malevolo sul volto di Alex, lo sapeva anche lui.

"Ehi, ehi, vogliamo solo fare due chiacchiere" dichiarò Alex, anche se il suo tono era tutt'altro che innocente. Non era stato il caso a portarli lì: ci avevano seguite. Avevano aspettato che fossimo sole, lontani da chiunque potesse aiutarci.

"Non ho voglia di parlare con voi" sibilai. Sollevai lo

spray al peperoncino, con il dito puntato sul pulsante, e il volto di Alex si incupì. "Allontanati da noi."

Alex mostrò i denti, la furia alla fine trapelò dalla sua finta calma esteriore. "Hai una bella faccia tosta, stronzetta. Quante volte pensavi che i tuoi ragazzi avrebbero potuto sfasciare la nostra roba senza conseguenze? Bent ha quasi buttato Nate fuori strada."

"Siete stati tu e Nate a prendervela con Lucas per primi!" sbottai con acredine. "Siete usciti di senno? Avreste potuto ucciderci. Piantatela con queste cazzo di stronzate. Lasciateli in pace, lasciateci in pace!"

Julia era dietro di me, e io non avevo abbassato di un millimetro il mio spray al peperoncino. Nate non aveva ancora spiccicato parola, il suo silenzio era inquietante. Lo sguardo che mi stava rivolgendo era algido, più cupo del cielo grigio. Julia emise un suono sommesso: un'imprecazione o un respiro, non ne ero sicura.

"Se vogliono sfasciare ciò che mi appartiene" annunciò Alex. "Allora io sfascerò qualcosa che appartiene a loro."

Nate fece di punto in bianco un passo verso di me e io gli puntai lo spray al peperoncino in faccia, ma Alex mi agguantò. Strinsi forte gli occhi e sparai lo spruzzo. Uno di loro urlò furiosamente, ma Alex mantenne la presa su di me, stringendo così tanto che le sue dita mi scavavano dolorosamente nel bicipite. Quando cercò di cingermi con un braccio per tenermi ferma, lo morsi più forte che potei.

La mia soddisfazione nel sentirlo urlare di dolore durò poco. Mi spinse a terra e la ghiaia mi graffiò le ginocchia e il braccio durante la caduta. Mi si storse bruscamente la caviglia e una fitta mi attraversò come una scintilla.

Julia mi catturò il braccio per rimettermi in piedi. Cercai di scappare di corsa con lei, ma Dio, il dolore alla caviglia era così forte che era come avere un ago conficcato nell'articolazione.

Non avevo idea di come fossi riuscita a tornare alla macchina. Mi sentivo la mente e il corpo sotto sedativi: la caviglia pulsava, ma era una sensazione così remota. Era lo shock? L'adrenalina? Il puro panico?

"Che cazzo è successo?" mormorai a corto di fiato solo quando fummo nell'auto di Julia con le portiere chiuse a chiave. "Che cazzo... oh, mio Dio..."

"Dobbiamo andarcene da qui" fece Julia. La sua voce era ferma, ma teneva le braccia appoggiate al volante e respirava a fatica. "Oh, Dio, Jess... la tua caviglia."

Non volevo guardarla. Mi ero già procurata delle fratture e non mi sembrava che fosse rotta, ma faceva così male che stavo lottando per non piangere. Mi concentrai su dei respiri lenti e profondi e dissi: "Ho bisogno di andare a casa. Non... non a casa dei miei" mi sbrigai a precisare mentre lei usciva velocemente dal parcheggio. "Ho bisogno dei ragazzi. Loro sapranno cosa fare."

"Credo che tu abbia bisogno di un medico, Jess" mi fece presente Julia, scuotendo la testa mentre si immetteva sull'autostrada. Ma sapevo che mi avrebbe portata da loro.

Non mi sarei sentita al sicuro finché non l'avesse fatto.

43
VINCENT

"Vai a prenderla, Bo! Avanti, riportala indietro, dannato gremlin."

Sospirando, guardai Haribo recuperare la pallina da tennis che gli avevo lanciato e mettersi a correre in cerchio nel tentativo di tenerla lontana da Jojo. Il concetto di 'riporto' non gli era mai entrato in testa. Attraversai il cortile, raccolsi la pallina sbavata quando la lasciò cadere e la lanciai verso la casa.

"Stai facendo più esercizio fisico tu di lui" mi fece notare Manson, ridendo mentre mi osservava dal garage. Jason stava lavorando con loro quel giorno e li stava aiutando a ricalibrare il software dell'auto che stavano riparando. Bo prese la pallina, ma invece di riportarla indietro corse verso Jason.

"Hai sbagliato persona, Bo" mormorò quando il cagnolino si sedette affannando ai suoi piedi. "Non c'è molto fermento in quella tua testolina, eh?"

Lucas aveva gli auricolari inseriti ed era piegato in avanti con un saldatore tra le mani e Cherry appollaiata sulla sua spalla. Quella gattina si era ambientata in un batter d'occhio. La maggior parte della sua aggressività si era dissolta, almeno nei confronti di Lucas. Si allontanava a malapena da lui e miagolava pietosamente se lo perdeva di vista per troppo tempo.

Stavamo cercando di ammazzare il tempo prima dell'appuntamento col nostro agente immobiliare. Stavamo finalmente mettendo in vendita la casa e la nostra valutazione era andata meglio del previsto. Manson era ancora cautamente ottimista, ma io ero pronto a festeggiare prima ancora che quella maledetta casa venisse messa sul mercato.

"Quella è Jess?" disse Manson all'improvviso, guardando verso il cancello. Una vecchia decappottabile rossa si era fermata. Aveva sollevato una nuvola di polvere sfrecciando lungo la nostra strada.

"Oggi doveva fare una gita all'aperto con Julia" ricordò Jason, scendendo dal sedile del guidatore per dare un'occhiata.

"Quella è l'auto di Julia" dichiarai io. Prima ancora che le portiere si aprissero, una strana sensazione di apprensione mi fece gelare lo stomaco. C'era qualcosa che non andava, ma non capii cosa finché Julia non aprì lo sportello del passeggero e dovette aiutare Jess ad alzarsi dal sedile. "Ma che cazzo..."

Attraversando di corsa il cortile, raggiunsi per primo il cancello. I cani si erano convinti che si trattasse di un nuovo gioco appassionante e dovetti cacciarli indietro per poter aprire il cancello. Jess aveva un braccio intorno alle spalle di Julia e zoppicava nel cortile, con il volto segnato dal dolore.

"Che diavolo è successo?" Presi subito in braccio Jess, scaricandole il peso dalla gamba. Manson, Jason e Lucas ci avevano raggiunti e stavano parlando tutti in contemporanea, quasi sovrastando Julia che stava cercando di spiegare.

"Stavamo facendo un'escursione" riferì lei, sforzandosi chiaramente di sembrare calma. "Nate e Alex..."

"Che cazzo le hanno fatto?" La voce di Lucas

tremava per lo sforzo di regolare il volume. Aveva Cherry stretta in una mano; con l'altra si sporse verso Jess, le prese la mano e la tenne stretta.

"Tutti, tranne Jess e Julia, devono chiudere la maledetta bocca!" tuonai, e il silenzio calò all'istante. Era raro che alzassi la voce, ma non riuscivo a pensare con loro che si parlavano addosso in preda al panico. Jess teneva gli occhi ben chiusi. Stava soffrendo, e questo mi rese così furioso che iniziai a vedere tutto rosso. "Dicci cos'è successo, Jess."

"Nate e Alex ci hanno seguite" raccontò lei a denti stretti, prima di fare un altro respiro. "Ci hanno sbarrato la strada. Loro... merda..." Sibilò di dolore e il suo successivo respiro tremante sembrò pericolosamente vicino a un singhiozzo.

"Li ucciderò" sentenziò Lucas. "Li ucciderò, cazzo."

"Ucciderli sarebbe un atto di clemenza" rifletté Jason. "Devono soffrire."

"Portatela dentro" ordinò Manson. "Dobbiamo chiamare un medico."

"Non è rotta" insistette Jess mentre la portavo in braccio attraverso il cortile e in casa. Premette la fronte contro il mio petto, e stava sudando a dispetto della temperatura fresca. "È slogata, è già successo in passato. Ho bisogno... ha solo bisogno..."

"Di ghiaccio e di essere tenuta sollevata" chiosai, lanciando un'occhiata eloquente a Jason mentre condussi Jess in salotto e la adagiai sul divano. Lui capì cosa intendevo e nel giro di un minuto tornò con un sacchetto di ghiaccio avvolto in un canovaccio. Julia ammucchiò dei cuscini sotto la caviglia di Jess e io le sollevai con cura i leggings per poterla esaminare meglio.

Manson imprecò a gran voce quando scorse i lividi e il gonfiore. Jason le posò il ghiaccio sulla caviglia e trasalì quando lei mugolò per il dolore. "Mi dispiace, Jess. Cazzo..."

"Alex mi ha afferrata" riprese infine Jess, tirando fuori il resto della storia. Sembrava fin troppo tranquilla considerando quello che era successo, ma almeno una di noi lo era. "Gli ho spruzzato lo spray al peperoncino, ma lui mi ha spinto. È così che ho preso una storta. Ha detto che visto che noi avevamo rotto qualcosa di suo, lui avrebbe rotto qualcosa di vostro."

L'impatto che quelle parole ebbero su di me fu molto più profondo della semplice collera. Uno sguardo agli altri e potei leggere la stessa emozione anche sui loro volti.

Ira. Pura ira accecante.

"Così è, dunque" decise Manson. "Dobbiamo andare a scovarli. Stanotte. Adesso."

"Manson, non voglio che qualcuno di voi si faccia male" supplicò Jess. "Alex vuole una reazione. Vuole che andiate da lui."

Scossi la testa. "No. Alex vuole una reazione, ma non pensa che andremo da *lui*. È troppo orgoglioso per pensare di essere in una posizione vulnerabile. Se avesse anche solo sospettato che saremmo andati a cercarlo, non si sarebbe mai spinto a tanto."

"Gli dimostreremo che si sbaglia" statuì Jason con aria feroce. "Nessuno tocca la nostra ragazza."

La voce di Jess era disperata quando implorò: "Non dovete fare nulla. Questo potrebbe mandare all'aria tutto quello per cui avete lavorato. E se finiste nei guai? Se vi arrestassero? E se..."

"E se me ne stessi qui senza fare niente?" tagliò corto Lucas. Aveva fatto qualche passo indietro ed era appoggiato al muro con le mani intrecciate dietro la schiena. Era una postura di autocontrollo, stava lottando per tenere tutto dentro, ma la rabbia gli stava spillando fuori lo stesso. Era il primo rivolo di un'alluvione, prima che la diga si rompesse. "E se permettessi a quello stronzo di fare del male a qualcuno a cui tengo e non facessi un cazzo?" La sua mascella si strinse, e scosse con veemenza la testa. "Non la passerà liscia. Non se ne parla nemmeno. A quanto pare, l'altra volta non l'ho picchiato abbastanza forte, ma questa volta rimedieremo."

Non importava quali sarebbero state le conseguenze. Non ero abituato a sentirmi così: di solito ero un tipo placido. Liquidavo la maggior parte delle stronzate con una scrollata di spalle, nella stragrande maggioranza dei casi non valeva la pena di diventare violenti.

Ma non c'erano regole quando qualcuno che amavo veniva ferito; non c'erano limiti, non c'era cautela. Questa non era una semplice ritorsione, non era una vendetta di poco conto.

Era una punizione. Doveva succedere per assicurarsi che Jess non fosse mai più in pericolo. Il pensiero di ciò che sarebbe potuto accadere se fosse stata sola, se non avesse avuto lo spray al peperoncino, se non fosse riuscita a scappare...

Porca puttana, non riuscivo a sopportare nemmeno l'idea.

Lucas camminava avanti e indietro per il soggiorno, troppo irrequieto per stare fermo. "Dov'è successo? Ho bisogno di indicazioni."

"Non saranno rimasti nei paraggi del sentiero" rifletté Manson. Era seduto sul divano proprio dietro Jason e non aveva staccato gli occhi da Jess nemmeno per un secondo. "Chiama il Billy's Bar. Conosci ancora uno dei baristi, vero? Telefonagli e chiedigli se sono lì."

Lucas uscì dalla stanza e, nel giro di pochi secondi, lo sentii parlare con qualcuno al cellulare.

"Posso portarti al pronto soccorso" proposi, scostando delicatamente i capelli di Jess dal viso. Ma lei scosse la testa.

"È a posto. Sto bene. Il ghiaccio mi sta aiutando." Mi strinse la mano quando gliela presi e abbozzò un piccolo sorriso. "Sto bene, Vince. Davvero."

"Solo che non stai bene, cazzo" sbottai. Cristo, mi sentivo sul punto di andare in frantumi. Avrei dovuto stare con lei. Avrei dovuto essere lì. Sapevamo tutti di cosa erano capaci Alex e Nate, *sapevamo* che esisteva un pericolo. Come avevo potuto essere così sciocco da pensare che sarebbe stata al sicuro?

"Vuoi che rimanga, ragazza?" chiese Julia, torcendosi le mani mentre si trovava lì vicino. "Mi prenderò un permesso al lavoro stasera. Dirò che c'è stata un'emergenza."

"Non ce n'è bisogno." Jess fece un sorriso tirato, con il respiro affannoso per il dolore. "Ti mando un messaggio più tardi, non preoccuparti per me. Qui sono al sicuro."

Mentre Julia se ne andava, Lucas tornò.

"Non sono al Billy's" dichiarò. "Almeno non ancora. Ma mi chiamerà se si fanno vivi."

"Dobbiamo trovarli" fece Manson. "Non mi interessa cosa cazzo ci vuole."

"Vi prego, non andate da nessuna parte" supplicò ancora Jess, sgranando gli occhi mentre cercava di mettersi a sedere. La spinsi di nuovo giù.

"Rilassati, baby, rilassati. Lascia che ti dia qualcosa per il dolore, okay?" Avevo praticamente una farmacia al piano di sopra, ma non volevo abbandonare il suo fianco. Implorai Jason con lo sguardo. "Puoi prendere tu la mia scatola dalla soffitta? Sotto il letto."

Manson si occupò della borsa del ghiaccio mentre Jason si alzava. Non proferì parola, ma la sua espressione diceva tutto. La furia era impressa sul suo volto, aveva le spalle annodate e la mascella serrata.

Scatenare una rissa e distruggere auto - queste erano cose su cui potevo passare sopra. Ma già quando se l'erano presa con Manson e Lucas al raduno di auto avevo capito che dovevamo fargliela pagare. Ora che avevano preso di mira Jess...

Sarebbero arrivati a desiderare di essere uomini morti.

"Mi dispiace, Jess" mormorò Manson. Le teneva il ghiaccio contro la caviglia, e ogni volta che spostava le mani, gli tremavano. "Mi dispiace tanto."

"Non è colpa tua" lo rassicurò lei. Quando Jason tornò con la mia scatola di medicinali, le si era finalmente calmato il respiro. "Uno di noi avrebbe dovuto essere con te" rifletté Lucas. "Avrei dovuto..." Gli vibrò il cellulare per una chiamata in arrivo, e dopo una rapida occhiata allo schermo, rispose e chiese: "Sono lì?"

Riuscivo a sentire a malapena l'uomo che parlava sotto, ma captai un'implorazione disperata: "Ma non attaccare briga, intesi? Ti sto dando l'ultimo avvertimento, dico sul serio. Se ti presenti qui perché hai un problema con questi ragazzi, allora..."

Lucas riattaccò. "Nate e Alex sono appena arrivati da Billy. Chi viene con me?"

"Io" rispose subito Jason, poi mi guardò. "Tu rimani con lei?"

"Non la lascio" giurai. "Ma sarà meglio che stiate attenti."

"Tranquillo." Manson si alzò in piedi, lasciando il ghiaccio appoggiato sulla caviglia gonfia di Jess. Era difficile indovinare cosa gli stesse passando per la testa, la sua espressione era così accuratamente controllata. Ma quando mi guardò, mormorò con voce truce: "Dov'è?"

Per quanto odiassi portare quel dannato arnese, avevo preso una pistola per un motivo. Dovevamo difenderci, e non volevo che quei tre uscissero di qui senza una protezione più efficace dei semplici pugni.

"Nella cassaforte" risposi. "Conosci il codice."

Annuì e uscì dalla stanza. I suoi passi rimbombarono su per le scale mentre Jess spostava lo sguardo tra noi con crescente angoscia.

"Non andate" insistette. "Vi prego, non dategli la caccia." Lucas si sedette accanto a lei, e le prese il viso tra le mani. Lei si appoggiò a lui, cingendolo con un braccio. "Non andare. Non voglio che tu ti faccia male."

"Starò bene" la rassicurò lui. "Jason e Manson staranno bene. Non abbiamo paura di loro."

"Non la passeranno liscia stavolta" sentenziò Jason. Era in piedi sulla porta, con le mani in tasca. Non vedeva l'ora di andarsene, per quanto odiasse il doverlo fare, soprattutto quando Jess gli rivolse uno sguardo accorato.

"Preferisco che siate al sicuro" ribadì lei, e tutto lo

sforzo che aveva fatto per sembrare calma svanì all'improvviso. "Non c'è bisogno di andare a cercarli."

"Sì, c'è bisogno di farlo, angelo." Manson riapparve, infilandosi il giubbotto di pelle. Scorsi la pistola sistemata nei jeans prima che fosse di nuovo nascosta. "Non possono toccarti. Sei off limits, e non sono riusciti a rispettarlo. La pagheranno."

Lucas lasciò Jess con un bacio, si sciolse dal suo abbraccio e uscì di casa con Jason alle calcagna. Guardarlo uscire dalla porta mi fece rimpiangere di non potermi dividere in due. Non potevo proteggere lui e Jess allo stesso tempo, e il pensiero di lasciarlo andare mi terrorizzava.

Manson mi strinse la mano prima di andarsene e io dissi: "Non azzardatevi a farvi male, cazzo. Non..." Abbassai la voce, perché Jess era già spaventata e non volevo peggiorare la situazione. "Non lasciare che lui si faccia male, Manson."

"Sai che non lo permetterò" dichiarò. "Prenditi cura della nostra ragazza. Torneremo presto."

44
MANSON

NON VOLEVO FERIRE NESSUNO.

Mi ero appigliato a quell'assunto, me lo ripetevo tutti i giorni come una preghiera. A dispetto delle mie voglie nelle relazioni - ed ero un sadico, su quello non ci pioveva - non volevo procurare sofferenza. Non ero come mio padre, non ero come le persone che mi molestavano. Il mostro che viveva dentro di me era addomesticato, era controllato. Non ero una persona violenta.

Ma quando entrai al Billy's Bar, con Jason e Lucas al mio fianco, la bussola morale a cui mi ero aggrappato smise di darmi indicazioni. Le linee che avevo tracciato per me stesso, i confini entro cui avevo cercato di restare non avevano più alcuna importanza.

Avevano fatto del male a Jess. Alex e Nate avevano messo le mani sulla mia famiglia più di una volta per meritare una rappresaglia. Ero sempre stato dell'avviso che la violenza fisica fosse necessaria solo per difendersi, ma questa volta eravamo all'attacco.

Poco contava dove andassero, dove cercassero di nascondersi. Potevano avere tutti gli amici o le conoscenze che gli pareva. Non mi interessava se avrei dovuto farlo in pubblico o in privato.

Avevano offeso la nostra ragazza. Avevano passato così tanto il segno da mandarlo in frantumi.

Volevo ricambiare l'offesa. Mentre ci facevamo lentamente strada tra la folla, alla ricerca dei nostri obiettivi, riuscivo a pensare solo a quanto volessi sentirli urlare. Non era un desiderio sfrenato, non era ardente di rabbia o frenetico. Il desiderio di far loro del male era rasserenante. Era una forma di meditazione. Era piacevole concentrare la mia mente sulla loro agonia.

Ero furioso, sì, ma quella parola non descriveva questo sentimento. Non riusciva a trasmettere il bisogno immane di veder compiuta la vendetta. Non ero così moralista ed egocentrico da pensare che questa fosse la scelta giusta, e nemmeno una buona scelta.

Qui non si trattava di giusto o sbagliato; si andava ben oltre. L'unica cosa che mi premeva era proteggere la mia gente, *la mia famiglia*.

Niente e nessuno veniva prima di coloro che amavo.

Ci aggirammo tra la folla, sempre all'erta. Lucas ricevette un cenno di disappunto dal barista, che sembrò ancora meno soddisfatto quando notò il resto di noi. Non la smetteva di asciugare la stessa tazza, fissandoci con aria nervosa. Lui non si sarebbe immischiato, ma qualcun altro avrebbe potuto farlo se non fossimo stati attenti.

"Eccoli" dichiarò Jason, e io seguii il suo sguardo. Nate e Alex erano seduti a un tavolo all'angolo vicino ai bagni, ingobbiti davanti a dei boccali di birra. L'illuminazione del bar era fioca, ma il volto di Nate era ovviamente arrossato e gli occhi iniettati di sangue.

"Sembra proprio che lo spray al peperoncino abbia centrato quello più grosso" commentai. Sentivo il peso della pistola sotto il giubbotto. Mi voltai e la passai a Jason, tenendola bassa. Lui la infilò sotto la maglietta con un rapido guizzo.

"Beh, ma guarda un po' chi c'è" mormorò Alex con tono strascicato quando ci vide avvicinarci al suo tavolo. Nate ci fulminò con quegli occhi così gonfi e tumefatti che mi stupii che riuscisse a vederci. "Hai delle belle palle per entrare al Billy's, Reed."

Era vero; di solito evitavamo questo posto. Il Billy's Bar era una vera e propria bettola, una topaia che si riempiva a dismisura quasi tutte le sere. Non era frequentata da tipi come noi, e sentivo le occhiate sospettose della gente intorno a noi. Specie sapendo che mio padre aveva preso a frequentare quel posto, potevo solo immaginare cosa avessero sentito su di me i clienti abituali.

"E tu le palle non ce le hai proprio, visto che hai aggredito due donne che non ti hanno fatto un cazzo" ribatté Jason. Lucas rimase in silenzio, ma l'avevo messo in guardia venendo qui. L'ultima cosa di cui avevamo bisogno era che aprisse bocca e provocasse un'escalation prima che noi fossimo pronti.

"Aggredito?" Alex si schernì. "È questo che ti ha detto quella stronza? Che l'ho aggredita? Tipico. Perché diavolo vi fidate di quello che le esce di bocca?" Sorseggiò la birra, col labbro arricciato in un bieco sorrisetto. Si sentiva protetto qui, sicuro di sé. Secondo lui non potevamo toccarlo.

"Jess non è una bugiarda" replicò Lucas con voce uniforme. "Le hai messo le mani addosso, McAllister. Hai aspettato che fosse sola, che non ci fosse nessuno in grado di aiutarla. Sei un fottuto codardo."

Alex alzò gli occhi al cielo, con il piede che batteva rapidamente sullo sgabello. Nate incrociò le braccia e si voltò dall'altra parte per borbottare: "Questa è una fottuta stronzata."

"Dobbiamo risolvere la questione" annunciai. "Niente più sabotaggi, niente più stalking del cazzo. Da uomo a uomo."

"Non abbiamo un cazzo da risolvere" lo liquidò Alex. "Levatevi dai coglioni."

Jason scoppiò a ridere, facendo schizzare la testa di Alex verso di lui. "Figuriamoci. Sei proprio un duro, Alex, eh? Molesti le donne quando sono sole, ma ti fai piccolo appena vedi qualcuno della tua taglia."

Nate sembrava volersene andare, ma la rabbia di Alex stava avendo la meglio su di lui. Si alzò di scatto dalla sedia, facendo sobbalzare il tavolo e rovesciare la birra sul legno. Jason sogghignò quando Alex gli si parò davanti.

"Hai una bella faccia tosta a parlarmi in questo modo" sibilò, con i muscoli contratti dalla rabbia, mentre Jason sembrava sul punto di ridere di nuovo. "Vuoi batterti con me tu stesso, femminuccia?"

"Ehi, andate fuori!" gridò a un tratto il barista. Alex e Nate si scambiarono un'occhiata, mentre io mi diressi verso l'uscita vicino ai bagni, spalancando la porta del vicolo posteriore.

"Chi è la femminuccia adesso?" chiese Jason, visto che Alex non lo seguì immediatamente fuori dalla porta. Ma la sua provocazione aveva funzionato.

Nate mi diede un forte spintone non appena uscì nel vicolo, lanciandosi verso di me con i pugni stretti. Il vicolo era lungo e stretto, fiancheggiato su un lato da cassonetti stracolmi. Nate mi mandò a sbattere contro di essi, tenendomi per la maglietta con una mano e tirando indietro l'altro pugno.

Si bloccò quando sentì il mio coltello premergli contro la gola.

"Se fossi in te mi muoverei con estrema lentezza" lo avvisai. Deglutì e la sua gola sussultò, cosicché la lama gli scavò nella pelle. "Mi vengono dei tic alle mani che non ti dico, e non vorrei tagliarti per sbaglio la giugulare."

Nate era così distratto dal cercare di capire come comportarsi con un coltello puntato alla gola che non si accorse del movimento all'indietro del mio braccio finché non fu troppo tardi. Il mio pugno gli sbatté contro il lato della testa, i suoi occhi rotearono e si irrigidì, prima di cadere a terra con un pesante tonfo.

Appena toccò l'asfalto, gli fui sopra. Il sangue schizzò quando con il pugno successivo gli sfondai il naso, e continuai a picchiarlo nonostante la sua mancanza di reattività. Gli si spaccarono sia il labbro che il sopracciglio. Non emise alcun suono, se non un grugnito, e a malapena sembrava respirare. Il mondo si chiuse intorno a me e l'unico pensiero che mi rimase in mente fu quanto avrebbe potuto portarmi via.

Avrebbe potuto uccidere Lucas. Ci aveva provato. Non se n'era minimamente preoccupato.

Aveva contribuito a fare del male a Jessica, l'aveva minacciata. Era stato pronto e disposto a usarla come una pedina nella loro malata e contorta vendetta contro di noi.

Il pensiero di perderli... chiunque di loro due... cazzo, mi uccideva. La vita valeva la pena di essere vissuta perché avevo la mia famiglia, perché avevamo l'un l'altro. Perdere uno qualunque di loro avrebbe mandato in pezzi il mio mondo.

Il fragore nelle mie orecchie, alla fine, si fermò. Mi facevano male le nocche. Avevo il fiatone. La testa di Nate ciondolava sul marciapiede, e si vedeva solo la sclera nei suoi occhi. Quando mi alzai in piedi, gli sputai in faccia prima di controllarmi la mano. Le nocche si erano lacerate, forse perché gli avevo colpito i denti.

"Fottuto bastardo" sibilai, e gli diedi un calcio sul fianco. Speravo di avergli rotto quelle cazzo di costole.

Quando mi voltai, Alex sembrava attonito. Guardava Nate che si contorceva a terra con gli occhi spalancati. Era successo così in fretta, nel giro di pochi secondi. A giudicare dalla sua espressione, Alex stava per vomitare.

"Dove stai andando, amico?" chiese Jason, sbarrando la porta quando Alex si voltò come se volesse rientrare. Pensava forse che gli avremmo permesso di scappare via così?

"Togliti di mezzo, cazzo..." Ma Alex chiuse la bocca quando Jason tirò fuori la pistola. Ci eravamo tutti addestrati a usarla. Quando Vincent aveva stabilito che era necessaria un'arma da fuoco, non avevamo preso la decisione alla leggera. Come non avevo preso alla leggera la decisione di portarla con noi stasera.

Ma era necessario.

"Alzati Nate, cazzo!" sbottò Alex. Il suo amico gemette, probabilmente incapace di mettere a fuoco la vista abbastanza a lungo da muoversi.

"Tu non vai da nessuna parte, Alex" feci presente, saggiando il filo della mia lama con il pollice. Doveva essere affilata di nuovo al più presto, ma per ora sarebbe bastata. "Ora ti beccherai una bella lezione e poi starai alla larga da noi. Niente più feste, niente gare, niente di niente."

"Avete perso la testa" disse lui. Stava cercando di indietreggiare, ma non aveva dove andare. Lucas gli bloccava l'uscita dal vicolo; Jason gli ostruiva la porta per rientrare nel locale. Gli occhi di Alex dardeggiavano come quelli di un animale in trappola.

"Quando qualcuno che amo viene ferito, mi manda un po' fuori di testa" dissi, rigirandomi il coltello tra le dita. Alex non sapeva cosa temere di più: se me con il coltello, Jason con la pistola o Lucas che stava facendo scrocchiare le nocche alle sue spalle.

"Non la farete franca per questo" sibilò. "Tutto questo solo per difendere la vostra puttanella? È solo un pezzo di carne consumato e senza valore che vi passate tra di voi!"

Alex non capiva proprio quando doveva fermarsi.

Quando mi avventai su di lui inciampò, la paura del coltello rendeva i suoi movimenti impacciati. Inchiodato al muro con la mia lama pericolosamente premuta contro la gola, emise un vero e proprio piagnucolio.

Che patetico del cazzo.

Sarebbe bastato un minimo movimento - un taglio, una pugnalata. La sua gola si sarebbe squarciata e non ci sarebbe stato modo di salvarlo. Lo sapeva anche lui; respirava affannosamente, imprecava sottovoce.

"Cosa c'è che non va, amico?" domandai. "Hai paura di me?"

Da come strabuzzava gli occhi, dovevo sembrare uno squilibrato. Si agitò e la lama lo scalfì, facendogli scorrere un rivolo di sangue sul collo.

"Dai, Reed" frignò, con un tono di voce così fastidioso che alzai gli occhi al cielo. "Non è stato... così grave..."

"Questo dovrebbe farmi sentire meglio?" sibilai. "Hai ferito la nostra ragazza, McAllister. Le hai messo le mani addosso." Raccolsi con il pollice il sangue che gli era colato sul collo e glielo spalmai sulla bocca, mentre lui boccheggiava inorridito. "Se fai lo stronzo con uno di noi, fai lo stronzo con tutti noi. Quindi, eccoci qui. Non sei più così spavaldo ora, eh?"

"Che fottuto codardo" mormorò Jason con un sospiro, come se questo lo deludesse.

"Non mi piace affatto fare del male alle persone, Alex" dichiarai. Scostando il coltello, lo staccai dal muro e lo spinsi a terra. Lui inciampò, cadde in ginocchio e parò la caduta con le mani. Si girò per rivolgersi verso di me, ma i suoi occhi continuavano a guizzare verso gli altri, non sapendo da dove sarebbe arrivato il primo colpo.

Mentre aprivo e chiudevo il coltello, il flebile strofinio del metallo lo fece trasalire. Ripetei: "A me non piace fare del male alle persone. Ma a lui sì."

Feci un cenno a Lucas, che stava sorridendo e si stava scrocchiando lentamente le nocche. Non aveva bisogno di dire una parola.

"Merda, statemi a sentire, non farò più cazzate con lei" farfugliò Alex, alzando le mani come se questo potesse placarci.

Nate si rimise in piedi proprio in quel momento, e per un attimo Alex osò mostrarsi speranzoso. Ma Nate passò barcollando davanti a lui, a Jason e a Lucas. Aveva il volto ricoperto di sangue, ondeggiava sui piedi e borbottava tra sé e sé. Nessuno di noi si preoccupò di fermarlo, anche se Lucas si voltò a guardarlo andare via.

Alex sembrò finalmente rendersi conto di essere fottuto, e la sua voce assunse un tono ancora più acuto, in preda al panico.

"Non farò più lo stronzo con nessuno di voi" ci assicurò. Era ancora in ginocchio mentre ci accalcammo intorno a lui. "È... avanti, amico. Stavamo solo scherzando..."

Jason gli sferrò un colpo con la pistola, facendolo stramazzare a terra con una tale violenza che il suo cranio rimbalzò sul selciato quando sbatté a terra. Si raggomitolò su sé stesso mentre Jason lo prendeva a calci e cacciò un urlo quando gli arrivò un calcio pesante nelle costole. Si strinse le braccia intorno alla testa, ma Lucas gli afferrò i polsi e lo fece stendere a terra con la forza.

"Non si sarebbe dovuti arrivare a questo punto, Alex" riflettei. I suoi grugniti di dolore e i suoi respiri disperati e affannosi erano musica per le mie orecchie. "Ma tu non ce la facevi proprio a lasciarci in pace. Noi non volevamo altro: essere lasciati in pace."

"Con quale cazzo di mano l'hai acchiappata?" ringhiò Jason, chinandosi su di lui mentre Lucas lo teneva fermo. Alex si limitò a scuotere la testa, tirando un respiro ansimante.

"È destrorso" affermò semplicemente Lucas. Allontanò il braccio destro di Alex dal suo corpo, bloccandolo contro il cemento, e Alex gridò.

"Cazzo, siete dei fottuti psicopatici!" sbraitò. Il suo tono si fece più concitato quando Jason alzò il piede. "Fermati! Fermati, cazzo, merda, non..."

Le sue dita si spezzarono udibilmente quando Jason sbatté il piede a terra. Strillava e agitava le gambe, e io mi misi sopra di lui per aiutare Lucas a tenerlo fermo.

Quando Jason fece un passo indietro, Lucas ebbe la sua opportunità. Lanciò prima una breve occhiata a me. Mi bastò un cenno del capo per farlo partire. I suoi cazzotti producevano dei tonfi dolorosamente pesanti, e lui rideva sommessamente a ogni colpo. Aveva aspettato troppo a lungo questo momento. *Anni* di rabbia e di freni si erano scatenati, e lui non la smetteva di picchiare con la massima concentrazione.

"Basta così" decisi, mettendogli una mano sulla spalla. Il suo braccio si fermò a mezz'aria, con le nocche insanguinate. Alex sembrava sul punto di svenire.

"Vorresti essere già morto?" chiesi, dandogli qualche schiaffo sul viso per indurlo a guardarmi. Aveva gli occhi girati, il naso gli sanguinava.

"Vaf... fottiti..." Ansimava per il dolore, ma non era molto lucido. "Avrei dovuto... scoparmela quando ne avevo la possibilità..."

Mi accigliai. "Ti andrebbe di ripetere?"

"Avrei dovuto scoparmi quella stronza quando ne avevo l'occasione!" urlò.

Mi si contrassero le dita. "Giriamolo."

Dovemmo intervenire tutti e tre per metterlo a pancia in giù. Gli tagliai la maglietta, gliela strappai di dosso e tenni la mano ferma. Strillava mentre la lama gli incideva la pelle. Volevo che gli rimanesse la cicatrice, e non mi importava quanto in profondità dovessi tagliare per riuscirci. Lucas teneva il ginocchio premuto con decisione sulla spalla di Alex, stringendo al contempo i capelli dell'uomo in una morsa letale.

"Ti fa male?" chiese con perfida provocazione, mentre Alex si dibatteva. Il suo sangue mi imbrattava le mani, rendendole scivolose, ma continuavo a incidere nonostante il pasticcio. "Perché non urli più forte? Forse ci farà smettere."

La soddisfazione che provai mentre il mio coltello squarciava la carne di Alex fu quasi orgasmica. Avevo un sorriso fisso sulla bocca. Scoppiai a ridere quando gridò: "Mi state uccidendo, cazzo, fermatevi! Fermati... cazzo... *ti prego!*"

"Questo non ti ucciderà" dissi con calma. "Non mi scomoderei comunque a ucciderti, anche se sei solo un fottuto spreco di carne. La morte non è di certo la cosa peggiore che possa capitare a una persona, Alex. Ti si potrebbe tagliare il cazzo e ficcartelo in gola, per esempio. Non ti ucciderebbe, ma probabilmente preferiresti essere morto."

"Mi piace quest'idea" ragionò Lucas, e Alex emise un guaito strozzato, dimenandosi inutilmente contro la nostra presa.

"Basta, basta, basta - giuro che non lo farò mai - merda!"

"Questo coltello si sta smussando" notai io, ridacchiando quando la lama si impigliò nella sua pelle e affettò con una strana angolazione. "Peccato. Premerò giusto un po' più forte."

Il tempo a nostra disposizione era limitato - francamente ero sorpreso che la polizia non fosse ancora arrivata. Così mi affrettai a praticare gli ultimi tagli, suscitando altre urla e altre implorazioni disperate. Ma il risultato finale fu un chiaro avvertimento, abbastanza profondo da lasciare una cicatrice e abbastanza sgradevole da non poter passare inosservato.

La scritta 'IO VIOLENTO LE DONNE' era profondamente incisa sulla sua schiena. Gli premetti la mia mano insanguinata sulla faccia, schiacciandolo sull'asfalto mentre gli dicevo: "Questo è il tuo unico avvertimento, intesi? Se ti rivedo in giro, ti scuoio. Non mi interessa dove, Alex. Non farmi più vedere la tua cazzo di faccia."

Lo lasciammo accartocciato a terra come un insetto.

45

ALEX

Mi sembrò che fosse passata un'eternità prima di riuscire a sollevarmi da terra e sedermi contro il muro di mattoni. Il mio viso era gonfio e dolorante; non riuscivo a respirare dal naso e un sapore metallico mi riempiva la bocca. Sputai a terra dei mucchietti di saliva insanguinata, ma non riuscii a liberarmi di quel sapore sgradevole.

Come diavolo avevano avuto le palle di saltarmi addosso *in pubblico*?

Avevamo avuto l'occasione perfetta per mettere fine a quegli stronzi al sideshow - non avremmo dovuto fare altro che mandarli fuori strada, cazzo. Avrebbe dovuto essere facile causare un incidente mortale a più di cento miglia all'ora. Ma ci erano sfuggiti; quella maledetta El Camino era incredibilmente veloce.

Ora Nate mi aveva abbandonato, quel dannato codardo. Quell'omone era tutto fumo e niente arrosto, e io che lo credevo meglio di così. Reed l'aveva abbattuto con un solo cazzotto e poi, già che c'era, l'aveva ridotto in una poltiglia sanguinolenta.

Tirai fuori il telefono dalla tasca e indugiai con il dito sul pulsante di chiamata d'emergenza. Ma dopo qualche istante, lo spinsi via con furia. Non avevo bisogno di un'ambulanza: avevo bisogno di una cazzo di vendetta, e l'avrei ottenuta con i miei mezzi.

"Che si fottano quegli stronzi" borbottai. "Che si fotta quella puttana..."

Era tutta colpa di Jessica, quella stronza presuntuosa. Non era stata poi così male prima che cambiasse sponda e decidesse di andare a fare la puttana per gli svitati di Wickeston. Le donne come lei dovevano essere tenute in riga. Il fatto che fosse così attraente e che gli uomini quasi le sbavassero dietro aveva gonfiato il suo ego, convincendola di essere una gran figa.

Ma lei non era *niente*. Solo l'ennesima inutile puttana che pensava che il mondo girasse intorno alla sua fica. Avrei dovuto fare molto di peggio a lei e alla sua stupida amichetta.

Qualcuno apparve alla fine del vicolo. Il fumo di sigaretta aleggiò verso di me e io voltai il viso dall'altra parte - in tutta sincerità ero furioso che qualcuno avesse osato venire a guardarmi in questo stato.

"Fuori dai coglioni" sibilai mentre i passi si avvicinavano. Non ero dell'umore giusto per lasciarmi esaminare.

"Ho l'impressione che qualcuno ti abbia messo sotto torchio."

"Ho detto: *fuori dai coglioni*, vecchio!" sbottai.

Una volta sentita la sua voce, capii esattamente chi era. Era Reagan, quel vecchio che da settimane bazzicava ogni giorno da Billy. Aveva offerto a me e a Nate cinquecento dollari a testa per prendercela con Manson e Lucas a quel raduno. Non ci aveva spiegato perché, ma in quel momento non avevo avuto bisogno di spiegazioni.

Si avvicinò, tirando una lunga boccata di sigaretta. Gli lanciai un'occhiata, ma non riuscivo a vedere bene il suo volto perché avevo gli occhi gonfi e chiusi per i lividi.

"Non ho bisogno del tuo aiuto" bofonchiai con tono amaro, mentre lui si venne a mettere accanto a me.

"Non mi pare di averti offerto il mio dannato aiuto,

no?" biascicò.

Mi alzai dolorosamente in piedi. Mi faceva male tutto; avevo delle fitte lancinanti in muscoli di cui non conoscevo nemmeno l'esistenza prima di oggi. "Che cazzo vuoi, Reagan? Che ci fai qui?"

"Sono solo un cittadino premuroso." Mi offrì una sigaretta. Non ero un gran fumatore, ma la accettai lo stesso. "Quegli uomini che ti hanno aggredito oggi causano un sacco di problemi in questa città. Io sono semplicemente un uomo in cerca di soluzioni."

"Soluzioni, eh?" Feci uno sbuffo di scherno, accettando il suo accendino quando me lo porse. Mentre accendevo la sigaretta, scrutai con più attenzione il suo volto. L'ultima volta che avevamo parlato era stato dentro quel locale e io ero stato ubriaco. Abbastanza ubriaco da pensare che accettare del denaro per cercare di uccidere i miei rivali fosse una buona idea. Ma mentre analizzavo il suo volto, mi colpì la familiarità dei suoi lineamenti.

"Tu sei il padre di Manson, vero?" domandai. "Ecco perché ha problemi con quei ragazzi. È tuo figlio."

Espirò lentamente, il fumo pallido si dissolse nell'aria fredda.

"Suppongo che lo sia" confermò. La sua somiglianza con Reed era straordinaria. Ma c'era qualcosa di diverso. Forse era il grigiore del suo sguardo o la durezza della sua bocca. Era difficile stabilire cosa fosse, ma una cosa era certa.

Quando mi guardava, quell'uomo mi faceva accapponare la pelle.

"Vuoi vendicarti di loro, vero?" domandò. "Meritano di pagare per i problemi che ti hanno causato."

"Sì, lo meritano" confermai, anche se le sue parole mi fecero venire uno strano brivido. "È da troppo tempo che si sentono a loro agio da queste parti."

Lui fece una risata bassa e roca. "Siamo d'accordo, allora. Staremo tutti molto meglio..."

Si allontanò da me, e io lo guardai confuso. Scuotendo la testa, tirai una bella boccata di sigaretta e tossii immediatamente. Dannazione, quella roba era molto più pesante di una sigaretta elettronica...

"Vieni o no, ragazzo?"

Il vecchio mi stava aspettando all'imbocco del vicolo.

"Hai intenzione di farti calpestare da loro?" mi chiese. Il modo in cui mi fissava mi faceva vergognare, come se avessi fatto qualcosa di imbarazzante e non avessi la minima idea di cosa fosse.

Sibilai a denti stretti: "No... ma cosa cazzo vuoi che faccia?"

Mi sorrise, con i denti ingialliti e marci. "Voglio che tu mi segua e che la smetta di fare domande idiote."

46
JESSICA

VINCENT, JOJO, BO E CHERRY erano tutti raggomitolati accanto a me sul letto. Di tanto in tanto mi svegliavo, ma Vincent mi faceva delle carezze sulla schiena e mi tranquillizzava finché non riprendevo sonno, assicurandomi che gli altri sarebbero tornati presto.

Non mi piaceva svegliarmi e non averli tutti lì. Anche se avevo Vincent e tutti gli animali attorno a me, il letto sembrava troppo vuoto – e anche la casa. Come se fossi stata con le orecchie drizzate anche da addormentata, mi destai all'istante non appena udii il suono dei loro passi quando varcarono la porta.

"Sono tornati?" mormorai, non riuscendo ancora ad aprire gli occhi. Ero adagiata sul petto di Vincent, e mi sentivo ancora appesantita dal sonno.

Jojo e Bo saltarono giù dal letto, con le unghie che tintinnavano mentre andavano in corridoio a salutare i ragazzi.

"Sono tornati" confermò Vincent, tracciandomi la spina dorsale con le dita. Le sue mani abili massaggiarono i muscoli nodosi delle mie spalle, allentandone la tensione. "Non preoccuparti, baby. Saranno quassù presto."

Sentirli entrare tutti in soffitta mi fece finalmente aprire gli occhi. La stanza era buia, a parte il filo di lucette natalizie multicolori intorno al letto di Vincent. Il bagliore delicato li illuminava mentre salivano sul letto, scartando scarpe e giubbotti sul pavimento.

"Che cosa è successo?" sussurrai, carezzando il viso di Lucas quando si sdraiò al fianco di Vincent.

"Non ci hanno feriti, tesoro" mi rassicurò, chinandosi a baciarmi la guancia.

"È tutto a posto, Jess" ribadì Jason, infilandosi sotto le coperte e abbracciandomi. "Siamo tutti qui."

Faticai a tenere gli occhi aperti mentre cercavo la mano di Manson, che strinsi quando lui si infilò nel letto alle spalle di Lucas. Le sue mani sembravano così fredde, i suoi capelli erano tutti spettinati. "Dove siete andati?"

"Dovevamo mandare un messaggio, angelo" sussurrò, avvicinando la mia mano e baciandomi le dita. "Mi dispiace che ti abbiamo svegliata."

"Siete sicuri di non essere feriti?" Odiavo non sapere cosa fosse successo, ma mi sentivo le palpebre così pesanti. Il sonno mi stava trascinando di nuovo nelle sue grinfie.

"Non siamo feriti" confermò Manson. La sua voce fluttuava nell'oscurità, mentre io chiudevo di nuovo gli occhi. "Non preoccuparti, Jess. Saremo qui con te. Torna a dormire."

Nel giro di pochi secondi, mi spensi come una luce.

Ore dopo, i miei occhi si riaprirono. Gli uomini erano tutti addormentati intorno a me, Haribo e Cherry erano accoccolati ai nostri piedi. Per quanto mi rincrescesse lasciare il calore del letto, dovevo fare pipì. Dopo essermi svincolata dalle loro braccia, mi affrettai a scendere dalla soffitta e ad andare in bagno.

La mia caviglia era ancora gonfia e screziata da brutti lividi, ma non mi faceva più male come prima. La pillola che Vincent mi aveva dato aveva funzionato: mi sentivo ancora i muscoli come di gelatina.

Jojo si stava lagnando e stava grattando la porta d'ingresso quando uscii dal bagno. Con un sospiro, zoppicai fino al piano di sotto per farla uscire. Lei si precipitò tra gli alberi per fare i suoi bisogni e io mi appoggiai stancamente allo stipite della porta, con gli occhi a mezz'asta.

Mi svegliai di soprassalto quando la mia testa si afflosciò troppo, uscii sul portico e chiamai: "Jojo! Vieni, ragazza!"

Si udì un fruscio tra gli alberi. Dio, cosa stava facendo là dietro? Perché tutta quella voglia di esplorare nel cuore della notte? Gemendo, scesi dal portico e mi diressi verso il lato della casa.

"Jo! Vieni qui!" Mi stavo sforzando di farle arrivare la mia voce senza urlare, perché non volevo svegliare i ragazzi chiamando il cane. Schioccando le dita, cercai di attirare la sua attenzione come potevo. "Jojo! Ti va un biscottino, piccola? Vieni!"

Non funzionò. Preparandomi a cercarla con un altro pesante sospiro, mi accigliai quando mi arrivò uno strano odore alle narici. Fumoso e pungente, come di mentolo...

Di colpo, una mano mi afferrò il viso da dietro, tappandomi la bocca e facendomi indietreggiare. Un braccio massiccio mi avvolse e mi immobilizzò le mani lungo i fianchi, quasi togliendomi l'aria dai polmoni. Non potendo urlare, scalciai e mi dimenai per liberarmi, ma non ebbi successo.

"Cazzo, e piantala di affannarti!"

Conoscevo quella voce. Porca puttana, era...

Fui pervasa dal fastidioso olezzo dell'acqua di colonia di Alex, che mi trascinò verso la facciata della casa. Bestemmiò per il dolore quando gli diedi un calcio sugli stinchi e si lagnò di non essersi messo le scarpe prima di venire qui. Volevo dargli un calcio così forte da rompergli le ossa. Ammesso che ci fosse dolore nel prenderlo a calci con la gamba ferita, non lo sentii. Ero inondata dall'adrenalina.

Quando arrivammo davanti alla casa - gli avevo reso

il percorso così difficile che stava ansimando - scorsi un'altra persona sul portico. La sua vista mi fece smettere di lottare, congelata dallo shock.

Reagan mi guardava in cagnesco, in piedi davanti alla porta aperta. Aveva spento la sigaretta sulla ringhiera del portico e aveva lasciato lì il filtro, da cui ancora si levava una sottile scia di fumo.

"Cosa devo fare con lei?" chiese Alex. La sua voce aveva un suono strano, come se non riuscisse a respirare dal naso. Mi auguravo che i ragazzi glielo avessero rotto.

"Quello che ti pare" rispose Reagan. "Non mi importa."

Si accese un'altra sigaretta prima di entrare e chiudersi silenziosamente la porta alle spalle. Avvertivo una strana sensazione di definitività, un senso opprimente di terrore. Spronata a rientrare in azione, combattei di nuovo come se ne andasse della mia vita.

Probabilmente era così. Non avevo idea di cosa Alex avesse intenzione di fare e, francamente, nemmeno lui sembrava saperlo. Al momento, tutto ciò che poteva fare era cercare di evitare che gli sfuggissi di mano.

"Dannazione! Brutta stronza!" Mi spintonò a terra quando gli morsi la mano, azzannandolo più forte che potevo. Mi rivolse uno sguardo omicida quando urlai e mi riacciuffò prima che potessi rialzarmi da terra. "Smettila di dimenarti, cazzo, prima che io..."

Si irrigidì. Jojo era uscita dagli alberi. Ci stava squadrando, con la coda tesa e dritta. Piegò la testa di lato, scrutandomi con i suoi grandi occhi marroni.

Poi tutto il suo linguaggio del corpo cambiò. Abbaiò e si precipitò in avanti, come una macchia grigia che sfrecciava nel cortile. Alex cercò di scappare, ma non andò lontano. Jojo gli saltò addosso e le sue fauci si avvinghiarono al suo braccio. Ringhiava, agitando la testa da una parte all'altra mentre stringeva e si rifiutava di mollare la presa.

Questo mi diede la possibilità di scappare.

Nonostante il dolore lancinante, mi fiondai in casa.

La porta sbatté contro il muro quando la spalancai e inciampai nella cucina, sussultando non appena i miei piedi nudi incontrarono un liquido freddo che si stava spargendo sul pavimento. Reagan era lì, stava versando qualcosa a terra e lo stava spruzzando sulle pareti. Poi l'odore pungente mi colpì il naso.

Benzina.

"Reagan, fermati!" Il vecchio sollevò la testa. La sua espressione era stranamente vuota, gelida per via di una spietata crudeltà. "Non farlo" aggiunsi. Avevo la voce acuta, ma non sapevo cosa diavolo fare. La porta della soffitta era chiusa, ma sicuramente uno dei ragazzi doveva avermi sentita.

Se Reagan avesse acceso il fornello o anche un solo fiammifero...

Se questo posto fosse andato in fiamme con loro ancora in soffitta...

Non ci sarebbe stata via di scampo.

Alzai le mani e cercai di sembrare calma. Ragionevole. Come se ci fosse una speranza di ragionare con un uomo del genere. "Non... lui è tuo figlio, Reagan..."

Si schernì. "È un peccato che tu abbia dovuto farti coinvolgere. Una tale tragedia. Dubito che qualcuno vorrà questo posto dopo quello che sta per accadere. Cinque persone morte in un incendio." Scosse la testa, come se l'idea fosse atroce, ma mosse comunque un passo verso di me. "I ragazzi sono fortunati: non si accorgeranno nemmeno di quello che è successo. Ma tu... tu sarai un dannato problema, vero?"

Si tuffò su di me, ed era molto più forte di quanto sembrasse. Il tanfo acre della benzina mi bruciava le narici mentre cadevamo a terra, con le sue dita che mi stringevano la gola. Cercai di ribellarmi, premendo le mani sul suo viso e graffiandolo con le unghie. Era così pesante, e quando mi colpì il lato della testa, vidi le stelle.

Una parte del mio cervello, quella che sembrava star osservando tutta questa scena dall'alto, comprese che stavo per morire. Non solo Reagan mi stava mozzando il respiro con la mano, ma mi stava anche stringendo i lati del collo, interrompendo l'afflusso di sangue al cervello e...

Non si stava fermando. Non gli importava. I miei sforzi si facevano sempre più stentati e lui era troppo pesante, troppo forte. Avvertivo un debole ronzio nelle orecchie, un suono lontano in una vasta distesa di oscurità crescente.

Udii come una sorta di botto. Nella mia oscurità dovuta alla mancanza di ossigeno, mi fece venire in mente un sacco di carne che veniva scagliato contro un muro di mattoni.

Poi l'aria tornò a scorrere nei miei polmoni. Le mani di Reagan furono strappate via e ci furono urla... tante urla. La mia vista era annebbiata. Mi girava la testa, ed ero convinta che avrei potuto rimettere mentre boccheggiavo in cerca d'aria, rotolando a pancia in giù, con i conati di vomito. La benzina gocciolava dai miei capelli, ne sentivo il sapore asprigno in bocca e su tutta la pelle.

Tutto d'un tratto fui presa in braccio, cullata da braccia forti che mi stringevano.

"Respira, Jess! Dai, baby, respira." La voce di Vincent risuonava come una dozzina di echi che rimbombavano tutti insieme. La mia testa cadde di lato, la vista era ancora sfocata. I miei capelli fradici erano stati scostati dal mio viso e potevo sentire lo scalpitio del cuore di Vincent mentre mi appoggiavo a lui.

Sbattendo ripetutamente le palpebre, cercai di concentrarmi nonostante il caos che mi circondava. Il frenetico tramestio, i tonfi e le urla erano una tempesta senza fine. Anche se sfocato, riuscivo a vedere Manson a terra, stretto in un angolo contro i mobili della cucina. Aveva il braccio agganciato attorno alla gola di Reagan in una morsa, mentre Jason gli teneva ferme le gambe. Le labbra dell'uomo erano gonfie e bluastre, gli occhi rovesciati all'indietro.

"Sì, ci serve una cazzo di ambulanza! Io non... Cristo santo, signora, la casa è inzuppata di benzina. Come cazzo faccio a mantenere la calma?"

Lucas... povero Lucas... come avevano potuto mettere lui a chiamare il 911?

Tutti i rumori continuavano a dissolversi a intermittenza, come se qualcuno stesse ruotando la manopola di una radio.

"Ehi, baby, dai, apri gli occhi. Resta sveglia, okay? Continua a respirare - dei bei respiri profondi."

La voce di Vincent era così piacevole che volevo che continuasse a parlare. L'olezzo di benzina era forte, inesorabile. Avevo bisogno di più aria. I miei respiri erano troppo corti, non erano sufficienti...

47
MANSON

JESSICA AVEVA GLI OCCHI CHIUSI. Era impossibile sentire, pensare o vedere qualcos'altro oltre a lei, che giaceva flaccida tra le braccia di Vincent mentre lui cercava di farla rimanere sveglia.

"È svenuta" disse Jason. Il suo braccio era proteso verso di me e non stava più reggendo le gambe di mio padre, il che era una sciocchezza. Ma forse ero io che non lo sentivo bene, perché pensavo che stesse parlando di Jess, e invece lui continuava a dire: "È svenuto, Manson! Ha perso i sensi. Lo ucciderai."

Dovette staccare fisicamente il mio braccio dal collo di mio padre. Per quanto i miei pensieri corressero all'impazzata, era come se il mio cervello funzionasse a velocità dimezzata. Mio padre si accasciò inerme accanto a me quando il mio braccio si allentò, un sacco di ossa quando stramazzò al suolo.

Morto... o svenuto... non importava.

Non mi importava nient'altro.

Mi precipitai dove si trovava Jess. Vincent l'aveva spostata in salotto, l'aveva adagiata sul tappeto e le stava cronometrando le pulsazioni con il dito sul collo. Le palpebre di Jess sbatterono per un attimo quando le afferrai la mano e mi inginocchiai accanto a lei.

"Alex..." Sussurrò appena il nome. "Fuori... Jojo..."

Quindi era quello il motivo di tutte quelle maledette urla fuori. Jojo era accanto a me e stava fissando Jess con le orecchie drizzate. Non me ne fregava un cazzo se Alex fosse vivo o morto là fuori; i paramedici avrebbero potuto occuparsi di lui quando sarebbero arrivati.

"Credo che sia in stato di shock" disse Vincent. La sua voce era calma, così dannatamente calma che avrei voluto urlare. "Troppo poco ossigeno, troppa adrenalina. Continua a respirare, baby."

Jason apparve all'improvviso con un panno umido tra le mani. Glielo passò sul viso, pulendo la benzina dagli occhi e dalla bocca, con gli occhi assottigliati per la concentrazione.

"È sveglia?" Lucas era ancora al telefono e si inginocchiò accanto a me. Riportò le condizioni di Jess attraverso la linea, passandosi continuamente la mano sulla testa, prima di sbottare: "Signora, non sto iperventilando. Sto benissimo."

In lontananza risuonavano le sirene. Vincent teneva una mano sul petto di Jess e l'altra sulla mia spalla. La mia àncora alla realtà. Jess girò la testa, con gli occhi vitrei e socchiusi che cercavano il mio viso.

"Sono qui." Le strinsi la mano e me la tenni contro la guancia. Forse ero anch'io sotto shock, perché non ero certo di riuscire ad alzarmi, tanto meno a lasciare il suo fianco. "Stai bene. Starai bene."

Il nostro cortile si riempì presto di luci lampeggianti e sirene.

Lucas chiuse i cani mentre la casa era invasa dai poliziotti. Alex era riuscito a sfuggire a Jojo arrampicandosi sui bidoni della spazzatura vicino al garage, ma non era sfuggito alla sua ira. Dalla rapida occhiata che gli lanciai mentre lo portavano via, era chiaro che lei gli aveva rotto un braccio.

Sembrava a malapena reale. Mi aspettavo di svegliarmi di soprassalto da un altro incubo caotico.

Lucas e io restammo con Jess mentre i paramedici si occupavano di lei, seduta nel retro di un'ambulanza. Vincent e Jason stavano rilasciando le loro dichiarazioni alla polizia. Mio padre fu portato via dalla casa, in preda a una crisi violenta di delirio mentre riprendeva conoscenza. Fu ammanettato alla barella mentre veniva caricato sull'ambulanza, e mi guardò dritto negli occhi prima che chiudessero il portellone.

Non c'era nulla che valesse la pena di leggere nella sua espressione. Qualunque cosa lo avesse spinto a odiarmi, a diventare un mostro, non se ne sarebbe mai andata.

Ma *lui* se ne stava andando. Finalmente, dopo tanti anni.

Lucas trasalì per il terrore quando attaccarono una flebo al braccio di Jess. "Oh, cazzo. Ah..." Gli afferrai il braccio e gli diedi una stretta rassicurante. Tremava ancora, nonostante la coperta che i paramedici gli avevano dato.

"Chiudi gli occhi" suggerii, ma lui continuava a fissare l'ago che le entrava nel braccio con un'espressione disgustata. Jess aveva una maschera d'ossigeno sul naso e dei lividi a forma di dita si stavano formando intorno alla sua gola.

Quando ero corso al piano di sotto e avevo trovato mio padre sopra di lei... Dio, era come se avessi perso conoscenza. Non riuscivo a ricordare gli attimi che erano intercorsi tra il momento in cui li avevo visti e quello in cui mio padre era svenuto mentre lo soffocavo. Perfino adesso, l'immagine del volto di Jess era congelata nella mia mente. Quanto cazzo era sembrata fragile mentre gli artigliava le mani.

Ma Jess non era fragile. Appariva molto più forte di quanto mi sentissi io in quel momento, teneva la testa appoggiata alla spalla di Lucas mentre Jason e Vincent finalmente tornarono.

"Stai bene?" chiese Jason, sistemando i capelli umidi di Jess dietro l'orecchio. Lei annuì e Jason emise un sospiro tremolante. "Cazzo, Jess. Quando sei svenuta, io..." Non riuscì nemmeno a finire la frase. Si sedette sul paraurti dell'ambulanza ai piedi di lei e le accarezzò con le dita la gamba vestita del pigiama. "Sono mortificato già in sé per il fatto che ti abbiano toccata."

"Non esserlo" rispose lei, abbassando la mano per posargliela sulla testa. "Sto bene, te lo assicuro." All'improvviso ridacchiò. "Avresti dovuto vedere come è corso Alex quando ha visto Jojo. Si merita tutti i biscottini."

Scoppiai a ridere per lo sgomento. Jojo non aveva mai attaccato nessuno, tanto meno *morso* una persona. Quando l'avevo presa in adozione dal canile, dopo essermi trasferito dalla casa dei Peters, era solo una cucciola tonta. Ed era cresciuta fino a diventare una cagnolina ancora più tonta.

Ma non contavano la dolcezza e la gentilezza di qualcuno. Quando si trattava di proteggere coloro che amavamo, credo che Jojo e io fossimo uguali.

"Avrei dovuto uccidere Alex" dichiarò Lucas accanito. "Avrei dovuto ucciderlo, cazzo..." Ma Jess gli diede una spintarella con la spalla.

"Non farti sentire dai poliziotti" sussurrò in tono docile. "Sono felice che tu non l'abbia ucciso, Lucas. Ho bisogno di averti con me. Ho bisogno di tutti quanti voi con me."

"Non andiamo da nessuna parte" assicurò Vincent. Strofinò la sua mano sulla mia schiena e io allungai la mia mano libera verso la sua.

Anch'io avevo bisogno di tutti loro con me. Eravamo migliori quando eravamo insieme, eravamo più forti uniti.

E saremmo rimasti insieme. A qualunque costo.

"Jessica! Oh, mio Dio, la mia bambina! La mia povera bambina!"

I genitori di Jessica erano arrivati. Sua madre si precipitò verso di noi e gettò le braccia intorno a Jess. I paramedici erano seccati da tanta gente che affollava il loro posto di lavoro, ma la signora Martin era in preda a una crisi isterica e non ne voleva sapere di spostarsi. Piangeva a dirotto, con le braccia che le tremavano mentre stringeva la figlia.

"Mamma, sto bene" le disse Jess. "Sto bene, lo giuro."

"Manson Reed?"

Suo padre si avvicinò, e io mi alzai in fretta. Allungò la mano e strinse prima la mia, poi quella di Vincent, Jason e Lucas. Indossava solo un cappotto sopra il pigiama blu, e portava un paio di pantofole ai piedi. "La polizia mi ha riferito che hai salvato mia figlia. È un vero peccato che non abbiamo avuto la possibilità di conoscerci in circostanze migliori, ma spero che ne avremo modo dopo tutto questo scompiglio." Guardò Jess e scosse la testa, con gli occhi lucidi. "Non so cosa faremmo senza di lei. Io... ti ringrazio. Grazie per esserti preso cura di lei. Per averla protetta."

"È nostra intenzione tenerla sempre al sicuro, signor Martin" dichiarai, mettendo il più possibile l'accento sulla parola 'sempre.'

"La amiamo" aggiunse Vincent, e il signor Martin sembrò sorpreso di sentirlo dire con tanta schiettezza. Ma credo che tutti noi avessimo smesso di badare troppo alle parole. C'erano state troppe cose taciute per troppo tempo.

La signora Martin ora stava piangendo sulla spalla di Lucas, il che era uno spettacolo da vedere. Lui le strofinava goffamente la mano sulla schiena, mormorando: "Su, su, non si agiti per tutto questo."

"Tutti noi la amiamo, signore" affermò Jason. "Forse non è quello che vuole sentirsi dire da noi, ma..."

Il signor Martin alzò la mano per fermarlo. "Tutto

quello che voglio sentire è che mia figlia è al sicuro, felice e amata. Non è affar mio dirle come vivere la sua vita."

Nonostante tutto quello che era successo, sentirglielo dire mi fece comunque provare un gran sollievo. Ero così dannatamente stanco - stanco di litigare, di combattere. Volevo la pace. Volevo vivere la vita per cui mi ero battuto.

Di punto in bianco, la signora Martin si avvicinò a me e mi circondò con le sue braccia tremanti. Stava ancora piangendo e tremava per il freddo. Non si era messa nemmeno un cappotto.

"Hai salvato la mia bambina," singhiozzò, aggrappandosi a me così a lungo che non ebbi altra scelta che abbracciarla a mia volta. Continuava a ringraziarmi, a piangere e a scusarsi. Non sapevo cosa fare o dire se non confortarla.

I paramedici si stavano preparando a mettersi in marcia per portare Jess all'ospedale e farle controllare la testa. Era di nuovo lucida, o quasi. I residui di panico che ancora mi attanagliavano furono scacciati via quando la strinsi di nuovo a me, salendole accanto sul retro dell'ambulanza.

"Sembri così spossata" le dissi. "Ti senti bene? Come va la testa?"

"Sto bene" ripeté lei, biascicando un po'. Sembrava ancora spaesata, nonostante la brillantezza dei suoi occhi. "Ho molto sonno. Ma hanno detto che forse è a causa..." Sbadigliò. "A causa di una commozione cerebrale. Ma non mi sembra di averla."

"Non corriamo alcun rischio" fece Lucas con fermezza. Lo stava mandando ai matti il fatto che solo uno di noi potesse salire sull'ambulanza con lei. Vincent stava faticosamente cercando di farlo salire sulla WRX cosicché potessero seguirci tutti all'ospedale. "Voglio che ti controllino, che facciano tutti gli esami necessari. E se avessi un'emorragia interna o qualcosa del genere?"

"Non dare in escandescenze" intervenne Jason. Piantò entrambe le mani sulle spalle di Lucas e lo guidò verso il garage. "Dirò a quelle infermiere di sedarti quando saremo lì. Ti farai venire un infarto."

Uno dei paramedici mi comunicò che dovevo salire sul sedile anteriore del passeggero, ma feci finta di non sentirlo. Me ne rimasi con la testa appoggiata sul petto di Jess e chiusi gli occhi. Volevo sentire il suo cuore battere, forte e costante. Volevo avvertire il suo calore, la sua pelle morbida, la sua bella voce.

"Ti amo" sussurrò. Quando l'ambulanza uscì dal nostro cortile, sembrò che la sua sonnolenza stesse avendo la meglio. "Non voglio mai... mai stare senza di voi. Ti prego... ti prego, promettimi..."

Era mezza addormentata. Forse non si rendeva conto di ciò che stava chiedendo, o forse era più coerente di me. Non importava.

"Te lo prometto, angelo" assicurai. "Ti prometto che non sarai mai più senza di noi. Non sarai mai sola. Non dovrai mai dubitare." Le baciai le dita e osservai il suo bellissimo viso mentre chiudeva gli occhi. "Ti amo, Jess. Allora, ora e per sempre."

48

JESSICA

DUE MESI DOPO

La proprietà si trovava a circa un'ora di macchina da New York City. Ma in città c'era una stazione ferroviaria, cosa che Vincent sottolineò più volte con orgoglio, e Manson insistette sul fatto che il tragitto sembrava molto più veloce di quanto in realtà non fosse.

"L'ho fatto in macchina io stesso per accertarmene" spiegò. "Anche nelle ore di punta." Ma la menzione delle ore di punta gli fece fare una smorfia. "Beh... non è sempre il massimo. Alcuni orari della giornata sono davvero difficili."

Ma io ero solo felice che avessero trovato una casa di cui erano tutti così entusiasti.

Questo era il nostro secondo viaggio a New York negli ultimi due mesi. La prima volta avevo cercato degli appartamenti in città, mentre i ragazzi avevano visitato diverse case in periferia. Dire che i prezzi degli affitti degli appartamenti erano scandalosi era un eufemismo. Anche con l'aumento considerevole che la mia titolare mi aveva accordato, continuavo a deprimermi per le spese.

Nemmeno per i ragazzi era stato facile trovare la casa giusta, e il tempo stringeva per tutti noi.

La loro vecchia casa aveva svariati potenziali acquirenti. Fortunatamente Reagan non aveva causato danni gravi, anche se in cucina era rimasto per settimane il puzzo di benzina. Ma i titoli dei giornali scatenati dall'incidente avevano in realtà destato un'attenzione molto positiva sulla proprietà. Se quel posto era così appetibile da giustificare una serie di omicidi, valeva la pena di comprarlo.

Il processo penale a carico di Reagan si sarebbe probabilmente protratto per mesi, ma Manson aveva mantenuto un atteggiamento ottimistico al riguardo. Sembrava che fosse un sollievo per lui avere finalmente l'opportunità di assicurarsi che suo padre fosse allontanato in modo permanente dalla sua vita. A prescindere da quanto tempo Reagan avrebbe trascorso in prigione, almeno non avrebbe più saputo dove viveva nessuno di noi. La sua possibilità di tormentarci era terminata.

La famiglia di Alex era pronta a lottare con le unghie e con i denti per dimostrare l'innocenza del figlio, ma i filmati di sicurezza che lo ritraevano mentre mi catturava e mi immobilizzava rendevano il compito molto più arduo. I loro piani furono ulteriormente compromessi quando Nate confessò tutto, raccontando alla polizia anche che Reagan gli aveva offerto del denaro per attaccare Manson e Lucas al sideshow.

Ora stavano cercando di patteggiare nella speranza che Alex non finisse dietro le sbarre. Mia madre, in compenso, era pronta a scatenare una guerra contro di loro; il fatto che la vita di sua figlia fosse stata minacciata aveva influito notevolmente sul suo comportamento. Non era perfetta, nella maniera più assoluta; il suo disperato desiderio di mantenere il controllo portava ancora a inutili discussioni. Ma finalmente aveva accettato il fatto che uscivo con i ragazzi e non mi faceva più pesare il fatto che venissero a casa mia. Era un passo nella giusta direzione.

Ma ormai passavo poco tempo a casa dei miei. Trascorrevo quasi ogni giorno con i ragazzi e quasi ogni notte a casa loro. Francamente, questo rendeva scoraggiante la ricerca di monolocali. Tutti quelli che potevo permettermi in città erano minuscoli, a malapena più grandi di una discreta cabina armadio. Come avrei potuto far entrare tutti i miei uomini in un appartamento così piccolo quando fossero venuti a trovarmi?

Ashley mi prendeva in giro senza sosta per il fatto che fossero questi gli 'atroci' problemi che dovevo affrontare.

'Oh, nooo, come farai a far stare tutti i tuoi uomini nel tuo minuscolo appartamento?' mi aveva detto la sera prima, quando ero uscita a bere qualcosa con lei. 'Dio, io ucciderei per avere i tuoi problemi.'

Almeno nella nuova casa avremmo avuto tutti molto spazio. Jason aveva parlato più volte di quanto fosse grande e, quando finalmente la vidi, capii che aveva ragione.

La casa si trovava su un piccolo appezzamento di terreno in un quartiere tranquillo e di vecchia data. Si trattava di una classica villetta vittoriana in stile Queen Anne, con la facciata esterna restaurata alla perfezione. Quando parcheggiammo il SUV a noleggio lungo il marciapiede e scendemmo, rimasi subito affascinata dalla recinzione in ferro battuto e mattoni che circondava il giardino curato, ombreggiato da aceri maturi. Le splendide foglie rosse e gialle avevano ricoperto l'erba e il marciapiede dove ci aspettava l'agente immobiliare.

"Salve! Manson Reed?" Quando ci avvicinammo, lei gli tese la mano e la strinse con entusiasmo. "E questa deve essere la sua..."

"Famiglia" rispose lui, accennando a noi per presentarci. Se l'agente immobiliare era confusa, non lo diede a vedere. Mentre ci guidava verso la casa, aveva un grande sorriso stampato in faccia e decantava i dettagli decorativi del portico a giro.

"Come potete vedere, il precedente proprietario ha preso molto sul serio il restauro" spiegò. "Ma troverete degli ammodernamenti anche all'interno della casa, in particolare nella cucina."

"Cazzo, sì, questa è musica per le mie orecchie!" esclamò Vincent. "Devo dare un'occhiata a quella cucina."

Entrare nell'ingresso mi lasciò senza fiato. L'interno della casa era rimasto fedele alle sue radici strutturali, ma l'arredamento era moderno. Le vetrate intorno alla porta d'ingresso proiettavano motivi di luci multicolori sui pavimenti in legno lucido e sulla meravigliosa scala curvilinea. In ogni stanza c'erano grandi finestre che riempivano la casa di luce.

"Come potete vedere, si è davvero puntato molto sull'illuminazione naturale nel progetto della casa" proseguì l'agente immobiliare, coi tacchi che ticchettavano sui pavimenti lucidi. "I soffitti sono alti tre metri e mezzo e le stanze sono molto spaziose."

Nel soggiorno c'era un enorme camino e, mentre l'agente immobiliare continuava a parlare di quanto sarebbe stata accogliente la stanza nelle notti fredde, tutto quello che riuscivo a pensare era che c'era spazio più che sufficiente per fare un'orgia davanti al fuoco. Sussurrai la mia idea all'orecchio di Jason, che mi occhieggiò come se gli avessi promesso il suo negozio di caramelle personale.

"Sei già convinta del posto, Jess?" chiese Vincent, avendo sentito il suggerimento che avevo dato a Jason.

"Come non esserlo" risposi. "*Sapevate* tutti che mi sarei innamorata di questo posto!"

Vincent fece un'innocente scrollata di spalle. "Non ne avevamo la minima idea, in realtà. Non c'è niente di speciale in questa casa." Non potei che scuotere la testa.

L'agente immobiliare ci incoraggiò a dare un'occhiata in giro e a visitarla a nostro piacimento. Decisi di esplorare il piano superiore e mi aggirai tra le camere da letto del secondo piano. Erano spaziose, e la maggior parte aveva delle porte che le collegavano direttamente tra loro, anziché semplicemente al corridoio principale - una caratteristica comune in queste dimore antiche.

Manson si trovava nella stanza in fondo al corridoio del piano superiore. Era la camera da letto padronale e affacciava sul cortile grazie a quattro finestre ad arco. Mi sentì entrare e sorrise quando si girò, allungando il braccio per accoccolarmi a sé.

"Cosa ne pensi della casa?" chiese.

"È stupenda." Lo cinsi con entrambe le braccia. "Ma credo che tu sapessi già che mi sarebbe piaciuta."

"Ti piace?" Si gonfiò di orgoglio quando annuii. "Meglio del tuo appartamento?"

"Ah, non mettere il dito nella piaga" mi lagnai. "Vivrò in una scatola di scarpe, ma almeno potrò frequentare questo posto. Se deciderete di prenderlo, ovviamente."

"Abbiamo già fatto un'offerta."

Aveva un sorriso raggiante sul volto. La mia bocca si spalancò per lo shock e fui travolta dall'emozione all'idea che questo posto potesse davvero essere loro. "Davvero? Dici sul serio? Quando?"

"Abbiamo trovato questo posto online qualche settimana fa" ammise, ammirando il prato coperto di foglie. "Era un ottimo affare, così abbiamo fatto un'offerta prima ancora di visitarla di persona. Ora che siamo qui, sono contento di averlo fatto."

Attraverso le finestre, vidi Lucas nel cortile, intento a controllare il garage indipendente. Lasciando Manson con un bacio sulla guancia, mi diressi verso il portico posteriore e attraversai l'erba per raggiungerlo.

"Questa sarà la nuova officina?" chiesi, mentre lui mi salutò con un braccio intorno alla vita e una mano sul culo.

"Solo per le nostre auto personali" affermò mentre gironzolavamo per il box. Era più piccolo dell'officina che avevano adesso, ma abbastanza capiente per i loro veicoli. "Manson e io abbiamo deciso di non avere il nostro posto di lavoro nella proprietà. Dato che per entrambi è già così difficile prenderci dei giorni liberi."

"Non si lavora più nei fine settimana" gli rammentai. "I fine settimana sono solo per la dissolutezza."

"Davvero?" Quando tornammo fuori, mi spinse contro il lato del garage e mi coprì la gola di baci e morsi. "Beh, guarda un po': è sabato."

Mi baciò finché non mi sentii le ginocchia deboli e fui invasa dal calore. Lo feci smettere solo quando l'agente immobiliare ci notò e si ritrasse goffamente dalla vista.

"Lasciala guardare" ringhiò. "Diavolo, potrebbe unirsi a noi se le va..."

Gli diedi uno schiaffo sul braccio e dissi con una risata: "Non spaventare quella povera agente immobiliare! È già abbastanza disorientata nel cercare di capire chi sta con chi."

Vagammo per il cortile, con le foglie che scricchiolavano sotto le nostre scarpe. "Mi piacciono questi alberi così grandi" commentai, contemplando i rami dell'acero che ombreggiava il giardino. "Potremmo costruire una casa sull'albero lassù."

"Credo che siamo troppo grandi per le case sugli alberi, Jess" fece lui. Ma colsi della malinconia nei suoi occhi, come se rimpiangesse di essere cresciuto, come se costruire di nuovo una casa sull'albero fosse semplicemente troppo allettante.

"Beh, anche se tu sei troppo grande per una casa sull'albero... a dei bambini piacerebbe" dichiarai con la massima disinvoltura possibile, sorridendo e scrollando le spalle mentre mi voltavo per tornare dentro. "Vado a cercare Jason e Vincent. Ho sentito che questa casa ha un seminterrato. Se non lo trasformate in una prigione, ci rimarrò molto male..."

Feci solo pochi passi prima che mi chiamasse, e io mi voltai a guardarlo.

"Bambini?" domandò. Sembrava terrorizzato e speranzoso allo stesso tempo.

"Sì, sai, delle piccole versioni in miniatura di te...

Manson... Jason... Vincent..." I suoi occhi si allargavano a ogni mia parola, e non potei fare a meno di ridere della sua espressione. "Scommetto che adorerebbero una casa sull'albero."

La sua bocca si aprì e si chiuse diverse volte prima di riuscire a biascicare: "Sì, ci scommetto." Con le mani in tasca, puntò per un attimo lo sguardo in lontananza, con un sorriso agitato sul volto. "Gli piacerebbe un sacco."

Forse ero stata un po' precipitosa, ma avevo preso l'abitudine di non nascondere più quello che desideravo.

Avemmo appena il tempo di prepararci per la cena dopo aver visitato la casa. I ragazzi avevano prenotato da qualche parte ma si erano rifiutati di dirmi dove, perché volevano che fosse una sorpresa. Mi avevano solo detto che avrei dovuto vestirmi bene, così non avevo resistito a prendere un vestito nuovo per l'occasione.

Quando uscii dal bagno, loro erano già pronti. Indossavano tutti dei pantaloni eleganti e delle camicie - persino Lucas, che nutriva un odio particolarmente acceso per i bottoni. La vista di tutti loro in ghingheri mi fece fare le capriole allo stomaco.

"Accidenti, siete tutti sexy" commentai, con i tacchi che mi davano l'altezza sufficiente per baciare Vincent senza che lui dovesse chinarsi.

"Ci fai comunque sfigurare. Guardati." Lucas mi girò intorno, annuendo in segno di apprezzamento. Il mio vestito di raso giallo, che mi arrivava a malapena a metà coscia, aveva delle ruches che mi facevano un culo incredibile.

Manson mi baciò il collo e fece scorrere il dito sul mio orecchino di diamanti pendente. "Sei semplicemente mozzafiato" mi disse.

Jason mi prese la mano e mi fece volteggiare mentre

Vincent fischiò. "Ora, come pensi che potremo uscire di casa con te conciata così?" chiese Jason. "Penso che preferirei rimanere qui e toglierti tutta questa roba di dosso."

"Ti garantisco che scoparci Jess sarà ancora più piacevole dopo una cena stellata" dichiarò Vincent, mettendomi un braccio intorno alle spalle per accompagnarmi verso la porta. "Abbiamo prenotato settimane fa, e mi dispiace, ma potrei morire se non riuscissi a provare la loro anatra arrosto."

"Meglio che sia un'anatra dannatamente buona" borbottò Lucas. Mi diede una strizzata al culo e la sua voce mi ringhiò nell'orecchio quando bisbigliò: "Sapevo che avresti indossato un perizoma sotto quell'abitino striminzito."

"Perizoma?" Gli lanciai uno sguardo innocente. "Oh, pensi che indossi biancheria intima?"

Lucas si fermò di colpo. "Vince, l'anatra non ne vale la pena."

Vincent dovette portarmi in spalla fuori di casa, come una carota penzolante che gli altri dovevano seguire. Jason si mise alla guida, Vincent prese il posto del passeggero e io mi sedetti dietro tra Manson e Lucas. Ognuno di loro posò una mano sulla mia coscia nuda, e quelle mani continuarono a vagare per tutto il tragitto. Ben presto mi ritrovai stimolata a tal punto che nemmeno la musica riuscì a coprire i miei mugolii.

"Non rovinatele il trucco prima ancora che arriviamo" si raccomandò Jason, rivolgendoci un ghigno nello specchietto retrovisore.

"Contrordine: *rovinatele* il trucco e fatela agitare davanti ai camerieri" puntualizzò Vincent, sbirciando dal suo sedile con un sorrisetto malizioso.

Mi avevano detto che il ristorante era 'bello,' e invece era molto di più. Eravamo seduti vicino alle finestre, da cui si godeva di una splendida vista del tramonto sugli alberi. Un pianista, seduto a un enorme pianoforte a coda sotto un elaborato lampadario, stava suonando Chopin nel momento in cui vennero portate al nostro tavolo due bottiglie di champagne.

Levammo i calici per brindare, facendoli tintinnare mentre la luce tremolante delle candele faceva scintillare le bollicine come piccoli fuochi d'artificio. Il cibo era delizioso, e pensavo di essere troppo piena per mangiare un altro boccone finché non scorsi il menu dei dolci. Non ci volle molto per convincere Vincent a dividere con me una porzione di tiramisù.

Non appena il cameriere si voltò dopo aver servito la porzione, i ragazzi si scambiarono un'occhiata.

"Allora, che ne dite?" chiese Manson. "Adesso le roviniamo il trucco?"

"Continuo a pensare che avremmo dovuto farlo prima" si lagnò Vincent. "Cercare di essere pazienti è stata una tortura."

"È pronta" stabilì Lucas, facendomi un occhiolino che mi fece formicolare tutto il corpo.

"Facciamolo" concordò Jason.

"Che diavolo state facendo?" sibilai, cercando di tenere la voce bassa. "Non possiamo fare gli scemi qui dentro!"

"Chi ha parlato di fare gli scemi?" domandò Manson.

Frugò nella giacca e ne estrasse una scatolina nera legata con un nastro d'argento. Me la mise davanti e strinse forte le mani quando affermò: "Niente scemenze qui, Jess. Questa è una cosa seria."

"Qual è l'occasione?" chiesi, guardandoli a turno mentre allentavo il nastro. Vincent sembrava letteralmente sul punto di saltare fuori dalla sedia. La gamba di Jason ballonzolava ripetutamente sotto il tavolo, e avrei potuto giurare che Lucas stesse trattenendo il fiato. Mi misi a ridere. "È una specie di scherzo? Un serpente mi salterà addosso appena aprirò..."

Il nastro cadde a terra quando aprii la scatolina.

Dentro c'erano una chiave... e un anello.

La chiave era scintillante, chiaramente nuova. L'anello aveva cinque gemme incastonate in una fascia di platino, con due diamanti ai lati di uno zaffiro rosa con un taglio a pera. Era stupefacente. Catturava magnificamente la luce, proiettando dei bagliori mentre la scatolina mi tremava tra le mani.

Quando sollevai la testa, li trovai tutti a fissarmi nervosamente. Manson si schiarì la gola.

"Abbiamo comprato quella casa, Jess." Mi bruciavano gli occhi per le lacrime e sussultai. "È stata una vera battaglia riuscire a fare un'offerta abbastanza alta, ma ieri abbiamo chiuso l'affare. Abbiamo detto all'agente immobiliare di non darla via. Questa è la tua chiave." Si schiarì di nuovo la gola. "C'è anche un biglietto lì dentro. Ho pensato che... beh... ho pensato che ci saremmo impappinati un po' con le parole, quindi..."

Le mie mani tremavano così tanto che riuscii a malapena a dispiegare il biglietto accuratamente sistemato sopra l'anello.

Jessica,

Ci siamo provocati a vicenda fin da quando eravamo poco più che bambini. Hai visto il peggio di noi, e c'eri quando siamo diventati la versione migliore di noi.

Questa chiave apre il tuo rifugio: un luogo in cui puoi essere ciò che sei, in cui puoi crescere, cambiare e vivere come desideri senza paura. Vogliamo condividere questo posto con te, vogliamo che la nostra casa sia la tua casa. Anche una sola notte in più trascorsa senza di te sarebbe di troppo.

La nostra famiglia potrà non essere ordinaria o facile da capire, ma vogliamo che tu ne faccia parte.

Sappiamo che il matrimonio non è un'opzione per noi, almeno non in senso legale. Ma questo non cambia il significato di questo anello per quando ci riguarda: vogliamo stare con te, amarti e sostenerti. Le nostre vite sono intrecciate come le pietre di questo anello. Possono essere brillanti da sole, ma ognuna sorregge l'altra. Se una di esse venisse a mancare, l'equilibrio verrebbe meno.

Hai dato un'opportunità a una cosa che ritenevi impensabile, e noi abbiamo fatto lo stesso. Quell'opportunità è valsa la pena in tutti i modi possibili, così abbiamo deciso di coglierne un'altra.

Ti amiamo, Jessica, molto più di quanto le parole potrebbero mai esprimere. Abbiamo passato tutta la vita a cercare la luce, e tu ci hai bruciati come un fuoco. Siamo gli uomini più fortunati del mondo ad averti nella nostra vita, e ci renderesti ancora più fortunati se accettassi questo.

La chiave è una promessa di una casa, di sicurezza, conforto e sostegno. L'anello è una promessa di amore e devozione, di un legame che non si spezzerà.

Ci dirai di sì?

Lo avevano firmato tutti. Il foglio mi tremò tra le mani e mi cadde in grembo. Era come se quell'anello fosse una morsa intorno al mio cuore e mi stesse bloccando il respiro. Mi provocava un dolore e una sensazione di pesantezza troppo belli, una felicità troppo grande per essere espressa a parole.

"Jess..." Il tono di Lucas era inequivocabilmente nervoso. "Se è troppo tutto insieme, puoi dircelo. Aspetteremo. Oppure troveremo una soluzione che vada bene per te..."

Sollevai la testa. Il mio trucco si era effettivamente rovinato: non c'era nulla di carino nel modo in cui stavo piangendo.

"Certo che dico di sì!" esclamai, e i sorrisi che mi vennero regalati mi fecero singhiozzare. "Certo che verrò a vivere con voi, io... non voglio mai più tornare a vivere senza di voi. Mai. Negli anni in cui siamo stati lontani, io... io non vivevo. Non come volevo, non nel modo in cui sentivo di aver bisogno. Avevo bisogno..." Singhiozzai di nuovo, e Vincent mi mise un braccio intorno alle spalle, stringendomi finché non riuscii a ricompormi.

"Avevo bisogno di tutti voi" dichiarai quando finalmente la mia voce fu abbastanza stabile per poter parlare. "Vi amo... vi amo tutti da morire."

Doveva essere un bello spettacolo, con tutti loro accalcati intorno alla mia sedia mentre cercavo di smettere di piangere, ad abbracciarmi e a baciarmi. Ma a me non importava affatto come apparissimo da fuori. Non mi importava se ogni singola persona ci stava fissando, perché con loro ero nel mio piccolo mondo.

Il nostro mondo era come lo volevamo noi. Nessun altro aveva il diritto di decidere, il giudizio di nessuno poteva determinare i nostri sentimenti. Avevamo trovato il nostro modo di circondarci di amore. Avevamo trovato sicurezza e conforto, anche quando gli altri erano stati così determinati a portarceli via.

Lucas mi tenne la mano mentre Manson mi infilò l'anello. Jason mi baciò la fronte mentre Vincent mi punzecchiava e mi asciugava le lacrime. L'unica cosa che poteva distrarmi più di quelle gemme scintillanti erano gli uomini che esse rappresentavano.

Avevamo lottato per il nostro amore. Avevamo lottato con noi stessi, tra di noi, con coloro che avrebbero voluto che il nostro amore non esistesse nemmeno. Ma questa era la nostra vittoria.

Questo era il nostro *per sempre*.

EPILOGO
JESSICA

HALLOWEEN — UN ANNO DOPO

LE CARAMELLE ERANO FINITE, e gli ultimi bambini che chiedevano "dolcetto o scherzetto?" se n'erano appena andati quando finalmente spensi le lampade del portico e chiusi a chiave la porta d'ingresso. Era una fredda serata di Halloween nel nostro piccolo quartiere di periferia, eppure la fila di bambini impazienti di bussare alla nostra porta era stata quasi ininterrotta per tutta la sera.

Non avevamo badato a spese per Halloween, naturalmente. Era una festività speciale a casa nostra. Il giardino era addobbato in modo da ricordare un cimitero stregato, con tanto di lapidi e mani di zombie che spuntavano dal terreno. Appese alla veranda davanti all'ingresso c'erano delle ragnatele finte, e la ringhiera era circondata da fili di luci arancioni e viola. Avevamo preso perfino una macchina per la nebbia finta.

I miei tacchi ticchettarono rumorosamente nella casa silenziosa mentre mi dirigevo verso il corridoio e la cucina. Non era un costume molto originale, ma ero vestita da cheerleader. I ragazzi, però, ne erano assolutamente entusiasti, perché sostenevano che si trattava di una fantasia che condividevano tutti.

Una fantasia nella quale la perbenista Jessica, la cheerleader, si beccava quello che meritava.

Erano scomparsi circa trenta minuti prima, mentre stavo distribuendo le ultime caramelle. Non avevano motivato la loro assenza, ma avevo un'idea abbastanza precisa di cosa stessero combinando. Dopo tutto, questo costume aveva ispirato loro un'intera fantasia. Volevano darle vita prima che la serata finisse.

Ecco perché non mi tolsi i tacchi. Le apparenze erano cruciali, e se dovevo interpretare la parte della vecchia Jessica stronza, dovevo averne l'aspetto.

Aprii il frigorifero, tirai fuori una caraffa di limonata e ne versai un po' in un bicchiere. Cherry entrò in cucina, annunciandosi con un amichevole "miao!" mentre si strusciava sulle mie gambe. La nostra piccola gattina era diventata una bella gatta arancione con gli occhi verde chiaro. Era amichevole e coccolona con tutti noi, ma preferiva la compagnia di Lucas.

Cherry probabilmente non conservava il ricordo del mucchio di rifiuti da cui l'avevamo salvata. Julia nutriva ancora la colonia di randagi, avendo preso il posto di Lucas quando ci eravamo trasferiti. Ci mandava delle foto ogni pochi giorni; aveva provato a dare un nome a tutti i gatti, ma erano troppi e continuava a confonderli. Ma a Lucas piaceva ricevere le foto. Si era sentito in colpa per aver lasciato i suoi vecchi amici.

Finii di bere e misi il bicchiere nel lavandino prima di voltarmi. Fu una fortuna, perché le mie mani si alzarono da sole a coprirmi la bocca per la sorpresa quando trovai Lucas in piedi, in silenzio sulla soglia.

"Merda, Lucas!" Ansimai. "Mi hai spaventata!"

Quest'anno i ragazzi avevano scelto tutti costumi simili, e io li trovavo deliziosamente inquietanti. L'idea era venuta a Jason dopo aver visto Hellraiser: assomigliavano tutti ai Cenobiti del film. Lucas indossava una tuta di lattice che si chiudeva con una cerniera, con il colletto abbastanza alto da arrivare fino alla mascella. L'abito sembrava costituito da una serie di rattoppi, con delle cuciture spesse e metalliche. I suoi occhi erano coperti da un trucco nero che li faceva apparire infossati e incavati.

Non si mosse, e non proferì parola. Mi fece solo un piccolissimo sorriso.

Poi le luci si spensero.

Il pallido bagliore della luna attraverso la finestra della cucina era la mia unica illuminazione. La porta era completamente immersa nell'oscurità e sentii dei passi, poi il silenzio.

"Lucas?" Mi spostai in avanti a tentoni per non urtare il tavolo. Ma lui non c'era più.

Tutta la casa era al buio. Dovevano aver staccato la corrente. Con un sospiro esagerato, continuai a brancolare per uscire dalla cucina. "Okay, okay, gli interruttori sono nel seminterrato... certo... il fottuto seminterrato..."

La porta del seminterrato era nel corridoio, sotto le scale. Era socchiusa, e da dentro proveniva una luce tremolante. Prima di aprirla del tutto, mi presi un momento per darmi la carica. Sapevo che era solo un gioco; i ragazzi volevano spaventarmi. Ma ero pervasa da quella sorta di paura vertiginosa, quella per cui non ero certa se volessi ridere o urlare.

Alla fine, mi schiarii la gola e aprii la porta, marciando giù per le scale prima che la paura potesse prendere di nuovo il sopravvento su di me. I miei tacchi picchiettavano a ogni passo, le scale scricchiolavano sotto il mio peso. La debole luce proveniva dall'angolo posteriore del seminterrato, vicino alla scatola degli interruttori.

"Ehi?" La mia voce suonava troppo forte mentre mi avvicinavo al fondo delle scale. C'erano così tante ombre che era impossibile individuare qualcosa di più di vaghe sagome. Avrei dovuto prendere il cellulare prima di scendere, o una torcia elettrica...

Ma dov'era il divertimento?

Sentivo che qualcuno mi stava osservando mentre mi dirigevo verso la centralina della corrente. Accanto a essa c'era una sola candela accesa, che in pratica gridava che si trattava di una trappola. Avrei scommesso che la candela era stata un'idea di Vincent. Gli piaceva allestire una scena sensazionale.

Ma a me piaceva interpretare il ruolo della vittima sfortunata. Aprii la scatoletta e strinsi gli occhi in due fessure per capire cosa diavolo dovevo fare.

Qualcuno spense quella dannata candela. Sentii il suo respiro quando lo fece e per un istante - così fugace che quasi m convinsi di essermelo solo immaginato - intravidi il suo volto in ombra che si sporgeva in avanti.

Manson. Porca puttana. Era stato a un soffio da me e non me n'ero minimamente accorta.

Ma ora, ovviamente, immersa nel buio più completo, non riuscivo nemmeno a ritrovare la strada per le scale.

"Merda..." Indietreggiai lentamente, con cautela, le braccia tese. Avere gli occhi spalancati ma vedere solo oscurità era tremendamente sconcertante. Non riuscivo a distinguere una sola forma, ma udivo del movimento: passi intorno a me.

Alzai la voce e dissi: "Non è divertente, stronzi! Chiunque stia facendo questo..." Come se non lo sapessi. "... è meglio che la smetta. Quando mia madre scoprirà che state facendo gli stronzi con me, andrà dritta dal preside. Sarete tutti espulsi."

Era il tipo di minaccia che avrei fatto da giovane. Ci fu un suono sommesso, una risata. Ma era sorprendentemente vicina a me e io balzai all'indietro allarmata, solo per andare a sbattere contro un corpo duro che mi sbarrava la strada.

Lottando contro le mani che cercavano di afferrarmi, arrancai verso le scale. Potevo solo intuire dove fossero mentre annaspavo nelle tenebre. Il mio piede urtò il gradino più basso e caddi, ma mi misi rapidamente a gattonare su per le scale, scalciando via i tacchi nel mentre.

Raggiunsi il corridoio, mi misi in piedi e mi lanciai di corsa verso il soggiorno.

Il fuoco ardeva basso nel focolare e le fiamme proiettavano ombre danzanti sulle pareti. Una pallida luce entrava dalla finestra aperta, ma non fendeva l'oscurità della porta che dava sul corridoio, né quella che conduceva alla cucina.

Mi attaccarono da entrambi i lati.

Lucas e Jason sbucarono per primi dall'ombra. I loro passi erano pesanti quando spuntarono dal corridoio fianco a fianco. Invece di indossare una tuta di lattice integrale come Lucas, Jason era a torso nudo per mostrare il suo petto coperto di tatuaggi colorati. Sul viso aveva un trucco da scheletro, gli occhi neri e le guance incavate. I suoi pantaloni erano di pelle aderente, rivestiti di cinghie e fibbie. Ogni volta che faceva un passo, le catene che penzolavano dai suoi pantaloni sferragliavano contro gli altri componenti, conferendo un suono minaccioso al suo incedere.

Poi, dalla porta della cucina apparve Manson. Era l'unico che aveva scelto di non vestirsi di lattice. Era comunque vestito di nero dalla testa ai piedi, persino le bretelle. Mentre entrava, si stava arrotolando le maniche della camicia fino ai gomiti.

Come a indicare che stava per fare qualcosa di molto sporco.

"Ciao, Jess." La sua voce profonda non era stentorea, ma mi fece comunque sussultare. La casa era così silenziosa, a parte il flebile scricchiolio del pavimento mentre mi circondavano.

"Cosa vuoi, maniaco?" chiesi, e quasi sogghignai quando i suoi occhi si illuminarono e l'angolo della sua bocca si contrasse. Un sorriso appena trattenuto.

Jason fece una risatina. "Avresti dovuto aspettartelo. Per tutti questi anni sei andata in giro a testa alta, a trattare tutti di merda. È ora che tu affronti le conseguenze."

"Devi risarcirci per tutte le tue stronzate" aggiunse Lucas. "Francamente, credo che tu abbia bisogno di scendere di qualche gradino. Hai bisogno di essere rimessa al tuo posto."

Lucas non avrebbe voluto fare altro che continuare a darmi la caccia, si capiva. Aveva troppa energia; dondolava sulle punte delle scarpe. Continuava a lanciare a Manson rapide occhiate, sperando in un segnale che gli permettesse di darsi all'inseguimento.

Manson si stava avvicinando, e ogni passo mi faceva battere il cuore un po' più forte. Rimasi in piedi, con i pugni stretti come se fossi pronta a combattere. Ma l'eccitazione che mi pulsava nelle vene era focalizzata solo sul risultato finale. Potevo battermi quanto volevo, ma non avrei vinto.

Mi avrebbero sopraffatta.

"Mettermi al mio posto?" sbottai. Cercai di sembrare più stronza possibile. "Come, scusa? Ma se io non vi metterei mai nemmeno un dito addosso!"

Ero così concentrata su Manson che non mi accorsi che Jason si stava avvicinando di soppiatto. Quando parlò, fu con un sussurro roco proprio nel mio orecchio: "Presto non avrai scelta, principessa."

Jason mi afferrò prima che potessi scappare. Lottai, ma poi intervenne Lucas ad aiutarlo e tra loro due fui tenuta prigioniera.

"Mi dispiace che sia andata così, Jessica" mormorò Manson, anche se il suo tono mi rivelava che non era affatto dispiaciuto. E non lo ero nemmeno io: adoravo ingaggiare una lotta con loro, impazzivo per i nostri giochi perversi. "Ma ci hai presi in giro per troppo tempo. A saltellare in giro per la scuola con quella tua minigonna." Si accostò, ma io non potevo muovermi perché Lucas e Jason mi stavano immobilizzando. "Sai che ci fa impazzire, ma non puoi proprio farne a meno. Vuoi sempre più attenzioni. Ancora, ancora, ancora."

"Ci saranno dei cambiamenti nella gerarchia" dichiarò Lucas. "Miss Ape Regina non è più in cima."

Feci uno sbuffo di scherno, anche se ora ero senza fiato. Non sembravo più così aggressiva come pochi secondi prima. "Come se qualcuno di voi potesse affermare di essere migliore di me."

"Oh, no, no, non meglio" precisò Jason. "Noi siamo dei degenerati, Jess."

"Dei perdenti" aggiunse Lucas.

Manson sorrise. "Dei mostri."

"Ma ora che ti abbiamo presa, non saremo mai più costretti a lasciarti andare" chiarì Jason, le cui labbra mi sfioravano il collo mentre parlava, appena dietro l'orecchio. "Ti terremo per noi. Ti spezzeremo. Ti trasformeremo in un giocattolino sessuale perfetto."

Tutto il mio corpo fremeva di desiderio. Mi chiesi dove si stesse nascondendo Vincent, dato che non l'avevo ancora visto. Ma Manson affollò il mio spazio personale e all'improvviso riuscii a concentrarmi solo su di lui.

"Ti ho desiderata per così tanto tempo" ammise. "Ma l'unica cosa che sei riuscita a fare è stato stuzzicare. Come se fossi chissà cosa di speciale." Le sue parole erano gravose, grondanti del più dolce dei veleni. "Ma ora non più. Ci prenderemo quello che vogliamo. D'ora in poi, la tua unica preoccupazione sarà quella di soddisfare i tuoi padroni."

"Soddisfare i miei - cosa!" Mi dimenai di nuovo - era una scusa per strusciare il mio culo contro Jason. "Non siete voi a comandare su di me! Voi non mi possedete!"

Lucas mi regalò una di quelle sue risate deliziosamente cupe. "Mm, questa sì che è divertente. Pensa che non la possediamo, Manson."

"Povera sciocca" mormorò Jason.

Manson stava solo sorridendo. "Beh, ci può stare. Dopotutto, non ha ancora il collare addosso."

Sbattei rapidamente le palpebre. Manson non aveva abbandonato la recita, ma io stavo per farlo. "Aspetta... collare? Hai detto collare?"

Erano settimane che guardavo ossessivamente i collari su internet ormai: uno di loro doveva averlo notato. Era passato così tanto tempo da quando avevo ammesso a Jason di volerne uno che sinceramente pensavo se ne fosse dimenticato.

Ma forse non l'aveva fatto...

"Proprio così, angelo." Manson si avvicinò, tracciando con le dita una linea sulla mia gola. "Penso che metterti un collare ti aiuterebbe a ricordare il tuo posto. E lo ricorderebbe anche a tutti gli altri. Nessuno ti guarderà mai più estasiato quando sarai messa al collare come un dolce animaletto domestico."

Mi sentivo il petto leggero per l'eccitazione, ma cercai di attenermi alla recita. Dentro di me saltavo su e giù, battevo le mani, praticamente strillavo.

Da fuori, iniziai a dimenarmi più che potevo.

Sapevano che non sarei mai riuscita a scappare, ma mi fecero credere di poterci riuscire. Mi lasciarono andare, ma Lucas mi spinse verso il divano e io ci caracollai sopra. Quando cercai di rialzarmi, Jason mi spinse la spalla e mi fece andare a sbattere contro Manson.

Manson non mi lasciò andare. Mi cinse con le braccia, attanagliandomi come un serpente.

"Sapevo che sotto questa gonnellina indossavi qualcosa di sexy" sussurrò con voce pericolosamente bassa, mentre mi stritolava contro di sé e mi alzava lascivamente la gonna. "Solo un perizoma striminzito. Ti copre a malapena!"

Jason si inginocchiò ai miei piedi e mi passò la lingua sulla coscia. Si era fatto un piercing alla lingua il mese precedente, e ora che era finalmente guarito, voleva metterlo costantemente in mostra.

"È proprio una piccola puttana" mormorò. La sua lingua tracciò il bordo della mia biancheria intima, la pallina d'argento del suo piercing scintillava alla luce. "Indossi davvero questo perizoma quando sei sul campo di football? O quando cammini per i corridoi?"

"È come se te la fossi cercata" ringhiò Lucas. Mi strinse le tette da sopra la maglietta con tanto vigore da farmi male. Ridacchiò quando trasalii per il dolore e rinnovai i miei sforzi per allontanarmi.

Le loro mani erano tutte su di me: stringevano, pizzicavano, spingevano, tiravano. Mi riportarono di peso nel seminterrato, che non era più buio.

Vincent ci stava aspettando.

"Eccola!" esclamò allegramente. Il trucco scuro sul viso faceva apparire i suoi occhi e il suo sorriso spaventosamente ampi. Aveva una bobina di corda in mano e rimbalzava sui piedi, con la testa inclinata di lato per sbirciarmi con curiosità. "Pensavo che saresti riuscita a scappare, e sarebbe stato così triste." Mise il broncio. "Ho così tanti trucchi da mostrarti."

Le sue parole agghiaccianti e il sorriso che le accompagnava suscitarono un altro frenetico tentativo di fuga. Non se lo aspettavano, e per un breve secondo riuscii a sottrarmi alle braccia di Manson.

Fu Lucas a trascinarmi indietro, mentre scalciavo e urlavo. "Mi dispiace, tesoro" disse. "Ma non vai da nessuna parte."

Per la prima volta notai le candele disposte sulla cassettiera lungo la parete. I cassetti erano pieni di giocattoli, costrizioni, lubrificanti, tutto ciò che poteva servire per una scenetta. Ma fui momentaneamente distratta da ciò che si trovava sopra i cassetti piuttosto che al loro interno.

Le candele nere erano posizionate a semicerchio e al centro di esse brillava qualcosa. Era un collare di metallo color oro rosa, sottile e delicato. Brillava alla luce delle candele e non riuscivo a togliergli gli occhi di dosso.

Ero ossessionata dall'anello che mi avevano regalato. Odiavo toglierlo perfino quando facevo la doccia. La gente mi chiedeva se fossi fidanzata, e il più delle volte rispondevo semplicemente che ero sposata. Il fatto che non avessimo firmato i documenti legali non rendeva l'anello meno pregno di significato.

Ma la vista del collare mi fece gonfiare di nuovo per l'emozione.

"È tuo, tesoro" sussurrò Lucas, con voce dolce

nonostante la sua stretta. La gentilezza gli veniva molto più facile adesso. I primi mesi di terapia erano stati duri, ma con il passare del tempo il cambiamento in lui era stato evidente. Rientrando nel personaggio, sibilò: "Te lo metteremo addosso e butteremo via la chiave."

Manson si era messo accanto al tavolo, e notai che gli penzolava qualcosa dalla mano: una minuscola chiave di metallo legata a un filo rosso. La tenne in alto per farmela vedere meglio e Vincent diede un colpetto alla chiave con il dito, facendola oscillare in modo irregolare nella mano di Manson.

"Sembra che Miss Ape Regina non ci trovi così detestabili come vorrebbe farci credere" rifletté Jason. "Ti piace quel collare, vero, principessa?"

"Vieni qui, Jess" ordinò Manson, e Lucas mi lasciò andare con una spinta leggera. "Inginocchiati per me."

Rimasi lì per un momento, esitando. Non mi ero resa conto delle loro intenzioni, anche se all'improvviso mi sovvenne che per tutta la settimana avevano fatto dei piccoli accenni. Ecco perché Vincent aveva fatto tutte quelle battute sull'acquisto di nuovi collari per i cani. Per questo Manson aveva fatto commenti di continuo su quanto gli piacessero i collari su di me.

Quasi dimentica del gioco di ruolo, feci un passo avanti. Il lume di candela danzava negli occhi di Manson mentre mi inginocchiavo per lui, mantenendo lo sguardo su di lui man mano che mi abbassavo. Le mie ginocchia nude toccarono il pavimento di cemento e Manson sorrise.

"Dio, è uno spettacolo splendido" ammise.

Vincent prese il collare dal tavolo. Si apriva con una piccola cerniera quasi invisibile. Sollevai il mento un po' più in alto quando me lo mise attorno al collo e rabbrividii al contatto con il metallo freddo. Era un collare molto sottile, ma ne avvertii il piacevole peso quando si sistemò al suo posto.

Si chiuse con uno scatto, e io deglutii. Vincent mi baciò la nuca, le sue dita mi sfiorarono con tenerezza.

Manson si avvicinò, tenendo in mano la chiave.

"Sei nostra" dichiarò. "La tua incolumità, la tua sicurezza e il tuo benessere sono di nostra competenza. Ti sei affidata a noi, Jess. Prendiamo sul serio questa decisione."

"Proteggiamo sempre ciò che è nostro" affermò Lucas. Era in piedi accanto a Manson, e benché la sua espressione fosse riservata, potevo cogliere l'amore nei suoi occhi.

Amore per me. Per noi.

"Non riuscivamo a deciderci su chi dovesse tenere la chiave" spiegò Jason. "Così ne faremo fare tre in più, in modo che tutti possano averne una."

Eravamo tutti usciti dal personaggio, ma ero troppo felice per preoccuparmene. Il peso del collare intorno al collo mi riempiva di orgoglio. Mi misi a sedere più dritta mentre Manson si piegò su di me e usò la chiave per bloccare il collare.

Ci fu un piccolo scatto, e mi sembrò che il mio cuore perdesse un battito.

"Quando ho detto che non potrò mai lasciarti andare" disse Manson, "dicevo sul serio." Mi baciò la sommità del capo e all'improvviso mi ritrovai a ricacciare indietro le lacrime. Essere legata con un collare era sexy e insopportabilmente erotico, ma era anche molto di più. Era un conforto, una rassicurazione, una promessa. Era un segno per chiunque lo vedesse che ero protetta e custodita.

Ma eravamo ancora nel bel mezzo di una recita. Dopo che mi fui ricomposta, le loro espressioni si scurirono di nuovo. Manson si infilò la chiave in tasca e annunciò: "Adesso diamo una lezione a questo piccolo angelo su come si rispettano i suoi padroni."

Mi legarono a una delle spesse colonne di legno del seminterrato. La corda di Vincent si attorcigliò intorno ai miei seni, strizzandoli mentre venivo assicurata alla colonna. Mi sollevò una gamba e la legò in modo da farmi restare in equilibrio su un piede solo.

"Povera piccola" commentò con voce beffarda. "Sembra che tu sia un po' alle strette." Ridacchiò alla sua stessa battuta e Lucas sbuffò col naso per il gioco di parole.

"Voi svitati non la farete franca" dissi. Era estremamente difficile fingere di essere scortese con loro dopo che mi avevano messo il collare. Quel peso sul collo mi faceva venire voglia di fare la brava, di chinare il capo e obbedire.

"La stiamo già facendo franca" puntualizzò Lucas. Mi disturbava il fatto di non poterlo vedere: era appena fuori dalla mia visione periferica e stava camminando avanti e indietro alle mie spalle. All'improvviso la sua mano mi circondò il viso, le sue dita mi entrarono in bocca e mi premettero la lingua verso il basso. Ebbi un conato di vomito, ma lui le tenne lì, impietoso. "Attenta al riflesso faringeo, ragazza. Non vorrai mica vomitare sul mio cazzo, vero?"

"Sai che ti piacerebbe se lo facesse." Manson mi guardò dritta negli occhi nel dirlo, prima di tornare nella mia visuale con Jason alle sue spalle. Lo sguardo che mi stava rivolgendo era di sfida, di scherno, come se volesse provocarmi per farmi continuare a lottare.

E funzionò.

"Siete un branco di psicopatici!" gridai. "Maniaci pervertiti! Non la passerete mai liscia, dirò a tutti quello che avete fatto!"

Manson e Jason si scambiarono uno sguardo, con gli occhi spalancati e l'espressione incerta. Ma quando tornarono a guardarmi, tutta quella finta incertezza si dissolse.

"Psicopatici?" chiese Jason con tono innocente, avvicinandosi. "Maniaci? Non è molto carino, Jessica."

"Credo che la signora qui protesti troppo" considerò Vincent, spuntando accanto a me come un dannato pupazzo a molla. "Forse si vergogna. Forse è un tantino... imbarazzata... per la sua reazione." Si abbassò fino a inginocchiarsi sotto di me, sbirciandomi con occhi curiosi mentre percorreva la mia gamba con le dita. "Cosa abbiamo qui? Non sarà mica... una macchia di bagnato sul tuo perizoma." Mi accarezzò con il dito e io mi dimenai, cercando di allontanarmi da lui senza riuscirci. "Ohi, ohi, c'è una ragazza cattiva qui, non è così? Vediamo un po'..." Mi scostò il perizoma e spinse due dita dentro di me. Ero già così fradicia che scivolò dentro senza sforzo. "Oh, piccola puttana! Ti sta piacendo, ma guardati!" Vincent si alzò di scatto e sollevò le dita, luccicanti della mia eccitazione. Poi le spinse nella mia bocca, molto indietro sulla mia lingua fino a farmi soffocare. "Così. Assaggia quello che hai fatto. Scommetto che ti piacerebbe se ci scopassimo questa fica bagnata; stai già gocciolando per noi. Hai una voglia matta di essere riempita, vero? Imbottita di sperma e messa incinta."

I miei occhi si sgranarono.

"Starebbe bene a quella piccola troia impertinente" fece Manson. "Se le metteremo il nostro bambino nella pancia, non potrà mai più scappare da noi."

Le loro parole erano sporche, terrificanti, ma al di fuori del gioco di ruolo, al di là della fantasia... colpirono il mio cuore all'istante. I miei occhi guizzarono su tutti loro, cercando - sperando - di scorgere un barlume di sincerità.

Manson fece una pausa.

"Cosa ne pensi, angelo?" domandò, e io sapevo che stava chiedendo il mio permesso, che stava aspettando il mio via libera. "Ti piacerebbe diventare la nostra piccola moglittina perfetta, prendere il nostro seme ancora e ancora finché non ti metteremo in grembo un bambino?"

Annuii in fretta e furia. Avevo opposto tanta di quella resistenza a tutti loro, ma non mi andava più di lottare. Volevo compiacerli, volevo sottomettermi.

Il suo sorriso sghembo era così dannatamente sexy. "Allora ti scoperemo, Jess. Tutti noi, uno dopo l'altro, finché non sarai così piena di noi da sgocciolare." Si allontanò d'un tratto e tornò con il suo coltello. Lo fece scattare, con un movimento delle dita incredibilmente svelto. Con cautela, fece scorrere la lingua lungo la lama, procurandosi un piccolo taglio che si irrorò rapidamente di sangue.

Poi mi baciò, infilandomi la lingua in bocca. Tagliò le corde e le rimosse finché non riuscì a prendermi tra le braccia e a sollevarmi. Lo avvolsi con le mie gambe, con una mano gli afferrai i capelli e con l'altra gli passai le unghie sulla nuca.

"Voglio guardarli mentre ti scopano finché non riesci più a muoverti" ringhiò. Si chinò in avanti all'improvviso, facendomi sdraiare sul tavolo imbottito di pelle che avevamo lì vicino. Vincent era lì con altre corde e mi fece un sorrisetto mentre iniziò a legarmi di nuovo.

Mi contorcevo, supplicandoli senza fiato: "Aspettate, aspettate, vi prego, no."

Vincent fece una pausa quando stava per finire di legarmi polso e caviglia insieme. "Colore?" chiese a bassa voce.

"Verde" risposi, sorridendo prontamente. "Mi sto solo lasciando prendere dal gioco di ruolo. Sono proprio una damigella in difficoltà."

Vincent sbuffò col naso, abbassando la testa per un momento. "Baby, così mi farai uscire dal personaggio."

"Oh, ehm..." Allargai di nuovo gli occhi, mugolando: "Mi dispiace tanto, signore."

Ridendo ancora di me, mi afferrò il viso con una mano e mi strinse le guance. "Piccola mocciosa insolente. Ti strapperemo quel sarcasmo di dosso a furia di scoparti, non è vero?"

Finì di legarmi, assicurando i polsi alle caviglie. Il risultato fu che ero sdraiata sulla schiena con le gambe sollevate e divaricate. Flettevo i piedi e arricciavo le dita, ma per il resto non potevo muovermi. Mi circondarono tutti, ma fu Vincent a mettersi per primo tra le mie gambe. Abbassò la cerniera dei suoi pantaloni di lattice, così attillati da non lasciare nulla all'immaginazione. Il suo cazzo cadde in avanti, rigido e duro e puntato verso di me.

"Guarda che bel buchetto" mormorò, strusciando la punta del suo cazzo avanti e indietro su di me. "Scommetto che ce l'hai terribilmente stretta. Sono fortunato a prenderti per primo." Fece una risata oscura. "Avrò modo di sfondarti."

Fedele alla sua parola, ficcò il suo cazzo dentro di me e mi sembrò *davvero* che stesse per squarciarmi, per spaccarmi in due. Il mio corpo tremava, le mie gambe erano scosse da fremiti incontrollabili. Ogni affondo era deliziosamente profondo. Mi penetrava fino in fondo e poi si spingeva ancora un po', abbastanza da farmi soffrire e implorare.

"Così... in profondità, Vince, ti prego... oh, mio Dio..."

"Oh, non sembri così dolce ora" disse lui. "Guarda quel broncio sexy sul tuo viso. È troppo in profondità per te, baby?"

"No, non - ah - non troppo - cazzo..."

"Non riesce nemmeno a esprimersi" mi schernì Jason, ridendo di me mentre si affiancava al tavolo. "Credo che la farai venire, Vincent."

"Cazzo, sì, guarda come le stanno roteando gli occhi dietro la testa" commentò Lucas, mettendosi di fronte alla mia testa e scrutandomi dall'alto. Dio, sembravano enormi, come dei giganti, mentre io ero un piccolo insetto. Lucas appoggiò le mani su entrambi i lati del mio viso e mi esortò: "Vieni per lui, ragazza. Vediamo quanto riesci a sporcarti."

Gridai con abbandono mentre venivo. Ero a cosce così aperte, e Vincent mi stava colpendo così a fondo da farmi squirtare. Schizzai intorno al suo cazzo e ricevetti elogi entusiastici dagli uomini riuniti intorno a me.

"Mi fai godere così tanto, baby" disse Vincent, chinandosi su di me e punendomi ad ogni spinta. "Riempirò di sperma questa fica ogni fottuto giorno, mi hai sentito?"

"Sì, signore" gemetti mentre il suo volto si contorceva dal piacere. Affondò con foga dentro di me e venne. Rimase curvo su di me per quasi un minuto, con le braccia appoggiate al tavolo, prima di estrarre lentamente il suo cazzo. Sentivo che stavo gocciolando, ma non potevo farci nulla.

Poi si mise in posizione Jason.

"Bella bagnata per me" mormorò, colpendomi con il suo cazzo incredibilmente grosso. Picchiettò una, due volte, poi affondò dentro di me e mugugnò. "Cazzo, sì, stai gocciolando dappertutto." Guardò in basso mentre si muoveva dentro di me, osservando il suo cazzo che si trascinava dentro e fuori.

"Oh, mio Dio, Jason, *ti pregoooo!*" La mia supplica si trasformò in un lamento disperato quando lui si accasciò su di me.

"È troppo, principessa?" chiese dolcemente. "Ti fa godere al punto che non ce la fai più?" Mi stava scopando con delle spinte lunghe e lente che sentivo in profondità ogni volta che i suoi fianchi premevano contro il mio culo.

"È una sensazione così bella" mormorai. Gli occhi mi si rovesciarono quasi all'indietro quando aumentò la velocità dei suoi affondi.

"Così, Jason, sentiamo il suo gemito" fece Vincent. Le sue mani erano appoggiate sul tavolo accanto a me mentre ci guardava, e Manson era in piedi di fronte a lui. Lucas incombeva ancora sulla mia testa, con la tuta slacciata per potersi masturbare.

Jason gemette e fu scosso da un brivido quando si curvò su di me e mi riempì con il suo seme. Continuò a dondolare dentro di me anche dopo essere venuto, finché non si tirò fuori a poco a poco. In seguito, si sporsero tutti a ispezionarmi, mentre io giacevo indifesa e aperta sul tavolo.

Manson commentò: "Credo che tu le abbia quasi fatto perdere i sensi, J. Guarda i suoi occhi."

Dio, ero in estasi. Non riuscivo a pensare, non riuscivo a mettere insieme una frase coerente, ma gemevo per il bisogno quando Lucas si posizionò, masturbandosi ancora, con la lingua che gli scorreva lentamente sul labbro inferiore.

"Guarda che fica sudicia" sussurrò, schiaffando la punta del suo cazzo contro di me. La strofinò tra lo sperma che mi colava e, senza alcuna preparazione, affondò dentro di me con un'unica spinta.

C'era una profonda, primordiale soddisfazione nell'essere penetrata così ferocemente. Mi scopò senza indugio, in modo brutale. Non c'erano preliminari, non c'era pietà. Piagnucolavo in un totale abbandono, con tutta la potenza e l'incoscienza che volevo. Ero già indolenzita, e il cazzo di Lucas colpì proprio quel punto profondo e *dolorante* dentro di me.

"Urla per me, ragazza" mi spronò, sbattendo i fianchi contro di me. Ogni affondo del suo cazzo produceva un suono così bagnato. "Non puoi fare altro che stare lì e prenderlo, proprio come dovrebbe fare un buon giocattolino."

Venne dentro di me con un grugnito roco. Si sfilò da me, lasciandosi sfuggire una serie di imprecazioni mentre riprendeva fiato.

"Eccoti servito, Manson" disse Lucas, ridacchiando sommessamente. "Come ti trovi con gli avanzi degli altri?" Affondò le sue dita dentro di me, scivolose e bagnate. Mi ricacciò il loro sperma dentro, facendomi un ditalino. Manson si spostò tra le mie gambe, con il suo cazzo in mano. Lucas ritirò le dita, si chinò e passò la lingua lungo l'erezione di Manson. Il mio padrone rabbrividì, con un ghigno godurioso mentre accarezzava la testa di Lucas, facendogli scorrere il palmo della mano sul cranio.

"Mm, sei parecchio eccitata, vero, baby?" mormorò Vincent. "Vuoi che Manson ti riempia con il suo sperma?"

Annuii, agitando le gambe legate e spingendo i fianchi verso di lui. Manson agganciò il mio collare con un dito quando si chinò su di me, e io mi sentii le farfalle nello stomaco.

"Dimmi cosa vuoi" ordinò. Il suo cazzo era pronto ad affondare dentro di me e io non desideravo altro che sentire di nuovo quel dolore profondo e meraviglioso.

"Ti prego" mugugnai. "Per favore, signore. Scopami."

Manson entrò dentro di me pian piano, tenendo gli occhi sul mio viso. Ero così bagnata, così piena; mi sentivo sudicia e lasciva mentre lui si spingeva in me. Gemette quando si sistemò dentro di me, muovendosi sulle prime con spinte lente, quasi pigre.

Mi faceva così deliziosamente male, la mia fica era così dolorante. Manson tirò indietro i fianchi, mi afferrò le cosce e mi attirò verso di sé mentre si spingeva di nuovo in avanti. Io feci uno strillo acuto, pronunciando parole senza senso: "È così bello, così fottutamente bello, Dio, ti prego..."

"Guardami" sibilò Manson, e io alzai gli occhi. Avevo un intero cocktail di ormoni nel sangue, e la reazione chimica mi faceva sentire su di giri. "Non distogliere lo sguardo." Si tirò fuori da me quasi del tutto prima di penetrarmi di nuovo, strappandomi dalle labbra un grido dirompente. "Voglio vedere la tua faccia quando ti riempio."

Anche se avrei voluto stringere forte gli occhi, non lo feci. Mantenni il contatto visivo con Manson, sopraffatta dall'ondata crescente di piacere e dolore. Vincent si allungò per strofinarmi il clitoride con le dita, mentre Manson mi martellava.

"Non posso venire di nuovo!" urlai, con le gambe che si dimenavano indifese. "Oh, ti prego, Vince, ti prego, non ce la faccio, sono così sensibile, mi fa male..."

"Verrai comunque, baby" tagliò corto, con un tono dolce ma deciso, che non lasciava spazio a discussioni. "Farai la brava e verrai su tutto il cazzo di Manson, intesi?"

"Sì, signore." Annuii appena. Il mio corpo era completamente fuori dal mio controllo e loro mi stavano maneggiando come se nulla fosse. Ogni centimetro di me era contratto e tremante. Stavo piangendo, ma le lacrime che mi rigavano le guance non erano negative: era un sollievo piangere, urlare e lottare mentre il piacere prendeva piede.

Jason mi baciò la guancia mentre venivo, dicendo: "Che brava ragazza, Jess, così. È piacevole, vero?"

"Dio, guarda come tremi" aggiunse Lucas. "Un esserino splendido. Urla per noi, forza, sfogati."

Lo feci: era così tanta roba. Era piacere e dolore, degradazione e lode, crudeltà e amore. E io stavo esplodendo. Ero un fascio di nervi e di desiderio e di bisogni saziati quando Manson venne dentro di me.

"Mm, me ne passi un'altra al burro d'arachidi, per favore?"

Erano le quattro del mattino e il bagno profumava di cioccolato e di erba. Eravamo sdraiati nella vasca, con i getti dell'idromassaggio al massimo e l'acqua calda che riempiva l'aria di vapore. Jason stava armeggiando con il sacchetto di caramelle, con gli occhi semichiusi, immerso nell'acqua fino al mento. Mi passò la caramella e io aggiunsi il suo involucro al mucchietto sul bordo della vasca dietro di me.

"Non riuscirai mai a prendere sonno se continui a mangiare tutto quello zucchero" mi fece notare Manson. Aveva gli occhi completamente chiusi; pensavo che stesse già dormendo. Lucas era svenuto, e stava russando con la testa appoggiata alla spalla di Manson.

"Fidati, riuscirò a dormire" gli assicurai. "Sento che avrò bisogno di una settimana per riprendermi dopo tutto questo."

"Com'è giusto che sia" si intromise Vincent, passandomi lo spinello. I suoi lunghi capelli erano legati in uno chignon disordinato per tenerli fuori dall'acqua. Avvicinò a sé Jason, cingendogli le spalle con un lieve sospiro. "Probabilmente dovremo uscire fra poco dall'acqua, comunque. Mi si sta raggrinzendo la pelle."

"Credo che *tutti noi* avremo bisogno di una settimana di recupero" rifletté Jason, stiracchiandosi nel mettersi seduto. "Hai una fica pericolosa, Jess. Mi ha risucchiato l'anima." Cercò di alzarsi, ma scivolò e fece scrosciare tutta l'acqua della vasca. Mi misi a ridere e Lucas sbatté rapidamente le palpebre mentre si svegliava.

"Merda" gemette, stropicciandosi gli occhi. "Devo andare a letto. Benji dovrebbe chiamarmi domattina. Non voglio perdermi la telefonata."

Era tutta la settimana che aspettava quella telefonata con suo fratello. A quanto pareva, c'era la possibilità che Benji venisse rilasciato in anticipo per buona condotta. Ma Lucas ne avrebbe saputo di più durante la telefonata dell'indomani. Per quanto fosse elettrizzato, era chiaramente anche nervoso. Erano anni che non parlava con Benji.

"Bene, usciamo" propose Manson. L'acqua gli scorse sul petto quando si alzò, prima di uscire con cautela dalla vasca e avvolgersi un asciugamano intorno alla vita. Avevo perso la cognizione del tempo mentre ci eravamo rilassati nella vasca, e l'acqua calda aveva allentato la tensione di tutti i miei muscoli. Tra le gambe, però, ero ancora particolarmente indolenzita.

Davanti allo specchio, mi sistemai in fretta i capelli bagnati in un'unica lunga treccia. Vedere quel collare intorno al mio collo, scintillante e magnifico, mi fece scappare un sorriso incontrollato. Mi sporsi verso lo specchio, tracciando con il dito il sottile anello.

Manson mi abbracciò da dietro e appoggiò la testa sulla mia. "Ti piace?" chiese. "Jason era abbastanza sicuro che fosse quello che volevi."

"È perfetto." Mi girai e lo baciai. "È esattamente quello che volevo."

Lui sorrise. "È tutto quello che volevo sentire, angelo. Ti sta benissimo."

"*Andiamo.* A letto. Ora." Lucas strattonò la mano di Manson, cercando di trascinarlo fuori dal bagno. "Mi addormenterò in piedi altrimenti."

Avevamo unito due materassi king size per ricavarci un letto immenso. C'era spazio in abbondanza per tutti noi, e avevamo riempito il letto di coperte e cuscini. Mi sembrava che le dimensioni fossero davvero lussuose. Era un nido caldo e confortevole, uno dei miei posti preferiti in casa.

Jason e Vincent erano già a letto. Corsi davanti a Lucas e Manson in modo da poter saltare sul materasso e atterrare dolcemente tra i cumuli di cuscini. Vincent e Jason si accoccolarono subito vicino a me mentre Manson e Lucas si infilavano nel letto. Nessuno di loro si era preoccupato di indossare la biancheria intima.

Lucas mi avvolse un braccio intorno alla vita e trasse un sospiro stanco, mentre Manson si sistemò dietro di lui. Il letto aveva abbastanza spazio perché potessimo perfino allungarci, e nel corso della notte finivamo spesso per separarci. Ma quando ci addormentavamo, eravamo quasi sempre ammucchiati l'uno sull'altro.

Per quanto fossi esausta, prima di chiudere gli occhi dovetti chiedere: "Allora... durante il gioco di ruolo di prima... quello che avete detto sul mettermi incinta... di cosa si trattava?"

Manson sogghignò. "Non avrei mai pensato di gradire un kink del genere. Ma è stato davvero erotico, cazzo."

Vincent rise. "Sì, ammetto che nemmeno io avevo mai pensato che mi piacesse. Ma dannazione, parlarti in quel modo, riempirti fino a renderti un tale casino..." Espirò un lungo respiro. "È stato fantastico."

"Voglio dire, quello che avete detto sul fatto di *riempirmi di seme* e di mettermi incinta..." Sembrava quasi sciocco parlarne in quel modo - quasi comicamente sessuale. Non avevamo mai fatto quel tipo di giochi, non ci avevo mai nemmeno pensato. Ma ora che l'avevamo provato, mi ero accorta che mi piaceva molto più di quanto mi aspettassi.

L'idea di far crescere la nostra famiglia... un giorno...

era veramente fantastica per me.

"Ci stai chiedendo se parlavamo sul serio?" domandò Jason, baciandomi le mani mentre si accoccolava più vicino a me.

"Sì, credo... credo sia quello che sto chiedendo" farfugliai.

"Non stiamo cercando di concretizzare subito" spiegò Manson. "Ma tra un paio d'anni... potremmo aver bisogno che tu ti tolga quella spirale."

"Se pensi che sia una cosa che vuoi anche tu" aggiunse Vincent.

"Perché sappiamo che è quello che vogliamo noi" confermò Lucas e mi baciò la nuca. "I bambini mi terrorizzano, ma... sai... sarebbe una figata."

"Un giorno" ribadì Jason. "Credo che a tutti noi piacerebbe molto."

Era difficile contenere la mia felicità. Non pensavo di essere pronta per i bambini *al momento*: la mia carriera era appena iniziata, i ragazzi avevano da gestire la loro attività, che stava crescendo ogni giorno di più. Ma un giorno sapevo che mi sarebbe piaciuto molto anche quello.

"Ora dormi" mormorò Manson con tono stanco. "Possiamo parlare di bambini quando non siamo così sfiniti." Ma io mi stavo ancora agitando per l'eccitazione, tutti gli zuccheri in circolo mi impedivano di stare ferma. Mi mossi e rotolai sull'altro fianco, e Manson borbottò: "Te l'avevo detto che le caramelle ti avrebbero tenuta sveglia."

"Scusa, scusa." Ridacchiai. "Puoi punirmi domani."

Mi misi seduta e mi sporsi su Lucas per poter baciare la guancia di Manson e sussurrare: "*Padrone.*"

Ringraziamenti

Prima di tutto, devo ringraziare me stessa. Grazie a te, Harley, per non aver perso completamente la testa durante la stesura di questo libro, anche se ci sei andata vicina. Grazie per aver superato le crisi, il panico e le lacrime. Grazie per non esserti arresa.

A mio marito, prometto che ricomincerò a prendermi i fine settimana liberi! Grazie per avermi sempre ricordato che mi merito di riposare, per avermi fatto uscire di casa e per esserti assicurato che mangiassi davvero. E per non avermi mai fatto dimenticare il mio tè.

Z, la mia fantastica editor, la mia maga delle parole, grazie di tutto. Mi dispiace tanto di aver aggiunto dei capitoli dopo che avevi già modificato l'intero manoscritto, e per tutti i trattini. (Anche se sono LA punteggiatura migliore).

Tasha, grazie mille per aver lavorato instancabilmente per aiutarmi a sviluppare questo libro. Ricevere i tuoi consigli quando questa storia ha preso corpo è stato davvero inestimabile, così come tutto il tuo sostegno.

Alle mie adorabili signore della JLCR Author Services, sapete che non ce l'avrei fatta senza di voi. Ai miei collaboratori del team ARC, ai creatori di grafiche, ai padroni del marketing: avete fatto tutto voi e vi sono così grata per tutto.

Bethany, grazie come sempre per aver creduto in questi libri. Li hai aiutati ad andare più lontano di quanto potessi mai immaginare.

Al mio team ARC e al gruppo di lettrici e lettori di Wicked Dark Desires, siete tutti fantastici! Sono così onorata della comunità che abbiamo riunito qui. Tutto il vostro sostegno, entusiasmo ed emozione per questi libri sono ciò che mi fa andare avanti quando vorrei mollare. Grazie!

E a te, cara lettrice o caro lettore. Grazie per aver preso in mano questo libro, grazie per aver continuato fino alla fine. Grazie per essere entrat* nel mio piccolo e strambo mondo per un po'. Spero che tornerai per la prossima avventura.

Alla prossima,
Harley

SEGUICI SU:

INSTAGRAM: @VIRGIBOOKS
WWW.VIRGIBOOKS.COM

Printed by Amazon Italia Logistica S.r.l.
Torrazza Piemonte (TO), Italy